Fouad Laroui

IM AUSSICHTSLOSEN KAMPF ZWISCHEN DIR UND DER WELT

Roman

Deutsch von Christiane Kayser

Merlin Verlag

ERSTER TEIL

1

Paris, im *Cannibale*

Zerstreut schwenkte sie ihr Glas hin und her; Eiswürfel klirrten. Sie dachte: „Ich mag keine Eiswürfel. Warum habe ich das nicht gesagt ...? Immer vergesse ich es und nachher traue ich mich nicht, meine Bestellung zu ändern ... Kalte Getränke sind nicht gut für die Leber ..."

Sie schüttelte den Kopf („Konzentration, meine Liebe! Das hier ist ein sehr wichtiger Moment ...!"), dann murmelte sie:

„Ist das wahr, ist es dein Ernst? Willst du wirklich mit mir zusammenziehen? In derselben Wohnung leben?"

Ali warf einen diskreten Blick auf ihr Spiegelbild, das der große Spiegel dieses Pariser Cafés, *Le Cannibale,* in dem sie sich oft trafen, reflektierte. Sie waren wirklich „ein schönes Paar". Sie wirkte sinnlich („Eine orientalische Schönheit"), dezent geschminkt, elegant. Er ... Er verstand sich zu kleiden, da waren sich alle einig. Und dieses Profil eines Eroberers (Wer hatte das noch gesagt? ... Und was bedeutete es genau?) zog oft alle Blicke auf sich. Eine beschwipste Kollegin hatte einmal vom „Blick eines mongolischen Eroberers" gesprochen ...

Malika stellte ihr Glas wieder ab und runzelte die Stirn.

„Du antwortest nicht? Du zögerst? Du machst den Vorschlag und schon kneifst du?"

Ali begnügte sich mit einem Lächeln; seine Augen funkelten ...

Moment mal! Halten wir kurz inne. Diesem Gespräch fehlt ... Was fehlt eigentlich? Gehen wir einen Schritt zurück und versuchen wir, das Bild global in den Blick zu nehmen – das ist das treffende Wort, denn es handelt sich um den Globus, den Lauf der Dinge, schon immer chaotisch, doch seit einigen Jahrzehnten *globalisiert* ...

Diesem Gespräch fehlt das Wesentliche: der Kontext. Der Hintergrund. Die Grundlage.

Es fehlt die Geschichte.

2

Die Geschichte

(Hier beginnt der Betrug: dieses gewöhnliche *die,* diskret, kaum wahrzunehmen, eben ausgesprochen und sofort wieder von der Bildfläche verschwunden, flüchtiger *bestimmter Artikel,* der in einem Atemzug vergeht, dessen Normalität uns Gewissheit vortäuscht: *die* Geschichte? Einzahl? Gibt es nur *eine einzige*?... Eine einzige Erzählung der Welt? Und was wäre, wenn all unser Unglück vom Gebrauch dieses mit Bestimmtheit auftretenden, lügnerischen Artikels herrührte?)

Die Geschichte ...

(Die unsrige oder die eure?)

Die Geschichte ist die große Schreddermaschine, ein blindes Monster, das zerstückelt, verschlingt und dann die zermalmten Körper jener Marionetten ausspuckt, die sich für ihr Schicksal bestimmende Menschen hielten; sie fallen auf die eine oder andere Seite der großen Trennwand. Sie wollten nur leben, ein erfülltes Leben haben, das, wenn schon keinen Sinn, dann wenigstens Würze haben soll, vollendet wie ein Kunstwerk, das das Auge erfreut, ohne ein Geheimnis entziffern, uns Gott, den Menschen, den endgültigen Zweck erklären zu müssen.

Die Geschichte war am Anfang dieses Jahrhunderts, das manche das Einundzwanzigste, andere das Fünfzehnte nennen (nach dem islamischen Kalender sind wir im Jahr 1425, *unter der Herrschaft* von George Bush ...), diese Geschichte war aus den Fugen geraten, genau dort, wo sie vor zehn- oder zwölftausend Jahren ihren Anfang nahm. Eine Koalition von Armeen hatte sich unter amerikanischem Oberbefehl um das antike Sumer geschart und war dann in den Irak eingefallen, ein Land mit unbestimmten, schwammigen, ehemals in den Sand gezogenen Grenzen, und hatte alles hinweggefegt, was in die Quere kam, hatte uralten Hass wie einen Schwarm betrunkener Hornissen freigesetzt, dunkle Gefühle, die umso mörderischer und blinder waren, als ihre Ursachen sich verloren hatten und ihre Umstände in Vergessenheit geraten waren.

Indessen in Paris an jenem Sommeranfang im Jahr 2014 ...

Indessen lebten in Paris Ali und Malika (*unsere* Hauptpersonen) ihr kleines Leben: Ali, der Informatiker, und Malika, die Lehrerin, dann noch Claire, ihre Freundin, und Brahim, der Vetter. Wie hätten sie ahnen können, dass eine im antiken Mesopotamien aus Zorn und Raserei gefeuerte Kugel ihnen galt?

3

Im *Cannibale* (zweiter Teil)

Malika stellte mit gerunzelter Stirn ihr Glas ab.

„Du antwortest nicht? Du zögerst? Du machst den Vorschlag und schon kneifst du?“

Ali, der etwas verlegen war, weil man ihn beim Betrachten seines Spiegelbilds ertappt hatte, erwiderte rasch:

„Nein ... ich meine: Ja! Wir sind doch schon sechs Monate zusammen. Warum zwei Mieten bezahlen? Die Mieten in Paris sind ja ...“

Malika setzte eine spöttische Miene auf.

„Ach so, es ist eine Frage des Geldes ... Du suchst eine Untermieterin, wie? Das ist ja sehr romantisch ...“

„Ich suche keine Untermieterin, ich will *deine* Gesellschaft, *Miss* Malika Rochdi. Und zwar permanent. Morgens, mittags und abends.“

„Du willst mich jeden Tag mit meinen rosafarbenen und blauen Lockenwicklern auf dem Kopf sehen?“

Ali wirkte erstaunt.

„Lockenwickler? Gibt es die noch?“

„Was glaubst denn Du, woher ich diese gewellten Haare habe?“

Sie setzte sich auf und schüttelte den Kopf, dass ihr Haar sanft wogte.

„Das ist doch genetisch, oder nicht?“, antwortete Ali. „Du brauchst keine Lockenwickler, die schönen Wellen stammen aus dem Rif oder dem Atlas. Reine Natur ...“

„Ach ja ... Und das kalkhaltige Wasser im XI. Arrondissement hat ihnen nichts anhaben können ...“

„Gut, Schluss mit Lockenwicklern und Wellen! Was meinst du, sollen wir zusammenziehen?“

Malika biss sich auf die Unterlippe.

„Ich weiß nicht ... Es ist wirklich eine schwerwiegende Entscheidung. Tag und Nacht seinen Alltag, seine Intimität teilen, ist keine Kleinigkeit.“

„Na ja, wir werden ja auch mal schlafen ...“

„Du bist doof ... Das ist schon ein Einschnitt ... Die Gewohnheiten, Ticks, Schrullen des Anderen ertragen ...“

Ali hob den rechten Arm wie ein Zeuge vor dem Richterstuhl und deklamierte:

„Ich habe keine Ticks, ich habe keine Schrullen ...“

„Wer's glaubt ... Ich jedenfalls habe welche.“

„Zum Beispiel?“

„Zum Beispiel stehe ich nachts zwei oder drei Mal auf, um nachzusehen, ob die Wohnungstür verschlossen ist.“

Ali unterdrückte ein Lächeln.

„Hast du Angst vorm großen bösen Wolf?“

„Eher vor dem lieben kleinen Einbrecher. Der mich mit einem Schraubenschlüssel niederschlagen könnte.“

Ali setzte eine selbstgefällige Miene auf und hob den Kopf.

„Den Tick wirst du schnell loswerden, wenn du mit mir zusammenwohnst. Ich bin ja da, um dich zu beschützen. Ich werde der große böse Wolf sein, der dich vor den Einbrechern schützt.“

„Was habe ich denn davon?“

„Besser der Wolf, den man kennt, als der von draußen, oder? Dazu kannst du ihn zähmen, wie im *Kleinen Prinzen*.“

„Das war ein Fuchs, du Idiot.“

„Nicht in der marokkanischen Fassung.“

Sie sah ihn verwirrt an und begriff dann, dass er sie auf den Arm nahm.

„Gut, also ernsthaft. Bist du sicher, dass du dazu bereit bist? Mit meinen kleinen Ticks zu leben, die mit der Zeit nerven können?"

Er tat so, als verhöre er sie, und zog die linke Augenbraue hoch.

„Welche Zeit?"

„Das ist nur ein Ausdruck. *Mit der Zeit, auf Dauer* ... Du weißt, was ich meine: Was, wenn uns der Alltag verschlingt ... alles vermiest ...?"

Sie wurde nervös, fand keine Worte mehr. Mit einem Schluck trank sie den Rest ihres Mojitos aus. Ali beobachtete sie spöttisch. Er säuselte:

„Was vermiest? Das Leben vermiest uns ... das Leben? Das ist echt tiefsinnig ..."

„Hör auf, dich lustig zu machen, was ich sage ist wichtig."

Ali nahm ihre Hand und drückte sie.

„Ich weiß, dass es wichtig ist, deshalb mache ich ja Witze ... Ich verstehe deine Zweifel. Und ich sage dir: Ja. Ich bin bereit es zu versuchen."

Sie sah ihn forschend an, als habe jedes Wort eine neue Bedeutung, der sie auf den Grund gehen musste. Er fuhr fort:

„Wir dürfen uns auch nicht zu sehr unter Druck setzen. Wenn es nicht klappt ..."

Er hielt inne und nahm einen Schluck von seinem Mojito, dann lachte er auf, als sei ein absurdes Bild in seinem Kopf aufgetaucht:

„Falls zum Beispiel mein Wolfskopf, pff, pff, pff, dir eines Morgens nicht mehr behagt ... dann ist es eben so. Dann machst du dich eben davon wie die Ziege von Monsieur Séguin."

Malika kicherte kurz betreten.

„Die Ziege von Monsieur Séguin hat sich nicht davongemacht, sie wurde am Ende vom Wolf gefressen."

Ali brummte leicht beleidigt:

„Schon gut, ich bin eben nicht in Frankreich zur Schule gegangen ..."

Dann:

„Jedenfalls werde ich dich nicht fressen. Wenn du gehen willst, gehst du eben ... Es steht jedem frei, es rückgängig zu machen, sein Verlangen zu ändern."

„Was zu ändern?"

„Seine *Meinung*."

„Du hast gesagt sein *Verlangen.* Ist es nur ein Verlangen? Das geht schnell vorbei ..."

„Hör auf zu psychologisieren. Ich habe mich falsch ausgedrückt, das ist alles. Ich versuche dir zu sagen, dass es mir ernst ist. Ich will mein Leben teilen und ..."

Er rang nach Worten.

„Experimentieren, das ist es! Wie eine Reise, ein Abenteuer ..."

„Dafür hast du nicht die ideale Partnerin, ist dir das bewusst? Ich habe viele Fehler, ich bin ein wenig faul ... In der Küche tauge ich nichts. Ich bin kein ‚Heimchen am Herd', das seinen ausgehungerten Gatten schön bekocht, wenn er nach Hause kommt ..."

„Aber ein Ei kannst du doch bestimmt kochen?"

„Ich bin eine Niete. Das weißt du auch. Noch nie habe ich dir ein ... wie heißt es noch ... genau *Boeuf mironton* zubereitet. Ich weiß nicht mal, was das sein soll ..."

Ali richtete sich leicht auf und sagte heldenhaft:

„Wir verzichten auf die Kocherei und leben von Liebe und Ei."

Malikas Augen funkelten.

„Wie schön, *eirige* Liebe ..."

Bewusst hatte sie das *f* von „eifrig“ weggelassen. Ali tat, als sei er schockiert, und korrigierte sie mit erhobenem Zeigefinger:

„*Eifrige* Liebe. Liebe ist von Eifer begleitet nicht von Ei. Übrigens kann man Liebe auch auf marokkanisch erleben ...“

Er machte eine große Geste, als stelle er sie jemandem vor.

„... es heißt aber auch ‚kindliche Liebe‘. *Uns'rer kindlichen Liebe blühendes Eden.*“

„Ich weiß“, entgegnete Malika. „Das habe ich in der Schule gelernt, aber ich vergesse schnell. Diese ganzen Anspielungen und Zitate ...“

Ali saß aufrecht und steif auf seinem Stuhl und deklamierte in pedantischem Tonfall:

„Im Französischen sind übrigens nur drei Worte in der Einzahl männlich und in der Mehrzahl weiblich: ‚amour‘, Liebe, ‚délice‘, Genuss, und ‚orgue‘, Orgel.“

„Du weißt aber echt viel für einen, der Französisch-nicht-als-Muttersprache-hat ... *Amours, délices* und *orgues* ... Hört sich an wie ein verliebtes Wochenende in einem kleinen Dorf in der Bretagne, mit einer guten Konditorei und einer Kirche, wegen der Orgel. Versprichst du mir von Zeit zu Zeit *amours, délices* und *orgues,* auch wenn wir zusammenleben?“

„Warum nur von Zeit zu Zeit? Es wird immer so sein. Unser ganzes Leben wird ein langes Wochenende in der Bretagne.“

Malika verzog den Mund.

„Eines Tages wirst du beginnen, mir Vorwürfe zu machen. Die Marokkaner sind so an die leckeren Köstlichkeiten gewöhnt, die ihnen ihre Mütter zubereiten ...“

Ali runzelte verärgert die Brauen.

„Was habe ich mit ‚den Marokkanern‘ zu tun?“

„Du bist doch einer, oder etwa nicht? Oder hast du mir

einen Bären aufgebunden? Bist du etwa Schwede?“

„Warte mal, ich wohne seit zehn Jahren in Paris, ich habe einen französischen Pass, ich fahre selten ‚in den *Bled*‘, wie man so sagt ...“

„Tja... *Wie auch immer* ... Sag nicht, du hast die kleinen *Chhiwates** vergessen, die dir deine Mama zubereitet hat.“

„Das ist alles schon ewig her ... Jetzt bin ich Pariser. Hier sind die berühmten Köche alle Männer. Also werde ich kochen! An Feiertagen werde ich uns eine *Dal'a* zubereiten, die ist köstlich ...“

„Eine *Da-la*? Was ist das denn?“

Ali zuckte die Achseln.

„Sag mal, du hast echt keine Ahnung vom Kochen ... Eine *Dal'a* ist eine Lammschulter mit Safran. Du bist ja auch keine richtige Marokkanerin. Du bist eine kleine *Beurette.*“

Malika zog eine Grimasse und schüttelte den Kopf.

„Nein, Erbarmen! Ich hasse dieses Wort! Das ist so abgeschmackt ...“

„Bist du etwa keine *Beurette* ?... ‚in Frankreich geborenes Kind nordafrikanischer Eltern‘?“

„Nun ja, ich wurde hier in Paris im XI. Arrondissement geboren. Ist das ein Problem?“

„Nein, aber deine Eltern hätten dir das Wort *Dal'a* beibringen können. Mit der richtigen Aussprache: *Dal'a.*“

Malika bemühte sich: „Da-la.“

„Nein, nicht *Da-la*. Wir sind hier nicht in Tibet und essen nicht den Dalai-Lama.“

Ali sang zur Melodie von *Les filles de mon pays:*

„Dai dai dai dalai dalaaaai dalai...“

„Hör auf! Alle starren uns an.“

* Leckereien.

Ein Kellner tauchte mit gerunzelter Stirn und leicht besorgter Miene auf.

„Bitte? Kann ich Ihnen helfen?"

Ali sah ihn einen Augenblick unentschlossen an, als würde er nicht verstehen, warum sich dieser Mensch in eine Sache einmischte, die ihn nichts anging, dann strahlte er ihn an.

„Bitte nochmal zwei Mojitos, wir brauchen noch eine Runde."

Der Kellner entfernte sich schweigend. Ali nahm den Faden der Unterhaltung wieder auf.

„Ich mache die Lammschulter nur, wenn du das Wort richtig aussprichst, wie deine Vorfahren oben im Atlasgebirge: *Dal'a! Dal'a!* Der Buchstabe *'ayn* ist hier sehr wichtig."

„Ja, gut, ich werde mir den Hals nicht wund schreien, nur um die Ehre zu haben von deiner Schulter ... vom Lamm zu kosten."

„Kein Problem, ich bereite es dir trotzdem zu. *Aus reiner Menschenliebe."*

Die letzten Worte sprach er mit gespielter Emphase aus, aber dann kam er in ernstem Tonfall auf das Thema zurück:

„Also, kündigst du deine Wohnung und ziehst zu mir?"

„Warum nicht umgekehrt? Belleville ist toll ... Und meine Wohnung ist groß. Größer als deine Einzimmerwohnung in der Rue de Reuilly. Und es sind nur zwei Schritte zu meiner Arbeit ..."

„Ja, das könnten wir auch tun. Dann zahlst du nur noch die halbe Miete."

„Das ist mir recht. Ich liebe Kinder, aber in der Schule verdiene ich nicht viel."

Der Kellner brachte die Mojitos und arrangierte sie mit Sorgfalt auf dem schmalen Tisch zwischen den beiden Kunden, daneben stellte er einen Plastikteller mit der Rechnung. Ali nahm sein Glas und erhob sich. Er lächelte über das ganze Gesicht.

„Stoßen wir an auf unser neues Leben?"

Sie prosteten sich zu und sahen sich in die Augen. Malika brach in Gelächter aus.

„Zwei Marokkaner, die mit Mojitos anstoßen, das ist doch etwas seltsam, oder? Wird das kein Unglück bringen?"

„Die Welt steht Kopf! Die Tochter der Republik und des guten Voltaire ist abergläubisch ... und der *Z-Magri** pfeift auf den Himmel!"

„Idiot."

„Kein Respekt vor dem Gatten?"

„Noch nicht Untermieter und schon mein Gatte? Du überspringst ein paar Etappen ..."

Ali trank einen Schluck Mojito und stand auf.

„A propos Etappen: mein Fahrrad ruft, ich muss los."

„Wohin denn?"

„Ich will nach Hause. Muss eine Sache abschließen, ein ziemlich kompliziertes Programm."

„Du arbeitest am Samstag?"

„Keine Rast den Mittellosen."

„Na dann zieh Leine, du Mittelloser, der seinen Computer der Freundin vorzieht."

„Und was hast du vor?"

„Ich rufe Claire an. Wir gehen ins Theater."

Er beugte sich zu ihr und küsste sie leicht auf die Lippen. Sie roch angenehm nach Minze.

Draußen schien die Sonne. Ali blieb vor einem Kiosk stehen: Sein Blick war an dem Titelblatt einer Illustrierten hängengeblieben. Es ging um den Nahen Osten, die schwierige

* Der Einwanderer.

Vergangenheit, die heutigen Kriege ... Ohne recht zu wissen warum, nahm er ein Exemplar und hielt dem Kioskverkäufer das Geld hin. Beim Warten auf das Kleingeld öffnete er die Zeitschrift auf gut Glück und stieß auf eine scheinbar harmlose Überschrift.

DAS SYKES-PICOT-ABKOMMEN

Er kniff die Augen zusammen.

Das erinnerte ihn dunkel an etwas.

4

Sir Mark und Môssieur François

Das erinnerte ihn dunkel an etwas ... Als Ali vor dem Kiosk auf sein Kleingeld wartet, also im Jahr 2014, kennt da in Europa noch irgendwer diese beiden Namen, Sykes und Picot? Wen kümmert das noch? Niemanden, oder fast keinen. In der arabischen Welt jedoch kennt man dieses verdammte, durch einen Bindestrich verbundene Paar recht gut, diese Silben, die wie ein Fluch herausgeschleudert werden, diesen Doppelnamen, der so viel bedeutet wie krummes Ding, Verrat, Unredlichkeit. „Sykes-Picot", das ist der Ursprung einer schlecht komponierten, auf tönernen Füßen stehenden, schiefen Welt. Es ist die Genese unseres Unglücks.

Die Geschichte ...

Sicher hat es sich nicht so zugetragen.

Herr Sykes und Herr Picot* haben sich nicht vor einem Jahrhundert in einem großen, schlecht geheizten Raum des Foreign Office** getroffen, mit Sesseln so *tief wie Gräber*, mit Teppichen an den Wänden und irgendwo dazwischen einer Büste von Viktoria.

Sie haben sich nicht kräftig die Hand geschüttelt, Sykes aus Gewohnheit, Picot aus diesem Anlass, da er nicht den Eindruck erwecken wollte, ein Weichling zu sein. („Bei den Inselaffen ist der *Handshake* eine ernste Angelegenheit, Picot!")

* Georges-Picot um genau zu sein, aber meistens sagt man „Picot".

** Tatsächlich wurde das Sykes-Picot-Abkommen in der Downing Street und nicht im Foreign Office unterzeichnet.

Sie haben auf dem imposanten Tisch in der Mitte des Raums keine detaillierten Karten jenes Nahen Ostens ausgebreitet, der an dem Tag auf der Speisekarte stand.

Nein, Picot krähte sicher nicht vulgär, während seine behaarte Pferdehändlerhand auf einem Teil der Karte lag: „Finger weg hiervon, verstanden? Da haltet ihr euch fern, Sykes! Das ist unser Privatrevier!", während der andere schweigend nickte und über Kompensationen brütete.

„Frankreich, die älteste Tochter der Kirche, die natürliche Schutzpatronin der libanesischen Maroniten." Das hat Picot nie gesagt, vielleicht hat er es gedacht*, vielleicht hat der päpstliche Nuntius, ein diskreter, aber dringlicher Besucher, ihn am Quai d'Orsay daran erinnert, doch er hat den Satz nicht ausgesprochen, dieser Picot. Es ist jedenfalls wenig wahrscheinlich, und vielleicht hat Picot, genau wie Sie und ich, den Nuntius nie zu Gesicht bekommen.

Sykes hat sich nicht zum Erdöl geäußert, damals waren sie noch nicht davon besessen, obwohl es in Mesopotamien seit dem Altertum benutzt wurde, auch wenn die 1909 gegründete Anglo-Persian Oil Company dort bereits Geschäfte machte, als Sykes, von Kopf bis Fuß Gentleman, die erloschene Zigarre von Picot neu anzündete.

Wie zieht man Grenzlinien? Es gibt da selbstverständlich die *natürlichen* Grenzen, die von Berggipfeln bestimmten Linien, die durch Wasser festgelegten Linien, die Talwege. Vielleicht geht es auch um *ethnische* Kriterien: „Dieser Stamm, Picot, dieser mit uns verbündete Stamm lässt seine Kamele hier weiden!" Der Zeigefinger des Barons weist auf einen Punkt der Karte und Picot beugt sich hinunter, klemmt

* Er hat es sicher gedacht. Picot pflegte ausgezeichnete Beziehungen zu den libanesischen Maroniten.

sein Monokel ein, bemüht sich zu erkennen, was der andere zu sehen vorgibt ...

Dann ist da noch die Sache mit dem *Bleistift*.

Wenden wir uns ein wenig der Mathematik zu. Was ist eine *Linie*?

Euklid: „Eine Linie ist eine *breitenlose* Länge."*

Sykes und Picot glauben Linien auf diese vor ihnen wie willige Nutten ausgebreiteten Karten zu ziehen, doch Euklid und alle Mathematiker der Welt hätten angesichts der Inkompetenz der beiden Kumpane spitze Schreie ausgestoßen. *Sir* Mark und *Môssieur* François zogen tatsächlich keine Linien, sondern zeichneten *Parallelepipede* ein. Sie waren unendlich länger als breit, sicher, aber es waren dennoch Pipede.

Wer war schuld daran? Nicht Sykes-Picot, nein, nein.

Wer war schuld? Der Bleistift natürlich! Eine Bleistiftmine kann auf dem Papier keine Länge ziehen, ohne in die Breite zu gehen, das ist unmöglich; wie fein sie auch ist, die Mine zeichnet einen Strich, der auch eine Breite hat.

Na und?

Ja, und im Feld wird diese Breite, die winzig klein erschien, plötzlich beachtlich. Das Parallelepiped hat eine Breite von ein paar Kilometern. Dadurch wird ein Käfig daraus. Oder auch ein *Casus Belli*.

Zu wessen Territorium gehört das Parallelepiped? Dem Irak? Syrien? Dem Libanon? Israel? Wem gehören die vierzehn Schebaa-Farmen an den Hängen des Hermon? Sind sie syrisch, libanesisch, israelisch?

„Ein Gläschen Portwein, mein lieber Picot?"

„Nein danke Sykes. Ich trinke nie Alkohol vor dem frühen Abend."

* *Die Elemente*, Buch 1, Definition 2.

„Ach zum Teufel, machen Sie doch mal eine Ausnahme! Wir feiern etwas Bedeutendes, dieses *Agreement*", (eine fegende Handbewegung über den kartenübersäten Tisch) „zwischen unseren beiden Ländern. Unseren beiden Reichen! Auch wenn das Ihre eine Republik ist."

„Na gut, aber nur ein Schlückchen."

Ich bin sicher, dieser Dialog hat niemals am 16. Mai 1916 an der Decke des großen Raumes widergehallt, denn ich habe ihn soeben erfunden.

Die beiden Männer haben nicht Arm in Arm das Foreign Office verlassen, um in Sykes' Club das Abendessen einzunehmen. (White's? Brook's? The Athenaeum?)

Es ist sicher nicht so abgelaufen.

Jedoch wissen wir ein paar Dinge über die beiden Burschen. Was sagt die biographische Notiz (die echte)? „Sir Mark Sykes (1879–1919), englischer Aristokrat, Landbesitz in Yorkshire, Baron in dritter Generation ..."

(Man kann sich fragen, wie ein mit Problemen der *Begrenzung, Umzäunung, Brandmauern* vertrauter Landbesitzer so über die Ländereien anderer verfügen konnte ... Doch die anderen, die dreckigen Araber, die *Wogs*, waren ja keine Barone.)

„... Abenteurer und diplomatischer Berater, spezialisiert auf den Mittleren Osten. 1915–1916 im War Office, wo er Assistent des *Secretary* [Ministers] wurde, bis er 1919 als Vierzigjähriger in Paris an der Spanischen Grippe verstarb."

Was sagt die andere biographische Notiz?

„François Georges-Picot (1870–1951), geboren in Paris, Diplomat. Kurz vor dem Ersten Weltkrieg wird er *Consul de France* in Beirut. Als Mitglied der Kolonialpartei [einer 1889 gebildeten Parlamentariergruppe] ist er Befürworter des „Integralen Syrien" unter französischem Mandat (von

Alexandrette bis zum Sinai, von Mossul bis zur Mittelmeerküste). Er wird 1917–1919 Hochkommissar in Palästina und Syrien."

Ein pikantes Detail: Picot war der Großonkel von Valéry Giscard d'Estaing.

Nein, es ist sicher nicht so abgelaufen.*

Doch das macht keinen Unterschied: *In der Vorstellung der Araber ist es so abgelaufen*, dazu gibt es tausende Varianten, die den einen und anderen der beiden Unterzeichner als hassenswert, teuflisch, unverantwortlich darstellen.

Die Vorstellungswelt der Völker ist von großer Bedeutung. Diese Welt aus manchmal falschen Ideen, paradoxalen Gebilden, Mythen und Vorurteilen ist oftmals durch ihre Nachwirkungen realer als die wirkliche Welt, „die Gesamtheit der *Fakten*"**.

Junge Menschen werden nicht zu Dschihadisten, nachdem sie die „Gesamtheit der Fakten" in Betracht gezogen haben; sie schwören nicht auf dieser Grundlage einem alptraumartigen Kalifen den Treueeid oder sprengen sich inmitten der Menge in Samara oder Irbil in die Luft.

In der Vorstellungswelt der Araber ist das Sykes-Picot-Abkommen eine der großen *Katastrophen* des 20. Jahrhunderts.

Das alles muss man ernst nehmen.

„Ja, aber was hat das mit Ali und Malika zu tun?"

Geduld.

* Vielleicht haben Sykes und Picot gar nichts verhandelt. Sicher wurde alles bereits im monatelangen Briefwechsel zwischen Paul Cambon, dem französischen Botschafter in London, und Edward Grey, dem Staatssekretär im Foreign Office, vorher festgelegt.

** Wittgenstein.

5

Lebensgefährten!

Die beiden jungen Frauen hatten sich im *Assassin* in der Rue Jean-Pierre-Timbaud verabredet. Claire hatte ihr blondes Haar zu einer Art Banane hochgesteckt, die Aufsehen erregte.

„Du willst wirklich mit Ali zusammenziehen?"

Claire war erstaunt oder zumindest mimte sie die Erstaunte perfekt, mit hochgezogenen Augenbrauen und leicht offenem Mund. Malika lachte los.

„Dir fehlt nur noch das kleine Rinnsal Spucke, dort im Mundwinkel, sieht aus, als verkündetest du die Nachricht des Jahrhunderts ... Ja echt, er zieht zu mir ... in meine Wohnung. Das wird ‚unsere Wohnung' ... Wir waren im *Cannibale* und haben es mit Mojitos begossen. Es ist also todernst."

„Moment mal ... Du warst es doch, die sagte: ‚Ich werde nie mit einem Nordafrikaner zusammenleben. Ich bin Französin, die sind mir zu machohaft, sie behandeln Frauen wie Dienstmädchen, bla-bla-bla-bla' ..."

„Das soll ich gesagt haben?"

„Zwanzig Mal!"

Malika zuckte die Achseln.

„Ali ist ganz anders. Er sieht mich wirklich als ihm ebenbürtig an. Ich kenne ihn seit Monaten, wir sind zusammen, haben stundenlang diskutiert ... Noch dazu hat er seine Arbeit, ich meine, jeder wird sein Leben leben ..."

Claire beugte sich zu ihrer Freundin und streichelte spöttisch ihre Wange: „Du lässt mich für einen Nordafrikaner sitzen? Ich werde mich rächen ... Bei der nächsten Wahl gebe ich Le Pen meine Stimme!"

Malika umfasste ihr Gesicht mit beiden Händen.

„Ich verlasse dich nicht, du wirst immer meine beste Freundin bleiben."

Claire entzog sich.

„Ach ja ... Ab und zu rufen wir uns an, meinst du das?"

„Ganz und gar nicht! Ich habe mit Ali gesprochen. Es wird sich nichts ändern. Ich hab dir doch gesagt: Jeder wird sein Leben leben. Im Übrigen werden wir ja nicht heiraten, wir wohnen zusammen, das ist alles. Und sollte es nicht funktionieren ..."

„Was sagen denn deine Eltern dazu?"

Malika schwieg eine Weile. Das Bild ihrer *Erzeuger* – das Wort stieg in ihr auf, wenn sie traurig oder wütend war – schien vor ihren Augen aufzutauchen, doch – seltsamerweise – sah sie sie in Schwarzweiß wie auf einer alten Fotografie. Das gezwungene Lächeln des Vaters war zur düsteren Grimasse erstarrt, das Gesicht der Mutter war verschwommen, man konnte ihre Züge kaum erkennen, sie verschwand hinter dem Umriss ihres Mannes. Schließlich seufzte Malika:

„Meine Eltern? Die haben es schon lange aufgegeben, mir reinzureden. Kannst du dich erinnern, vor zwei Jahren als ich meine Wohnung gemietet habe und aus ihrer Sozialwohnung in der Rue de Charonne ausgezogen bin? Das war hart für sie ... Sie haben es sehr übel genommen, vor allem mein Vater. Als ich ihnen sagte, dass ich gehe, hat er zuerst den Mund weit aufgerissen ... Dann fing er an zu murren und zu schimpfen ... am Ende hat er mich laut angebrüllt. Ich war zu einer Fremden geworden. Zu einer Französin eben. Was musste ich mir nicht alles anhören ... ‚Ein gut erzogenes Mädchen wohnt bis zu ihrer Hochzeit bei den Eltern!', ‚Was werden die Verwandten in Marokko dazu sagen?', ‚Du willst allein leben wie eine *Zoufria*?'"

„Eine was?“

„Eine *Zoufria*. Das kommt vom Wort ‚ouvrier‘, Arbeiter, sprich der unverheiratete Proll, der nichts anbrennen lässt. ‚Les z-ouvriers‘, die *Zoufris* ... Daher die *Zoufria,* stets zu Diensten!“

Sie mimte eine formelle Verbeugung.

„Aus dem Mund meines Vaters ist es das Allerletzte, die schlimmste Beleidigung.“

„Eine Nutte, oder was?“

„Fast ... Doch mittlerweile hat sich das geändert. Letztens habe ich sie besucht, nur um Hallo zu sagen, es war ja schließlich *Aïd* ... Mein Vater hat mich kaum erkannt ... Er sah mich verstohlen mit aufgerissenem Mund an ... Ich glaube, der Arme verliert den Verstand, Alzheimer oder so etwas in der Art.“

„Und deine Mutter?“

„Meine Mutter hat gerade mit ihrer Schwester in Casablanca telefoniert; der hat sie gesagt: ‚Malika ist jetzt Französin ... ‘“

„Das hat sie vor dir gesagt?“

„Nein, im Nebenzimmer, aber ich habe es gehört. Das hat mich traurig gemacht. Ich glaube, sie erwarten nichts mehr von mir ...“

„Zurück zu deinem Märchenprinzen. A-li ... Was bedeutet nochmal *Ali?*“

Malika gab sich ein wenig hochnäsig:

„Es bedeutet ‚groß‘, ‚erhaben‘.“

„Wann kann ich denn ‚Ihro Erhabenheit‘ kennenlernen? Du bist seit sechs Monaten mit ihm zusammen, und ich habe ihn noch nie gesehen. Versteckst du ihn?“

„Er arbeitet wie verrückt, sie beuten ihn in seiner Firma total aus.“

„Er ist im IT-Bereich, oder was?“

„Ja, Informatikingenieur, hochspezialisiert, er hat mir mehrmals davon erzählt, lauter Gleichungen, komplizierte Begriffe, ich verstehe nichts davon. Er arbeitet an einem sehr wichtigen Projekt, fliegt deswegen oft zwischen Paris und Toulouse hin und her, um das vorzubereiten; Dassault hängt da mit drin, anscheinend alles hochgeheim ... Er sagt mir nicht alles.“

„O je ... Rätsel über Rätsel ... Eine Art James Bond? ‚Sein Name ist Bond ... *Ali* Bond!‘“

Sie lachten los.

„Du ziehst mit einem Kerl zusammen, der dir ‚nicht alles sagt‘? Das fängt ja gut an ... Am Ende verstummt er gänzlich.“

„Du bist albern, das ist einfach nur sein Job, da geht es um Staatssicherheit.“

„Nee wie spannend ... Du bist mit einem Spion zusammen, der Atombomben bastelt?“

Sie riss die Arme in die Luft und schrie:

„Bumm!“

An einem der Nachbartische sprang jemand auf und warf sein Glas um, daneben stieß ein alter Herr einen spitzen Schrei aus, erzürnte Gesichter wandten sich den beiden Freundinnen zu. Claire steckte die Nase in ihr Glas und machte sich ganz klein.

Malika schimpfte sie aus.

„Genau, zieh deine Schau ab ...“

„Ist ja schon gut ... Wann lerne ich denn nun Einstein kennen?“

„Jetzt sofort. Wir sind hier verabredet.“

Kurze Zeit später betrat Ali das Café. Malika stellte sie einander mit übertrieben ernsthafter Miene vor.

„Claire, meine beste Freundin. Ali, mein zukünftiger Lebensgefährte."

Ali und Claire gaben sich etwas steif Begrüßungsküsse. Er setzte sich zwischen die beiden Frauen und murmelte:

„‚Lebensgefährte' ist ein hässliches Wort."

„Stimmt, es klingt nicht schön, aber das ist nicht meine Schuld. Ich habe die hiesige Sprache nicht erfunden."

Sie wandte sich Claire zu, die lachend protestierte:

„Warum siehst du mich an? Ich auch nicht. Zudem bin ich halb Russin."

Ali blieb bei seinem Thema.

„Statt ‚Lebensgefährte' könntest du ‚Partner' sagen."

„Partner? Warte mal ... spielen wir jetzt Bridge? Wie pensionierte Zahnärzte? So hatte ich mir unsere langen Winterabende nicht vorgestellt ..."

„Oder du könntest mein ‚Verlobter' sagen."

„Ach herrje ... ‚Mein Verlobter', das ist wirklich überholt. Das sagt man nicht mehr, höchstens vielleicht noch in der hinterletzten Provinz ... Aber wenn du darauf bestehst ..."

Sie stellte sie nochmals einander vor, gestelzt, als würde sie auf einer Bühne stehen:

„Claire, immer noch meine beste Freundin. Ali, mein Verlob-ter, der Softwarekönig."

Claire und Ali sahen sich lächelnd an.

6

Ihr Lawrence und unserer

Die Geschichte strotzt nur so von Beispielen für Verrat. Für die Araber trägt eine der perfidesten Episoden der jüngsten Geschichte wahrscheinlich englische Namen, wenn man sie denn benennen müsste, ein Gemisch von Namen, eine Art Auftritt der Angeklagten vor dem Gericht der Ehrlosigkeit: Lawrence, Sykes, Henry McMahon, Balfour ...

Erheben Sie sich!

Beginnen wir mit Lawrence, Lawrence von Arabien. *Der Geliebte Arabiens.* Wer ist das überhaupt? Manchmal habe ich die Frage gestellt und bekam Antworten:

„Ach ja! Peter O'Toole, mit dem durchdringenden Blick (stahlblau), dem asketischen Körper, dem vornehmen Akzent, den feinen Gesichtszügen ..."

Entschuldigung wenn ich unterbreche. Hier geht es um Geschichte und Sie reden von einem Film.

„Nun ja, sieben Oscars ..."

Vergessen wir das. Schauen wir lieber im Lexikon nach. Was ist da zu lesen? Folgendes: Thomas Edward Lawrence, geboren in Tremadog, Wales, am 16. August 1888, gestorben bei Wareham, Dorset, am 19. Mai 1935.

Beruf? Archäologe, Offizier, Abenteurer, Spion; und *Schriftsteller,* falls man diesen vorübergehenden Zustand, diese produktive Neurose als Beruf bezeichnen kann. Doch warum zaudern? *Die sieben Säulen der Weisheit* ist ein Meisterwerk, auch wenn einige Formulierungen uns heute eher barock vorkommen. Es gibt darin Sätze, in denen sich der Inhalt in die elegante Schale des Stils wirft: „Wir hatten verzweifelt daran gearbeitet, brachliegenden Boden zu beackern, und versucht, eine Nation entstehen zu lassen *auf einer Erde, auf der die religiöse Gewissheit herrschte, dieser Baum der Gewissheit mit vergifteten Blättern,* der jede Hoffnung verbannt."

(Hübsche Vorahnung ... Könnte er nur die heutige Katastrophe sehen! ...)

„In *Lawrence of Arabia,* dem Film ..."

Ach, das schon wieder.

„Im Film gibt es eine Szene, in der Lawrence wagemutig oder außerordentlich leichtsinnig in ein von den Türken besetztes Dorf reitet. Dabei wird er gesucht, auf ihn ist ein Kopfgeld ausgesetzt ..."

Sind wir hier in einem *Western*?

„Der ist doch verrückt, oder? Völlig plemplem? Der Kerl ist blond mit weißer Haut und grauen Augen ..."

Vorher hieß es noch, sie seien „blau".

„Wie auch immer. Sagen wir *graublau.* Da spaziert er einfach so hinter den feindlichen Linien herum! Plemplem, sage ich Ihnen ... Kurz und gut, eine türkische Patrouille erkennt ihn (Auftritt der Bösewichter!), er wird gefangengenommen, gefoltert, vielleicht ein wenig vergewaltigt – war da nicht ein türkischer Offizier, der besonders lasterhaft wirkte ..."

Sie haben ihn gesehen?

„Ja, das heißt im Film."

Ah ja, *der Film.*

„In Erinnerung an diesen Vorfall behauptet man, er habe sich jedes Jahr auspeitschen lassen. Flutsch! Autsch, autsch, autsch ... Böser Masochist ... Stimmt diese Geschichte denn?"

„Das weiß man nicht ... Er hat es erzählt, aber manche Historiker zweifeln am Wahrheitsgehalt dieser Episode."

„Sie erzählt also Märchen, unsere *Florence* of Arabia?"

Sie sind vulgär. Ziehen Sie Leine! Oder wenn Sie bleiben,

wenn Sie mir weiterhin die Ehre erweisen, diesen Roman zu lesen, sollten Sie wissen: die Araber kennen diese Anekdoten, diese schlüpfrigen Details nicht. Die sind ihnen auch ganz egal. Hier ist die *Erzählung der Araber*, falls Sie das interessiert: Lawrence ist ein britischer Offizier, der durch das damals mehr oder weniger vom ottomanischen Reich unterjochte Arabien vagabundiert. Seine Mission? Den Arabern zu helfen, die Türken loszuwerden. Wir sind mitten im Ersten Weltkrieg, die Türken haben sich auf die Seite der Deutschen geschlagen, sie sind also Feinde Großbritanniens. Lawrence trägt arabische Tracht ...

„... die ihm hervorragend steht, es gibt da Szenen ..."

Halten Sie den Mund! Er ist ein guter Kamelreiter, übernimmt viele einheimische Gewohnheiten ...

„Da fragt man sich schon, welche genau."

Bald wird er zum Vertrauten von Prinz Faysal, dessen Fähigkeiten er erkannt hat: Intelligenz, Beherrschung, natürliche Autorität. Jetzt hören Sie gut zu. Das ist der Kern des Problems. Die Araber glauben, Lawrence habe seine Vorgesetzten in Kairo und London davon überzeugt, es sei im Interesse des Vereinigten Königreichs, ein großes, vereintes und unabhängiges Arabien entstehen zu lassen, das Syrien, Jordanien, Palästina und die heutigen Staaten Irak, Saudi Arabien, Kuweit usw. umfasst. Verstehen Sie?

„Kaum. Das ist alles langweilig. Und überholt ... Können wir zum Roman zurückkehren?"

In der europäischen Fassung hingegen unterstützt Lawrence diesen Plan nicht, der eher Sharif Hussein aus Mekka zuzuschreiben ist. Gemäß Lawrence sollten der Hedschas, Jordanien, Irak, Syrien usw. jeweils einen Staat mit eigenen Grenzen bilden. Es war im Interesse der Engländer, den Mittleren Osten aufzuteilen (*divide and rule,* wie gehabt ...)

und schließlich war Lawrence Engländer.

„Doch wer hat denn nun Recht? Was wollte Peter ... äh... Lawrence denn wirklich?"

Niemand hat Recht! Alle haben Recht! Die Frage macht keinen Sinn: Wesentlich ist die Feststellung, dass es zwei unterschiedliche Diskurse gibt. Gewissermaßen zwei Lawrences."

„Jeder lebt seinen Traum?"

Gut formuliert. Endlich ein kluger Satz.

„Danke."

Bleibt festzustellen, dass in der Logik des europäischen Lawrence Syrien eine reale Unabhängigkeit erringen sollte. Die beiden Diskurse nähern sich an, berühren sich beinahe ..., doch im Juli 1920 schlägt die französische Kolonne von General Goybet als Vorhut des berühmten Gouraud die syrischen Truppen und verjagt Faysal aus Damaskus. Damit war es vorbei mit diesem Teil von Lawrences Plan, einem unabhängigen Syrien.

„Hat er wirklich daran geglaubt?"

Das weiß man nicht. Er hat selber geschrieben: „Wenn wir den Krieg gewinnen, sind die Versprechen an die Araber nur noch ein Fetzen Papier."

„Das ist zynisch."

Nein: klarsichtig. Zurück zum arabischen Diskurs. Vergessen wir kurz die Spekulationen über Lawrences Absichten. Es gibt auch Fakten, Dokumente. Der Sharif von Mekka, Hussein Ben-Ali, und der britische Hochkommissar in Ägypten, Sir Henry McMahon, haben zwischen Juli 1915 und Juni 1926 einen Briefwechsel. London ermutigt die Araber, sich gegen das mit Deutschland verbündete ottomanische Reich aufzulehnen. Im Gegenzug würde Großbritannien ihre Unabhängigkeit anerkennen.

Ungefähr zur gleichen Zeit, – das haben wir gesehen, nicht wahr? wir haben uns vorgestellt wie sie ans Werk gingen, – zerstückeln Sykes und Georges-Picot auf dem Papier das von Lawrence versprochene arabische Reich ... noch bevor es überhaupt entstehen konnte!

Ungefähr zur gleichen Zeit (was ist schon ein Jahr im Lauf der Geschichte?), diktiert Arthur Balfour mit ernster Miene einen Brief. Oder vielleicht schreibt er ihn sogar eigenhändig mit seinen *weißen* Fingern, und lässt ihn danach von einer Sekretärin abtippen. Wie auch immer.

Wer ist Balfour? Die biographische Notiz ist kurz: Arthur James Balfour (25. Juli 1848 bis 19. März 1930), I. Earl of Balfour, britischer Premierminister, Vorsitzender der konservativen Partei, Außenminister während des Ersten Weltkriegs.

Die Notiz ist kurz, der Schatten, den sie wirft, ist lang, sehr lang. Wir leben heute noch alle darin.

„Aber ich doch nicht?“

Doch, sogar Sie.

Am 2. November 1917 richtet der britische Foreign Secretary Arthur Balfour den berühmten Brief an Lord Rothschild, der den Verlauf des 20. Jahrhunderts verändern sollte. Hier ist der Text:

Verehrter Lord Rothschild,

ich bin sehr erfreut, Ihnen im Namen der Regierung Seiner Majestät die folgende Erklärung der Sympathie mit den jüdisch-zionistischen Bestrebungen übermitteln zu können, die dem Kabinett vorgelegt und gebilligt worden ist:

Die Regierung Seiner Majestät betrachtet mit Wohlwollen die Errichtung einer nationalen Heimstätte für das jüdische Volk in Palästina und wird ihr Bestes *tun, das Erreichen dieses Zieles zu erleichtern, wobei, wohlgemerkt, nichts geschehen soll, was die bürgerlichen und religiösen Rechte der bestehenden nicht-jüdischen Gemeinschaften in Palästina oder die Rechte und den politischen Status der Juden in anderen Ländern in Frage stellen könnte.*

Ich wäre Ihnen dankbar, wenn Sie diese Erklärung der Zionistischen Weltorganisation zur Kenntnis bringen würden.

Ihr ergebener Arthur Balfour

„Das kam aber nicht im Film vor ..."

Die Balfour-Deklaration steht im Widerspruch zu den Verpflichtungen von Lawrence gegenüber Faisal und den arabischen Nationalisten, die einen großen unabhängigen Staat unter Einschluss Palästinas forderten. Sie steht auch im Widerspruch zum Hussein-McMahon Abkommen, das davor geschlossen wurde.

„Das ist doch kein Problem für die Engländer ... *Das perfide Albion,* nicht wahr ...?"

Der Brief enthält ein paar Sätze, die auf ein Streben nach Unparteilichkeit schließen lassen könnten (wobei, wohlgemerkt, nichts geschehen soll, was die bürgerlichen und religiösen Rechte der bestehenden nicht-jüdischen Gemeinschaften in Palästina ... in Frage stellen könnte), doch im arabischen Diskurs beweisen diese sprachlichen Vorsichtsmaßnahmen nur eins: Balfour und die britische Regierung wussten genau, dass Palästina nicht unbewohnt war und sie folglich ein Verbrechen begingen ...

„Warum müssen wir diese ollen Kamellen herausholen? Warum herumrühren in diesem ganzen ...? Was hat das mit Ali und Malika zu tun, diesem Roman, den Sie ankündigen, so steht es auf dem Umschlag, der aber immer wieder nach Belieben von Ihnen unterbrochen wird? Was bezwecken Sie damit? *Karten auf den Tisch, Monsieur*!"

Die Karten? Schöne Doppeldeutigkeit ... Sie meinen sicher Spielkarten, doch das ganze *Spiel* drehte sich um Landkarten ... Nun gut, Karten auf den Tisch! Das Spiel, die Geographen, die Strategen, die Politiker ...

Also: es gibt zwei Erzählungen der Welt. Es gibt eine Unzahl von Erzählungen der Welt. So viele wie Menschen, die diese Erde bevölkern. Doch in diesem Fall interessieren uns nur zwei Diskurse.

Vergnügen Sie sich mal damit (wenn man hier überhaupt von *Vergnügen* sprechen kann) zu zählen, wie oft der Name „Balfour" in Dokumentarfilmen oder Debatten einerseits auf Al Jazeera oder anderen arabischen Satellitensendern vorkommt und andererseits auf europäischen Sendern (französischen, niederländischen, deutschen, britischen, egal welchen). Das Ergebnis wird aufschlussreich sein: Dutzende von Malen im ersten Fall und ... nicht ein einziges Mal im zweiten.

Kein einziger Araber – und sei er noch so lückenhaft gebildet – hat noch nie von Balfour gehört (manche spucken, wenn sie den Namen aussprechen ...). Doch in Europa, in den USA, wer kennt ihn da? Kannten Sie ihn?

„Vage ... Nicht wirklich ..."

Im arabischen Diskurs hat „eine Nation feierlich einer anderen das Gebiet einer dritten versprochen ..."*

Im europäischen Diskurs hat Balfours Brief ein modernes Wunder bewirkt, die Auferstehung Israels nach den Gräueltaten des Zweiten Weltkriegs, nach der *Vernichtung der europäischen Juden*** – ... durch Europäer.

„‚Eine Katastrophe', ‚ein Wunder'? Drücken Sie sich

* Arthur Koestler, Versprechen und Erfüllung (Engl. Originalausgabe: 1949).

** Raul Hilberg, Die Vernichtung der europäischen Juden (Engl. Originalausgabe: 1961).

genauer aus, mein Herr! Wer irrt, wer hat Recht?"

Niemand. Alle. *Nichts ist einfach oder eindimensional.* Ist eine Erzählung, ist ein Diskurs falsch oder wahr? Wir sind hier jenseits der Wahrheit, unter- oder oberhalb.

„Nein wirklich, was ist nun die ‚richtige' Geschichte?"

Diese Frage ist sinnlos.

„Wer hat Unrecht?"

Sagen Sie mir das doch!

„Wer hat Recht?"

Beide Protagonisten.

„Sie machen wohl Spaß?"

Nein, das ist ja gerade die Tragödie.

Die Araber haben das Versprechen von Lawrence nicht vergessen. Das Versprechen, das er einem der beiden Diskurse zufolge (vielleicht) nie gegeben hat und das nach dem anderen Diskurs gebrochen wurde. Daran sieht man, wie schwierig es sein wird, beide Diskurse zusammenzubringen, ohne die Logik des nicht einbezogenen Dritten zu verletzen.

Die Araber haben den Brief Balfours nicht vergessen. (Sie kennen das „White Paper" Churchills von 1922 nicht, das das Versprechen Balfours „abschwächte". Eine Weltgeschichte ist nie vollständig.)

Sie haben den Verrat nicht vergessen.

Das alles sind Vorboten von Nasser, der Verstaatlichung des Suezkanals, dem Krieg von 1956, dem Ajatollah 1979, den verdammten Liebhabern Bush und Saddam, dann des generellen Knalls, des Pseudo-Kalifen, des Grauens, der neuen Völkerwanderungen, Hunderten von Männern und Frauen, die an Europas Ufern stranden ...

Wir kehren immer wieder zurück zum Anfang des 20. Jahrhunderts, zu den in Archiven festgehaltenen oder unter einem Zeltdach geflüsterten Versprechen, zu diesen auf Karten eingezeichneten Linien, zu den Verträgen, die keine sind, zu den Briefen, die sagen, was man will, und nur diejenigen verpflichten, die sie lesen, zu dem tiefen, schwarzen Loch, um das der arabische Diskurs kreist – doch das schwarze Loch ist *per definitionem* nicht im europäischen Diskurs sichtbar.

Wissen Ali und Malika, Claire und Brahim, dass sie es sind, die am Anfang eines neuen Jahrhunderts den Preis dieses Verrats, dieser Lügen, dieser Missverständnisse zahlen müssen?

7

Der Tresor und sein goldener Schlüssel

Ali und Brahim standen an einer Bushaltestelle vor den *Thermes de Cluny* am Boulevard Saint-Michel. Ali hatte eine Dokumentenmappe unter den Arm geklemmt, er zappelte vor Ungeduld und spähte nach dem Bus 38, der auf sich warten ließ. Brahim zögerte und legte dann los.

„*Aji,* sag mal ... Stimmt es? Du willst heiraten? Wie heißt sie noch ...? Malika?"

Ali wandte sich stirnrunzelnd zu seinem Vetter.

„Wer redet denn von Heirat? Wir ziehen zusammen. Dann werden wir sehen."

Der andere quäkte:

„Aber ... das ist *haram*!"

„Das reicht Brahim ... Hör auf, mich mit deinen *haram*- und *halal*-Geschichten zu nerven. Wir leben im 21. Jahrhundert, nicht in Fqih Ben Salah zur Zeit der Karawanen ... Heute gehen Männer und Frauen erst zusammen aus, lernen sich kennen, leben zusammen und sehen dann weiter ... Was ist jetzt mit dem Bus, kommt er endlich?"

Brahim ließ nicht locker.

„Aber wie kannst du eine Frau respektieren, wenn sie mit dir zusammenlebt, ohne deine Frau zu sein? Das ist eine Schande! *H'chouma!*"

Nach kurzem Schweigen hob Ali langsam die rechte Hand und zeigte mit dem Finger auf etwas in der Ferne.

„Brahim, was ist das da hinten?"

Brahim kniff die Augen zusammen und sah in die Richtung, in die sein Vetter zeigte.

„Das ist der Bus. Der 38, aber er fährt in die falsche Richtung."

„Es ist ein Bus, da sind wir uns einig. *Es ist sicher kein Kamel, oder?* Wir sind in Paris, nicht in Medina zur Zeit der Dromedare? Oder in Fqih Ben Salah zur Zeit des verstorbenen *Al Hadj* Hassan, unseres gemeinsamen Vorfahren?"

Brahim drehte sich abrupt um.

„Na und? Religion ist für immer, sie ist für ... für *überall.* In beiden Welten: *Al'Alamayn.*"

„Welche beiden Welten?"

„Na hier und danach. Das Leben hienieden und dann das *Jenseits,* wie die Europäer sagen."

„Das sagen auch die Senegalesen und die Kanadier, in Quebec und anderswo."

Er hielt nach allen Seiten Ausschau.

„Scheiße, wann kommt endlich der Bus? Immer das Gleiche mit dem 38", schimpfte Ali. „Man könnte meinen, er wird jeden Tag unterwegs bei *Port Royal* überfallen ..."

„Du weichst dem Thema aus."

„Ich komme darauf zurück: *al'Alamayn* ist ganz und gar nicht, was du behauptest. Es ist nicht ‚das Leben hier' und ‚das Leben nach dem Tod'. *Al'Alamayn* bedeutet soviel wie ‚die Welt der Menschen' ..."

Er breitete die Arme aus, als wolle er das ganze Universum oder zumindest Paris umarmen.

„... und die Welt der *Djinn,* ein geheimnisvolles Etwas, ein Paralleluniversum, das niemand je gesehen hat, doch an das man dennoch glauben soll. Zudem können die *Djinn* von einer Welt in die andere wechseln: in Marokko glauben viele Menschen ernsthaft, man könne sein ganzes Leben mit Muttchen verheiratet sein, die in Wahrheit ein *Djinn* in einem Frauenkörper ist ..."

Er lächelte ein wenig überheblich und schloss:

„Also, das ist *al'Alamayn.*"

Brahim murmelte fassungslos:

„Bist du sicher?"

„Todsicher. Leute wie du werden mich immer faszinieren ..."

Er bohrte seinem Vetter den Zeigefinger in die Brust.

„... die ständig vom Islam schwafeln, ohne genau zu wissen, was das ist."

Brahim reagierte gereizt und argumentierte weiter.

„Ich weiß genug darüber, um dir sagen zu können, dass das, was du vorhast, nicht normal ist. Du hast meine Frage nicht beantwortet: Wie kannst du eine Frau respektieren, wenn sie mit dir lebt, ohne deine Ehefrau zu sein? Nachts, da ..., da ... *schläft* sie mit dir, einem Kerl, der nicht ihr Ehemann ist, und am nächsten Morgen frühstückst du mit ihr? ... Als sei nichts geschehen?"

Ali lachte laut auf.

„Aber warte mal, die Situation ist doch symmetrisch!"

„*Ch'nou,* was? Ich verstehe nicht, was du meinst."

„Ich bin auch nicht verheiratet. Wenn ich deinem Argument folge, dürfte sie mich auch nicht respektieren, denn ich lebe mit ihr, ohne verheiratet zu sein. Kapierst du?"

Brahim reagierte entsetzt.

„Also nein, nein! Das ist nicht dasselbe!"

Ali war sich seiner Sache sicher und fragte nur leise und kühl:

„Warum nicht?"

Er kannte die Macht dieser einfachen, scheinbar leidenschaftslos in den Raum geworfenen Frage: die Macht, alle Dogmen, alle fanatischen Auswüchse in Frage zu stellen ...

Brahim zitterte förmlich vor Empörung.

„Also wirklich ... Meine Großmutter hatte ein Sprichwort ..."

Er versuchte sich zu erinnern, forschte mit gen Himmel gerichtetem Blick. Er hüpfte unbewusst herum, als verspüre er ein dringendes Bedürfnis. Spöttisch beobachtete ihn Ali, als sei er ein auf dem Pariser Bürgersteig herumturnendes Äffchen.

„Soso, deine Großmutter hatte ein Sprichwort ..."

„Warte, warte ... Es war so etwas wie : ‚Der Mann hat einen goldenen Schlüssel ...'"

Ali brach in schallendes Gelächter aus.

„Wir sind reich!"

„Einen goldenen Schlüssel ... Warte, ich kann mich nicht genau erinnern. Es gab auch eine Truhe, die sich nur einmal öffnet ..."

Ali schüttelte den Kopf.

„*Tausendundeine Nacht* eben. Scheiße, wo bleibt der Bus!? Das gibt's doch nicht, es ist etwas passiert, irgendwo gab es einen Unfall. Oder einen wilden Streik. Wenn die Bahn nicht streikt, sind es die städtischen Verkehrsbetriebe ..."

Brahim suchte immer noch mit gerunzelter Stirn nach dem Sprichwort der Ahnin.

„Eine Truhe, eine Truhe ... Das ist die Frau ..."

Ali wandte sich ihm wieder lachend zu.

„Sehen die Frauen in deinem Kaff wie Truhen aus? In Fqih Ben Salah? Bist du deshalb nach Paris gezogen?"

Brahim hörte auf herumzuhampeln und fuchtelte verneinend mit dem Zeigefinger.

„Nein, nein, es ist eine ... wie sagt man? Eine *Metapher.* Der goldene Schlüssel, die Truhe ..."

Ali hob die Hand als wolle er diesem Schwall von vagen Behauptungen und Eseleien Einhalt gebieten.

„Schon gut, ich habe verstanden, ich bin nicht total blöd. Kurz und gut, der goldene Schlüssel zwischen deinen Beinen kann hundert Truhen öffnen, ohne seine Identität zu verlieren, ohne dass man es merkt, doch wenn die Truhe einmal aufgebrochen, eingedrückt ist, ist es aus, man kann sie nicht mehr reparieren. Feinsinnige Metapher. Sehr dezent. Bravo!"

Sein Ton war sarkastisch und er applaudierte dazu. Einige Passanten, die auch auf den Bus warteten, drehten sich um. Ali versuchte ein flüchtiges, verlegenes Lächeln. Als sich alle wieder abgewandt hatten, fuhr er mit gesenkter Stimme fort:

„Sag mal Brahim, gibt es in Fqih Ben Salah keinen Schlosser? Du weißt in Casablanca gibt es Schlosser. Man nennt sie auch *Chirurgen.* Du kannst allen Truhen in deinem Dorf sagen, sie sollen den Bus nehmen und sich in Casa reparieren lassen ..."

Er lachte lauthals. Brahim zuckte beleidigt mit den Achseln.

„Du kannst dich lustig machen, so viel du willst, aber meine Großmutter hatte Recht. Männer und Frauen, das ist nicht dasselbe. Sonst wären sie nicht unterschiedlich geschaffen. *H'ram as-sabhi,* eine Sünde, mein Freund ... Du kannst nicht mit einer Frau zusammenleben, ohne verheiratet zu sein, du kannst sie nicht *wirklich* respektieren ... Schließlich bist du Marokkaner ..."

Ali beugte sich zu seinem Vetter und legte ihm die Hand auf die Schulter.

„Brahim, Marokko liegt in diese Richtung ..."

Er holte weit aus.

„... dreitausend Kilometer weit weg. Du nimmst den Bus 38 *in die falsche Richtung* und fährst dreitausend Kilometer ohne anzuhalten, bis nach Fqih Ben Salah. Dort findest du deine Großmutter; sie sitzt auf einer hübschen kleinen Truhe. Dann heiratest du die Truhe mit deinem kleinen goldenen Schlüssel, deinem halben Diplom in *Tarbiyya Islamiyya,* islamischer Lehre, und deinem Job als Nachtwächter. Aber mich und Malika lässt du in Ruhe. Einverstanden?“

Endlich kam der Bus 38. Es waren sogar zwei. Hintereinander, wie zwei große, tapsige Hunde. Ali und Brahim stiegen in den ersten.

8

Von Stamm und Glut

Malikas Wohnung lag in der Rue des Couronnes im XX. Arrondissement in der Nähe des Parks von Belleville, in einem Gebäudekomplex, der laut Beschreibung „vollständig umzäunt, tadellos gepflegt und von einem Verwalter und zwei Hausmeistern beaufsichtigt" wurde – das hatte man ihnen oft genug mit dem Unterton „habt ihr ein Glück ..." wiederholt. Ali und Malika lebten nun schon seit einigen Monaten dort.

An besagtem Tag hatte Claire Malika besucht. Während die Freundin Tee zubereitete, betrachtete Claire aufmerksam ein orientalistisches Plakat aus den 1930er Jahren, das an der Wand hing.

„Was ist das für eine Moschee?"

Malika drehte sich schnell zu ihr um.

„Welche Moschee?"

„Die da auf dem Plakat."

„Ah, du hast mich erschreckt, ich dachte einen Moment, sie haben in der Nacht eine Moschee im Garten errichtet ... *Schon wieder diese Saudis!*"

„Du bist doof! Der Garten ist übrigens traumhaft ... Wie heißt diese Wohnanlage?"

„*Résidence du Pressoir*, habe ich dir doch schon gesagt. Ja, es ist sehr angenehm ... mit dem großen Garten unten. Und ich habe den ganzen Tag Sonne ... also wenn sie scheint, meine ich."

„Du hast eine Moschee an der Wand, aber beim Gedanken, dass eine im Garten stehen könnte, schreckst du auf?"

„Das ist nicht dasselbe. Das Plakat hängt da eher aus ... eh... aus nostalgischen Gründen. Das bedeutet nichts. Es ist nur ein Monument. Es ist ... Kultur. Wie eure Kathedralen. Ali hat das Plakat aufgehängt."

„Ali ... Nun lebt ihr seit Monaten zusammen! Ehrlich gesagt, ich habe nicht geglaubt, dass das gut geht. Ich dachte, ihr würdet euch nach einem Monat gegenseitig umbringen."

„Warum denn?"

„Na ... Ali ist ein Marokkaner von ‚da unten', oder etwa nicht? Nicht wie du, meine kleine *Beurette,* eine Franko-Araberin ..."

Malika setzte ihre Teetasse abrupt ab.

„Hör auf damit. Du weißt, dass ich dieses Wort hasse!"

Claire sagte mit unschuldiger Kleinmädchenstimme.

„Dann nenne ich dich eben gar nichts mehr. Du bist von nun an die-Frau-ohne-Namen."

„Ich habe die Wahl zwischen *Beurette* und gar nichts?"

„Entspann dich, ich zieh dich doch nur auf ... Nun gut, ihr seid noch zusammen, du und Ali, es läuft gut, ich freue mich für dich."

Sie beugte sich zu ihr und umarmte sie.

„Mit mir hättest du zusammenziehen sollen. Ich hätte dir nette Schweinereien gekocht. Schweinisch lecker. Das wäre auch passend: *le Pressoir* erinnert an Wein und nicht an Minztee."

Malika machte sich sanft los.

„Weißt du, ich habe oft darüber nachgedacht. Ich denke am Ende wäre es nicht besser gelaufen, wenn ich mich mit einem Franzosen ohne Migrationshintergrund, einem sogenannten ‚Stammfranzosen' zusammengetan hätte. ‚Stammfranzose' ... Was für ein merkwürdiger Ausdruck! ... Als wären wir Bäume. Ihr seid schon seltsam, ihr Franzosen ..."

„Hör schon auf, du bist genauso französisch wie ich! Spiel hier nicht die ‚geheimnisvolle Fremde' mit den exotischen Glutaugen ..."

„Na dann sind wir eben seltsam, wir Franzosen. Wir reden von ‚Stammfranzosen', als sei es das Beste, tief im Boden verwurzelt zu sein und da zu erstarren ... Zugleich nennt man Rimbaud aber auch ‚den Mann mit den Windsohlen'. Voller Bewunderung ... Windsohlen sind doch das Gegenteil von einem Stamm, oder? Alle haben einmal davon geträumt, Rimbaud zu sein, selbst der Typ, der, seit er in den Windeln lag, Front National wählt ... Siehst du den Widerspruch?"

Claire wirbelte in der Wohnung herum.

„Das ist kein Widerspruch. Wir sind Bäume, die vom Fliegen träumen. Wie in dem Shakespearestück. Wo der Wald davonfliegt."

„Der Wald *schreitet,* er fliegt nicht ... Wo war ich stehen geblieben? Ach ja, erinnerst du dich an François-Xavier, den Kerl, mit dem ich vor Ali zusammen war?"

Sie legte den Finger an die Lippen:

„Aber vergiss nicht: kein Wort in Alis Gegenwart. Er ist eifersüchtig, sogar auf die Gespenster der Vergangenheit."

„Ja, ich weiß. Was war mit François-Xavier? War das nicht ein Landjunker von der Sorte *de la Zaun aus der hintersten Gartenecke?"*

„Du Perthuis de Saumur."

„Vereeeehrteste ... Also, François-Xavier?"

„Also, Französin oder nicht, von ihm war ich noch weiter entfernt als von Ali. Ich erinnere mich, einmal ..."

9

Malika und die Gräfin

Man stelle sich eine musikalische Untermalung vor (Lully, Couperin ...), und außerdem Licht, einen Spot, der die Szene beleuchtet. François-Xavier ist eine einfache Pappsilhouette. Malika spricht ihn an.

„Hör mal François. Deine Mutter, die Gräfin, geht mir so langsam auf die Nerven ... Immer diese schrägen Blicke, der Zwicker ... Ja, ich weiß, sie hat gar keinen, aber das ist der Eindruck, den ich habe, wenn sie mich ansieht, ich habe den Eindruck, sie betrachtet mich durch einen Zwicker ..."

Sie mimt die Geste, die sie hundertmal in Filmen aus den 1930er und 1940er Jahren gesehen hat, in denen durch dieses Requisit Überheblichkeit signalisiert werden sollte.

„... als sei ich ein merkwürdiges Objekt, ein exotisches Tier ... Euro Hochwohlgeboren, mit ihrem verkniffenen Mund. ‚Mein Kind, das hier ist eine *Bouchée à la Reine,* haben Sie so etwas bereits gekostet?' Ja, du kannst die Achseln zucken, François, du musst ja auch das herablassende Lächeln nicht ertragen, das verlegene Schweigen, wenn ich etwas Falsches sage ... Am Ende seid ihr es, deine Kreise, die bestimmen, ob ein Wort unpassend ist, auch wenn es seit Rabelais Teil des französischen Wortschatzes ist ... Kannst du dich zum Beispiel an den Tag erinnern, als ich gesagt habe, Le Pen sei ein Hofnarr, ein *Bouffon*? Deine Mutter tat so, als würde sie glauben, das Wort stamme aus den Pariser Vororten, ‚Bouffon', ganz klar aus dem Département 93 (‚Wie nennen Sie das noch, mein Kind?'). Aber der Ausdruck findet sich bereits bei Alexandre Dumas, bei Gide ... Doch ich weiß mich nicht zu benehmen, ich bin keine ‚Du Perthuis de Saumur', mit einem Großvater, der in Indochina gekämpft hat wie deiner ... Was sagst du? Ja genau, im Generalstab. Bravo!"

Sie salutiert.

„... Und dein Vater, der Algerien als Fallschirmjäger durchgemacht hat. ‚Gemacht' ... Keine Kleinigkeit! Man ‚macht' ein ganzes Land mit der Wüste, den *Regs* und den *Ergs.*"

Sie salutiert erneut.

„Wie sollen deine Eltern da auch etwas anderes in mir sehen können, als eine Art *Moukère*? Dabei bin ich genauso französisch wie du ... Warum verziehst du das Gesicht so?"

Sie explodiert.

„Hundertprozentig! Genauso französisch wie du! Auf der Grundlage des Ge-se-tzes. Und deine Mutter mit dem Zwicker ... Die soll aufhören mich ‚Malacca' zu nennen wie die Meerenge: ich heiße Ma-*li*-ka. Das bedeutet übrigens *Königin.* Da stehe ich protokollarisch über der Gräfin. Über der auf den Hund gekommenen Gräfin ... Genauso französisch wie dein aus dem Djebel zurückgekehrter Vater! Das ist die Republik! Ihr glaubt, ihr seid französischer als ich, weil ihr euer Geld in der Schweiz versteckt habt ..."

Sie macht eine abwehrende Geste.

„Hör auf! Lass mich ausreden! Du glaubst, du bist hier der Besatzer? Ich bin nicht Algerien ..."

10

Zwei algerische Erzählungen

Der Algerienkrieg war nicht nur eine Sache zwischen Frankreich und denjenigen, die es mit der Waffe in der Hand bekämpften. In der ganzen arabischen Welt, in Kairo, Bagdad oder Nablus, verfolgten alle, die noch über den großen Verrat grübelten, die sich auf das Versprechen von *Lawrence von Arabien* bezogen und bei der Erwähnung des Namens Balfour ausspuckten, sie alle verfolgten voller Hoffnung, voller Leidenschaft diesen Krieg auf Radio Kairo.

Für die Ägypter war ihre eigene Revolution, die von Juli 1952, die eine Monarchie abgeschafft und eine Republik eingeführt hatte (sieh an, sieh an ...), das grundlegende Ereignis der Befreiung der arabischen Welt. Nach dem Verrat und den Erniedrigungen der vergangenen Jahrhunderte schickte sich die Geschichte an – endlich! – *die richtige Richtung* einzuschlagen.

Man versteht nichts von der arabischen Welt, wenn man diese Revolution des 23. Juli nicht studiert und ebenso die Reden desjenigen, der zwei Jahre später zu ihrem Anführer wurde: Nasser. Aus seiner Sicht, und das wiederholte er mehrere Male, konnte sich Ägypten nicht wirklich befreit fühlen, solange auch nur ein Zoll der arabischen Welt von ausländischen Kräften besetzt blieb.

Und wo war diese Besatzung am tiefsten verwurzelt?

Im Maghreb.

Nasser: „Die Befreiung des Maghreb, des am stärksten beherrschten, am tiefsten kolonisierten Teils unserer Nation, hat Vorrang."

Wenn die französischen Siedler *wütend, verzweifelt* fragten: „Wer hat in diesem Land die Bäume gepflanzt, wer hat die Erde gerodet?“, antwortete Radio Kairo: „Wer hat euch zum Herrscher über diesen Boden berufen?“

Zwei Diskurse über ein und die gleiche Welt ...

11

Ein Nashorn sein

Claire pfiff beeindruckt.

„Da warst du aber echt wütend ... Wie hat François-Xavier das denn aufgenommen?"

„Er hat sich am Bauchnabel gekratzt und etwas verlauten lassen wie: ‚Du übertreibst *Chérie*. Mama schätzt dich sehr und Papa liebt dich einfach abgöttisch!'"

Sie lächelte.

„In Familien dieser Art *lieben sie Stuten abgöttisch* ..."

Claire war amüsiert, sie umarmte ihre Freundin und gab ihr einen Kuss.

„Kleines Stutfohlen."

Malika machte sich genervt los.

„Hör auf! Ich hab dir das alles nur erzählt, um zu erklären, dass es nicht unbedingt besser gelaufen wäre, wenn ich mich mit einem ‚Stammfranzosen' zusammengetan hätte."

Claire zuckte mit den Achseln.

„Jaaaa. Aber du musstest dir ja nicht unbedingt einen Krautjunker aus der hinteren Gartenecke schnappen, um auf Dummheit oder Ignoranz zu stoßen. Weißt du noch, in der Schule, am Gymnasium, die kleinen Juliens, Kevins, Matteos, Arbeitersöhne, oft sogar Söhne von Migranten, die doch unsere Kumpels waren, manchmal haben die auch ganz schöne Dummheiten verzapft ..."

Malika tat so, als hielte sie sich die Ohren zu.

„Hör auf! Daran will ich mich nicht erinnern."

Claire fuhr unerbittlich fort.

„... Diese kleinen unschuldigen Sätze, die für sich sprechen: ‚Sag Malika, hast du nicht einen Vetter, der mir ein geklautes Mofa für einen guten Preis besorgen könnte?'"

Dann mimte sie einen anderen, mit einer hohen Stimme:

„‚Malika, sucht deine Mutter keinen Job als Putze? Meine Mami hat mich gefragt ...' Erinnerst du dich noch an Floriane? ‚Malika in welchem Alter wird dein Vater dich zwingen, den Schleier zu tragen?' Das hat damals sogar mich schockiert."

„Ja, aber gut, das ist für mich kein Rassismus. Das war nur Ignoranz, Unbeholfenheit ... Manchmal war es sogar Neugierde, ein wirkliches Interesse für eine andere Kultur ... Man darf nicht alles in einen Topf schmeißen."

„Du bist zu gut für diese grausame Welt. Aber ich bleibe dabei: Es wäre nicht unbedingt besser gelaufen, wenn du dich mit Kevin oder Matteo zusammengetan hättest. Oder sogar mit Floriane ..."

Sie brachen in schallendes Gelächter aus.

„Zumindest wärest du mit François-Xavier am Ende Gräfin geworden. Mit einem Zwicker, um die Mittellosen zu studieren. Die Mittellosen und die Äffchen."

„Du bist das Äffchen."

„Ich nenne dich ‚kleines Stutfohlen' und du schimpfst mich ‚Äffchen'?"

Malika seufzte.

„Da wäre ich lieber ein Nashorn."

„Wie bitte?"

„Aber ja ... Die haben eine dicke Haut, diese Dickhäuter."

„Und warum willst du ein Nashorn sein? Manche träumen davon Topmodel zu werden und du ..."

„Ich habe es dir gesagt: Sie haben eine dicke Haut. Die braucht man, wenn man ständig Dinge zu hören kriegt wie: ‚Da war wohl ein Araber am Werk?' Manchmal sagen Leute das in meinem Beisein, lachend, unter Freunden oder Kollegen, dann meinen sie: ‚Wir sind keine Rassisten, das siehst du doch, wir benutzen diesen Ausdruck, auch wenn du dabei bist.'"

„Das ist eine merkwürdige Logik ..."

„Am liebsten würde ich ihnen sagen: habt ihr die Alhambra in Granada gesehen, die große Moschee in Cordoba, die Paläste in Marrakesch? Da waren Araber am Werk ... Am schlimmsten sind die, die nicht einmal das Wort ‚Araber' auszusprechen wagen, als sei es verseucht, schmutzig ... Sogar die Araber selbst beginnen ... eh... das ganze zu ‚verinnerlichen'. Plötzlich werden sie zu Berbern, Kurden, Drusen, was auch immer man will, außer zu Arabern. Kaum zu glauben, dass man zu einer bestimmten Zeit stolz darauf sein konnte, sich ‚Araber' zu nennen ..."

Claire hatte aufmerksam zugehört.

„Wirklich? Wann war das?"

„Zu Nassers Zeiten."

„Wer war das denn?"

12

Ein Held unserer Zeit

Nasser.

Gamal Abdel Nasser Hussein ...

Man muss die alten vergilbten Fotos hervorkramen, die flimmernden Filme, die knisternde Tonspur, die kreischt und manchmal verschwindet. Man muss sich diesen Kopf ansehen, *es lohnt sich.*

Die arabische Rhetorik vergleicht ihn mit einem unbändigen Strom, einem Ramses der modernen Zeit, einem Ozean ...

Die europäische bibliografische Notiz ist nüchterner: geboren am 15. Januar 1918 in Alexandria, gestorben am 28. September 1970 in Kairo. „Ägyptischer Staatsmann." 1952 organisierte er den Sturz der ägyptischen Monarchie, war dann der zweite Präsident der Republik Ägypten von 1956 bis zu seinem Tod. Seine Politik war sozialistisch und panarabisch. Er war eines der einflussreichsten Staatsoberhäupter des 20. Jahrhunderts.

Zum Verständnis sollte man ein wenig ausholen.

Nasser war sehr früh am Kampf gegen den britischen Einfluss in Ägypten beteiligt. (Hier ist jemand, der die Namen von Sykes, Lawrence, McMahon, Balfour kennt ...) Er war zutiefst nationalistisch und widersetzte sich der westlichen Vorherrschaft über sein Land; er gründete die sogenannte Bewegung der „Freien Offiziere", die König Faruk stürzte.

Es war die Zeit des Kalten Krieges. Man musste sich für eine Seite entscheiden: Washington oder Moskau, die sogenannte „freie" Welt oder das kommunistische „Lager" – diese Bezeichnungen kommen nicht von ungefähr.

Nasser verweigerte sich dieser Alternative, dieser Lehnherrschaft. Auf der Konferenz von Bandung 1955 steht er selbstbewusst, groß und gerade, charismatisch, lächelnd, neben Nehru, Sukarno, Chou En Lai. Die Vertreter von 29 afrikanischen und asiatischen Staaten erklären ihre „Blockfreiheit“: Sie wollen weder zu Washington noch zu Moskau gehören. Die meisten haben gerade ihre Unabhängigkeit erlangt, sie bilden einen dritten Block in der damaligen gespaltenen Welt. Auftritt Dritte Welt.

Nasser wird bei seiner Rückkehr in Kairo als Held gefeiert.

Als Vergeltungsmaßnahme weigern sich die westlichen Mächte, den Bau des Assuan-Staudamms zu finanzieren, jenes „hohen Staudamms“, der ganz Ägypten mit Strom versorgen soll, um so Entwicklung und Industrialisierung zu fördern. Nasser reagiert am 26. Juli 1956 mit der Verstaatlichung des Suezkanals. Verblüffung in London und Paris. Er hat es gewagt! Das ist ein *Casus Belli*. Beide Hauptstädte treten eine Medienkampagne los gegen den unverschämten *Fellagha**, der den Coup des Jahres organisiert hat.

Nasser ruft eine Pressekonferenz ein, um seine Entscheidung zu erklären. Er trägt eine gut strukturierte Rede vor, greift auf Argumente zurück, entwickelt eine Logik ... Der Sonderkorrespondent einer großen europäischen Wochenzeitung fasst das Ganze folgendermaßen zusammen: „Nasser hat Hände wie ein Würger“ *(sic)*.

Daraufhin ist Krieg! Großbritannien, Frankreich und Israel beginnen eine gemeinsame Offensive, um die Kontrolle über den Kanal zurückzugewinnen. Die Fallschirmjäger springen auf die Pharaonen ... Doch die USA und die Sowjetunion

* *Bauer* (In Wahrheit stammt Nasser aus einer kultivierten Kleinbürgerfamilie.)

pfeifen den Ausflug ab: diesmal sind sich beide Rivalen einig (es geht darum zu zeigen, *wer* nunmehr die Großmächte sind); sie zwingen Engländer, Franzosen und Israelis sich zurückzuziehen.

Aus der Perspektive der arabischen Welt gesehen hat Nasser die Kolonialmächte besiegt. Seine Popularität ist auf dem Zenit. Seine Reden für die Einheit der arabischen Welt stoßen von Rabat bis Aden, von Algier bis Bagdad auf leidenschaftliche Zustimmung. 1958 erklärt er den Zusammenschluss mit Syrien. Zugleich kündigt er „sozialistische" Maßnahmen an, die zu Entwicklung, Modernisierung, Wohlstand führen sollen.

Es ist der Höhepunkt.

Der Fall wird umso tiefer.

Am Morgen des 5. Juni 1967 fliegt die israelische Armee einen Überraschungsangriff und zerstört faktisch die ganze ägyptische Luftwaffe. Die israelischen Panzer dringen in die Wüste ein. Israel besetzt den Sinai, den Gazastreifen, die Westbank und die Golanhöhen. Am 9. Juni tritt Nasser im Fernsehen auf, mit erschöpftem Gesichtsausdruck und leerem Blick verkündet er den Ägyptern die Niederlage ihres Landes.

Sofort wird dieser Krieg als „Sechstagekrieg" bekannt. Die geläufigste Formulierung, die man tausendmal in Geschichtsbüchern lesen kann, ist: „1967 *zermalmt* Israel die arabischen Armeen ..."

(Warum dieses heftige, verächtliche Verb? Ali hatte sich diese Frage schon immer gestellt. Dieser absurde Satz tauchte dann in seinem Kopf auf: „Man richtet die Pferde zugrunde, man zermalmt die Kakerlaken ..." Er hatte die Etymologie des Wortes *cafards,* Kakerlaken, recherchiert. Dieses Wort gibt es in der französischen Sprache seit 1512. Es stammt aus dem Arabischen vom Wort *kafir*, das so viel bedeutet wie „Ungläubiger“, „Giaur“, dann auch „zu einer anderen Religion konvertierter Mensch“. *Cafard* auf das Insekt bezogen, spielt sicher auf die schwarze Farbe der Gewänder der Devoten an. Ali konnte es kaum fassen: „Sie verunglimpfen uns mit *unseren eigenen* Worten!“)

Nach der Niederlage tritt Nasser zurück, doch als das Volk für ihn auf die Straße geht, ändert er seine Meinung. 1970 erleidet er einen Herzinfarkt und stirbt (in seinen letzten Lebensmonaten ist er verbittert und deprimiert, raucht vier Packungen Zigaretten am Tag). 5 Millionen Menschen kommen zu seinem Begräbnis in Kairo.

Die arabische Welt trauert. Trauert um sich selbst.

Das geht so bis 1979.

Dann plötzlich, der Ajatollah ...

13

Utopie

Malika lehnte sich aus dem Fenster. Noch nie hatte die *Résidence du Pressoir* so sehr wie eine Oase am Rand des XX. Arrondissements gewirkt. Im riesigen Garten, der ihr Herzstück bildete, tobten Kinder, und manche liefen unter den Bäumen hin und her, spielten unter großem Geschrei Fangen, andere fuhren Rad durch die Alleen, wieder andere, etwas ältere, spielten Fußball unter dem wachsamen Blick von Erwachsenen, die hier und da in kleinen Gruppen und unterschiedlichen Sprachen, in friedlicher Kakophonie ein Schwätzchen hielten. Es schien, als hätten sich alle Ethnien der Welt hier verabredet, im Herzen dieses Gebäudekomplexes, der vor einem halben Jahrhundert errichtet worden war, zur Zeit der „städtebaulichen Utopien" – sie erinnerte sich an diesen Ausdruck.

Sie lächelte bei dem Gedanken in einer Utopie zu leben ...

Zwei alte Männer saßen auf einer Bank über ein Schachbrett gebeugt; sie waren in eine Partie vertieft, die sie voll und ganz in Anspruch nahm. In der sanften Hitze dieses Augustabends ließ sich die junge Frau von den vermischten, herrlichen, faden oder pikanten Düften berauschen, die schwadenweise aus dem Garten hochzogen wie ihr von der Welt dargebrachte Geschenke.

Es kam ihr vor, als sei sie noch nie so glücklich gewesen.

Es klingelte an der Tür. Malika machte auf. Es war Ali, der von der Arbeit kam. Sie fiel ihm um den Hals, noch berauscht von jenem glückseligen Augenblick am Fenster. Er reagierte nicht. Sie löste sich erstaunt und sah ihn an. Er sah finster aus, sein Blick war leer. Er trat ein, ging in das kleine Wohnzimmer und ließ sich auf das Sofa fallen. Malika blieb einen Augenblick unbeweglich im Eingang stehen, dann folgte sie ihm und fragte:

„Was ist los? Was ist passiert?"

Er antwortete nicht. Sie setzte sich neben ihn, nahm sein Gesicht in beide Hände und zwang ihn, sie anzusehen.

„Antworte mir, was ist los?"

Er war wie versteinert. Zog eine Grimasse, die sie noch nie an ihm gesehen hatte; seine Unterlippe war schief. Es war, als trage er eine Maske.

„Ali, du machst mir Angst! Was ist los, was ist passiert?"

Ali schüttelte unmerklich den Kopf. Er murmelte:

„Diese Schweine ..."

Malika schrie fast.

„Wer? Wovon sprichst du?"

Er murmelte etwas und wiederholte dann deutlicher:

„Ich muss was trinken."

Nach kurzem Zögern erhob sich Malika, holte die Whiskyflasche und ein Glas aus der Küche und kam zurück ins Wohnzimmer. Sie hielt ihm das Glas hin, das er mit einem Schluck austrank.

Er wischte sich den Mund ab.

„Diese Schweine ..."

Malika war blass geworden.

„Gut, hör auf jetzt! Du ... du machst mir wirklich Angst. Was ist geschehen?"

Ali murmelte: „Der Vertrag ..."

Malika war erleichtert (niemand war zu Tode gekommen) und brauchte ein paar Sekunden, um zu begreifen, worum es ging.

„Welcher Vertrag? Ach ja ... Das Ding mit Dassault? Die Raketen? Habt ihr den Auftrag nicht bekommen? Ist es das? Nun, das ist ärgerlich, aber doch nicht das Ende der Welt. So ist das Geschäft, die ... eh, die Konkurrenz ..."

Sie setzte sich neben ihn, legte ihm den Arm um die Schulter und streichelte sein Haar.

„Das Wichtigste ist doch, dass du dein Bestes gegeben hast. Es wird andere Verträge geben ..."

Ali löste sich abrupt aus der Umarmung.

„Du verstehst nichts! *Wir haben den Auftrag bekommen.* Wissen es seit heute früh. Unser Chef wusste es seit mehreren Tagen, aber er hat es uns erst heute gesagt. Wir waren alle verrückt vor Freude. Am Nachmittag haben wir es im Konferenzsaal mit Champagner begossen ..."

Malika runzelte erstaunt die Stirn.

„Aber ... dann ist doch alles in Ordnung! Ich verstehe nicht ... Warum bist du leichenblass?"

Ali schwieg einen Augenblick, dann redete er langsam mit leiser Stimme:

„Jeder von uns hatte ein Champagnerglas in der Hand, wir redeten, alberten ... Dann begann der Chef über Toulouse zu reden ... Einige von uns sollen für ein paar Wochen oder Monate dahin ziehen ... Ich habe gesagt: ‚Ja super! Ich habe vor einigen Jahren ein langes Praktikum in Toulouse absolviert, ich werde mich wieder dort einleben, in die Cafés gehen, in die kleinen Restaurants, die ich mit meinen Freunden aufgesucht habe ...' Wie ein Idiot habe ich von der Garonne, von Saint-Sernin erzählt ..."

Malika fuhr verletzt hoch.

„Was? Du ziehst nach Toulouse und fragst nicht einmal nach meiner Meinung?"

Ali bedeutete ihr mit einer erschöpften Geste innezuhalten.

„Warte, warte ... Der Chef gab mir diskret ein Zeichen, ich solle ihm folgen, und verließ den Konferenzraum. Ich ging ihm nach in sein Büro, während die Kollegen weiterfeierten ... In seinem Büro begann er von einem anderen Projekt zu reden, auf das er mich ansetzen wolle. Eine noch etwas vage Angelegenheit, um die Server der Telefonanbieter *Free* oder *Bouygues* miteinander zu verknüpfen, irgend so was in der Art ... Nichts von hohem Prestigewert wie der Vertrag mit Dassault. Schließlich habe ich ihn unterbrochen ..."

14

Du gehst nicht nach Toulouse

Ali verstand die Welt nicht mehr.

„Entschuldigen Sie, aber das werde ich doch wohl *nach* Toulouse bearbeiten, nicht wahr?"

Der Chef wich dem Blick seines Mitarbeiters aus.

„Du gehst nicht nach Toulouse, Ali."

Es gab ein kurzes Schweigen. Der letzte Satz des Chefs schien in der Luft zu schweben, dort hängenzubleiben, sich zu verflüchtigen, um dann wieder aufzutauchen, er erklang erneut, als sei er wiederbelebt ... Indessen konnte Ali nicht begreifen, vielleicht wollte er es auch nicht. Er konnte nur wiederholen:

„Ich soll nicht nach Toulouse?"

„Nein."

Das war deutlich. Ali war verblüfft und begann zu stottern.

„Ab... aber ... das ist *mein* Projekt! Ich ha-habe das Team geleitet! Niemand anders ke-kennt die Software so gut wie ich ..."

Der Chef hob den Arm.

„Gut Ali, nun musst du dich aber auch nicht überschätzen. Ich weiß, du hast die meiste Arbeit an diesem Projekt geleistet, du bist auf diesem Gebiet der Beste, aber Jérôme, Daniel oder Séverine haben mit dir zusammengearbeitet, sie sind voll und ganz in der Lage, das zu übernehmen und die Programme laufen zu lassen. Das ist eben Teamarbeit."

Er hielt kurz inne. Dann: „Du weißt doch, man sagt ‚die Friedhöfe sind voll mit unersetzlichen Generälen'."

Er lächelte flüchtig. Ali konnte nur wiederholen:

„Es ist *mein* Projekt!"

Der Chef hob leicht die Stimme. Jetzt war da keine Verlegenheit mehr, eher Gereiztheit.

„Nein, es ist das Projekt unserer Firma ... des Unternehmens als solchem. Lies deinen Vertrag: Alles was du hier produzierst, gehört dem Unternehmen. Du hast ihn doch wohl vor dem Unterzeichnen gelesen, deinen Vertrag?"

Ali schwieg verunsichert. Sein Vertrag? Er hatte ihn gar nicht gelesen, war zu glücklich gewesen, diesen Job ergattert zu haben, er, der kleine marokkanische Ingenieur ... Beim Unterzeichnen dachte er an seinen Vater, der sein ganzes Leben lang Arbeiter beim *Office chérifien des phosphates* in Khouribga gewesen war und der am Anfang seiner Laufbahn französische Vorarbeiter und Ingenieure als Vorgesetzte gehabt hatte.

Manchmal erzählte der Vater Anekdoten ... Nichts weiter Dramatisches, nichts Erniedrigendes, die meisten französischen Ingenieure waren anständige Kerle, wenn auch ein wenig paternalistisch, manchmal durchmaßen einige von ihnen den *Bled* wie ein besetztes Land, brausten ein wenig zu schnell mit ihrem Land-Rover durch die Dörfer und gingen dabei das Risiko ein, ein Blag oder ein Huhn zu überfahren – das kann man verstehen, schließlich hatten sie studiert und kamen aus der Metropole; zumeist also anständige Kerle, doch dennoch gab es diese Distanz, die durch nichts zu überbrücken war, da waren *sie* und *wir*, selbst wenn alle nebeneinander am selben Graben standen, der von einem Schaufelbagger ausgehoben worden war, selbst wenn sie einmal im Jahr beim Fest der Bergleute zusammen mit den Arbeitern ein *Méchoui* aßen – sie nannten das „Sainte-Barbe", denn die heilige Barbara ist die Schutzpatronin der Bergarbeiter, eine

Heilige, die die Hagiographie aufgrund eines fehlenden Vornamens, die „junge Barbarin" nennt, *Barbe* durch die Apokope, genau wie das Berberpferd ...

... Sie feierten also eine christliche Märtyrerin mit dem Spitznamen „die Barbarin" inmitten muslimischer Arabo-Berber ...

Waren sie sich dessen überhaupt bewusst?

Sie waren die Chefs und wir führten die Befehle aus, sagte der Vater. Und manchmal mangelte es ihnen an Sensibilität, ein Ingenieur ist nicht unbedingt poetisch veranlagt; zum Beispiel das ständige Duzen der Arbeiter, selbst wenn diese vom Alter her der Vater desjenigen hätten sein können, der sie so ansprach. Auch die Manie, alle Frauen „Fatima" zu nennen. – „Sag mal Mohamed, sag der Fatima dahinten mal, sie soll ihre Schafe da wegholen, da fahren Bulldozer durch, die werden sie zu Brei zerstampfen!" Nichts Schwerwiegendes, aber dennoch ...

... Und dann unterzeichnet sein Sohn eines Tages mit fest in der Hand gehaltenem Kugelschreiber einen Arbeitsvertrag in Paris – ein juristischer Akt, der ihn gleichsetzte mit denen, die einst seinem Vater Befehle erteilt hatten.

Er hatte den Vertrag nicht gelesen, denn er war so etwas wie eine mittels harter Arbeit und hartnäckigem Bestreben teuer erkaufte Revanche. Da spielten Einzelheiten keine Rolle ...

Der Chef schien eine Antwort zu erwarten. Ali setzte erneut an und versuchte sich zusammenzureißen. Er wusste, er konnte nichts gewinnen, wenn er den Hochmütigen gab.

„Einverstanden. Aber ... das ist nicht ... logisch, das ist nicht ... *vernünftig*."

Er hasste diese Momente, in denen er von Gefühlen überwältigt keine Worte findet, in denen er ein wenig zu pompöse, zu prosaische Ausdrücke benutzt, die der Situation in keiner Weise gerecht werden; die Momente, in denen *falsch benutzte Sprachebenen*, ganz kleine Irrtümer, verraten, dass er anderswo herkommt, er, der sich so sehr angestrengt hat, aber niemals diesen hohen Gipfel erringen kann, der denen vorbehalten bleibt, die mit der französischen Sprache geboren werden, die sie *mit der Muttermilch aufgesogen* haben.

Er fuhr fort und bemühte sich um Beherrschung.

„Sie wissen doch ... Schließlich ... Es ist besser, wenn ich nach Toulouse gehe, um mit den Ingenieuren von Dassault zusammenzuarbeiten. Ich kenne alle Feinheiten, alles was innovativ und vertraulich ist in unseren ..."

Der Chef unterbrach ihn in versöhnlichem Ton:

„Aber Ali, niemand behauptet das Gegenteil! Ich weiß doch, dass es ideal wäre, wenn du dahin gingest und das Projekt zu Ende führtest."

Ali wollte ihn unterbrechen. Doch der andere machte eine gebieterische Geste.

„Warte!"

Eine Pause.

„Gut, ich werde es dir sagen ... Ich sollte das nicht tun, aber naja ... ich bitte dich nur, es für dich zu behalten. Einverstanden?"

Sein Blick war nun irgendwie feierlich. Ali murmelte:

„Versprochen."

Was versprach er denn da genau? Der andere fuhr fort:

„Hör zu, du weißt, dieses Projekt ist Teil eines viel größeren ... viel ambitionierteren Projekts ..., das Dassault Electronics für das Verteidigungsministerium durchführt. Also für die Armee ... Gut. Alle Verträge mit der Armee folgen einer sehr strikten Verfahrensweise ... Ich wiederhole, diese Dinge sind vertraulich, ich zähle auf deine Diskretion."

Ali war wie versteinert, er begann zu begreifen ...

„Es gibt also eine sehr strikte Verfahrensweise. Alle, die an diesem Projekt arbeiten, müssen ... wie sagt man? *gescreent* werden ..."

Er lächelte flüchtig.

„Jetzt redet auch schon die französische Armee Englisch, das ist das Ende der Fahnenstange ... *gescreent ...*"

Er biss sich auf die Lippen, starrte an die Decke, als suche er ein Wort.

„Also! *Ausgelesen:* das ist es. Alle, die an dem Projekt arbeiten werden ... an der Umsetzung des Projekts, müssen ausgelesen und von einer *Ad-hoc*-Kommission bestätigt werden. Nun, ich will nicht um den heißen Brei herumreden: die Kommission hat deinen Namen gestrichen. Gestrichen, ausradiert, das ist erstaunlich, aber genauso hat es sich zugetragen: ich habe eine Namensliste bekommen und deiner war durchgestrichen, ein Strich mit dem Filzstift. So etwas habe ich noch nie gesehen ..."

Theatralisch hob er die Arme zum Himmel.

„Glaub mir, ich wollte protestieren, aber sie haben mich nicht mal angehört. Es war eine *sine qua non* Bedingung für die Unterzeichnung des Vertrags. Versetze dich an meine Stelle: wenn ich mich weigere, bekommt ein anderes Unternehmen den Vertrag."

Einen Augenblick lang war es still.

Ali war immer noch wie versteinert, doch nun begann er langsam, Wort für Wort betonend zu sprechen.

„*Gescreent?* Haben Sie *gescreent* gesagt? Normalerweise benutzen Sie nie englische Worte."

Der Chef hob eine Augenbraue.

„Na und?"

Ali ging seiner Idee nach.

„*Gescreent* ... Die Amis sind an der Sache beteiligt?"

15

Wer nicht mit uns ist ...

Man kann es den Amerikanern nicht übelnehmen.

Sie wurden zu Hause angegriffen, auf ihrem Territorium, es hat diesen unglaublichen Augenblick gegeben, alle Welt sprach von *Schockstarre*, als die beiden Türme einstürzten, einer nach dem anderen, mit apokalyptischem Getöse, und eine gigantische Staubwolke produzierten, wir haben es alle im Fernsehen gesehen, diese graue Wolke, die dabei die Luft, die geraden Linien und die Umrisse, wie auch die Farben der Stadt verschluckte ...

Tausende Tote aus allen sozialen Schichten, der Feuerwehrmann neben dem Banker, die Sekretärin und ihr Chef, alle Nationalitäten, alle Religionen waren betroffen ...

Stockhausen sprach (*ein Wagnis ...*) von einem Kunstwerk.

„Also was da geschehen ist, ist natürlich, ... jetzt müssen Sie alle Ihr Gehirn umstellen, das größte Kunstwerk, das es je gegeben hat. Dass also Geister in einem Akt etwas vollbringen, was wir in der Musik nie träumen könnten; dass Leute zehn Jahre üben wie verrückt, total fanatisch, für ein Konzert, und dann sterben ..."

Man sprach von „Entgleisung", Senilität, Wahn. *Die falsche Note von Stockhausen.* Die ertönt (dissonant erklingt), *wenn man aus dem Diskurs austritt.*

Man kann es den Amerikanern nicht übelnehmen.

Dann kam es also zum Patriot Act. Starre, hochmütige Anforderungen an die befreundeten oder verbündeten Staaten.

Wer nicht mit uns ist, ist gegen uns.

War sich George Bush bewusst, dass er Christus zitierte?* Wahrscheinlich schon.

So werden die Dinge von nun an geregelt, sagten die amerikanischen Emissäre. Ihr werdet uns folgende Liste, folgende Information, folgende Adresse liefern.

Wer nicht mit uns ist, ist gegen uns.

Ihr werdet tun, was wir euch sagen.

Ali, ein winziges, in diesem Netz gefangenes Leben ...

* Matthäus, XII, 30.

16

Wenn nicht du ...

Der Chef zuckte die Achseln.

„Nun also, mach dir nichts vor, die CIA ist nicht beteiligt, wir sind nicht in einem James-Bond-Film ... Das alles ist hier in Paris geschehen. Hör zu, ich weiß, dass es hart für dich ist, aber es geht vorbei. Du arbeitest an dem neuen Projekt, in ein paar Wochen wirst du es vergessen haben. Ich konnte nicht anders. Versetz dich in meine Lage."

Ali fand die Kraft bitter zu lächeln.

„Ich kann mich nicht in Ihre Lage versetzen: das würde die Kommission verbieten."

Verstimmt trommelte der Chef mit den Fingern auf seinem Schreibtisch.

„Nun übertreib es mal nicht. Wir sind nicht in Amerika unter ... wie hieß der noch? Ach ja, McCarthy."

Ali erwiderte:

„Sie sagen: ‚Sie haben deinen Namen gestrichen.' Haben Sie noch andere Namen gestrichen?"

„Eh... Nein."

„Also bin ich *einzigartig*. Das ist ein Trost."

Nach ein paar Sekunden des Zögerns verzichtete der Chef darauf, diese beiden bitter ironischen Sätze zu beantworten, die er nur zu gut verstand. Er erhob sich, ging um den Schreibtisch herum und hielt Ali die Hand hin, um zu bedeuten, dass die Unterhaltung beendet sei. Er klopfte Ali auf die Schulter und nickte, als wolle er ihn überzeugen, sich damit abzufinden, *das Leben geht weiter* ...

Ali durchquerte den Saal, in dem seine Kollegen feierten.

Er sah niemanden, beantwortete keine Frage. Wie im Traum oder eher in einem Albtraum verließ er das Gebäude. Wie hatte er es bis nach Hause geschafft? Sicher war er die Treppe zur Metro hinuntergegangen, sicher durch die Sperre gekommen, hatte auf dem Bahnsteig gewartet ... Er erinnerte sich an nichts, nur daran, dass er ständig diese beiden Worte gemurmelt hatte, „diese Schweine!", ohne genau zu wissen, wen er da beschimpfte.

Und jetzt war er bei Malika, der er das Gespräch mit seinem Chef erzählen musste.

„Ich weiß nicht, warum ich das zu ihm gesagt habe. ‚Ich bin einzigartig ...' Ich wollte angeben, um nicht zu zeigen, wie sehr ich ... Ich war mehr als *beleidigt*."

Er klopfte sich hart auf die Brust.

„Hier drin war alles vereist! Den Champagner wollte ich nur noch auskotzen. Auf den Chef, auf den Teppichboden, auf sie alle ... ‚Ich bin einzigartig.' Im Grunde stimmt es: ich bin der einzige Nordafrikaner im Team. Ich sehe die Kommission vor mir. Ali Bou-der-ba-la? Geboren in Khourib-ga? In Marokko? O je ... ein Bouderbala in einem Projekt zur Optimierung der Lenkung von Raketen? Warum nicht der Sohn von Bin Laden? Los! Wir streichen durch! Wir radieren aus! So etwas wollen wir nicht bei uns! *Security risk! No, sir ...*"

Malika unterbrach ihn:

„Warte, du kannst doch nicht sicher sein ... Vielleicht gibt es einen anderen Grund?"

„Welchen anderen Grund? Ich habe in der Metro darüber nachgedacht ... Mir fällt keiner ein. Ich habe keine Vorstrafe, ich habe gültige Papiere und eine Aufenthaltsgenehmigung ..."

Malika riss die Augen auf und öffnete leicht den Mund, als habe sie die Lösung des Rätsels vor sich. Fast schrie sie:

„Vielleicht ist es dein Vetter Brahim?"

Ali sah sie verständnislos an.

„Brahim? Was hat der denn damit zu tun?"

„Nun, ihr tragt den gleichen Namen. Und er ist ... er ist eine Art Islamist, oder nicht? Er redet nur darüber, Religion, Gott, die Engel ... Er ist besessen ... Zudem betet er jeden Freitag in der Moschee der Rue Jean-Pierre-Timbaud. Die sind doch bestimmt alle erfasst, die diese Moschee aufsuchen. Erinnerst du dich? Es gab Artikel in der Zeitung. Warte mal, wie war das noch? Vor einigen Jahren haben Fanatiker eine algerische Schauspielerin angegriffen, wie heißt sie noch mal?... ach ja: Rayhana. Sie haben sie mit Benzin übergossen und wollten sie lebend verbrennen, als sie durch eben diese Straße ging, Jean-Pierre-Timbaud. Erinnerst du dich?"

„Vage. Aber diese ganzen Gräuel ... Was hat das mit mir zu tun? Ich war noch nie im Leben in einer Moschee ... Was geht mich das alles an?"

„Mit dir hat das nichts zu tun. Doch dein Vetter besucht die Integristen-Moschee in dieser Straße. Es ist sicher die am stärksten überwachte Moschee in Frankreich. Da trifft man bestimmt auf mehr *Undercover*-Bullen als Muslime ... Du hast mir selbst gesagt, dass Brahim da jeden Freitag hingeht."

„Aber was habe ich mit Brahim zu tun? Ich sehe ihn kaum ... Zudem *ist er er und ich bin ich*. So lautet doch ein französisches Sprichwort, oder nicht?"

„Es ist kein Sprichwort; das hat nur jemand eines Tages gesagt, ich glaube es war Fabius und dann ist es hängen geblieben."

Ali lachte bitter.

„Ja ... Das gilt nur *für sie*. Ich sehe eben nicht sehr katholisch aus."

Er hob die Arme als halte er eine Rede.

„‚Meine Damen und Herren: ich stelle Ihnen das französische republikanische Modell vor! Die Republik erkennt weder Gruppen noch Gemeinschaften an, ... nur Individuen!‘ Aber das gilt nicht für Bouderbala. Sie sind sie, aber Bouderbala ist nicht er selbst, sondern eine ganze Gruppe!“

Malika versuchte ihn zu beruhigen.

„Gleichzeitig können wir nicht sicher sein ...“

Er fuhr im selben Tonfall fort:

„Bouderbala hat einen Vetter! Also vermischen wir alles. Wenn nicht du, dann eben dein Bruder! Dein ‚Muslimbruder‘ ...“

„Hör auf! Ich sage dir, wir können nicht sicher sein. Vielleicht liegt es daran, dass du im Ausland geboren bist. Möglicherweise hätte ich keinerlei Problem gehabt.“

Ali erwiderte sarkastisch:

„Kannst du etwa Raketenlenkungssoftware entwickeln?“

Malika seufzte und senkte den Kopf. Ihre Stimme klang belegt, er hörte sie kaum:

„Schon gut, du musst mich nicht angreifen. Ich bin nicht deine Feindin.“

Ali stand vom Sofa auf und nahm Malika in die Arme.

„Tut mir leid, ich weiß nicht, warum ich das gesagt habe, es ist dumm.“

Dann wandte er sich ab und ging unruhig in der Wohnung hin und her.

„Es ist ungerecht! Es ist ungerecht!“

Plötzlich schlug er die Faust mit aller Kraft gegen die Tür. Ein Schmerzensschrei ertönte. Malika stürzte zu ihm.

Er löste sich aus ihrer Umarmung, rannte die Treppe hinunter, verließ das Gebäude und lief ziellos durch die Straßen von Paris.

17

Der Nabel der Welt

Paris.

Er hatte diese Stadt so sehr geliebt ...

„Wer niemals auf dem linken Seineufer, zwischen der Rue Saint-Jacques und der Rue des Saints-Pères gewohnt hat, der weiß nichts vom Leben!"

An diesen Satz aus Balzacs *Vater Goriot* hatte sich Ali gerührt erinnert, als er in Paris angekommen war. Ein eigenartiger Zufall wollte es, dass die Ingenieursschule, in die er aufgenommen worden war, sich in der Rue des Saints-Pères befand. Und die *Maison des Mines*, wo er wie die meisten seiner Kommilitonen wohnte, befand sich Rue Saint-Jacques Nummer 270!

Mit anderen Worten der marokkanische Student, der nichts von der Welt kannte – besser gesagt, der die Welt nur aus Büchern kannte –, dieser junge Mann, der frisch aus seinem Dorf im Atlas kam, fand sich urplötzlich auf einem mythenumwobenen Territorium wieder ...

Die Wochentage verliefen nach einer immer gleichen Routine. Aufstehen zu menschenwürdiger Zeit (etwas ganz anderes, als das Aufstehen bei Morgengrauen in den Jahren der Vorbereitungskurse ...), spärliches Frühstück, dann der „große Spaziergang". Das hatte drei Jahre lang gedauert und es war an jedem Tag anders als am Vortag. Es ging darum, zu Fuß von der Nummer 270, Rue Saint-Jacques, zur Nummer 28, Rue des Saints-Pères zu gelangen. Das kann man auf 20 verschiedene Arten machen: alle waren angenehm, interessant, aufregend ...

Wenn sie morgens aus dem Haus traten („sie" das waren zwei oder drei Studenten, mit denen Ali jeden Tag „zur Schule" ging), wandten sie sich nach links. Auf der anderen Straßenseite bogen sie in die Rue des Feuillantines ab. Dort, im ehemaligen Kloster der Feuillantines – so stand es auf einer Gedenktafel – hatte Victor Hugo in seiner Kindheit gewohnt. Nach einem kurzen Blick nach rechts im Gedenken an den großen Dichter, wechselte Ali auf den linken Bürgersteig und lief zügig und mit aufmerksamem Blick durch die Rue Saint-Jacques.

Einmal begegnete er auf der Höhe von Nummer 260 einem berühmten Sänger. Er riss die Augen auf, blieb stehen, drehte sich um. Seine Gefährten hatten den Sänger nicht erkannt oder sie waren nicht am französischen Schlager interessiert. Für ihn war es, als sei ein Gott vom Olymp herabgestiegen, um ihm kundzutun, er sei sein Nachbar. Parusie auf einem Pariser Bürgersteig ...

War das alles banal? Nein. Er kam gerade aus dem *Bled* und brauchte nur aus seinem Zimmer zu treten, schon traf er rechts auf Victor Hugo und ein paar Sekunden später links auf einen anderen, noch lebenden Künstler. Das war doch ziemlich heftig für einen Burschen aus Khouribga.

Sie zogen weiter Richtung Wissen, das sie in einem anderen Arrondissement erwartete. Rechts ging es auf der anderen Straßenseite zur Rue des Ursulines. (Noch eine nach einem Kloster benannte Straße! Dabei hatte man ihnen erklärt, Frankreich sei ein laizistisches Land ...) Ali hatte sehr bald in der Nummer 10 dieser stillen Gasse das berühmte „Studio des Ursulines" entdeckt, ein Kino, dem er ein paar Grundlagen der Filmkultur verdankte. Bresson, Antonioni, Tarkowski ... Jedesmal war es wie ein verzauberter Traum.

Danach gingen sie an einer hohen grauen Mauer entlang,

die vor den Passanten eine Schule der besonderen Art zu verbergen schien: sie schien in dichtes Schweigen gehüllt und dennoch sah man, dass dort reges Treiben herrschte. Rätselhaft ... Sie erfuhren, dass es das Nationale Institut für junge Gehörlose war. Manchmal gelang es ihnen, einige der jungen Gehörlosen zu Gesicht zu bekommen; sie kamen ihnen noch abgeschnittener von der Welt vor als sie selbst, irgendwie *fremder,* vertieft in geräuschlose, mit flüchtigen Gebärden geführte Gespräche. Eine Gedenktafel erklärte, ein gewisser „Abbé de l'Epée" habe das Institut gegründet. Danach war wohl die Straße zur Linken benannt, in die sie hier einbogen.

Ali runzelte vor Verblüffung die Stirn, als er in einer Enzyklopädie las, die Gesetzgebende Versammlung habe 1789 verkündet, „der Name des Abbé (...) werde in die Liste der Bürger aufgenommen, die sich am meisten um die Nation und die Menschheit verdient gemacht haben." Die Revolution lobte in den höchsten Tönen einen Mann der Kirche?

Da er immer wieder durch *seine* Straße lief, interessierte sich Ali am Ende für das Leben dieses rechtschaffenen Mannes, stieß auf ein paar Einzelheiten, wunderte sich, dass dieser Mensch, der seine ganze Zeit und sein ganzes Geld der Erziehung gehörloser Kinder widmete, so dass er verarmt starb, von keinem der seit zwei Jahrhunderten im Vatikan amtierenden Päpste heiliggesprochen worden war. Inzwischen gehörte der Abbé zu der großen Zahl von Franzosen, die er bewunderte.

Am Ende der Rue de l'Abbé-de-l'Epée mussten sie den Boulevard Saint-Michel überqueren. In Casablanca hatten sie von diesem berühmten Boul' Mich geträumt! Der Verkehr war dort sehr dicht, was ihnen Gelegenheit gab, das Denkmal zur Erinnerung an einen berühmten Arzt – oder war es ein Apotheker? – zu betrachten. Dieser Boulevard ähnelte durch die vielen Gedenktafeln an den Fassaden einem reglosen Umzug berühmter Franzosen, steinerne Menschen, die ihnen von oben zusahen und ihnen manchmal zu sagen schienen: „Nun, ihr jungen Leute, versucht es uns nachzumachen!" Der plötzlich sichere Schritt Alis und seiner Kommilitonen schien zu antworten: „Wir sind auf gutem Weg, wir gehen zu einem prächtigen Gebäude, in dem eine französische Grande École sitzt, wir beginnen unsere Karriere ..."

Leconte de Lisle, Edouard Branly („der das Prinzip der drahtlosen Telegrafie erfand"), Jules Vallès, diese versteinerten Leben verströmten mineralische Gelassenheit, die das unausweichliche Ergebnis einer Karriere als großer Mann zu sein schien.

Die Passanten schienen im Übrigen ähnliche Charaktereigenschaften zu besitzen: sicher, sie hatten es eilig und waren alles andere als reglos, doch sie alle versteckten sich hinter erstarrten Masken, die nur selten das geringste Interesse an ihnen zu bekunden schienen. Manchmal kamen sich Ali und seine Gefährten unsichtbar vor. Sie mussten in eine Bäckerei eintreten und ein Croissant kaufen, um ein wenn auch nur kurz aufflackerndes Lebenszeichen auf einem Gesicht zu entdecken und um einen flüchtigen Blick auf ihre unbedeutenden Personen zu lenken.

War der Boulevard Saint-Michel überquert, hatten sie viele Möglichkeiten. Die Rue Auguste-Comte entlang gehen? Das war reizvoll jedoch riskant, denn der Weg führte durch die Rue d'Assas, die einen schlechten Ruf hatte: Sie war ein „Hauptquartier der Faschisten" behaupteten einige ihrer französischen Kommilitonen, die damit auf die Jurafakultät anspielten, die dort ihren Sitz hatte.

Zumeist ging Ali der finsteren Rue d'Assas aus dem Weg, lief die Fassade der École des Mines entlang und betrat den

Jardin du Luxembourg durch eine kleine, wenig benutzte Pforte. Seine erste Pariser Liebe erwartete ihn dort: die Statue eines jungen Mädchens, das mit unendlicher Grazie die Hüften schwingt. Diesen Hüftschwung ließ er in den wenigen Sekunden ihrer täglichen Begegnung nicht aus den Augen, achtete jedoch darauf, dass seine Kommilitonen nichts von seiner Faszination mitbekamen. Seine steinernen Liebschaften gingen sie nichts an.

Dazu muss gesagt werden, dass er nicht gerade der treueste war: Manchmal waren es andere Statuen, die ihn berührten. Darunter eine schöne Frau mit einem vollschlanken Körper, die ebenfalls die Hüften schwang. Doch sie trug ein dickes Kreuz: Sicher war sie tugendhaft.

Haben Statuen eine Nationalität? Eine ungewöhnliche Frage, sicher, und Ali stellte sie sich nie, denn die Antwort schien ihm offensichtlich: Diese Statuen waren eindeutig französisch, diese kleinen geraden Nasen, diese weichen Haare, auch wenn sie aus Stein waren, diese leichte Kleidung, durchsichtig und zugleich dicht (ein von Hammer und Meißel geschaffenes Wunder ...), diese geradezu *antik schönen* Falten, das alles war französisch, da gab es keinen Zweifel, und seine Liebe, *stumm wie die Materie,* war nur ein Teil der Faszination, die er für das Land des Abbé de l'Epée empfand.

Es dauerte gut fünf Minuten, den Jardin du Luxembourg zu durchqueren, ein mit Kunst und Geschichte angereicherter Moment – diese großen Worte erdrückten und begeisterten ihn zugleich, *eines Tages wird das alles dir gehören, mein Sohn*.

Wenn er alleine war, schlenderte Ali durch die kleinen Alleen, die zu dieser Stunde menschenleer waren, und dann kam er sich vor, wie ein Milliardär, der im Park seines Schlosses flaniert. Er rauchte eine riesengroße imaginäre

Zigarre, hatte einen runden Bauch, *mit in seinen Wams eingeklemmten Daumen* stolzierte er herum ... Der Unterricht zur Analyse oder operationalen Forschung konnte warten.

Er verließ den Park durch die Pforte neben dem Musée du Luxembourg in der Rue de Vaugirard und bog dann in die Rue Bonaparte ein, die so lang war, dass er sich – immer wieder – die gleiche Frage stellte: wenn Bonaparte „von Napoleon überflügelt" wurde, wieso musste es dann eine Straße geben, die einen am Ende niedrigeren Zustand verewigte? Immerhin, sagte er sich, gibt es keine Rue-du-Capitaine-Charles-de-Gaulle. Aber der General war doch sicher Capitaine gewesen, bevor er den höheren Rang erreichte. Also?

Am Ende verstand er, was das alles zu bedeuten hatte („Bonaparte" und „Napoleon" stellten zwei unterschiedliche Momente der französischen Geschichte dar), doch ein paar Monate lang war es für ihn ein herrliches Rätsel – dass er sich die Frage gestellt hatte, gab ihm ein paar Besitzrechte an diesen berühmten Straßen –, ein Rätsel, das ihn an der Vernunft der Schöffen zweifeln ließ, die die Straßen benennen.

Am Ende der „Bonaparte" bogen sie immer nach links ab, er und seine Kameraden, sie überquerten die Rue de Rennes und betraten den Boulevard Saint-Germain. Wie elegant die Passanten auf diesem Boulevard waren! Im Gegensatz dazu signalisierten ihr staubiges Schuhwerk, ihre Parkas, ihre unförmigen Hosen, alles, was ihre kleine Studentengruppe trug, dass sie an diesem eleganten Ort kaum geduldete Eindringlinge waren.

Schweigend gingen sie an der Brasserie *Lipp* entlang, vor der am 29. Oktober 1965 Mehdi Ben Barka entführt worden war. Darüber redeten sie nie. Politik am frühen Morgen war nicht gerade Appetit anregend ...

(Und am Nachmittag, wenn sie zurückkehrten, gab es keinerlei Grund über Ben Barka zu sprechen, denn sie gingen auf der anderen Straßenseite, am *Café de Flore* vorbei. Einmal sah Ali dort *einen großen Schriftsteller* und an einem anderen Tag einen *berühmten Regisseur*, der zusammen mit einem fürsorglichen jungen Mann und einem kleinen Hund ein Taxi bestieg, ein anderes Mal war es *ein großer Philosoph* ... Jedes Mal war es dieselbe Ergriffenheit. Der Weltgeist schwebte vor ihm, es waren nur ein paar Meter, so nah und doch so fern ... Nach dem *Flore* kamen sie an einer Buchhandlung vorbei, dann an den *Deux Magots*, einem anderen mythenumwobenen Café, das sie nicht zu betreten wagten, auch nicht als sie dort eines Tages Jean-Luc Godard an einem Tisch entdeckten, in Gedanken versunken, mit dem Zeigefinger auf der vor ihm aufgeschlagenen *Le Monde* trommelnd.)

Dann waren sie angekommen, oder fast. Sie mussten noch den Boulevard überqueren und rechts in die Rue des Saints-Pères einbiegen. Der Square Taras-Schewtschenko an der Ecke des Boulevard und der Straße trug den Namen eines „ukrainischen Dichters, Malers und Humanisten". Ali nahm sich vor, sich eines Tages für diesen Mann zu interessieren. Doch dieser Tag kam niemals: Paris ist unerschöpflich. Dabei ging es hier nur um das „Dreieck von Balzac" oder noch weniger: ein paar Straßen und ein großer Park mit Statuen inmitten dieses Dreiecks.

Für Ali war es das Zentrum der Welt. Ein Vorgeschmack auf das Paradies ...

Und nun wurde er daraus vertrieben.

18

Im *Carillon*

Claire wohnte in der Rue Marie-et-Louise – sie hatte sie in Thelma-und-Louise umbenannt – und hatte sich im *Carillon* mit ihr verabredet. Der Verkehr war wie immer dicht wegen der Nähe zum Hôpital Saint-Louis, die Unterhaltungen waren angeregt, Gläser klangen, ab und zu ein Lachen, das alles war eine Geräuschkulisse, an die beide Freundinnen so gewöhnt waren, dass sie sie nicht mehr wahrnahmen.

Malika seufzte.

„Verrückt wie sich das Leben innerhalb weniger Wochen verändern kann. Nicht mal einen Monat ist es her!"

Claire nickte.

„Es ist aber auch verständlich. Die haben ihm übel mitgespielt. Doch gut, er hätte bleiben, an anderen Projekten arbeiten können ... Job ist Job. Und das Gehalt am Ende des Monats ist auch wichtig. Er wird doch gut bezahlt, oder?"

„Genau das habe ich ihm auch gesagt. Aber nein, er hat gekündigt, nur wenige Tage danach. Eine Frage der Ehre, scheint es. Die Ehre ist den Nordafrikanern wichtig ..."

Claire lächelte flüchtig.

„*Euch anderen* Nordafrikanern?"

Malika zuckte die Achseln und wiederholte:

„*Den* Nordafrikanern. *Sie*. Sie ertragen keinen Gesichtsverlust ... Den Sinn für Ehre nennen sie *Nif*. Das bedeutet ‚Nase'."

Sie schob die Nase mit dem Zeigefinger hoch. Claire war begeistert, so glücklich wie ein Ethnologe, der eine seltsame Besonderheit eines fernen Volksstamms in sein Notizbuch eintragen kann. Sie wiederholte:

„Die Nase?“

„*Yes*, die Nase.“

„So in der Art: ‚Rodrigue, wie steht es mit der Nase?‘“

19

*Futuwwa**

Die Ehre.

Ein Sinn für Ehre.

Ritterlichkeit: ist bekannt, dass dieser Ehrenkodex aus dem arabischen Spanien stammt?

„Die Epoche, in der die Ritterlichkeit entsteht, ist genau die, in der die Sittenlehre der Araber den Höhepunkt an Feinheit und Komplexität erreicht hatte, in der die Tugend ihre Begeisterung entfachte und in der die Reinheit der Sprache und der Gedanken bei ihren Schriftstellern die Korruption der unsrigen beschämt. Von allen europäischen Völkern sind die Spanier die ritterlichsten und sie sind die einzigen, die unmittelbar bei den Arabern in die Lehre gegangen sind (...). Ritterlichkeit ist eine arabische Erfindung."**

* Ritterlichkeit.

** Jean-Charles-Léonard Simonde de Sismondi.

20

Ich habe einen mutistischen Lebensgefährten

„Du machst dich über mich lustig, aber Rodrigue hätte genau verstanden, wenn Don Diego ihn gefragt hätte: ‚Wie steht es mit der Nase?' *Cid* kommt von *Sayyid,* ‚der Herr', und der echte Cid stellte sich manchmal in den Dienst der arabischen Prinzen Andalusiens. Er sprach Arabisch, dieser unerschrockene Söldner, er wusste sicher, was *Nif* bedeutet."

Claire tat empört.

„Jetzt stümpern die Dahergelaufenen auch noch in unseren Klassikern herum! Sie klauen uns unsere Frauen, und dann noch uns'ren *Cid* ..."

Sie wurde ernst.

„Schluss mit den Witzen ... Was ist nun mit Ali? Er hat also gekündigt?"

„Genau, der berühmte Sinn für Ehre ... Der *Nif* ... Die Stimmung im Betrieb war auch umgeschlagen. Alle wussten ja, dass er aus dem Projekt hinausgedrängt worden war. Daher sahen sie ihn ... wie soll ich sagen? Also, *er hatte den Eindruck,* man sehe und behandele ihn anders. Zum Beispiel: wenn er sich einen Kaffee holte, verstummten die Gespräche an der Kaffeemaschine, im Gang, verstehst du?"

Claire nickte.

„Ja, ich kann es mir vorstellen. Das muss unangenehm sein."

„Unangenehm? Das ist einfach nicht zum Aushalten! Man kann unter solchen Bedingungen nicht arbeiten. Es ist, als hättest du die Pest. Keiner redet mehr wirklich mit dir, nur belangloses Zeug, sie sehen dich schief an ..."

„Und keiner hat ihn verteidigt?"

„Doch, aber das war scheinbar noch schlimmer. Manche Kollegen sind zu ihm gekommen und haben gesagt, sie finden widerlich, wie man ihn behandelt hat. Das hat ihn noch mehr deprimiert. Vor ein paar Wochen noch war er ein kleines Informatikgenie, er wurde bewundert, beneidet ... und jetzt haben sie Mitleid mit ihm! Sie wollen ihn *trösten* ..."

Claire verzog das Gesicht.

„Tja, ich verstehe ... Meine Oma hat immer gesagt: ‚Besser man wird beneidet als bemitleidet.'"

Malika zögerte kurz, zuckte mit den Achseln und fuhr fort:

„Kurzum, er hat gekündigt und ist gegangen. Oder besser: er ist nach Hause gegangen. Ich war sprachlos, dass er mich nicht einmal um Rat gefragt hat. Ich trage ja schließlich auch die Konsequenzen, oder nicht?"

„Was tut er denn zu Hause?"

„Nichts. Er verbringt die Tage auf dem Bett und starrt die Decke an. Eine heftige Depression eben. Zum Glück kümmere ich mich um seine Ernährung, sonst würde er bestimmt nichts essen. Manchmal steht er auf und hämmert auf seinen Computertasten, dann legt er sich wieder aufs Bett. Ich gehe zur Schule und komme abends zurück: es ist, als habe er sich nicht bewegt. Ich rufe ihn auf dem Handy an. Er geht nicht ran."

„Aber ihr redet doch wohl darüber?"

Malika zog eine verbitterte Grimasse.

„Nicht wirklich. Das ist auch eine Form des *Nif*. Im Maghreb sind die Kerle so ... Sie reden nicht über ihre Probleme, sie grübeln darüber, behalten alles für sich und dann eines Tages explodieren sie durch den Druck wie Schnellkochtöpfe."

Claire rief beeindruckt aus:

„Hast du schon einen Schnellkochtopf explodieren sehen?"

„Also hör mal Claire, ich rede über etwas Ernsthaftes, und du ... du lenkst ab."

Claire sah ihre Freundin aufmerksam an und fragte dann in pathetischem Ton:

„Malika, mein Kind, meine Schwester, hast du's am Zeh? Am Knöchel? Am Knie?"

Die andere verstand nicht.

„Zehe? Kn...? Wovon redest du?"

Claire behauptete ernsthaft, so würden ihre Leute in der tiefsten Corrèze Sinn für Humor bezeichnen („Es am Zeh haben"), Sinn für Lächerliches werde „Es am Knöchel haben" genannt, und wenn man sagen wolle „nun entspann dich schon, es ist deine Freundin Claire, die versucht dich aufzumuntern", nenne man das „Es am Knie haben". Und, fuhr sie fort, „wenn man's nicht am Knie hat, wozu soll sich Claire dann abschinden?"

„Ja, ich weiß, du versuchst mich aufzumuntern. Doch das alles ist nicht sehr lustig. Ich habe einen mutistischen Lebensgefährten, der seit zwei Wochen die Decke anstarrt, mich gibt es gar nicht mehr und deshalb kann ich mir keine Zukunft mehr vorstellen."

„Ach, mach dir nicht so viele Sorgen, die Zukunft kommt schon alleine zurecht."

Nach kurzem Schweigen protestierte Malika:

„Was soll das heißen? Entschuldige, aber das kommt mir ziemlich blöd vor."

Claire war betroffen und gab zurück:

„Tja, aber wenn es der Dalai Lama oder Einstein gesagt hätten, fändest du den Satz tiefschürfend."

„Der Dalai Lama? Das erinnert mich an etwas ... Kannst du *Dal'a* aussprechen? *'a...'a...*"

Claire machte mit, ohne zu fragen, warum sie plötzlich wie eine Sterbende röcheln sollte. Sie gab immer ersticktere *'a...'a...* von sich. Langsam ging die Sonne unter, während die beiden jungen Frauen sich fast die Seele aus dem Leib gurgelten, um den arabischen Gutturalvokal *'ayn* auszusprechen. Am Ende klang es wie das Geschrei verendender Schweine, zum großen Entsetzen der Stammgäste des *Carillon*, die sich bis dahin von den Schreckensschreien der Welt verschont geglaubt hatten.

Der Besitzer kam amüsiert zu ihnen und bat sie „weniger Lärm zu machen" oder ganz einfach „zu singen, aber dann bitte in Italienisch". Sie versprachen, sich besser zu benehmen.

21

„Eine neue Art Geschichte zu schreiben“

Wir haben die Araber nach ihrer Niederlage zurückgelassen, *zermalmt*, der Held Nasser ist nur noch ein melancholischer Schatten, der auf kleiner Flamme dahinsiecht, mit 52 Jahren gibt ihm ein Herzinfarkt den Rest.

An jenem Tag, am 28. September 1970, starb der Panarabismus.

Es gab ein grandioses Begräbnis.

Andere wollten die Fackel wieder aufnehmen. Ein gewisser Saddam Hussein, ungewisse Assads, Vater und Sohn – ich sage „ungewiss“, denn man weiß nicht viel über die Sekte, der sie angehören, die Alawiten.

Etwa neun Jahre lang lebten die Araber im Limbus, in einer Art schamvoller Bestürzung.

Es gab wohl den Oktoberkrieg von 1973, der nach der bewährten Formel die Ehre der Araber wieder herstellte ... Damals erzählte man sich immer wieder die Heldentaten der Ägypter: das geniale Ägypten hatte den Mechanismus sabotiert, der den Kanal zu einer Wand aus Feuer gemacht hätte, so konnten ihn die Bodentruppen auf mit Rudern angetriebenen Schlauchbooten überqueren. Die Festungen der Bar-Lev-Linie konnten den ägyptischen Vorstößen nicht standhalten. Die Angriffe der israelischen Panzer wurden dank tragbarer Raketen, die von einfachen Soldaten bedient wurden, unschädlich gemacht. (Noch nie in der Militärgeschichte hatten Bodentruppen Panzer in die Flucht jagen können.) Innerhalb weniger Tage bauten die Ägypter etwa 20 Brücken über den Kanal. Alle Geheimdienste hatten das für unmöglich gehalten. (Man stelle sich das verächtliche Achselzucken, das spöttische Gelächter vor ... „Araber am Werk".)

Die Ehre war wiederhergestellt.

Na und? Was war die Bilanz dieses Krieges?

Für die Ägypter war das Trauma des Sechstagekrieges geheilt. Sie konnten Frieden mit Israel schließen, doch die Palästinafrage wurde nicht gelöst. Dabei hatte Anwar al Sadat in seiner Rede vom 20. November 1977 vor der Knesset feierlich verkündet: „Ich sage euch: Der Friede wird erst wirklich sein, wenn er auf Gerechtigkeit beruht. Es kann keinen Frieden ohne Palästinenser geben. Es wäre ein schwerwiegender Fehler, würden wir uns von diesem Problem abwenden ... Wenn ihr Rechtfertigungen gefunden habt, die es euch ermöglicht haben, einen Staat auf dem Territorium anderer zu errichten, solltet ihr die Entschlossenheit des palästinensischen Volkes verstehen, seinen Staat in seiner Heimat zu errichten."

Und er schloss: „Frieden ist keine Unterschrift auf einem Stück Papier. *Es ist eine neue Art Geschichte zu schreiben.*"

Das sind zwei wichtige Sätze.

Eine Unterschrift auf einem Stück Papier? Wir wissen, was das wert ist. Nicht wahr, die Herren Sykes und Picot?

Eine neue Art Geschichte zu schreiben? Ja. Tausend mal Ja. Das bedeutet: Hört unsere Erzählung an, wir werden die eure anhören.

Doch nichts davon geschah. Die Palästinafrage wurde nicht einmal aufgegriffen. Die Araber isolierten die Ägypter, die einen Pakt mit dem Feind geschlossen hatten; sie schlossen sie aus jener arabischen Liga aus, die nicht mehr viel darstellte.

Und sie kehrten zu ihrer Melancholie zurück.

22

Du verlierst in doppelter Hinsicht

Ali lag mit hinter dem Kopf verschränkten Armen auf dem Bett und starrte an die Decke. Brahim saß daneben und beugte sich über ihn.

„Siehst du Ali, ich habe es dir immer gesagt: Sie werden uns hier nie wirklich akzeptieren. *Ma kay-hemlounach.** Es gibt sogar ein Wort dafür: ‚Islamophobie'. Nur weil du Muslim bist, haben sie dir so übel mitgespielt."

Ali richtete sich auf, wies mit dem Zeigefinger auf seinen Vetter.

„Es gibt vielleicht einen anderen Grund. Malika denkt, sie haben mich wegen dir aus dem Projekt verjagt!"

Brahim fiel aus allen Wolken.

„Ich? Was habe ich denn getan?"

Ali fuchtelte weiter mit dem Zeigefinger, als wolle er unterstreichen, wie schwerwiegend seine Anschuldigungen waren.

„Ja, genau du! Denn du bist mein Vetter und besuchst die Moschee in der Rue Jean-Pierre-Timbaud. Die Bullen haben sicher eine Akte über dich."

Brahim wurde blass.

„Malika denkt das wirklich?"

„Sie hat es mir selbst gesagt."

Brahim schüttelte den Kopf.

„Nein, nein, das kann nicht sein. Es muss die andere sein, ihre Freundin, die Französin ..."

* „Sie mögen uns nicht."

„Wer? Claire?“

„Die muss es sein. Sie ist es, ich bin mir sicher!“

Ali zuckte mit den Achseln und legte sich wieder aufs Bett.

„Warum sagst du das? Claire kennt dich nicht einmal. Sie weiß kaum, dass es dich gibt.“

„Sie hat einen schlechten Einfluss auf Malika. Es ist nicht normal, dass deine Frau ... ich meine, deine ... eh, Malika so viel Zeit mit dieser Claire verbringt, die nicht mal Muslimin ist. Immer hängen sie in Cafés rum. Das solltest du nicht zulassen.“

Ali seufzte.

„Es geht nicht darum, was ich zulasse oder ablehne ... Sie kennen sich seit der Grundschule! Wenn ich auch nur die geringste Bemerkung über Claire mache, etwa ‚sie kleidet sich seltsam‘ oder ‚sie redet vulgär‘, nervt das Malika, sie fällt mir ins Wort, sie sagt mir, dass sie sie schon länger kennt als mich und dass es mir nicht zusteht, über ihre Freundin zu urteilen.“

„Verbotenes Terrain eben ...“

Brahim schwieg einen Moment. Sicher hegte er einen Groll, von dem der andere keine Ahnung hatte. Er setzte wieder an, in einem scheinbar distanzierten, sich jedoch anbiedernden Ton:

„Ich habe sie ein oder zwei Male in einem Café gesehen, unten in der Rue de Charonne. Sie haben mich nicht gesehen. Dabei war ich gar nicht weit weg ... Aber nein, es war als sei ich durchsichtig. Sie haben nicht ein einziges Mal zu mir her gesehen. Sie haben sich nur um sich selbst gekümmert ...“

Er schwieg kurz und sagte dann:

„Sie halten sich an der Hand, sie geben sich Küsschen einfach so, ohne Grund, das ist nicht normal ...“

Ali unterbrach ihn.

„Ich habe es dir doch gesagt: Sie kennen sich seit der Grundschule. Nach dem Abitur haben sie sich eine Einzimmerwohnung geteilt. Sie waren unzertrennlich. Warte mal ... Warum reden wir überhaupt darüber?"

Brahim hob beide Hände in die Luft, als wolle er seine guten Absichten kundtun.

„Malika behauptet, sie hätten dich wegen mir gefeuert. Und ich sage, dass Claire ..."

Ali setzte sich auf und schrie:

„Niemand hat mich gefeuert! Ich habe gekündigt!"

Brahim beschwichtigte ihn.

„Einverstanden. Aber am Ende ist es das Gleiche. Es ist die Konsequenz der Islamophobie."

Er lachte bitter.

„Die Ironie an der Geschichte ..."

Ali unterbrach ihn.

„Was meinst du mit Ironie? Findest du die Geschichte zum Lachen?"

„Beruhige dich, ich bin auf deiner Seite. Ich bin dein Vetter, oder etwa nicht? Aber ich finde es ironisch, dass du und Malika Opfer der Islamophobie werdet, und ihr seid nicht mal Muslime ..."

Ali protestierte.

„Was willst du damit sagen? Wir sind doch alle Muslime."

Brahim schüttelte den Kopf.

„Das soll wohl ein Scherz sein. Glaubst du, das ist wie ein Hut, den du aufsetzt, wenn es dir passt, und dann sagst: ‚Seht her, ich trage einen Hut'?"

Er mimte einen Gecken, der seinen Hut vor dem Spiegel aufsetzt und zurechtrückt. Ali seufzte verärgert.

„Du nervst ... Wovon redest du? Muss man einen Hut tragen, um Muslim zu sein? Einen Turban?"

Brahim nahm den Tonfall eines Lehrers an, der sich seinen unwilligen Schüler vorknüpft.

„Ich versuche dir etwas zu erklären. Du kannst nicht einfach behaupten: ‚Ich bin Muslim'. Du musst es *beweisen*. Es gibt Dinge, die man tun muss ... wie sagt man noch? Rituale. Verpflichtungen. Den Dienst an Gott: *al-'ibadât*. Zum Beispiel *musst* du das Gebet verrichten. Das ist keine Option, es ist ver-pflich-tend. Ich habe dich noch nie beten sehen! Von Malika ganz zu schweigen ... Und du musst nach der Lehre des Propheten leben. Du musst zum Beispiel *halal* essen. Ihr zwei esst aber nicht *halal*."

Ali lachte bitter.

„Malika ist noch mehr *halal* als du: sie ist Vegetarierin. Oder willst du etwa behaupten, es gäbe Zucchini, die nicht *halal* sind? ... *haram* Weißwurz?"

Brahim murmelte nachdenklich:

„Es gibt eine *Fatwa*, die besagt, die Tomate sei christlich."

„Ach nein? Eines Tages hat sich eine Tomate taufen lassen? Ganz allein, wie eine Erwachsene? In der Kathedrale Notre-Dame etwa? Der Imam, der sich diese *Fatwa* ausgedacht hat, ist doch völlig durchgeknallt!"

„Na ja, damit bin ich auch nicht einverstanden. Ich esse Tomaten. Ein marokkanischer Salat ist ohne Tomaten gar nichts ... ich wollte dir nur sagen, dass man nicht allein in seiner Ecke entscheiden kann, dass man Muslim ist. Es gibt Regeln, die zu befolgen sind, man muss sich informieren, einen Imam aufsuchen ..."

Ali schüttelte den Kopf und rollte die Augen.

„Wir sind wirklich die Einzigen, die sich das Leben schwer machen. Meine italienische Kollegin hat mir erzählt, dass die Leute in Italien dreimal im Leben zur Kirche gehen: zur Taufe, zur Hochzeit und zum Begräbnis. Dennoch nennen sie sich Katholiken und niemand bestreitet das. Nicht einmal der Papst! Nur wir machen uns das Leben schwer. Tu dies, tu jenes nicht ..."

Brahim wurde etwas lauter.

„Möglich. Aber ist es bei den Anderen besser? Bei *deinen* Italienern? Sie machen sich das Leben nicht schwer und wo führt das hin?"

Ali lachte zynisch.

„Sie sind zwanzig Mal reicher und entwickelter als wir. Sie leben im schönsten Land der Welt. Und sie wirken nicht besonders unglücklich. Warst du schon mal in Rom?"

Brahim antwortete nicht direkt darauf. Er spann seinen Faden weiter.

„Was ist mit ihnen? Sie sind innerlich hohl."

„Äußerlich sind sie jedenfalls gut gekleidet."

Brahim runzelte die Stirn.

„Dir ist das Äußere wichtiger als das Innere?"

Ali seufzte tief. Nein, wirklich, er hatte keine Lust, diese Diskussion weiterzuführen, die er sinnlos fand.

„Sag Brahim, weswegen bist du eigentlich hier? Möchtest du mit mir über Tomaten und Italiener diskutieren? Oder über eine Art Mischung zwischen Zen, Topologie und Sufismus, in etwa ‚du ziehst das Äußere dem Inneren vor'?"

Brahim war beleidigt und murmelte.

„Ich bin vorbeigekommen, um dir zu helfen ... deine ... Depression zu überwinden."

Ali sprang auf.

„Was für eine Depression? Ich bin nicht deprimiert. Ich ziehe Bilanz, ich denke nach."

„Du kannst es nennen, wie du willst. Aber als dein Vetter, als Muslim ist es meine Pflicht dir zu helfen."

„Und du glaubst, mir mit dieser Geschichte über die

Islamophobie zu helfen? Das deprimiert mich noch mehr ... ich meine: das *würde mich noch mehr deprimieren,* wenn ich deprimiert wäre."

Er schüttelte den Kopf.

„Das alles erschöpft mich. Wenn du mir wirklich helfen willst, erkundige dich beim Bezirksamt oder bei der Handelskammer, um herauszufinden, wie man ein Unternehmen gründen kann. Ich werde meine eigene Informatikfirma aufbauen."

Brahim stand auf, entfernte sich und richtete den Zeigefinger auf Ali, der immer noch auf dem Bett lag.

„Ich sag dir mal was Ali. Du verlierst in jeder Hinsicht ... in *doppelter* Hinsicht. Du hast dich von deiner Religion entfernt, du hast 1000 Jahre Tradition hinter dir gelassen, und wozu das alles? Um dich an das Nichts zu klammern! Du springst von einem Ufer zum andern, doch am anderen Ufer ist gar nichts. Eine Illusion ... Zombies. ‚Gut gekleidet' wie du sagst. Armani-Zombies. Du spazierst hier herum, äffst sie nach, du glaubst, du bist wie sie. Wenn *sie* dir eine Ohrfeige versetzen, hältst du die andere Wange hin."

Er lachte auf.

„Das ist sehr christlich, bravo. Eine Ohrfeige, noch eine ... Sie spucken dir ins Gesicht, und du bedankst dich. Danke, ‚ich werde meine eigene Informatikfirma aufbauen'. Bis sie dich das nächste Mal anspucken ..."

Ali fühlte sich angegriffen und antwortete zähneknirschend:

„Und was ist mit dir, was suchst du eigentlich hier? Wenn es dir so sehr missfällt, hau doch ab! Was willst du in Paris? Zieh doch nach Mekka!"

Brahim riss die Augen auf.

„Ich fasse es nicht, jetzt zitierst du den Front National. ‚Liebt Frankreich oder verlasst es.'"

„Also erst einmal zitiere ich niemanden: ich argumentiere nur logisch. Du kannst nicht die ganze Zeit Europa beschimpfen und es dir dort zugleich im Warmen gemütlich machen."

Er sah aus dem Fenster.

„Also im Warmen eher bildlich gesprochen ..."

Er setzte noch einen drauf.

„Mir ist piepegal, wer den Spruch erfunden hat, aber er scheint mir logisch. ‚Liebt Frankreich oder verlasst es.'"

Brahim ließ ein paar Sekunden verstreichen, bevor er angeberisch antwortete.

„Nun, ich verlasse es. Genau das werde ich tun. Ich habe einen Job in Dubai gefunden. Ich bin auch gekommen, dir das zu sagen."

Ali war überrascht.

„Dubai?"

„Ja genau."

Ali richtete sich langsam auf.

„Dubai, der ‚Konsumtempel'? Dort willst du leben? Die größte *Shopping Mall* der Welt! Die größte Konzentration von Rolls-Royce-Autos auf dem Planeten! Der höchste Wolkenkratzer, so in der Art ‚näher mein Gott zu dir' ... und was haben sie da rein getan? Ein Armani-Hotel eben! Sind die nicht etwa ‚innerlich hohl'?"

Jetzt war Brahim in der Defensive.

„Eben nicht, sie sind Muslime."

„Ach ja, sie sind nicht hohl, sie sind voll mit Islam ... Stimmt, sie sind dick. Dicke Fettbäuche voller Islam ... Armani-Muslime, die in Ferraris herumfahren ... und in ihrem *halal* Harem bonga-bonga machen ... Die sind nicht hohl, oder was?"

Brahim presste die Lippen zusammen, wie um zu verhindern, dass er explodierte. Schließlich flüsterte er:

„Du tust ja bloß so und ziehst alles ins Lächerliche. *Allah yehdik* ... Denk nach, du wirst einsehen, dass ich Recht habe."

Er ging zur Tür und wandte sich noch einmal um.

„Vergiss nicht, was ich dir gesagt habe. Im Moment verlierst du in doppelter Hinsicht. Du bist weder hier noch dort."

Er erhob ein wenig die Stimme.

*„Eh a weldi!** Du verlierst in doppelter Hinsicht!"

Er ging. Ali legte sich wieder hin, nahm ein Kopfkissen und legte es sich auf den Kopf. Er wollte nichts mehr sehen. Selbst Licht störte ihn.

* „Ja, mein Bester!"

23

Ajatollah und Grand Marnier

Und dann plötzlich: der Ajatollah!

Die Araber hatten sich eine Zeit lang am Oktoberkrieg berauscht, doch dann waren sie wieder in ihre tiefe Melancholie verfallen. Besiegt, verachtet, unwichtig ... Von der ganzen Welt verlacht.

Und dann wachten sie eines Tages im Februar 1979 als *Muslime* auf. Sie konnten den Kopf wieder hoch tragen.

Diese Revolution mit unberechenbaren Folgen (bis heute spüren wir die Turbulenzen, die daraus entstanden) wurde in einer friedlichen französischen Gemeinde im Departement Yvelines vorbereitet. Im Oktober 1978 flüchtete Ajatollah Khomeini, der unversöhnliche Gegner des Schahs des Iran nach Frankreich, nach Neauphle-le-Château.

Ich bin dorthin gefahren und habe nachgesehen, es gibt nicht viel zu sehen. Sein Wohnhaus an der Route de Chevreuse wurde abgerissen. Die iranische Regierung hatte verlangt, es solle zum Museum werden ... So wäre der Triumph des Islamismus an eben dem Ort festgeschrieben worden, wo im Jahre 1827 Jean-Baptiste Lapostolle eine Distillerie für Fruchtliköre eröffnete. Erheben wir also unser Glas Grand Marnier (er wurde genau dort erfunden) im Gedenken an den Ajatollah ...

Die Geschichte macht sich lustig.

Und setzt sogleich wieder ihre tragische Maske auf.

Khomeinis Anhänger nehmen die Wutreden des alten Mannes auf und bald gibt es Hunderte, ja Tausende von Audiokassetten, die heimlich in den Iran geschickt werden, wo sie vervielfältigt und verbreitet werden.

Was kann die Zensur, was kann die politische Polizei des Schahs, der Savak, gegen so etwas ausrichten? Nicht wirklich viel ...

Jeden Tag gewinnt der Islamismus an Terrain, getragen von dieser – im wörtlichen wie im übertragenen Sinne – *magnetischen* Stimme.

Anfang 1979 ist die Revolution auf der Straße angekommen: dort wird gekämpft, der Armee des Schahs entgegengetreten – es sind vor allem junge Linksextreme, die Mudschahedin, die Fedayin des Volkes, oder auch die Kommunisten des Toudeh, die ihr Leben für diese Sache hingeben, die nicht die ihre ist – tragischerweise hatten sie das Märchen von der „proletarischen Revolution" geglaubt, bei der die Islamisten nur kurzfristige Verbündete sein sollten.

Der unerbittliche Verbündete, der nur das heilige Buch kennt und Lenin verabscheut, er wird sie verschlingen.

Khomeini kehrt am 1. Februar 1979 in den Iran zurück, um dem Sieg entgegenzueilen – in einem Flugzeug der Air France ...

Zuerst wird er „Chef der Revolution", dann „höchster geistiger Anführer": der Übergang vom Profanen zum Heiligen ist gleitend. Die *islamische* Republik wird per Referendum ausgerufen. Die Religion, oder besser gesagt die *religiöse Macht,* beherrscht alle Institutionen. Die Verfassung schreibt den Islam (Version „Zwölfer-Schiitentum") als Staatsreligion fest. Das iranische Recht muss sich der *Scharia* anpassen.

Und dann passierte die Geschichte mit den Geiseln. Da nehmen wir den Faden *unserer* Erzählung wieder auf. Die Araber spitzen die Ohren, sie werden neugierig. Was passiert bei den Persern, ihren ewigen Rivalen?

Sollten diese die Lösung gefunden haben*, den Schachzug, auf den es keine Antwort gibt, den geschickten Schlag, mit dem man die Kniekehle des Feindes spaltet, der seine Kräfte überschätzt hatte?

Studenten, die sich „Anhänger der Linie des Imam" nennen, dringen in die US-amerikanische Botschaft in Teheran ein und nehmen 52 Amerikaner, vor allem Diplomaten, gefangen. Die Bilder gehen um die Welt. Wer ist nun erniedrigt? Amerikaner mit verbundenen Augen und hinter dem Rücken gefesselten Händen stolpern, zögern, gehen ungelenk zwischen ihren Geiselnehmern. Sie werden 444 Tage lang festgehalten.

Khomeini unterstützt die Aktion der Studenten. Er verlangt von den Vereinigten Staaten die Auslieferung des Schahs, den er vor Gericht stellen und sicherlich hängen lassen will.

Die Welt hält den Atem an.

Alle warten auf John Wayne, die Kavallerie, MacArthur ... die Signalhörner erklingen! ... Sie kommen, hier sind sie, sie sind da, wer hat sie gesehen? ... Sicher kommen sie gleich in Technicolor angeritten, um diese unverschämten Indianer zu bestrafen – oder Iraner –, das kann man ja mal verwechseln, ist ja auch egal.

Der Präsident der USA, Jimmy Carter, befiehlt eine Kommandoaktion, doch der Versuch scheitert kläglich: die Helikopter werden in der Wüste mitten in einem Sandsturm *zermalmt*. Ein technischer Zwischenfall, so der US-amerikanische Diskurs. Ein Zeichen Gottes denken die Muslime.

Die Araber wachen als Muslime auf. Sie erwachen aus

* Die Parole der Islamisten ist: „Der Islam ist die Lösung".

einem Alptraum und springen mit beiden Füßen in einen Traum, der bis heute anhält ...

Als Araber wurden sie regelmäßig *zermalmt* ... Als Muslime fühlen sie sich unbesiegbar. Als Muslime haben sie 444 Tage lang der ersten Weltmacht getrotzt.

444: eine magische Zahl. Die Zahl des triumphierenden Islamismus. Vor einigen Wochen hat mich ein Freund darauf aufmerksam gemacht, dass 444 genau *zwei Drittel* der Zahl des Tieres* ausmacht. Da war noch Spielraum.

Dann flüsterte er: „Der IS hat die Lücke geschlossen.“

* Die Offenbarung des Johannes, XIII, 18.

24

Was gibt es zu essen?

Um Viertel nach sieben sprang der Radiowecker an. Malika schaltete ihn schnell aus, mit tastender Hand, nervös, die Augen noch geschlossen. Seit einigen Tagen war ihr aufgefallen, dass Ali es nicht mehr ertrug, vom Radio geweckt zu werden – oder ging es dabei um *France Inter* im Besonderen? Sie hatte sich nicht getraut nachzufragen, denn sie fürchtete eine Hasstirade gegen die Medien auszulösen. Jedenfalls – und das war neu – grummelte er jetzt, sobald das Radio anging, oder er seufzte tief, stieß einen wütenden Fluch aus, drehte sich im Bett um, zog das Laken über die Ohren ... Dann eben nicht! Wenn das Gerät seinen Zweck erfüllt hatte, schaltete sie es aus. Sie hatte sich daran gewöhnt, ohne Nachrichten über die Lage in der Welt aufzuwachen. Vielleicht war es besser so. Im Allgemeinen machte die Welt durch das, was nicht funktionierte, auf sich aufmerksam. Die morgendlichen Nachrichten fassten die Katastrophen der Nacht zusammen. Darauf konnte man gut verzichten.

Sie ging in die Küche und machte sich einen Kaffee, knabberte an einem Toast mit Butter und aß ein Stück Obst. Unten im Garten machten ein paar Chinesen Gymnastik. „Was ist der Unterschied zwischen *Tai Chi* und *Chi Gong?*“, hatte eine Nachbarin sie einmal gefragt. Das sind die ausgefallenen Fragen, die einen als Einwohner von Belleville überrollen ... Sie lächelte, versuchte die langsamen Gesten der Chinesen unten nachzuahmen, dann ging sie unter die Dusche. Als sie mit angewinkeltem Bein auf den Badewannenrand gestützt ihre Schenkel einseifte, sagte sie sich, dass seit langer Zeit niemand sie dort gestreichelt hatte; dann dachte sie mechanisch darüber nach, ob sie sich nicht lieber mit klarem Wasser waschen sollte – „die Seife schadet der Haut", die Frauenzeitschriften kamen immer wieder darauf zurück – und da ein Gedanke zum anderen führte, dachte sie an Claire – „ich muss sie anrufen, ich brauche ihren Rat, gerade jetzt ..."

Sie trug eine Feuchtigkeitscreme auf ihr Gesicht auf und betrachtete sich im Spiegel. – „Ich sehe nicht fröhlich aus ..." Dann zog sie sich geräuschlos an. Ali schien tief zu schlafen. Sie ging und zog die Tür, ohne Lärm zu machen, hinter sich zu, mit dem Schlüssel im Schloss, ganz nach rechts gedreht, so dass der Zapfen erst im letzten Moment einschnappte, mit tausend Vorsichtsmaßnahmen, als könne das kleinste Geräusch eine Explosion auslösen.

„Ich werde paranoid", dachte sie.

Sie lief die Rue des Couronnes hinab bis zur Kreuzung am Boulevard de Belleville, bog nach rechts ab und ging zur Schule; dabei zwang sie sich krampfhaft, nicht über die Sorgen nachzugrübeln, die ihr seit dem Aufwachen das Herz schwer machten. Nur Mut, Ali würde es schaffen, das war nur eine Frage der Zeit ... *Die Zeit heilt alle Wunden ...*

Vor dem Gebäude der Schule angelangt sah sie nach oben. Früher waren an der langen Fassade in regelmäßigem Abstand Nischen eingearbeitet worden. Aber dort standen keine Statuen der Jungfrau Maria, sondern Porträts der glorreichen Helden der Republik: Renan, Marie Curie, Sadi Carnot, Zola, Pasteur, Jules Ferry, Jaurès ...

Die Namen standen unter den ziemlich abgenutzten Bildnissen. Normalerweise war sie ebenso gerührt wie amüsiert von diesem glanzvollen Empfangskomitee, das den Schülern die Dankbarkeit der Republik zu garantieren schien, sofern sie *sich anstrengten*, arbeiteten, ihre Talente entwickelten.

Doch an diesem Tag setzten diese Helden eine andere Miene auf, sie blickten leicht feindselig, man hatte den Eindruck, sie rückten zusammen und stießen die Naiven auf den Boulevard zurück, die sich eingebildet hatten, sie könnten sich ihnen anschließen. Dabei waren ein Italiener und eine Polin unter ihnen. *Ja, aber kein einziger Araber*. Es war das erste Mal, dass sie so etwas dachte. Sie schüttelte den Kopf.

„Ich bin paranoid."

Sie betrat die Schule, grüßte den Pförtner, hielt einen Schwatz mit ein paar Kollegen und ging dann zu ihrem Klassenzimmer. Sie stellte sich an die Tür und wartete ein paar Augenblicke. (Was macht Ali gerade? Ist er aufgewacht?) Die Kinder kamen in fröhlichem Durcheinander, in einem Farbenmeer angerannt. Sie bemühte sich, sie alle mit dem Vornamen zu begrüßen, wie jeden Morgen. So, der Tag konnte beginnen.

An diesem Tag standen Grammatik und Rechtschreibung auf dem Plan. Sie konzentrierte sich darauf, erklärte die Regeln, gab einige Beispiele, ließ die Kinder wiederholen. Sie vergaß alle ihre Sorgen. In der Pause aß sie einen Apfel und sah den Kindern beim Spielen auf dem Pausenhof zu. (Jetzt wird er wohl wach sein. Doch was tut er? Sieht er fern? Liest er seine Mails?) Dann kamen die Schüler zurück und es ging um Rechenaufgaben, schließlich spielten sie das Wörterbuchspiel: sie las die Definitionen, die Kinder mussten das entsprechende Wort finden.

Der Nachmittag verstrich auf die gleiche Weise. Sie beschäftigte sich mit den Schülern und musste sich dadurch nicht mit sich selbst beschäftigen, nachdenken. Nach der Schule ging sie zum Supermarkt Franprix am Boulevard de Belleville, kaufte eine Flasche Mineralwasser – Ali vergaß immer das Mineralwasser oder er behauptete, das sei nicht besser als das Wasser aus dem Hahn –, dann ging sie ein paar Schritte, kehrte um und lief die Rue des Couronnes hoch, auf dem rechten Bürgersteig, um den Cafés mit den Wasserpfeifen auf der linken Seite aus dem Weg zu gehen, diesen Cafés, in denen nur Männer saßen, wie *da unten,* ... und deren Rauchschwaden ihr Kopfweh bereiteten. Oft liefen Fußballspiele in den Fernsehern. „So werdet ihr niemals gebildet ..." Nun gut, die mussten selber klarkommen, sie war nicht in der Stimmung, ihnen Lektionen zu erteilen, und sei es auch nur im Stillen.

Sie betrat die *Résidence* nach einem chinesischen Paar. Sie ging bis zu dem Gebäude, wo sie mit Ali wohnte, und stieg langsam die Treppe zum vierten Stock hinauf. Sie dachte daran, dass sie vor nicht allzu langer Zeit diese Treppen vier Stufen auf einmal nehmend hochgelaufen war, genau diese Stufen, die ihr jetzt ein wenig zu steil vorkamen. Vor der Tür angelangt machte sie eine kurze Pause, schloss die Augen und versuchte ihre innere Ruhe wiederzufinden, die sie seit einigen Wochen verloren hatte. Sie klingelte, und drehte dann den Schlüssel im Schloss um, öffnete und trat ein. Sie legte die Einkäufe links in der Küche ab und ging dann einen Blick ins Wohnzimmer werfen.

Ali saß auf dem Sofa. Er sah mit trübem Blick fern. Sie bemerkte, dass sie noch ihren Mantel trug, ging zum Eingang zurück und hängte ihn an der Garderobe auf, dann beugte sie sich zu ihrem Gefährten und gab ihm einen Kuss. Er reagierte nicht.

Sie bemühte sich um einen fröhlichen Ton.

„Ich habe einen Bärenhunger. Was gibt es zu essen?"

Ali antwortete mit etwas rauer Stimme.

„Keine Ahnung."

Sie runzelte die Stirn.

„Wie das denn, keine Ahnung? Hast du nicht eingekauft?"

Er ließ einige Sekunden verstreichen und antwortete dann im selben Ton:

„Doch, ich habe viel eingekauft. Die Sachen liegen im Kühlschrank. Oder auf dem Tisch."

„Also, was essen wir?"

Es vergingen wieder einige entnervende Sekunden, dann kam die Antwort in trockenem Ton.

„Keine Ahnung."

Malika verstand überhaupt nichts.

„Moment mal, machst du dich über mich lustig? Ist das ein Spiel?"

Sie sah sich um.

„Ist es für die versteckte Kamera?"

Alis Ton wurde finster.

„Sehr witzig. Aber ich bin nicht in Stimmung ..."

Er beendete den Satz nicht. Malika trat ein paar Schritte zurück, sah ihn kurz an, und dann versuchte sie erneut in fröhlichem Ton zu antworten:

„Also gut. Noch einmal von vorne."

Sie mimte einen Dialog:

„Liebling hast du eingekauft? – Ja, mein Herz. – Was gibt es zu essen? – Keine Ahnung."

In ernstem Ton schloss sie:

„Geht es darum, dass ich etwas errate?"

Ali hatte die ganze Zeit weiter ferngesehen.

„Malika, ich bin nicht in der Stimmung Witze zu machen. Das musst du doch merken!"

Malika setzte sich auf einen Stuhl und sah ihn ein paar Augenblicke lang an.

„Ali, was ist heute für ein Tag?"

Er zögerte und sagte dann unwillig:

„Dienstag."

„Gut. Und wer hat dienstags Küchendienst?"

Er antwortete nicht. Malika gab sich versöhnlich.

„Wenn du krank bist, wenn es einen ernsthaften Grund gibt, einverstanden. Aber im Prinzip bist du dienstags, donnerstags und sonntags mit dem Kochen dran. An den anderen Tagen koche ich. Samstags gehen wir aus. Zumindest ist das die Theorie, denn wir sind schon sehr lange nicht mehr im Restaurant gewesen ..."

Ali wandte sich plötzlich zu ihr und sah ihr direkt ins Gesicht. Er bellte:

„Was ist das denn? Ein Gesetz? Die Verfassung? Die *Scharia*?"

Malika war überrascht, öffnete leicht den Mund und verharrte so ein paar Augenblicke lang reglos. Dann begann sie zu reden, zuerst zögerlich, dann immer entschlossener.

„Nein, ... das ist kein Gesetz oder besser doch: eigentlich ist es *eine Art Gesetz*, wir haben uns doch darauf geeinigt? ... Als wir beschlossen haben zusammenzuziehen. Daran muss ich dich doch wohl nicht erinnern. Seit Monaten leben wir so."

Ali schüttelte den Kopf und sah wieder fern. Er grummelte etwas.

„La'b en-n'sara ..."

Malika hatte es nicht verstanden.

„Was sagst du? Kannst du das bitte wiederholen?"

Ali wandte sich um und sagte feierlich:

„Ich sage: das ist ein Franzosen-Ding."

Sie riss die Augen auf.

„Was soll das heißen, ‚Franzosen-Ding'? Wir hatten uns darauf geeinigt, du und ich, ganz alleine, wie Erwachsene. Genau an diesem Tisch." (Sie machte eine Handbewegung.)

„Da waren nur du und ich, nicht Frankreich, nicht ... General de Gaulle oder Brigitte Bardot ... oder ..."

Wer um Himmels Willen symbolisierte denn das Frankreich von heute?

Ali schniefte.

„Trotzdem ist es ein Franzosen-Ding. Mein Vater und meine Mutter hatten keinesfalls diese Art von Abmachung. Meine Mutter hat sich um die Küche gekümmert, basta. Und sie hat es gern getan."

Malika erwiderte irritiert:

„Hast du sie mal gefragt? Hast du sie auch nur einmal gefragt, ob es ihr Spaß macht, morgens, mittags und abends in der Küche zu stehen?"

Es vergingen ein paar Sekunden, bevor er antwortete:

„Nein, aber das ist offensichtlich."

„Tja ... ganz einfach offensichtlich ... wie beim Esel, der den ganzen Tag mit verbundenen Augen das Schöpfrad dreht."

Sie malte mit dem Zeigefinger einen Kreis in die Luft.

„Solange man ihn nicht befragt, kann man davon ausgehen, dass er das liebt."

Ali schniefte erneut. Er murmelte:

„Vergleichst du meine Mutter jetzt mit einem Esel?"

Malika erhob sich und ging im Zimmer hin und her.

„Auf diese ... diese Provokation antworte ich nicht einmal. Pfffff..."

Sie schwieg kurz. Dann:

„Betritt dein Vater nie die Küche?"

Ali überlegte kurz und brummte dann:

„Das ist schon mal vorgekommen."

Plötzlich hatte sie eine Eingebung.

„Sag mal: erinnere ich mich recht, dass er an Feiertagen immer eine *Dal'a* mit Safran zubereitet?"

„Genau."

„Verstehe."

„Was verstehst du?"

Er hatte seinen Ton nicht geändert, der immer noch mürrisch und motzig blieb ... Was war nur mit ihm los? *„Er ist mit dem falschen Fuß zuerst aufgestanden.* Und jetzt soll ich dafür büßen. Warum? Woran bin ich denn schuld?" Sie atmete tief ein und antwortete in leicht gereiztem Ton:

„Nichts ... Doch da du Gedächtnislücken zu haben scheinst, will ich deiner Erinnerung auf die Sprünge helfen. An dem Tag als du mir vorgeschlagen hast, zusammenzuziehen, habe ich dich gewarnt, dass ich eine Niete in der Küche bin. Erinnerst du dich? Ich habe gesagt: ‚Ich bin kein *Heimchen am Herd*, das seinen ausgehungerten Gatten schön bekocht, wenn er nach Hause kommt ...' Und was hast du geantwortet?"

Sie konnte es nicht lassen, seinen leichten Akzent nachzuahmen.

„‚Jetzt bin ich Pariser. Hier sind die berühmten Köche alle Männer. Also werde ich kochen!', und so weiter."

Sie fuhr in normalem Tonfall fort. (*Ich muss mich beruhigen.)*

„Also, ich habe mir Mühe gegeben, ich habe kochen und es sogar *lieben* gelernt. Wir haben unsere kleine ‚Abmachung' vereinbart, wie du es nennst: dienstags, donnerstags, sonntags kochst du, an den anderen Tagen ich. Was hat sich nun verändert? Bist du heute zu müde? Dabei tust du nichts anderes als einkaufen gehen, die Zeitung holen, sonst sitzt du den ganzen Tag auf diesem Sofa."

Ali murmelte verbittert:

„Ich bin eben ein Parasit."

Malika hätte ihren letzten Satz am liebsten zurückgenommen.

„Entschuldige, ich wollte dich nicht verletzen ... aber gut, wenn du willst, werde ich heute kochen, wir können tauschen, du machst es morgen. Das ist nicht tragisch. Was hast du eingekauft?"

Ali antwortete zuerst nicht. Dann:

„Und wenn ich morgen keine Lust zum Kochen habe?"

Malika setzte sich wieder auf den Stuhl und sah ihn beunruhigt an.

„Ali, es geht dir nicht gut ... Ich glaube, du verfällst in eine Depression."

Sie zögerte, biss sich auf die Lippen. Dann schlug sie vor.

„Du solltest deinen Arzt aufsuchen. Oder einen Psy... einen Psychotherapeuten."

Ali reagierte nicht sofort. Er blieb völlig reglos, als sei nichts gesagt worden oder als habe er Malikas letzten Satz nicht verstanden. Dann wandte er den Kopf und sprach mit tonloser Stimme, in die sich kalte Wut mit etwas wie Spott oder Verachtung zu mischen schien.

„Ein Psy... Sieh an! Sobald man nicht mehr ins Format passt, wird man für verrückt erklärt! Es gibt nur zwei Möglichkeiten: man ist Franzose oder verrückt!"

Malika senkte verstört den Kopf.

„Wer redet denn davon, dass du verrückt bist? Eine Depression hat damit doch nichts zu tun! Gar nichts! Es ist nur eine Krankheit, wie eine Bronchitis ..."

Ali hörte nicht mehr zu. Er war aufgestanden und ging im Zimmer hin und her. Er sprach weiter in dieser hohlen tiefen Stimme, die Malika langsam Angst machte.

„Ich rede von meinem Vater und meiner Mutter, von unseren Traditionen ... und du willst mich ins Irrenhaus stecken!"

Malika brauste auf.

„Also, das ist grotesk."

„Jetzt bin ich grotesk?"

„Ehrlich gesagt, in diesem Moment ja."

Ali zählte langsam an den Fingern ab:

„Eins, ich bin ein Parasit, zwei, ich bin verrückt, und drei, ich bin grotesk?"

Malika hob entnervt die Stimme.

„Ja, und zudem hast du Kennedy umgebracht und Plutonium an den Iran verkauft ... Wenn du willst kann ich dich in deiner Paranoia begleiten. Das kann sehr weit führen."

„Das ist doch die Höhe! Du schimpfst mich paranoid?"

Malika seufzte.

„Gut, beenden wir dieses bescheuerte Gespräch oder ich ziehe meinen Mantel wieder an und verbringe die Nacht bei Claire."

Ali setzte sich wieder auf das Sofa. Er murmelte etwas Unverständliches auf Arabisch:

„... wach hna houma hna..."

Malika pflanzte sich vor ihm auf.

„Was sagst du? Du weißt genau, dass ich es nicht mag, wenn du in Arabisch in deinen Bart brummst. Wenn du etwas zu sagen hast ..."

„In meinen Bart?"

„Was hast du gemurmelt?"

„Ich habe gesagt: ‚Man muss wissen, wer man ist.'"

„Was ist das? Der Spruch des Tages?"

Ali atmete tief ein.

„Du verstehst das nicht?"

Er versuchte Malika nachzuahmen, indem er übertrieben „flötete" und die Silben deutlich artikulierte.

„... Unsere kleine Abmachung: dienstags, donnerstags, sonntags kochst du, an den anderen Tagen ich. Was soll das? Das ist Franzosen-Kram, nach dem Motto ‚wir sind ein modernes Paar' ... Und wohin hat mich das geführt, französischer als

die Franzosen sein zu wollen? Ich bin als Araber rausgeschmissen worden ... als Nordafrikaner ...“

Malika korrigierte sanft:

„Du bist nicht rausgeschmissen worden, du hast gekündigt.“

Ali schrie.

„Das ist das Gleiche!“

„Zugegeben. Aber was hat das mit unserem ... unserem Abkommen zu tun? ... Damit, wer an welchem Tag kocht? Und schrei mich bitte nicht an.“

„Das hat *alles* damit zu tun! Ich fliege als Araber raus und soll als Franzose weiterleben? Montags, mittwochs und freitags kochen? Wie ein kleiner Pudel?“

Malika war bestürzt und murmelte:

„Jetzt kochen auch noch die Pudel? Das alles ist vollkommener Unsinn!“

Ali erhob wieder die Stimme.

„Du weißt genau, was ich sagen will. Ich werde als Araber rausgeschmissen und soll als Franzose weitermachen, ist das der *Deal*? Und da soll ich mich wohl auch noch bedanken?“

Jetzt wurde Malika laut:

„Aber das ist doch idiotisch! Du bringst alles durcheinander! Das hat nichts miteinander zu tun!“

Ali zählte wieder an den Fingern ab:

„Parasit, grotesk, paranoid ... und jetzt idiotisch. Da haben wir alles zusammen! *Es reicht, keine Blumen mehr,* wie die zu sagen pflegen.“

Malika blieb einen Augenblick reglos stehen. Dann schüttelte sie den Kopf und ging ihren Mantel überziehen.

„Gut, der Abend ist gelaufen. Das kann nur noch schlimmer werden, wir werden uns Dinge an den Kopf werfen, die wir nicht mehr zurücknehmen können. Ich übernachte bei

Claire und gebe dir Zeit dich zu beruhigen. Wir reden morgen."

Ali machte eine verächtliche Handbewegung, als werfe er sie hinaus.

„Genau, geh zu deinem ... deinem kleinen Liebling ..."

Malika kam zurück und stellte sich vor ihn.

„Meinem was?"

Sie forderte ihn mit Blicken heraus. Ali zuckte mit den Achseln und sah wieder krampfhaft auf den Fernseher.

Die Eingangstür fiel ins Schloss. Diesmal rannte sie so schnell die Treppen hinunter, dass sie zu stürzen drohte, lief aus der *Résidence* hinaus und beruhigte sich erst, als sie wieder in der Rue des Couronnes war. An der Kreuzung wandte sie sich nach rechts und lief bis zur Metrostation Belleville. Sie schaltete ihr Handy ein und rief Claire an, um zu sagen, dass sie vorbeikäme, es sei wichtig.

„Aber ja, komm ruhig, kein Problem!"

Sie lief die Stufen zur Metro hinunter, blieb vor der Schranke stehen, dann ging sie wieder hoch: sie hatte Lust zu Fuß zu gehen. Mit schnellen Schritten bog sie in die Rue du Faubourg-du-Temple ein, in der es vor Passanten wimmelte. Als sie die Rue Saint-Maur überquerte, merkte sie, dass sie weinte. Sie ging weiter und zog immer wieder die Nase hoch, auf dem Boulevard Parmentier wandte sie sich nach rechts, dann nach links in die Rue Alibert. Schließlich gelangte sie in die Rue Marie-et-Louise und stand vor dem Gebäude, in dem Claire wohnte. Sie klingelte. Claire drückte auf den elektronischen Türöffner.

Sie erwartete Malika im Flur. Die fiel in ihre Arme, küsste sie und murmelte: „Kann ich bei dir schlafen?"

„Ja, natürlich."

Claire war so taktvoll, keine einzige Frage zu stellen.

25

Was bedeutet, zu frei sein?

Am nächsten Morgen ging Malika nach einem schnellen Frühstück mit Claire direkt zur Schule. Am späten Nachmittag machte sie ein paar Einkäufe im Franprix und ging dann die Rue des Couronnes hinauf. Sie stieg langsam die vier Stockwerke hoch und benutzte ihren Schlüssel um einzutreten, ohne vorher zu klingeln, denn sie wollte auf keinen Fall von Alis mürrischem Gesicht begrüßt werden.

Er war im kleinen Zimmer, das sie als Bibliothek nutzten. Die Tür war angelehnt. Sie schlich auf Zehenspitzen hin, um nachzusehen, ob alles in Ordnung war. Ihre Blicke kreuzten sich, aber sie sprachen nicht miteinander.

Sie ging zurück in die Küche und dachte sich:

„Ich habe auch meinen Stolz. Ich habe *Nif* ... Immer tue ich den ersten Schritt, aber diesmal kannst du das vergessen."

Sie aß schnell auf einem hohen Schemel hockend, dann ging sie mit dem Kopfhörer auf den Ohren fernsehen. Aus den Augenwinkeln sah sie Ali in der Wohnung hin und her gehen. Als sie sich endlich entschloss, schlafen zu gehen, lag er bereits im Bett. Sie schaltete die Nachttischlampe an und achtete sehr darauf, ihn nicht zu berühren. Sie las ein paar Seiten Mukarami, machte dann das Licht aus und schlief schnell ein.

Am nächsten Morgen wachte sie auf, ohne Lärm zu machen, duschte schnell, verzichtete auf ihr Frühstück und verließ die Wohnung. Sie würde in der Schule einen Kaffee trinken.

Es klingelte. Claire ging zur Tür und drückte auf den kleinen Knopf.

„Ja, wer ist da?"

Es war später Nachmittag, sie war eben nach Hause gekommen und erwartete niemanden. Aus dem Hintergrund des Straßenlärms hörte sie eine Art Gemurmel. Man konnte weder Namen noch Vornamen verstehen, es klang eher wie eine Klage oder ein Vorwurf. Merkwürdige Art sich vorzustellen ... Vielleicht war es ein Irrtum, jemand, der sich in der Etage geirrt hatte. Sie wiederholte:

„Wer ist da?"

Diesmal wurde die Stimme deutlicher.

„Ali."

Ali?

Die Stimme fügte – immer noch in trübem Tonfall – hinzu:

„Der ... der *grrrmmbl* von Malika."

Was will er? Was ist los? Ihr Herz begann, etwas schneller zu schlagen. War Malika etwas zugestoßen?

Ein paar Augenblicke später klingelte es an der Wohnungstür. Claire öffnete. Ali stand im Flur und sah sie regungslos an.

„Guten Tag!", sagte sie und bemühte sich um einen herzlichen Ton, obwohl sie besorgt war.

Keinerlei Reaktion.

Claire war erstaunt und fühlte sich irgendwie unbehaglich – *Was will er bloß?* Sie bedeutete ihm einzutreten, doch er rührte sich immer noch nicht.

„Ist irgendetwas? Geht es Malika gut? Gibt es ein Problem?"

„Wieso sollte es ein Problem geben?"

„Du bist noch nie zu mir gekommen ... Es ist das erste Mal, oder?"

„Ich wusste nicht, wo du wohnst. Jetzt weiß ich es. Deine

Adresse ist in Malikas Adressbuch."

Claire war versucht ihn zu fragen, ob er in den Sachen ihrer Freundin herumgeschnüffelt hatte, doch sie beherrschte sich.

„Nun, dann tritt ein!"

Er rührte sich nicht. *Wie in einem Film,* sagte sie sich.

„Du willst nicht reinkommen? Gut ... Wolltest du mir etwas sagen?"

Er murmelte.

„Ja."

„Wie? Was wolltest du ...?"

Sie ließ die Frage in der Luft hängen, Ali räusperte sich.

„Also hmmm. Claire hör zu, ich möchte, dass du aufhörst ..., dass du Malika nicht mehr triffst."

Ja, jetzt ist klar, ich bin in einen Film geraten. Oder in eine Fernsehserie ... Völlig verblüfft brauchte sie ein paar Sekunden, um zu antworten.

„Wie bitte?"

„Mir ist lieber, du triffst Malika nicht mehr."

Dieser Sketch im Flur ist lächerlich ... Sie versuchte zu schlucken, schaffte es nur halb, und das veränderte ihre Stimme leicht.

„W...warum denn?"

Ich höre mich seltsam an.

Ali trat einen Schritt vor. Es war fast unmerklich, aber es reichte, damit sein Gesicht, das einen Sonnenstrahl eingefangen hatte, sich klarer auf dem dunklen Hintergrund des Flurs abzeichnete. Sie hatte den Eindruck, er habe seine Position leicht verändert, die Beine etwas auseinandergespreizt, um seinen Stand zu verbessern. Versuchte er sie einzuschüchtern?

Sie wich nicht zurück. Jetzt waren ihre Gesichter einander

sehr nah. Er wiederholte langsam, wobei er jedes Wort betonte: „Ich glaube, du hast einen schlechten Einfluss auf sie."

Claire war entsetzt und antwortete nach ein paar Sekunden: „Wie? Warte mal ... Ist dir klar, was du da sagst?"

Ali stand immer noch einige Zentimeter vor ihrem Gesicht und stieß aus: „So ist es eben!"

Sie spürte, wie die Wut in ihr aufstieg. *Was ist das denn für eine Geschichte?*

„Moment mal ... Das darfst du nicht! Was soll das heißen, ‚schlechter Einfluss'?"

Er antwortete in demselben harten, schneidenden Ton.

„Das heißt ... du bist zu französisch ... du bist zu frei!"

Claire war nicht mehr zornig, nur noch verdutzt.

„Ich träum wohl ... Was soll das ... Hallo!!!! Wir sind hier in Paris, oder? Hab ich nicht das Recht, in Paris französisch zu sein?"

„Du kannst machen, was du willst. Aber lass Malika in Ruhe."

Claire hatte sich wieder im Griff.

„Was soll das überhaupt heißen, *zu* frei? Was ist denn die Alternative? Gemäßigt frei? Ein klein wenig frei? Oder einfach angekettet? Burkaverhüllt? Versklavt?"

Warum diskutiere ich überhaupt auf meinem Flur mit diesem Kerl?

„Sag mal, die Emanzipation der Frauen hat bereits stattgefunden: im letzten Jahrhundert. In welchem Jahrhundert lebst du denn?"

Ali antwortete nicht gleich. Sein Kiefer war angespannt. Schließlich murmelte er:

„Ich wiederhole: du machst, was du willst. Aber lass Malika in Ruhe!"

Fast schrie sie:

„Hast du sie um ihre Meinung gefragt?“

Er sprach auch lauter:

„Ich brauche sie nicht zu fragen. Es ist zu ihrem Besten.“

Jetzt war Claires Geduld zu Ende. Sie schob ihr Gesicht vor und berührte nun beinahe das Gesicht des Mannes, der an der Wohnungstür stand – und er wich leicht zurück.

„Das ist doch die Höhe: du brauchst ‚sie nicht um ihre Meinung zu fragen‘? Ich träume wohl! Bist du eigentlich noch ganz dicht?! ‚Es ist zu ihrem Besten.‘ Die Inquisition war auch zum Besten der Menschen, die lebendigen Leibes verbrannt wurden.“

Ali hob die Hand, als wolle er einen Tagesordnungspunkt monieren. Seine Stimme war seltsam neutral, fast kalt, als wolle er eine Einzelheit klarstellen, bevor er wieder in die Konfrontation einstieg.

„Warum sprichst du von der Inquisition? Weil es Katholiken gegen Muslime waren?“

Claire legte die Hand an die Tür. *Ich müsste sie ihm vor der Nase zuschlagen. Jetzt gleich.*

„Hör zu Ali, wir hören jetzt damit auf. Ehrlich gesagt gehst du mir so langsam auf die Nerven. Ich verstehe nicht mal, was du sagst. Wenn du mir etwas Konkretes zu sagen hast, kannst du mich anrufen. Oder mir eine Brieftaube schicken ...“

Sie machte eine Handbewegung, ihre Hand schien kurz vor den Augen des Anderen zu schweben.

„... weißt du, was eine Brieftaube ist? ... Wenn du nicht im 20. Jahrhundert leben willst.“

Ali rückte wieder an Claire heran.

„Du willst was Konkretes? Nun gut: Du warst es doch, die Malika in den Kopf gesetzt hat, dass ich wegen Brahim entlassen wurde.“

Claire wirkte erstaunt.

„Wie, du bist entlassen worden? Wolltest du nicht sagen, du hast gekündigt? Das ist nicht das Gleiche."

„Hör auf mit Worten herumzumachen. Sag mir lieber, warum du Malika gesagt hast, es sei wegen Brahim ..."

Jetzt hob Claire die Hand, als wolle sie einen Ordnungspunkt einbringen.

„Warte mal: Wer ist dieser Brahim überhaupt?"

Ali schniefte und setzte eine böse Miene auf.

„Kennst du Brahim nicht? Meinen Vetter?"

„Nein, ich habe weder die Ehre noch das Vergnügen *Brahmin* zu kennen ..."

„Brahim."

Sie verbesserte sich:

„Bra-him ... völlig unbekannt, nicht auf dem Plan!"

„Malika hat dir nie von meinem Vetter erzählt?"

Nun hatte sie wirklich genug davon.

„Nein. Weder von deinem Vetter, noch von deiner Großmutter oder deinem jüngsten Pickel. Können wir jetzt mit diesem Quatsch aufhören?"

„Aber worüber redet ihr beide denn?"

Claire lachte nervös auf.

„Meinst du das wirklich ernst?"

Er zuckte nicht mit der Wimper. Sie fuhr fort:

„Worüber reden wir beide? Denn außer deiner geschätzten Verwandtschaft gibt es keinen Gesprächsstoff auf diesem Planeten? Jedenfalls hat Malika mir nie von deinem Vetter Brahma ... Dingsbums erzählt. Und jetzt ist Schluss, bevor du mir noch mit deiner andalusischen Großmutter und deinem Onkel aus Amerika kommst. Ich muss vor Mittag noch ein paar Dinge, die zum Leben *einer zu freien Frau* gehören, erledigen. Grüß mir die ganze Sippschaft."

Sie schob die Tür entschlossen zu. Eigentlich erwartete sie

Widerstand von seiner Seite – *er wird den Fuß in den Türspalt schieben* – aber er versuchte nicht sie zu hindern. Ein paar Augenblicke später linste sie durch das Guckloch. Niemand war mehr im Flur. Sie schaute zum Fenster hinaus auf die Straße. Ali entfernte sich leicht gebeugt mit kleinen Schritten. Sie war betroffen vom Eindruck der Trauer, den sein greisenartiger Gang hinterließ; dabei war er kaum dreißig und hatte auf sie immer voller Energie und Optimismus gewirkt. Ihre ganze Wut verpuffte, es blieb nur Verblüffung.

Sie nahm das Telefon und wählte Malikas Nummer.

26

Der erste Gelehrte der Geschichte

Ali lief mit gesenktem Kopf und ohne sich umzusehen den Boulevard Voltaire entlang und blieb nur an den roten Ampeln stehen. Er fühlte sich völlig fremd in diesem Viertel, in dem er doch alle Ecken und Enden, Cafés und Auslagen kannte. Heute kamen ihm die Fassaden feindselig vor, sie verbargen Menschen, die nicht wie er waren, die ihm nicht trauten. Jede einzelne bedeutete ihm, er solle *seines Weges ziehen*.

Dabei hatte er geglaubt, hier eine neue Heimat zu finden, genau in diesen sich kreuzenden Straßen, die zwei Arrondissements verbanden, das XI. und das XX.

Ich muss mit jemandem reden ...

Im Gehen rief er Hamid an, tauschte sich kurz mit ihm aus und bog dann in die Rue des Boulets ein, er zögerte kurz und klingelte dann.

... muss mit jemandem reden: mit jemandem, der mich versteht.

Er hatte ihn lange nicht mehr gesehen. Hamid hatte er auf einer Konferenz des Institut du Monde Arabe getroffen und er war so etwas wie ein Mentor für ihn gewesen, als er nach Paris zog. Er war ein „Intellektueller“, Soziologe oder Historiker oder beides, das hatte Ali nie richtig begriffen, und lehrte an der Universität Paris-VIII. Der Professor war gebildet und vielsprachig; er war in El Jadida aufgewachsen und war zum Pariser mutiert, mit einer großen Leidenschaft für die Geschichte Frankreichs, die ihn genau so faszinierte, wie die seines Geburtslandes.

Er erwartete ihn mit spöttischem Blick vor der Wohnungstür im dritten Stock.

„Du kommst auf die marokkanische Art vorbei, ohne dich zehn Tage vorher anzumelden? Bist du nicht zivilisiert? Du lebst doch jetzt schon lange in Paris ..."

„50 Prozent Chance, dass du zu Hause bist", antwortete Ali und trat ein.

Er setzte sich an das Fenster. Hamid hatte die Tür geschlossen und war jetzt in der Küche. Er rief:

„Kaffee?"

„Ja. Danke."

Kurz danach kam Hamid mit der Kaffeekanne herein. Er füllte zwei Tassen und reichte Ali eine, dabei sah er ihn forschend an. Dann fragte er mit offensichtlichem Wohlwollen:

„Was ist los?"

Ali nahm einen Schluck Kaffee, senkte den Kopf und murmelte:

„Ich weiß nicht. Es geht mir gerade nicht besonders gut. Ich ... ich komme mir vor, als sei ich ein *Fremder* geworden ... also mehr und mehr ... Ich weiß nicht, wie ich es sagen soll."

„Aber du bist hier ein Fremder! Das ist ein Fakt, es ist unbestreitbar. Ich im Übrigen auch. Wir sind keine Nachkommen der Gallier. Das hindert mich aber nicht daran zu leben. *Man muss sich den Fremden glücklich vorstellen ...*"

„Ja, aber ich habe das noch nie so gespürt ... Ich habe noch nie ein so starkes Gefühl gehabt ..."

Hamid nickte.

„Hier kommt die wesentliche Frage: *wann* sind wir wirklich Fremde in diesem Land?"

Ali sah ihn fragend an.

„Nun", sagte Hamid, „wenn wir nicht zum *nationalen Diskurs* gehören."

„Was ist der nationale Diskurs?"

Der Professor schwieg kurz und fuhr dann fort:

„Du weißt, vor ein paar Monaten gab es eine Historikerkonferenz an der Sorbonne, organisiert von unserer lieben Najat, der Ministerin. Sie sollten sich zu folgender Frage äußern: ‚Ist Geschichte eine Sozialwissenschaft, ein Diskurs oder ein nationaler Roman?‘ Das ist doch interessant, oder?“

„Das weiß ich nicht. Ich kann dir nicht folgen. Ich bin ziemlich müde.“

„Um es zusammenzufassen: der nationale Roman, das ist Ernest Lavisse ... Kennst du den?“

„Vage. Der Name sagt mir etwas.“

„Lavisse hat eine Art Roman verfasst, mit tausenden von Charakteren, aber die Hauptfigur ist ‚Frankreich‘, von den Galliern über das *Ancien Régime* bis zur Republik ... Saint-Louis, Heinrich IV., Richelieu, Ludwig XIV., verstehst du, was ich sagen will?“

Er kramte in seiner Bibliothek herum und kam mit zwei aufeinandergestapelten Büchern in der linken Hand zurück, die er zeitgleich mit der rechten Hand öffnete, als jongliere er mitten in seinem Wohnzimmer. Beide Bände waren gespickt mit farbigen Post-Its.

„Hör zu, das ist Lavisse: ‚Vergesst den Namen Vercingetorix nicht, er hat gekämpft, um sein Vaterland zu verteidigen.‘ So wird Vercingetorix zur zentralen Figur des Romans, wie soll man sagen ... *hochstilisiert*.“

Er blätterte weiter.

„‚Frankreich kann stolz auf seine Eroberungen sein (...) Die Franzosen haben in Algerien Schulen geschaffen, in denen kleine Araber zusammen mit kleinen Franzosen unterrichtet werden.‘ Das ist Lavisse, wie er den Kolonialismus rechtfertigt.“

Die Jongliernummer ging weiter, Hamids Finger flogen von Post-It zu Post-It.

„‚Du musst Frankreich lieben, denn die Natur hat es schön und die Geschichte hat es groß gemacht.‘ Hübsche Formulierung ... Er hat sogar Recht, der Kerl: Frankreich ist eines der schönsten Länder der Welt und seine Geschichte kann sich auch sehen lassen. Die Aufklärung, die Revolution, die Erklärung der Menschen- und Bürgerrechte, immerhin ...“

Hamid legte beide Bücher auf dem Sofa ab und setzte sich wieder rittlings auf seinen Stuhl.

„Es gibt also einen nationalen Roman, den Lavisse oder ein anderer geschrieben hat, wie auch immer, und die Frage ist, ob du dich darin wiederfindest oder nicht. Wenn nicht, bist du ein Fremder.“

Ali blieb still. Hamid fuhr fort.

„Jedenfalls hat das alles für dich und mich keine große Bedeutung. Wir können uns auf einen anderen nationalen Roman berufen. Das wahre Problem sind die Jungs und Mädels aus den Vorstädten, die kleinen Rachids, Mamadous und Fatimas, die hier geboren und aufgewachsen sind ... Die haben keine Wahl. Wenn sie sich nicht im nationalen Roman wiederfinden, wo bleiben sie dann? Wer sind sie?“

Er lächelte breit.

„Du kannst mir dann mit dem Fußball kommen ... Wie sagten wir noch 1998? ‚*Black, Blanc, Beur*‘ ... Frankreich wurde Weltmeister, Vercingetorix und Napoleon stürmen weiter, diesmal direkt ins Tor! ... Und alle Jungs aus den Vorstädten können daran glauben. Jetzt sind wir nicht mehr im Roman, sondern *im nationalen Comic ...*“

Ali lächelte traurig, eine Art Grimasse, um Hamid nicht zu brüskieren, der so gerne Wortspiele machte – mehr oder weniger gelungene ...

Der Professor war wieder ernst geworden. Er nahm einen Schluck Kaffee und erhob sich erneut. Er stand am Fenster, sah dem Treiben unten auf der Straße zu, strich sich über den Bart und verzog das Gesicht. Dann setzte er seinen Vortrag fort – Ali kam sich wie in einem Seminar an der Hochschule vor.

„Ich habe irgendwo eine neuere Äußerung von Chevènement gelesen ..."

„Den magst du gerne, diesen Typen", unterbrach Ali. „Du sprichst oft von ihm."

„Pah... er hat Überzeugungen und ist gebildet. Das ist ziemlich selten bei Politikern ... Also Chevènement hat etwas gesagt wie: ‚Es kann und es muss einen *objektiven* nationalen Diskurs geben'", (Hamid unterstrich das Adjektiv objektiv mit erhobenem Zeigefinger) „‚der Rechenschaft über die Geschichte unseres Volkes ablegt und es dazu ermuntert, diese Geschichte fortzusetzen ...', warte, wie war das Ende noch? ... Ah ja: ‚Indem wir für die jungen Generationen ein ... ein vernünftiges Selbstwertgefühl erhalten.'"

„Unglaublich wie du dich an ganze Sätze erinnerst ..."

„Erinnerung ist mein Beruf. Aber zurück zu Chevènement. Es gibt diesen Satzbaustein: ‚... und es dazu ermuntert, sie fortzusetzen'. Woher stammt das?"

„Keine Ahnung. Willst du mich benoten? Zwischen 1 und 20?"

Hamid lächelte.

„Nein, wir sind nicht an der Uni. Aber merke dir dennoch, dass Chevènement das Verb ‚fortsetzen' einsetzt und sich damit klar auf Ernest Renan bezieht."

Erneut holte er ein kleines Buch aus seinem Bücherregal:

„Für zwei Euro findest du das heute überall, sogar am Bahnhofskiosk ... Schau: *Was ist eine Nation?* von Renan. Die Nation nach französischem Muster: wir vergessen lieber ein paar vergangene Niederträchtigkeiten, zimmern uns einen

Roman mit den glorreichsten Taten der letzten zweitausend Jahre zusammen und entscheiden dann, dass wir Lust haben, das gemeinsam *fortzusetzen*. Es ist eine Art tägliches Referendum. Jeder, welcher Herkunft auch immer, kann den fahrenden Zug besteigen."

Er trällerte:

„Und dann haben wir exzellente Franzosen."

Ali sprang auf.

„Vielen Dank für den Kaffee."

Hamid schien erstaunt.

„Willst du schon gehen?"

„Du musst mich entschuldigen. Du sagst interessante Dinge, aber ich kann mich nicht konzentrieren."

„Bleib noch ein wenig, ich halte meinen ... meinen Vortrag zu Ende, denn was jetzt kommt, das nächste Stück, ist wesentlich. Ich schreibe gerade einen Artikel darüber. Ich möchte deine Meinung hören."

Ali zögerte kurz und setzte sich dann wieder.

„Noch einen Kaffee?"

„Ja, danke."

„Also, was sich gerade verändert, ist Folgendes: *es kann keinen nationalen Roman alten Stils in der Art von Lavisse mehr geben.* Warum? Ganz einfach: das Internet und das Satellitenfernsehen! Darüber zirkulieren andere nationale Romane. Stell dir vor, du bist Franzose, aber deine Eltern kommen von woanders, aus Marokko oder Algerien zum Beispiel. In der Schule erzählen sie dir den berühmten nationalen Roman, doch zu Hause laufen im Fernsehen ständig arabische Sender aus Katar, Ägypten oder Marokko. Was lernst du in der Schule in Bezug auf die Geschichte der Ideen? Das fängt mit Perikles an, das griechische Wunder, Plato und Aristoteles, dann tausend Jahre allgemeine Verdummung, das Mittelalter, dann ein neues Wunder: die Renaissance, und sie erzählen dir von François I., dem Freund der Literatur und Kunst, und so weiter."

Er hielt inne, als wolle er Spannung erzeugen, ging ein paar Schritte im Wohnzimmer, kehrte dann um und schrie mit erhobenem Zeigefinger:

„Moment! Was sagen dir die arabischen Sender? Das berüchtigte allgemeine Verdummungsjahrtausend fand nur in Europa statt! *A contrario*, von Bagdad bis Cordoba gab es damals Aufklärung! Philosophie, Wissenschaft, Technik: dort haben sie sich entfaltet! Es war außergewöhnlich!"

Kurzes Schweigen.

„Man streitet sich darüber, welches die älteste Universität der Welt ist. Bologna, 1088 gegründet? Paris im 12. Jahrhundert? Oxford? Was sagt dir das marokkanische Fernsehen? Dass die Universität Fes im Jahr 859 gegründet wurde, und zwar von einer Frau! Fatima al-Fihri ... Kennst du die?"

„Ich hab von ihr gehört."

„Du studierst Naturwissenschaften und sie erzählen dir, Harvey habe Anfang des 17. Jahrhunderts den Blutkreislauf entdeckt. Du siehst dir einen Dokumentarfilm auf Al Jazeera an und du erfährst, dass der Syrer Ibn el-Nafis im 13. Jahrhundert den Blutkreislauf erklärte, indem er sich auf die Sezierung von Tierherzen berief. Du gehst ins Internet und findest das Ganze schwarz auf weiß, mit einer wunderbaren Kopie des Manuskripts *Ash-shâmil fi t-tibb* von Ibn Nafis, dessen Original man in Damaskus studieren kann."

„Aber Harvey war doch kein Franzose? Das ist nicht der nationale Roman ..."

„Doch, doch der nationale Roman ist jetzt, wie soll ich sagen ... in einen europäischen Roman *eingebettet*."

Hamid runzelte die Stirn, als bemühe er sich, sich an etwas zu erinnern.

„Du kehrst in die Schule zurück und dort geht es um die Erfindung der Anästhesie im 19. Jahrhundert durch Crawford Long. Doch was zeigt der Dokumentarfilm auf Al Jazeera? Sechs Jahrhunderte vor Crawford Long haben Zahrawi und Ibn Zuhr im muslimischen Spanien hunderte von chirurgischen Eingriffen unter Anästhesie durchgeführt!"

„Ach ja? Und wie haben sie das gemacht?"

„Mit einem in eine Flüssigkeit getauchten Schwamm, darin war unter anderem Cannabis ... Das kommt aus unseren Gefilden, wächst im Rifgebirge."

Die beiden Freunde lächelten sich an.

„Sie taten Cannabis und andere Moleküle hinein, man weiß nicht genau welche, doch die Sache steht fest: Vor Jahrhunderten haben sie in Andalusien unter Anästhesie operiert! Wer weiß das schon?"

Er richtete einen anklagenden Finger auf das Fenster, als wolle er die ganze Welt beschuldigen.

„Und es geht immer weiter! Im 17. Jahrhundert ‚entdeckt' Isaac Newton, dass sich das weiße Licht aus allen Farben des Regenbogens zusammensetzt ... und ein paar Monate später erfährst du, dass Ibn el-Haytham das schon im 11. Jahrhundert erklärt hatte ... Al-Arabia oder Al Jazeera oder irgendein anderer Sender beweist dir anhand von Dokumenten, dass dieser in Bassora im Irak geborene Haytham als der erste Gelehrte der Geschichte, im Sinne eines ‚wahren' Wissenschaftlers, angesehen werden kann. Der Mann war Physiker, Ingenieur, Astronom ... Das für die Physik grundlegende Prinzip der Trägheit hat er als erster dargelegt. Was? Dabei hatten sie uns gesagt, das seien Galilei und Newton gewesen! Lügen die uns an?"

Er gab sehr überzeugend den Empörten.

„Apropos Newton, Ibn el-Haytham bezieht sich irgendwo auf die Anziehungskraft zwischen Massen ... *Say no more.*"

„Das ist ja unglaublich, was du mir da sagst. Ich wusste das alles nicht und dabei habe ich Naturwissenschaften studiert."

„Dann kannst du dir ja vorstellen, wie das für die Jungs aus Flins oder Bondy ist, die man glauben lassen will, ihre Vorfahren seien Banausen, Wilde gewesen, und eines Tages entdecken sie das alles. Da kann man schon durchdrehen!"

„Das stimmt."

„Al Jazeera hat ja die Mittel (die Kröten aus Katar stecken da drin ...), die rekonstruieren den schwarzen Raum, den Ibn el-Haytham erfunden hatte ... Den schwarzen Raum? *Camera obscura*? Du hast sicher davon gehört, aber nie im Zusammenhang mit ‚irgendeinem Ibn', der bestimmt deinem Großvater ähnelt ... Du stürzt dich ins Internet und liest verzückt, erstaunt: ‚Die Erfindung der *Camera obscura* wird auf Ibn el-Haytham (965–1039) zurückgeführt, einen arabischen Gelehrten, Vater der modernen Optik, und sein *Traktat über die Optik*.' Verflixt noch mal! Und im Collège Jacques Prévert ist keine Rede davon, im Lycée Georges Brassens haben sie noch nie ein Wort darüber verloren!"

Seine Augen leuchteten.

„Erinnerst du dich an deinen Mathematiklehrer, der euch erklärt hat, die Dezimalrechnung sei Ende des 16. Jahrhunderts vom Flamen Simon Stevin eingeführt worden? Danke Simon! Ein wahres Genie, Descartes hat ihm viel zu verdanken ... Doch ... doch eines Abends siehst du dir einen arabischen Dokumentarfilm mit englischen Untertiteln an, das hilft ... da erfährst du, dass die arabischen Mathematiker bereits fast zwei Jahrhunderte vor Stevins ‚Erfindung'

Dezimalrechnen benutzten! Das taten sie, seit ein gewisser al-Kaschi seinen *Schlüssel des Rechnens* veröffentlicht hatte ... Nebenbei lernst du, dass der Kerl π so genau berechnet hatte, dass der von ihm gefundene Wert bis heute zu 99,99 Prozent für alle Berechnungen auf der Erde reichen würde ..."

„Unglaublich!"

„Kaum hast du dich von deinem Schock erholt, und da Stevin und Descartes erwähnt wurden, fragst du dich, ob letzterer ... Nein, doch sicher nicht Descartes? Der große, einzigartige ... Leider kennt Al Jazeera keine Gnade. An einem Regentag ziehst du dir einen anderen Dokumentarfilm rein und lernst einen neuen Namen, Thabit ibn Qurra. Im Verlauf des Films beginnt dein Kiefer, wie sagt man ... runterzuklappen. Vor Erstaunen! Du erinnerst dich, was man dir in deiner verrückten Jugend beigebracht hat: ‚Im 17. Jahrhundert stellte Descartes dar, dass man Algebra benutzen kann, um Geometrieprobleme zu lösen. Ein entscheidender Fortschritt ...' Hihihi, die berühmten ‚karthesischen Koordinaten' ... Erinnerst du dich?"

„Und wie!"

„Aber es gibt einen Haken; eben dieser Thabit ibn Qurra, mit einem solchen Namen kann man ja nur verhaftet werden ... Papiere bitte! *Thabit or not Thabit* ... also unser Freund Thabit, der nebenbei gesagt Araber war, aber kein Muslim: er war Sabäer ..."

„Was ist das denn?"

„Das ist eine bizarre Religion ... Mehr dazu ein anderes Mal. Also, im 9. Jahrhundert übersetzte Thabit in seinem schönen Bagdad in aller Ruhe geometrische Probleme in Algebraformeln ... Das entging einem gewissen Aboul-Ouafa nicht (nein, der Name ist kein von Kapitän Haddock erfundener Fluch ...), der dann auch anfing, die Geometrie in

Algebra umzuwandeln. Das schmälert in keiner Weise die Verdienste des großen Descartes – aber wenn in den Gymnasien der Republik ein wenig über all diese Pilger mit den unmöglichen Namen geredet würde, könnte das vielleicht einen Roman schaffen, der eben nicht mehr nur national bliebe, sondern die ganze Menschheit, die ganze menschliche Spezies umfasste, oder aber einen Roman, der in viel großherzigerem ... *inklusivem* Sinne national wäre."

Hamid lief hingerissen im Wohnzimmer auf und ab, manchmal lächelnd und Witze reißend, zumeist völlig konzentriert; er versuchte in den Windungen seines Gedächtnisses Namen und Daten wiederzufinden. Er bemerkte nicht, dass sein Vortrag Ali langsam aber sicher in tiefe Melancholie stürzte.

Unermüdlich fuhr er fort:

„Die negativen Zahlen, die so wesentlich für die Arithmetik sind? Man hatte uns gesagt, Geronimo Cardano, der berühmte Cardan, habe sie Mitte des 16. Jahrhunderts eingeführt ... Denkste! Eines Tages habe ich in einem Buch von Roshdi Rashed entdeckt, dass die arabischen Mathematiker sie vier Jahrhunderte vor Cardan benutzten!"

Er hielt kurz inne, strich durch seinen Bart und schien mit den Augen zur Zimmerdecke nach anderen Argumenten zu suchen.

„Die moderne Chemie? Der europäische Diskurs ist da einheitlich: Robert Boyle hat sie im 17. Jahrhundert in seinem Buch ... Warte, ich habe das irgendwo ..."

Er suchte im Bücherregal und kam zurück.

„Gut, ich finde es gerade nicht, das ist ein Chaos hier ... Wie auch immer. Also, Robert Boyle ... Ach ja, sein Buch heißt *The Sceptical Chymist*, mit y. Bravo! Die Chemie löst sich von der Alchemie, wird zur Wissenschaft, Experimente werden durchgeführt; die Ergebnisse festgeschrieben, genaue Messungen vorgenommen ... Sehr gut! Nur leider hatten schon sieben Jahrhunderte vor Boyle (genau: sieben *Jahrhunderte*!) Jabir ibn Hayyan, ar-Razi, al-Biruni, al-Kindi und viele andere genau das getan: Experimente, Messungen, Chemie eben. Der erste Chemiker der Geschichte? Zweifellos Jabir ibn Hayyan aus Khorasan! Sein *Kitab el-Kimiya* ist in der ganzen arabischen Welt bekannt. Wer kennt das Buch hier?"

Er warf einen Blick auf die Rue des Boulets, um sich zu vergewissern, dass dort niemand unter einer Straßenlaterne in die Lektüre des *Kitab el-Kimiya* vertieft war.

„Sie könnten es sogar in Lateinisch lesen. Im Mittelalter hat es ein gewisser ... ach, wie hieß der noch? Habe es vergessen, aber ich erinnere mich an den Titel der Übersetzung: *Liber de compositione alchimiae.* Das klingt doch gut?"

Ali wachte aus seiner Lethargie auf und murmelte:

„Gibt es noch Kaffee?"

„Ich mach neuen."

Hamid entfernte sich, doch das Seminar ging weiter. Er rief:

„Dabei rede ich nicht einmal von al-Biruni!"

„Genau", murmelte Ali, „erzähl mir nichts von al-Biruni."

Kurz darauf kam Hamid zurück und meinte:

„Dabei fällt mir ein, ich muss dir eben unbedingt von al-Biruni erzählen! Ich habe gerade ein tolles Buch gelesen ..."

Er stürzte sich auf einen kleinen Stapel Bücher, der auf dem Boden lag. Er breitete sie auf dem Parkett aus und nahm eines auf, das er wie eine Trophäe schwang.

„Pathfinders: The Golden Age of Arabic Science, von einem gewissen Jim al-Khalili, einem Iraker. Kannst du englisch lesen?"

„Ich schlage mich so durch, bin ja immerhin Informatiker."

„Tja. Es ist jedenfalls komplizierter als *if-then-else.* Nun gut, ich lese und übersetze sinngemäß. Al-Biruni hat also gesagt ... Weißt du überhaupt, wer das ist?"

„In Rabat gibt es eine Rue al-Biruni."

„Die gibt es in jeder arabischen Hauptstadt und sicher auch im Iran und in der Türkei. Der Mann hat im 10. Jahrhundert den genauen Umfang der Erde berechnet, als die meisten Einwohner des Planeten noch nicht einmal wussten, dass sie rund ist. Also, das hier hat er geschrieben (ich übersetze): ‚Die religiösen Extremisten werden die Wissenschaft als *atheistisch* bezeichnen und ihr vorwerfen, sie ... weiche ab, bringe das Volk vom rechten Weg ab, und das werden sie tun, damit die Menschen unwissend bleiben. So können die Extremisten ihre eigene Unwissenheit verbergen, indem sie die Wissenschaft ... und die Wissenschaftler zerstören.' Unglaublich, oder? Das hat der Kerl vor tausend Jahren geschrieben, doch man könnte meinen, er redet von den engstirnigsten Islamisten von heute!"

Ali antwortete nicht. Er trank seinen Kaffee aus und stand auf.

Hamid kam zum Schluss seines Vortrags. Er hatte beide Hände erhoben und fuchtelte damit herum wie ein Kapellmeister.

„Kannst du dir vorstellen, wie sich die Kinder der Migranten fühlen würden, wenn man ihnen das alles im Rahmen des offiziellen Schulprogramms beibrächte? Erinnerst du dich an den Satz von Chevènement? Er sprach von *Selbstwertgefühl*. Stell dir das Selbstwertgefühl des kleinen Khalid aus Trappes und der kleinen Naïma aus Clichy vor, wenn sich der nationale Roman ihren Vorfahren öffnete."

Ali schreckte aus seiner Lethargie hoch und murmelte:

„Ja, ich kann es mir vorstellen. Aber das ändert nichts daran, dass ..."

Er unterbrach sich. Nein, er hatte keine Lust zu erzählen, was im Büro des Chefs vorgefallen war.

„Danke für den Kaffee ... und den Geschichtsunterricht. Es war hochinteressant."

„Komm wieder, wann immer du willst. Fühl dich hier wie *zu Hause*."

Der Ausdruck hallte schmerzlich in Alis Schädel wider.

Er ging langsam die Treppe hinunter und lief in Richtung Boulevard Voltaire. Er hatte Kopfweh, Hamids Gelehrtheit hatte ihn benebelt ... All diese Fakten, Namen, Daten ... Hatte Voltaire das alles gewusst?

27

Man muss wissen, wer man ist

Das Fenster zum Hof stand halb offen. Die Geräusche der spielenden Kinder unten vor dem Gebäude vermischten sich in der Wohnung mit der Musik, die *mezza voce* vom Radiosender France Musique ausgestrahlt wurde. Malika und Claire saßen am Esstisch und plauderten. Zwischen ihnen standen zwei Gläser und eine Flasche Weißwein.

Malika seufzte.

„Ich bekomme so langsam wirklich Angst. Er verändert sich ... Es ist unglaublich, wie sehr er sich verändert! Eine echte Metamorphose, er ist nicht mehr derselbe Mann."

Claire unterdrückte ein Lächeln.

„Oh la la ... Das klingt dramatisch: ‚Er ist nicht mehr derselbe Mann.' Danach sagst du bestimmt: ‚Er ist nur noch ein Schatten seiner selbst'?"

Malika war nicht zum Lachen zumute.

„Du kannst es mir glauben, es ist wahr. Du solltest darüber keine Witze machen."

Leicht beschämt fuhr Claire in ernstem Ton fort:

„Geht es immer noch um diese Vertragsgeschichte in Toulouse? Hat er sich nie davon erholt? Hör mal, das hat ihn aber wirklich mitgenommen ..."

„Ja, und zudem ist da noch der Einfluss seines Vetters Brahim. Du erinnerst dich, Brahim, der praktizierende Muslim, der ständig betet, in die Moschee geht ..."

Claire seufzte.

„Pfff... Ja, ich weiß, wer das ist. Ali hat mir von ihm erzählt, als er zu mir kam. Hast du ihn immer noch nicht gefragt, warum er mir diesen seltsamen Besuch abgestattet hat?"

Malika schüttelte den Kopf.

„Weißt du im Moment ... Wir haben uns versöhnt, seit dem Tag, an dem er nicht mehr kochen wollte, aber ich trau mich nicht, heikle Themen anzusprechen."

„Aber du solltest ihm eine Erklärung abverlangen ... Hallo?! Dein Typ taucht bei deiner besten Freundin auf, er schreit sie im Flur an, erzählt seltsame Dinge und du tust nichts? Sag nicht, du hast Angst vor ihm!"

„Nein ... Ja ... Ich weiß nicht!"

Claire runzelte die Stirn.

„Immerhin hat er mich aufgefordert, dich nicht mehr zu treffen! Aufgefordert! Jetzt muss er mich nur noch aufknüpfen ... Und du reagierst nicht, sagst nichts zu ihm?"

„Es ist nie der richtige Zeitpunkt."

„Und solange weißt du auch nicht, warum er mir diese absurde Szene gemacht hat?"

„Doch, das weiß ich. Ich habe es dir gesagt: es ist der Einfluss seines Vetters Brahim. Er versucht ihn ... Ich weiß nicht, wie ich es sagen soll ... *zurückzugewinnen*."

Claire goss sich ein Glas Wein ein.

„Das ist lustig. Dein Typ hat *mir* vorgeworfen, einen schlechten Einfluss auf dich zu haben. Alles in allem seid ihr, Ali und du, ein ‚Paar unter Einfluss' ... Wie hieß noch die Schauspielerin? *Eine Frau unter Einfluss* ... Ach ja: Gena Rowlands."

Sie tat so, als untersuche sie ihre Freundin, hob ihr Kinn mit dem Zeigefinger hoch, drehte ihr Gesicht, um sie von der Seite zu betrachten.

„Weißt du, dass du ihr ähnlich siehst?"

Malika machte sich gereizt los.

„Egal was! Letzte Woche fandest du, ich sehe aus wie

Sophia Loren. Sobald eine nicht wie eine Wikingerbraut aussieht, ähnele ich ihr wohl?"

Claire erhob sich, stellte sich hinter Malika und tätschelte an ihrem Gesicht herum.

„Doch, doch. Sieh mal, wenn du dein Haar so trägst, nach hinten, eine Augenbraue hebst, so den Mund verziehst ... Die marokkanische Gena Rowlands!"

Claire stand immer noch hinter ihr, beugte sich vor und umarmte Malika Wange an Wange. Die Wohnungstür öffnete sich. Ali und Brahim kamen einer hinter dem anderen herein. Überrascht hoben Malika und Claire den Blick, ohne sich zu bewegen.

Brahim wandte sich zu Ali.

„Chouf, chouf... Machi h'chouma, had chy? Ach kay dirou?" *

Ali wandte sich in eisigem Ton an Claire:

„Wenn du damit fertig bist, an meiner Frau herumzumachen ..."

Claire richtete sich auf und setzte sich wieder gegenüber von Malika hin.

„Immer mit der Ruhe. Ich habe sie nur wie Gena Rowlands frisiert, deine ‚Frau'."

Sie hatte es gedehnt *‚Frrrrraaaauuu'* ausgesprochen.

„Gena? Gena wer?"

„Rowlands. Eine amerikanische Schauspielerin. Sie hat viel mit John Cassavetes gedreht. Weißt du, wer das ist?"

Ali zuckte die Achseln.

„Kenne ich nicht. Ich habe keine Zeit, ins Kino zu gehen. Und warum soll ich mir amerikanische Filme ansehen? Interessieren die Amerikaner sich etwa für uns? Sehen sie *unsere* Filme an? Lesen sie *unsere* Bücher?"

* „Sieh mal, sieh mal: Das ist doch eine Schande! Was machen die da?"

Malika stand auf und ging zu ihm.

„Willst du was trinken?"

Ali sah sie unfreundlich an.

„Trinken?"

Sie wandte sich leicht um und zeigte auf die Flasche. Nach kurzem Zögern lief Ali zum Tisch, riss die Flasche an sich und leerte sie in der Spüle aus. Sekundenlang hörte man nur nur noch das Glucksen der Flüssigkeit, die aus der Flasche lief. Malika lief hin und rief aus:

„Was machst du da? Claire hat die Flasche mitgebracht! Du hast nicht mal probiert!"

Im Zimmer hatte Claire begonnen, nervös zu kichern. Sie rief in die Küche.

„Zudem war es guter Wein. Die Ratten werden es sich in der Kanalisation schmecken lassen."

Ali hatte die leere Flasche neben der Spüle abgestellt und war zurück ins Esszimmer gekommen. Er murmelte etwas. Malika folgte ihm. Sie schrie:

„Was murmelst du da?"

Ali antwortete bedächtig:

„Ich habe gesagt: ‚Man muss wissen, wer man ist.' Kein Alkohol mehr in diesem Haus!"

Brahim, der neben der Anrichte stehen geblieben war, stieß triumphierend aus:

*„L'hamdoullah!"**

Malika stammelte entsetzt:

„Kein ... kein Alkohol ..."

Sie sah Claire an, die schweigend die Augen zum Himmel hob, dann rief sie entrüstet:

„Ach so! Das entscheidest du?"

* „Gott sei gepriesen!"

Ali hatte sich im Wohnzimmer auf das Sofa gesetzt, Brahim war ihm gefolgt.

„Man muss wissen, wer man ist."

Malika stand zwischen den beiden Räumen – Claire, die sich ein weiteres Glas Wein aus einer neuen Flasche eingegossen hatte, zu ihrer Linken; zu ihrer Rechten die beiden Vettern, die sie mit kaum verhohlener Feindseligkeit ansahen. Sie wurde lauter:

„Hör auf diesen Satz zu wiederholen, ist schon gut, wir haben verstanden. ‚Man muss wissen na-na-na...' Genau: ich weiß, wer ich bin. Zuerst einmal bin ich jemand, der keine Flasche guten Weins in den Ausguss schüttet, wenn mein Vetter in der Nähe ist, um zu zeigen: ‚Ich bin ein frommer Muslim.' Ich jedenfalls bin nicht scheinheilig!"

Ali sprang auf:

„Nennst du mich jetzt scheinheilig?"

Brahim richtete den Zeigefinger auf Malika und rief aus:

*„Mounâfiq! Galt lek mounâfiq!"**

Malika wandte sich zu Brahim und brüllte:

„Was sagt er denn jetzt schon wieder? Wir verstehen nichts! Rede Französisch, Mensch, wir sind hier nicht in Mekka! Und was hast du überhaupt in meiner Wohnung zu suchen? Habe ich dich hereingebeten? Das ist hier keine Bahnhofshalle!"

Claire stand halb auf und machte beschwichtigende Gesten.

„Oh la la, beruhigt euch ..."

Ali schrie aus dem Wohnzimmer:

„He, du Französin, dich hat keiner was gefragt!"

Claire setzte sich geschockt wieder hin. Sie murmelte:

„Was heißt hier ‚Französin'? Was bist du denn? Chinese? Und was ist Malika? Albanerin?"

* „Scheinheilig! Sie hat dich scheinheilig genannt!"

Malika schäumte vor Wut.

„Ali, so redest du nicht mit meiner Freundin! Du schimpfst sie nicht ‚Französin'!"

Claire lachte nervös auf.

„Eigentlich ist das ja keine Beschimpfung ..."

Malika lachte jetzt auch. Brahim brummelte etwas. Malika wurde wieder ernst und wandte sich ihm entnervt zu.

„Ja, was hat er denn zu sagen, der Eindringling?"

Brahim wich einen Schritt zurück und hob die Hand, als ziehe er sich aus dem Streit zurück.

„*Kh'ti**, ich sage gar nichts, ich mische mich nicht in eure Angelegenheiten ein."

Malika ging auf ihn zu.

„Mit mir redest du nicht, aber wenn du allein mit Ali bist, nimmst du kein Blatt vor den Mund. Du bringst ihn gegen mich und gegen Claire auf. Glaubst du, ich sehe nicht, was da seit einigen Wochen läuft?"

Brahim hatte immer noch die Hand erhoben mit der Handfläche in Richtung Malika. Er grummelte:

„*Binatkoum.*** Geht mich nichts an."

Ali war auch stehengeblieben und ging nun mit erhobenem Zeigefinger drohend einen Schritt auf Malika zu.

„Hör auf, meinen Vetter anzugreifen. Was hat er dir getan?"

Malika setzte eine spöttische Miene auf und murrte:

„Ah, jetzt sind wir soweit ... Mein Vetter ... ‚Ich und mein Vetter gegen den Rest der Welt.' Willst du die ganze Sippe herholen? Alle Aït Dings und Ben Bums?"

Claire wurde es unbehaglich und sie versuchte erneut zu vermitteln: „Können wir uns nicht ein wenig entspannen? Gibt es ein Problem? Ich sehe keines."

* „Meine Schwester"

** „Das ist zwischen euch."

Ali trat einen Schritt vor, um sie im Blickfeld zu haben und warf ihr sarkastisch zu:

„Du siehst das Problem nicht?"

Claire schüttelte den Kopf.

„Nein, nicht wirklich."

„Du weißt, in Paris gibt es nur einen Ort, von dem aus man den Eiffelturm nicht sehen kann und das ist auf dem Eiffelturm selbst."

Claire riss die Augen leicht auf.

„Den Turm ... Wirklich? Na und?"

Sie lachte auf.

„Bist du jetzt Fremdenführer?"

Sofort bereute sie diese letzte Bemerkung – immerhin war er arbeitslos, und einem arbeitslosen Ingenieur kommt man nicht mit einem so schäbigen Job wie Fremdenführer –, aber er schien das nicht gehört zu haben, denn er fuhr eiskalt fort:

„Nun, der Eiffelturm, den man nicht sehen kann, wenn man drinsteht, das bist du. Wenn du das Problem nicht siehst, dann bist du das Problem."

Claire lachte schallend.

„Das ist wirklich das erste Mal, dass mich jemand mit dem Eiffelturm vergleicht! Soll ich das als Beschimpfung ansehen?"

Malika war außer sich.

„Hör auf Ali! Lass Claire in Ruhe! Sie hat dir nichts getan!"

Claire war wieder sehr ernst geworden. Sie stand auf und stellte sich auch in den Eingang zum Wohnzimmer neben ihre Freundin.

„Warte Malika, warte ... Ich kann mich selber verteidigen. Also bin ich das Problem ... In Ordnung. Einverstanden. Aber nun musst du es mir erklären. So einfach kommst du nicht davon."

28

Meine Tante Ginette

Sie näherte sich Ali, sah ihn kurz spöttisch an und ging dann wieder ins Speisezimmer, wo sie einen Stuhl nahm. Sie trug ihn ins Wohnzimmer, drehte ihn um und hielt sich an der Lehne fest, als sei sie in einem Prozess im Zeugenstand. Jetzt stand sie Ali gegenüber. Sie waren kaum einen Meter voneinander entfernt. Malika hatte sich nicht gerührt und Brahim hatte sich von den beiden Protagonisten entfernt: jetzt saß er am anderen Ende des Sofas, neben dem Fenster, das auf die Rue des Couronnes ging. Nach kurzem Schweigen schlug Claire einen feierlichen Ton an:

„Guten Tag, Señor Torquemada ..."

Sie grüßte ihn mit gesenktem Kopf.

„Ich hätte nicht gedacht, Sie eines Tages zu treffen ... Und vor allem nicht im 21. Jahrhundert in Paris. Nun, Herr Inquisitor, was soll das heißen, dass ich *das* Problem sei?"

Ali hielt Claires Blick stand. Er schien extrem konzentriert, als habe er lange auf diesen Moment gewartet und wolle alles richtig machen.

„Das soll heißen, dass du einen schlechten Einfluss auf Malika hast. Wegen dir entfernt sie sich von ihrer Kultur, von ihrer Herkunft ..."

Claire unterbrach ihn:

„Welche Kultur? Welche Herkunft? Sie wurde in der Rue de Charonne geboren, sie spricht nur Französisch ..."

Malika gluckste nervös und antwortete:

„Und Englisch. Vergiss das Englisch nicht!"

„Und Englisch, das spricht sie wie eine spanische Kuh."

Die beiden jungen Frauen prusteten vor Lachen. Claire schloss:

„Also kurzum, was ist ihre Kultur, was ist ihre Herkunft?"

Ali blickte von einer jungen Frau zur anderen. Er murrte:

„Nun ... die ihrer Eltern. Die kommen aus Marokko, das weißt du doch!"

Claire klammerte sich mit aller Kraft an die Stuhllehne.

„Einverstanden. Dazu könnte ich was sagen, aber lassen wir das. Aber was habe ich mit der ganzen Sache zu tun?"

Ali wurde laut.

„Was meinst du mit ‚da könnte ich was zu sagen'? Sag schon!"

Claire zögerte einen Augenblick, dann legte sie los.

„Wenn du darauf bestehst ... Also: ich habe den Eindruck, wenn ihr anderen Nordafrikaner von Kultur redet, von Herkunft und so weiter, geht es immer um Religion. Ihr verwechselt Kultur und Religion oder vielleicht nicht einmal das, es geht nicht einmal um Religion, nur um religiöse *Praktiken*, ihr redet nie von Theologie oder Philosophie. Ihr habt nur eine Liste von verbotenen Dingen."

Sie sprang auf, holte die leere Flasche aus der Küche und zeigte sie den anderen auf dem Weg zurück ins Zimmer:

„‚Man darf keinen Wein trinken.' Warum? Der Wein ist doch gut! Er ist reich, er ist großherzig ... Er gibt den Dingen, dem Leben Geschmack ... Und guten Wein teilt man mit Freunden. Er ist das Ferment der Freundschaft. Und außerdem ist Wein gut fürs Herz. Das ist nachgewiesen!"

Sie hielt ihm mit barscher, provozierender Geste die Flasche hin. Er wich einen Schritt zurück. Sie setzte die Flasche neben einem Schemel ab und setzte sich erneut auf den Stuhl, der als Anklagebank fungierte.

„Doch sei's drum, wir kommen vom Thema ab. Ich wiederhole meine Frage: Was habe ich persönlich mit dieser Geschichte zwischen dir und Malika zu tun? Inwiefern bin ich ein Problem?“

Jetzt wirkte Ali sehr konzentriert, als versuche er, alle Worte und Ideen zusammenzufassen, die eine Anklageschrift bilden konnten. Er antwortete langsam:

„Du bist ein Problem, weil du Malika in der französischen Kultur, den französischen Ideen, der Sprache gefangen hältst ...“

Claire unterbrach ihn spottend:

„Und, ist das gefährlich, Herr Doktor?“

Ali brüllte:

„Ja, das ist gefährlich!“

Claire war erschrocken über seine Heftigkeit und zwang sich zur Ruhe.

„Aber warum?“

Er richtete den Zeigefinger auf sie:

„Weil du sie so in der Oberflächlichkeit, im Unnützen gefangen hältst!“

Malika protestierte:

„Sagt mal, ich bin hier, ihr redet über mich, als sei ich gar nicht da ...“

Nun mischte sich Brahim auch ein:

„Er hat Recht!“

„Jetzt ist der Eindringling aufgewacht ... Gieß kein Öl ins Feuer!“

„Habe ich nicht das Recht etwas zu sagen?“

Beide begannen sich aus der Entfernung zu streiten, bis ein seltsamer Schrei Alis sie unterbrach, der immer noch den Zeigefinger auf Claire gerichtet hatte:

„Brahim hat Recht! Ihr seid im Inneren hohl. So hältst du Malika in der Oberflächlichkeit gefangen, im Unnützen.“

Claire wollte sich nicht beeindrucken lassen.

„Du schreist? Ich kann genauso laut schreien. Da beginnt mein Feminismus: ich lasse mich nicht anbrüllen."

Sie wurde lauter:

„Was soll das heißen, ‚ihr seid im Inneren hohl'? *Was genau* soll das bedeuten? Das sind doch nur Worte. Leere Worte!"

Nach sekundenlangem Schweigen antwortete Ali in normalem Ton:

„Ihr seid hohl, das bedeutet, ihr glaubt an nichts."

Claire protestierte lauthals:

„‚Ihr'? Wer soll das denn sein, ihr? Das hast du immer noch nicht begriffen: hier in Frankreich gibt es kein ‚ihr', ‚wir', ‚sie'. Hier sind wir nicht im Hohen Atlas mit deinen Stämmen und Clans ... Hier gibt es nur Individuen. In-di-vi-du-en. Und deine ganzen Verallgemeinerungen von wegen ‚ihr', ‚wir', das ist Quatsch! ‚Ihr glaubt an nichts.' Wie kannst du so einen Blödsinn verzapfen? Warst du schon mal in Taizé, Ali?"

„Wo?"

Sie sprang auf.

„Taïzé! Das ist in Burgund. Dort leben Mönche, es gibt nicht nur Katholiken, alle Glaubensrichtungen sind vertreten. Sie führen ein sehr einfaches, sehr friedliches Leben ... Jedes Jahr pilgern dort Tausende von Jugendlichen aus Frankreich und aus ganz Europa hin, um zu beten, zu meditieren, zu diskutieren. Also fahr einmal in deinem Leben nach Taïzé, ich zahle die Reise, im Ernst: *ich zahle dir die Reise*, und danach hörst du auf mit diesem Quatsch, den man jeden Tag von Bagdad bis Clichy-sous-Bois hören kann: ‚Ihr in Europa glaubt an nichts' und so weiter."

Sie hob den Zeigefinger, als wolle sie einen besonders wichtigen Punkt unterstreichen.

„Zudem werden sie dort in Taïzé von niemandem gezwungen! Da steckt weder ein Imam noch ein Ayatollah dahinter, der sie bedroht: sie glauben *von sich selbst aus*, sie leben in einer intensiven Spiritualität, weil das ihre Lebenswahl ist ..."

Ali unterbrach sie:

„Ja, aber was ist mit dir? Glaubst du an irgendetwas?"

Claire reckte das Kinn hoch und antwortete herausfordernd: „Ich bin Agnostikerin."

Ali schrie triumphierend.

„Du bist eine Atheistin! Genau das hat mir Brahim auch gesagt."

Claire rollte die Augen, als habe sie es mit einem Dummkopf zu tun.

„Halt mal, ich träum wohl ... Nein, ich bin keine Atheistin! Stellst du dich bewusst so dumm, Torquemada? Du bist ein Mathematikgenie, aber sobald es um Religion geht, wirst du dämlich? Ich wiederhole: ich bin *Agnostikerin*. Das bedeutet: ich weiß es nicht. A-gnostikerin: ich-weiß-nicht! Ich habe keinerlei Antwort auf die großen Fragen der Metaphysik: Gibt es einen Gott? Warum ist da etwas statt nichts? Was ist der Sinn des Lebens? Ich weiß es nicht. Aber wenigstens habe ich den Mut, das zuzugeben, statt zu sagen: ‚ich weiß, ich weiß' und danach meiner Ignoranz einen Namen zu geben: Gott."

Plötzlich hatte sie eine Eingebung.

„Hör mal, ich erzähle dir von meiner Tante Ginette."

Brahim knurrte:

„Die ist uns wurscht, deine Minette. *Sadda'tina'!*"

Claire beachtete ihn nicht.

„Meine Tante Ginette ist Hochschullehrerin. Also sie *war* Hochschullehrerin ... Jetzt ist sie in Rente. Sie hatte ein wunderbares Leben. Ihren Beruf liebte sie leidenschaftlich, ihre

Kollegen waren anregend, interessant, ungewöhnlich und zusammen mit ihnen hat sie in den Cafés und Bistros die Welt gerettet. Sie ist durch die ganze Welt gereist, so ziemlich überall gewandert, auch in *deinem* Atlas. Sie hat das Theater geliebt, hatte ein Abonnement, konnte stundenlang darüber reden. Das jährliche Festival von Avignon war für sie ein Pilgerort. Und die Musik erst! Hör dir das mal an ..."

Sie sang die ersten Noten des *Erbarme dich, mein Gott.*

„Manchmal hat Ginette gesagt: ‚Wer braucht denn Gott, wenn er Bach hat?'"

Sie wandte sich zu Malika und lächelte. Malika war amüsiert und rief ihr zu:

„Das ist deine russische Seite. Du weinst, du schreist, du lachst und danach singst du ... Bestimmt holst du gleich deine Balalaika raus!"

Ali, den Claires Tirade aus dem Konzept gebracht hatte, murmelte:

„Und was willst du damit sagen?"

Sie sah ihn erneut an.

„Folgendes: Ginette ist noch sehr aktiv, sie hat ihre Freunde, die Wanderungen, die Musik. Sie hat der Wissenschaft ihren Körper geschenkt. Wenn sie stirbt, wird sie nichts bereuen. Mit einem Lächeln auf dem Gesicht. Sie redet darüber mit der Distanz der Stoiker: ‚Wenn mein Körper wiederverwendet wird ...' Keinen Augenblick glaubt sie an die Unsterblichkeit der Seele, sie glaubt nicht einmal an die *Existenz* der Seele – eine Verkabelung von Neuronen, sagt sie, und das ist alles! Eine Verkabelung, die Bilder produziert, Vorstellungen, Begierden: das ‚Ich'."

Sie wandte ihm den Rücken zu, ging in Richtung Speisezimmer, als sei sie von Ginette besessen. Ihre Stimme änderte sich leicht.

„Ich kann mich Wort für Wort daran erinnern, was sie sagte. Das hat mich beeinflusst: ‚Mein Körper ist eine bestimmte Zusammensetzung von Molekülen. Bei meinem Tod wird das alles in anderer Form weiterleben. Nichts verliert sich, nichts wird neu erschaffen ... Atome, die sich bis in den Himalaya geschleppt haben, werden sich in der Bretagne in einem blühenden Gänseblümchen wiederfinden, dann in einem Spatzenflügel, dem Gerüst eines Autos, dem Gemälde eines Malers aus Noisy. Das alles hat keine Bedeutung. Die Welt wird sich ohne mich weiter drehen, wie der Bus weiterfährt, nachdem man an seiner Haltestelle ausgestiegen ist. Danke für die Reise! Das war es wert.'"

Malika klatschte Beifall.

„Bravo!"

Brahim murrte etwas. Claire kam wieder ins Wohnzimmer und klammerte sich wieder an den umgedrehten Stuhl. Ali, der sich nicht bewegt hatte, sagte kalt:

„Bist du fertig mit Minette oder Ginette oder wie sie sonst heißt?"

Claire verbeugte sich ironisch vor ihm:

„Jawohl, Euer Hochwohlgeboren."

Er zuckte die Achseln.

„Gut. Und was soll das alles bedeuten? Was ist die Moral von der Geschichte?"

„Das sehen wir jetzt. Ich stelle dir eine Frage: wagst du es, mir zu sagen, dass Ginettes Leben, ihr Leben als Agnostikerin hohl ist?"

Ali schwieg. Brahim kam ihm zu Hilfe.

„Aji be'da...[*] Diese Ginette war wohl nie verheiratet? Sie hat keine Kinder?"

[*] „Das ist ja allerhand."

Claire starrte ihn kurz an, sie konnte es kaum glauben, dann hob sie entmutigt die Arme zum Himmel.

„Das ist alles, was der da verstanden hat. *Der Weise zeigt mit dem Finger auf den Mond ...*"

Sie zögerte kurz und fuhr dann fort.

„Ginette hatte mehrere Männer in ihrem Leben. Und eine große Liebesgeschichte mit einem verheirateten Mann. Aber sie hat nicht geheiratet, sie hat keine Kinder, wenn es das ist, was dich interessiert. Sie vermisst nichts."

Brahim lachte abwertend.

„Da hat sie ja ein erfülltes Leben gehabt, deine Tante. Wenn man so will ... Aber im Jenseits? Da wird sie nichts haben. Für sie gibt es nur ewige Leere."

„Das Jenseits ..."

Claire zuckte die Achseln und machte eine ausweichende Geste.

„Es ist einfach, alles auf das Jenseits zu verlagern: noch nie ist jemand von dort zurückgekommen, um uns zu erzählen, was da genau geschieht ... *wenn überhaupt etwas geschieht.* ... Keine Zeugen! Das ist praktisch: schon kann man sonst was darüber erzählen."

Sie wandte sich zu Ali.

„Das ist es, was ich sagen wollte: Wenn man Ginette, die ein erfülltes Leben hatte, die weint, wenn sie Bach hört oder Gedichte liest, mit jenen vergleicht, die sich weigern, hier unten zu leben, die ein dürres, trockenes, monotones Leben ohne Musik und Poesie führen, in der Hoffnung auf etwas im ungewissen Jenseits: wer ist dann *hohl*? Wie? Wer ist im *Inneren* hohl? Wenigstens tut Ginette das Gute nicht in der Hoffnung eines Tages dafür belohnt zu werden ... im Jenseits."

Ihre Stimme wurde lauter.

„Denn ich habe noch eine Kleinigkeit vergessen. Jeden Monat schickt sie Schecks an Amnesty International, an Greenpeace, an Organisationen mit Zielen wie ‚Retten wir die kleinen Afrikaner vor der Malaria'. Sie macht das anonym, selbstlos, ohne Hoffnung im Paradies 70 Jungfrauen serviert zu bekommen. Sie macht keine Geschäfte mit Gott. Wer ist also hohl im Inneren, Señor Torquemada?"

Sie wandte sich Brahim zu.

„Und was sagst du, Sancho Pansa?"

Brahim ging nicht auf die Sticheleien ein – sicherlich verstand er sie nicht einmal. Er kratzte sich am Kopf und murmelte: „Erklär, eh, erklär mir eines."

„Was denn?"

„Die Sache mit den Atomen, den Molekülen ... der Wiederverwertung ... Also seid ihr, deine Tante (Minette?) und du wahrscheinlich zufrieden damit, nur Körper zu sein?"

Claire lachte laut:

„*Nur* Körper? *Nur* Körper? Reicht dir das nicht?"

„Nein, das reicht mir nicht. Der Körper ist nichts. Verachtenswert ..."

„Ah, jetzt haben wir es! Ihr seid doch alle gleich, in allen Religionen. Judentum, Christentum, Islam: der Körper ist schmutzig, verdächtig, verachtenswert. Der Körper altert, verblüht, aber die Seele, die Säääääle, ist unsterblich. Dennoch glotzt ihr, Bande von Scheinheiligen, bei jeder sich bietenden Gelegenheit heimlich Frauenkörper an. In der Metro entkleiden mich deine Glaubensbrüder zehn Mal am Tag ... Danach gehen sie wohl zur Moschee, mich der Verdammnis weihen, nachdem sie sich sattgesehen haben. Zugleich sabbern sie mit Glubschaugen wie der Wolf bei Tex Avery, wenn sie an die Bräute denken, die sie im Paradies vernaschen werden ... Das ist vielleicht eine Logik ..."

Sie tänzelte leichtfüßig herum und verschränkte plötzlich die Hände hinter dem Rücken, erwischte einen Zipfel ihres Pullis und schob ihn sich über den Kopf, zog ihn aus und warf ihn auf den Fernseher. Dann knöpfte sie ihre Bluse auf.

„Ja, ich bin nur ein Körper! Und Körper sind etwas sehr Schönes!"

Malika rief ihr entsetzt zu:

„Was tust du da? Hör auf!"

Claire sah sie nicht an. Sie starrte Brahim an, der sich jetzt hinter Ali verschanzte.

„Körper sind etwas Natürliches! Wir werden alle damit geboren ... Und wir kommen alle nackt zur Welt. Nackt! Alle! Ich bin sehr zufrieden damit. Schau dir diese ‚verachtenswerte' Brust an, du Tartuffe! Diese Brust, die du nicht sehen willst, aber jetzt anglotzt."

Brahim stammelte wie hypnotisiert:

*„Allahouma hada mounkar, allahouma hada mounkar ..."**

Ali herrschte Malika an:

„Deine Freundin ist verrückt! Sag ihr, sie soll aufhören, verdammt nochmal!"

Malika zuckte die Achseln.

„Ihr seid es, du und dein Vetter ... Es ist eure Schuld. Ihr habt sie ständig provoziert."

„Die ist betrunken! Bei mir zu Hause!"

„Bei *uns* zu Hause! Kleiner Unterschied. Sie ist nicht betrunken."

Sie dachte: *nur ein wenig beschwipst.* Claire war wie in Trance.

„Begutachte diese Brust, *Sidi* Tartuffe! Am liebsten würdest du sie anfassen, was? Verachtenswert, aber schön rund, verachtenswert, aber schön warm ..."

* „Mein Gott, das ist ruchlos."

Sie warf ihre Bluse auf Brahim, der erstarrt war, und nur immer wieder seine Litanei herunterbetete. Er erwischte die Bluse, bevor sie ihm ins Gesicht schlug und zerquetschte sie in seiner Hand.

„Begutachte *die Hohlheit* dieses festen Bauchs, dieser Schenkel, dieses Hinterns, Torquemada!"

Sie warf ihren Rock auf Ali. Der leichte Stoff drapierte sich über seinen Kopf und seine Schulter wie Vogelgefieder.

„Meine Herren, ihr Bande von Scheinheiligen, dieser Körper sagt euch: ihr könnt mich mal! Oder besser: lieber nicht ..."

Sie brach in Gelächter aus. Malika musste auch laut lachen und umarmte Claire – die jetzt zugleich zu lachen und zu schluchzen schien – und brachte sie ins Schlafzimmer. Die Tür fiel hinter ihnen zu.

Im Wohnzimmer wurde es wieder still.

Brahim und Ali, der eine mit einer leicht parfümierten Bluse in der Hand, der andere mit einem Rock auf dem Kopf, sahen sich verblüfft an.

29

Claires Knie

Nach einigen Momenten der Verblüffung sah Brahim auf die Bluse in seiner Hand und warf sie dann heftig zu Boden, als verbrenne sie ihm die Finger. Ali tat das gleiche mit dem Rock.

Brahim fand als erster die Sprache wieder.

„Hast du das gesehen? Genau das ist der schlechte Einfluss. Ich hatte es dir gesagt!"

Ali machte ein paar Schritte in Richtung Schlafzimmer, dann hielt er inne. Er wandte sich zu Brahim.

„Warte mal, ich halluziniere wohl ... Hat diese Hure gerade in *meinem* Haus einen Striptease hingelegt?"

Brahim schnaubte.

„Das nächste Mal macht Malika den Striptease."

„Niemals! Ich bringe sie um!"

Brahim ging zu Unterstellungen über:

„Wer sagt denn, dass sie keinen Striptease untereinander machen, wenn sie alleine sind? Wie? Wer weiß das schon? *Chkoun 'ref?** Wenn du nicht da bist ..."

Ali ballte die Fäuste.

„Hör auf ..."

Er ging in die Küche, öffnete den Kühlschrank und nahm eine Flasche Orangensaft heraus. Er trank einen großen Schluck aus der Flasche, wischte sich die Lippen mit dem Handrücken ab und ging zurück ins Wohnzimmer. Brahim hatte sich nicht gerührt. Er betrachtete Claires Rock auf dem

* „Wer weiß?"

Boden, der aussah wie eine Blumenkrone. Dann sah er Ali an.

„Was wirst du tun?“

Ali antwortete nicht; er ging zum Schlafzimmer und klopfte an. Man konnte Malikas wütende Stimme hören:

„Lasst uns in Ruhe! Claire schläft heute Nacht hier, du kannst das Sofa nehmen.“

Er zögerte kurz und ging dann wieder ins Wohnzimmer.

„Gut. Brahim, du gehst am besten nach Hause. Ich werde hierbleiben. Morgen früh werde ich sehen wie ... wie das alles ... Kurz und gut, bis bald.“

Brahim zog schweigend ab. Claires Knie quälte ihn.

Ali war zu gereizt zum Schlafen. Er ließ sich auf das Sofa fallen und schaltete den Fernseher ein. Al Jazeera sendete einen Dokumentarfilm über die jüngste Geschichte des Irak. Das erste Bild, das er sah, war das glatt rasierte, lächelnde Gesicht eines Amerikaners, der wie ein Hollywood-Star aussah.

Es war Paul Bremer.

30

„Our boy Paul“

Weder Ali noch Malika haben jemals Paul Bremer getroffen (kennen sie überhaupt seinen Namen?); dennoch wäre es nicht übertrieben, wenn man behaupten würde, dass dieser Amerikaner mit dem hellen Blick und dem verführerischen Lächeln der wichtigste Mann in ihrem Leben war.

„Sie übertreiben wie üblich.“

Nein, wenn „der wichtigste“ darüber definiert wird, dass die Handlungen dieses Menschen die ernsthaftesten Folgen für sie haben werden.

„Sie benutzen das Paradoxe.“

Warten Sie ab.

Wer ist Paul Bremer?

Ein amerikanischer Diplomat, geboren 1941 in Hartford, in Connecticut.

Als er im Mai 2003 zum „Chef“ des Irak ernannt wurde, erhielt meine amerikanische Freundin P. einen langen Telefonanruf von ihrer Mutter, die auf der Insel Martha's Vineyard lebte und alle Leute aus der guten Gesellschaft an der Ostküste kannte. Nachdem P. aufgelegt hatte, wandte sie sich mir verblüfft und amüsiert zu.

„Meine Mutter sagt, ‚*our boy Paul*‘ wurde in den Irak geschickt, um dort die Leitung zu übernehmen [*to run it*]. Sie kennt seine Familie gut. Sie sind alle sehr stolz auf ihn.“

Our boy Paul ... Sprössling einer der führenden Familien der East Coast, glatt rasiert und immer sauber, verheiratet mit der schönen Francis Winfield, ein guter Sohn und ein guter Vater, abgeschlossenes Studium in Yale und Harvard; nun wird er zum Vizekönig eines multiethnischen Landes ernannt, mit einer Mehrheit von Muslimen, einer furchtbar komplizierten Region, „alt wie die Ameisen" (das ist ein marokkanischer Ausdruck). Ich befürchtete Schlimmes.

„Vizekönig? Jetzt übertreiben Sie wieder einmal."

Offiziell ernannte man ihm zum „Direktor für Wiederaufbau und humanitäre Hilfe". Aber tatsächlich ...

„Also wirklich, es muss ja jemanden geben, der das Land führt, denn das Regime ist zusammengebrochen. Der Irak wird sich nicht durch eine Operation des Heiligen Geistes wieder aufrichten."

Einverstanden. Aber Bremer hatte einen MBA aus Harvard. *Business Administration*, das ist weder ein Diplom in Geschichte noch in Ethnologie. Ein MBA hilft einem nicht, 12.000 Jahre einer bewegten, chaotischen Geschichte zu begreifen. Dort wurde Abraham, unser aller Vater, geboren. Sehen Sie es nach: Ur in Chaldäa, das liegt dort.

„Genau, alt wie die Termiten."

Die Ameisen. Bremer war 1986 von Ronald Reagan zum „Botschafter des Antiterrorismus" *(sic)* ernannt worden. Kennen Sie das Sprichwort? „Wer nur einen Hammer hat, sieht jedes Problem als Nagel." Bremer sieht überall Terroristen. Er landet mit dem Hammer in der Hand im Irak und sieht in jedem Mitglied der Baath-Partei einen Nagel. Daher schlägt er heftig darauf ein.

„Autsch!"

Mehr als Sie denken. Zuerst einmal zwang das Wesen des Regimes jeden, der Karriere machen wollte, eine Parteikarte zu nehmen, selbst wenn er nicht mit den Ideen Saddams einverstanden war.

„Ein blutrünstiger Verrückter, ein Tyrann ..."

Das ist nicht der Punkt. Als *our boy Paul* die irakische Verwaltung und die irakische Armee von Mitgliedern der Baath-Partei säubert (das waren quasi seine ersten Dekrete), beging er einen Riesenirrtum. Genauer gesagt *drei* Irrtümer.

Zum einen brach die irakische Verwaltung zusammen. Dabei war sie eine der effizientesten der Region (man nannte die Iraker „die Preußen der arabischen Welt"...). Sie wäre äußerst hilfreich gewesen, um Ordnung zu wahren. Stattdessen herrscht jetzt Anarchie.

Zweiter Irrtum: die Offiziere, die als Mitglieder der Baath-Partei aus der Armee gejagt wurden, waren mehrheitlich Sunniten. Woher denken Sie nimmt der Pseudo-Kalif des IS heutzutage seine Kader?

Dritter Irrtum: was auch immer man der Partei vorwerfen kann, sie hatte eine laizistische Ideologie. Sie wurde ja von einem Christen, Michel Aflak, gegründet. Lösen Sie die Baath-Partei auf – was bleibt? Religiöse Ideologie, also Bürgerkrieg.

Und schließlich ist noch Folgendes zu sagen: 2005, nach dem Weggang von Bremer, signalisierte ein offizieller Bericht von Generalinspektor Stuart Bowen das Verschwinden von neun Milliarden US-Dollar, die für den Wiederaufbau des Irak vorgesehen waren. Es ist die Rede von Betrug, von Schiebereien. Tatsache ist, dass *our boy Paul* durch den bereits erwähnten Zusammenbruch der irakischen Verwaltung nicht mehr viel zu verwalten blieb ... Er flog nach Hause, umarmte Frances und die Kinder, und überließ die Iraker ihrem Schicksal.

Da er die Demokratie nach seinen eigenen Normen aufzwingen wollte, ohne den lokalen Kontext zu verstehen, übergab Bremer de facto die Macht an die Schiiten, die die Mehrheit im Land bilden. Die Schiiten verloren keine Zeit und rächten sich an den Sunniten, die sie aus ihrer Sicht seit

Jahrzehnten verachtet und diskriminiert hatten. Die Sunniten wurden nun unterdrückt und diskriminiert (jeder ist mal dran ...); daher waren sie nun reif, sich dem selbstproklamierten Kalifen aus Rakka anzuschließen.

Von da an ist es nur ein kleiner Schritt, Bremer und die Amerikaner für das Aufkommen des Pseudo-Kalifen und der Horrortaten des IS verantwortlich zu machen ...

„Sie gehen zu weit."

Wirklich? Nun, das sage nicht ich, sondern Tony Blair.* Der muss es doch wissen, oder?

Der IS, das ist die Revanche der durch die Dekrete von *our boy Paul* erniedrigten Sunniten – was den Wahn jener jungen Europäer, jener neuen *rebels without a cause*, die für die schwarze Fahne des Pseudo-Kalifen in den Tod gehen, noch seltsamer aussehen lässt ... Was suchen sie in diesem Horrorszenario?

„Das kann man sich fragen."

Sie verstehen jetzt, warum Paul Bremer *auf jeden Fall* in der Geschichte von Ali und Malika vorkommen muss. Es gibt viele unsichtbare Figuren in einem Roman.

* In einem Interview mit CNN, 26. Oktober 2015.

31

Das Reale und das Virtuelle

Sie saßen im ersten Stock des *Autre Café* in der Rue Edouard-Lockroy und hatten auf das Erdgeschoss mit den schönen Mosaiken verzichtet, da es um diese Zeit dort zu laut war. Der Saal oben war fast leer: in einer Ecke las ein junger Mann in einer Zeitschrift, dabei klopfte er mit dem rechten Zeigefinger auf sein Kinn, als gebe er den Takt zu einer Musik an, die nur er alleine hören konnte. Eine ältere Dame saß aufrecht auf ihrer Bank, sah durch das Fenster dem Treiben auf der Straße zu, nahm manchmal einen Schluck Tee oder streichelte geistesabwesend einen kleinen Hund, der neben ihr lag und dann mit dem Schwanz wedelte, bevor er wieder einnickte. Von Zeit zu Zeit kam eine Bedienung hoch, warf einen kurzen Blick auf die wenigen Kunden und verschwand sofort wieder.

Malika nippte an ihrem Orangensaft.

„Bis drei Uhr morgens ... Er hockt vor seinem Computer. Wie hypnotisiert! Er lebt in einer anderen Welt."

Das machte Claire neugierig. Sie beugte sich vor und flüsterte:

„Was schaut er denn an? Pornos?"

„Pffff, im Zweifel wäre mir das lieber ... Nein: er sieht sich nur islamische Webseiten an. Islamistische, dschihadistische, ich weiß nicht, wie man so was nennt. Irgendwelche bärtigen Kerle, die brüllen, Unverständliches hervorstoßen ... Dann total brutale Videos ... Kerle, denen man den Kopf abschlägt, Explosionen ... Da läuft es mir kalt den Rücken runter, ich schwöre es dir. Natürlich sieht er sich das nicht an, wenn ich da bin, aber ich habe spioniert."

„Jetzt spioniert ihr euch gegenseitig aus? Sag mal, das läuft ja nicht besonders gut zwischen euch."

„Nein wirklich nicht. Er schmollt, seit deinem Striptease ist er sauer auf mich. Welcher Teufel hat dich denn auch geritten?"

„Warte mal, du warst ja dabei, du hast doch gesehen, wie sie beide mit mir sprachen, er und der andere?"

„Du hast wirklich etwas übertrieben ..."

„Worüber beschwert er sich? Es gibt Kerle, die zahlen viel Geld um einer ... warte wie sagt man noch? Ja, einer *Entblätterung* beizuwohnen."

Sie hatte einen sehr vornehmen Ton angeschlagen, um dieses Wort auszusprechen.

„Kann ja sein, aber die beiden hatten dich um nichts gebeten. In Wahrheit schmollt er vor allem, weil du bei mir geschlafen hast ... also bei uns, aber im Schlafzimmer, während er die Nacht auf dem Sofa verbracht hat. Verstehst du, das hat ihn unglaublich beleidigt. Eigentlich schockiert."

„Du übertreibst."

„Nein, nein. Er hat es mir gesagt. *Scho-ckiert*. Manchmal sagt er ein paar Worte zu mir. Immer Vorwürfe! Das ist ... das ist ermüdend. Jetzt bleibe ich solange wie möglich in der Schule, ich gehe ins Lehrerzimmer, ich schwatze mit egal wem ... Ehrlich gesagt ist die Stimmung zu Hause nicht besonders heiter. Ich weiß überhaupt nicht, wie das je wieder in Ordnung kommen soll. Er muss sehr schnell Arbeit finden. Doch er tut nichts dafür. Aber ich sehe wirklich nicht ein, warum ich die Stellenanzeigen durchkämmen soll ..."

Sie schwenkte den Orangensaft im Glas. Sah nachdenklich aus.

„Heute Morgen habe ich eine Sendung auf France Culture

gehört. Da war der ... wie heißt er noch? Der Islamexperte hier in Frankreich?"

„Dingsbums?"

„Wie, Dingsbums?"

„Na du fragst, als müsste ich das wissen. Da antworte ich: Dingsbums."

„Kepel! Gilles Kepel."

„Ja klar, und was hat er gesagt, dein Experte?"

„Er sagte, eh... Da ist eine ganze Generation mit Videospielen aufgewachsen, weißt du, sehr brutale Spiele, wo man auf alles schießt, was sich bewegt, wo man *Aliens* oder *Avatars* oder Menschen umbringt, von morgens bis abends, in totaler Gleichgültigkeit ..."

„Wer bleibt da gleichgültig?"

„Alle, die Gesellschaft, ihre Eltern ... Es gibt kein moralisches Urteil mehr. Du schaltest deine *Playstation* an und beginnst Massaker zu verüben ... Und niemand sagt etwas. Zum anderen sind die Spiele jetzt so gut gemacht, dass du wirklich glaubst, in der Realität zu sein. Also diese sehr gewaltsamen dschihadistischen Webseiten, diese bis an die Zähne bewaffneten Bärtigen, die brüllen, die morden, die Köpfe abschlagen, all diese Explosionen, das alles ist nicht mehr *exotisch* für sie, es ist, als wechselten sie von einem Videospiel ins andere ... Es gibt keine Grenze mehr zwischen dem Virtuellen und dem Realen. Letztens habe ich durchs Schlüsselloch geguckt ..."

„Also nein! Soweit seid ihr doch sicher noch nicht? Das ist ja eine Schmierenkomödie!"

„Was soll ich denn tun? Er schließt sich den ganzen Tag in der kleinen Bibliothek ein und kommt nicht heraus!"

„Aber das Schlüsselloch ..."

„Bist du jetzt *meine* Freundin oder *seine*?"

Sie lächelten sich an.

„Also, ich habe geguckt. Er saß vor dem Computer, reglos, hypnotisiert. Und was ich sehen konnte, waren diese Art von Videos ... Ich habe mit einem Kollegen gesprochen, der sich damit auskennt. Er hat mir einige dieser Videos beschrieben, mir wurde übel ... Wenn ich mir vorstelle, wie Ali diese Gräuel betrachtet ... Ehrlich gesagt, ich verstehe es nicht, es macht mir Angst ..."

Claire setzte sich auf der Bank gerade. Das alles konnte nichts Gutes bedeuten.

„Ich frage mich, ob du nicht besser abhauen solltest."

„Aber es ist *meine* Wohnung!"

„Hast du versucht, mit ihm zu reden?"

„Ja, aber er antwortet kaum. Manchmal macht was er sagt keinen Sinn. Oder er redet von Religion, er, der früher nie eine Moschee betreten hat! Das ist der Einfluss seines Vetters Brahim. Wir drehen uns im Kreis."

„Redest du nie mit Brahim?"

„Wozu? Du hast doch gesehen, was für einen Schwachsinn er dir letztens erzählt hat. Wir leben in verschiedenen Welten."

32

Desorientiert

Es klingelte an der Tür. Malika spähte durch das Guckloch. Sie zögerte zu öffnen, tat es dann doch, unwillig. Brahim stand vor der Tür, den Kopf ein wenig gesenkt, er wirkte verlegen.

„Ist Ali da?"

„Nein, er ist nicht da. Er ist ausgegangen, Besorgungen machen. Komm rein, du kannst hier auf ihn warten. Willst du ein Glas Wasser?"

„Nein danke."

„Lieber ein Bier?"

„Ch'nou?"[*]

„War nur ein Scherz."

Brahim ging ein paar Schritte und setzte sich an den Tisch im Speisezimmer. Nach kurzem Schweigen sah er Malika an, die vor ihm stand, und flüsterte:

„Das trifft sich gut ..."

„Was trifft sich gut?"

„Dass Ali nicht da ist. Ich muss mit dir reden."

Einer plötzlichen Eingebung folgend rief Malika:

„Ah, das habt ihr alles ausklamüsert! Er geht und fünf Minuten später klopfst du an die Tür. Das ist wie aus einem Stück von Feydeau ... *Türen schlagen zu*! Handys sind doch was Praktisches, wie? ..."

Brahim senkte den Kopf, zerknirscht.

„Ja, das stimmt, aber wir müssen reden. Ich bin sein Vetter,

[*] „Was?"

du bist seine ... seine ... Kurzum wir sind gewissermaßen Verbündete ..."

„Verbündete?"

„Ja, wie angebunden."

„Du meinst *verbunden*?"

„Eh ja ..."

Malika verzog das Gesicht.

„Ich fühle mich dir nicht sehr verbunden, aber nun gut. Was willst du?"

„Wir gehören jetzt beide zur Familie. Da ist es besser, wir verstehen uns gut."

„Das ist eine löbliche Absicht, wie man so sagt."

„Wie bitte?"

„Nichts. Mach einfach weiter. Ich mache uns einen Kaffee, einverstanden? Da wir doch zur selben Familie gehören ..."

Während sie Wasser aufsetzte, bewegte Brahim die Lippen, ohne einen Ton herauszubringen, als wiederhole er eine auswendig gelernte Lektion.

Malika kam mit der Kaffeekanne und zwei Tassen zurück. Sie schenkte ein.

„Zucker?"

„Ja, danke."

Er nahm drei Stücke und tat sie in die Tasse.

„Du magst Zucker, was? Ist dieses süße Laster nicht *haram*?"

„Nein, der Prophet mochte Honig sehr."

„Zum Glück mochte er kein Rattengift. Da sind wir ja gerade noch davongekommen."

Brahim starrte sie an, ohne zu verstehen, und nahm dann einen Schluck Kaffee. Er zögerte kurz und fragte dann neugierig:

„Warum sagst du ‚süßes Laster'? Laster sind doch nicht süß."

„Das ist nur so ein Ausdruck. Halt dich nicht damit auf."

„Ja, aber wenn die Franzosen von ‚süßem Laster' sprechen, nehmen sie Laster und Sünden wohl nicht ernst?"

„Doch sie nehmen sie so ernst, dass sie dazu eine ganze Nomenklatura haben: tödlich, lässlich, süß, jugendlich und so weiter. Es gibt auch die sieben Todsünden, zu denen Völlerei gehört. Noch ein kleines Stück Zucker?"

„Nein, nein ... vielen Dank."

„Es gibt auch den Schwerlaster, der die Straßen bevölkert ..."

„Ist das ein schweres Laster? Eine Todsünde"

Malika hatte Mühe, nicht in Lachen auszubrechen.

„Nein, gerade schwer genug ... Doch wenn du erlaubst, belassen wir es dabei. Du bist ja wohl nicht für einen Französisch- oder Theologiekurs hergekommen. Nach dem Small Talk kannst du mir ja jetzt sagen, was du mir sagen wolltest. Damit wir *in Verbindung treten,* wie du sagst ... Ich hoffe, du willst mich nicht festbinden."

Sie sah ihn spöttisch an. Er runzelte die Stirn, ohne zu antworten. Sie nahm einen Schluck Kaffee.

„Ach Brahim, du hast wohl wirklich keinen Humor?"

„Nein. In unserer Familie hat keiner Humor. Wir in Khouribga sind dafür bekannt."

Das hatte er in ernstem Ton vorgebracht, als trage er objektiv die Ergebnisse einer wissenschaftlichen Studie vor. Malika sah ihn aufmerksam an. Hatte er einen so trockenen Humor, dass sie es nicht bemerkte. Sie fragte nach:

„Aber Ali hat Humor, er kann sehr amüsant, sehr geistreich sein. Zumindest *war er es* ... Er gehört doch zur Familie, oder?"

„Ja, aber er ist ein Vetter mütterlicherseits."

„Ach von Seiten der Frauen, ... von der schlechten Seite also?"

„Genau."

Entmutigt setzte sie die Tasse ab.

„Gut, was wolltest du mir sagen?"

Erneut bewegten sich Brahims Lippen, ohne dass ein Ton herauskam. Dann sagte er.

„Du redest immer von meinem Einfluss auf Ali. Meinem schlechten Einfluss ..."

Er hielt inne, dann murmelte er traurig:

„Wenn ich die Worte finden könnte, Malika ..."

„Mach dir nichts draus, ich kann zwischen den Zeilen lesen ... zwischen den Worten."

Er trank einen Schluck Kaffee, dann fuhr er fort:

„Du hast behauptet, dass das, was Ali unter meinem Einfluss sagt, keinen Sinn macht."

Er suchte eine Bestätigung in Malikas Blick.

Sie murmelte:

„Das ist möglich."

„Keinerlei Sinn? Aber das ist doch genau, wonach ich suche: einen Sinn ... Wie soll man sonst leben können? Also ja, ich bin das, was man ... eh, einen ‚praktizierenden' Muslim nennt. Na und? Gibt es vielleicht keine praktizierenden Juden, praktizierenden Christen? Praktizierenden Hindus? Aber zu denen sagt man nichts, man lässt sie gewähren. Sie werden respektiert! Die Priester und die Rabbiner werden respektiert, sie werden höflich behandelt. Selbst die Atheisten sagen: ‚Seine Heiligkeit der Papst'. Oder: ‚die Ordensschwestern'. Das kann ich alles im Fernsehen hören."

Er hielt inne und wartete auf eine Reaktion. Malika sah ihn schweigend an und nippte an ihrem Kaffee. Er fuhr fort:

„Im Fernsehen sagen die Journalisten immer: ‚der *islamische* Schleier.' Aber alle Ordensschwestern tragen einen Schleier! Du siehst sie doch auf der Straße. Und alle orthodoxen Jüdinnen sind verschleiert! Es gibt sogar Ultraorthodoxe, die sich den Schädel rasieren ... Wie Ali sagt: *die Kugel auf null*! Und danach stülpen sie eine Perücke darüber! Das findet niemand lächerlich. Wenn das in Medina oder Kandahar getan würde, fänden alle das grotesk! ... Völlig daneben! Man würde uns geistig zurückgeblieben nennen! Ich sehe jetzt schon die Karikaturen in *Charlie Hebdo* vor mir ..."

Malika unterbrach ihn:

„Vergiss es. Du bist doch stolz darauf, keinen Humor zu haben, da bist du nicht der Richtige, um über *Charlie Hebdo* zu reden."

Brahim zögerte kurz, dann fuhr er fort:

„Dann die Polemik über das *halal* Fleisch ... Wissen die überhaupt, dass wir alles essen können, was die Juden essen und nichts anderes? Koscher, *halal*, das ist das Gleiche, aber nur wir kriegen unser Fett ab! Nur auf uns schlägt man ein! Das ist Islamophobie."

Er nahm einen Schluck Kaffee.

„Ja, ich brauche einen Sinn in meinem Leben. Es muss Sinn machen, ich brauche etwas, das ... *größer ist als ich*. Denn wer bin ich sonst? Ein Körper, ein Tier? Ein Affe im Anzug? Im Anzug. Ja, nie im Leben würde ich vor Unbekannten einen Striptease hinlegen! Claire, deine Freundin ... Weißt du was mit der los ist? Sie hat die *Orientierung* verloren. O-ri-en-tierung! Ich aber habe meinen Orient. Ich weiß, wo der Stern ist, der mich leitet: es ist das Buch. Der Koran. Ich weiß, wo ich herkomme, ich weiß, wohin ich gehe. Ich weiß, was ich tun muss. Ist das ein Verbrechen?"

Es wirkte, als zitiere er einen auswendig gelernten Text. Normalerweise war er nicht so eloquent. Malika antwortete ruhig:

„Nein, das ist kein Verbrechen. Das hat niemand behauptet! Du machst, was du willst, du glaubst, woran du willst. Das ist kein Problem. Das Problem ist: warum willst du deinen Glauben, deine Lebensweise anderen aufdrängen?"

Brahim schrie fast:

„Weil das Teil meines Glaubens ist! Ich muss den anderen den rechten Weg weisen! Die Christen nennen das ‚das Evangelium verkünden'. Es ist das Gleiche, oder? Ich *verkünde* den Koran ..."

Malika unterdrückte ein Lächeln.

„Die Schlacht der Werbemenschen, was ... Havas gegen ... gegen Publicis, oder so. Und der naive Kunde zahlt."

Brahim protestierte:

„Ich verstehe nichts. Immer diese Witze, diese Wortspiele ..."

„Eh! Das liegt daran, dass ich Sinn für Humor habe! Ich bin keine Schlafmütze wie du. Eine islamische Schlafmütze."

Wie von der Tarantel gestochen antwortete er:

„Du bist genauso desorientiert wie deine Freundin."

Sie setzte ihre Tasse ab und sagte im Ton der Empörung:

„Warte mal, du bist bei mir zu Hause und beschimpfst mich?"

„Ich beschimpfe dich nicht."

Sie ahmte Arletty nach:

„Desorientierung, Desorientierung ... Seh ich etwa aus wie 'ne Desorientierung?"

Brahim sah sie aufmerksam an.

„Ehrlich gesagt, ja. Man weiß nicht mehr, ob du Französin oder Marokkanerin bist."

„Ich bin Belgierin."

„Das ist nicht wahr. Ali hätte es mir gesagt."

„O Mann, der Kerl ist echt schwer von Begriff! Gut, die Desorientierte erklärt es dir nochmal: Ich bin Malika, die es so langsam satt hat, in der eigenen Wohnung von einem Kasper

Moralpredigten gehalten zu bekommen, und die eben diesen Kasper höflich bittet, seinen Kaffee auszutrinken, seinen Orient unter den Arm zu klemmen und abzuzischen."

Brahim kniff die Augen zusammen, als versuche er etwas auf Malikas Gesicht zu erkennen, dann stand er auf und ging zur Tür.

„Ich weiß wenigstens, wo ich herkomme, wer ich bin und was ich zu tun habe. *L'hamdou 'llah!*[*]"

In genau dem Augenblick öffnete sich die Wohnungstür und Ali trat mit forschendem Blick ein. Er war nicht erstaunt, Brahim zu Hause vorzufinden.

„Hallo. Hattet ihr ein gutes Gespräch?"

Perfekt synchronisiert antworteten ihm die zweifelnde Miene Brahims und die entnervte Grimasse Malikas.

[*] „Gott sei gelobt."

ZWEITER TEIL

EINIGE MONATE SPÄTER ...

33

Schuld sind die Bombe, die Araber, die Roma

Claire hatte sie in die Rue Marie-et-Louise zum Essen eingeladen. Seit sie die Wohnung betreten hatte, war Malika ohne Unterbrechung grummelnd hin und her gelaufen.

„Am Ende werde ich sie lebendig auffressen, diese Ungeheuer! Brave kleine Mädchen, kleine blonde Engel ... Denkste! Zudem heißen sie alle Chang oder Mamadu. Aber natürlich bin ich keine Rassistin."

Claire lächelte.

„Komm her, setz dich. Soll ich uns, eh ... Hechtbouletten machen?"

„Genau! Und wie üblich werden sich die Hechtbouletten in Spaghetti mit Fleischsauce verwandeln?"

Claire fing an zu jammern.

„Ach gute Frau, man findet ja keinen Hecht mehr. Daran sind sie alle schuld, die Bombe, die Araber, die Roma ..."

Malika richtete anklagend den Zeigefinger auf ihre Freundin.

„Gib doch zu, dass du nichts anderes kochen kannst. Nicht mal Blinis. Wozu soll es da gut sein, eine russische Freundin zu haben?"

Claire antwortete in normalem Ton.

„*Halb*russisch bitte. Ich kann dir halbe Blinis mit einer halben Flasche Wodka kredenzen."

Malika zuckte die Achseln.

„Du bist eine Niete. Oder eine *halbe* Niete."

„*Look who's talking!* Was kriegen wir nicht alles über die marokkanische Küche zu hören, ‚eine der besten der Welt', blablabla, ich habe eine marokkanische Freundin – also eigentlich ‚marokkanischer Herkunft' – und was bekomme ich zu essen? Köstlichen Couscous? Tajines? Mitnichten: minimalistische vegetarische Küche. Wo ist die Lammschulter oder die Kalbshaxe, die du mir seit Monaten versprichst? Die berühmte *Dal'a...'a...'a...*"

Sie wurde wieder ernst.

„Hast du übrigens etwas von deinem Ex gehört? Ali?"

Malika seufzte.

„Du weißt doch, dass ich nicht mehr darüber reden will. Warum kommst du immer wieder darauf zurück?"

„Immer wieder, immer wieder ... Du übertreibst. Ich komme höchstens einmal im Monat darauf zu sprechen. Ich bin neugierig. Außerdem glaube ich, es täte dir gut, darüber zu reden."

„Bist du auch Psy geworden wie alle anderen?"

„Glaub mir, das täte dir gut. Man darf nicht alles innen drin behalten. Am Ende explodierst du noch, und ich muss dann die Stücke zusammenkleben."

„Blöde Gans."

„Mach schon, erzähl! Hast du etwas von Ali gehört?"

Malika zögerte kurz und antwortete dann:

„Nicht wirklich. Manchmal treffe ich alte Freunde von ihm."

„Ja, ich weiß. Aber was sagen sie? Gibt es was Neues?"

„Sie reden über ihn, aber jeder erzählt etwas anderes. Jeder hat seine Version. Sicher ist, dass er Frankreich verlassen hat. Zusammen mit seinem Vetter ... eh, wie hieß der Tölpel noch? Ach ja: Brahim."

„Warte mal, ist er nicht auf Facebook oder Twitter?"

„Nein, soziale Netzwerke waren nie sein Ding."

Claire runzelte die Stirn.

„Das ist merkwürdig für einen kleinen Informatikmozart."

„Nein, gerade deswegen, er kannte die Risiken. Ich bin sowieso nicht sicher, ob er überhaupt Kontakt zu mir haben will. Und ich auch nicht ... Ali, das ist Vergangenheit."

Sie trällerte:

„*Bye, bye* Ali, auf Nimmerwiedersehen ..."

Claire hielt sich die Ohren zu.

„Hör bloß auf, die Milch wird sauer."

Sie umarmte sie, um sie zum Schweigen zu bringen, und ging dann in die Küche.

34

Im Herzen der Finsternis

Was tue ich hier?

Zehn, zwanzig Mal am Tag kam ihm diese heimtückische Frage in den Sinn. Er versuchte sie zu verjagen, wie man ungeduldig ein Moskito verjagt, das man hören kann, ohne es zu sehen – doch vergebens: die Frage tauchte immer wieder auf, so als ob jemand, ein anderer ... ein anderer was? Ein Geist? Ein Djinn? Ein *Alter Ego*? ... sich in sein Hirn eingeschlichen hätte und ihm immer wieder diese paar Worte einhauchte, die er zugleich sah und hörte.

Es war nicht wirklich eine Frage, ein Gedanke, es war eher ein Block, nichts Fertiges, ein Satz am Stück, immer in Französisch, trotz der arabischen Intensivkurse, die er jetzt in dieser syrischen Stadt machte, deren Namen er sein ganzes Leben lang nicht gekannt hatte, aber die seit einigen Monaten seine neue Heimat war ...

Was tue ich hier?

... ein Block, ein Satz, eine Folge von Worten – er musste ihnen einen Sinn geben, er schien sie deutlich in die Luft geschrieben zu sehen (doch wer war der Schreiber?), sie überlagerten die absurden oder grauenhaften Szenen, die er fast jeden Tag erlebte ...

... Menschen wurden gehängt, geköpft, aus dem Fenster geworfen, das alles von den gefühllosen Augen der Smartphones aufgenommen ...

... und in seinem Kopf wiederholte Marlon Brandos nasale Stimme „*the horror, the horror*“ ...

Was hatte Marlon Brando auf dieser Feluke zu suchen?

Man kann sich nicht am Denken hindern; es denkt, es redet ... Diese Sätze, die auftauchen ...

„Das ist Teufelswerk, du musst einen Koranvers rezitieren, *um dir Mut zuzusprechen* und dann *Astaghifrou 'llah* sagen, um die Dämonen zu vertreiben", das hatte ihm der Imam mit dem dunklen Blick in seinem üblichen Ton gesagt, der keine Widerrede duldete, gesagt und wiederholt, wenn man ihn fragte, was zu tun sei, wenn unfromme Gedanken über einen hereinbrachen ..., man muss *Astaghfirou 'llah* sagen, „ich bitte Gott um Vergebung" ...

... Aber dennoch, Brando hallt im Schädel wider, Vergebung, Vergebung, daran kann man nichts ändern, man kann ihm nicht entgehen, man kann Kurtz nicht entgehen, seinem Schrei, den man sich rau und erschütternd vorzustellen hat, man kann dem Verzweiflungsschrei der ganzen Menschheit nicht entgehen, und der Menschlichkeit in uns, wenn ein Mensch in einem auf den Sand gesetzten Käfig bei lebendigem Leib verbrennt, oder stand der Käfig auf festgestampfter Erde, auf Beton, wie auch immer ...

--- Wenn ein Mensch bei lebendigem Leib verbrennt, dieser jordanische Pilot ...

... ein Opfer mit dem Blick eines verlorenen Kindes, wenn er die Flamme sieht, die sich ihm schlängelnd nähert, eine Feuerschlange, die sich pfeifend aus der Hölle hocharbeitet, und der Mensch versteht, dass er es bald sein wird, der sich in einer letzten schrecklichen Zuckung schlängeln wird ...

The horror, the horror...

... Der aus dem Rahmen fallende Brando, ein ungebetener Gast, murmelnd ... *Weg mit dir,* da muss ein passender Koranvers hin ... *Astaghfirou 'llah! Astaghfirou 'llah!*

... Aber nein, du hast diesen Film zehnmal gesehen, die

Stimme des amerikanischen Schauspielers übertönt die Stimme Gottes ...

... Durch welches Wunder, durch welchen teuflischen Trick, durch welche List kann die Stimme eines einfachen Sterblichen die Stimme Gottes übertönen – aber ist das nicht der Beweis, dass man einen banal menschlichen Gott sprechen lässt – *nein, nein bloß nicht so denken* ... Doch! ... Es sind Menschen, die sprechen, Bauchredner, die sich mit Leibesöffnungen schmücken, die sie als göttlich, ewig, unendlich darstellen, welche Arroganz! ... Wo doch das, was sie ihre Marionette daherleiern lassen, empörend banal ist, von krassester Endlichkeit ...

Nein, nein bloß nicht so denken ... Astaghfirou 'llah! Astaghfirou 'llah!

... Doch in ihren neunmalklugen Blicken stecken arglistige Täuschung und vulgäre Gier der Spezies, und die Lust auf das, was der andere gelüstet, und Vergewaltigung und Menschenraub, und um all das heilig zu sprechen, all dieses Niedere, lassen sie die Himmel grollen und den Donner in der Stille der unendlichen Weiten ertönen ...

Nein ... Astaghfirou 'llah! Astaghfirou 'llah!

Ich darf nicht mehr denken. Nicht mehr denken.

Das alles habe ich in Paris zurückgelassen.

Lasst uns beten.

Das beruhigte ihn ein paar Stunden lang. Er dachte wirklich nicht mehr. Oder nur flüchtig, an triviale Szenen, die nur die Bedeutung haben, die man ihnen zugesteht: ein in eine Tasse Milchkaffee getauchtes Croissant, das Lächeln einer aus den Augen verlorenen Freundin (was Malika wohl gerade tat?), ein Stelldichein in einem Pariser Café, – all das war weit weg ... Diese verschlissenen Erinnerungen, Wolken in schwammigen Farben, benebelten sein Gehirn und hielten ihn ab vom Denken ...

Aufgeschoben ist nicht aufgehoben.

„Eh, *Abu Jamal*!"

Man *lud ihn ein*, als Zuschauer an einem Fenstersturz teilzunehmen. Er glaubte, sich verhört zu haben. Aber nein: in diesem seltsamen Kalifat wurden Menschen aus dem Fenster gestürzt, *von den Festungsmauern* gestoßen ... nein: aus hohen Gebäuden wurden junge Männer gestürzt, die nicht männlich, nicht muskulös genug waren, genau gesagt, waren sie weibisch, anscheinend eine Frage der Hormone, eine Ungenauigkeit der Natur, ein Irrtum, an dem niemand die Schuld trägt ...

„Aber das sind doch Kinder Gottes?"

„Du argumentierst herum ... Jeder ist für seine Taten verantwortlich."

„Aber ..."

„So etwas dulden wir hier bei uns nicht!"

Der Imam hatte angeordnet: Um einen gelungenen Fenstersturz hinzubekommen, muss das Gebäude mindestens vier Stockwerke hoch sein. Den Rest besorgt die Schwerkraft.

Elend ... *Es fallen diese Wellen von Ziegelsteinen.*

Abu Mussa al-Alemani, ein dicker Junge mit blondem Bart (sein goldener Bart kam einem kaum echt vor, wem sollte der Angst machen?), Abu Mussa al-Alemani, der wahrscheinlich Dietrich oder Jürgen hieß, hatte den Finger ausgestreckt und in rudimentärem Arabisch mit bayrischer Färbung und stark rollendem R gefragt:

„Warrrum vierrrrr Stockwerrrrke?"

Er war langsam im Geist. Man musste alles wiederholen, Figuren in die Luft zeichnen, Worte in den Sand schreiben ...

Der Imam hatte bedächtig erklärt, dass man sie auch von einem siebenstöckigen Turm hinunterwerfen konnte, diese weibischen Hunde, dass aber vier Stockwerke irgendwie optimal waren ...

Ali glaubte sich verhört zu haben. *Optimal*? Aber nein, er hatte richtig gehört, der Imam meinte es ernst, wie immer, unerschütterlich (*genau daran kann man sie erkennen*), kein Quentchen Humor ...

In einem anderen Leben war der Imam Ingenieur gewesen, mit einem richtigen Diplom und einem guten Gehalt im Ministerium für Öffentliche Arbeiten, unter Saddam in Bagdad, dort hatte er eine schöne Wohnung, ein Auto, eine *Karriere* ... Dann waren 2003 die Amerikaner einmarschiert, es war gewaltsam gewesen, brutal, und inmitten der rauchenden Ruinen wurde ein gewisser Paul Bremer, von dem er noch nie gehört hatte, damit beauftragt ein anderes Land aufzubauen. Ihn hatte man „gesäubert", ihn, den Sunniten, Mitglied der Baath-Partei, wie hunderttausend andere ... Er hatte eine neue Karriere als Händler für Handys begonnen, lebte mit Wut im Bauch, spuckte auf den Boden, wenn der Tross der Offiziellen an seiner Bude vorbeiraste, fühlte sich erniedrigt, gedemütigt; dann die letzte Metamorphose, er hatte sich den Bart wachsen lassen und dem Kalifen Gefolgschaft geschworen, denn er hatte nichts mehr zu verlieren. Er wurde zu einer Art religiösem Kommissar ernannt, mit der Aufgabe, die aus dem Ausland Herbeigeströmten, die sich am Dschihad beteiligen wollten, auszubilden.

Gottes Ingenieur hatte also erklärt, dass es eine Frage der *Wirksamkeit* sei. Ab vier Stockwerken konnte man sicher sein, dass sie den Sturz nicht überlebten, diese Ausgestoßenen, man brauchte also nicht höher zu gehen ...

Näher zu dir, mein Gott.

Der Imam erklärte das so, wie man die Funktionsweise eines Heizkörpers erklärt. Eine Frage des *Ertrags*. Soll ich Ihnen ein Schema zeichnen? Eine Kosten-Nutzen-Analyse machen? Eine Bilanz?

Was tue ich hier?

Der Satz erschien plötzlich, knarrend, heftig schmerzend wie eine Art Vorwurf, den ein anderes Ich gegen ihn erhob, *dieses andere Ich,* das er glaubte in Paris zurückgelassen zu haben ...

Dieses andere Ich, das französische Gedichte liebte, hunderte Verse auswendig gelernt hatte ...

Ein Mann, der mir ähnlich sah, kam auf mich zu.

... Doch in seinem tiefsten Inneren war es noch sehr lebendig, dieses andere Ich *(wer bin ich?).* Er war doppelt, zwei Personen in einem Körper. War das Wahnsinn? Schizophrenie?

Er konnte sich nicht mehr im Spiegel betrachten. Das Gefühl der Fremdheit war zu stark.

Und der Blick, den er mir zuwarf, ließ mich die Augen beschämt senken.

Im Übrigen brauchte er keinen Spiegel, denn er rasierte sich nicht mehr. Zwei in einen kalten Eimer Wasser getauchte Hände, die Waschungen, am Abend eine Dusche ... Das musste reichen.

Was tue ich hier?

Wenn er von der Terrasse des kleinen Hotels, wo man ihn untergebracht hatte, zusammen mit den anderen „Französischsprachigen“ – welche Ironie! Selbst im Herzen des Kalifats war die Frankophonie immer noch sein Stamm ... –, wenn er die ockerfarbene, staubige Stadt betrachtete, wo man die vom anderen Ufer oder solche, die man dafür hielt, aus dem

Fenster stürzte, wenn er die Ortschaft rundum betrachtete, kamen ihm manchmal andere Sätze in den Sinn.

Diese Ortschaft wird dein Grab sein.

Bist du dafür hergekommen ... aus Paris, der Stadt der Lichter, der Stadt der Aufklärung ... Du hast deine Wahl getroffen ... Den Preis dafür musst du zahlen ... *gezählt, abgewogen, ausgerechnet* ... Hier wirst du deine Ruhestätte finden. *Er wird dir einen weißen Mantel weben,* der Staub.

Das machte alles keinen Sinn.

Manchmal schloss er die Augen und durchlebte die letzten Monate seines zerbrochenen Lebens. Die Erniedrigung. Im Büro des Chefs, seine Depression, die auf diesen Schock folgte, und dann war alles sehr schnell gegangen ...

35

Depression

Er lief durch die Straßen von Paris, ziellos, fiebernd, zog seltsame Grimassen, murmelte Unverständliches in seinen Bart. Die Leute gingen ihm aus dem Weg. Malika weinte still, wenn er spät abends verschmutzt nach Hause kam, wirre Worte stammelnd oder verstummt, mit leerem Blick ...

Sie wiederholte immer wieder dasselbe, wusste nicht, was sie sonst sagen sollte:

„Ali, du musst einen Arzt aufsuchen. Einen Psychiater. Depression kann man heilen. Das ist keine Schande ... Es ist wie ein gebrochenes Bein. Wenn du dir das Bein gebrochen hättest, würdest du doch ins Krankenhaus gehen, um es behandeln zu lassen, oder nicht? ... Warum tust du denn jetzt nichts?"

Er antwortete nicht. Er würde niemanden aufsuchen. Wozu auch? Wie hätte er erklären können, wie ihm zumute war? Ein grauer Mantel hatte sich über alle seine Tage gelegt, die Farben waren verschwunden, ebenso die Geschmäcker und auch die kleinste Freude; die Zeit hatte sich verlangsamt und dadurch wurde ihr unmerkliches Verstreichen unerträglich; es war ein völliges Fehlen jedweden Appetits, keine Lust zu lesen oder einen Film zu sehen oder Musik zu hören, so dass er ab dem frühen Nachmittag den Zeitpunkt fürchtete, wo er zu Bett gehen musste, denn sollte er einschlafen können, würde es in der nagenden Angst vor dem Aufwachen sein, diesem trostlosen Moment, wo er sich erneut bewusst werden würde, wer er war, sich an *seinen Namen* erinnerte, an die Welt um ihn herum und daher an sein Schicksal, seine

Lage, die Trübheit des langen kommenden Tages, Stunden und Minuten, die sehr langsam verstreichen würden, wie eine Folter; und am Abend würde das alles zu einem erneuten *Schlafenlegen* führen, das einem ins Grab legen ähnelte, erschöpft, aber unfähig einzuschlafen; dieses Elend würde immer wieder aufs Neue beginnen ...

„Eine Depression kann man heilen."

Er hatte nicht einmal Lust, geheilt zu werden.

36

Melancholie einer Welt

„Im psychiatrischen Sinne ist Melancholie nicht die romantische Seelenschwere der Dichter. Es ist eine richtige Psychose, die häufig zu Selbstmord führt. Daher der Aphorismus, den man als Medizinstudent lernt: die Melancholie ist der einzige Notfall in der Psychiatrie.

Dieser kleine Vorspann war notwendig, um auf den Kamikaze einzugehen. Was bringt einen Menschen dazu, sich in die Luft zu sprengen d.h. sich umzubringen? Wie, wenn der Kamikaze ganz einfach ein Melancholiker wäre, der manchmal manische Phasen hat? Wie, wenn er das Symptom der heutigen arabischen Welt wäre? Das heimtückische Übel, an dem diese große Menschenfamilie leidet, beruht nicht auf Theologie, sondern auf latenter, verborgener Melancholie.

Diese Welt kann eigentlich nur in Hoffnungslosigkeit und Melancholie versinken, denn sie ist gefangen im Netz eines ehrgeizigen Traums von Größe, der seine Wurzeln in einem brillanten vergangenen Mittelalter hat, ein Traum der nunmehr unerreichbar scheint; sie ist mit einer von Mittelmaß geprägten soziopolitischen Aktualität konfrontiert, die aus schlechter Regierungsführung, abgrundtiefem Ungleichgewicht der Reichtumsverteilung, Korruption und politischer Ohnmacht besteht.

Auf der Suche nach einer Lösung, die einem Wunder gleichkäme, hat sie alles versucht, doch vergebens: Nationalismus, Sozialismus, Militärdiktatur, schließlich Religion. Doch sie kehrt immer wieder zum Ausgangspunkt zurück ...“*

* Gérard Haddad, „Mélancolie des peuples“, *La Revue* n° 59-60, Jan.-Febr. 2016.

37

„Das wird euch zum Glauben bringen und verdummen“

Wer hatte ihn vor dem Wahnsinn bewahrt?

In der Moschee der Rue Jean-Pierre-Timbaud, die halb inoffiziell war (dort musste es vor Polizeispitzeln nur so wimmeln, früher hatte er sich einen Spaß daraus gemacht, zu erraten, wer in den kleinen Gruppen, die nach dem Gebet auf der Straße zusammenstanden, die Spitzel waren), in dieser Moschee, zu der er auf Brahims Betreiben nun regelmäßig ging, ohne genau zu wissen warum, hatte er jemanden getroffen.

Malika redete von Ärzten, von Psychiatern, eines Tages nahm ihn Brahim buchstäblich an der Hand und schleppte ihn zur Moschee. *Verloren* ... Er war verloren, sagte er sich manchmal, wenn er einen lichten Moment hatte, der nie lange währte: Waren die anderen, die Passanten, die Wachleute vor den Geschäften, die unterleibslosen Menschen im Fernsehen, die die Gräuel der Welt mit dümmlichem Lächeln darboten, waren diese anderen nicht noch verlorener als er? Waren ihre Gewissheiten nicht eher Illusionen? *Die Welt ist ein riesiges, dem Zufall überlassenes Schurkentheater.*

Wir alle sind verloren, aber ich bin wenigstens einer von denen, die nach einem Kompass suchen.

Ja, das war es, was er manchmal vor sich hin murmelte, wenn er die Rue Oberkampf hinunterlief, sie hielten ihn für verrückt, überspannt. Nein, nein, „ich suche mitten in der Sonne“, ihr seid es, die unvernünftig seid, ihr sucht nach gar nichts, ohne Wissen und Gewissen ... Genau, zur Seite, weicht meinen Blicken aus ...

Brahim hatte ihn also gewaltsam mit in die Moschee genommen. Sie gingen mehrmals hin.

„So komme ich wenigstens an die frische Luft."

Trotz des grauen Mantels, der über der Welt lag, tauchten manchmal solche Sätze in ihm auf, vielleicht war es schwarzer Humor, aber er konnte nicht darüber lachen, vielleicht waren diese Sätze keck, doch in ihm hatten sie eine Art düsteren Widerhall. Am Anfang hatte er nicht wirklich gebetet, er begnügte sich damit, die vorgeschriebenen Bewegungen zu machen, nach den Waschungen blickte er flüchtig nach links und rechts, um sicherzugehen, dass er die Übungen korrekt absolvierte. Dann begann er, die Worte zu sprechen, gewissermaßen wirklich zu beten, ohne daran zu glauben. *Lasst euch verdummen ...*

Brahim hatte ihm in einer kleinen islamischen Buchhandlung, oben in der Rue Jean-Pierre-Timbaud, wo sie in die Boulevards de Belleville und Ménilmontant mündet, ein Heft über das Gebet besorgt. Er hatte es aufmerksam gelesen. Die Anweisungen waren detailliert.

Seine Lektüre litt gewissermaßen unter dem Dämon, der ihm Unverschämtheiten ins Ohr flüsterte. (Seit einiger Zeit war er überzeugt, dass es in seinem Inneren einen *Gegner* gab. Er hörte ihn deutlich Meinungen äußern, unverschämte Kommentare abgeben über das, was er las oder was man ihm sagte.)

„Kniet euch zur *Qibla*, das heißt in Richtung Mekka ... Betet zur rechten Zeit: die fünf Gebete müssen bei Sonnenaufgang, kurz nach Mittag, mitten am Nachmittag, bei Sonnenuntergang und während der Nacht absolviert werden. (*Der Armselige findet keine Ruh.*)

Legt eure rechte Hand auf eure linke, die auf dem Nabel ruht. (Wenn ihr eine Frau seid, legt eure Hände auf die Brust –

in Ordnung, ich bin keine Frau.) Seht zu Boden. Schaut weder nach rechts noch nach links. Rezitiert das Öffnungsgebet ... (Der Text war in Arabisch angegeben sowie phonetisch mit europäischen Buchstaben.) Danach kommt die *Fatiha,* die erste Sure des Koran. (Der Text war angegeben.) Danach beugt ihr euch nieder und sprecht die Formel *Allahu Akbar* (‚Gott ist groß'). Euer Rücken und euer Hals müssen gerade sein und parallel zum Boden: sie müssen einen 90 Grad Winkel zu euren Beinen bilden.

(Welche Genauigkeit! Warum 90 Grad? Warum nicht 120? Er schüttelte sich – ich muss diese Gedanken verjagen – den Gegner verjagen.)

Diese Position heißt *Ruku'*. Dann sagt: ‚Mein Herr der Größte ist glorreich.'

Erhebt euch. Legt die Hände an die Ohren und sagt *sami'a – Allahu – limann – hamida.* Das bedeutet: ‚Gott hört jene, die ihn lobpreisen.' Lasst die Hände wieder fallen. Verbeugt euch. Eure Stirn, eure Knie und eure Hände müssen den Boden berühren und ihr wiederholt *Allahu Akbar.* Diese Position heißt *Sujud.* Wiederholt weiter kniend mehrmals: *Subhanna rabbi al-a'la wa bi – hamdi.*

Erhebt euch. Setzt euch auf die Knie. Das linke Bein berührt den Boden vom Knie bis zur Ferse. (*Man könnte meinen,* es wäre der Kamasutra ... Er schüttelte mit zusammengebissenen Zähnen heftig den Kopf.) Euer linker Fuß darf nur mit den Zehen den Boden berühren. (Diese Position war unbequem, er musste es mehrmals versuchen, bis er es schaffte.) Legt die Hände flach auf die Knie. Sagt: ‚Oh Herr verzeihe mir.' (*Was soll er mir verzeihen? Was habe ich denn getan?*) Verbeugt euch erneut. Sagt dreimal oder öfter: *Subhanna rabbi al-a'la wa bi – hamdi.* (*Bis ins Unendliche ...)*

Erhebt euch. Sagt: *Allahu Akbar*. Ihr habt eine *Rak'a* beendet. Je nach dem Zeitpunkt des Tages müsst ihr das bis zu drei Mal wiederholen.

Schließt das Gebet ab, indem ihr den Kopf nach rechts wendet und sagt: *As-salam 'alaykum wa rahmatullahi wa barakatuh*. Der Engel, der eure guten Taten notiert, befindet sich auf dieser Seite. Wendet den Kopf nach links und wiederholt dieselbe Formel. Der Engel, der eure bösen Taten aufschreibt, befindet sich auf jener Seite. Das Gebet ist beendet."

Er machte alle Gesten, sprach alle Worte aus, doch die große Leere, die er in sich fühlte, wurde nicht kleiner. *Es funktionierte nicht*. Und die Anwesenheit des Gegners machte es nicht einfacher.

Trotzdem besuchte er weiterhin fleißig die Moschee.

Lasst euch verdummen.

38

Wie Abu Zayd die Geschichte interpretiert

Nach einigen Wochen näherte sich ihm ein Mann, der üblicherweise an der Pforte der Moschee stand, als würde er den Zutritt kontrollieren; er murmelte rasch *Salam 'alaykum!* und begann eine Unterhaltung. An jenem Tag war Ali alleine: Brahim lag mit einer heftigen Bronchitis im Bett. Nach ein paar Eingangsfloskeln – der Mann stellte sich vor und fragte nach Alis Namen – kam der Mann zur Sache.

„Mein Bruder, es ist gut zu beten, doch du musst *deine Religion auch vertiefen*, sie besser kennen, besser verstehen."

Ali schwieg. Der Andere insistierte, erklärte ihm die Vorteile einer besseren Kenntnis des Islam. Ali wurde der Sache müde und stimmte schließlich allen Punkten des Anderen zu. Was hatte er zu verlieren? Seine Tage waren leer ...

So stieß er zu einer Gruppe, die sich nach dem Gebet des *Maghrib* in einem kleinen Raum neben dem Gebetssaal traf. Im Mittelpunkt stand ein kleiner rätselhafter Mann, der nie lächelte und dessen feuriger Blick wie ein Bohrer in das Gehirn jedes Zuhörers zu dringen schien. Er nannte sich Abu Zayd.

Die perfekte Kenntnis des klassischen Arabisch, über die dieser Abu Zayd verfügte, beeindruckte sie. Er predigte in Französisch mit sorgfältig gewählten Worten („Auslegung", „Exegese", „hermeneutisch" ...), einer etwas gehobenen Ausdrucksweise (er sagte „Orant" für den Betenden, „Liminare" für die erste Koransure, „nächtliches Erheben" für *Qiyâm al-Layl* usw.), dann wechselte er ohne Übergang zur Sprache des Koran, derer er sich mit offensichtlichem Genuss bediente; er ließ die Konsonanten dröhnen, betonte den *Dâd*, das emphatische *D* (schließlich nennen die Araber ihr Idiom auch „die Sprache des *Dâd*" und verleihen diesem Buchstaben dadurch einen außergewöhnlichen Status, eine fast göttliche Aura); manchmal legte er auch ein Melisma auf einen Buchstaben, zog manche Vokale sehr in die Länge, grölte das *A*, jodelte das *U*; man hätte meinen können, der Prophet sei unter ihnen. Dann reichte es, den Kopf zu senken, die Augen zu schließen und sich gehen zu lassen, um seine Anwesenheit zu spüren. Einige von ihnen weinten, hatten tränenüberströmte Wangen, andere nickten mit leicht geöffnetem Mund, starrem Blick, wie hypnotisiert.

Dann nutzte Abu Zayd die Gelegenheit. In einem anderen Leben war er bestimmt Schauspieler gewesen, vielleicht war er es auch in diesem; Fakt ist, manchmal begann er chaotisch zu gestikulieren, sprang mit beiden Füßen hoch, ging mit wild fuchtelnden Armen hin und her, als kämpfe er gegen einen unsichtbaren Gegner – wahrscheinlich den Teufel; oder aber er hielt sich den Kopf mit beiden Händen, lief ihn heftig schüttelnd herum, das Ganze begleitet von tiefem Stöhnen, als mache er unerhörte Anstrengungen, um seine Empörung in Schach zu halten oder um den geballten Versuchungen des Bösen und des Westens zu widerstehen. Dann setzte er sich plötzlich hin, verstummte, warf mit dem Stock auf den Boden klopfend seiner Gefolgschaft einen drohenden Blick zu, der vom Khol auf seinen Wimpern unterstrichen wurde. Nach wenigen Momenten näselte er einen Koranvers und schleuderte dann mit lauter Stimme einen alles umfassenden Bann in die Runde, in perfektem Arabisch, das absolut unverständlich war. Die Mauern erzitterten.

Auch Ali war in seinen Bann gezogen. Doch das war es nicht, was ihn am meisten beeindruckte. Es waren die Diskussionen über die Geschichte des Nahen Ostens, die Geschichte der Araber, die ihn zum *Umschwenken* brachten.

Denn Abu Zayd gab auch Geschichtsunterricht. Er sprach ausführlich über die Kreuzzüge. Ali hörte fasziniert zu, denn dieser kleine Mann im *Kamiz* brachte einen anderen Standpunkt vor, als denjenigen, den Ali kannte.

„Die Kreuzzüge ... *As-salibiyûn!*"

Er hatte das Wort in Französisch gesagt, dann ins Arabische übertragen und beide Male hatte er eher gespuckt als geredet. Sein Stock begann herumzuwedeln.

Plötzlich:

„Was hatten die Westler in Palästina zu suchen?"

Er hatte den Satz herausgeschleudert und mit einer Art Schluchzen beendet – man hätte meinen können, die Kreuzritter hätten gerade eben das Einfahrtstor eingedrückt und wollten bis hinauf zur Etage vordringen, um ihn am Bart zu zupfen.

Er beruhigte sich und benutzte einen didaktischen Ton.

„Alles fängt im 4. Jahrhundert mit Sankt Augustin an. Ihr kennt doch Sankt Augustin? Ein Berber aus Numidien ... Er hat den ‚gerechten Krieg' erfunden."

Nachdenklich strich er sich über den Bart.

„Hmmmm... He, he..."

Dann:

„Die Kirche hat sich diesen Gedanken Sankt Augustins zu eigen gemacht. Jetzt stelle ich euch eine Frage, meine Brüder: wenn wir Muslime vom *Dschihad* sprechen, schreien alle auf und nennen uns Aggressoren, Unruhestifter, Kriegstreiber ... Aber!"

Er schlug mit seinem Stock heftig auf den Boden. Einige Jünger zuckten zusammen.

„Aber hat die Kirche etwa den ‚gerechten Krieg' abgeschafft, der *genau* der Idee des *Dschihad* entspricht? Hat sie? Hat sie?“

Der Stock traf den Boden.

„Nein! Nein! Kein Konzil, kein Papst hat jemals den ‚gerechten Krieg‘ für obsolet erklärt! Weißt du, was ‚obsolet‘ bedeutet, Yassine?“

Besagter Yassine hielt sich bedeckt.

„Es bedeutet ‚überholt, nicht mehr gültig‘. Folglich ist der ‚gerechte Krieg‘ für die Christen immer noch gültig. Wie der *Dschihad* für uns. Warum soll uns verboten sein, was ihnen erlaubt ist?“

Es war eine rhetorische Frage, der dunkle Blick des Imam sagte das deutlich und folglich antwortete niemand. Es gab nur ein paar nickende Köpfe. Abu Zayd war immer auf der Suche nach einem dramatischen Effekt, er legte seinen Stock kurz zu Boden und klatschte in die Hände.

„Dabei fällt mir ein, wie sagt man ‚gerechter Krieg‘ auf Englisch? Wie? Wer von euch hat in der Schule Englisch gehabt?“

Ohne abzuwarten fuhr er fort:

„Man sagt *just war*. Das war George Bushs Lieblingsausdruck!“

Er setzte eine angeekelte Miene auf, zog ein Taschentuch aus seinem Ärmel und spuckte darauf.

„Bush, er sei verflucht, er und die Seinen. *Just war*! Wir kommen darauf zurück ... Im Augenblick merken wir uns folgende Einzelheit: die berühmten Kreuzritter rauben und stehlen wie Banditen überall, wo sie durchziehen. Sie schlachten sogar ganze Volksstämme ab!“

Er hielt kurz inne, öffnete seine Tasche, zog ein Papier heraus, las kurz darin und legte es vor sich hin.

„Ein gewisser Volkmar, der zehntausend Mann befehligte,

schlachtete die Juden von Regensburg und Prag ab. Wie? Kreuzritter! Das alles geschieht also im Namen Christi! Und uns beschuldigt man im Namen Gottes zu morden?"

Bum! Der Stock schlug auf den Boden.

„Der deutsche Priester Gottschalk ... Ja, ein Priester!"

Er hielt inne, als habe er eine plötzliche Eingebung, sprang auf die Füße und lief wieder im Raum hin und her. Er murmelte:

„Heute wirken die Priester freundlich ..."

Seine Stimme schwoll an:

„... aber das liegt daran, dass die Kirche keinerlei Macht mehr hat! Als die Kirche allmächtig war, vor einigen Jahrhunderten, waren sie hart, böse, unerbittlich! Lasst euch nicht von ihrer sanften Art, von ihrem ewigen Lächeln einwickeln ... Barmherzigkeit haben sie erst entdeckt, als Europa laizistisch wurde! ... Als sie, die Priester, das Spiel verloren hatten!"

Er setzte sich wieder hin.

„Also der deutsche Priester Gottschalk führte eine Bande von Tausenden von Männern an, die in Ungarn raubten und mordeten, bis sie ihrerseits von den Ungarn abgeschlachtet wurden. Eine gerechte Strafe! Doch wo ist Gott in dieser Geschichte? Wo ist der ‚gerechte Krieg'?"

Erneut warf er einen Blick auf das Papier.

„Ein gewisser Emich von Leisingen stellte sich an die Spitze einer Bande von sogenannten Kreuzrittern, und was tat er? Er schlachtete die Juden in allen Städten ab, durch die er zog: Metz, Trier, Worms, Mainz und Köln ... Und uns wirft man Judenverfolgung vor!"

Von der Straße drangen Streitgeräusche hoch. Abu Zayd erhob sich, warf einen Blick nach unten und schloss das Fenster. Er setzte sich hin.

„All diese Leute waren aufgrund eines Aufrufs von Papst

Urban dem Zweiten in Richtung Palästina aufgebrochen. Das war beim Konzil von Clermont im Jahre ... (Blick auf das Papier) 1095. Das Konzil versprach *vollen Ablass* für alle, die auszogen, um ‚Jerusalem zu befreien'. Wisst ihr, was der volle Ablass für einen Menschen bedeutet? Es heißt, dass die Kirche alle Strafen für seine Sünden erlässt."

Er keifte:

„Häresie! Gott allein hat die Macht, einem Sünder zu verzeihen! Ihr seht, dass die Christen, die von Jesus die wahre Religion – *ad-din-al-hanîf* – überliefert bekommen hatten, die Religion Abrahams, sie pervertiert haben, indem sie die Kirche erfanden ... Wer braucht denn eine Kirche? Der Glaube und das Buch genügen!"

Er senkte die Stimme, als wolle er einen wesentlichen Punkt unterstreichen:

„Indem es den ‚Befreiern' von Jerusalem vollen Ablass versprach, obwohl es dazu nicht die Macht hatte, stellte das Konzil von Clermont die Kreuzzüge von Anfang an unter das Zeichen der Illegalität und sogar der Unmoral! Bestimmt sind sie deshalb außer dem ersten alle kläglich gescheitert, aber das war eine von Gott gestellte Falle." (Er murmelte: „Die Ungläubigen denken sich Listen aus, doch Gott ist der Listigste."*) „Die Ungläubigen, die sich während der Kreuzzüge auf den Weg machten, schrien: ‚Gott ist mit uns', doch Gott war nicht mit ihnen! Kann Gott auf der Seite der Verlierer stehen?"

Diesen Satz hatte er sarkastisch ausgesprochen.

„Zum Abschluss des Konzils rief Urban die Christenheit auf, die Waffen zu ergreifen. Es ging darum, zusammenzustehen im Kampf gegen die Heiden ..."

* Koran, III, 54.

Abu Zayd brach ab und stieß eine Art Schluchzen aus.

„Die Heiden! Wer ist das? Das sind wir!"

Er sprang erneut auf, ergriff seinen Stock und legte im Raum einen kleinen Sprint hin, der leider von der unabänderlichen Geometrie des Ortes begrenzt wurde, der nur sechs auf fünf Meter maß. An die Wand gepresst, mit dem Gesicht in seinem angewinkelten Arm vergraben, würzte er den Rest des Vortrags mit heftigen Schlägen:

„Die Heiden ..." (Bum!) „Welche Häresie!" (Bum!) „Dieser unwissende Papst hatte keine Ahnung, dass der Islam die am wenigsten heidnische Religion ist", (Bum!) „er wusste nicht, dass gerade", (Bum!) „um das Heidentum auszurotten", (Bum!) „Sidna Mohamad", (Bum!) „von Gott gesandt wurde!" (Bum!) *„Ma-cha'a 'llah!"* (Bum!)

„Ma-cha'a 'llah!", brüllte die Gruppe.

Abu Zayd atmete tief ein, löste sich von der Wand, setzte sich wieder hin und rief:

„Vorwärts Marsch! Hopp! Kutscher deine Peitsche! Ganz Europa machte sich nach Palästina auf! Unterwegs schlachteten sie ab, plünderten, brandschatzten ... Ganz egal: alles wird vergeben! Voller Ablass! Sie mordeten und wurden ermordet, was machte das schon? Schließlich kamen die Überlebenden am Ziel an, und nun stelle ich euch eine sehr wichtige Frage."

Er warf einen herrischen Blick auf seine Gefolgschaft und sprach die Frage aus:

„Warum war der erste Kreuzzug ein Erfolg für die Westler?"

Er hielt kurz inne und sah nacheinander jeden seiner Zuhörer an. Niemand wagte eine Antwort. Er rief:

„Weil die Muslime zer-strit-ten waren!"

Die Jünger nickten. So ein Elend diese Spaltungen ... das ist nicht gut ... Der Imam entwickelte seinen Gedanken:

„Die *wahren* Muslime folgten dem abbassidischen Kalifen von Bagdad, aber die *Schiiten*", (beim Aussprechen des Wortes verzog er das Gesicht und sein Blick wurde verächtlich) „beriefen sich auf ein ägyptisches Pseudo-Kalifat in Kairo. Die Fatimiden ... pah... Das geschah vor tausend Jahren, aber ihr seht, es gibt nichts Neues: die Häresien inmitten unserer Gemeinschaft schwächen uns!"

Ein Stockschlag unterstrich die Losung.

„Es gab im Übrigen widernatürliche Bündnisse während dieses ersten Kreuzzugs. Wir müssen den Tatsachen ins Auge sehen: Die Schiiten hatten uns wieder einmal verraten. Das ist ihr Wesen, es liegt in den Genen ... Heute geschieht ja genau das Gleiche: die Amerikaner haben den Schiiten den Irak mit Mann und Maus ausgeliefert, um sie für ihre Dienste zu entlohnen. Bushs Kreuzzug ist ein Abbild des ersten Kreuzzugs. Nichts Neues unter der Sonne!"

Er schnaubte verärgert, als richte sich das alles gegen seine kleine Person, dann fuhr er fort:

„Die Kreuzritter nahmen Jerusalem 1099 ein. Es war ein Blutbad. Diese Anhänger der christlichen Barmherzigkeit gingen gerecht vor: Alle Einwohner der Stadt wurden abgeschlachtet. Dann waren Tripoli und Beirut an der Reihe. Schließlich mobilisierte der Kalif eine Armee und so errangen die Muslime 1119 den ersten Sieg in Sarmada. Zum Glück! Denn was war das erklärte Ziel der Kreuzritter?"

„Jerusalem?", fragte Yassine.

„Aber nein", kläffte der Imam, „da waren sie ja bereits, in Jerusalem!" (Bum!) „Das Ziel war Damaskus!" (Bum!) „Wie heute François Hollande, das fette Schwein, wollten sie Damaskus! 1128 versuchten sie es noch einmal und scheiterten erneut: Wenn wir zusammenstehen, kann uns niemand schlagen. Merkt euch: Der *Herrscher von Aleppo und Mossul,* Zinki, war der unerbittlichste Gegner der Kreuzritter. Und da frage ich euch, wo befinden sich heute Aleppo und Mossul?"

Es gab Gemurmel: „Syrien ... Irak ..."

„Genau! Jetzt versteht ihr, oder?"

Was sollten sie verstehen?

„Das ist doch offensichtlich! Wenn Aleppo heute in Syrien liegt und Mossul im Irak, ist der Grund, dass der ‚Herrscher von Aleppo und Mossul' den Westlern immer noch im Gedächtnis ist, sie haben immer noch Angst vor ihm, deswegen haben sie die beiden Städte *getrennt*: jede liegt heute in einem anderen Land. Eines Tages werde ich euch von Sykes und Picot erzählen ..."

Er zupfte den Kragen seines Kamiz zurecht, schniefte und fuhr fort:

„Zurück zu den Kreuzzügen. 1144 erobern Zinkis Truppen Edessa zurück. Das war seit einem halben Jahrhundert die älteste westliche Hauptstadt im Orient. Die Muslime begeisterten sich für den Dschihad, Zinki und danach sein Sohn Nureddin wurden zu Helden ihrer Zeit."

„Das ist verrückt", murmelte Ali, „ich hatte noch nie von den beiden gehört."

Fast hätte er „von den beiden Typen" gesagt, hatte sich aber noch rechtzeitig gebremst. Abu Zayd hatte ein feines Gehör und seine Bemerkung mitbekommen.

„Aber ja! Das wundert mich nicht! Wie alle hier hast du die westliche Gehirnwäsche hinter dir! Deine Helden sind Karl der Große und Roland, oder nicht? Das lehren sie an den französischen Schulen ... Wie? *Das Rolandslied* ... Roncesvalles ..."

Der kannte sich aus, der Schmierenkomödiant ... Er erhob die Stimme.

„Man vergisst, euch zu sagen, *gegen wen* Roland kämpfte.

A'oudou bi'llah! Er kämpfte gegen uns, gegen unsere Ahnen! Und was sie auch nicht lehren, ist, dass die Sarazenen, gegen die er das Schwert zog, sehr viel zivilisierter waren als er selbst. Roland war ein Barbar! Das bringen sie euch hier nicht bei, was?"

Alle nickten. Abu Zayd sammelte sich kurz und fuhr dann fort mit seinem Vortrag.

„1147 kommt der zweite Kreuzzug. Worum geht es? Welche Stadt? Sag schon, du da!"

Er zeigte mit dem Stock auf Yassine, der schnell antwortete:

„Jerusalem?"

„Aber nein! Kennst du nur diesen Namen? Es geht wieder um Damaskus! Was suchten sie dort? Es war ganz einfach ein Überfall! Krieg um des Krieges Willen! Es ging um Beute, um Diebstahl! Und uns behandelte man wie die Wilden!"

Er senkte den Kopf und stieß eine Art Jammerschrei aus. Dann:

„Die Belagerung der Stadt scheiterte. Diesmal waren die Kreuzritter zerstritten. Jeder ist mal dran!" (Er sah auf das Blatt.) „Die Franzosen unter Ludwig dem Siebten und die Deutschen unter Konrad dem Dritten verstanden sich nicht. Sie misstrauten sich gegenseitig ... Jeder suchte seinen Vorteil, seinen Profit ... Nach wenigen Tagen hoben sie die Belagerung auf. *Allahu Akbar*!"

Im Chor wiederholten sie die Formel.

„Danach war da Salah-Eddine al-Ayoubi at-Tikriti, den die Westler Saladin nennen. Wie ihr wisst, war er ein sunnitischer Muslim ..."

„War er nicht Kurde?"

„Das macht keinen Unterschied", entschied Abu Zayd und wandte sich heftig jenem zu, der ihn unterbrochen hatte. „Die Ethnologie ist eine westliche Wissenschaft. Wir kennen keine Ethnien: wir sind alle Muslime. *Masha – Allah*!" (Bum!)

Erneut wiederholten sie den Spruch alle im Chor.

„Also Salah-Eddine ... Selbst die Westler ehren den Mut und die Ritterlichkeit dessen, den sie Saladin nennen. Er wurde zum Herrscher über Ägypten: das war das Ende der schiitischen Fatimiden. *Allahu Akbar*!"

„*Allahu Akbar*!"

„Wenige Jahre später herrschte Salah-Eddine über Ägypten und Syrien. Damals, 1187, fand die berühmte Schlacht von Hattin statt. Davon habt ihr sicher schon mal gehört?"

Zögerndes Gemurmel.

„Salah-Eddines Armee versperrte den Zugang zu den Ufern des Sees Genezareth. Es ist die einzige Wasserstelle der Region: die verdurstenden Westler – und ihre noch durstigeren Tiere –, die versuchten zum See zu gelangen, merkten, dass sie es nicht schaffen konnten. Sie versuchten sich zurückzuziehen. Unmöglich: auch an dieser Seite versperrte Salah-Eddine den Weg. Die Kreuzritter konnten die Straßensperre nicht überwinden. Eine schmähliche Niederlage. Die Ritter (Templer und Johanniter) wurden enthauptet. Das müssen wir übrigens auch heute mit den neuen Kreuzrittern machen. Wir müssen Salah-Eddines Beispiel folgen! Er hat übrigens mit eigener Hand seinen ärgsten Feind Renaud de Chatillon getötet. Wisst ihr, wer dieser Hund war?"

Yassine hob die Hand wie in der Schule.

„War das nicht der, der das Auto erfunden hat?"

Verblüfft öffnete der Imam den Mund zu einem perfekten O, dann erhob er sich und ging zu Yassine.

„Machst du dich über mich lustig?"

„Aber nein, M'sieur Imam, ich dachte ..."

Abu Zayd setzte sich nachdenklich wieder hin.

„Renaud de Chatillon ... der Hund wollte Mekka zerstören! *Astaghfirou 'llah!"*

Allgemeine Empörung:

„Astaghfirou 'llah!"

Abu Zayd schüttelte den Kopf, warf einen Blick auf seinen Spickzettel und fuhr fort.

„Renaud de Chatillon, ‚Seigneur d'Outre-Jourdain' – so ließ er sich gerne nennen – hatte den Waffenstillstand gebrochen, der seit Jahren zwischen Frankreich und den Muslimen herrschte. Er überfiel eine Karawane zwischen Kairo und Damaskus, ermordete die Eskorte – morden lag ihnen wirklich ... – und nahm die Kaufleute gefangen. Salah-Eddine schickte Emissäre zu Renaud, um ihn aufzufordern, den Waffenstillstand zu respektieren und die Geiseln samt ihrer Habe freizulassen. Was war die Antwort des Kreuzritters? ‚Sag doch *deinem* Mohamed, er soll sie holen kommen!'"

Ungläubiges Gemurmel ging durch den kleinen Raum. Wie konnte man so vom Propheten sprechen? Abu Zayd nickte bestätigend und nahm den Faden dann wieder auf.

„Danach überfiel Renaud Karawanen friedlicher Pilger, die nach Mekka wollten, und er schwor, bis nach Mekka zu ziehen und die Kaaba zu zerstören. Verdiente er nicht den Tod?"

Eine Art dumpfes Fauchen antwortete ihm. Da erhob er beschwichtigend den Arm.

„Seine Ritter auch. Doch die anderen Gefangenen wurden verschont. Salah-Eddine rückte weiter vor und eroberte Nablus, Jaffa, Nazareth und Gaza, schließlich Jerusalem. Dort bewies er wieder seinen ritterlichen Geist. Im Gegensatz zu den Kreuzrittern, die 1099 die gesamte Bevölkerung von Jerusalem abgeschlachtet hatten – ihr erinnert euch, das hatten wir vorhin –, benahmen sich die Muslime maßvoll: kein Massaker, keine Vergewaltigungen, keinerlei Diebstahl. Sie ließen sogar die reichen Christen mit ihrem Vermögen abziehen!“

Er rief aus:

„Wer sind hier die Barbaren? Wer ist zivilisiert?“

Er hielt inne, nahm eine Flasche Wasser, die neben ihm auf dem Boden stand, und trank ein paar Schlucke daraus. Er wischte sich den Mund mit dem rechten Handrücken ab und murmelte ein paar Worte, sicher eine Opferformel.

„1189 begann der dritte Kreuzzug. Diesmal beteiligte sich die gesamte westliche Welt. Philippe Auguste, Richard Löwenherz und der deutsche Kaiser Friedrich Barbarossa ... Erinnert euch das an etwas?“

„M'sieur, in Paris gibt es eine Metrostation, die ‚Philippe-Auguste‘ heißt. Meine Eltern wohnen da in der Nähe, in der Rue de Charonne.“

Diese unpassende Antwort hatte ein junger, etwas einfältiger Mann mit weit aufgerissenen Augen gegeben. Er hieß Marouan. Abu Zayd schien zu zögern, er betrachtete diesen Marouan verdutzt, dann sagte er in einschmeichelndem, fast sarkastischem Ton:

„Ganz genau! Hier gibt es eine Metrostation Philippe-Auguste und sogar eine ganze Avenue. Nun frage ich euch: Gibt es irgendwo in Paris oder London (Washington erwähne ich nicht mal) einen ‚Boulevard Saladin‘? Nein, nicht wahr? Daher stellt sich die Frage: Sind wir hier zu Hause? Sie reden von Integration. Warum integrieren *sie* denn nicht zuerst die wahren Helden der Geschichte – zum Beispiel Salah-Eddine?“

Wieder gab es allgemein zustimmendes Gemurmel. Absurderweise dachte Ali daran, dass es in Paris auch keinen Boulevard Napoleon gab, doch er behielt diesen Gedanken für sich. Abu Zayd hatte den Faden wieder aufgenommen.

„Als ich gefragt habe, ob euch das an etwas erinnert, wollte ich auf Folgendes aufmerksam machen: Philippe Auguste, Richard Löwenherz und Barbarossa hatten eine *Koalition* gebildet ... genau wie heute; um die Muslime zu bekämpfen, bilden sich immer Koalitionen, meistens um den amerikanischen Präsidenten herum. Da hat sich seit tausend Jahren nichts geändert! Die werfen uns vor, in der Vergangenheit zu leben, doch diese Vergangenheit ist unsere Gegenwart."

Er nahm wieder einen Schluck Wasser.

„Die Westler belagerten Akkon zwei Jahre lang und 1191 gelang es ihnen, die Stadt einzunehmen. Was taten sie da? Ja, ihr habt es erraten, das ist ihre Gewohnheit, sie schlachteten alle Einwohner ab, auch die Frauen und Kinder. Stellt euch die Ströme von Blut vor ... Das alles im Namen Christi!"

Er faltete die Hände unter dem Kinn und schloss die Augen eine gute Minute lang. Dann fuhr er fort:

„Schließlich schlossen Salah-Eddine und Richard Löwenherz 1192 nach vielen Schlachten oder besser gesagt Gefechten einen Friedensvertrag. Einer der bedeutendsten Punkte ist: Jerusalem ..."

Er korrigierte sich:

„*Al-Qods* bleibt unter arabischer Kontrolle, aber den Christen ist freies Pilgern dorthin gestattet. Salah-Eddine war immer für religiöse Freizügigkeit. Gut, ich erspare euch den Rest. Die westlichen Historiker sprechen im Ganzen von sieben bis neun Kreuzzügen. Im Allgemeinen hören sie beim siebten, dem von Ludwig dem Heiligen, auf zu zählen. In Wirklichkeit haben die Kreuzzüge nie aufgehört. George Bush selbst hat dieses Wort mehrmals benutzt. Warum sollen wir ihn nicht ernst nehmen? Die heutigen Kreuzzüge sind die schlimmsten."

Er war im 20. Jahrhundert angelangt. Zuerst sprach er vom Großen Krieg, den Heldentaten von Lawrence, den nicht eingehaltenen Versprechungen ... Ali hörte erneut Dinge über Sykes und Picot, von denen er ein Jahr zuvor kaum etwas gewusst hatte. Abu Zayd erzählte im Einzelnen von deren Niedertracht: Eines Tages hatten die beiden Beamten eine Karte des Mittleren Ostens ausgebreitet und Grenzlinien darauf gezogen, Zonen zwischen England und Frankreich aufgeteilt und so weiter.

„Mit welchem Recht?", donnerte Abu Zayd und schlug heftig mit seinem Stock auf den Boden.

Vergessen waren die Versprechungen von Lawrence und McMahon, vergessen war „das große, vereinte arabische Reich". Und 1948 entstand im Herzen dieses begrabenen Plans der Staat Israel.

„So wurde der Komplott meisterlich zu Ende geführt!", versetzte Abu Zayd. „Es war der letzte Kreuzzug, das Ende des arabischen Traums. Aber es war nach der Auflösung des Kalifats durch den Hund Atatürk (er sei verflucht!), auch das Ende der Hoffnung, das Kalifat auf allen Gebieten des Islam wieder einzurichten."

Er gab sich pädagogisch.

„Amerika war groß und leer. Warum haben sie dort keinen Judenstaat errichtet? Warum zum Beispiel nicht in Montana? Außerdem gab es bereits einen Judenstaat: Birobidschan in der Sowjetunion."

Er hatte eine Karte mitgebracht. Er entfaltete sie und zeigte ihnen den Ort im Osten Russlands. Dann fuhr er seinen Rechner hoch und ließ idyllische Bilder durchlaufen: saubere Straßen, frisch gestrichene Gebäude, Parks, neue Autos und um die Hauptstadt herum große Wälder, Seen, Berge.

„Seit 1934 haben die Juden ihren Staat. Seht, wie schön es

da ist! Sieht aus wie die Schweiz! Wozu einen weiteren im Herzen der arabischen Welt schaffen? Ihr seht, es muss sich um einen Komplott handeln."

Marouan hob den Finger:

„Die Juden sagen, sie müssen in Palästina leben, ihre Religion gebietet es ..."

Abu Zayd unterbrach ihn:

„Dummes Geschwätz! Gemäß der jüdischen Orthodoxie sollen sie erst nach der Rückkehr des Messias nach Palästina zurückgehen. Die ultra-orthodoxen Juden erkennen die Existenz des Staates Israel nicht an. In den Siebziger Jahren haben einige von ihnen die palästinensische Befreiungsbewegung PLO unterstützt: sie waren völlig einverstanden damit, Israel zu zerstören, denn es war vor der Ankunft des Messias gegründet worden. Aber sie hatten nichts gegen Birobidschan, sie hätten auch nichts gegen einen jüdischen Staat in Montana gehabt! Es sind die frommsten Juden, die so denken. Ihr seht die Gründung Israels 1948 war ein laizistischer Komplott, ein *laizistischer Kreuzzug* gegen die Araber."

Er hielt inne und trank einen Schluck Wasser.

„Der Westen redet unentwegt von Menschenrechten, doch seit mehr als einem halben Jahrhundert leben die Palästinenser unter der Besatzung, ich rede nicht einmal von denen, die 1948 aus ihrem Land verjagt wurden. Menschenrechte? Aber nicht für Araber, nicht für Muslime ..."

Der Unterricht war zu Ende. Abu Zayd verkündete, er werde das Gebet sprechen. Hinter ihm bildeten sich die Reihen. Ali ging ganz nach hinten, machte die vorgeschriebenen Bewegungen und rezitierte mechanisch die Formeln.

39

Im Herzen der Finsternis (Fortsetzung)

All diese Diskurse vermischten sich in seinem Kopf.

Er war zu einer Art willenlosem Roboter geworden, oder er war noch ein Mann, aber eine übermenschliche Kraft trug ihn davon, verjagte ihn aus sich selbst, verjagte jede Vernunft ...

Wie war er in dieser Wohnung im XVIII. Arrondissement gelandet, wo sie zu etwa zehnt gemeinschaftlich lebten, sich „Bruder" nannten, gemeinsam beteten?

Er ging nicht mehr zur Moschee. Seine Tage verbrachte er in dieser Wohnung, der Rhythmus wurde von den Gebeten bestimmt und vom „Unterricht", den ihnen ein geheimnisvoller Mann namens Abu Hafid erteilte; manchmal fragte er, ob sie „bereit seien, auf die Reise zu gehen". Abu Hafid hatte Abu Zayd abgelöst. Jetzt ging es nicht mehr darum, schweigend einem Vortrag über die Geschichte der Kreuzzüge oder die Komplotte des 20. Jahrhunderts zu lauschen. Jetzt ging es darum zu *handeln*.

„Seid ihr bereit, auf die Reise zu gehen?"

Ali besaß nichts mehr außer einem Koffer mit Kleidungsstücken, einem Handy, seinem französischen Pass, ein paar Büchern. Der Rest war in der Rue des Couronnes geblieben, wo er sich nicht mehr blicken ließ.

Ja, er war bereit, auf die Reise zu gehen ...

Anywhere out of this *world.*

Dann fuhren sie von Paris nach München, von München nach Istanbul, von da ging es mit dem Bus in den Osten der Türkei, und der Rest war in seiner Erinnerung wie in dichtem Nebel versunken, weitere Autofahrten, Halts in Dörfern,

Schweigepflicht, niemals ein Wort sagen, man durfte sich nicht verraten ...

... dann eines Tages die Ankunft in Nordsyrien.

Was tue ich hier?

Sie hatten ihm einen Tarnnamen gegeben.

„Hast du einen Sohn?"

„Nein."

„Wenn du einen Sohn hättest, wie würdest du ihn nennen?"

„Ich weiß nicht ... Jamal?"

„Sehr gut. Wir nennen dich also Abu Jamal al-Maghribi. Hast du deinen Militärdienst abgeleistet?"

Der Mann, der in Französisch mit ihm redete, hatte einen leichten Akzent, der verriet, dass er in der Pariser Vorstadt aufgewachsen war.

„Nein? Weder in Frankreich noch in Marokko?"

Er schien enttäuscht.

„Da musst du noch alles lernen."

Sie mussten diese Bilder ansehen, diese Orgie an Kriegsbildern, auch das war Teil der Vorbereitung ... Abu Jamal versank schnell im Abgrund, er war nur noch das, auf den Bildschirm gerichtete Augen, vom Gräuel fasziniert. Ihm war speiübel, seine Hände zitterten und dennoch drückte sein Finger – auf Geheiß welchen Dämons, welchen Djinns? – ... immer wieder *Stop oder weiter* weiter! ... Und da waren ein anderer Film, andere Bilder, springende Pixel, plötzlich aus der Reihe tanzend, die nichts mehr bedeuteten, farbige Scheingefechte des Nichts, und dann wurde das Bild wieder scharf ...

Mit weit aufgerissenen Augen war er nur noch das, Bombardierungen, Schreie, ermordete Kinder mit gipsweißen, starren Gesichtern, Frauenleichen mit leeren Augen inmitten von Ruinen, zahnlose Greise mit offenen, obszönen Mündern, wie brutal abgehackte Schreie, und die Nackten und die Toten und die Verscharrten und diejenigen, deren Körper sich der Welt in grässlichem Protest darboten. „Früher waren es die Russen, die in Afghanistan mordeten, dann übernahmen die Amerikaner, aber es sind immer wir, die Muslime, die sterben, natürlich sind es ‚Unfälle', die getöteten Kinder hatten sie mit Aufständischen verwechselt, kommentierte die Stimme sarkastisch, und die Frauen und Alten auch ... Du tust nichts, aber sie töten dich trotzdem, wegen deiner Identität, deshalb erhebe dich und stirb!"

Der Finger drückte zitternd auf den Knopf. *Der bewegliche Finger schreibt und wenn geschrieben ist, zieht er weiter ...* Das Rad der Geschichte lässt sich nicht zurückdrehen. Was geschehen ist, ist geschehen ... *weder deine ganze Frömmigkeit noch dein ganzer Geist können ihn dazu bewegen, zurückzukehren und eine halbe Zeile zu löschen ...*

Auf dem Bildschirm ... Schlechte Einstellung, Kameras anders aufgestellt, hartnäckige Pixel, wie auch immer, diese Bilder waren nun vorgedrungen zu den Tiefen von Abu Jamals Seele, sie waren jetzt seine Seele ...

Jetzt war er in der Kriegszone, viertausend Kilometer weg von Zuhause ...

... doch wo war *sein Zuhause*?

Und wenn es hier wäre?

Hier, diese Gesellschaft, dieser vertraute Alltag, diese Internationale des Dschihad, diese Konstellation von Himmelskörpern, die dem Tod geweiht sind, in der Zwischenzeit Mörder, von denen tausend Bilder im Netz das schwarze Licht vervielfältigen, in dem sich hunderttausend Glühwürmchen verfangen werden, die die Ablösung derer bilden, die in diesem endlosen Kampf fallen ...

Er hatte Paris zusammen mit anderen verlassen. Er glaubte, er habe es ohne jedes Bedauern getan. War es doch der Ort seiner Demütigung. Sie hatten Istanbul an einem grauen Abend erreicht. Die türkisch-syrische Grenze hatten sie dank Abu Hafids Kontakten mühelos überwinden können.

Er hatte seine Reisegefährten besser kennengelernt. Die Zungen hatten sich gelockert. Das hatte ihn schnell aus der Fassung gebracht.

Was habe ich hier zu suchen?

Sie redeten in einem fort vom Mittleren Osten, ohne wirklich etwas zu verstehen, doch alle Zutaten des arabischen Diskurses waren vorhanden, Lawrence, Balfour, die Kriege ...

... Da waren auch die berühmten *'alamât as-sâ'a,** die das Ende der Welt und das Kommen des Himmelreichs ankündigten ...

... und dann ganz handfeste Klagen:

„Ich habe einen Abschluss in Buchhaltung. Dann haben alle ‚Stammfranzosen', die Gallier eben, einen Job gefunden ... Ich, der Araber aus der Klasse, habe keine Arbeit, nichts ..."

„Bei mir ist es genauso. Der Tropfen, der das Fass zum Überlaufen brachte, war, als die Bullen mich eines Abends am Metroausgang ohne jeglichen Grund zusammengeschlagen haben ... Da habe ich mir gesagt, meine Fresse, hier bin ich nicht zu Hause, denen allen werde ich es zeigen ..."

Alles in allem sehr wenig Religion ...

* „Die Zeichen der Stunde."

Bei der Ankunft wurden sie von einem gewissen Abu Amar al-Faransi in Obhut genommen. In einem anderen Leben hatte er Kevin geheißen, das hatte er eines Tages erwähnt und dabei das Gesicht verzogen, als erinnere er sich an eine wenig glorreiche Episode seiner Kindheit.

Er war der erste „Konvertit", den Ali traf. Er betrachtete ihn neugierig. Was verbarg sich hinter diesen blauen Augen?

Kevin war in einem Viertel im Norden von Marseille aufgewachsen. Er war Teil einer Bande von jugendlichen Kriminellen aller Hautfarben, er wurde mehrmals wegen zahlreicher Delikte verurteilt, er war im Gefängnis ... Dann hatte er sich eines Tages zum großen Erstaunen seiner Mutter eine weiße Kappe auf den Kopf gesetzt, den Bart wachsen lassen und begonnen, sie, seine Mutter, als Ungläubige zu behandeln. Er warf ihr vor, mit offenem Haar durch die Straße zu gehen, er versprach ihr Höllenfeuer. Er hatte seinen Weg gefunden, den des Propheten, und begann eine Moschee mit einem salafistischen Imam zu besuchen. Sein Weg hatte ihn hierher ins Herz des Kalifats geführt.

Kevin-Abu Amar unterzog sie einem intensiven Training, das ihnen ermöglichen sollte, zu einer *Katiba,* einer Brigade, zu stoßen. Ali lernte, eine Reihe von Hindernissen so schnell wie möglich zu überwinden, dann zu sprinten mit einer Last, die ihm den Rücken zerschrammte. Manchmal waren es Balken oder Baumstämme, unter denen man durchkriechen musste, um dann wieder aufzustehen; die Pfeife des Trainers war unerbittlich, man musste an einer Mauer oder an kakifarbenen Netzen hochklettern, sich wieder zu Boden werfen, sich unter Stacheldraht durchwinden, aufspringen, den Namen Gottes brüllen (denn all das schien in seinem Namen zu geschehen) und mit geballten Fäusten auf eine Art Schaufensterpuppe losgehen, die den Feind darstellte, einen seltsam passiven, bereits toten Feind. In Alis Mund blieb ein Geschmack nach Erde, er schwitzte, ihm taten alle Muskeln weh ...

Nach seiner Ausbildung teilte ihm Kevin-Abu Amar mit, dass er nicht wie vorgesehen zu einer kämpfenden Einheit stoßen würde.

„Bin ich nicht gut genug?“

Nein, nein, das ist nicht das Problem, aber der islamische Staat nutzt jeden nach seinen Fähigkeiten, und Ali ist ein Informatikexperte, das haben sie überprüft, er ist wirklich professionell, deshalb soll er sich um einen Teil der Kommunikationssysteme kümmern, das ist auch eine Art, *auf dem Weg Gottes* zu kämpfen.

„Auch auf diesem Gebiet stehen wir im Krieg gegen die ganze Welt. Die besten amerikanischen, französischen und israelischen Spezialisten versuchen, in unsere Computersysteme einzudringen, sie mit Viren zu infizieren, unsere Informationen zu stehlen ... Doch wir haben hier ein sehr professionelles Team, Pakistaner, Marokkaner, russische Muslime, die alle Pläne der Ungläubigen zunichte machen. Du wirst diesem Team angehören.“

Er tat so, als störte ihn das, er senkte den Kopf, doch in Wirklichkeit war er erleichtert. *Was tue ich hier?* Das Gleiche wie in Paris: hochspezialisierte Informatik ... vielleicht treffe ich hier auf einige Kommilitonen.

Er war im Osten Syriens in Rakka, einer Stadt mit 200.000 Einwohnern. Er wohnte zusammen mit anderen Franzosen nordafrikanischer Herkunft. Wieder war er erschüttert. *Ein sehr niedriges Niveau* ... Es waren Kleinkriminelle, Gauner, ehemalige Gangster, Loser ... Ihre Rede war gespickt mit religiösen Ausdrücken, doch die Sprache der Vorstädte dominierte.

Abends war es vollkommen absurd, sie sahen sich Fußballspiele an. Jedes Championsleaguespiel war ein Fest ... Seltsamerweise störte sie dabei keiner der Imame, niemand redete von Opium für das Volk (der Fußball ...). Vielleicht fanden sich die Imame damit ab? Vielleicht bewunderten auch sie die Heldentaten Messis?

Diese Welt war surreal.

Die Fans des PSG kamen gut miteinander aus ... Ein gewisser Sabri, dessen Held Ibrahimovic war, erzählte ihm, wie er hierhergekommen war. Ein Flug von Barcelona nach Istanbul, zusammen mit einem gewissen Rafael, der ein paar Jahre davor zum Islam konvertiert war. Warum gerade Barcelona? Keine Ahnung. Rekrutiert wurden sie von einem Imam in Bondy, der hatte ihnen die Flugtickets und Bargeld mit klaren Anweisungen überreicht.

Sie befürchteten, es würde schwierig werden, in Istanbul durch die Flughafenkontrolle zu kommen: zwei junge Männer, jeder mit einem schütteren Bart, der sie als Islamisten ausweisen konnte, einer davon „nordafrikanischen Typs", der andere Bretone mit hellen Augen, die zusammen reisten, sich in mangelhaftem Englisch verständigten und vage Antworten auf die ihnen gestellten Fragen gaben, keinen klaren Zielort angeben konnten, nicht wirklich so wirkten, als seien sie hier um das Topkapi oder die Haga Sofia zu besichtigen ... „Das musste doch verdächtig wirken, oder nicht?", staunte Sabri. Doch jedes Jahr besuchen Tausende die Türkei, hatte er gehört, es ist ein großes touristisches Land, oder aber die Türken haben hinterhältige Pläne, es scheint, sie unterstützen heimlich das Kalifat (wirklich?), ja, du musst verstehen, sie trauen den Kurden nicht, außerdem sind die Türken Sunniten wie die Leute des IS („aber die Kurden sind doch auch Sunniten!"), ach so? ... Mit zwanzig versteht man die Geopolitik nicht so gut; Sabri verlor sich in seinen Geschichten, kratzte sich am Bart – eine Manie –, schwieg kurz und kam dann wieder zur Sache: Rafael und er hatten keinerlei Schwierigkeiten mit den Kontrollen in Istanbul gehabt, sie hatten auch das kleine Hotel gut gefunden, in dem sie Bilal erwartete, ein schweigsamer schwarzer Riese, der in Saint-Denis aufgewachsen war und die Neuankömmlinge bis an die syrische Grenze begleitete.

Da hatten zwei genauso wortkarge Männer wie Bilal übernommen und so waren sie unausgeschlafen eines Morgens mit roten Augen in Rakka angekommen, aber ein Hochgefühl schwellte ihre Brust – zumindest war das Sabris Eindruck gewesen, Ali schätzte ihn als jungen Spund ein, der das kleinste seiner Gefühle unmittelbar auf die ganze Welt übertrug.

Sabri und Rafael lernten gemeinsam, wie man eine Waffe bedient, doch ihr Ausbilder beurteilte ihre kriegerischen Fähigkeiten negativ. Der erste wurde einer Autoreparatureinheit zugeteilt. („Nun bin ich hier Automechaniker, das ist nicht wirklich, wozu ich hergekommen bin, da hätt ich auch in Bondy bleiben können ...") Der zweite wurde dank seines Informatikstudiums zuerst mit der Erarbeitung des Stundenplans der Kämpfer beauftragt („Was soll das denn heißen?", „Weiß nicht, frag doch nach ..."), dann stieß er zum frankophonen Zweig der Medien des islamischen Staates („Heißt das wirklich so?"). Er übersetzte Propagandavideos des IS, damit sie für Frankophone zugänglich wurden. Er war ein herausragender Rekrut: präzise, konzentriert; er verbrachte seine Tage vor den Rechnern, die ihm zugeteilt worden waren, und unterbrach die Arbeit nur, wenn die Stunde des kollektiven Gebets schlug.

„Ich werde nicht mein ganzes Leben lang Automechaniker

bleiben", schloss Sabri, „eines Tages werde auch ich zur Waffe greifen und kämpfen. Achtung, die zweite Halbzeit hat begonnen, ich bin sicher, Ibra wird ein Tor schießen."

Wenige Tage nach diesem Gespräch starben beide, Sabri und Rafael, während eines Bombenangriffs der syrischen Armee. So verlor der französische Geheimdienst einen wertvollen Agenten: „Rafael". Diskret wurde ihm posthum der Orden des *Chevalier de la Légion d'Honneur* verliehen.

Als Ali von ihrem Tod erfuhr, fühlte er gar nichts. Darüber war er selbst am meisten überrascht. War er bereits im Jenseits, ein lebender Toter, den der Sensenmann nicht beeindrucken konnte?

Erneut dieses bekannte Gefühl der Fremdheit ...

Dann, durch Lesen, Nachdenken, Begegnungen mit Männern jeglicher Herkunft, verstand er endlich.

Er war eindeutig nicht in einen Religionskrieg verwickelt. Er stand in einem ethnischen Konflikt, bei dem nützliche Idioten als Kanonenfutter dienten. Im Grunde kämpften Sunniten gegen Schiiten. Und er mittendrin.

Der Gegner lachte zynisch:

„Du bist der überflüssige Dritte."

Er versuchte, darüber mit einem Albaner zu sprechen, der reifer wirkte, nachdenklicher als die anderen „Kämpfer". Die Einwohner hier sind alle Sunniten. Sind wir nicht deshalb gut angesehen? Aber kämpfen wir nicht für sie, an ihrer Stelle? Ist dieser große Streit (Sunniten gegen Schiiten) nicht am Ende sinnlos? Alles begann mit einer banalen Auseinandersetzung unter denen, die die Nachfolge für Ali oder die anderen sichern wollten ... Das ist vor vierzehn Jahrhunderten geschehen! Inwiefern betrifft uns das heute? Der Albaner hörte ihm stumm zu, dann flüsterte er ein paar Worte: diese Art Diskussion führt zu nichts.

Am nächsten Tag suchten ihn drei Männer in der Wohnung auf. Sie baten die anderen „Brüder", den Raum zu verlassen und er wurde einem strengen Verhör unterzogen.

Warum stellte er so viele Fragen? Hatte er „den Glauben des Albaners ins Wanken bringen" wollen? Woher hatte er die Informationen, die er angeführt hatte? Hatte er die gleiche Diskussion mit anderen Milizmitgliedern geführt? Wenn ja, mit wem? Hatte er Sympathien für die Schiiten? Gab es Schiiten in seiner Familie? Stellte er die Anweisungen des Kalifen in Frage?

Ali war klarsichtig genug, um zu begreifen, dass er in einer gefährlichen Situation war. Er bemühte sich um klare Antworten. Er hatte nichts Böses getan, er hatte nur ohne böse Absicht, ohne vorherigen Plan diskutiert, denn er war auf der Suche nach der Wahrheit, denn man musste doch „das Wissen suchen, und sei es in China", nicht wahr? Er entschuldigte sich, bereute, er hatte sich geirrt.

Schließlich gingen die drei Männer, nachdem der Anführer ihn belehrt hatte. Denk nicht zuviel nach, verrichte deine Gebete und mach deine Arbeit.

Es ist verboten zu zweifeln.

40

Paris, 13. November 2015

Und plötzlich ...

Plötzlich war da dieser Freitag, der 13. November 2015, dort in Paris.

Fiebrige Hände weckten ihn, rüttelten ihn rücksichtslos wach, sie schrien vor Freude, zeigten auf den Bildschirm. Stundenlang betrachtete er fasziniert die Bilder, die die Fernsehsender rund um die Uhr wiederholten.

Umgeworfene Stühle, zerbrochene Scheiben, zerstörte Leben, kleine Pfützen, als hätten sich Eimer mit Wasser über tote Zigarettenstummel entleert, warum Eimer mit Wasser? ... Absurderweise klammert man sich an diese Einzelheiten, an winzige Punkte, um verzweifelt glauben zu können, das Leben ginge weiter ... Aber nein, er begriff (ohne irgend etwas begreifen zu wollen, er war nur ein aus den Augenhöhlen tretender Blick), dass es die Getränke waren, die Gläser Wein oder Bier, die Cocktails, die auf den Bürgersteig geflossen waren ... Obszön, große Unordnung ...

Er war nur noch Auge und Hand, letztere hantierte frenetisch mit der Fernbedienung.

Dann gab es andere Bilder. Auftritt Tragödie, Tod im Bataclan, Erschossene, metallhaltige Salven, die *Eagles of Death Metal* hörten wie erstarrt auf zu spielen, zuerst der Schlagzeuger, oder war es der Gitarrist, wie auch immer, sie flohen hinter die Kulissen, wie auch immer, alles wird unwichtig, wenn der Sensenmann das Regiment führt; man sagt doch, sie wurden *mitten im Leben* oder heißt es *in der Blüte des Lebens* niedergemäht, das ist das Gleiche, es vermischt sich; er hat keine Zeit mehr zu denken, all diese jungen Menschen, so viele, die nur leben wollten ...

Dieser Mann, ein Journalist heißt es, der aus dem Fenster sah, das auf eine Gasse geht, wo Menschen auf dem Bürgersteig lagen, andere aus einer Seitentür des Bataclan herausdrängten, der mit lauter, leicht verängstigter Stimme fragte:

„Was ist los? Was ist denn bloß los?"

Das Bataclan? Ali starrte auf den Bildschirm, wo die Bilder schonungslos abliefen, und murmelte die drei Silben genau im gleichen Ton, wie zwei Jahre vorher, als er seinen ersten Abend an dem Ort verbrachte, den die Zeitungen durch die Bank „einen angesagten Pariser Treffpunkt" nannten, doch damals sagte er es amüsiert, spöttisch. *Ba-ta-clan* in Malikas Ohr, als sie beide mit schnellen Schritten die Rue d'Oberkampf durchquerten in Richtung der Kreuzung der Boulevards Richard-Lenoir und Voltaire, Malika hatte ihn zu seinem ersten Rockkonzert in Paris ins Ba-ta-clan eingeladen ...

... dort war die Zeit stehengeblieben für Dutzende Männer und Frauen, die ihm ähnelten, jetzt wurde ihm das klar, ihm viel ähnlicher waren als jene Hinterwäldler (das Wort kam ihm in den Sinn, wenig später würde der Ausdruck heftiger werden, „Schweinehunde" würde das Rennen machen), diese Hinterwäldler, mit denen er seit Monaten verkehrte.

Es dauerte tagelang. Andere Bilder kamen hinzu, die ihm für immer im Gedächtnis hafteten.

Der kleine „Italiener" in der Rue de la Fontaine-au-Roi, *Casa Nostra,* wie oft hatte er dort mit Malika zu Mittag und zu Abend gegessen oder mit Freunden oder manchmal auch alleine ... Sie nannten es scherzhaft *Casa,* wie in „Sollen wir uns um acht in *Casa* treffen?", als verabredeten sie sich in der großen marokkanischen Stadt, aus der die meisten von ihnen stammten, wo sie ihr Studium absolviert hatten.

Casa Nostra ... Cosa *Nostra* ... Wie oft hatten sie dort Don Corleone gespielt, seelenruhig, mit schwerem Blick den Mann einschätzend, der erschreckt oder überlistet werden muss, „ich mache dir ein Angebot, das du nicht abschlagen kannst", wie oft hatten sie dort De Niro oder Pacino nachgeahmt und Mafiosi gegeben, übertrieben, karikiert, dann hatten sie die Kultsprüche aus *Good Fellas – Drei Jahrzehnte in der Mafia* wiederholt, „Ich wollte schon immer Gangster werden ...", aber das war alles zum Lachen, das alles gehörte zur guten Laune der Freitagabende oder der Samstage in Paris, wenn die Last der Woche zu einer angenehmen Erregung wird, zu einer schwerelosen Lebensfreude im sorgenlosen Schaum der Feierabende ...

Casa Nostra ...

Es wirkte irreal, wenn auf der Terrasse genau dieses Restaurants eine Frau zusammenbrach, ein aus der Hölle gekommener Mann sein Maschinengewehr auf sie richtete (mitten in der Stadt, mitten in Absurdistan ...), es war vorbei mit ihr ... und dann nein, nichts, man hörte nichts, man sah das kleine Blitzlicht nicht, den tödlichen Flash, der den Schuss symbolisiert, den grundlos verabreichten Tod (wer hatte ihm das erlaubt? ... Er selbst? ... Ein todessüchtiger Gott? ... Das Nichts, das er anstrebte?), nichts, man hörte nichts, sah nichts; hatte die Waffe eine Ladehemmung, weigerte sich tief gekränkt, dazu *benutzt zu werden*? ... Oder war der Mann, der Mörder, der *Terrorist*, aus der Trance erwacht und hatte in der Frau am Boden ein zitterndes, menschliches Wesen erkannt, *die zitternde Flanke des Rehs*, hatte seine Hand den Befehl aus dem Gehirn verweigert oder hatte das Gehirn selbst eine *Ladehemmung*, blockierte etwas in ihm, weil sich Blicke gekreuzt hatten, der eine verzweifelt, untröstlich, der andere in der Schwebe, Meister der Stunde, beherrschend, doch plötzlich verunsichert, einen Wimpernschlag lang, plötzlich angeschlagen, brüchig, als hätten die Augen am Boden, diese blauen Pupillen, die in die eingebrochene Nacht und ihr Gräuel blickten, den Spalt in der Rüstung entdeckt? ... Man hörte nichts, man sah nichts ... Das dauerte eine Ewigkeit, dabei war es nur eine Sekunde, und schließlich wendete sich der Mann ab, der Tod war vorbeigegangen und nichts war geschehen. Alis Kehle war trocken, die Frau stand auf, stolperte, taumelte, flüchtete, suchte instinktiv nach Schutz vor dem Wahn, der über die Stadt gekommen war ...

Die Schwarzweißbilder flimmerten, jetzt war da etwas anderes ... dann wieder die Bilder von der Sicherheitskamera der *Casa Nostra* ... da war der Tod, der Tod, *sich ständig wiederholend ...*

Er merkte, dass ihm Tränen über die Wangen liefen, manche verloren sich in seinen Mundwinkeln und brachten einen salzigen Geschmack auf die Zunge.

Er weinte. Diese Frau hätte Malika sein können, sie war oft in diesem Restaurant, und wenn sie es wäre? Es war die gleiche Silhouette ... Ich muss sie anrufen, ich muss Bescheid wissen ... Und ihre anderen Freundinnen? Und meine Freunde?

Es war, als erwache er aus einem sehr langen Schlaf.

SCHWEINEHUNDE! SCHWEINEHUNDE!

Er, der nie weinte und stolz darauf war (ein echter Mann, ein harter Kerl, ein Tätowierter!), jetzt überkamen ihn Schrecken und Trauer.

Er hob den Blick. Er musste die Augen mehrmals auf- und zumachen, um im Dämmerlicht die Gegenstände in seinem Zimmer zu erkennen. Diese schwarzen Fahnen, die nur den Tod verkündeten, diese hasserfüllten Parolen ...

Was tue ich hier?

Er erhob sich, ging zum Fenster, beugte sich vor, um die schlafende Stadt besser mit Blicken zu umfangen, ihr düsteres Umfeld, den drohenden Horizont und den sternenlosen Himmel. Sein Herz wurde schwer. Diese Schweinehunde konnten friedlich schlafen, ihr Werk war *dort* vollbracht. War Malika tot? Lebte sie?

Dann kam das Kommuniqué.

Acht Brüder mit Sprengstoffgürteln und Maschinengewehren haben auf im Vorfeld sorgfältig ausgewählte Orte im Herzen der französischen Hauptstadt gezielt, das Stade de France *während des Spiels zwischen den Kreuzzüglern Frankreich und Deutschland, bei dem der Idiot François Hollande anwesend war, das* Bataclan, *wo hunderte Götzenanbeter ein Fest der Perversion feierten, sowie andere Ziele im X., XI. und XVIII. Arrondissement. Dieser Anschlag ist erst der Anfang des Gewitters ...*

An diesem Tag beschloss er, alles zu verlassen und *nach Hause* zurückzukehren.

Nun wusste er, wo das war.

41

Auf den Tod

Die Nacht vor seinem Tod / War die kürzeste seines Lebens.

In jener Nacht drückte Ali kein Auge zu. In seinem Kopf vermischte sich alles, die Bilder von den Massakern in Paris, die von davor, vom geteilten Glück in der Rue des Couronnes, als das Leben einfach und schön war, dann der lange Alptraum, der Abstieg in die Hölle, den er seit einem Jahr lebte. Er döste minutenlang ein und schreckte wieder hoch. Wo war er, *wer* war er? Wie eine Lawine von Lauten, Formen und Farben stürzte alles erneut auf ihn ein, und er brauchte Zeit, um dem allen einen Sinn zu geben – dieser Sinn reduzierte sich am Ende auf eine Offensichtlichkeit: *ich muss hier weg, ich muss nach Hause ...*

Am frühen Morgen stand er erschöpft auf, nahm seinen Rucksack vom Schrank, stopfte ein paar Kleidungsstücke hinein, seinen Pass, sein ganzes Bargeld, dann setzte er sich wieder auf sein Bett, um nachzudenken.

Aber es gab nichts mehr zum Nachdenken. Er war entschlossen. Er wollte nach Hause, nach Paris. Malika wiedersehen. (Sie zurückerobern. Er hatte doch das Profil eines Eroberers? Er erinnerte sich an den schmeichelhaften Ausdruck.) Das alles war nur ein böser Traum gewesen. Jetzt war er aufgewacht. Er war wieder er selbst, nicht dieser merkwürdige Doppelgänger, dieser *Dibbuk*, der sich in der Rue Jean-Pierre-Timbaud in diesem farbenfrohen, lebendigen XX. Arrondissement, seines Körpers bemächtigt hatte und ihn hierher in diese Stadt geführt hatte, die ihm nichts bedeutete.

Los! Aufbrechen! Er nahm seinen Rucksack und verließ

das Zimmer. Im Gang traf er auf Abu Fadel, einen Tunesier, der ein paar Wochen zuvor zur Gruppe gestoßen war. Der Tunesier war erstaunt:

„Du warst nicht beim Gebet des *Fajr**?“

Ali antwortete nicht. Das kam ihm nun alles weit weg vor. Er war schon woanders, in einer Stadt, wo ihm niemand solche unpassenden Fragen stellen würde, wo der *Fajr* den Müllmännern und den streunenden Katzen gehörte, wo er solange schlafen konnte, wie er wollte. Der Andere hatte sich vor ihm aufgestellt, hinderte ihn am Vorbeigehen und führte die Befragung weiter:

„Was willst du mit deinem Rucksack?“

„Ich reise ab.“

Abu Fadels Augen weiteten sich.

„Wohin?“

„Zurück nach Paris.“

Der Tunesier staunte immer mehr.

„Hast du die Erlaubnis?“

„Welche Erlaubnis? Ich bin freiwillig gekommen und nun gehe ich, basta. Bitte tritt zur Seite.“

Er schob den widerstandslosen Tunesier energisch beiseite und ging hinunter auf die Straße. Er wusste, dass es trotz des allgemeinen Chaos, der Bombardierungen, der vorherrschenden Nervosität – die Schlacht um Ramadi hatte begonnen –, einen Bus gab, der jeden Morgen nach Westen fuhr. Das war die einzige Möglichkeit Rakka zu verlassen. Er würde ihn also nehmen und sich dann bis in die Türkei durchschlagen. Mechanisch tastete er seine Jackentasche ab: der Pass war da. Er hatte auch genug Geld für die Reise.

Am Busbahnhof suchte er einen offenen Schalter. Ein ent-

* Morgenröte

geisterter alter Mann zeigte auf einen blauen Bus, dessen Motor bereits brummte. Man musste die Fahrkarte beim Busfahrer kaufen. Der weigerte sich, ihn einsteigen zu lassen: Er brauchte eine Spezialgenehmigung, um eine Fahrkarte kaufen zu können. Er ging zurück zum Schalter und fragte den alten Mann, ob er die Genehmigungen ausstellte. Der Beamte sah ihn kurz an und bat ihn, die Frage zu wiederholen – vielleicht irritierte ihn Alis marokkanischer Akzent – dann zeigte er auf eine Bank, wo Ali warten konnte bis sein Fall geklärt war. Ali legte seinen Rucksack auf den Boden und setzte sich auf die Bank. Von Zeit zu Zeit wandte er sich um und warf einen Blick auf den Bus. Der schien auch zu warten. Es war sehr schönes Wetter an jenem Morgen, alles wirkte friedlich, auch wenn der Tod überall lauerte ... In der Umgebung waren wenige Kämpfer: Die meisten waren an der Front.

Nach wenigen Minuten tauchten drei bewaffnete Männer in Militäruniformen im Gebäude auf, sahen sich um und kamen dann im Laufschritt auf Ali zu. Der vorgebliche Anführer stellte sich vor ihm auf. Es war Abu Mussa al-Alemani, der dicke Deutsche mit dem hellen Bart. Er sprach in rudimentärem Arabisch mit Ali, das man wegen seines bayrischen Akzents kaum verstehen konnte.

„Wohin willst du?“

Ali wusste nicht, was er antworten sollte. Paris? Das war das eigentliche Ziel, aber unmittelbar wollte er nur eins, weg von hier. Der Andere wurde lauter und fragte erneut:

„Wohin willst du?“

Ali antwortete, er wolle in die Türkei. Er war zu müde, um eine Geschichte zu erfinden. Abu Mussa stand einen Moment lang reglos da, dann bückte er sich trotz seines Leibesumfangs flink und nahm den Rucksack an sich. Er gab den beiden Kämpfern ein Zeichen, und sie ergriffen Ali, hoben ihn von der Bank und legten ihm Handschellen an.

Mittlerweile war eine andere Gruppe Kämpfer eingetroffen. Sie hielten sich fern. Der Deutsche ging zu ihnen und bald war er in eine heftige Diskussion mit einem Rothaarigen, einem Tschetschenen, verwickelt, der ihr Anführer zu sein schien. Der Tschetschene zuckte am Ende die Achseln und die kleine Truppe zog ab. Einer wandte sich um und rief Abu Mussa etwas zu. Ali glaubte „Mach es schnell!" zu verstehen.

Der Deutsche kam zurück und befahl ihm aufzustehen.

„Folge mir!"

Die beiden Kämpfer blieben am Busbahnhof mit dem Rucksack zu ihren Füßen. Abu Mussa schob Ali vor sich her, klopfte ihm leicht auf die Schulter, um ihn nach links oder nach rechts zu orientieren. Sie gingen einige Minuten durch die Poststraße, bogen dann nach rechts ab und betraten eine Art Schuppen, der nahezu leer war. In einer Ecke standen ein paar nebeneinander geschobene Werkzeugmaschinen, die mit großen, durchsichtigen Planen bedeckt waren und aussahen wie eine zusammengeferchte, metallische Herde, unbeweglich und irgendwie bedrohlich. Von der Decke her fiel fahles Licht durch schmutzige Glasscheiben. Der Boden war mit Müll übersät.

Mir kommt es vor, als kenne ich diesen Ort.

Der Deutsche führte ihn in die hinterste Ecke des Schuppens und zeigte auf einen Wasserhahn über einer winzigen Spüle:

„Wasch dein Gesicht!"

Ali beugte sich vor und es gelang ihm, mit zusammengebundenen Händen den Hahn aufzudrehen. Ein dünnes Rinnsal Wasser lief heraus. Er spritzte sich ein paar Tropfen ins

Gesicht. Der Deutsche sprach langsam in verächtlichem Ton.

„Ich habe immer gewusst, dass du ein *Murtadd,* ein Abtrünniger bist. Was wolltest du hier? Von Anfang an haben wir dich überwacht. Du betest oberflächlich, als glaubtest du nicht daran. Du hast nie kämpfen wollen, du hast nie an einer Hinrichtung teilnehmen wollen ... Hältst du uns für Idioten? Wir haben es von Anfang an gewusst. Du wolltest den Albaner umdrehen. Da haben wir verstanden. Du bist ein Agent des französischen oder des marokkanischen Geheimdienstes. Oder von allen beiden. Hinter deinem Rücken haben wir alles kontrolliert, was du mit den Rechnern angestellt hast. Unter uns: du bist eine ziemliche Niete als Agent ... Wir haben dich vom ersten Tag an entlarvt. Wenn die auf Typen wie dich zählen, um uns zu besiegen ..."

Er spuckte zu Boden.

„Jetzt verrichte dein letztes Gebet", schloss er mit tonloser Stimme. „Du wirst sterben. Aber das ist nicht schlimm: das Leben ist nur eine Empfindung. Es geht vorüber."

Er hielt seinem Gefangenen den Revolver an die Stirn; der sah ihn verwirrt an. Das musste ein Alptraum sein. Bald würde er aufwachen.

Ich weiß, wo ich bin. Der Schuppen ... Ja, es war der Schuppen, in dem sich der größte Teil des Films *Reservoir Dogs* abspielte. Unendliche Hoffnung erfüllte sein Herz, es wurde warm in seiner Brust. Er kannte den Film gut. Er wusste, was nun geschehen würde: Der Deutsche würde ihm gestehen, dass er Polizist war ... eher noch ein Agent des deutschen Abwehrdienstes, den man in die Armee des Kalifats infiltriert hatte. Er würde es so anstellen, dass er Ali befreite, ihn *exfiltrierte,* da er ja wegwollte, diesem Krieg, der ihn nichts anging, den Rücken kehren ... Hatte er nicht deshalb darauf bestanden, allein mit ihm hierherzukommen, wo doch die beiden anderen Kämpfer und die ganze Gruppe der Tschetschenen da gewesen waren? Abu Mussa kläffte:

„Verrichte dein Gebet! *Schnell!*"

Diesen Befehl gab er in Deutsch.

Was war los? Warum spielte der Deutsche nicht mit? Und wenn ... Ali schloss die Augen.

Ein weißer Strahl, der vom Himmel fällt, zerstört diese Komödie.

Sein letzter Gedanke war doppelt, wie sein Leben, vermischt, heftig verwirrt, hybrid, denn zugleich sah er, als der Schuss ohrenbetäubend knallte, in feurigen Buchstaben im Innern seiner geschlossenen Augendeckel zwei übereinandergeschriebene Sätze:

... wie ein Hund ...

und

Tötet mich Gefährten, in meinem Tod nistet mein Leben!

... es blieb ihm keine Zeit zu staunen oder sich zu entzücken, dass das letzte Zucken seiner Existenz, sein letzter Atemzug, das furchtbare Fazit eines 1925 in Berlin veröffentlichten Romans mit den verzweifelten oder von hoffnungsvollem *Wahn* erfüllten Worten eines 922, also tausend Jahre vorher in Bagdad gekreuzigten Mystikers vermischte; als hätten sich die siamesischen Brüder, die ihn gemeinsam behausten endlich versöhnt; und er starb.

Und da war nichts mehr.

42

Schrecken und Trauer

Es war noch lau an diesem Freitagabend und die Zeit verstrich ohne Hast im friedlichen Zwischenraum, der den hektischen Rhythmus einer Arbeitswoche von der Aussicht auf zwei ruhige Tage trennt. Claire rauchte eine Zigarette an ihrem Fenster in der Rue Marie-et-Louise, als die erste Salve ertönte. Es war etwa halb zehn Uhr abends, und sie wollte gerade in festlicher Stimmung mit Freunden am Boulevard Voltaire etwas trinken gehen und danach in einen Nachtclub. Sie beugte sich amüsiert aus dem Fenster.

„Wie, Böllerschüsse? Hat Italien wieder ein Fußballspiel gewonnen?“

Manchmal trafen sich Italiener im *Carillon*, wenn es bedeutende Spiele gab. Sie beugte sich neugierig etwas weiter vor und was sie zu ihrer Linken sah, verblüffte sie. Der kleine Platz, an dem sich drei Straßen dieses angesagten Arrondissements kreuzten, schien zur Kulisse eines *Action Movies* geworden zu sein. Männer und Frauen liefen panisch wild durcheinander, manche fielen schwerfällig hin, erhoben sich wieder oder robbten stöhnend über die Straße. Dann hörte sie Schüsse, ein Maschinengewehr, das Scheppern zerbrechender Glasscheiben und erneut Schreie und Gebrüll. Sie war wie benommen, verstand nicht, was los war, hatte nicht den Reflex, sich aus der Schusslinie zu Boden zu werfen; sie kniff die Augen zusammen: Es sah so aus, als lägen menschliche Körper vor dem *Petit Cambodge*, wo sie sich manchmal etwas zu essen holte, wenn sie keine Lust hatte zu kochen. Körper, Leichen? Aber ...

Ohne zu überlegen, verließ sie schnell ihre Wohnung, rannte die Treppen hinunter und trat vor das Gebäude. Ihre Nachbarn vom gleichen Flur, ein polnisches Paar, waren auch da, dicht aneinander gepresst. Es blieb ihnen keine Zeit miteinander zu reden: an der Straßenecke tauchte ein taumelnder, blutüberströmter Mann auf. Die Polin stieß eine Art erschrockenes Quietschen aus und lief schnell zurück ins Gebäude, ihr Gefährte und Claire folgten ihr. Sie sahen sich entsetzt an. Jeder ging schnell zurück in seine Wohnung.

Claire warf wieder einen Blick aus dem Fenster, doch jetzt tat sie es aus der Ecke, ohne in die Schusslinie zu geraten. Ihr Herz raste. Die Schüsse hatten jetzt aufgehört. Doch der Tumult auf den Straßen war auf dem Höhepunkt. Menschen riefen sich von einem Gebäude zum anderen etwas zu, andere schrien, man solle die Polizei holen, die Feuerwehr, den Notdienst ... Klagen, Jammern, Wortfetzen drangen aus dem *Carillon* und dem *Petit Cambodge*. Vor dem Restaurant *Maria Luisa* schluchzte eine Frau hemmungslos. Claire war minutenlang wie erstarrt, dann warf sie den Kopf nach hinten und stieß dabei heftig an die Wand. Der Schock brachte sie zur Besinnung. Sie sah sich um, schaltete den Fernseher ein und wechselte von einem Kanal zum anderen. Es war, als habe sie die Horrorszenen geträumt, die sie gerade mit eigenen Augen gesehen hatte: Filme, Quizsendungen, Serien lösten sich wie jeden Abend ab. Dann gab es auf BFM TV plötzlich eine Unterbrechung. Die Journalisten schienen verdutzt. Mit offenem Mund schaute Claire die ersten Sondersendungen, die ersten Bilder, die verängstigten und unsicheren Kommentare. Nach wenigen Minuten klingelte ihr Telefon. Ihre Pariser Freunde, ihre Familie, die in der Provinz lebte, sie alle wussten, dass sie in der Nähe des *Carillon* und des *Petit Cambodge* wohnte. Wo war sie? Was tat sie? Sie sollte bloß zu

Hause bleiben! Sie beruhigte alle mit zitternder Stimme so gut sie konnte und versprach, die Wohnung nicht zu verlassen. Sie rief Malika an, mit der sie sich am Boulevard Voltaire verabredet hatte, und in dem Moment brach sie zusammen. Malika war gerade mit dem Abendessen fertig und hörte Musik; sie wusste von nichts. Sie hörte wie Claire schluchzend sagte:

„Schalt den Fernseher ein ... schau ..."

Den ganzen restlichen Abend riefen sie sich immer wieder an. Jede starrte wie gebannt auf die Kriegsszenen und die Panik, die die Fernsehsender unaufhörlich zeigten.

In dieser Nacht fand Claire keinen Schlaf. Der Lärm der Sirenen der Ambulanzen, das Heulen der Polizeiwagen, die Schreie und Rufe auf der Straße, das alles hallte als erschreckende Kakophonie in ihrem Schädel wider. Gegen Mitternacht sah sie erneut aus dem Fenster: Anwohner der Rue Bichat hatten Laken aus den Fenstern geworfen, damit die Leichen an der Straßenecke zugedeckt werden konnten. Es kam ihr vor wie ein Bürgerkriegsszenario – doch wer hatte diesen Krieg erklärt? Und wer kämpfte gegen wen? Mit dem Telefon in der Hand beantwortete sie ihre Anrufe kurz angebunden und surfte auf den verschiedenen Sendern, dann sah sie hinaus in Richtung *Petit Cambodge*, der Innenraum war jetzt – so berichteten die Journalisten – „zu einer Leichenhalle umfunktioniert" worden. Es kam ihr umso unwirklicher vor, als sie die Orte, die das Fernsehen zeigte, direkt vor Augen hatte. Vor wenigen Stunden erst war sie daran vorbeigelaufen und jetzt sollte es eine Leichenhalle sein?

Dann begannen die Bilder aus dem Bataclan auf dem Bildschirm zu erscheinen. *Eine Schießerei ist im Gange* ... Entsetzt dachte sie daran, dass manche ihrer Freunde ganz sicher dort waren – sie selber ging regelmäßig in diesen Konzertsaal an der Kreuzung der Boulevards Voltaire und Richard-Lenoir. Jede Silhouette, die auf dem Bildschirm erschien, kam ihr bekannt vor; sie sahen alle bestürzt aus und waren in goldene Überlebensdecken gehüllt, die die Feuerwehr Geretteten aus Feuer oder Flut zur Verfügung stellt.

Am nächsten Morgen lag Claire erschöpft und wie ein Baby zusammengerollt, mit dem Telefon in der Hand und vor dem leise gestellten Fernseher am Boden. Sie trug die Kleidung vom Vortag. Sie stand auf, um etwas zu trinken zu holen, taumelte und musste sich an der Wand festhalten, um nicht hinzufallen. Ihr wurde speiübel.

Sie rief Malika an.

„Ich komme zu dir. Hier kann ich nicht bleiben."

Vorsichtig verließ sie das Haus, ging bis zur Ecke der Rue Marie-et-Louise, die von der Polizei gesperrt war, warf einen schnellen Blick auf das *Carillon* und das *Petit Cambodge,* dann ging sie in die andere Richtung. Sie lief voller Angst mit kleinen Schritten den Quai de Jemmapes entlang. Es war ein grauer, leicht kühler Samstagmorgen im November. Auf den stillen Straßen war kaum jemand zu sehen. Sie traute kaum ihren Augen, als sie am Canal de l'Ourcq zwei Jogger Seite an Seite sah, einen Mann und eine Frau, die sich vereint abmühten. Wussten sie nicht *Bescheid*? Sie war versucht ihnen etwas zuzurufen, dann ließ sie es sein. Sicher gehörten sie zu den Leuten, für die „das Leben weitergeht, man darf seine Gewohnheiten nicht ändern, sonst haben die Terroristen gesiegt ..."

Auch die Rue de la Fontaine-au-Roi war gesperrt. Ach ja, *Casa Nostra* ... Dort hatte sie an einem Sommerabend gegessen ... Ein Polizist schrie sie nervös an:

„Kein Durchgang hier!"

Sie lief weiter bis zur Avenue de la République und dann die Rue Jean-Pierre-Timbaud hoch. Am Schaufenster einer

Buchhandlung klebte ein weißer Zettel auf dem in Großbuchstaben *Umständehalber geschlossen* stand. Sie sah noch zwei andere Zettel derselben Art. Fast alle Geschäfte waren zu, doch der Zeitungskiosk am Boulevard de Belleville war geöffnet. Eine ältere Dame mit einer orangefarbenen Einkaufstasche stand vor einer ausgelegten Zeitung und wiederholte mechanisch mit kaum hörbarer Stimme: „Warum? ... Warum?“ Claire sah den Zeitungshändler kurz an, einen mittelalten Nordafrikaner. Er war aschfahl und machte eine kleine Geste der Ohnmacht bei jedem „Warum?“.

Sie ging die Rue des Couronnes hoch bis zur Nummer 50 und klingelte an der Außentür. Es klickte und die Gittertür war offen. Mit schweren Schritten stieg sie die Treppen bis zum vierten Stock hinauf. Die Tür stand auf, Malika erwartete sie mit geröteten Augen. Auch sie hatte in der Nacht nicht geschlafen. Sie fielen sich wortlos in die Arme. Dann gingen sie ins Wohnzimmer und setzten sich. LCI brachte immer wieder die gleichen Bilder und Reportagen. Claire jammerte:

„Nein, ich kann nicht mehr ... Kannst du das bitte ausschalten?“

Sie legte sich auf das Sofa und schlief ein. Malika holte ein Laken aus dem Schlafzimmerschrank und deckte sie zu. Sie wachte erst am späten Nachmittag wieder auf.

Die Nacht war trostlos und der Sonntag ebenfalls. Sie blieben in der Wohnung. Sie lagen im Schlafanzug auf dem Sofa, schalteten ab und zu den Fernseher ein, sahen sich die Debatten und Kommentare auf allen Sendern an; dann kochten sie zum zehnten Mal Tee, riefen Freunde an oder schwiegen erschöpft und versuchten, sich in eine Illustrierte oder einen Roman zu vertiefen, um wenigstens einen Augenblick lang dem Schrecken und der Trauer zu entgehen.

43

Auf das Leben!

Claire verbrachte das ganze Wochenende bei Malika. Am Montag ging sie zur Arbeit und kehrte am Abend in ihre Wohnung in der Rue Marie-et-Louise zurück. Auf dem Bürgersteig in der Rue Bichat lagen viele Blumen, zahlreiche Kerzen, Fotos, Papiere mit handgeschriebenen Botschaften und ungelenk gemalten Herzen. Es gab auch französische Fahnen, aber ebenfalls italienische und brasilianische sowie andere, die sie nicht kannte. Ungewöhnlicher noch: zwischen den Blumen standen Bierflaschen, die wie herausfordernde Gesten wirkten. Sie fröstelte und verschwand in der Eingangstür zu ihrem Gebäude. Vor ihrer Wohnungstür hielt sie lange inne.

Am nächsten Abend war sie wieder in der Rue des Couronnes bei Malika. Sie saß am Esstisch, war blass, erschöpft, hielt den Kopf in beiden Händen und sprach mit seltsamer, tiefer, brüchiger Stimme.

„Ich mag nicht nach Hause gehen ... Es deprimiert mich. Es ist so schwer, das jeden Tag zu sehen. Sobald ich das Fenster öffne, ist es das Gleiche. Ich sehe nur das, es ist, als wohnte ich an einem Friedhof. Meine Großmutter hat in der Rue de Charenton gewohnt, ihre Fenster gingen auf den Friedhof von Bercy, ich ertrug das nicht, es brachte mich zum Weinen, als ich klein war, der Gedanke an all diese Toten gegenüber. Ich stellte sie mir unter den Steinplatten liegend vor, ich sah ihre ... ihre *verzerrten Gesichter*, ich bekam die Krise. Mit meinen Eltern haben wir sie immer weniger besucht, die Arme, sie musste zu uns kommen, weil wir nicht mehr konnten.

Und jetzt habe ich das vor meiner eigenen Haustür! Dann sagen sie auch noch, das soll ‚an die Opfer erinnern', ich bin an jenem Tag zwangsläufig an einigen dieser Opfer vorbeigelaufen, vielleicht haben manche mir zugelächelt ... Und was bleibt von ihnen? ‚Die Erinnerung' ... da läuft es mir kalt den Rücken runter ... Ich komme in der Wohnung nicht zur Ruhe, kann nicht ans Fenster treten. Ich habe heute Nacht kein Auge zugetan."

Sie war in Tränen ausgebrochen. Malika nahm sie in den Arm.

„Du kannst solange hierbleiben, wie du willst. Alle haben sich über mich lustig gemacht, weißt du noch, als ich das hier gemietet habe? Sie sagten, es sei zu groß, ‚du lebst über deine Verhältnisse'. Nun siehst du, dass es für dich war, schon immer."

Claire lächelte unter Tränen.

„Danke. Mach dir keine Sorgen, ich werde hier nicht mein ganzes Leben lang bleiben. Es ist für den Übergang, bis es mir besser geht."

*

Natürlich hatten sie darüber geredet, schon am Samstag nach dem Horrorabend des 13. November. Claire hatte Malika gefragt, ob sie etwas von Ali gehört hatte. Sie riefen all ihre Freunde an, warum nicht auch ihn, da er Malika so nahe gewesen war? Die hatte nur in trockenem Ton geantwortet:

„Ich habe seine Nummer nicht. Wir reden nicht mehr über ihn, du weißt es doch!"

Einige Wochen später, als Weihnachten und Neujahr näher rückten, kam Claire darauf zurück. Sie wusch gerade Geschirr ab. Malika trocknete nacheinander die Teller und Gläser, die ihr die Freundin reichte.

„Ich weiß, *wir reden nicht über ihn* ... Aber ich denke, es würde dir wirklich gut tun ..."

Malika antwortete nicht. Das war ein gutes Zeichen: normalerweise brach sie das Gespräch sofort und ohne eine Widerrede zu dulden ab. Nach kurzem Schweigen fragte Claire mit dem Rücken zu ihr:

„Fehlt er dir? Fehlt dir Ali?"

Malika zögerte und sagte dann:

„Ali? Welcher? Für mich gab es zwei. Der davor und der danach. Ich meine: vor der Sache mit dem Vertrag und danach. Das war nicht mehr dieselbe Person. Du hast es selbst gesehen. Der davor könnte mir fehlen, aber was bringt das?"

Jetzt spülte Claire einen Topf.

„Gut, aber was sagen seine Freunde? Seine alten Freunde?"

„Ich habe es dir gesagt, jeder hat seine Version."

„Gut, erzähl es mir ... Oder warte, sag mir nur die Extreme, die schauerlichste Fassung und die Hollywoodversion mit einem schönen Sonnenuntergang am Ende."

Malika lächelte freudlos.

„Kurz gesagt: Hollywood ist, dass er nach Marokko zurückgegangen ist. Er hat seine eigene Informatikfirma aufgemacht, elektronischer Zahlungsverkehr oder so etwas ... Und es läuft sehr gut. Ach ja, ich vergaß: er ist sehr fromm geworden. Betet fünf Mal am Tag, hält den Ramadan ein, nie ein Bier ... Du siehst, was ich meine."

„Ja, ich verstehe. Hollywood mit einem Bart dran, wie? Was ist mit der Horrorversion?"

Malika seufzte.

„Das kann ich nicht wirklich glauben. Ein ziemlich zwielichtiger Kerl, ehemaliger Kollege von Ali, das behauptet er zumindest ... Ali hat mir nie von ihm erzählt ... Kurz, dieser Typ hat mir das am Anfang des Sommers im *Cannibale* erzählt. Er hatte sich neben mich gesetzt, in der Ecke, wo der Lautsprecher ist, verstehst du? Ich glaube, er hat mir aufgelauert, vielleicht ist er mir sogar gefolgt. Kurz und gut, wenn es nach ihm geht – ich glaube er heißt Mathieu ... Ihm zufolge sind Ali und sein Vetter Brahim in den Mittleren Osten gereist, vielleicht nach Syrien. Sie sollen jetzt *Dschihadisten* sein ..."

Claire hatte sich zu ihr gewandt:

„Nein!?"

„Doch, doch, sie kämpfen ‚für die Sache'. Also das hat mir dieser Mathieu erzählt: ‚Für die Sache ...' Das sagte er in mysteriösem Ton, mit leiser Stimme, und er zwinkerte mir dabei zu ... Ich habe nicht reagiert. Kurz danach hat er mich gefragt: ‚Sie sind doch Malika? Ich bin ein ehemaliger Kollege von Ali ...' So ein Schwätzer! Ein Phrasendrescher ... Eben ein Kerl, der sich gerne reden hört."

„Oder der die anderen gern reden hört ..."

„Was meinst du damit?"

Claire erklärte bestimmt, begleitet von Handbewegungen mit dem Messer, das sie jetzt abwusch:

„Meine Liebe, das war ganz offensichtlich ein Spitzel. Man redet nicht in einem Café mit der erstbesten Person über solche wichtigen, ernsthaften Dinge ..."

„Die Erstbeste bedankt sich!"

„Du verstehst genau, was ich meine."

„Jedenfalls: ich weiß nicht, ob dieser Mathieu ein Spitzel ist, aber *mich* hat er in große Verlegenheit gebracht. Mit Sprüchen wie : ‚Ali glaubt vielleicht ins Paradies zu kommen, doch sein Leben wird ein einziger Abstieg zur Hölle sein.' Brrrr... das ist doch unglaublich, dass es Leute gibt, die wirklich so reden. In Paris? Heutzutage? Ich bin aufgestanden und habe das *Cannibale* verlassen. Ich habe nicht einmal meinen Kaffee ausgetrunken."

Claire war nachdenklich.

„Warte mal, ist das nicht leicht übertrieben? Diesem Ali verweigern sie eines Tages einen Job in Toulouse, ein Jahr später soll er bei Bin Laden sein? Oder beim Islamischen Staat?"

„Ich kann es auch nicht glauben ... Aber na ja, nichts ist unmöglich. Es gibt ja auch ‚Stammfranzosen', die eines Tages zum Islam konvertieren und sich am Ende in Bagdad oder Damaskus in die Luft sprengen."

„Das stimmt. Die heutige Welt ist verrückt geworden."

Sie begann zu trällern:

„La bombe humaine, tu la tiens dans ta main. Tu as l'détonateur ..."

Malika war platt:

„Sag mal, dir steht noch der Sinn danach, solche Texte zu singen ...? Nach allem was am 13. November passiert ist ... Das ist kaum einen Monat her!"

„Was soll ich denn tun? Die Welt spielt verrückt, sage ich dir ... Wenn Bretonen sich im Irak in die Luft jagen, wenn andere Franzosen mit nordafrikanischen Eltern sich hier in die Luft jagen ..."

„Ja, aber warte mal, da reden wir von rasendem Wahn, das ist pathologisch."

Claire richtete das Messer auf die Freundin:

„Was ist dir denn lieber für Ali, ‚das bärtige Hollywood' oder der Al-Qaida-Horrorstreifen"?"

Malika trocknete sorgsam eine Schüssel ab.

„Willst du das wirklich wissen?"

Sie stand auf und stellte sich neben Claire, die einen Teller genommen hatte und ihn energisch abbürstete. Durch das Fenster konnte man spielende Kinder im Garten der Wohnanlage sehen.

„Mir ist lieber, diese Tür zu schließen ..."

Sie zeigte auf die Wohnungstür.

„... damit das Chaos der Welt hier nicht eindringt; alle hässlichen Fanatismen müssen draußen bleiben, jüdische, christliche, muslimische, hinduistische, sie sollen verschwinden! Die Hunde!"

„Bravo!"

„... und dann möchte ich, dass du mir russische Spaghetti servierst, begleitet von einem albanischen oder chinesischen Chianti, ist uns doch egal, solange es gut schmeckt und wir eines Tages in Cordoba Mandoline spielen oder in ... ich weiß nicht, Dubrovnik? eine Sause machen, ins Theater gehen, uns Filme ansehen, viele Bücher lesen in allen Sprachen, und große Wanderungen im Jura unternehmen wie deine Tante Ginette, Friede ihrer Asche: Ohne irgend jemandem auf die Nerven zu gehen. Was mir lieber ist, ist ganz einfach leben."

„Ja!"

„Leben! Hier und heute."

Beim Reden hatte sie die Schüssel auf der Spüle abgestellt und sich ein Glas Gewürztraminer eingeschenkt. Sie hob das Glas, und während Claire strahlend Beifall klatschte, rief sie überschwenglich und lachend:

„Auf das Leben!"

Fouad Laroui

DIE ALTE DAME IN MARRAKESCH

Roman
Deutsch von Christiane Kayser
200 Seiten, fadengeheftetes Hardcover
ISBN 978-3-87536-314-2

François und Cécile sind ein glückliches Paar und führen ein sorgenfreies Leben in Paris. Doch François langweilt sich. Er träumt von der Ferne: Wie wäre es, wenn wir einen Riad in Marakesch kauften?
Um endlich Ruhe zu haben von ihrem Mann, den sie in der Midlife-Crisis wähnt, willigt Cécile ein. Und zur eigenen Überraschung sind die Eheleute binnen kurzem stolze Besitzer eines alten Hauses in der Medina von Marrakesch. Ist nun alles gut? Nicht ganz. – Vorher gilt es, die alte Dame umzusiedeln, die in der Zwischenzeit beschlossen hat, bei ihnen zu wohnen ...

Was als unterhaltsame Satire beginnt, entwickelt sich zu einem in seiner Dichte beklemmenden und anrührenden Drama vor der Kulisse der jüngeren marrokanisch-europäischen Geschichte. Ein großartiger Roman über Versöhnung und Verantwortung.

MERLIN VERLAG
21397 Gifkendorf Nr. 38

Der Verlag dankt dem Deutsch-Französischen Kreis, Düsseldorf e.V. (www.dfkdus.de) für die Übernahme der Übersetzungskosten, die das Erscheinen dieses Werkes in deutscher Sprache ermöglicht hat.

Titel des französischen Originals: *Ce vain combat que tu livres au monde*

Andreas Meyer VerlagsGmbH & Co. KG
Satz: MERLIN VERLAG, Gifkendorf
Umschlag: Designbüro Möhlenkamp & Schuldt, Marlis Schuldt und Jörg Möhlenkamp, Bremen, unter Verwendung einer Fotografie des Brunnens in der Großen Moschee von Paris (© Checco | Dreamstime.com) sowie einer Weltkarte nach Hecateus, 500 v. Chr. (www.landkartenindex.de)
Druck und Einband: Beltz Bad Langensalza GmbH, Bad Langensalza
1. Auflage, Gifkendorf 2017
im 60. Jahr des Merlin Verlags
ISBN 978-3-87536-325-8
www.merlin-verlag.com

KNAUR

Von Di Morrissey sind bereits folgende Titel erschienen:
Der Gesang des Wasserfalls
Die Blüten der Wüste
Das Land der goldenen Tempel
Im Land der glühenden Sonne
Das Leuchten der Orchideen
Im Licht der roten Erde
Späte Heimkehr
Der Duft der Mondblume
Im Tal der roten Zedern
Die Korallentaucherin
Tränen des Mondes
Das Dornenhaus
Die Perlenzüchterin

Über die Autorin:
Di Morrissey ist die erfolgreichste Autorin Australiens. Als Journalistin arbeitete sie für Frauenmagazine, Radio und Fernsehen, schrieb Drehbücher und Theaterstücke und wirkte an zahlreichen TV-Produktionen mit. Sie lebt heute auf einer Farm in Byron Bay, New South Wales.

Di Morrissey

Im Land der goldenen Tempel

ROMAN

Aus dem australischen Englisch
von
Sonja Schuhmacher, Robert A. Weiß
und Gerlinde Schermer-Rauwolf,
Kollektiv Druck-Reif

KNAUR

Die australische Originalausgabe erschien 2012 unter dem Titel
»The Golden Land« bei Pan Macmillan, Sydney.
Die Handlung dieses Romans ist frei erfunden,
wurde aber inspiriert von den tatsächlichen Ereignissen
und Menschen in Burma wie Aung San Suu Kyi, ihrem Vater,
dem verstorbenen General Aung San, Mitgliedern der ehemaligen
königlichen Familie, König Thibaw und Königin Supayalat
sowie dem führenden Kopf der Militärjunta, General Ne Win.

FSC
www.fsc.org
MIX
Papier aus verantwortungsvollen Quellen
FSC® C083411

Vollständige Taschenbuchausgabe September 2016
Knaur Taschenbuch

Redaktion: Boris Heczko, Kollektiv Druck-Reif
Covergestaltung: ZERO Werbeagentur, München
Coverabbildung: © Gettyimages / Kateryna Negoda
Satz: Adobe InDesign im Verlag
Druck und Bindung: CPI books GmbH, Leck
ISBN 978-3-426-51631-7

2 4 5 3 1

Für Daw Aung San Suu Kyi,
deren beharrliches ethisches Engagement
die Welt inspirierte.

Und für das Volk von Myanmar, das sich gerade anschickt,
seinen Traum zu verwirklichen – Freiheit und Demokratie
für sein wunderschönes Land.

1

1885, Burma

Im kühlen Schatten des hölzernen Klosters mit der hohen Decke hockte der junge Mönch. Er hatte den Kopf geneigt und kaute an der Unterlippe, während er mit größter Sorgfalt seinen Stift über das rotlackierte Rechteck führte, das vor ihm auf dem Boden lag. Hin und wieder rückte er seine Baumwollrobe auf der Schulter zurecht und strich die Falten des Gewandes glatt, unter dem seine nackten braunen Füße hervorlugten. Er saß im Schneidersitz da und runzelte konzentriert die Stirn. Wegen seiner herausragenden künstlerischen Fähigkeiten hatte ihn der Abt des Klosters damit betraut, den heiligen Text des Kammavacas zu illustrieren, das dem König überreicht werden sollte.

Ye Aungs Begabung war kurz nach seiner Ankunft im Kloster entdeckt worden. Seine verarmte Familie hatte ihn als achtjährigen Jungen in die Obhut des Klosters gegeben, weil sie hoffte, dass ein angesehener, gelehrter Mönch aus ihm werden würde. Im Gegenzug konnten sie erwarten, dass ihnen das Opfer als Verdienst im spirituellen Sinn angerechnet würde.

Zusammen mit den anderen Novizen lernte Ye Aung in langen Unterrichtsstunden, den buddhistischen Kanon auf Pali zu singen, jener uralten Sprache, die Buddha gesprochen hatte. Viele Stunden verbrachten sie im Gebet, mit Meditation und dem Lesen der alten Schriften, die sich im Besitz des Klosters befanden. Durch diese Lektüre lernte Ye Aung viel über das Leben Buddhas, er las Legenden und Erzählungen aus der Geisterwelt, die zwischen Mythos und Glauben angesiedelt war, und beschäftigte sich mit der Geschichte der großen Könige von Burma.

Ye Aung war ein stiller Junge, der gern für sich blieb. Wenn die anderen jungen Mönche spielten, draußen hinter dem langen Speisesaal Bambusbällen hinterherjagten oder ihre Roben abwarfen, um im weichen braunen Wasser des Irrawaddy zu tauchen und zu planschen, saß Ye Aung gern im Schatten eines Baumes, betrachtete das alte Kloster mit seinen breiten Korridoren und den hohen, schweren Türen, dem geschwungenen Stufendach und den kunstvoll geschnitzten Turmspitzen, die von mythischen Tieren getragen wurden.

In den gut hundert Jahren, die das Kloster inzwischen auf der stillen, abgeschiedenen Dschungellichtung stand, war das Teakholz des Gebäudes dunkelgrau geworden. Der Innenhof zwischen dem Hauptgebäude und den beiden kleineren Häusern war mit feiner weißer Erde bedeckt und wurde täglich von den Mönchen gekehrt, ganz gleich ob der Hof von der Sonne erwärmt wurde oder der Monsun glänzende Pfützen hinterlassen hatte. Die Gebäude wirkten freundlich und verwittert und anmutig, ganz anders als die vergoldeten Pagoden und Stupas in den Dörfern der Umgebung und der Stadt Mandalay.

Dieser Ort war so friedlich, dass man ihn für unbewohnt hätte halten können, wäre da nicht das unaufhörliche Flattern tiefroter Roben gewesen, die auf einer Leine im Hof oder auf Geländern und vor Fenstern zum Trocknen aufgehängt waren. Hinzu kam das raunende Summen der Gebete, das aus dem Innern des Klosters drang und an einen Bienenschwarm denken ließ.

Ye Aung hatte schon immer Bilder vor seinem inneren Auge gesehen, und es drängte ihn, den prächtigen Bildteppich der Geschichten aus seinen Lektionen in feine, detailreiche Illustrationen zu verwandeln. Schüchtern erzählte er seinem Lehrer Sayadaw von seinem Traum, und Sayadaw begann ihn zu fördern. Obwohl er keine künstlerische Ausbildung genossen hatte, tat Ye Aung nichts lieber, als mit Pinsel oder Stift zu zeichnen.

Die jungen Mönche teilten sich einen Schlafsaal. Jeder hatte eine Matte auf dem Fußboden und eine Bettdecke; als Kopfkissen diente ihnen die zusammengefaltete Robe. In einem kleinen Kasten bewahrten sie ihr persönliches Hab und Gut auf, darunter eine Schiefertafel und die Pali-Texte, die sie auswendig lernten, um sie im Sprechgesang vorzutragen.

Ye Aung hockte gern allein in seiner Ecke, während die anderen ungestümen Jungen sich draußen austobten. Ihm gefiel die Einsamkeit in dem stillen Raum, wo der warme Wind vom Fluss durch die geöffneten Holzläden der Fenster hereinwehte. Hier zeichnete er winzige Bilder von allem, was er rund um sich sah: wunderbare Tiere, herrliche Pflanzen, schöne Vögel und sogar die Mönche selbst. Manchmal zeichnete er auch die Geschöpfe der Geisterwelt oder die Tiere für die verschiedenen Geburtswochentage.

Schließlich wurde Ye Aung damit betraut, Kammavacas zu schreiben – heilige buddhistische Texte auf Palmenpapier. Die Palmwedel wurden geglättet und geräuchert, ehe man sie beschriftete, wobei zwischen den Zeilen immer wieder Raum für beziehungsreiche Illustrationen blieb. Dann wurden die fertigen Blätter sorgfältig mit Seidenschnüren gebunden und zwischen lackierte Buchdeckel aus Teakholzrinde gelegt. Zuweilen wurden die Buchdeckel mit Blattgold verziert.

Häufig wurden Kammavacas von Familien in Auftrag gegeben und dem Kloster geschenkt, sobald ein Sohn dem Orden beitrat. Die Palmblattmanuskripte wurden dann in schmucken Kästen aufbewahrt oder ruhten in Tücher gehüllt in der kunstvoll verzierten Büchertruhe, die sich in der Wohnung des Abts im Halbdunkel des inneren Klosterbereichs nahe dem Allerheiligsten befand. Ye Aungs Familie war zu arm gewesen, um ein Kammavaca in Auftrag zu geben, und der Junge hoffte, für seine Eltern Verdienst sammeln zu können, indem er, so gut er nur konnte, die Schriften für andere illustrierte.

Eines Tages rief Sayadaw ihn in den Meditationsraum, der den älteren Mönchen vorbehalten war. Hier beteten und meditierten die Mönche umgeben von Reliquien, den sogenannten Sariras, Thangka-Rollbildern, Buddhafiguren und Bibliothekstruhen mit uralten Palmblattmanuskripten, deren altertümliche Schrift fast niemand mehr lesen konnte.

Erfüllt von Ehrfurcht, weil er diesen Kultraum betreten durfte, stand Ye Aung reglos da, den Kopf geneigt, die Finger unter seiner Robe verschränkt, während sein Lehrer eine Truhe öffnete und eine Mönchsrobe herausnahm. Dass sie sehr alt war, wusste der Junge in dem Augenblick, als Sayadaw sie ihm in die Hände legte. Nun sagte ihm sein Lehrer, die Robe habe einem angesehenen und hochverehrten Mönch gehört. Statt gewöhnlichem Palmenpapier würden manchmal Stücke dieser Robe verwendet, um besondere Kammavacas herzustellen. Zuerst musste der Stoff mit Lack behandelt werden, so dass eine glatte, aber biegsame Oberfläche entstand, dann würde er in Stücke geschnitten und von den Mönchen mit heiligen Texten beschriftet. Danach würden die Stoffstücke mit Hilfe von schmalen polierten Bambusspänen gebunden. Abschließend sollte Ye Aung das Werk mit seinen Zeichnungen illustrieren; der Lack dafür würde aus erhitztem Lacksaft gewonnen und dann schwarz eingefärbt.

»Darf ich fragen, für wen dieses besondere Kammavaca bestimmt ist?«, wollte Ye Aung wissen.

Sayadaw lächelte. »Es ist ein Geschenk für König Thibaw.«

Dass man ihn mit diesem besonderen Projekt betraute, lag wie eine schwere Bürde auf Ye Aungs Schultern. Während er zeichnete, dämmerte ihm, dass der Text wohl mehr enthielt als nur buddhistische Lehren. Er bat Sayadaw, ihm die uralten Pali-Texte zu übersetzen, doch sein Lehrer schüttelte den Kopf.

»Die alten Mönche haben ein außerordentliches Wissen, das sie manchmal weitergeben in der Hoffnung, irgendjemand könnte imstande sein zu entziffern, was sich in dem Text verbirgt. Und bis dahin ist es sicher aufbewahrt.«

»Wie ein Geheimnis?«

Sayadaw zuckte die Schultern. »Ja, so wie bestimmte verehrungswürdige Reliquien, Kostbarkeiten und Objekte versteckt werden. Vielleicht ist es klösterliche Tradition. Und wer auch immer den Text entziffern kann, erlangt einen besonderen Status, Karma und Verdienst.«

»Kannst du lesen, was in diesem Kammavaca geschrieben steht?«, fragte Ye Aung.

Sayadaw schüttelte den Kopf. »Die älteren Mönche schreiben jeweils nur einen Teil der Geschichte. Niemand darf das ganze Manuskript lesen.«

»Wer kennt denn die ganze Geschichte?«, wollte Ye Aung wissen.

»Das kann ich dir nicht sagen«, erwiderte Sayadaw.

Ye Aung wusste nicht, ob sein gebildeter Lehrer die Antwort nicht kannte oder sie ihm nur nicht verraten wollte. Also fragte der junge Mann, ob er einige weiße Elefanten in dieses Kammavaca malen dürfe, ähnlich den geschnitzten Elefantenfiguren unten an der Treppe des Klosters.

Sayadaw lächelte. »Ich bin sicher, dem König wird das sehr gefallen. Die weißen Elefanten sind wahrhaftig heilig.«

Als Ye Aung vor den Abt gerufen wurde, fürchtete er schon, er habe Missfallen erregt. Doch da Sayadaw, der ebenfalls zugegen war, ein erfreutes Gesicht machte, war der junge Mann beruhigt. Tatsächlich war der Abt mit Ye Aungs Arbeit so zufrieden, dass er ihm erlaubte, die älteren Mönche nach Mandalay zu begleiten, um dort dem König das vollendete Kammavaca zu überreichen.

In aller Frühe zogen die heiligen Männer mit ihren Almosenschalen feierlich durch die Tore des Klosters in den kühlen Morgen hinaus. In seiner Schultertasche trug der Abt das Geschenk für den König, an dem Ye Aung viele Monate lang mitgearbeitet hatte. Als Ye Aung die Baumwolltasche sah, lächelte er in sich hinein, denn er wusste, was sich darin befand. Er erinnerte sich an die von ihm gemalten weißen Elefanten, die juwelenbesetzte Halsketten und reich bestickte Tücher mit Goldringen um die Stoßzähne trugen und unter einem weißen Baldachin mit goldenen Quasten gingen, begleitet von Musikern und Magiern.

Tagelang wanderten die Mönche von Dorf zu Dorf und rasteten an Garküchen und Häusern, wo sie Wasser und Essen erhielten. Einmal kamen sie an den Leichen von zwei Banditen vorbei, die als Strafe für einen Überfall auf ein Dorf auf einem Hügel gekreuzigt worden waren. Ye Aung schauderte, als er sie sah. Hastig wandte er den Blick ab, obwohl er im Stillen einräumte, dass die Dorfbewohner das Recht hatten, sich vor Räubern zu schützen. Auf dem Land war das Banditenwesen weit verbreitet, das wusste er. Deshalb fühlte er sich sicherer, als die Mönche in die Außenbezirke von Mandalay gelangten.

Je näher sie zum Königspalast kamen, desto belebter wurden die Straßen, und es waren nicht nur Menschen unterwegs, sondern auch Schweine, die sich scharenweise durch die Menge drängten.

»König Mindon, der Vater von König Thibaw, fütterte

täglich tausend Schweine, um Verdienst zu sammeln, aber nach seinem Tod wurden sie ausgesetzt«, erklärte Sayadaw seinem Schüler.

Die Mönche erreichten die ausgedehnte Palastanlage, überquerten die fünfte Brücke, die über den breiten Burggraben führte, passierten im Gänsemarsch den Wachturm und wurden in einen schönen, großen Pavillon geführt. Drinnen teilten geschnitzte Holzwände den kühlen, luftigen Saal in mehrere Empfangsbereiche. Die Mönche traten in einen kleinen Raum und warteten auf die Ankunft des Königs.

Ye Aung konnte den Blick nicht von dem Thron wenden, der mit kunstvollen Schnitzereien verziert am anderen Ende des Saals stand. Die Decke hoch über ihnen war mit Szenen und Ereignissen aus dem Leben von König Mindon, dem Erbauer des prachtvollen Palastes, ausgemalt.

König Thibaw trat ohne jeden Prunk ein, er wurde nur von zwei Töchtern begleitet. Die Mädchen trugen seidene Longyi, bodenlange Sarongs in leuchtenden Farben, schmal geschnittene, langärmlige Seidenblusen und Spangen mit Edelsteinblumen in ihrem langen, glatten Haar. Ye Aung fand, dass sie wie wunderschöne Schmetterlinge aussahen, und er versuchte den Stolz zu unterdrücken, den er empfand, als die jüngere von ihnen das Kammavaca kurz in der Hand behielt, ehe sie es ihrem Vater zurückgab.

Es war eine kurze, förmliche Begegnung, und wären nicht die beiden Prinzessinnen dabei gewesen, hätte Ye Aung sie sehr langweilig gefunden. Anschließend folgte er den älteren Mönchen in den zentralen Schrein des Palasts, um zu beten. Die Frage, ob der König die Seiten des Kammavacas studieren und Ye Aungs Illustrationen bemerken würde oder ob es einfach in der königlichen Bibliothek verstaut und in Vergessenheit geraten würde, ließ ihn nicht los. Dennoch sprach er ein Gebet für das Wohlergehen des Königs und seiner Familie.

Einen Monat später kam es zu dramatischen Veränderungen in Mandalay, die sogar Auswirkungen auf das ruhige Klosterleben hatten. Britische Truppen waren aus den Küstenregionen Burmas vorgedrungen, dem Irrawaddy gefolgt und zogen nun durch die Dörfer zum Palast von Mandalay.

Die Novizen wurden angewiesen, das Gebäude nicht zu verlassen, während die älteren Mönche ausschwärmten, um ihre Schreine und Reliquien in der ländlichen Umgebung zu schützen. Die Invasoren zeigten keinerlei Respekt vor der burmesischen Kultur und nahmen sich einfach, was ihnen gefiel. Auf den Märkten wurden Reis und andere Lebensmittel knapp, und die Gaben, die die Mönche auf ihrer täglichen Runde durch die Garküchen, Läden und Häuser der Gläubigen erhielten, fielen dürftig aus. Wenn sie ins Kloster zurückkehrten, waren ihre Almosenschalen oft leer.

Ye Aung fragte Sayadaw einmal, wie es dem König und seinem Hofstaat ergangen sei, besonders den Prinzessinnen. Sayadaw erwiderte, die Briten hätten sie in Ochsenkarren aus dem Palast gefahren und nach Indien gebracht, wo sie nun irgendwo lebten. Die Briten herrschten jetzt über ganz Burma.

Schließlich beschloss der Abt, sich selbst ein Bild zu machen, was in der Stadt vor sich ging. Als er aus Mandalay zurückkam, war er verzweifelt. Wie er gehört hatte, hieß der Palast jetzt Fort Dufferin – nach dem Vizekönig von Indien –, und die britischen Offiziere benutzten ihn als Club. Die Briten hatten Kleinodien aus dem Palast geraubt und die größten Edelsteine an Königin Victoria geschickt. Der prächtige burmesische Thron befand sich nun in einem Museum in Kalkutta.

Einige Tage später machte frühmorgens ein kleines Fischerboot an der Anlegestelle unterhalb des Klosters fest. Eine Gestalt in einer Mönchsrobe eilte den Weg zum Kloster hinauf, wo noch alles in Dunkel gehüllt war.

Ye Aung lauschte. Auf seiner Matte im Schlafsaal ausgestreckt, hatte er das Plätschern eines Ruders im Fluss gehört, und jetzt tappten leise Schritte auf der Treppe. Holzdielen knarzten, als der Besucher durch den Außenkorridor eilte. Stimmen flüsterten. Dann hörte Ye Aung, dass mehrere Mönche dem Besucher zum Zayat folgten, dem Pavillon auf dem Klostergelände, den die Mönche tagsüber zur Meditation nutzten und in dem Besucher übernachten konnten.

Ye Aung war jetzt hellwach und neugierig. Er erhob sich, schlich an den anderen schlafenden Jungs vorbei und tappte durch dunkle Räume, vorbei an den Säulen des Hauptkorridors und hinaus durch die hohe geschnitzte Tür. Dann lief er die Steintreppe an der Rückseite des Klosters hinunter.

Ihm war klar, dass man nicht lauschen durfte, aber er wusste auch, dass die Mönche wegen der Briten in Sorge waren. Im Mondlicht sah er einige ältere Mönche, die dicht nebeneinander im Kreis auf dem Boden des Pavillons saßen und leise miteinander sprachen. Da er sich nicht näher heranwagte, schlich er zu seinem Schlafplatz zurück und hoffte, später mehr zu erfahren.

Sayadaw enttäuschte ihn nicht und nahm ihn nach der Morgenmeditation beiseite. Der Blick seines Lehrers verriet, dass ihm Ye Aungs nächtlicher Streifzug durch das Kloster nicht verborgen geblieben war.

»In der Stadt herrscht große Unruhe«, erklärte Sayadaw sehr ernst. »Alle sind zutiefst verzweifelt. Die britischen Soldaten haben die königliche Schatzkammer niedergebrannt.«

»Dann sind jetzt das ganze Geld und die Edelsteine verloren?«, fragte Ye Aung.

»Ich glaube, dass lediglich ein Teil des Geldes dort war. Sehr viel ist bereits geraubt worden, und der König hat in der kurzen Frist vor seiner Abreise aus Burma so viel an sich genommen, wie es ihm möglich war. Es heißt, er habe außerdem einen Großteil verstecken lassen.« Sayadaw schüttelte den Kopf. »Aber nicht das ist es, Ye Aung, was die Mönche beunruhigt. In der Schatzkammer wurden die Ahnentafeln des Geburtsadels aufbewahrt. Diese wichtigen Dokumente waren in goldgebundenen Palmblattmanuskripten niedergeschrieben und in bestickte Seidentücher gehüllt.«

»So schön wie meines?«, fragte Ye Aung, und Sayadaw lächelte leise.

»Keiner kann so viel Hingabe und Phantasie in seine Arbeit gesteckt haben wie du. Leider wurde auch die königliche Bibliothek geplündert, und viele kostbare Bücher und Zeugnisse unserer Kultur wurden vernichtet.«

Entsetzt darüber, dass womöglich Tausende Manuskripte, viele davon Hunderte Jahre alt, verloren waren, starrte Ye Aung seinen Lehrer an. »Warum tun die britischen Soldaten so etwas?«, flüsterte er.

Sayadaw zuckte die Schultern. »Sie wollen uns ihr Gesetz aufzwingen. Aber sie werden nicht ewig bleiben. Wir sind seit Jahrhunderten hier, und eines Tages werden die Briten abziehen müssen. Dann werden wieder unsere weisen, friedlichen Leute regieren.«

Ye Aung besann sich auf die Lehren des Buddha und versuchte den unwissenden Soldaten zu vergeben, die ein solches Werk der Zerstörung angerichtet hatten. Aber er fürchtete, dass auch das Kammavaca, das er für den König illustriert hatte, vernichtet worden war. Unvermittelt sagte er: »Wenn in dem Kammavaca des Königs ein Geheimnis verborgen war, ist es jetzt für immer verloren!«

»Dann sollte dieses Geheimnis nicht entdeckt werden«, erwiderte Sayadaw philosophisch.

Ye Aung vernahm Sprechgesang, der Unterricht hatte begonnen. Er eilte über das Gelände. Am Fuß der Treppe zum

Kloster berührte er den geschnitzten Elefanten und flüsterte rasch ein Gebet in der Hoffnung, dass sein einzigartiges Manuskript durch einen gesegneten Zufall überlebt hatte.

1913

Die Farben des Abendhimmels verblassten über den glatten braunen Fluten des ruhig dahinströmenden Irrawaddy, als das Tuckern eines Motors die Stille durchbrach. Er gehörte zu einem großen Schaufelraddampfer, der Kurs auf Mandalay nahm. Auf den glänzenden Teakplanken des oberen Freiluftdecks, das für die Passagiere erster Klasse reserviert war, wurden Aperitifs serviert. Die dunkelhäutige bengalische Crew der Irrawaddy Flotilla Company bediente die Passagiere, offenbar durchwegs Briten, die es sich auf ihren Planters' Chairs unter den Topfpalmen bequem machten und ihren Sundowner schlürften. Die Männer, in makelloses Weiß gekleidet, diskutierten über Handelspreise, die Gründung einer neuen britischen Handelsgesellschaft für Teakhölzer, die anhaltende Expansion der Erdölfelder von Yenangyaung, die gute Reisernte und Nachrichten aus der Heimat. Sie senkten die Stimme, als die Sprache auf die anhaltenden Machenschaften von König Thibaw und Königin Supayalat kam, die nach wie vor im Exil in Ratnagiri schmachteten.

»Man muss sie mit Argusaugen beobachten. Ständig schmieden sie Intrigen, um nach Burma zurückzukehren«, meinte ein Plantagenbesitzer.

»Man muss vor allem die Königin im Auge behalten. Sie stand doch hinter der Ermordung der Angehörigen des Königs, sogar einiger seiner Halbgeschwister. Alle, die seinem Anspruch auf den Thron gefährlich werden konnten, wurden umgebracht«, bemerkte ein anderer.

»Zu Tode geprügelt in roten Samtsäcken«, warf schaudernd ein Dritter ein.

»Von einem britischen Offizier, dessen Freund den Hinrichtungen beigewohnt hat, habe ich gehört, dass alles sehr zeremoniell und respektvoll durchgeführt wurde. Die Hiebe waren exakt plaziert, um den Tod schnell herbeizuführen«, erwiderte der Plantagenbesitzer.

»Die Leute schätzten Thibaw nicht sonderlich. Ein blutrünstiger Bursche, dabei spielte er sogar Kricket«, meinte sein Freund lachend.

»Verdammt primitive Sippschaft, wenn ihr mich fragt«, bemerkte ein anderer aus der Gruppe. »Gott sei Dank haben wir jetzt das Land annektiert. Die sollten sich glücklich schätzen, dass sie nicht alle in Samtsäcke gesteckt werden.«

»Wenn es nicht um die Loyalität zum Mutterland ginge und um die Chancen, die sich hier bieten – ich weiß nicht, wie viele von uns es hier länger aushalten würden«, meinte ein Colonel a. D.

»Ich finde diese Rubinminen, Ölfelder und Teakholzwälder ziemlich attraktiv.« Der Kapitän des Dampfers lächelte milde. »Ebenso wie die burmesischen Damen. Der Lohn, der uns hier winkt, ist durchaus ein paar Unannehmlichkeiten wert.«

Ein wenig abseits von der Gruppe saß Andrew Hancock, der mit halbem Ohr den Gesprächen seiner Mitreisenden lauschte. Dabei blickte er über den Fluss zum dicht bewaldeten Ufer und dachte darüber nach, wie unglaublich es war, hier in Burma zu sein. Reisen und Abenteuer – das war ein Leben, das er sich nicht hatte träumen lassen. Sein Vater arbeitete in einer Bank in Brighton, und Andrew hatte geglaubt, dass er denselben Beruf ergreifen würde, obwohl Fotografie seine Leidenschaft war. Für ihn war es wunderbar, etwas oder jemanden auf ein Bild zu bannen und diesen Augenblick damit für immer festzuhalten. Unglücklicherweise sah er keine Chance, sich als Fotograf seinen Lebensunterhalt zu verdienen. Doch dann war ihm überraschend das Glück hold gewesen. Ein entfernter Onkel war gestorben und hatte alles, was er besaß, Andrew hinterlassen. Es war zwar kein Vermögen, doch Andrew konnte sich nun etwas Zeit nehmen, um herauszufinden, ob er das Zeug zum Profifotografen hatte.

Rasch merkte Andrew, dass es ziemlich langweilig und öde war, Brighton zu fotografieren. Ihm wurde klar, dass ihn im Grunde das Abenteuer ebenso reizte wie das Fotografieren. Also brach er nach Indien auf. Er bereiste das Land, hielt in seinen Aufnahmen das Dorfleben fest, schaffte es aber auch zum Durbar in Neu-Delhi, wo er der Krönung von George V. zum Kaiser von Indien beiwohnte. Dann begann er Geschichten zu seinen Fotos zu schreiben und stellte fest, dass verschiedene Zeitschriften Interesse zeigten und seine Fotoreportagen kauften. Das hieß, dass er noch länger in Asien bleiben konnte.

Eines Morgens hörte Andrew beim Frühstück in Kalkutta, wie sich Leute über Burma unterhielten. Seine Neugier war geweckt, und er beschloss, sich das Land mit eigenen Augen anzusehen. Und nun war er hier, wie Mr. Kipling sagen würde: »On the road to Mandalay«.

Während er nachdenklich auf seinem Planters' Chair an Deck saß, gesellte sich ein kleiner, dicker Schotte im weißen Tropenanzug zu ihm, musterte Andrew durch seinen Kneifer und stellte sich vor.

»Guten Abend. Ich bin Ian Ferguson. Ich glaube nicht, dass ich Ihnen schon einmal begegnet bin. Ist das Ihre erste Reise nach Mandalay?«

Andrew erhob sich und streckte Ferguson die Hand entgegen. »Ich bin zum ersten Mal überhaupt in Burma. Offenbar ein wunderschönes Land. All diese Tempel! Ich kann mir nicht vorstellen, dass es irgendwo anders auf der Welt so viele gibt.«

»Stimmt«, erwiderte Ferguson. »Die Burmesen sind fromme Buddhisten. Was führt Sie nach Burma? Staatsdienst? Handel?«

»Weder noch«, erklärte Andrew. »Ich bin Fotograf und verkaufe meine Reportagen an Zeitschriften in der Heimat. Darf ich fragen, was Sie in Burma machen, Mr. Ferguson?«

Der kleine Schotte strahlte. »Ich bin ein Kunstexperte. Ich wage sogar zu behaupten, dass ich *der* Experte für burmesische Kunst bin.«

Andrew Hancock war beeindruckt. »Also bereisen Sie das Land und erforschen die Kultur der Menschen?«

»Tja, mein Junge, die Sache ist die, dass die Burmesen ihre Kultur nicht wirklich wertschätzen. Ihre Tempel sind vollgestopft mit Kunstgegenständen, um die sich die Mönche nicht scheren. Auf den Märkten kann man unzählige schöne Dinge für einen Spottpreis kaufen. Die Burmesen haben mehr für Geld übrig als für ihre religiösen Objekte.«

»Vielleicht brauchen sie es einfach sehr dringend«, meinte Andrew.

»Unsinn, mein Junge. Wenn Sie erst mal eine Weile hier sind, so wie ich, dann werden Sie merken, dass wir Briten die lokale Kultur sehr viel mehr wertschätzen, als es die Burmesen tun.«

»Sie bewahren also ihre Kultur?«, fragte Andrew.

»Allerdings. Ich sammle die besten Stücke und schicke sie nach Großbritannien.«

»An Museen?«

»Und an Privatsammler, die burmesische Kunst schätzen.« Der Schotte lachte kurz auf.

Dann ging Ian Ferguson weiter, um mit anderen Reisenden zu plaudern, und Andrew dachte über das Gesagte nach. Zwar war er selbst noch nicht lange in Burma, und sicherlich war er nicht der Experte, als der sich Ferguson ausgab, aber es schien ihm befremdlich, dass die Burmesen ihrer Kultur angeblich so gleichgültig gegenüberstanden. In Indien hatte er eine ganz andere Einstellung beobachtet, dort hatte der Prunk der Radschas bei ihm den Eindruck erweckt, dass das Volk die indische Kultur sehr wohl hochschätzte. Er fragte sich, warum das für Burma nicht gelten sollte. Nun, vielleicht würde er selbst herausfinden, ob Fergusons Behauptungen zutrafen.

Der Irrawaddy war nun anderthalb Kilometer breit, die Ufer verschwammen in der Ferne. Hin und wieder steuerte das Schiff eine tiefere Fahrrinne an, um dem Wurzelgeflecht im Wasser auszuweichen. Ein paar Mal sah Andrew ein kleineres Ruderboot mit Fischern, und einmal lockte der Anblick von Delphinen, die aus dem Wasser sprangen, die staunenden Reisenden an die Reling. Andrew hätte die kleinen dunkelgrauen Tiere mit den stumpfen Nasen gern fotografiert, aber sie bewegten sich zu schnell.

Dann wurde der Fluss schmaler, eingezwängt zwischen den steilen Hängen von Vulkanen, die mit dichtem Dschungel bewachsen waren. Die Ufer bestanden nicht mehr aus weichem braunen Lehm, sondern aus erstarrter Lava, die im Nachmittagslicht glänzte. Am Rand des Flusses hatten sich große Tümpel gebildet, umgeben von geschützten Lichtungen mit hohen Felswänden im Hintergrund. Der Kapitän erzählte Andrew, dass in diesen Becken manchmal Elefanten badeten, doch als sie vorbeifuhren, regte sich dort nichts.

Plötzlich teilte eine kleine, völlig von Pflanzen überwucherte Insel die Fluten des Flusses. Auf der einen Seite erhob sich jäh eine Felswand, an der das Wasser vorbeischoss. Der Dampfer nahm die ruhigere Route um die

Insel herum, so dass Andrew freien Blick auf ein Kloster hatte, das oben auf der Felswand thronte, offenbar verlassen und verfallen, aber immer noch atemberaubend imposant.

Als sie weiterfuhren, fesselte ein aufblitzendes Licht hoch oben in den Bergen Andrews Aufmerksamkeit. Es dauerte einen Moment, bis ihm klar wurde, dass sich der Schein der untergehenden Sonne auf dem Dach einer Pagode spiegelte, die an der Kante eines Steilhangs stand. Wie um alles in der Welt, fragte sich Andrew, schafften die Leute den Aufstieg dorthin? Es schien unmöglich. Und wie viel Blattgold war wohl für die Pagode verwendet worden, dass sie so wunderbar glänzte? Wenig später erblickte er einen weiteren Tempel oder Stupa, wie manche dieser Gebäude offenbar hießen, deren typisch rundliche Glockenform ebenfalls prachtvoll schimmerte.

Alles, was Andrew gelesen und gehört hatte, schien lebendig zu werden: Geschichten über Kammern aus duftendem Sandelholz und Adlerholz, die in das legendäre Haus aus Gold führten. Seine Wände waren vergoldet, die Säulen verziert mit geschnitzten Reben, an denen Früchte und Blätter aus hühnereigroßen Smaragden und Rubinen prangten; drinnen stand ein Schrein aus Gold auf einem güldenen Tisch, mit kostbaren Edelsteinen gefüllt und von Götterbildern aus purem Gold bewacht, auch sie besetzt mit glitzernden Edelsteinen. Wie viel Wahrheit in dieser Legende stecken mochte?

Jetzt begriff er, warum Burma als das Land der goldenen Tempel galt – ein Land, das sich angeblich rühmen konnte, mehr und prachtvollere Pagoden, Tempel und Schreine zu besitzen als jedes andere auf der Welt. Ein Land, reich an buddhistischer Kultur, reich an natürlichen Ressourcen und reich an bewegter Geschichte. Und hier war er nun, bereit, all dies zu erforschen und zu fotografieren.

1926, Rangun

Andrew bog vom Strand – der Straße, die am Flussufer verlief – in eine schmale Gasse, gesäumt von den soliden Kolonialgebäuden der Post, des Gerichts und der Schifffahrtsgesellschaften, die den belebten Hafen von Rangun bedienten. Er kam an Straßenhändlern und ihren kleinen Garküchen vorbei, wo ihn appetitanregende Düfte von gebratenen Nudeln und pikanten Pfannkuchen daran erinnerten, dass sein Frühstück schon eine Weile zurücklag. Eine Reihe schmaler Torwege führte in dunkle vollgestopfte Kabuffs, in denen alles verkauft wurde, von Fahrradersatzteilen über Kochutensilien bis zu handgefertigten Strohhüten. Auf halbem Weg die Gasse hinunter war ein Eingang, an dem Zeitschriften, Postkarten und kolorierte Zeichnungen lockten. Andrew trat in den kleinen Laden. Der schottische Inhaber trug ein weißes Hemd zu einem traditionellen grün-violett karierten Longyi aus Baumwolle, der um die Taille geknotet war. Er hockte im Schneidersitz auf einem niedrigen Hocker und las in einem Buch.

Andrew sah sich die gebrauchten Bücher in den Regalen an, einige zerlesene englische Romane und Fachbücher, teils auf Englisch, teils in der geschwungenen burmesischen Kalligrafie verfasst. Dann wandte er sich an den Ladeninhaber.

»Guten Morgen, Mr. Watt.«

Der Buchhändler schaute ihn über die Brille hinweg an, sprang auf und streckte ihm die Hand entgegen.

»Mr. Hancock. Welche Überraschung! Sie habe ich ja schon eine ganze Weile nicht mehr gesehen.«

»Es ist bestimmt einige Jahre her. Man hat mir gesagt, dass ich Sie immer noch hier finde. Schön, Sie wiederzusehen, Mr. Watt.«

»Ja. Seit Kriegsbeginn nicht mehr, glaube ich. Nehmen Sie sich doch einen Hocker oder ein Kissen.« Mr. Watt klatschte in die Hände, und ein junger indischer Assistent tauchte hinter den Bücherreihen auf. »Vinay, das ist ein alter Bekannter von mir. Bitte geh zur Teestube und hol uns Tee. Jetzt erzählen Sie, Mr. Hancock, was haben Sie die ganze Zeit getrieben? Ich dachte, Sie hätten inzwischen geheiratet und eine Familie gegründet.«

»Nein. Vielleicht bin ich nicht der Typ dafür. Mein Leben war zu unsicher. Bei Kriegsausbruch bin ich heimgefahren und habe die nächsten vier Jahre in den Schützengräben an der Westfront verbracht.«

»Keine angenehme Erfahrung.«

»Das war es wirklich nicht, aber zum Glück bin ich relativ unbeschädigt wieder rausgekommen, was man von vielen anderen nicht behaupten kann. Nach dem Krieg wusste ich nicht so recht, wie es weitergehen sollte. Mein Vater war gestorben, und meine Schwester Florence heiratete einen australischen Soldaten, den sie kennengelernt hatte, als er auf Urlaub in Brighton war. Sie sind zusammen nach Australien gezogen. Da ich meine Mutter nicht allein lassen wollte, besorgte ich mir einen Job als Fotograf im Presseimperium von Lord Beaverbrook. Ich versuchte, einen Roman zu schreiben, aber er war nicht besonders gut, und niemand wollte ihn verlegen. Als dann meine Mutter von uns ging, hielt mich nichts mehr in England, und ich dachte mir, dass ich gern wieder in den Osten reisen würde. Und da bin ich also, auf der Suche nach neuen Reportagen über dieses wunderbare Land und seine Menschen.«

»Ich habe gehört, dass Ihre Beiträge mit den exzellenten Fotos in London sehr gut angekommen sind.«

»Ja. Diese Arbeit hat mich wirklich interessiert. Was ich von der Tätigkeit als Zeitungsfritze in London nicht sagen kann. Aber wie steht's bei Ihnen? Wie ist es Ihnen all die Jahre ergangen?«

»Bin immer noch glücklich mit Moe«, erwiderte Mr. Watt,

der mit einer Burmesin verheiratet war. »Ich glaube nicht, dass ich je mit ihr in die alte Heimat zurückkehren werde. Uns beiden wäre die Kälte unerträglich.«

Andrew stimmte zu. Wobei Mr. Watt wohl weniger das Wetter als den frostigen Empfang meinte, der ihm und seiner Frau in Schottland blühte. Als Vinay mit dem Tee wiederkam, fragte Andrew, wie das Geschäft laufe.

»Recht gut. Was haben Sie für Pläne?«

»Ich werde mein unstetes Wanderleben wieder aufnehmen, im Vertrauen auf die Freundlichkeit und Großzügigkeit anderer, nicht zuletzt verschiedener Londoner Zeitschriften. Statt einer Almosenschale werde ich eben eine Kamera und ein Notizheft dabeihaben«, erwiderte Andrew mit einem Lächeln. »Aber mir geht es nicht nur um Reiseberichte für die Magazine. Ich will unter die Oberfläche dieses Landes blicken. In Großbritannien weiß man sehr wenig über Burma und seine Menschen.«

Der Buchhändler nickte ernst. »Ja, die Briten haben wirklich keine Ahnung, was im Osten ihres Empire passiert. Uns stehen Umwälzungen bevor. Sogar hier in Burma gibt es antibritische Umtriebe. Die Burmesen sind ein geduldiges Volk. Aber wie lange noch? Die Jugend wird unruhig. An einer Universität hat es einen Aufstand gegeben.«

»Ich finde, dass unser Land Burma ausbeutet«, sagte Andrew vorsichtig.

»Mag ja sein, dass ich aus Schottland stamme, aber ich habe mich auf die Seite der Burmesen geschlagen. Inzwischen verabscheue ich die Arroganz unserer Soldaten und Beamten, die glauben, sie seien den Menschen überlegen, die sie regieren und über die sie sehr wenig wissen. Leute, die in der britischen Gesellschaft wenig gelten würden, spielen sich hier in Burma als die Herren auf. Manchmal schäme ich mich zu sagen, dass ich Brite bin«, platzte Mr. Watt heraus.

Andrew nickte nachdenklich. Sein Blick fiel auf einige

schöne Fotos, die an der Wand hingen. Eines zeigte Burmas berühmteste Pagode, den Shwedagon. Das wunderbare Monument mit der goldenen Kuppel und den juwelenbesetzten Turmspitzen war Ranguns Wahrzeichen – ebenso spektakulär wie die berühmtesten Bauwerke Indiens oder Istanbuls. Nicht nur Burmesen, auch Fremde kamen dorthin, um ihre Ehrerbietung zu zeigen. Auf einem anderen Foto war George V. zu sehen. Daneben hing ein offizielles Porträt des verstorbenen Königs Thibaw mit Königin Supayalat, aufgenommen in einem prächtigen Thronsaal. Ein viertes Bild zeigte ein fernes Kloster an einem See mit einem goldenen glockenförmigen Stupa, umgeben von nebelverhangenen Bergen.

»Das ist sehr gut.« Andrew nahm das Bild von der Wand, um es eingehender zu betrachten.

»Ja, schön, nicht wahr? Es überrascht mich nicht, dass es Ihnen aufgefallen ist. Philip Klier hat die Aufnahme gemacht«, erklärte Mr. Watt. »Er hat auch das Königspaar fotografiert.«

»Ach ja.« Andrew studierte die stoischen Gesichter der gekrönten Häupter, die mit starrer Miene darauf warteten, dass die Belichtungszeit verstrich. »Er war ein hervorragender Fotograf. Sagen Sie mal, Mr. Watt, wissen Sie, was aus der königlichen Familie geworden ist, nachdem sie nach Indien verbannt wurde? Ich erinnere mich an Geschichten, die erzählt wurden, aber vielleicht waren das nur Gerüchte.«

»Der arme Thibaw. Ein schmachvolles Schicksal, so weit fort ins Exil geschickt zu werden. So viel ich weiß, haben sie ziemlich isoliert gelebt. Sie wissen, dass die Königin nach dem Tod ihres Mannes vor ein paar Jahren nach Burma heimgekehrt ist? Aber die Rückkehr nach Mandalay hat man ihr nie erlaubt.« Mr. Watt nahm Andrew das Foto aus der Hand und hängte es wieder an die Wand. »Letztes Jahr ist auch sie gestorben. Aber wenigstens hat sie in Rangun ein angemessenes Begräbnis erhalten. Sie wurde in der Shwedagon-Pagode beigesetzt.«

»Und seine Töchter? Wie ist es ihnen ergangen?«, fragte Andrew.

»Eine hat einen Bürgerlichen geheiratet, was das Königspaar sehr verärgert hat. Sie leben in den Bergen – in Darjeeling, glaube ich. Auch die anderen Prinzessinnen mussten auf eigenen Beinen stehen, vor allem als das Geld und die Edelsteine der Familie zur Neige gingen.«

»Haben Sie den König und die Königin je persönlich getroffen?« Andrew wies mit einer Kopfbewegung auf das Foto.

Mr. Watt sah Andrew über den Brillenrand hinweg an. »So alt bin ich auch wieder nicht – der König wurde vor über vierzig Jahren abgesetzt. Obwohl ich tatsächlich schon lange in Burma lebe.«

»Und deshalb wissen Sie so viel über das Leben, die Kultur und die Geschichte dieses Landes«, bemerkte Andrew.

»Ich weiß einiges, weil ich mich damit beschäftige, anders als die meisten unserer Landsleute, die niemals über ihren eigenen Horizont hinausblicken«, erwiderte Mr. Watt. »Als ich nach Burma kam, war ich im indischen Staatsdienst tätig, aber als ich in Mandalay arbeitete, habe ich mich in ein burmesisches Mädchen verliebt. Da musste ich mich zwischen meiner schönen Moe und dem Staatsdienst entscheiden. Und jetzt bin ich immer noch in Burma, lerne immer mehr über dieses Land und über den Buddhismus und liebe weiterhin meine Frau. Mein Leben ist einfach, und so gefällt es mir.«

Mr. Watt wies auf das Foto der königlichen Familie. »Für sie war es schwierig, ihr Leben zu ändern. Sie haben sich nie damit abgefunden, was wohl verständlich ist. Der König hoffte immer auf eine Rückkehr, aber es sollte nicht sein. Eine Halbschwester von ihm lebt hier in der Nähe, aber ihr Leben ist längst nicht mehr das, was es einmal war.«

»Das wusste ich nicht. Kennen Sie sie?«, fragte Andrew.

Der Buchhändler nahm einige Bände und stellte sie ins Regal zurück. »Ja, ich kenne Prinzessin Tipi Si. Sie kam mit der alten Königin nach Burma zurück. Jetzt schaut sie gelegentlich bei mir vorbei, um sich Bücher auszuleihen. Sie lebt sehr einfach. Als Buddhistin akzeptiert sie ihre veränderten Lebensumstände vielleicht nicht mit Anmut, aber mit innerer Kraft.«

»Hat sie nie geheiratet?«

»O doch, als sie in Indien war. Sie hat ein bewegtes Leben hinter sich! Ich habe sie schon eine ganze Weile nicht mehr gesehen, denn sie schickt ihren Diener, um die Bücher zu holen. Mir fehlen unsere Gespräche, obwohl sie hohe Ansprüche an ihr Gegenüber stellt«, fügte er mit hochgezogenen Brauen und einem leisen Lächeln hinzu.

»Ich würde sie sehr gern kennenlernen. Glauben Sie, dass sie mich empfangen würde?«, fragte Andrew. »Das wäre eine großartige Geschichte für eine meiner Zeitschriften, vor allem wenn sie mir erlauben würde, eine Aufnahme von ihr zu machen. Glauben Sie, sie würde einwilligen? Sie bekäme von mir natürlich ein Honorar.«

»Warum interessieren Sie sich für sie? Sie gehört zum alten Burma. Das Land hat sich verändert. Die Monarchie ist Geschichte. Niemand vermisst die Auswüchse der königlichen Dynastien.«

»Die Leute interessieren sich immer für ein interessantes Leben, das Leben von Menschen, die einmal Macht besaßen, aber jetzt ganz anders dastehen.« Andrew hätte beinahe hinzugefügt, dass sich die Menschen mit ihrer eigenen Lebenslage vielleicht besser abfinden konnten, wenn sie vom Missgeschick anderer erfuhren. Doch stattdessen sagte er: »Ich würde gern etwas über die Zeit im Exil und die letzten Lebensjahre der alten Königin in Rangun erfahren. Mir scheint, man weiß sehr wenig über sie, und ich bin mir sicher, dass meine englischen Leser gern darüber lesen würden.«

»Wenn ich Tipi Si das nächste Mal sehe, werde ich sie fragen, aber es kann sein, dass sie ablehnt«, erwiderte Mr. Watt. »Wo wohnen Sie hier in der Stadt?«

»Im Strand Hotel. Ein kleiner Luxus, bis ich mich entschieden habe, wo ich als Nächstes hinfahre. Sie können in Rangun aber auch bei Bourne und Shepherd eine Nachricht für mich hinterlassen.«

»Das Fotoatelier. Die kenne ich.«

»Ich werde gelegentlich für sie arbeiten, solange ich hier bin.«

Mr. Watt nickte. »Sie fotografieren dann wohl auf diesen Veranstaltungen nur für Weiße? Freut mich, dass Sie vorhaben weiterzuziehen. Für alle, die mehr sehen wollen als nur goldene Stupas, gibt es in Burma verborgene Schätze zu entdecken.«

Andrew wusste nicht recht, was mit dieser kryptischen Bemerkung gemeint war, aber der Gedanke an die Abenteuer, die vor ihm liegen mochten, versetzte ihn in Erregung. Er dankte Mr. Watt, versprach, ihn bald wieder zu besuchen, und erstand einen abgegriffenen Roman von Somerset Maugham, bevor er den Laden verließ.

Dann schlenderte Andrew über den Fytche Square, wo die Statue von Queen Victoria streng auf die Passanten herabblickte, und weiter zu dem belebten Uferbereich. Er beschloss, sich eine Kanne englischen Tee zu gönnen, und ging zur Kolonnade des Strand Hotel.

Dort setzte er sich an einen kleinen Rattantisch und blätterte in dem Roman, den er gekauft hatte. Eigentlich aber dachte er darüber nach, was ihm Mr. Watt über die verbannte Prinzessin erzählt hatte. Er versuchte sich auszumalen, wie ihr Leben verlaufen sein mochte und wie es jetzt aussah. Diese Frau schien ihm so exotisch wie eine Figur aus Maughams Romanen. Falls sie sich auf ein Interview einließ, würde er seine Fotos mit einem kurzen Bericht mit Sicherheit an eine Londoner Zeitschrift verkaufen können.

Deshalb war er hocherfreut, als ihm ein paar Tage später der Empfangsportier, ein großer, stattlicher Sikh, einen Brief überreichte.

Tipi Si ist bereit, Sie zu empfangen. Hier ist ihre Adresse, schrieb Mr. Watt. *Sie ist eine Dame, die immer für Überraschungen gut ist. Eine bemerkenswerte Person. Kann sein, dass sie eine Gegenleistung erwartet.*

Andrew machte es sich in einer Rikscha bequem und verstaute seinen Kamerakoffer neben sich auf dem Sitz. Der drahtige Fahrer passierte belebte Märkte, gut besuchte Teestuben, Garküchen und ein Gewirr windschiefer Shop Houses. Ihr Weg führte sie durch enge Gassen, die prächtige Straßen mit Geschäftsgebäuden im Kolonialstil kreuzten. Während die Rikscha über kopfsteingepflasterte Plätze ratterte, erhaschte Andrew hin und wieder einen Blick auf die Pagoden und Tempel der Stadt, die allesamt von der Pracht der Shwedagon-Pagode überstrahlt wurden.

Der Fahrer bog in die University Avenue und dann in eine Straße mit hohen Bäumen und großen Wohnhäusern ein, die vor vielen Jahren für die Briten erbaut worden waren. Hier befanden sich auch die Anwesen reicher indischer, chinesischer, burmesischer und europäischer Geschäftsleute. Die Villen von ehemaligen Botschaftern und Angestellten der abgesetzten Königsfamilie lagen in weitläufigen Gärten mit Blick auf den Inya-See.

Andrew staunte über die vornehmen Häuser, und einen Moment lang dachte er, Mr. Watt hätte ihm die eingeschränkten Verhältnisse der Prinzessin falsch beschrieben. Doch dann hielt der Fahrer vor einem Herrenhaus und deutete auf ein kleines Häuschen daneben, das mitten in einem verwilderten Garten stand.

Beladen mit seiner Kameraausrüstung öffnete Andrew das Tor und ging unter regennassen, tief hängenden Ästen über einen ungepflegten Rasen, über dem sich Moskitoschwärme tummelten, auf das Gebäude zu. In der Ferne sah er den weißen Säulenvorbau des Herrenhauses. Ein zweiter Blick auf das große Haus vermittelte ihm den Eindruck, dass es unbewohnt war. In den oberen Stockwerken hingen Fensterläden, deren Farbe abblätterte, schief in den Angeln. Die Stufen waren moosbewachsen und mit Laub bedeckt, und unter den Regenrinnen, in denen Gras wucherte, nisteten Vögel. Das kleine Häuschen, das wohl dem Pförtner gehörte, sah ebenso heruntergekommen aus.

Andrew klopfte an die Tür des Häuschens, und es schien eine kleine Ewigkeit zu dauern, bis er endlich schlurfende Schritte hörte. Die Tür wurde von einem hochgewachsenen jungen Mann geöffnet, der ein weißes Herrenhemd zu seinem Longyi trug. Wegen seiner hellen Hautfarbe vermutete Andrew, dass der Junge ein Shan aus dem nördlichen Bergland war. Freundlich, aber erstaunt sah er Andrew aus dunklen Augen an.

In gebrochenem Burmesisch stellte sich Andrew vor: »Guten Tag. Ich bin Andrew Hancock. Ich bin gekommen, um Prinzessin Tipi Si zu besuchen. Das hat Mr. Watt vereinbart.«

Der junge Mann nickte und erwiderte ein bisschen stockend auf Englisch: »Ja. Die Prinzessin erwartet Ihren Besuch. Bitte kommen Sie herein.« Er hielt die Tür auf, während Andrew seine Schuhe auszog, seinen Kamerakoffer schulterte und das dunkle Häuschen betrat. Andrew vermutete, dass der Mann, dem er folgte, nicht einfach nur ein Houseboy war, denn er schien gebildet und hatte eine selbstsichere Haltung, frei von der Unterwürfigkeit, die bei Dienstboten anzutreffen war.

Das Haus war klein, hatte aber hohe Decken und wirkte, weil Möbel fehlten, größer, als es war. Es roch modrig und machte einen verstaubten und tristen Eindruck. Als sie das Empfangszimmer betraten, registrierte Andrew den blanken Fliesenboden und den langsam rotierenden Ventilator an der Decke. In dem Raum standen nur wenige Möbel: zwei Sessel, ein niedriger Tisch, ein Spiegel mit geschnitztem Rahmen und ein hölzerner Wandschirm, der eine Ecke abtrennte. Durch die Hintertür sah Andrew einen Anbau, offenbar die Küche, daneben ein Badehaus. Im Empfangszimmer saß auf einigen bestickten Polstern eine ältere Burmesin.

Sie hielt sich gerade, hatte die Hände auf dem Schoß gefaltet, das Kinn erhoben und den Blick direkt auf Andrew gerichtet, obwohl sie ihn weder mit einem Nicken noch mit einer Geste begrüßte. Zu ihrem seidenen Longyi trug sie eine eng geschnittene langärmlige Bluse aus lavendelfarbener Seide. Ihr einziger Schmuck war ein kunstvoller Haarkamm in ihrem glatt zurückgesteckten, graumelierten Haar.

Andrew deutete eine Verbeugung an, aber bevor er etwas sagen konnte, geruhte die Prinzessin, seine Anwesenheit zur Kenntnis zu nehmen.

»Guten Tag. Mr. Watt hat mir mitgeteilt, dass Sie mich kennenlernen möchten. Da er ein alter Bekannter ist, habe ich zugestimmt.« Ihr Englisch war korrekt, aber nicht akzentfrei.

»Vielen Dank. Es ist mir eine Ehre.«

»Keine Ursache. Ich bin keine königliche Prinzessin mehr. Bitte nehmen Sie Platz.«

Sie deutete auf den anderen Sessel, und als Andrew sich niederließ, drehte sie sich ein wenig, so dass sie ihm direkt gegenübersaß. Jetzt, da er die Prinzessin besser sehen konnte, war er beeindruckt von ihrer majestätischen Erscheinung und ihrem kühlen, gebieterischen Blick. Ihre Haut hatte die weichen Falten einer überreifen Frucht, aber ihre glitzernden dunklen Augen verrieten brennendes Interesse, als sie den Mann vor sich musterte. Dass sie verarmt war, brachte sie offenbar weder in Verlegenheit noch bereitete es ihr Sorge.

»Worüber wollen Sie mit mir sprechen?«

»Ihre Geschichte fasziniert mich. Vielleicht hat Mr. Watt Ihnen erzählt, dass ich Artikel schreibe und Fotografien von interessanten Orten und Menschen in Asien mache, die ich an englische Zeitschriften verkaufe. Als mir Mr. Watt von Ihnen erzählt hat, habe ich mich gefragt, ob Sie mir wohl erlauben würden, einen Artikel über Ihr Leben zu schreiben.«

»Ich bin nicht mehr interessant, Mr. Hancock.«

Andrew lächelte höflich. »Ich glaube nicht, dass das stimmt. Darf ich fragen, in welcher Weise Sie mit dem verstorbenen König verwandt waren?«

»Ich bin, besser gesagt war, seine Halbschwester. Wir hatten denselben Vater, aber verschiedene Mütter.«

»Sind Sie deshalb mit ihm nach Indien gegangen?«

»Ja, als die gesamte königliche Familie verbannt wurde.«

»Das muss schwer für Sie gewesen sein.«

»Für den König und die Königin durchaus. Mir war eher langweilig. Ratnagiri war ein Provinznest. Der König beschäftigte sich vor allem mit dem Bau seines neuen Palastes, was mich nicht interessierte, also verkleidete ich mich als Dienerin und wanderte durch die Stadt. Dort fand ich heraus, dass es Inder gab, die die Briten ebenso wenig mochten wie ich. Ich besuchte Versammlungen, um sie reden zu hören. Bald engagierte ich mich ebenfalls bei ihrem Vorhaben, Indien von der britischen Herrschaft zu befreien, denn ich hatte alle Achtung vor den Briten verloren, nachdem sie so mit meiner Familie umgesprungen waren.« Sie hielt inne und setzte anklagend hinzu: »Meine Abneigung gegen sie ist um ein Vielfaches gewachsen.«

Andrew machten ihre deutlichen Worte verlegen, und er versuchte das Gespräch wieder auf ihre Lebensgeschichte zu lenken. »Soviel ich weiß, waren Sie einmal in England?«

»Ich wollte mehr über meinen Feind erfahren, also habe ich mein bisschen Schmuck und was ich sonst besaß, verkauft und bin mit einem charismatischen Inder, einem Dichter, Philosoph und Kämpfer für die Unabhängigkeit Indiens, nach England gefahren. Er hat mir die Augen geöffnet, wie sehr wir in Burma von den Briten ausgebeutet worden waren. Aber ich blieb nicht lange. Zwei Jahre später heiratete ich einen Saopha von einem Bergstamm der Shan.«

»Einen Shan-Fürsten. Das erscheint angemessen«, bemerkte Andrew.

Die Prinzessin zuckte die Schultern. »Wir waren niedriger Adel, wurden aber 1903 zum Durbar in Delhi anlässlich der Krönung von Edward VII. zum Kaiser von Indien eingeladen. König Thibaw wollte teilnehmen, aber die Briten schlugen ihm seine Bitte ab. Ich hingegen ritt an der Spitze der Shan-Anführer in einem goldenen Howdah auf einem weißen Elefanten, der mit Edelsteinen und Pfauenfedern geschmückt war.«

»Das klingt sehr beeindruckend«, erwiderte Andrew höflich.

»Das hätte es sein können, wenn ich mehr Geld gehabt hätte, aber mein Mann war geizig und, wie Sie wissen, besaß meine Familie nichts.«

»Was haben Sie gemacht? Wie haben Sie sich über Wasser gehalten?«

»Ich bin Geschäftsfrau geworden. Erst habe ich mit Elefanten gehandelt, dann boten sich Expansionsmöglichkeiten in andere Branchen. Es machte mir Spaß, und ich war ziemlich erfolgreich, aber mein Mann war nicht einverstanden. Er meinte, so etwas zieme sich nicht für eine burmesische Prinzessin. Also habe ich mich scheiden lassen.«

»Wann sind Sie nach Burma zurückgekehrt?« Andrew versuchte seine Ungeduld angesichts ihrer allzu knappen Wiedergabe dieser einschneidenden Erfahrungen zu verbergen. Zu gern hätte er alle Details erfahren.

»Wie Sie vielleicht wissen, ist der König schließlich in Indien gestorben, worauf man der Königin und anderen Mitgliedern seiner Familie gestattete, nach Burma zurückzukehren. Die Königin durfte zwar nicht nach Mandalay, ich aber erhielt die Genehmigung, mich dort niederzulassen. Ich kannte die Stadt gut und hatte dort Freunde, die mir helfen konnten. Als Erstes stieg ich in den Holzhandel ein. Außerdem verkaufte ich Elfenbein nach China. Auch Opium. Aber dann stellte ich fest, dass Rangun für mich ein lohnenderes Pflaster war, und erwarb dort ein Anwesen. Es gelang mir, im Straßenbau und für Teakholzlieferungen an die Briten lukrative Verträge abzuschließen. Die Briten mochten mich nicht, weil ich sehr hart verhandeln konnte.« Zum ersten Mal lächelte die Prinzessin, dann streckte sie die Hand aus und schlug einen kleinen Gong an, der auf dem Tisch stand.

Rasch und lautlos erschien der junge Mann, und die Prinzessin sprach mit ihm in einem Dialekt, den Andrew nicht verstand.

»Ich habe Tee bestellt«, erklärte sie.

»Darf ich fragen, ob der junge Mann ein Shan ist?«

»Ja. Die Shan sind ein sehr stolzes Volk. Sie waren immer unabhängig und unterstanden nie der Herrschaft der burmesischen Könige. Sein Vater war ein Freund von mir, doch er wurde ermordet. Jetzt kümmere ich mich um seinen Sohn, der mir hilft. Zwar ist er nicht von meinem Blut, aber mehr Familie als ihn brauche ich nicht.«

Der junge Mann kam mit einer Kanne burmesischen Rauchtees wieder, schenkte beiden eine Tasse ein und verließ dann leise den Raum. Während Andrew an seinem Tee nippte, sah er sich um. Ihm war unbegreiflich, dass eine erfolgreiche Geschäftsfrau in so ärmlichen Verhältnissen lebte.

Die Prinzessin beobachtete ihn. »Sie fragen sich, wie es sein kann, dass ich hier wohne«, bemerkte sie verbittert. »Ich muss Ihnen sagen, dass es das Werk der Briten ist. Sie sahen, wie meine Geschäfte florierten, und sie dachten, weil ich aus der königlichen Familie stamme und mein Reichtum wuchs, würde ich zum Brennpunkt der Rebellion und eine Bedrohung ihrer Herrschaft werden. Also schmiedeten sie ein Komplott, um mich um meinen Reichtum zu bringen.«

»Aber die Briten mussten doch wissen, dass Sie keine Bedrohung darstellen.«

»Sie wissen nichts! Im britischen Geheimdienst wimmelt es von Lügnern und unfähigen Idioten, die in die eigene Tasche wirtschaften. Aber selbst denen ist klar, dass es Rebellen gibt, die die Briten loswerden wollen. Sogar einige Mönche sind zum Aufstand bereit! Viele Burmesen sind es leid, mitanzusehen, wie die Schätze des Landes aus unseren Schreinen und Pagoden gestohlen werden. Außerdem wollen die Burmesen nicht von einem anderen Land beherrscht werden. Wir wollen unsere Angelegenheiten selbst regeln. Die Briten wussten, dass ich mich in Indien in der Unabhängigkeitsbewegung engagiert habe, also wollten sie kein Risiko eingehen.«

»Die Briten haben viel Wohlstand nach Burma gebracht. Sie haben Handelsmöglichkeiten eröffnet, Straßen und Häfen gebaut. Dieses Land hat von ihnen profitiert«, entgegnete Andrew steif. Als Engländer glaubte er die Erbauer des Empire verteidigen zu müssen.

»Sie bedienen sich hier zum Vorteil Großbritanniens, nicht zum Vorteil der Burmesen«, entgegnete die Prinzessin.

»Wie haben die Briten Sie um Ihr Vermögen gebracht?«, fragte Andrew, der nicht glauben wollte, dass etwas so Hinterhältiges geschehen konnte.

»Sie verweigerten mir Verträge und gaben der Konkurrenz, die es nicht verdient hatte, den Zuschlag. Meine Waren wurden in den Häfen festgehalten. Frachtbriefe kamen abhanden. Zollbeamte ließen sich Zeit. Banken forderten Kredite zurück. Dergleichen lässt sich leicht organisieren, wenn man die Macht hat. Nach und nach, Stück für Stück, musste ich meinen Besitz verkaufen, nur um nicht auch noch dieses elende Dach über meinem Kopf zu verlieren.«

»Aber Sie sind doch nicht der Meinung, dass jeder Brite Ihnen Unrecht zugefügt hat? Es muss doch auch welche geben, die nicht so gierig waren.«

»Wenn Sie von dem netten Mr. Watt sprechen, haben Sie recht. Er ist ein rechtschaffener Mann, doch seine Frau ist Burmesin, und deshalb versteht er die Lage besser. Aber er ist der Einzige. Sie nehmen und nehmen. Unlängst musste ich etwas, das mir viel bedeutete, einem aufgeblasenen kleinen Schotten mit einem albernen Zwicker überlassen. Es wäre weniger ärgerlich gewesen, wenn ich von einem Einheimischen beraubt worden wäre, der stiehlt, um sich etwas zu essen zu kaufen.«

»Was haben Sie ihm überlassen?«

»Vielleicht ist ›überlassen‹ nicht das richtige Wort.« Die Prinzessin hob die Schultern. »Er war ein Überredungskünstler. Und ich brauchte Geld. Jetzt bereue ich es zutiefst und bin sehr traurig deswegen. Ich hatte mir geschworen, den letzten Gegenstand, den ich von meinem Bruder habe, unter keinen Umständen zu verkaufen. Doch ich wurde unter Druck gesetzt und eingeschüchtert. Und ich bin mir nicht einmal sicher, ob ich es nicht unter Wert verkauft habe.«

»Was war es denn?«, fragte Andrew leise.

»Ich habe mich von einem Kammavaca getrennt. Wissen Sie, was das ist? Ein buddhistischer Text, wie er normalerweise auf Palmblätter geschrieben wird, aber für dieses wurde kein Palmenpapier benutzt. Dieses Kammavaca wurde von den Mönchen eigens für meinen Bruder gemacht, und es verbindet sich eine große Geschichte damit.« Sie seufzte. »Ein Kammavaca sollte mit Respekt behandelt werden.« Traurig hob sie die Hand. »Und jetzt habe ich es verkauft, nur um zu überleben.«

Andrew rutschte unbehaglich auf seinem Sessel hin und her. Ihm dämmerte, wer das Kammavaca der Prinzessin gekauft haben konnte. Denn er erinnerte sich noch an Ferguson, den selbstgefälligen Kunsthändler, dem er bei seiner ersten Burmareise begegnet war. Andrew war dem Schotten noch nicht begegnet, seit er wieder im Land war, doch er hatte nicht vergessen, wie Ferguson großspurig erklärt hatte, er sei Experte für asiatische Kunst. Prinzessin Tipi Sis Beschreibung hörte sich ganz so an, als sei der Mann noch immer in Burma und verdiene nach wie vor sein Geld mit dem Ankauf von Altertümern und Kunstgegenständen.

»Das ist sehr bedauerlich. Es tut mir leid, dass Sie sich gezwungen sahen, etwas aus dem Besitz Ihres Bruders zu veräußern. Welche Geschichte steht denn hinter dem Kammavaca?«, fragte Andrew.

»Es ist mit solcher Ehrerbietung und Geduld von den Mönchen angefertigt worden. Und es war meine letzte Verbindung zu meiner Familie. Mein Bruder gab es mir kurz vor seinem Tod und sagte, das Kammavaca enthielte das Geheimnis, wie meine Familie wieder an die Macht gelangen könnte. Jetzt ist es fort, und meine Familie bleibt ohnmächtig. Deshalb ist mein Hass auf die Briten größer denn je«, sagte sie ruhig.

»Ich verstehe, dass Sie so empfinden. Vielleicht gelingt es Ihnen ja eines Tages, es zurückzubekommen«, sagte Andrew. Aus einem Impuls heraus fügte er hinzu: »Und wenn ich es für Sie wiederbeschaffen könnte?«

Sie erwiderte sein leises Lächeln mit einem zornigen Blick. »Speisen Sie mich nicht mit hohlen Phrasen ab«, gab sie zurück.

Andrew begriff, dass sie nicht nur auf die britische Verwaltung und Leute wie Ferguson wütend war, sondern auch auf sich selbst, weil sie so etwas Wertvolles verkauft hatte. »Wenn Sie mir mehr von Ihrer Geschichte erzählen, würde das meinen Lesern in England helfen, Burma und seine Menschen etwas besser kennenzulernen und zu verstehen, warum Sie so empfinden. Ich kann Ihren Zorn gut nachvollziehen. Denn ich schäme mich oft für das Betragen meiner Landsleute«, schloss er.

»Ich würde Ihnen gern glauben. Ich würde auch gern glauben, dass mein Kammavaca wiederbeschafft werden kann. Dem König war es so wichtig. Aber warum sollte ich Ihnen trauen?« Die Prinzessin hielt inne. »Genug. Ich habe bereits genug gesagt.« Damit schlug sie auf den kleinen Gong, und als der junge Shan eintrat, wies sie ihn an, den Besucher zum Eingangstor zu begleiten.

»Ich wollte mich dafür bedanken, dass Sie mich bei der Prinzessin eingeführt haben«, sagte Andrew, als er nach dem abrupten Ende der Audienz wieder Mr. Watts Buchladen betrat.

Mr. Watt kicherte. »Ich hatte mich schon gefragt, ob Sie das Interview überleben. Hat sie Ihnen wegen uns Kolonialisten die Leviten gelesen?«

»Allerdings. Ich verstehe ihre Wut, aber ich habe mich zurückgehalten.«

»Aha, ein weiser Schachzug. Hat sie denn Einzelheiten aus ihrem bewegten Leben erzählt?«

»Nicht so viele, wie ich es mir gewünscht hätte. Ich habe sie auf dem falschen Fuß erwischt. Und ich muss sagen, dass mir unbehaglich zumute war. Ich fühlte mich sogar schuldig, weil sie kürzlich von einem ziemlich widerwärtigen Schotten übervorteilt worden ist, der sie unter Druck gesetzt hat, das letzte noch verbliebene Erbstück ihres Bruders zu verkaufen. Ich glaube, es war nicht nur von emotionalem Wert, sondern hat große kulturelle Bedeutung.«

»Das ist eine Schande. Doch Sie können nicht für das Verhalten anderer verantwortlich gemacht werden, ob es nun Briten sind oder Bolivianer«, entgegnete Mr. Watt. »Aber ich gebe Ihnen recht, die britischen Herrscher hier sind ein habgieriges Völkchen. Sie schnappen sich alles, was nicht niet- und nagelfest ist, und wenn doch, klauen sie noch die Nägel. Die Burmesen können sich kaum dagegen wehren, und so ein Verhalten schafft viel böses Blut.«

»Die Prinzessin ist eine eindrucksvolle Persönlichkeit, aber die Welt hat sie vergessen. Sie lebt in größter Armut«, meinte Andrew. »Ich staune, dass sie gar nichts mehr besitzt, nachdem sie so reich war. Der Eindruck drängt sich auf, dass sie tatsächlich hereingelegt wurde, deshalb habe ich ihr angeboten, das Kammavaca wiederzubeschaffen. Der Käufer könnte ein gewisser Ferguson sein. Ich bin ihm einmal begegnet, als ich vor dem Krieg hier war.«

»Ich kenne Ferguson. Ein gieriger kleiner Kerl. Keinerlei Achtung vor der burmesischen Kunst. Na ja, das stimmt nicht ganz, immerhin kennt er ihren Marktpreis und weiß, was sie einbringt. Vermutlich hat er mit dem Verkauf von Kunstgegenständen und Statuen in Europa und Amerika ein Vermögen gemacht.«

»Ich kann mir gar nicht vorstellen, dass das, was er ihr abgekauft hat, so wertvoll ist«, sagte Andrew.

»Wenn dieses Kammavaca für den König gemacht wurde, ist das ein Gütesiegel. Damit hat es einen einzigartigen Herkunftsnachweis«, erwiderte Mr. Watt. »Sollten Sie es wirklich wiederbeschaffen können, ist Ihnen der Dank der Prinzessin sicher. Vielleicht erzählt sie Ihnen dann mehr aus ihrem Leben – und Sie bekommen eine großartige Geschichte, glauben Sie mir.«

»Sie stacheln meinen Eifer noch an. Einerseits kann ich ein wenig die Ehre meines Landes retten, wenn ich das Kammavaca zurückbringe, das der Prinzessin so viel bedeutet, und die Reportage kommt dann noch dazu«, sagte Andrew. »Ich bin sicher, dass ich Ferguson aufspüren kann, und unterwegs stoße ich bestimmt auf interessante Geschichten für die Zeitschriften daheim.«

Mr. Watt schüttelte Andrew die Hand. »Viel Glück, und seien Sie vorsichtig. Abseits der Städte kann es in Burma heutzutage gefährlich sein. Ich bin schon gespannt, was Sie mir über Ihre Fortschritte berichten werden.«

»Wir sehen uns, wenn ich wieder da bin. Und mit etwas Glück habe ich dann auch einen guten Grund für einen zweiten Besuch bei der Prinzessin.«

Andrew suchte den British Pegu Club auf, eine nach kolonialen Standards eher bescheidene Einrichtung. Als er das Aufschlagen von Tennisbällen hörte, wunderte er sich über den Irrsinn der Mitglieder, die sich in der Hitze des Tages so verausgabten. Er verzichtete auf den Pegu Cocktail des Clubs und bestellte sich einen Gin, mit dem er sich auf die Terrasse begab, wo er die unter der Obhut des indischen Gärtners üppig blühenden englischen Blumen bewunderte. Andrew ließ sich in dem Ranguner Club eher selten blicken, weil ihn der Tratsch der dort versammelten weißen Männer rasch langweilte. Und ihn störten ihre Sticheleien über die Unzulänglichkeiten der Burmesen und ihre Klagen über die Faulheit der indischen und chinesischen Kulis.

Andrew fand den herrischen Ton der britischen Staatsdiener entsetzlich. Die britischen Polizeibeamten machten häufig hetzerische Bemerkungen über die Einheimischen. Andrew hatte in den Schützengräben der Westfront neben indischen Kompanien gekämpft, er wusste also, was für tapfere, zuverlässige Soldaten sie waren. Viele der Kommentare, die er hörte, waren einfach Unsinn, aber er schwieg und behielt seine Meinung für sich.

Tipi Sis Geschichte hatte wieder einmal sein Unbehagen über das Verhalten der Briten in Burma bestätigt. Dennoch plauderte er ein wenig mit den Stammgästen des Clubs und dem Sekretär und erfuhr schließlich, dass sich Ferguson tatsächlich in Burma aufhielt. Unlängst war er Richtung Norden aufgebrochen, wahrscheinlich um weitere Kunstgegenstände an sich zu bringen. Aufgemuntert durch diese Information, verließ Andrew den Club und schickte sich an, seine eigene Reise in den Norden vorzubereiten.

Andrew merkte, wie seine Knie bebten, als er mit federndem Schritt die schmale Planke betrat, die von dem alten Boot zur Anlegestelle führte. Eingeklemmt zwischen der Ladung und den anderen Passagieren war er der einzige Europäer an Bord gewesen, seit das Boot im Morgengrauen in dem belebten Hafen von Sittwe abgelegt hatte. Der Nebenarm war seicht, und der Schlamm glänzte im letzten Tageslicht. Nach der beschwerlichen Reise den Kaladan flussaufwärts wirkte das schlichte Dorf Thantara sehr einladend.

Andrew ließ sich den Weg zu einem kleinen Gästehaus zeigen, wo er übernachtete. Dort traf er Vorkehrungen für seine Weiterfahrt mit dem Ponywagen nach Mrauk-U, dem Ort, wo Ferguson angeblich arbeitete.

Seit Wochen war Andrew dem Schotten auf der Spur, er reiste ihm über Land und auf Flüssen hinterher. Dabei hatte er Aufnahmen von der Landschaft mit den alten Tempeln und den kleinen Dörfern gemacht, und auch von den Menschen, die dort lebten. An jedem Ort schien es eine berichtenswerte Geschichte zu geben, und Andrew wusste, dass er die meisten an den Mann bringen würde. Mrauk-U war nicht leicht zu erreichen, aber dass es den Schotten dorthin zog, überraschte Andrew nicht, denn in der uralten Hauptstadt gab es unzählige verfallene Tempel und Pagoden.

Während das kleine Pony an Ruinen vorübertrottete, sah Andrew, dass das Dorfleben inmitten der bröckelnden Stupas sehr lebendig war. Ziegen rupften Gras auf den Hügeln rund um die Pagoden, und das Dorf selbst war ringförmig um das Areal des einstigen Königspalastes angelegt. Wenig später erfuhr er, dass Ferguson einige Einheimische angeheuert hatte, um ihm bei der Arbeit in der Shitthaung-Pagode zu helfen.

Am folgenden Tag machte sich Andrew gleich nach Sonnenaufgang auf den Weg zu dem Hügel, wo die ausgedehnte Anlage im Morgenlicht glänzte. Die Pagode war von glockenförmigen Stupas umgeben, die so groß wie Bauernkaten waren und buddhistische Reliquien beherbergten. Bestürzt sah Andrew, dass der grandiose Tempel völlig verwahrlost und verlassen wirkte.

Er ging hinein, umrundete Haufen aus trockenem Laub und Tierkot und schrak vor dem Gestank einer Fledermauskolonie zurück, die sich hier eingenistet hatte. So gut es ging, tastete er sich einen schmalen Korridor entlang und versuchte, den Weg in das zentrale Heiligtum zu finden. In einem fahlen Lichtstreifen saß eine Reihe großer geschnitzter Buddhafiguren an der Innenwand und starrte schweigend in die Schatten. Andrew zählte sie rasch, es waren achtundzwanzig.

Als er ein leises Pochen hörte, hielt er inne. Er bog um die Ecke und betrat einen Raum, in dem es heller war. Die Wände und die Decke des Tempels waren mit in den Stein gemeißelten Figuren bedeckt. Die fein gearbeiteten Details der Tiere, Göttinnen und Szenen aus der Geisterwelt sowie aus dem Leben Buddhas versetzten ihn in Erstaunen. Bei näherer Betrachtung erkannte er, dass sie teilweise bemalt gewesen waren. Inzwischen waren die Farben verblasst, aber Andrew konnte sich vorstellen, wie prächtig und vor Leben sprühend diese Galerie nach ihrer Vollendung gewesen sein musste.

Das Pochen war nun lauter. Durch einen weiteren Korridor gelangte er in einen langen steinernen Gang, an dessen Ende sich in schwachem Lichtschein mehrere Gestalten bewegten. Vermutlich Ferguson und sein Team. Andrew rief sie an.

»Wer da?«, fragte Ferguson.

»Ich bin's, Hancock. Andrew Hancock«, sagte Andrew und schwenkte seine Taschenlampe. »Wir sind uns vor Jahren schon mal begegnet.«

»Großer Gott! Was machen Sie denn hier? Warten Sie, ich komme Ihnen entgegen und zeige Ihnen den Weg.« Ferguson eilte den Korridor hinunter. »Hier entlang, hier entlang.«

Als er ins helle Sonnenlicht trat, sah Andrew, dass Fergusons rotblondes Haar ergraut war, auch war er noch rundlicher geworden. Doch seine Selbstsicherheit schien ungebrochen, und der altmodische Zwicker saß weiterhin unverrückbar auf seiner Nase.

»Sagen Sie mir, wo wir uns kennengelernt haben. Ich kann Sie nicht recht einordnen.« Ferguson blinzelte.

»Das wundert mich nicht«, erwiderte Andrew. »Es war vor dem Krieg, auf einem Raddampfer Richtung Mandalay. Ich war gerade in Burma angekommen, und Sie haben erklärt, Sie seien eine Autorität, was burmesische Kunst und Architektur angeht.«

Ferguson ließ sich auf einer zerbrochenen Säule nieder und zündete sich eine kleine Cheroot an. »Kann nicht behaupten, dass ich mich erinnere, aber was soll's. Ziemlich abgelegener Ort für ein Wiedersehen.«

»Ein umwerfender Tempel. Eine Schande, dass er so verwahrlost ist«, sagte Andrew. »Wo ist das zentrale Heiligtum?«

»Dort unten. Sehen Sie den kleinen Alkoven? Kommen Sie mit.«

Andrew tat wie geheißen. Am Ende des schmalen Korridors lag eine kleine Kammer. Selbst in dem trüben Licht konnte er die riesige Buddhastatue erkennen, die im Lotussitz auf einem ornamentgeschmückten Steinpodest saß und gelassen in die Düsternis der Jahrhunderte blickte.

»Unglaublich. Ich verstehe, warum Sie das alles fasziniert. Was haben Sie vor?«, fragte Andrew, während er Ferguson nach draußen folgte.

»Ich sehe mir an, was man restaurieren kann und was man zur sicheren Aufbewahrung besser fortbringen sollte.«

»Das ist ja spannend«, erwiderte Andrew fröhlich. Er ließ den Blick durch den Tempel schweifen. »Tja, ich bin auf der Jagd nach Geschichten. Bei meiner Reise durchs Land habe ich schon etliches interessante Material gefunden. Die *Illustrated London News* haben mir ein paar Artikel abgekauft. Jedenfalls war ich in Sittwe und habe gehört, dass Sie hier sind, und da dachte ich mir, das könnte doch eine schöne Reportage für die Leser zu Hause ergeben. Und ich erfuhr, dass die Ruinen von Mrauk-U faszinierend sein sollen.« Das alles entsprach der Wahrheit, aber Andrew hoffte vor allem, dass Ferguson nach wie vor das Kammavaca der Prinzessin besaß und er den Schotten überreden konnte, es ihm zu verkaufen.

»Sehr schön. Was soll ich dazu beitragen?«, fragte Ferguson.

»Ich habe nur ein paar Fragen«, erwiderte Andrew. »Wie lange arbeiten Sie schon in Mrauk-U? Für wen arbeiten Sie, wer sind die Leute, an die Sie verkaufen, und welche Dinge sind gefragt? Was ist Ihrer Meinung nach für die Menschen daheim in England interessant?«

Ferguson musterte den jüngeren Mann eine Weile. »Ich möchte nicht, dass Sie denken, ich würde alles verkaufen, worauf ich stoße. Sehr viele Objekte werden zur sicheren Verwahrung abtransportiert. Ich meine, sehen Sie sich diese Anlage an.« Er wies mit einer ausladenden Armbewegung auf die Reihe der kleinen Stupas. Viele lagen in Trümmern und sahen jetzt aus wie zerschellte Glocken. »Das Wetter, die Zeit, Schatzsucher und Plünderer. So viele Kunstgegenstände sind schon verloren.«

»Was befand sich in den kleinen Stupas?«

»Es könnten Goldstatuetten gewesen sein, Edelsteine, Bronzen oder religiöse Texte, die nur darauf warten, dass ich sie der Welt zeige. Eine Schande, dass alles verschwunden ist. Sie dürfen nicht vergessen, dass Kunst allen gehört, mein Junge. Eigentlich sollten viele dieser schönen Dinge im British Museum stehen. Und nicht im Dschungel herumliegen, damit Diebe sich daran vergreifen, oder in verlassenen Schreinen verrotten, die nur Dörfler aufsuchen, wenn überhaupt.«

»Aber«, wandte Andrew ein, »das hier ist doch einfach zu viel für die Museen. Die können nicht alles nehmen.«

»Da haben Sie recht, mein Junge. Aber es gibt in Europa und vor allem in Amerika viele Sammler, die für ein burmesisches Kunstobjekt tief in die Tasche greifen. Und ich verkaufe ihnen gern, was sie haben wollen. Das ermöglicht mir die Fortsetzung meiner Arbeit hier.«

»Haben Sie in Mrauk-U schon bedeutende Funde gemacht, Mr. Ferguson?«

»Bisher nichts wirklich Spektakuläres, aber ich stehe ja erst am Anfang. Möchten Sie sich ansehen, was ich gefunden habe?«

Ferguson ging zu einem großen Karren, auf dem sich unter einer Plane wuchtige Objekte türmten. Zwei Einheimische hoben einen Steinbuddha, so groß wie ein Findling, auf den letzten freien Platz auf dem Ochsenkarren. Ferguson zog die Plane zurück. Andrew sah, dass der Karren voller steinerner Buddhas war.

»Was machen Sie damit?«, fragte er.

»Es sind keine bedeutenden Stücke, also biete ich sie auf dem freien Markt an. Ich schicke sie an Händler, Kuriere. Hin und wieder fahre ich mit einigen Objekten rüber nach Ceylon und Siam und komme mit ernsthaften Sammlern ins Geschäft.«

»Ich hätte nichts gegen ein Andenken an Burma. Schade, dass die Statuen so groß sind. Haben Sie vielleicht etwas, das man auch ohne Träger transportieren kann?«

»An was denken Sie? Edelsteine oder Gold oder eine kleine Statue?«

»Meine Güte, nein. So etwas könnte ich mir wahrscheinlich nicht leisten.«

»Ich habe etwas Kleines, was für Sie in Frage kommen könnte. Billig ist es allerdings nicht, denn es hat eine interessante Geschichte. Ich werde es Ihnen zeigen, und Sie können es sich in Ruhe überlegen.«

Ferguson führte Andrew zu seinem kleinen Zelt, vor dem ein Tisch und ein Stuhl standen. Er holte seinen Ranzen unter dem Moskitonetz hervor und nahm eine kleine, schmale Schatulle heraus, die mit Goldgravur verziert war.

»Das Kammavaca in dieser Schatulle stammt aus dem Besitz des letzten Königs von Burma«, verriet er.

Andrew konnte sein Glück kaum fassen. Aber ihm war klar, dass er umsichtig vorgehen musste, damit der Kunsthändler seine wahren Beweggründe, dieses Objekt zu kaufen, nicht erriet.

»Wo um alles in der Welt haben Sie das denn aufgetrieben?«, fragte er unschuldig.

»Es gehörte seiner Halbschwester. Sie hat ein bewegtes Leben hinter sich und lebt nun völlig zurückgezogen. Mir hat sie erzählt, es sei der letzte Wertgegenstand, den sie besitze, aber ich bin mir sicher, dass sie irgendwo noch einige Schätze, ein paar Juwelen für die Not, versteckt hat. Bei diesen Leuten weiß man nie, woran man ist. Das kenne ich schon. Sie alle klagen, dass sie vom Pech verfolgt werden. Und geben der britischen Verwaltung die Schuld daran. Aber komischerweise treiben sie dann noch immer etwas auf, was sie verkaufen können.«

Andrew biss sich auf die Zunge. »Können Sie mir erklären, was das für ein Objekt ist? Ich bin ja kein Experte wie Sie.«

»Das ist ein besonders schönes, ungewöhnliches Kammavaca, und zwar wegen seiner exquisiten Illustrationen. Es hat Ähnlichkeit mit den illuminierten Handschriften, die vor der Erfindung des Buchdrucks in Europa entstanden. Und es besteht nicht aus Palmenpapier, das normalerweise dafür verwendet wird, sondern aus einem speziell behandelten Gewebe. Und dass es für den König angefertigt wurde, gibt ihm eine eindrucksvolle Provenienz«, erläuterte Ferguson.

»Es ist also eine Art Familienerbstück«, meinte Andrew.

Ferguson entfaltete die kleinen Seiten und reichte das Kammavaca vorsichtig Andrew, der es eingehend betrachtete.

»Was steht darin?«

»Ich hab mich noch nicht viel damit beschäftigt«, erwiderte der Schotte. »Aber normalerweise sind es einfach Gebete und heilige Texte aus dem Pali-Kanon. Die Mühe, sie zu übersetzen, lohnt nicht wirklich. Da es einen Interessenten in Mandalay gab, habe ich das Kammavaca mitgenommen, statt es in Rangun zu lassen. Doch der Kunde ist nach England zurückgefahren, bevor ich ihn kontaktieren konnte. Da haben Sie Glück, junger Mann.«

»Es ist entzückend. Genau das, was ich mir vorgestellt habe«, sagte Andrew. Sorgfältig faltete er die Abschnitte des langen, bannerartigen Kammavacas wieder zusammen und legte es in die Schatulle. »Es fasziniert mich. Ich würde gern ein Souvenir aus Burma mit nach Hause nehmen, und das wäre leicht zu transportieren – wenn es nicht zu teuer ist.«

»Es ist eindeutig ein Sammlerstück und hat daher seinen Preis«, kam Ferguson zur Sache.

»Aber wenn es dem letzten König gehört hat, ist es doch nicht besonders alt?«, erwiderte Andrew. »Sie kennen sich bestens aus und führen ein interessantes Leben. Ich bin sicher, ein Artikel von mir über Sie würde in England sehr gut ankommen. Leute, die in Archäologie nicht so bewandert sind, möchten gewiss Näheres über Sie erfahren.«

Ferguson erwog das Angebot. »Sie müssten aber vorsichtig sein mit dem, was Sie schreiben. Nicht dass Hinz und Kunz nach Burma kommen und hier Gräber und Tempel ausräumen«, meinte er. Aber offensichtlich schmeichelte ihm die Vorstellung, dass in einer renommierten Zeitschrift wie den *Illustrated London News* ein Bericht über ihn erscheinen könnte.

Sie feilschten eine Weile und einigten sich schließlich auf einen Preis für das Kammavaca unter der Bedingung, dass Andrew einen Beitrag über Ferguson und dessen Arbeit in Burma schreiben würde.

Andrew zog einige Pfundnoten aus seiner Brieftasche. Er bezahlte zwar keine allzu hohe Summe für das Kammavaca, aber sie riss doch ein Loch in seine Ersparnisse. Für Andrew war das jedoch eine Frage des Prinzips. Die Begegnung mit Prinzessin Tipi Si hatte ihn tief berührt und ihm bewusst gemacht, wie peinlich die Gier und Skrupellosigkeit seiner Landsleute in Burma waren. Wenn er der Prinzessin das Kammavaca des Königs zurückgab und ihr damit zeigte, dass sich nicht alle so schlecht benahmen, würde er sich wohler fühlen. Es wäre sein moralischer Sieg.

Andrew fotografierte Ferguson bei der Arbeit in der Shitthaung-Pagode und an anderen Fundstellen in Mrauk-U. Außerdem machte er Aufnahmen von drei rot gewandeten Mönchen, die mit ihren Almosenschalen über den grünen Hang von ihrem Kloster ins Dorf hinuntergingen. Dann packte er seine Kamera ein, verstaute die kleine Teakschatulle mit dem Kammavaca in seinem Gepäck und trat die strapaziöse Reise zurück nach Rangun an, um die Prinzessin aufzusuchen und ihr das Familienerbstück auszuhändigen.

2

2006, Gold Coast, Queensland

Natalie packte Mark am Arm, schloss die Augen und hielt den Atem an.

»Zum Ersten ... zum Zweiten ...« Der Auktionator zögerte, mit erhobenem Hammer warf er einen Blick auf die kleine Gruppe, die vor ihm auf dem Gehsteig stand.

»Die letzte Chance auf vielleicht höchste Wohnqualität direkt am Wasser, an der begehrtesten Stelle der Gold Coast.«

»O nein, dieses Paar macht das Rennen. Mark, biete weiter!«, drängte Natalie ihn im Flüsterton.

»Wir sind schon über unserem Limit.«

»Bitte, noch mal fünftausend Dollar, schnell.« Sie stieß ihn in die Seite, und Marks Arm schoss hoch.

»Danke, Sir. Also, zum Ersten, zum Zweiten, zum Dritten ... verkauft!« Der Auktionator klopfte mit dem Hammer auf das Pult vor sich und zeigte auf Natalie und Mark.

»Ich gratuliere dem jungen Paar mit dem Buggy! Wenn Sie bitte mit mir kommen würden, damit wir die Details klären können.«

Wieder gingen Mark und Natalie durch das Haus, doch jetzt sahen sie es mit anderen Augen. Denn gleich würde es ihnen gehören.

»Ein bisschen beängstigend, aber toll, oder?«, sagte Natalie und malte sich bereits aus, was sie an ihrer Errungenschaft alles verändern wollte.

Das war jetzt sechs Monate her. Wie begeistert sie doch gewesen waren, als sie das Haus ihrer Träume ersteigert hatten. Natalie und Mark Cutler waren seit fünf Jahren verheiratet. Doch mit ihrer Tochter Charlotte, die inzwischen drei Jahre alt war, und dem achtzehn Monate alten Adam war ihnen ihr Haus in Brisbane zu klein geworden. Sie hatten sich entschlossen, an die Gold Coast zu ziehen – wegen des Lebensgefühls dort und weil sie dann ein bisschen näher und trotzdem nicht zu nah bei Natalies Mutter wohnen würden, die zwei Stunden entfernt im nördlichen New South Wales lebte. Mark war Elektriker, und einige seiner Kumpel hatten ihm versichert, dass es für gute Handwerker an der Gold Coast jede Menge Arbeit gab. Also hatten sie ihr hübsch renoviertes Häuschen in Brisbane für eine höhere Summe verkauft, als sie erwartet hatten, und die nächsten Wochenenden mit der Wohnungssuche an der Gold Coast verbracht.

Da die Gold Coast ein geschätzter Ferien- und Touristenort war, beherrschten Hochhäuser die Skyline und die Uferpromenade. Doch für die Cutlers als Familie mit Kindern kam eine Etagenwohnung nicht in Frage. Also grasten sie die Vororte ab, die weiter vom Strand entfernt lagen, und stellten fest, dass ihnen viele davon gefielen, die meisten Häuser ihre finanziellen Möglichkeiten jedoch bei weitem überstiegen.

Als sie eines Tages wieder einmal von einer Hausbesichtigung zur nächsten unterwegs waren, sagte Mark: »Ich möchte nicht ins Hinterland ziehen, das ist mir zu beschaulich. Und zu weit ab vom Schuss. Lass uns möglichst nah an der Küste bleiben.«

Natalie betrachtete ihren gut aussehenden, sportbegeisterten Mann, der mit achtunddreißig immer noch eine prima Figur machte, auch wenn er nicht mehr aktiv Football spielte. Sein Haar war sonnengebleicht, seine Haut das ganze Jahr über gebräunt. Da sie beide leidenschaftliche Schwimmer und Surfer waren, hatte die Nähe zum Wasser auf der Prioritätenliste für ihr zukünftiges Heim ziemlich weit oben gestanden.

»Ganz meine Meinung«, sagte Natalie. »Außerdem möchte ich Einkaufsmöglichkeiten gleich um die Ecke haben. Und wegen Charlotte und Adam brauchen wir in der Nähe einen Park, gern auch eine Spiel- und Krabbelgruppe und einen Arzt. Ich möchte aber auch nicht in einem Viertel hocken, das voller Urlauber ist, so dass man nie einen Parkplatz findet und mit jeder Menge Partylärm rechnen muss.«

»Ich will aber auch keinesfalls in einem Stadtteil landen, wo rundherum nur spießige Rentner wohnen«, meinte Mark. »Es wäre toll, wenn in der Nähe Familien in unserem Alter wären, damit die Kinder Spielkameraden haben.«

Schließlich fanden sie ein Haus, das ihnen schlicht ideal erschien. In den 1970er Jahren gebaut, war es in ziemlich schlechtem Zustand, und sie würden eine Menge Arbeit hineinstecken müssen. Aber die Umgebung mit all den gepflegten Häusern und eingewachsenen Gärten hatte es ihnen angetan. Es gab einen praktischen Tante-Emma-Laden und einen Park am Ende der Straße. Am besten aber gefiel ihnen die Lage des Hauses in einer dieser von breiten Kanälen durchzogenen Siedlungen. Von der Rückseite des Hauses blickte man auf eine ausgedehnte, blau glitzernde Wasserfläche.

»Ich glaube, dieses Haus hat ein phantastisches Potenzial«, flüsterte Natalie bei ihrer ersten Besichtigung Mark ins Ohr. »Die Bausubstanz ist gut, und dann die Aussicht! Ich sehe uns schon an unserem eigenen Steg angeln. Wir könnten uns sogar ein Boot kaufen und es am Ende von unserem Garten festmachen.«

»Es ist total heruntergekommen«, gab Mark zu bedenken.

»Ich weiß. Aber wir könnten uns niemals ein Haus in einer so fabelhaften Lage leisten, wenn es gut in Schuss wäre. Und wenn wir es schaffen, ein Haus in Brisbane aufzumöbeln, kriegen wir das auch bei diesem hin. Du bist geschickt, und all deine Kumpel sind Handwerker. Bestimmt erledigen sie das eine oder andere für uns zum Freundschaftspreis, und die Malerarbeiten und eine Menge von der Renovierung können wir selbst machen!«, schwärmte Natalie.

Mark lächelte. »Du willst das Haus unbedingt, stimmt's?«

Natalie zog ihn auf die Veranda, von der aus man über den Rasen hinunter zum Kanalufer sah. Daran grenzte ein Swimmingpool, der dringend gesäubert werden musste. »Ich weiß, dass wir dieses Haus auf Vordermann bringen und etwas wirklich Wundervolles daraus machen könnten.«

»Mit fünf Schlafzimmern ist es zwar groß genug, aber nur eins hat ein winziges eigenes Bad, ansonsten gibt es nur das große Badezimmer. Und eine geräumige Werkstatt für mich fehlt auch«, meinte Mark.

Natalie tat diesen Einwand mit einer Handbewegung ab. »Ich sehe es vor mir! Ich weiß schon genau, wie wir es renovieren können!«

»Ich bin mir da nicht so sicher. Das wird ein Mordsaufwand, und auch nicht billig.« Mark sah hinaus auf den Kanal und die gegenüberliegenden Häuser mit den schicken Swimmingpools und schilfgedeckten Umkleidehäuschen im balinesischen Stil. An vielen Privatstegen und Pontons waren Boote festgemacht.

»Mark, wir haben doch die nötige Erfahrung. Ich skizziere dir heute Abend ein paar von meinen Ideen«, sagte Natalie voller Zuversicht.

Mark starrte sie an. »Was wir in Brisbane gemacht haben, waren Schönheitsreparaturen. Ein bisschen Farbe, neuer Teppichboden, eine Veranda, eine Garage. Hier geht es um einen richtigen Umbau, dazu braucht man einen Architekten oder zumindest einen Bauunternehmer, der weiß, was er tut.«

»Lass es mich dir zeigen. Ich sehe es vor mir«, beharrte Natalie.

Ihr Gespräch am Abend zog sich bis tief in die Nacht hin, sie diskutierten ihren Finanzrahmen und erstellten eine grobe Kostenkalkulation für Natalies Ideen. In der Gewissheit, dass sie aus dem Haus letztendlich etwas ganz Besonderes machen konnten, gingen sie voller Elan und mit genügend Geld von ihrer Bank zu der Versteigerung, um ihr Traumhaus zu erwerben.

Nachdem sie das Haus gekauft hatten und eingezogen waren, nahmen sie sich die ersten Tage Zeit, um sich einzuleben und alle Seiten ihres neuen Heims, die guten wie die schlechten, kennenzulernen. Rasch wurde klar, dass sie angesichts des massiven Renovierungsbedarfs zusammen mit den höheren Hypothekenzinsen und den Kosten für den Umzug ihre finanzielle Situation neu überdenken mussten.

»Das Geld für die Renovierung zusammenzukratzen ist schwieriger, als ich dachte«, sagte Mark. »Willst du wirklich noch ein Baby?«

»Natürlich! Ich bin leidenschaftlich gern Mutter. Aber es ist nicht gerade der ideale Zeitpunkt, was?«, seufzte Natalie. »Außerdem bin ich enttäuscht, dass es mit den Renovierungsarbeiten nicht vorangeht. Du hast recht. Wenn wir nicht die Zeit und das Geld haben, um wenigstens das Nötigste schnell über die Bühne zu bringen, wie sollen wir dann je genügend beiseitelegen, um die großen Arbeiten anzugehen wie die Badezimmer und eine neue Küche, geschweige denn den Swimmingpool? Vielleicht sollte ich wieder arbeiten gehen.«

»Ich weiß nicht recht. Was würde von deinem Lehrerinnengehalt denn schon übrig bleiben, wenn wir ein zweites Auto und die Kinderbetreuung finanzieren müssten? Und wir waren uns doch immer einig, dass es für die Kinder am besten ist, wenn einer von uns zu Hause bleibt und sich um sie kümmert, solange sie klein sind. Ich finde, wir sollten dabei bleiben, dass du ein paar Jahre aussetzt und erst dann wieder eine Arbeit annimmst, wenn sie größer und schon in der Schule sind«, sagte Mark.

»Ja, ich weiß«, stimmte Natalie zu. »Vielleicht sollten wir einfach so viel in Eigenarbeit an dem Haus machen, wie wir können, und die teureren Vorhaben verschieben, bis wir etwas zusammengespart haben. Das kriegen wir schon hin.«

Die nächsten Wochenenden verbrachten die Cutlers mit Renovierungsarbeiten. Sie rissen die Teppiche heraus und strichen die Wände in einem der ungenutzten Zimmer neu.

An einem Abend, als die Kinder schon im Bett lagen, goss Mark ihnen beiden ein Glas Wein ein. »Setz dich, Nat. Ich möchte mit dir reden.«

»Hmm. Klingt ernst. Oder haben wir in der Lotterie gewonnen und du hast es mir verschwiegen?«, fragte sie bemüht heiter. Die Miene ihres Ehemanns gefiel ihr nicht.

»Nat, dieses Herumrenovieren – mal hier ein bisschen, mal da ein bisschen –, das funktioniert nicht. Oder wie siehst du das?«

Natalie wollte ihm erst widersprechen, dann nickte sie. »Du hast recht«, sagte sie. »Wir schuften jedes Wochenende an diesem Haus, aber wenn die Kinder da sind, ist es schwierig. Ständig stehen sie einem im Weg, und man muss immer auf sie aufpassen. Denk nur daran, was Adam mit dem Farbpinsel angestellt hat. Klar, es hat nur ein paar Stunden gedauert, bis die Schweinerei wieder beseitigt war, aber so kommt man natürlich nicht weiter. Wir leben im Chaos. Wir können keine Freunde einladen, weil wir nirgends nett mit ihnen zusammensitzen können. Glücklicherweise haben wir im ersten Überschwang nicht gleich die Küche herausgerissen, aber Spaß macht das Kochen nicht, wenn der Herd kaum funktioniert und es eine Ewigkeit braucht, bis der Backofen heiß wird. Ohne den Grill käme bei uns nie etwas halbwegs pünktlich auf den Tisch. Ich bereue nicht, dass wir das Haus gekauft haben, aber ich wünschte mir, die Renovierungsarbeiten kämen schneller voran.«

»Ich habe eine Möglichkeit gefunden, wie wir das alles beschleunigen können, und zwar ohne dass du wieder arbeiten gehen musst.«

»Wirklich? Wie denn?«, fragte Natalie verblüfft.

»Ich bewerbe mich um einen neuen Job.«

»Als was?«

»Natürlich immer noch als Elektriker. Aber nicht hier ...«

»Umziehen? O nein! Du willst, dass wir woanders hinziehen und das Haus hier vermieten?«

»Beruhige dich, Nat. Nein, wo denkst du hin? Außerdem, wer würde das Haus in seinem jetzigen Zustand schon mieten wollen? Nein, ich meine, dass ich woanders bin, aber du mit den Kindern hierbleibst. Ich wäre auch nicht ständig fort. Aber ich könnte im Bergbau sehr viel mehr Geld verdienen. Das heißt zwar lange Arbeitstage, aber auch gutes Geld. Und ich habe gehört, die Bedingungen sollen gar nicht mal schlecht sein.«

»Du meinst, du würdest auf Montage gehen?«, sagte Natalie mit tonloser Stimme. »Wie lange wärst du dann weg?«

»Nach vier Wochen Arbeit hat man immer eine Woche frei. Bei einer Sechstagewoche.«

»Das ist doch Wahnsinn!«

»Ich weiß, Nat, es ist nicht ideal für uns. Aber das Gehalt ist prima, viel mehr, als ich momentan verdiene.«

»Und wo wäre das?«, fragte Natalie, während sie ihr Gefühlschaos in den Griff zu bekommen versuchte. Die Bezahlung klang traumhaft, aber die Arbeitszeiten waren brutal, er würde ihr fehlen, und wie sollte sie so lange allein zurechtkommen?

»Im Hinterland von Queensland. Dort gibt es jede Menge

Arbeit für gute Elektriker. Maschinen müssen gewartet und Förderstellen elektrifiziert werden. Außerdem brauchen die Kumpel Wohnungen und Infrastruktur.«

»Aber dass du immer so lange fort ...«, setzte Natalie an. Sie war den Tränen nahe.

»Es ist die einzige Möglichkeit, genug Geld zu sparen, um die Renovierung schnell über die Bühne zu bringen. Schätzungsweise ein bis zwei Jahre, das dürfte reichen. Und nach jeder Schicht komme ich heim und widme mich sieben Tage ausschließlich dir und den Kindern. Da kannst du dich dann erholen und mit deinen Freundinnen zu Mittag essen, während ich mich um die Kleinen kümmere.«

Natalie starrte Mark an. »Nach dieser endlosen Schinderei wirst du eine Auszeit brauchen. Es wäre auch deine Erholungsphase.«

»Ich habe mit Leuten gesprochen, die das gemacht haben. Jason arbeitet drüben im Westen als Klempner. Sie sparen für ein Haus, und er sagt, er kann an jedem Zahltag fast einen Tausender auf die hohe Kante legen.«

»Ich muss darüber nachdenken.« Natalie stand auf. Inzwischen war sie zu müde für ein weiteres Glas Wein, und sie wollte sich den Vorschlag erst einmal in Ruhe durch den Kopf gehen lassen.

»Ich muss ins Bett. Adam wacht neuerdings immer so früh auf. Aber reden wir noch mal ausführlich darüber, bevor wir uns entscheiden.«

Langsam gewöhnte sich Natalie an den Gedanken. Es war einfach zu gutes Geld, um sich eine solche Gelegenheit entgehen zu lassen.

Doch als Mark seine neue Stelle antrat, war die Umstellung für alle viel größer, als sie gedacht hatten. Sobald Mark weg war, wurden die Kinder quengelig und fingen an zu klammern. Und wenn er nach Hause kam, war er so erschöpft, dass er praktisch erst einmal zwei Tage durchschlief.

Danach hatte sich seine innere Uhr wieder umgestellt, seine gute Laune kehrte zurück, und er spielte vergnügt mit den Kleinen. Und dann war es für ihn auch schon wieder Zeit zu fahren.

»Du fliegst doch nicht aus Alaska ein«, murrte Natalie. »Ich verstehe nicht, warum dieser Job deinen Biorhythmus derart durcheinanderbringt.«

Mark seufzte. »Ich bleibe nicht die halbe Nacht auf, saufe und schaue DVDs oder so«, verteidigte er sich. »Auf Alkohol und Drogen werden wir sowieso getestet. Wir dürften gar nicht arbeiten, wenn sie etwas finden würden.«

»Drogen? Du wirst auf Drogen getestet?« Natalie klang fassungslos.

»Wir arbeiten da draußen mit teurem Gerät und explosiven Stoffen. Es ist eine Frage der Sicherheit. Himmel, ich will doch auch nicht mit einem Kollegen zusammenarbeiten, der seine fünf Sinne nicht beisammenhat!«

»Aber was machst du dort, dass du immer so müde bist?«

»Mein Job ist harte körperliche Arbeit. Dazu der Lärm, das Tempo, die Rufe und Pfiffe, all die Maschinen, Lastwagen und Züge, die Kohle fördern und abtransportieren. Es ist der totale Irrsinn. Außerdem wird rund um die Uhr gearbeitet, bei Scheinwerferlicht, sieben Tage à vierundzwanzig Stunden. Man steht unter Dauerstress. In meiner Freizeit bleibe ich auf meinem Zimmer, damit ich ein bisschen Ruhe und Frieden habe.«

»Das klingt schrecklich.«

»Es ist wohl besser, als es schon mal war. Die ersten Kumpel haben dort wirklich in primitiven Verhältnissen gelebt. Inzwischen sind die Straßen asphaltiert, es gibt ein Fitnesscenter mit Swimmingpool, einen Saal für Veranstaltungen und Freizeit und eine große Kantine mit einer wirklich guten Küche. Sogar Parkanlagen! Es ist ein Nobelcamp mitten im Nirgendwo.«

»Und die Leute, mit denen du arbeitest? Hast du dich mit jemandem angefreundet? Unternehmt ihr am Feierabend mal was zusammen? Arbeitest du immer mit denselben Kollegen?«

»Nein, eigentlich nicht«, sagte Mark. »Ich arbeite ständig mit neuen Leuten, weil ich an so vielen unterschiedlichen Stellen eingesetzt werde. Und jeder hat einen anderen Dienstplan. Außerdem ist es ein ständiges Kommen und Gehen, laufend kündigen Kollegen und ziehen weiter. Für die meisten ist es kein Job auf Dauer. Sie machen es auch nur, weil die Bezahlung gut ist. Und von wegen zusammen was unternehmen! Nach so einem Arbeitstag bin ich fix und fertig, da ist mir nicht mehr nach Gesellschaft.«

Anfangs hatte Natalie Mark schrecklich vermisst. Wenn er nach Hause kam, stellte sie ihm zuliebe ihren kompletten Tagesablauf um. So behielt sie die Kinder zu Hause, damit er Zeit mit ihnen verbringen konnte, wenn er wach war. Sie nutzte dann gern die Gelegenheit, selbst eine Auszeit zu nehmen, und wenn es nur für einen Arzttermin war oder um in Ruhe ohne die Kinder einzukaufen oder den Wagen in die Werkstatt zu bringen. Besonders genoss sie es allerdings, wenn sie zu viert etwas unternahmen, etwa einen Badeausflug zum Strand machten oder in einem neu entdeckten Park picknickten, wo die Kinder spielen konnten.

Im Lauf der Zeit stellte Natalie fest, dass sie sich an Marks lange Abwesenheiten gewöhnt hatte. Dass sie keine aufwendigen Mahlzeiten zubereiten musste, kam ihr sehr entgegen, vor allem angesichts des Zustands ihrer Küche. Die Kinder waren auch mit einem Ei und ein bisschen Obst zufrieden, und ihr fiel auf, dass es das Leben sehr vereinfachte, wenn man sich nur um die eigenen Bedürfnisse kümmern musste. Wenn Mark nicht da war, übernahm sie die Arbeiten, die er sonst erledigte, auch das Rasenmähen vor dem Haus. Und obwohl es zusätzliche Arbeit bedeutete, machte es sie auch ein bisschen stolz, dass sie das alles hinbekam. Abends, wenn die Kinder schliefen, setzte sie sich allein in die Küche und ging ihre Pläne für die Renovierung durch. Je länger sie in dem Haus lebte, umso mehr liebte sie es. Statt abends vor dem Fernseher zu sitzen, hörte sie lieber Musik von ihrem iPod und machte dabei Skizzen, maß etwas aus oder blätterte in Lifestyle-Magazinen mit Tipps für ländliches Wohnen.

Die Küche sollte nicht nur einfach ausgetauscht werden. Natalie wollte sie vergrößern, indem sie die Wand zur Waschküche herausbrach. Dafür sollte der Raum mit dem kleinen Büro am Ende des Flurs die neue Waschküche werden, mit einer einklappbaren Wäscheleine an der Außenmauer in Richtung Morgensonne. Das vierte und fünfte Schlafzimmer, die beide groß, aber ziemlich dunkel waren, wollte sie zu einem großen Kinderspielzimmer umgestalten, mit einer Lamellen-Faltschiebetür anstelle der einen Wand. Diese sollte sich zum eingezäunten, überdachten Vorgarten hin öffnen, den sie mit tropischen Pflanzen oder vielleicht Kräuterbeeten bepflanzen würde, eventuell käme dort auch noch ein Sandkasten hin.

Die dunklen Zimmer mit der fleckigen Holztäfelung, die laut Mark sowieso nur ein billiges Furnier war, wollte sie weiß tünchen. Ihr schwebte eine Farbgebung in Weiß und Indigoblau mit ein paar gelben Akzentuierungen vor. Frisch, kühl und klar.

Außerdem wollte sie Mark dazu bringen, einiges von dem wild wuchernden tropischen Gestrüpp zurückzuschneiden, das nicht nur einen großen Teil des Gartens und der Veranda verschattete, sondern auch Heerscharen von Moskitos beherbergte. Die verwilderte Grasfläche, die sich von ihrem Zaun bis hinunter zum Kanalufer erstreckte, würde noch viel Arbeit machen. Am liebsten hätte sie einen Zauberstab geschwenkt und sie in einen makellosen Rasen verwandelt, mit weißem Palisadenzaun und einer von fröhlichen Gänseblümchen umstandenen Pforte. Ein schmaler Pfad sollte zu einer von Jasmin überwachsenen Pergola führen, unter der sie zum Steg spazieren konnten, wo Stühle zum Angeln bereitstehen würden und ein kleines Boot festgemacht wäre.

Doch die meisten ihrer Pläne waren fürs Erste aufgeschoben. Denn all diese Träume kosteten Geld. Armer Mark. Er arbeitete so schwer, damit sie sich das alles leisten konnten, dachte Natalie. Wobei sie von den kleineren Arbeiten natürlich auch eine Menge erledigte.

Eines Abends rief Sarah, ihre Mutter, an. »Wir haben unser Haus verkauft! Ich hätte ja nie gedacht, dass wir wirklich einen Käufer für den Hof finden würden, zumindest nicht für den Preis, den wir verlangt haben.«

»Gratuliere. Freut sich Steve?«

»Ehrlich gesagt steht er ein bisschen unter Schock. Er muss das Ganze erst noch verdauen. Dazu kommt, dass wir eine recht kurzfristige Übergabe vereinbart haben, und du weißt ja, wie lange es dauert, bis man ausgeräumt und gepackt hat. Willst du nicht kommen und uns helfen? Bring doch die Kinder mit, und verbring das Wochenende bei uns.«

»Wahrscheinlich bin ich keine große Hilfe, wenn mir die zwei am Rockzipfel hängen, aber ich komme gern.«

Natalie rannte durch den Regen zum Schuppen hinter dem Farmhaus. Er quoll schon fast über, so viele Umzugskartons stapelten sich darin. Sie stellte den mitgebrachten obendrauf und holte tief Luft, als sie die aufgetürmten braunen Kartons musterte, in denen sich all die unverzichtbaren Dinge befanden, die ihre Mutter unbedingt mit in ihr neues Heim nehmen wollte.

Natalie wusste nicht, ob sie lachen oder weinen sollte. »Keine Chance!«, rief sie laut.

Ihre Mutter Sarah und ihr Stiefvater Steve verkleinerten sich und standen jetzt vor der enormen Herausforderung, Besitztümer zusammenzupacken, die bisher in einem Farmhaus mit mehreren Schuppen und einer Doppelgarage Platz gefunden hatten. Sie zogen in ein hübsches Haus mit gepflegtem Garten in den Hügeln gleich hinter Lismore.

Natalie wusste, dass ihre Mutter sich über den Umzug freute. Sie hatte die täglichen Pendelfahrten von der Farm nach Lismore, wo sie eine Modeboutique besaß, schon seit langem satt.

»Fünfzig Minuten, wenn ich einen guten Tag erwische! Die Straße ist voller Schlaglöcher und steht schon beim ersten Regentropfen unter Wasser«, hatte Sarah oft geschimpft. Steve wiederum war die Farmarbeit nach einem Bandscheibenvorfall zu mühselig geworden, und so hatte er sich schließlich von Sarah zu einem Umzug überreden lassen. Als dann tatsächlich ein Käufer auftauchte, der den geforderten Kaufpreis akzeptierte, hatte er keinen Rückzieher mehr machen können. Natürlich ging es ihm ein bisschen nahe, sein Elternhaus verlassen zu müssen. Doch er hatte keine Kinder, denen er es hätte vererben können, und Sarah war zuversichtlich, dass er auch in dem neuen Heim glücklich werden würde, sobald sie sich erst einmal eingelebt hatten.

Das hoffte auch Natalie. Ihre Mutter hatte Steve geheiratet, kurz nachdem Natalie an der Universität das Lehrerinnenexamen abgelegt hatte. Sie fand es großartig, dass ihre Mutter ein neues Leben anfing, außerdem mochte sie Steve, einen soliden, ausgeglichenen, gutmütigen Milchbauern. Natalie und Mark hatten die beiden immer gern auf ihrer Farm in dem beschaulichen Tal besucht, wo sie stets willkommen waren.

Für Natalie stand außer Frage, dass es eine riesige Umstellung für Steve sein würde, woanders zu leben. Sie drückte die Daumen, dass ihre Mutter recht behielt und er in dem kleinen Vorstadtgarten mit Nachbarn gleich nebenan glücklich vor sich hin werkeln würde. Das Leben in der Stadt würde so völlig anders sein als inmitten der üppig grünen Weiden, die von einer dramatischen Bergkulisse umgeben waren und wo man nur das Plätschern des Bachs, das Zwitschern der Vögel und das gelegentliche Muhen der Kühe vernahm. Allerdings hatte Steve stets bekundet, dass er das Aufstehen im Morgengrauen nicht vermissen würde. Schon gar nicht im Winter, wenn man sich bei manchmal frostigen Temperaturen aus dem Bett quälen musste, um das mitunter unwillige Vieh zu melken und unentwegt Melkstände zu reinigen. Trotzdem hatte er den einfachen Tagesablauf geliebt und sich bei seinen Tieren wohl gefühlt.

Obwohl Sarah eine Sechstagewoche hatte, verkündete sie gern mit einem Lachen, dass die Ehe mit einem Milchbauern nun mal bedeutete, niemals freizuhaben. Dabei hatte sie mit dem Vieh selbst nur wenig zu tun. Aber sie half Steve in seinem Gemüsegarten und lud gern Freunde zu ausgedehnten sonntäglichen Mittagessen ein, für deren Vorbereitung sie sich stundenlang Zeit nahm.

Natalie blickte über die nassen Weiden und überlegte, dass es in Irland so ähnlich ausschauen musste: schimmerndes Smaragdgrün, Nebelschwaden, die über den Bergkuppen hingen, leichter Nieselregen. Verglichen mit der Gold Coast hatte Northern Rivers etwas von üppiger Milde. Natalie war noch nie im Ausland gewesen, und mit der beträchtlichen Hypothek im Nacken kam eine Reise nach Übersee überhaupt nicht in Frage. Aber sie war dankbar dafür, ein Haus zu haben, das sie liebte und von dem sie wusste, dass sie etwas ganz Zauberhaftes daraus machen konnte. Traurig war sie nur darüber, dass es nun keine Ferien auf der Farm mehr gab.

Die Stimme ihrer Mutter riss sie aus ihren Gedanken. »Natalie, ich brauche noch ein paar flache Kartons. Kannst du mir bitte welche bringen?«

Natalie schüttelte den Kopf. Es war unglaublich, wie viel Zeug ihre Mutter nach ihrer Hochzeit zu Steve mitgenommen hatte. Dabei waren viele der Kisten, Schränke und Truhen seit Jahren nicht mehr geöffnet worden. In manchen hatte man Sachen eingelagert, nachdem Natalies Vater gestorben war, andere stammten aus dem Haus ihrer Großmutter. Sarah hatte es immer aufgeschoben, sie durchzusehen, denn auf Steves Farm hatte sie ja den Luxus von genügend Stauraum.

»Damit beschäftige ich mich dann als Rentnerin«, hatte sie ihrer Familie erklärt, wenn sie deswegen geneckt wurde. Doch da sie jetzt in ein kleineres Haus zog, warf das etliche Probleme auf. Natalie zerrte noch einige Kartons heraus und eilte damit zurück ins Haus.

»Mum, das ist ein Alptraum. Du musst die Sachen verscherbeln, mach einen Ausverkauf wegen Haushaltsauflösung. Was ist überhaupt in all den alten Kisten?«

»Ich weiß es nicht mehr. Einiges stammt noch von deiner Großmutter.«

»Dann lass uns die Sachen durchsehen. Jetzt ist der richtige Zeitpunkt. Du kannst das nicht alles mit in dein neues Zuhause nehmen. Dort ist nicht genug Platz. Außerdem habe ich keine Lust, mich darum kümmern zu müssen, wenn du mal nicht mehr da bist«, sagte Natalie keck.

Sarah lachte. »Du hast recht. Eine prima Aufgabe für einen Regentag. Ich koche uns eine Kanne Tee, und du stellst uns ein paar Kisten her. Was für ein Glück, dass sich die kleine Imogen aus dem Haus unten an der Straße um Charlotte und Adam kümmert.«

Drei Stunden später stapelten sich im Wohnzimmer Bücher, Porzellanteller, Zierat, LPs, Kleider, zusammengebundene Briefe und mehrere Schuhkartons voller Fotos.

»Jetzt verstehe ich, warum du das Aussortieren immer aufgeschoben hast«, sagte Natalie. »Weißt du denn noch, warum du all den Kram aufgehoben hast?«

»Nein, ehrlich gesagt nicht. Ich war damals total durch den Wind und kann mich an kaum mehr etwas erinnern. Hoffentlich habe ich nichts Wertvolles weggeworfen.«

»Mum, ich glaube nicht, dass du überhaupt irgendwas weggeworfen hast!« Inzwischen fragte sich Natalie, ob es wirklich klug gewesen war, sich auf diese Aufgabe einzulassen.

Sarah wurde ganz nostalgisch, als sie die Habseligkeiten ihrer Mutter durchsahen. »Das ruft so viele Erinnerungen wach«, seufzte sie.

»Mum, der Stapel von den Sachen, die weg können, ist noch sehr klein. Lass uns versuchen, ein paar mehr auszusortieren«, schlug Natalie vor. Sie fürchtete, dass all der Kram wieder weggepackt und erneut eingelagert werden würde. »Ich kann davon nichts mitnehmen. Mark bekäme einen Anfall.«

»Wahrscheinlich, weil er für so hübsche Dinge nichts übrighat und sowieso die meiste Zeit in einem Zelt lebt.«

»Mum! Er lebt nicht in einem Zelt. Was er über die Bedingungen in dem Camp erzählt, klingt sogar sehr gut. Besser als das, was man über unser Heim in seinem jetzigen Zustand sagen kann. Die Bergbaugesellschaft sorgt für eine exzellente Ausstattung, und er verdient genügend Geld, dass wir uns die Renovierung bald leisten können.«

Sarah seufzte. Über das Thema hatten sie schon öfter diskutiert. »Ich finde es trotzdem ziemlich rücksichtslos von ihm, dir allein die Bürde für das Haus und die Kinder aufzuhalsen. Und vermisst du denn nicht deinen Job? Du warst eine so begnadete Lehrerin, mein Schatz.«

»Danke, Mum. Ich habe immer gern unterrichtet und möchte auch wieder an eine Schule gehen. Aber Mutter bin ich noch viel lieber. Als Lehrerin kann ich noch lange genug arbeiten, wenn die Kinder größer sind.«

»Es klingt, als ob Mark jedes Mal Urlaub macht, wenn er nach Hause kommt.«

»Er hat einen anstrengenden Job. Und ich möchte, dass er so viel Zeit wie möglich mit den Kindern verbringt«, erwiderte Natalie kurz angebunden. Um das Thema zu wechseln, nahm sie eine Schatulle vom Stapel der kleinen Schätze ihrer Großmutter. »Was ist das?«

»Ach, das stand jahrelang auf Mutters Bücherschrank. Es stammt noch von ihrer Mutter, deiner Urgroßmutter Florence. Ich habe keine Ahnung, was es sein könnte. Ist irgendwas drin?«

»Alte Papiere wahrscheinlich. Nippes. Eine Fingerhutsammlung«, mutmaßte Natalie.

Das alte Kästchen faszinierte sie, also öffnete sie es und nahm eine kunstvoll lackierte Tafel heraus. »Was ist das? Sieht aus wie ein breites Lineal.«

Als sie die Tafel hochhielt, entfalteten sich einzelne kastanienbraune Blätter wie eine Ziehharmonika, aneinandergefügt mit dünnen polierten Bambusstäben. »Was um alles in der Welt ist das? Ein Wandschmuck?«, fragte sie und drehte es hin und her. »Hier auf dieser Seite sind Bilder, auf der anderen komische Schnörkel. Ob das Schriftzeichen sind? Und schau mal, Mum, diese bezaubernden Malereien auf der anderen Seite! Hier, ein Elefant. Könnte es aus Indien stammen?«

»Himmel, woher soll ich das wissen? Ich glaube nicht, dass ich es je aufgeklappt gesehen habe. Willst du es haben? Oder sollen wir es verkaufen?«, fragte Sarah, die bereits in einer anderen Kiste kramte. »O Gott, ihre alten Pelze!«

»Weg damit«, kreischte Natalie und hielt sich die Nase zu. »Oje, die armen Tiere. Sie haaren.« Als ihre Mutter einen schäbigen, halbkahlen Fuchs hochhielt, zuckte sie zurück. »Der hat ja Pfoten! Und ein Gesicht! Mit Schnauze und Knopfaugen! Wie konnte denn jemand so etwas tragen?«

»Zu Zeiten meiner Großmutter war das groß in Mode.

Stell dir mal vor, was passieren würde, wenn das heute jemand auf dem roten Teppich tragen würde«, kicherte Sarah.

Natalie konnte sich ein Grinsen nicht verkneifen, hielt sich aber weiterhin die Nase zu. »Mum, wirf es in den Müll, oder leg es zumindest auf den Stapel für den Verkauf.«

»Vielleicht sollte das ganze Zeug in den Abfall. Wer um Himmels willen würde denn etwas davon kaufen?«

»Klingt, als würde doch noch Vernunft einkehren«, sagte Natalie, schnappte die Pelze und ein altes Perlentäschchen in jämmerlichem Zustand, billigen Modeschmuck und mehrere angelaufene Bilderrahmen und stopfte alles in einen Karton.

»Was ist jetzt damit?« Sarah zeigte auf das Kästchen mit der ungewöhnlichen illustrierten Handschrift. »Glaubst du, jemand will es haben?«

Natalie zögerte. »Irgendwie ist es interessant, mit diesen winzigen Bildern und den seltsamen Zeichen.« Sie legte es beiseite. »Ich behalte es erst einmal.«

»Wer ist hier die Sammelwütige?«

»Na, wie geht's, Mädels?« Steve war hereingekommen und lächelte beim Anblick seiner Frau und seiner Stieftochter. »Ihr beiden seht euch wirklich sehr ähnlich.«

Doch angesichts der vielen auf dem Boden ausgebreiteten Sachen zuckte er zusammen. »Sarah, was ist das?«

»Wir misten aus, Schatz. Kein Grund zur Sorge. Nur ein kurzer Check, ob Mutter oder Großmutter nicht irgendwelche Banknoten in diesem Müll versteckt haben, damit wir alles guten Gewissens in die Tonne werfen können«, antwortete Sarah.

»Freut mich zu hören. Zwei Schuppen, eine Scheune und eine Garage als Stauraum werden dir fehlen.«

»Sie ist entschlossen, klar Schiff zu machen und ihren Lebensstil an die Gegebenheiten eines modernen Hauses anzupassen«, erklärte Natalie. »Man erkennt sie kaum wieder.«

Steve schwieg, wirkte aber skeptisch.

»Er möchte ein paar seiner alten Farmgerätschaften behalten«, sagte Sarah. »Als ob wir dafür noch Verwendung hätten.«

»Sie haben meinem Dad gehört. Und davor meinem Großvater«, setzte Steve an.

»Natalie meint, wir würden mit dem Räumungsverkauf ein Vermögen machen«, sagte Sarah.

»Nein, das meine ich nicht. Mit etwas Glück kommt genug zusammen, dass ihr euch ein Essen im Veteranenclub leisten könnt und noch zwanzig Dollar für die einarmigen Banditen übrig habt«, widersprach ihre Tochter mit einem Lächeln, während sie das seltsame Hängemanuskript wieder zusammenfaltete, in der Schatulle verstaute und beiseitelegte. »Das wirst du in deinem neuen, ballastfreien Leben nicht vermissen. Minimalistisches Wohnen. Reduzierte Eleganz. Dein neues Ich.«

»Klingt nicht, als wäre ich gemeint«, brummte Steve und stapfte in seinen Arbeitsstiefeln aus dem Zimmer.

»Genauso ein Dickschädel wie Mark, stimmt's?«, bemerkte Sarah.

Natalie antwortete nicht. Sie wünschte sich, ihre Mutter würde damit aufhören, an Mark herumzukritteln. Er war ja keineswegs darauf erpicht, so lange Zeit von seiner Familie getrennt zu sein, er tat es nur seiner Familie zuliebe. Und sie waren äußerst dankbar für den Extraverdienst, auch wenn das Familienleben dabei zu kurz kam.

Es war schon fast dunkel, als Sarah und Natalie die Kisten durchgesehen und deren Inhalt auf verschiedene Stapel verteilt hatten.

»Ich bin stolz auf dich, Mum. Jetzt sind nur noch sechs Kartons übrig.«

»Und all diese Papiere? Glaubst du, die könnten noch mal interessant sein?« Sarah zeigte auf die zusammengeschnürten Briefpacken in den Plastiktüten.

»Mum, ich habe keine Ahnung, was drinsteht. Warum liest du sie nicht? Überflieg sie doch abends beim Fernsehen«, schlug Natalie vor. »Jetzt muss ich den Kindern aber was zu essen machen.«

Später stand Natalie auf der Veranda und blickte zum Kuhstall, wo allmählich Ruhe einkehrte. Steve hatte die Melkmaschine sauber gemacht und genoss jetzt drinnen seinen Feierabend vor dem Fernseher. Wie oft um diese Zeit rief Mark an, um Charlotte und Adam gute Nacht zu sagen.

»Was hast du heute Abend noch vor?«, fragte Mark sie als Erstes. »Ihr seid doch bestimmt fertig mit dem Aussortieren, oder? Schätze, das kann einfach alles auf den Müll.«

»Wir sind fast durch. Mum siebt noch ein bisschen aus. Was gab's bei dir heute zum Abendessen?«

»Kalbsschnitzel, Herzoginnenkartoffeln, Erbsen, und zum Nachtisch Schnee-Eier.«

»Diese Caterer verwöhnen dich! Ich hoffe, du kriegst ein paar Tipps, wie man leckere Sachen kocht. Wenn du wieder da bist, freue ich mich auf ein ganz besonderes Menü.«

»Das wird auch ganz besonders! Wie geht's den Kindern? Hat Charlotte begriffen, dass die Farm verkauft wird?«

»Teilweise. Dass wir nie wieder herkommen werden, wird ihr wohl erst dann klar sein, wenn sie Mum und Steve in ihrem neuen Haus sieht. Sie wird die Kälbchen vermissen. Und sie hat Bilder gemalt, die sie dir zeigen will.«

»Nun, das klingt doch alles ganz nett.«

»Nein, Mark, nett ist das gar nicht. Es ist eine Katastrophe. Du würdest nicht glauben, was Mum alles aufgehoben hat, sogar noch Sachen von meiner Urgroßmutter.«

»Nat, bitte, schlepp nichts mit nach Hause.«

»Nein, versprochen. Bis auf ein paar alte, aber niedliche Eierbecher und Bücher, die ich als Kind geliebt habe und die Charlotte und Adam hoffentlich auch lieben werden. Und dann ist da noch so ein merkwürdiges kleines Ding, von dem ich nicht weiß, was es ist, aber es ist alt, und ich hänge es vielleicht an eine Wand«, sagte Natalie.

»Klingt gut. Ich mach jetzt besser voran. Gib mir die Kinder, damit ich ihnen gute Nacht sagen kann. Du fehlst mir. Ich liebe dich.«

»Ich liebe dich auch.« Natalie ging wieder hinein und gab Charlotte das Telefon. »Daddy will dir gute Nacht sagen.«

»Natalie, komm mal her und sag, was du davon hältst«, rief Sarah aus dem Wohnzimmer, in dem sich Steve nur selten aufgehalten hatte und das jetzt mit Möbeln vollgestellt war. Adam, schon im Pyjama, kletterte über die Sessel und das Sofa.

»Vorsicht, junger Mann«, warnte Natalie. »Er klettert für sein Leben gern. Mum, sollen all diese Möbel mit ins neue Haus?«

»Die meisten. Ich habe die Zimmer in Gedanken schon eingerichtet, nur, was ich mit den Sachen da drüben machen soll, weiß ich nicht. Willst du etwas davon? Ansonsten spende ich sie, oder sie landen auf dem Sperrmüll.«

»Manches sieht alt, aber nützlich aus. Ich versuche allerdings, einen frischen, klaren Look bei uns zu schaffen. Mark kriegt Zustände, wenn etwas nicht dazupasst. Er ist nicht gerade der Retro-Typ.«

Da fiel ein Kissenstapel um, Adam purzelte auf den Boden und schrie.

»Ich hab doch gesagt, du sollst aufpassen! Alles in Ordnung, nichts passiert«, beruhigte Natalie den kleinen Jungen und nahm ihn in die Arme. »Was ist das hier drunter?«

»So ein alter Sessel von Steve. Schrecklich altmodisch, ich will ihn nicht haben.«

Natalie setzte sich mit Adam hinein und knuddelte den Kleinen. »Sehr bequem. Fest gepolstert. Und sogar ein Ohrensessel, sehr ungewöhnlich.«

»Scheußlicher Bezug. Es gibt auch noch ein Fußteil dazu, so einen Polsterhocker«, sagte Sarah.

»Mum, wenn Steve ihn wirklich nicht will, nehme ich ihn.«

»Du liebe Güte! Mir käme der nicht ins Haus. Was willst du denn damit?«

»Ich habe da so eine Idee fürs Spielzimmer. Der Sessel ist bequem, man kann die Füße hochlegen, und weil er mehrteilig ist, lässt er sich mit verschiedenen Stoffen beziehen, die aber farblich zueinanderpassen, wenn du verstehst, was ich meine«, sagte Natalie.

»Kriegst du den hinten in deinen Kombi rein? Ich meine, je früher ich ihn los bin, desto lieber«, sagte Sarah. »Zumindest wird Steve sich freuen, dass er in liebevolle Hände kommt und nicht auf die Müllkippe.«

»Wobei er ihm mintgrün und zitronengelb gestreift mit pinkfarbenen und grünen Blüten vielleicht nicht gefallen wird«, grinste Natalie.

Einen Monat später las Natalie ihren zwei Kindern gerade eine Geschichte vor, als ihre Mutter anrief.

»Hi, Mum, wann ist der große Umzugstag?«

»Der Lkw kommt nächste Woche. Ich fahre am Wochenende ins neue Haus und überlege mir, wo genau was hin soll. Willst du nicht nach Lismore kommen und mir helfen? Wir könnten zusammen Mittag essen.«

»Geht nicht, Mum. Mark ist fort, und Charlotte hat Ballettstunde. Aber es ist eine prima Idee, vorher mal durchs leere Haus zu gehen und zu entscheiden, wo welche Sachen hingestellt werden sollen. Dann musst du das den Umzugshelfern nur noch sagen, und Steve braucht keine Möbel zu schleppen. Bist du aufgeregt?«

»Ja, schon. Ich will einfach so bald wie möglich fertig eingerichtet sein. Wenigstens habe ich dann jeden Tag ein paar zusätzliche Stunden Freizeit, weil ich mir die blöden Pendelfahrten von und zur Farm spare.«

»Wie läuft's im Laden?«

»Gut. Ich habe ein paar umwerfende neue Oberteile reinbekommen. Die würden dir gefallen.«

»Tut mir leid, Mum, wir sind knapp bei Kasse. Und ich brauche auch nichts. Wenn ich noch arbeiten ginge, wäre es etwas anderes.«

»Stimmt. Du warst bestimmt die am besten angezogene Grundschullehrerin von ganz Queensland.«

»Dank deiner Schlussverkäufe und deiner Großzügigkeit«, sagte Natalie. »Schade, dass du keine Kinderkleidung führst.«

»Ist zu aufwendig. Aber hör mal, ich habe die Briefe durchgesehen und einen sehr spannenden von meinem Großonkel Andrew entdeckt. Deinem Urgroßonkel.«

»Von dem habe ich noch nie gehört.«

»Er war der Bruder meiner Großmutter Florence.«

»Erzähl mir mehr von diesem Urgroßonkel.«

»Ich habe ihn nie kennengelernt, er ist lange vor meiner Geburt gestorben. Oma Flo hat mir ein paar Geschichten über ihn erzählt. Die sind mir wieder eingefallen, als ich den Brief gelesen und verschiedene Fotos angesehen habe.«

»Wo hat er gelebt? Hatte er Familie?«, fragte Natalie.

»Ich glaube, nein. Er ist viel gereist. Es gibt etliche Ansichtskarten aus Indien, und aus dem Brief geht hervor, dass er offenbar auch in Burma war.«

»Im Zweiten Weltkrieg?«, fragte Natalie.

»Nein, davor. Zwischen den Kriegen, da bin ich mir ziemlich sicher. Ich müsste mich hinsetzen und auch alles andere genau lesen, dann würde ich vielleicht mehr erfahren. Ich hab die Sachen ja nur überflogen, um zu wissen, was ich wegwerfen kann.«

»Warum war er in Burma? Ich meine, wie war es damals

dort?«, fragte Natalie. »Über das heutige Burma weiß ich auch kaum etwas, es kommt ja nie etwas in den Nachrichten. Und es fährt auch nie jemand hin. Es ist kommunistisch, oder? Wie Nordkorea?«

»Eine Militärdiktatur. Wenn ich mich nicht irre, haben sie dort diese reizende Dame zum Hausarrest verdonnert, damit sie nicht die Führung übernimmt. Ich muss das mal nachschlagen«, meinte Sarah.

»Ja, so eine Hübsche mit Blumen im Haar«, erinnerte sich Natalie. »Aber warum war jemand von unserer Familie in den 1920er Jahren in Burma?«

»Vielleicht steht etwas in den Briefen. Ich bin jedenfalls ziemlich sicher, dass Andrew in England geboren wurde.«

»Bestimmt, denn Oma Florence war Engländerin, oder? Wie kam sie eigentlich hierher?«

»Das wiederum ist eine Geschichte, die ich kenne. Oma Flo traf meinen Großvater Wally, als er im Ersten Weltkrieg auf Urlaub in England war. Er hat an der Westfront gekämpft. Sie hat mir erzählt, dass sie sich am Palace Pier in Brighton begegnet sind. Er war so ein typischer übermütiger, kecker australischer Soldat, der sie im Sturm erobert hat. Nachdem er ihr einen Antrag gemacht hat, ist sie mit dem Schiff nach Australien gekommen und hat ihn geheiratet. Dort wurde er ein Veteranensiedler. Damals schenkte die Regierung den Kriegsheimkehrern zum Dank für ihren Kampfeinsatz ein Stück Land. Es war offensichtlich ein bisschen eine Lotterie, weil der Boden manchmal nichts taugte. Aber Wally hatte Glück und bekam gutes Land am Richmond River, hier in der Gegend, gar nicht weit von Steves Familienfarm, und wurde Milchbauer. Oma erzählte, dass sie keine Ahnung von Landwirtschaft hatten, es war also erst mal ein Kampf. Während der Weltwirtschaftskrise verschlimmerte sich die Lage noch, aber sie kriegten die Kurve und gründeten eine Familie. Und dann verkauften sie die

Farm und zogen sich aufs Altenteil zurück, ehe die Dinge wieder den Bach runtergingen.«

»Warum? Was ist passiert? Das ist doch prima Weideland dort draußen«, sagte Natalie.

»Mum hat erzählt, dass die Briten den australischen Milchprodukten keinen Vorrang mehr einräumten, nachdem sie dem Gemeinsamen Markt beigetreten sind. Daraufhin brach der Milch- und Käsemarkt zusammen. Steves Familie war eine der wenigen, die weiterhin als Milchbauern arbeiteten. Eine Menge Farmer stiegen auf Rinderzucht um, und viel Weideland wurde zu Macadamiaplantagen umgewidmet.«

»Ist Oma Flo je wieder nach England gefahren?«

»Ich glaube, einmal. Sie hat davon erzählt, und es gibt Fotos. Ich habe aber keine Ahnung, was für Verwandte wir dort noch haben. Allerdings bin ich mir ziemlich sicher, dass Großonkel Andrew Junggeselle geblieben ist.«

»Was hat er nur in Indien und Burma gemacht?«, grübelte Natalie. »Über unsere englische Linie wissen wir so gut wie nichts.«

»Da ist eine Schachtel mit alten Fotos, die scheinen aus Asien zu stammen. Vielleicht haben sie etwas mit Andrew zu tun. Ich halte dich auf dem Laufenden.«

Ob ihre Mutter wohl Zeit finden würde, die Fotos durchzusehen, überlegte Natalie, wo sie doch mit dem Umzug und der Einrichtung ihres neuen Heims vollauf beschäftigt war? Daher meinte sie spontan: »Warum schickst du die Sachen nicht mir? Ich könnte sie mir ansehen, wenn die Kinder im Bett sind.«

Sarah lachte. »Verbringst du deine langen, einsamen Abende nicht damit, zu malern, zu schleifen und alte Teppiche rauszureißen? Was renovierst du denn gerade?«

»Ich habe die Pflanzvasen gestrichen, die am Pool stehen sollen. Am liebsten würde ich ein paar alte Schränke rausreißen, aber das ist zu laut, wenn die Kinder schlafen. Also schick mir ruhig die Sachen, und ich seh sie durch. Im Fernsehen läuft ohnehin nichts Besonderes. Aber bitte per Einschreiben, Mum. Nicht dass sie verlorengehen«, mahnte sie.

»Hoffentlich kann man überhaupt noch was drauf erkennen, so lange, wie sie herumgelegen haben. Manche, die ich mir angeschaut habe, waren ziemlich verblichen. Danke, Schatz. Ruf mich an, wenn du auf etwas Interessantes stößt«, sagte Sarah und klang erleichtert.

Mark legte die Füße auf den Couchtisch und betrachtete Natalie, die in den Sessel gekuschelt saß, den sie von der Farm mitgebracht hatte. Nachdem er seine Frau mehrere Wochen lang nicht gesehen hatte, war er wieder einmal beeindruckt von ihrer Erscheinung. Sie hatte sich verändert. Nicht äußerlich, sie war immer noch schlank, das dunkelbraune Haar eine dichte Lockenmähne, die Haut schimmernd auch ohne Make-up, mit dunklen Wimpern über den großen, braunen Augen. Beim Lesen kaute sie an ihrer Unterlippe. Sie besaß die natürliche Schönheit eines jungen Mädchens, doch jetzt, in ihren Dreißigern, auch eine Selbstsicherheit und eine Stärke, die sich erst in letzter Zeit entwickelt hatten. Oder fiel ihm das nur auf, weil er so selten da war? Meist redete er nur ungern darüber, dass sie allein die Verantwortung für Haus und Kinder trug, während er wochenlang fort war. Obwohl sie ausgesprochen gut zurechtkam, fühlte er sich schuldig, weil er seine Familie so oft allein ließ.

»Dieser Sessel ist wirklich potthässlich«, bemerkte er.

Sie sah auf. »Er ist sehr bequem. Ich mag ihn. Und wenn er erst neu überzogen ist, wirst du ihn nicht wiedererkennen.«

»Hoffentlich kostet uns das kein Vermögen«, sagte Mark.

»Keineswegs. Ich habe den passenden Stoff schon aufgetrieben, bei einem Garagenflohmarkt. Ursprünglich zwei

Vorhänge mit unterschiedlichem Muster, wirklich bildschön. Damit werde ich den Sessel neu beziehen, dann habe ich abends eine Beschäftigung. So schwer kann das ja nicht sein, immerhin kann ich nähen.«

»Du machst das bestimmt großartig, Nat.«

»Hmmm«, antwortete sie nur, denn inzwischen war sie in einen der alten Briefe vertieft, die ihre Mutter ihr geschickt hatte.

Mark schaltete den Fernseher ein und zappte sich durch die Kanäle.

Schließlich faltete Natalie den Brief zusammen und blieb reglos in ihrem Sessel sitzen.

Da Mark wusste, dass sie American Football nicht ausstehen konnte, schaltete er den Ton des Sportsenders stumm. Als Natalie keine Reaktion zeigte, drehte er sich zu ihr um. Seine Frau starrte versonnen vor sich hin.

»Was ist los? Hast du eine Leiche im Keller gefunden?«, fragte Mark.

»Nein, das nicht.«

»Von wem ist der Brief?« Mark versuchte, ihren Gesichtsausdruck zu deuten.

»Von dem Bruder meiner Urgroßmutter, Andrew. Er ist so ... bewegend.«

»Was steht drin?«, fragte Mark.

»Es ist eine recht ungewöhnliche Geschichte«, antwortete Natalie. »Offenbar hat er in Burma für eine englische Zeitschrift gearbeitet und dadurch eine burmesische Prinzessin namens Tipi Si kennengelernt. Die Briten haben sie sehr schlecht behandelt, daher lebte sie in ziemlich ärmlichen Verhältnissen. In einem schwachen Moment hat sie etwas an einen Kunsthändler namens Ferguson verkauft, bedauerte es aber sogleich zutiefst. Ihr Bruder, der letzte König von Burma, hatte ihr diesen Gegenstand, ein sogenanntes Kammavaca, zu treuen Händen übergeben. Wie auch immer, Onkel

Andrew rührten ihre Sorgen so an, dass er ihr versprach, den Kunsthändler aufzuspüren und ihr dieses Kammavaca zurückzubringen.«

»Und dann?«

»Er hat den Kunsthändler ausfindig gemacht und das Kammavaca preisgünstig bekommen, weil er versprochen hat, einen Artikel über ihn zu schreiben. Ferguson macht einen ziemlich gewöhnlichen Eindruck auf mich, aber Andrew scheint ein ganz wundervoller Mensch gewesen zu sein. Hör nur, was er am Schluss des Briefes schreibt«, sagte Natalie.

Auch wenn man die Feinheiten des buddhistischen Glaubens nicht auf Anhieb versteht, so steht doch außer Frage, dass die burmesischen Götterbilder, Pagoden und Stupas eine wahre Pracht sind. Vielleicht liegt es am überbordenden Reichtum dieses Landes mit seinen goldenen Tempeln, der üppigen Landschaft, seinem Wohlstand und seinen freundlichen Bewohnern, dass unsere Leute glauben, sie hätten das Recht, es ganz ungeniert auszuplündern. Aber ich weiß, dass das ein entsetzlicher Fehler ist. Ja, ich glaube, in künftigen Zeiten werden wir Briten dafür gescholten werden, dass wir uralte Monumente zerstört, wertvolle Artefakte schlicht und einfach gestohlen und die Traditionen des Landes mit Füßen getreten haben.

Die Schrift auf diesem Kammavaca fasziniert mich, ihre Zeichen sind wunderbar ornamental, doch ich kann sie nicht deuten. Ich werde die Prinzessin danach fragen, wenn ich sie damit überrasche, dass ich es wiederbeschafft habe. Ich weiß, dass ihr das viel bedeuten wird, aber ehrlich gesagt, liebe Schwester, bedeutet es auch mir sehr viel. In all den Jahren hier in diesem ganz besonderen Land hat man mir Respekt, Freundschaft und Großzügigkeit entgegengebracht, und das nicht nur, weil ich Brite bin! Ich habe einige rechtschaffene Leute hier kennengelernt, sowohl Burmesen als auch Kolonialisten, und fühle mich diesem anmutigen goldenen Land zutiefst verbunden. Wenn ich also einmal etwas Richtiges tun und diesem Land dienen kann, indem ich der Prinzessin das Kammavaca zurückbringe, erwerbe ich mir damit auch selbst Verdienste. Ich empfinde es als das einzig Richtige und Anständige, und deshalb wird es mir viel Freude bereiten und Seelenfrieden schenken.

Doch bevor ich nach Rangun zurückkehre, möchte ich noch das Volk der Shan aufsuchen und danach den Naga-Stamm an der indischen Grenze. Ja, dies ist wahrlich ein Land vieler Völker mit jeweils eigenen Sitten, Gebräuchen und Speisen – alle höchst verführerisch.

Ich vermisse unsere Gespräche, Florrie. Aber ich bin sicher, dass wir den Faden dort wieder aufnehmen werden, wo wir abgebrochen und uns verabschiedet haben, damals in jener regnerischen Nacht in Mutters warmer Küche, bevor du nach Australien gegangen bist – ganz gleich an welch fernen Gestaden wir uns wiedersehen mögen.

Meine besten Wünsche an Wally und die Kinder,
Dein Dich liebender Bruder
Andrew

Mark nahm Natalie die ordentlich und dicht beschriebenen Blätter aus der Hand und las den ganzen Brief. Dann faltete er ihn zusammen und sah Natalie an. »Interessant. Auf mich wirkt der Brief gar nicht traurig. Vielmehr spannend. Glaubst du, es war der Beginn einer wunderbaren Romanze zwischen der Prinzessin und deinem Onkel? Das werden wir wahrscheinlich nie erfahren. Und das Ding, das dein Onkel für sie gekauft hat – glaubst du, sie hat sich gefreut, es wiederzubekommen?«

Natalie schüttelte den Kopf. »Es war ihm so wichtig, es ihr

zurückzugeben, und doch ist es nicht dazu gekommen. Ist das nicht eigenartig?«

»Woher weißt du das?«, fragte er verwundert.

»Weil ich es habe, Mark. Es war in den Sachen von meiner Urgroßmutter Florence. Mum hätte es fast weggeworfen. Es liegt im Schreibtisch.«

»Du machst Witze! Du hast es von der Farm mitgebracht?« Mark sprang auf, ging zu ihrem gemeinsamen Schreibtisch und nahm die Teakholzschatulle heraus. »Es klingt nach etwas Außergewöhnlichem.«

Sorgfältig entfaltete er das bebilderte Manuskript und kniff die Augen zusammen, um die merkwürdigen Schriftschnörkel auf der Rückseite besser zu erkennen.

»Was das wohl alles heißt?«, überlegte er.

»Laut Andrews Brief ist es etwas Religiöses – eine heilige Schrift oder Gebete oder so was.«

»Wie alt schätzt du es?«

»Keine Ahnung. Im Brief steht, es sei ein Geschenk an den König gewesen, aber ich weiß nichts über die burmesischen Könige und die Zeiten ihrer Herrschaft. Ich könnte es mal googeln.«

»Was hast du jetzt damit vor?«

»Wie meinst du das? Ich wollte es an die Wand hängen oder irgendwie ausstellen. Es ist etwas Besonderes«, erwiderte Natalie.

»Könnte ein paar Dollar wert sein.«

»Mark! Ich werde es nicht verkaufen. Es war so viele Jahre im Besitz meiner Familie.«

»In einem Schuppen.«

»Wie wohl Uroma Florence dazu gekommen ist? Er muss es ihr geschenkt haben.«

»Warum sollte Andrew es seiner Schwester schenken, wenn er es doch unbedingt der Prinzessin zurückgeben wollte?«, entgegnete Mark.

»Es ist mir ein Rätsel, warum es nie zu seiner rechtmäßigen Besitzerin zurückfand. Dabei war er doch wild entschlossen, es ihr zu bringen.« Vorsichtig faltete Natalie das kleine Kammavaca wieder zusammen und legte es in das schmale Kästchen.

»Mir scheint, es gehört in ein Museum oder, ja, in einen Tempel.«

»Mir gefällt es. Am besten lasse ich es rahmen. Als Familienerbstück.«

»Nat, es hat nicht deiner Familie gehört. Sondern irgend so einer Prinzessin in Burma«, scherzte Mark.

»Stimmt. Okay. Jedenfalls habe ich für heute Abend genug gelesen, mir schwirrt der Kopf.«

Mark streckte die Hände nach ihr aus. »Lass mich dich ablenken.«

Sie kuschelte sich in seine Arme. »Du fehlst mir. Wie lange noch, Mark?«

»Schatz, es ist doch noch kaum Zeit vergangen. Halt durch. Ich bin wirklich stolz auf dich.«

Natalie schmiegte den Kopf an seine Schulter und schloss die Augen. Als sie später in seinen Armen lag, schweiften ihre Gedanken zurück zu dem merkwürdigen Fund. Sie merkte, dass Mark eingeschlafen war, und so löste sie sich ganz sachte von ihm und tappte leise durchs Zimmer zum Schreibtisch, wo sie die Schatulle herausnahm und das Manuskript entfaltete. Als sie sich näher über die kleinen Illustrationen beugte, stieg ihr ein nicht unangenehmer Modergeruch mit leichter Zitrusnote in die Nase. Sie starrte auf das Bild eines kleinen weißen Elefanten, der im Dschungel stand. Unvermutet blitzte ein Lichtstrahl aus dem gemalten Wald heraus. Oder von dem juwelenbesetzten Kopfschmuck des Elefanten? Natalie schloss die Augen, und als sie sie wieder öffnete, merkte sie, dass sich lediglich das Licht der Schreibtischlampe in den goldenen Farbtupfern gespiegelt hatte.

Doch in jenem Moment war es ihr vorgekommen, als würde sie selbst auf der Lichtung in diesem Dschungel stehen.

Es war eine so starke Empfindung gewesen, dass sie sich fest vornahm herauszufinden, was ihren Urgroßonkel davon abgehalten hatte, dieses seltsame Artefakt seiner rechtmäßigen Besitzerin zurückzugeben.

3

Mark stellte den Wagen in der Einfahrt ab, und noch bevor er Adam aus dem Kindersitz heben konnte, war Charlotte schon hinausgesprungen.

»Da ist Mummy!«

»Was?« Mark nahm Adam auf den Arm, während Charlotte den Gehweg hinunterrannte, auf Natalie zu, die zwei schmale Holztüren hinter sich herzog. Um das Haar hatte sie sich ein Kopftuch gebunden, und ihre Hände waren farbverschmiert.

»Vorsicht, Charlotte, lauf nicht auf die Straße«, rief Natalie. »Wie war dein Schwimmkurs?«

»Daddy sagt, ich bin richtig gut! Heute war ich mit dem Kopf unter Wasser! Was ist denn das?«, wollte Charlotte wissen.

»Na, das ist ja toll! Mark, kannst du mir helfen, die Dinger hier reinzubringen?«

Natalie legte die Holztüren ab und winkte Adam zu, während Mark ihr entgegenging.

»Was machst du denn da?«

»Heute ist Sperrmüllsammlung. Da stellen die Leute all die Sachen raus, die sie nicht mehr brauchen. Und dabei habe ich das hier gefunden.«

»Zwei alte Türen? Was hast du denn mit denen vor?«

»Du wirst schon sehen. Es gibt noch mehr davon. Könntest du sie bitte holen? Sie liegen nur ein paar Häuser weiter die Straße runter.«

Verwundert schüttelte Mark den Kopf und gab ihr Adam.

»Na, wenn du unbedingt willst, bringe ich die beiden rein und hole die anderen noch.«

»War's schön mit Daddy beim Schwimmen, Schätzchen? Er hat bestimmt gestaunt, was du alles kannst. So, jetzt gibt es Essen.«

Mit einem dumpfen Knall stellte Mark die anderen Türen vor der Küche ab und kam dann herein. »Die sehen nach alten Holzlamellentüren von einem Vorratsschrank aus. Sag mir jetzt bloß nicht, dass du sie für unsere neue Küche haben willst?«

»Wo denkst du hin? Die sind für draußen.« Natalie gab Charlotte ein Käsesandwich und schnitt ein Stück Schinken ab, das sie Adam in den Mund steckte. »Ich möchte sie blau anmalen und links und rechts vor den Fenstern zur Straßenseite aufhängen, als eine Art Fensterläden. Vielleicht könntest du Scharniere dranmachen, dann können wir sie auch richtig zuklappen, wenn wir wollen.«

Mark setzte schon zu einem Einwand an, aber dann ging er erst einmal hinaus, um die Holztüren näher in Augenschein zu nehmen. »Könnte funktionieren, denke ich. Ich müsste sie auf die richtige Größe zusägen. Lass mich überlegen, wie wir es am besten anstellen.«

»Siehst du, ich hab's doch gewusst, dass es geht. Das sieht dann ein bisschen nach Landhausstil aus. Ich habe mir auch gedacht, dass wir eine kleine Veranda vor das Haus bauen könnten, auf die wir dann weiße Rattanmöbel stellen. Die Veranda verzieren wir dann mit Laubsägearbeiten im selben Blauton wie die Läden, den Rest lassen wir weiß. Wenn ich heimkomme, möchte ich nicht die Vordertür in der kahlen Mauer sehen. Mir schwebt da etwas Reizvolleres vor.«

»Ist das nicht ein bisschen voreilig? Vermutlich willst du auch Blumenkästen vor dem Fenster und ein Blumenbeet im Vorgarten?«

»Liebend gern! Aber das kann noch warten, bis wir mit

dem Renovieren fertig sind. Ich will mir meine Blumen ja nicht von den Handwerkern zertrampeln lassen. Nun erzähl, Schatz, wie war's im Schwimmkurs?«

»Mit Charlotte lief es wunderbar, die Kleine wird eine gute Schwimmerin. Aber es war echt anstrengend, Adam in diesem Spielbereich im Auge zu behalten. Ständig wollte er irgendwo raufklettern, und ich musste ständig aufpassen, dass er sich nicht weh tut. Ich bin total erledigt«, sagte Mark. Er ließ sich in den noch unrenovierten Ohrensessel fallen und blickte auf den Stapel Fotos daneben. »Hast du noch irgendwas über dieses Kamma-Dingsda von Onkel Andrew rausgefunden? Ich wüsste wirklich gern mehr darüber.«

»Ich hatte noch keine Zeit, das durchzusehen. ›Kammavaca‹ hat er es genannt.«

»Mir ist es ein Rätsel, warum Andrew es nicht der Prinzessin zurückgegeben hat. Vielleicht ist er ja nach England zurückgegangen. Bist du sicher, dass du dort keine Verwandten hast? Deine Mum sagt, ihre Großmutter stammte aus Brighton.« Behutsam griff Mark nach Andrews Brief und überflog ihn noch einmal. »Klingt, als wäre er ein interessanter Mensch gewesen. War er Journalist oder Fotograf? Wenn diese Fotos von ihm sind, muss er ziemlich gut gewesen sein.«

»Ich glaube, er war beides. Vielleicht mehr noch Journalist.«

»Was ist denn diese *Illustrated London News,* von der er spricht?«, wunderte sich Mark.

»Das habe ich Mum auch gefragt«, antwortete Natalie. »Sie sagt, es sei eine Mischung aus Zeitung und Zeitschrift gewesen, mit langen Artikeln, einigen Fotos und kunstvollen Schwarzweißillustrationen.«

»Die findet man doch bestimmt im Internet. Wäre interessant zu lesen, was er geschrieben hat, und vielleicht entdecken wir ja auch einen Hinweis, wo er abgeblieben ist«, sagte Mark.

»Ich schaue bei Gelegenheit mal nach. Und was hast du jetzt vor, mein großer Renovierungskünstler?«

»Ich bin für Vorschläge offen«, entgegnete Mark grinsend. »Zurzeit reiße ich im dritten Kinderzimmer die Tapeten ab. Ich kann dir aber auch beim Anmalen der Möbel helfen. Bist du sicher, dass du diese alten Stühle knallgelb streichen willst?«

»Du meinst die prächtigen Bugholzstühle, die ich bei diesem Trödler gefunden habe? Sie werden sich in der Frühstücksecke ganz wunderbar machen. Wenn du wieder im Bergwerk bist, hole ich die Nähmaschine raus und nähe Sitzkissen dafür.«

»Was ist mit diesem Sessel? Er ist ja recht bequem. Mir gefällt bloß der Bezug nicht«, sagte Mark und klopfte auf die Armlehne des Sessels, den Natalie von Steve mitgebracht hatte.

»Ich kümmere mich darum.«

Erst als Mark wieder zur Mine zurückgeflogen war, kam Natalie eines Abends dazu, sich an den Computer zu setzen. Mit einer Tasse Tee ausgerüstet, begann sie zu recherchieren. Wie sie rasch feststellte, war die bescheidene Gebühr für den Zugang zum Archiv der großen viktorianischen Zeitung eine lohnende Investition. Binnen kurzem verlor sie sich im faszinierenden Labyrinth der Artikel der *Illustrated London News.* »Die erste illustrierte Wochenzeitung der Welt«, las sie laut, »wurde 1843 gegründet und erschien bis 2003 – mehr als hundertfünfzig Jahre lang. Das war nicht gerade eine Eintagsfliege, für die du gearbeitet hast, Onkel Andrew!« Nach einer Weile begann sie sich mehr auf ihre Suche zu konzentrieren, anstatt durch die Artikel zu surfen, die zwar hochinteressant waren, aber nichts mit ihrem Anliegen zu tun hatten.

Als sie schließlich auf einen Beitrag von Andrew Hancock

stieß, überlief sie ein Schauder. Da war er, ein Artikel über Burma, dazu ein fesselndes Foto von einem seltsamen bienenkorbförmigen Gebäude. Daneben stand ein Burmese, der ein mit Kisten bepacktes Pony führte. Ein großartiges Bild, das Neugier auf die Story weckte.

Atemlos las sie die Reportage über die Ausgrabung eines Stupas aus dem 11. Jahrhundert, den ein Bauer beim Pflügen seines Feldes entdeckt hatte. In dem Artikel wurde geschildert, dass der Mann im Inneren des Stupas mehrere wertvolle goldene Artefakte gefunden hatte, was zu einem wahren Ansturm auf die zahlreichen Hügel in der Umgebung führte, da andere Bauern und Einheimische dort weitere Schätze freizulegen hofften. Als man auf eine bronzene Buddhastatue stieß, herrschte helle Aufregung in der Region. Die Burmesische Archäologische Gesellschaft wollte die Reliquien in eine Pagode in Mandalay überführen, doch dagegen sträubten sich die Dorfbewohner.

Andrews Bericht über diesen Aufruhr verriet sein feines Gespür für die Befindlichkeit der Dörfler. Er erläuterte die Rolle der Religion in der burmesischen Gesellschaft, den Glauben der Menschen an Wunder und das Wirken übernatürlicher Kräfte. Er zeichnete ein faszinierendes Bild von den Gebräuchen eines Volkes, das daran glaubte, dass durch Opfer, Gebete, Pilgerfahrten und tägliche Andacht nicht nur Gebete erhört wurden, sondern man sich Verdienste für das nächste – mutmaßlich bessere – Leben erwarb. Am Ende, so Andrews Bericht, einigten sich die Burmesische Archäologische Gesellschaft und die Einheimischen auf den Kompromiss, dass die Ausgrabungsstelle in einen neuen Andachtsort umgewandelt wurde, der dem Dorf Pilger und Wohlstand bringen würde.

Natalie gefiel Andrews Schreibstil, weil er einerseits respektvoll war, andererseits aber auch einen leisen, trockenen Humor aufscheinen ließ.

Sie kehrte zum Inhaltsverzeichnis des Datenarchivs zurück und fand eine weitere Story von Andrew mit dem Titel: »Den Plünderern keine Chance: Der Retter der Heiligtümer des untergegangenen Königreichs«.

Dem Artikel vorangestellt war ein beeindruckendes Foto von einem rundlichen und, wie Natalie fand, blühend aussehenden Mann in weiten Shorts und einem dazu passenden maßgeschneiderten Hemd mit vielen Taschen; auf dem Kopf trug er einen Tropenhelm und auf der Nase einen lächerlich wirkenden Kneifer. Sein Ausdruck kündete von überheblicher Selbstzufriedenheit, seine Pose von aufgesetzter Lässigkeit. Er stand am Eingang eines Tempels, zu seinen Füßen lagen einige Steinstatuen. Unter dem Bild stand:

Der schottische Kunsthistoriker Ian Ferguson ist seit mehr als zwanzig Jahren im Fernen Osten tätig, um antike Heiligtümer aus Tempeln in Indien, Ceylon und Burma auszugraben. Seiner Meinung nach ist es seine Pflicht, diese Kunstgegenstände zu bergen und den Museen im Vereinigten Königreich und andernorts zuzuführen, wo sie in sicherer Verwahrung sind. Anderenfalls würden »diese kostbaren religiösen Raritäten durch die Nachlässigkeit der Einheimischen, den wuchernden Dschungel, Witterungseinflüsse und Tiere zerstört werden«.

Zwar stand der Schotte im Mittelpunkt des Bildes, doch der Fotograf hatte auch eine neben dem Tempeleingang kauernde Gestalt abgelichtet. Natalie vermutete, dass es sich um einen Einheimischen handelte, der wahrscheinlich als Diener oder Träger angestellt worden war. Den Kopf in eine Hand gestützt, hockte er auf den Fersen und betrachtete den posierenden Weißen. Unter seinem langen Sarong schauten seine nackten Füße hervor. Seine Miene war im hellen Sonnenlicht gut zu erkennen. Auf Natalie wirkte er angewidert oder bestürzt, vielleicht auch traurig, und dadurch bekam das Foto eine ganz andere Bedeutung.

Das musste der Schotte gewesen sein, der der Prinzessin das Kammavaca abgekauft hatte. Ein eingebildeter Typ, fand Natalie.

Sie schenkte sich Tee nach, setzte sich wieder an den Computer und durchsuchte weiter die Archive, bis sie erneut auf Andrew Hancock stieß. Diesmal war es ein Foto von ihm selbst unter der Überschrift: »Tod eines treuen Korrespondenten im fernen Dschungel.«

Natalie betrachtete das formelle Porträt des blonden Mannes mit dem gestärkten Stehkragen und der Krawatte. Er hatte ein längliches Gesicht, tiefliegende Augen und sinnliche Lippen. Mit ernster Miene schaute er in die Kamera. Natalie war es, als sähe er sie direkt an.

»Hallo, Onkel Andrew«, sagte sie leise. Langsam las sie weiter, was die Zeitung über den Tod ihres furchtlosen Korrespondenten berichtet hatte:

Mr. Andrew Hancock, unser hochgeschätzter Korrespondent, wurde von Stammesangehörigen in einem abgelegenen Bezirk in Oberburma getötet, als er für unsere Zeitung zu einer Reportage über die antibritischen Rebellen in der Region recherchierte. Mr. Hancock war seit langem in Burma tätig, als renommierter Fotograf wie auch bereits in den Vorkriegsjahren als Journalist zu burmesischen und indischen Themen. Nach Ableistung seines Kriegsdienstes in Flandern war er nach Burma zurückgekehrt.

Der gebürtige Engländer hatte Indien, Singapur und Burma erstmals als junger Mann bereist, ausgestattet nur »mit einer Kamera, einem Notizblock und einem von Neugier getriebenen Geist«. Er betonte gern, Burma sei schon seit Jahrtausenden eines der faszinierendsten Zentren buddhistischer Lehre und Frömmigkeit, und Burmas größter Schatz sei die Warmherzigkeit seiner freundlichen Bevölkerung. Es ist tragisch, dass ausgerechnet das Land, das ihm so viel bedeutete, zu seinem Verhängnis wurde. Seine packenden Reportagen und sein herausragendes fotografisches Talent fanden stets großen Zuspruch seitens der Leserschaft unserer Zeitschrift.

»Getötet!« Erschrocken sah sich Natalie um und wünschte sich, sie könnte mit Mark darüber reden. Sie durchsuchte die Website nach weiteren Hinweisen auf Andrew, fand aber nichts mehr. Auch Googeln brachte ihr keine neuen Erkenntnisse. Als sie auf die Uhr schaute, stellte sie fest, dass es zu spät war, um Mark noch anzurufen. Dann würde sie sich eben gedulden müssen, bis sie ihm von ihren Entdeckungen erzählen konnte.

Natalie öffnete die Schuhschachtel mit den Fotos und sah sie sich genauer an. Onkel Andrew war wirklich ein begnadeter Fotograf gewesen. Wie eigenartig und mysteriös die Landschaft wirkt, dachte sie, während sie jedes einzelne Bild betrachtete. Die Straßenszenen und weiten Flussläufe, das rege Treiben am Hafen und die imposanten alten Gebäude kamen ihr weniger exotisch vor als die auf Dutzenden von Bildern abgelichteten Tempel. Bei einem Foto fand sie auf der Rückseite einen ordentlich mit Bleistift geschriebenen Ortsnamen. Die Schrift war ziemlich verblasst, aber sie konnte sie noch entziffern: *Mrauk-U.*

Mark nahm Natalies Erzählung sehr nüchtern auf. »Aha, das erklärt, warum Onkel Andrews Sachen bei deiner Mutter gelandet sind. Offenbar sind seine Habseligkeiten nach seinem Tod an deine Urgroßmutter Florence geschickt worden, die nächste Verwandte. Nachdem du dieses Rätsel gelöst hast, Nat, wie sehen denn deine Pläne fürs Wochenende aus?«

»Ich habe von einem kleinen Bauernmarkt draußen auf dem Land gehört, da dachte ich mir, das wäre ein netter Ausflug mit den Kindern. Es gibt Ponyreiten, Trödelläden und Lebensmittel aus regionaler Herstellung.«

»Trödel, das Zauberwort für mein Mädchen! Suchst du nach Sachen fürs Haus? Weißt du, da würde sogar ich gern hingehen. Alles wäre mir lieber, als hier zu sein. Ein Tag ist wie der andere.«

»Ja, es wäre so schön, wenn du da wärst. Charlotte und Adam vermissen dich so«, sagte Natalie.

»Ja«, seufzte Mark. »Aber letzten Endes wird es sich auszahlen.«

»Mark, es wird wundervoll, wenn erst mal alles renoviert ist. Wir werden ein tolles Haus haben, in dem unsere Kinder aufwachsen können, viel schöner, als wir es uns je erträumt haben. Und eine Menge Platz haben wir auch, wir brauchen nicht anzubauen und nie mehr umzuziehen. Da wohnen wir dann richtig gemütlich. Klar, dass du so weit weg bist, ist alles andere als ideal, aber so ist es die beste Lösung.«

»Ja, du hast recht. Bist du immer noch davon überzeugt, dass wir eine Dusche neben dem Pool brauchen?«

»Na klar. Wir wollen doch nicht, dass Erwachsene und Kinder klatschnass durchs Haus laufen. Sollen sie sich lieber draußen abduschen und abtrocknen.«

»Lass dir nicht zu viele neue tolle Ideen einfallen, sonst sitze ich noch ein weiteres Jahr hier draußen fest«, meinte Mark.

Die Kinder waren begeistert von dem Bauernmarkt des Dorfes, das abgelegen im fruchtbaren Hinterland der Gold Coast lag. Er unterschied sich sehr von den großen Märkten, auf die Natalie sonst immer ging und die auch Touristen aus anderen Bundesstaaten anlockten. Dieser Markt war mehr auf die lokale Kundschaft zugeschnitten, man traf sich, um

Klatsch und Neuigkeiten auszutauschen. Es gab einen Tisch mit Kunsthandwerk und ein paar Stände mit selbstgezogenem Obst und Gemüse, an anderen wurden Nippsachen, selbstgebackene Kuchen und Chutneys angeboten. In einem separaten Bereich in der Ecke tummelten sich Hühner, Enten, Hasen und sogar Meerschweinchen, was die Aufmerksamkeit der Kinder erregte. Charlotte war hin und weg, als sie sah, wie ein gutmütiges Shetland-Pony auf einer Grünfläche junge Reiter herumtrug. Während sich Adam nichts aus Reiten machte, war Charlotte ganz versessen darauf, und sie platzte schier vor Vorfreude, als der Ponyführer sie auf den Rücken des Pferdes setzte.

Natalie hatte entdeckt, dass in einem kleinen Saal Tische und Stühle standen und Tee und kleine Speisen serviert wurden. Nach Charlottes Ritt schlug sie den Kindern vor, dort etwas zu essen und zu trinken. Als sie an einem der Tische saßen, sah sie, wie Käsekuchen, selbstgemachte Pasteten und Quiches und köstliche asiatische Spezialitäten aus der kleinen Küche herausgebracht wurden. Natalie bestellte ein srilankisches Fischcurry mit Reis und gewürzten Tomaten und Gurke in Joghurtsauce. Erfreut stellte sie fest, dass das Curry in einem Behälter zum Mitnehmen serviert wurde – so brauchte sie sich wenigstens heute Abend nichts mehr zum Essen zu machen. Die Kinder mampften fröhlich frittierte Süßkartoffeln und kleine, mit Hackfleisch und Gemüse gefüllte Blätterteigpasteten, während sie sich noch einen Kaffee und ein Stück Mango-Käsekuchen genehmigte.

»Der Besuch hier lohnt sich allein schon wegen des Essens«, stellte Natalie fest. »Ich glaube, von dem frischen Obst nehmen wir auch was mit, was meint ihr?«

Die Hintertür der Halle stand offen, und sie konnte sehen, dass dort draußen ein bezaubernder Garten mit frischem Blattgemüse, Tomaten und anderen Pflanzen, die sie nicht kannte, angelegt war. Hinter den gemulchten Beeten standen auch mehrere Obstbäume. Eines der Mädchen aus der Küche zupfte gerade die Zutaten für einen Salat.

Bevor sie gingen, durfte Charlotte noch einmal Pony reiten, und diesmal wollte auch Adam mit in den Sattel. Der Ponyführer versicherte Natalie, dass die Kinder auch problemlos zu zweit reiten konnten, und sie nutzte die freien fünf Minuten, um sich einen Stand anzusehen, für den sie bisher noch keine Zeit gehabt hatte. Hier stapelten sich alle möglichen Gegenstände – alte Stühle und Keramik, Münzen, Gerätschaften und Krimskrams. Als sie sich genauer umschaute, entdeckte sie auch einen mit Ornamenten verzierten Tisch, mehrere Gemälde, antiquarische Bücher und Memorabilia. Neben dem Tisch stand ein mit Schnitzarbeiten verzierter Holzparavent. Je länger sie schaute, desto faszinierender fand sie die ungewöhnlichen Stücke. Sie wusste nicht genau, was sie da vor sich hatte, aber es sah asiatisch aus. Da kam ihr die Idee, den Inhaber des Standes zu fragen, ob er ihr etwas über das Kammavaca sagen konnte. Vielleicht sollte sie nächstes Mal, wenn der Markt stattfand, wieder herkommen. Den Kindern würde es gefallen, und vielleicht konnte dann auch Mark dabei sein.

»Kaufen Sie alte Sachen an?«, fragte sie den Mann am Stand.

»Kommt darauf an. Was haben Sie denn?«

»Ein Souvenir aus Burma, das meinem Urgroßonkel gehört hat.«

»Bringen Sie es mit, dann schaue ich es mir gerne an. Ich habe hier ein paar Stücke aus Thailand. Einen Buddha aus Messing und hier eine alte Fischreuse, wie sie die Einheimischen verwendet haben. Antike Seidenkleider habe ich auch, aber die sind momentan nicht sehr gefragt. Die Leute interessieren sich hauptsächlich für Sammlerstücke, für Bücher und Münzen und so. Woher kommen Sie? Ich habe Sie hier noch nie gesehen.«

»Wir wohnen an der Gold Coast. Hab mit den Kindern einen Ausflug hier raus gemacht.«

»Da haben Sie sich ein schönes Fleckchen ausgesucht, das ist ein nettes Dorf hier. Den Markt organisiert eine recht umtriebige Dame. Sie hat auch den Gemeindegarten und andere Projekte angestoßen. Ich bin früher in ganz Queensland herumgezogen, manchmal auch bis nach New South Wales runter, wo es die großen Märkte gibt. Aber das ist mir jetzt zu beschwerlich. Ich verkaufe nur noch das, was in meinem Schuppen übrig geblieben ist. Markttag ist hier alle zwei Wochen.«

»Danke. Dann komme ich wieder.«

Natalie holte Charlotte und Adam am Ponyreitplatz ab, packte die gestrickten Stoffpuppen ein, die sie am Kunsthandwerksstand ausgesucht hatten, und gab jedem der Kinder einen selbstgebackenen Anzac-Keks für den Heimweg.

»Das war ein richtig gelungener Vormittag«, schwärmte sie Mark abends am Telefon vor. »Charlotte war total vernarrt in das Pony. Ich würde gern noch mal mit dir auf den Markt gehen, wenn du nach Hause kommst. Dann möchte ich diesem alten Mann, der den Antiquitätenstand hat, Onkel Andrews Kammavaca zeigen.«

»Was soll ein Trödelhändler auf einem Sonntagsmarkt im Hinterland schon groß darüber wissen?«, meinte Mark. »Wir sollten es lieber zu einem Fachmann bringen und seinen Wert schätzen lassen.«

»Nein, ich hab dir doch gesagt, ich möchte nur mehr darüber rausfinden.«

»Dank deiner Internetrecherche wissen wir doch schon einiges über seine Herkunft. Wirklich interessieren würde mich aber eine Übersetzung dieser komischen Schrift«, sagte Mark.

»Ja, aber nach dem, was Onkel Andrew in dem Brief geschrieben hat, ist es wohl nur so religiöses Zeug.«

Der Windemere-Kindergarten war in einem bunt bemalten Zweckbau untergebracht, umgeben von einem umzäunten Spielgelände mit Sandkasten, Spielhäuschen und Klettergerüsten. Geleitet wurde er von Jodie Price, einer alten Freundin von Natalie. Jodie war von Brisbane hergezogen und hatte für die Gründung ihres Kindergartens hart gearbeitet. Sie war stolz auf ihr engagiertes Team und auch auf den Ruf ihrer Einrichtung, die den jungen Familien in der Umgebung viel zu bieten hatte. Zwar befand sich der Kindergarten nicht in Natalies unmittelbarer Nachbarschaft, aber eine andere Tagesstätte kam für sie nicht in Frage. Sie freute sich auf die zwei Tage in der Woche, die Charlotte und Adam dort verbrachten. Dann hatte sie Zeit für sich und wusste, dass ihre Kinder gut aufgehoben waren. Denn hier wurden sie nicht nur behütet, sondern bekamen neue Anregungen und konnten mit anderen Kindern spielen, lernten, sich in eine Gruppe einzufügen. So gewöhnten sie sich daran, eine Weile von zu Hause weg zu sein. Auch wenn ständig irgendein Schnupfen oder eine Erkältung unter den Kindern kursierte, überwogen doch die Vorteile des Kindergartens bei weitem.

An einem sonnigen Morgen hüpfte Charlotte mit ihrer Freundin Heidi zum Spielhaus davon, während Adam sich nicht von Natalie trennen wollte, bis ihn eine Erzieherin wegführte und mit ihm spielte, um ihn abzulenken. Jodie begrüßte ihre Freundin.

»Er ist immer ein bisschen anhänglich, wenn Mark zum Bergwerk zurückmuss«, stellte Natalie fest.

»Er vermisst eben seinen Dad, aber ich finde, er hat letzte Woche schön mit Aaron gespielt«, meinte Jodie. »Auch wenn sie in diesem Alter eher nebeneinanderher spielen.«

»Stimmt, sie sitzen Seite an Seite, spielen mit Bauklötzen oder Zügen oder was auch immer, aber gehen überhaupt nicht aufeinander ein«, sagte Natalie.

»Es ist hart, nicht wahr, wenn der Vater nicht da ist? Heidis Daddy muss alle paar Monate nach Übersee, und es dauert immer eine Woche oder noch länger, bis sie sich daran gewöhnt hat. Ist für dich bestimmt auch nicht leicht mit deinem Mann auf Montage. Wie schaffst du es nur, die Kinder immer bei Laune zu halten?«

»Dieser Kindergarten ist ein wahrer Segen, Jodie. Ich bin froh, dass ich sie herbringen kann. Und ich habe hier ein paar nette Mütter kennengelernt. Manchmal treffen wir uns vormittags in einem Café, in dem auch Kinder willkommen sind. Schade, dass du nicht dabei sein kannst. Aber vielleicht mal an einem Samstag? Das Haus und dieses ganze Renovierungschaos lasse ich nur zu gern hinter mir, wann immer es geht. Am Wochenende war ich mit den Kindern auf einem Markt im Hinterland. Ich glaube, wenn Mark zurückkommt, fahren wir zusammen noch mal hin.«

»War's so schön dort?«, fragte Jodie.

»Ich bin gern auf dem Land, wenn alles grünt und blüht. Charlotte war ganz begeistert vom Ponyreiten. Das Essen war superlecker, und es gab auch einen großen Stand mit Trödel und Antiquitäten.«

»Antiquitätenläden gibt es viele in der Küstenregion. Suchst du etwas Bestimmtes? Ich finde es ja ganz erstaunlich, wie du immer alte Sachen findest und daraus was Schönes für dein Haus machst.«

»Danke. Ich wünschte nur, wir kämen mit den großen Renovierungsarbeiten voran. Ich habe dieses Durcheinander in unserem Haus so satt. Am liebsten würde ich einfach einem Trupp Arbeiter einen Batzen Geld in die Hand drücken, damit sie die Wände rausreißen, den größten Teil der Küche austauschen und das Bad umbauen. Dann hätten wir es ein für alle Mal hinter uns. Ich habe an diesem Trödelstand einen Paravent gesehen und mir schon überlegt, was ich damit machen könnte. Er kostet bestimmt nicht die Welt, und es wäre toll, wenn er dann noch da wäre. Außerdem will ich dem Mann von dem Stand noch was zeigen, was meinem Onkel gehört hat. Vielleicht weiß er, was es ist.«

»Du meinst, du willst es schätzen lassen?«, fragte Jodie. »Was ist das denn für ein Ding?«

»Ich weiß nicht, ob er den Wert schätzen kann. Besonders kostbar ist es wohl ohnehin nicht. Aber ich würde gern mehr darüber wissen. Es ist so eine Art alte Handschrift auf Stoff, unterteilt in einzelne Blätter, die mit bemalten Bambusstücken aneinandergehängt sind. Darauf sind Zeichnungen und alte Schriftzeichen, die wir nicht lesen können. Es stammt aus Burma.«

»Hey, das klingt toll. An der Uni habe ich mal ein Seminar über Südostasien besucht und mich ein bisschen mit Burma befasst.«

»Echt? Ich weiß gar nichts über Burma.«

»Heute heißt es Myanmar. In den sechziger Jahren gab es einen Staatsstreich, und Militärs haben die Macht übernommen. War dein Onkel damals dort?«

»Genau genommen geht es um meinen Urgroßonkel. Meine Mutter hat eine ganze Schachtel mit alten Fotos gefunden, die er an meine Urgroßmutter Florence geschickt hat.«

»Das klingt ja spannend!«, sagte Jodie. »Willst du mehr über ihn herausfinden? Was hat er dort gemacht? War er in der Verwaltung oder beim Militär? In den zwanziger Jahren war das alles ja noch fest in britischer Hand.«

»Ich glaube, er war das, was man heute einen Fotojournalisten nennt. Seine Bilder sind super. Ich werde mir ein paar davon vergrößern und rahmen lassen.« Natalie schaute kurz zu Adam, der mit Bauklötzchen spielte. »Er hatte allerdings nichts sonderlich Positives über die Briten in Burma zu berichten.«

»Tja, die Kolonialzeiten … In unserem Seminar haben wir ein Buch gelesen, das ihm bestimmt gefallen hätte: George Orwells *Tage in Burma.* Darin geht es um das Verhalten der britischen Kolonialherren, oder besser gesagt, deren Fehlverhalten.«

»Mensch, Jodie, von dir kann man ja einiges lernen! Die Geschichte von Onkel Andrew hat sozusagen ein offenes Ende. Er hatte vor, ein Kammavaca der rechtmäßigen Besitzerin zurückzugeben, aber er starb vorher.«

»Solltet ihr euch nicht besser an einen Experten für asiatische Kunst wenden?«, überlegte Jodie.

»Das hat Mark auch gesagt. Mal sehen. Auf jeden Fall möchte ich noch mal auf den Markt fahren, vielleicht ist der Paravent ja noch da.«

»Was hast du eigentlich mit dem Paravent vor? Ich gehe mal davon aus, dass ihr ihn nicht als Raumteiler benutzen wollt?«

Natalie lachte. »Natürlich nicht. Er besteht aus vier Flügeln, der obere Teil davon aus Laubsägearbeiten mit filigranen Blumenornamenten. Er sieht ein bisschen indisch oder arabisch aus. Jede dieser Holzblumen hat in der Mitte einen winzigen Spiegel, aber der Rest ist schlicht aus Holz. Ich will versuchen, eine weiße Faltschiebetür daraus zu machen, die vom Spielzimmer in den Garten führt.«

»Das klingt großartig. Du hast wirklich tolle Ideen.«

Als die Kinder schliefen, nahm Natalie ihr Buch zur Hand: *Tage in Burma.* Das hatte sie in der örtlichen Bücherei ausgeliehen. Sie betrachtete das Umschlagfoto, auf dem zwei Männer, vermutlich Briten, müßig auf einer Veranda irgendwo in den Tropen faulenzten. Einer döste ausgestreckt auf einem Planters' Chair, die Beine über die verlängerte Armlehne gelegt, in der einen Hand eine Zeitung, die andere hinter den Kopf geschoben. Seine träge Pose stand im Kontrast zu seinem steifen gewichsten Schnurrbart. Einer seiner Schuhe lag auf dem Boden.

Der andere Mann, noch im formellen weißen Hemd, saß

lesend in einem Korbsessel und kaute auf einer Zigarre, während ein dunkelhäutiger Junge mit Turban ihm Luft zufächelte. Auf einem Tischchen standen zwei Whiskygläser neben Zigaretten und Streichhölzern. Zwei pummelige Terrier sahen ebenso träge aus wie ihre Herrchen. Als Urheber des Fotos wurde ein gewisser A. G. E. Newland genannt, und es trug den Titel »The Long, Long Burmese Days«. Für Natalie sah es nach einem ziemlich privilegierten Leben aus.

Sie war mit ihrer Lektüre schon ziemlich fortgeschritten, als Mark ein paar Tage später nach Hause kam.

»Hör dir das an, Mark«, sagte sie, als er gerade fernsah. »Diese Elizabeth ist vielleicht ein fieses Stück.«

»Welche Elizabeth?«, fragte Mark und stellte den Ton seines Films leiser.

»Sie ist ein englisches Mädchen, das zu ihren Verwandten nach Burma zieht und von Flory umworben wird, dem mutmaßlichen Helden des Buchs. Er ist ein englischer Holzhändler und kann sich an die Kolonialgesellschaft in Burma nicht richtig anpassen.«

»Wann spielt die Handlung?«

»In den zwanziger Jahren, ungefähr zu der Zeit, als Onkel Andrew nach Burma zurückgegangen ist. Wenn man das liest, versteht man, wie Andrew sich gefühlt haben muss. Diese Briten waren schrecklich. Aber Flory ist anders, er sympathisiert mit den Burmesen und versucht auch, Elizabeth für sie zu gewinnen. Doch hier erfährt man, was sie denkt.«

Wenn er von den »Eingeborenen« sprach, [sagte er] fast immer etwas zu ihren Gunsten. Immer wieder pries er die Bräuche und den Charakter der Burmanen; er ging sogar so weit, sie gegenüber den Engländern vorteilhaft zu beurteilen. Es beunruhigte sie. Schließlich waren Eingeborene

Eingeborene – zweifellos interessant, aber schließlich nur »Untertanen«, ein minderwertiges Volk mit schwarzen Gesichtern.

»Ist das nicht erschreckend?«, sagte Natalie.

»Doch, aber das war damals wahrscheinlich die verbreitete Denkweise der Briten. In der Mine bekommt man auch heute noch ziemlich rassistische Bemerkungen über Asiaten zu hören«, erwiderte Mark.

»Was auch nicht richtig ist. Weißt du, ich bin wirklich froh, dass Onkel Andrew so ein Typ wie Flory war. Er mochte die Burmesen und fand, dass sie von den Briten ungerecht behandelt wurden. Ich finde es schade, dass er der Prinzessin das Kammavaca nicht mehr zurückgeben konnte, um ihr zu zeigen, dass nicht alle Engländer hergekommen waren, um Land und Leute auszubeuten.«

»Stimmt. Es ist unheimlich schade, aber so spielt das Leben nun mal.«

Am folgenden Wochenende brach die ganze Familie zu dem Markt auf. Natalie zuckte zusammen, als Mark auf der Landstraße in ein Schlagloch fuhr. »Kannst du nicht aufpassen?«, schnauzte sie ihn an.

»Gegen diese Schlaglöcher kann ich nicht viel tun.« Mark warf ihr einen Blick zu. »Warum bist du denn heute Morgen so unleidlich?«

»Bin ich das? Entschuldige. Ich fühle mich nicht gut.«

»Hey, dieser Golfplatz sieht ja nett aus«, wechselte Mark das Thema. »Ich habe gar nicht gewusst, dass es hier einen gibt. Hmm, sogar eine Achtzehn-Loch-Anlage.« Mark fuhr langsam an der sanft geschwungenen, üppig grünen Landschaft mit den schattenspendenden Bäumen und dem hübschen, von parkenden Autos umgebenen Clubhaus vorbei. »Da muss ich mal Tony überreden, mit mir auf eine Partie hinzugehen. Ich habe ja schon ewig nicht mehr gespielt.«

»Habt ihr nicht einen Golfplatz neben dem Bergwerk?«

Mark schien etwas darauf erwidern zu wollen, überlegte es sich dann aber anders. »So, da sind wir. Was machen wir zuerst?«

»Pony reiten, Daddy!«, piepste Charlotte.

»Einverstanden. Ich gehe mit ihnen hin, Nat. Willst du erst mal Kaffee und Kuchen?«, fragte Mark.

Natalie schüttelte den Kopf. »Nein danke. Mir ist ein bisschen flau im Magen. Ich würde gern zu dem Mann mit den antiquarischen Sachen gehen und nachsehen, ob dieser Paravent noch da ist. Wenn ja, könntest du ihn dann hinten in unseren Kombi legen?«

»Klar. Geh du nur gucken. Der Markt ist ja nicht groß, da finden wir uns schon wieder.« Er nahm die Kinder bei der Hand und schlenderte zum Ponyreitplatz.

Natalie spazierte an den Buden mit den selbstgemachten Leckereien vorbei, konnte sich heute aber nicht so recht dafür begeistern. Im Schatten eines Baumes entdeckte sie dann den Stand, wo die Antiquitäten auf Tischen ausgebreitet lagen.

»Hallo, hallo! Wieder da?«, begrüßte sie der Mann vom Stand freundlich.

»Ja. Ah, gut, Sie haben den Paravent noch, den ich letztes Mal gesehen habe. Das hatte ich gehofft. Ich kaufe ihn Ihnen gleich ab, mein Mann holt ihn dann später ab.« Sie begutachtete auch die Sammlerobjekte auf den Tischen und die größeren Stücke, die herumstanden. »Diese alte Singer-Nähmaschine gefällt mir. Ich habe auch so eine von meiner Großmutter.«

»Benutzen Sie sie?«

Natalie lachte. »Nein, ich arbeite lieber mit meiner modernen.«

»Haben Sie das burmesische Souvenir mitgebracht, von

dem Sie erzählt haben? Heute ist jemand hier auf dem Markt, der Ihnen vielleicht weiterhelfen kann.«

»Wirklich? Da ist es. Sagen Sie mir, was Sie davon halten.« Natalie nahm das Kammavaca aus ihrer Umhängetasche, wickelte es aus dem Seidentuch, öffnete die Schatulle und klappte behutsam die einzelnen Blätter mit den gemalten Bildern und Schriftzeichen auseinander.

»So etwas habe ich schon mal gesehen. Palmblattmanuskripte. Sie sind recht verbreitet in Südasien, in Indien, Sri Lanka, Thailand und so. Werden auch heute noch hergestellt. Aber das hier ist etwas Besonderes.« Vorsichtig befühlte er die Blätter. »Es ist aus Stoff. Sehr ungewöhnlich. Die Illustrationen sind wunderschön. Könnte schon ein paar Hundert Dollar wert sein, denke ich. Thi könnte es Ihnen vielleicht genauer sagen.«

»Thi? Wer ist das?«

»Die Frau, die den Markt organisiert. Sie ist Burmesin, lebt aber schon ewig in Australien. Sie hat in einem Dorf in Burma eine Schule gegründet, und den Erlös des Marktes hier schickt sie für den Unterhalt der Schule dorthin.«

»Das ist ja unglaublich ... dass ich ausgerechnet hier eine Burmesin treffe!« Natalie rang um Worte. »Ich lese gerade etwas über Burma ... wie es früher war. Ist Thi hier? Ich würde sie zu gern kennenlernen.«

»Sie läuft hier irgendwo rum. Sie können Sie nicht verfehlen, sie trägt ein T-Shirt mit dem Aufdruck ›Freiheit für Aung San Suu Kyi‹.«

Gleich darauf erblickte Natalie Thi im Gemeindegarten, wo sie tatkräftig Blattsalate und Tomaten pflückte, während sie eine andere Helferin anwies, wie sie die Beete mulchen und gießen sollte. Jemand rief aus dem Küchenfenster, dass noch mehr Frühlingszwiebeln gebraucht wurden.

Schüchtern ging Natalie auf die kleine Burmesin zu.

»Hallo, Sie müssen Thi sein. Ich bin Natalie.«

Thi richtete sich auf. Sie mochte zwischen fünfzig und sechzig sein, ihr Haar war mit grauen Strähnen durchzogen, die olivfarbene Haut sonnengegerbt, die Augen waren strahlend braun. Ein breites Lächeln lag auf ihrem Gesicht. »Ja, das bin ich. Was kann ich für Sie tun?«

»Der Mann von dem Antiquitäten- und Trödelstand hat mir geraten, mich an Sie zu wenden. Es geht um etwas aus Burma, was mir mein Urgroßonkel hinterlassen hat. Ich fange gerade an, mich ein bisschen mit Burma zu beschäftigen.«

Thi fasste Natalie am Arm. »Ich unterhalte mich immer gern über mein Land.« Dabei deutete sie auf das Bild auf ihrem T-Shirt. »Vieles muss sich dort ändern, und wir brauchen die Unterstützung vieler Menschen. Holen Sie sich doch einen Kaffee und einen Käsekuchen, ich komme gleich zu Ihnen.«

Natalie beobachtete, wie Thi geschäftig zwischen den Gästen in dem Café hin- und herlief, von denen die meisten wohl Einheimische waren. Offenbar kannte man sie hier gut, denn viele hielten einen kurzen Plausch mit ihr. Schließlich setzte sie sich zu Natalie an den kleinen Tisch und warf einen Blick auf das eisgekühlte Wasser, das Natalie trank.

»Oh, Sie brauchen was zum Knabbern.«

Ehe Natalie widersprechen konnte, war Thi schon in der Küche, dann kam sie zurück und setzte sich wieder.

»So, jetzt habe ich ein paar Minuten Zeit.«

»Ja, entschuldigen Sie die Störung. Ich kann auch nicht lang bleiben, denn mein Mann ist mit unseren beiden Kindern draußen unterwegs«, fing Natalie an.

»Sie werden Sie schon finden«, meinte Thi lächelnd. »Und Sie interessieren sich also für Burma?«

In aller Kürze erzählte Natalie von ihrem Onkel Andrew, dann holte sie das Kammavaca aus ihrer Tasche.

Thi biss sich auf die Lippe, setzte die Brille auf, die an einer Kette um ihren Hals hing, und nahm das Kammavaca näher in Augenschein.

»Wirklich sehr schön. Es muss etwas Besonderes sein, da man solchen Stoff dafür verwendet hat.« Ehrfürchtig berührte sie die Manuskripte. »Es hat die Farbe der Mönchskutten.«

Natalie berichtete ihr, was Andrew in seinem Brief geschrieben hatte.

Thi nickte. »Dieses Kammavaca ist wirklich außergewöhnlich. Es wurde zu Ehren von König Thibaw angefertigt. Wie weit hat es sich von seinem Bestimmungsort entfernt! Aber zumindest ist es unbeschädigt geblieben. So viele Schätze sind zerstört worden.« Sie gab es Natalie zurück. »Was haben Sie damit vor?«

»Behalten natürlich! Aber ich habe gehofft, ich könnte mehr darüber herausfinden. Vielleicht den Text übersetzen lassen. Meinen Mann würde auch interessieren, ob es wertvoll ist«, antwortete Natalie.

Thi dachte einen Augenblick lang nach. »Was für den einen wertvoll ist, ist es nicht unbedingt für den anderen. Und es hat den Wert, den ein anderer dafür zu zahlen bereit ist. Ich kann Ihnen keinen Betrag nennen. Die Schrift auf dieser Seite ist eine alte Kalligrafie, das könnte nur ein fachkundiger Wissenschaftler übersetzen.«

Natalie wurde ein Glas Saft und ein Schälchen Joghurt mit Feigen serviert.

Während Thi ihr bedeutete zu essen, fuhr sie fort: »Ich freue mich, dass Sie etwas über Burma wissen, das tun die wenigsten Leute. Unserem Land geht es schlecht. Durch die Generäle bleibt es vom Rest der Welt abgeschnitten. Und die Militärmachthaber haben viel Schreckliches getan. Der Reichtum des Landes fließt in ihre Taschen, während das Volk hungern und ums Überleben kämpfen muss.«

»Ich habe von Ihrer Schule gehört und dass Sie Geld hinschicken«, sagte Natalie.

Thi machte eine wegwerfende Geste. »Nur ein Tropfen auf den heißen Stein, und ich muss das Geld heimlich ins Land schleusen. Die Generäle dulden keine Auslandshilfe und keinerlei Unterstützung durch die Außenwelt. Doch obwohl unser Land so abgeschirmt ist, setzen einige Menschen ihr Leben aufs Spiel, um die Weltöffentlichkeit darüber zu informieren, was dort geschieht – mit welchen brutalen Mitteln die Armee gegen Dissidenten und jeden, der nur irgendwie regimefeindlich scheint, vorgeht.«

»Fahren Sie manchmal nach Burma?«, fragte Natalie.

»Nein. Das wäre zu gefährlich. Manchen gelingt es zwar, ein Visum zu bekommen, aber das ist oft schwierig. Mir bleibt nur die Hoffnung, dass sich die Verhältnisse eines Tages ändern. Es gibt viele gute Menschen überall auf der Welt, die sich für Burma engagieren.«

»Ich fürchte, von alldem weiß ich nicht viel«, gestand Natalie.

»Da geht es Ihnen wie den meisten.«

»Ich muss noch eine Menge lernen«, sagte Natalie leise. »Von Aung San Suu Kyi habe ich zwar gehört, aber mir ist nicht ganz klar, warum sie so eine wichtige Rolle spielt.«

»Sie wird in Burma hoch verehrt. Wir nennen sie ›die Lady‹, denn man kann schon Ärger bekommen, wenn man nur ihren Namen ausspricht.«

»Was ist sie für ein Mensch?«

Bedächtig beugte sich Thi vor und nahm Natalies Hand. »Die Lady hat ihre Freiheit für unser Land geopfert. Soll ich Ihnen erklären, warum ich das sage?«

Natalie nickte.

»Nach dem Zweiten Weltkrieg erlangte Burma die Unabhängigkeit von Großbritannien, und in den darauf folgenden Wahlen errang General Aung San, der Anführer des burmesischen Widerstands, mit seiner Partei einen klaren Sieg. Doch Burma blieb ein zerrissenes und unbefriedetes Land, und noch bevor er seine Regierung bilden konnte, wurden er und die meisten seiner Minister von Militärs ermordet. Aung San Suu Kyi war seine Tochter, damals erst zwei Jahre alt.«

»Das ist schrecklich«, murmelte Natalie, doch Thi fuhr unbeirrt fort.

»Ihre Mutter war Diplomatin, und so ging Aung San Suu Kyi im Ausland zur Schule und studierte in Oxford. Sie heiratete einen Engländer und bekam zwei Söhne. Einige Jahre führte sie das Leben einer Akademikergattin, bis ihre Mutter einen Schlaganfall erlitt. Daraufhin flog sie nach Rangun zurück. Gleichzeitig kündigte General Ne Win, der langjährige Diktator, seinen Rückzug von der Macht an. Es kam zu einem Aufstand, weil das Volk freie Wahlen forderte. Als die Militärregierung diese Bewegung brutal niederzuschlagen versuchte, entschied sich Aung San Suu Kyi, nicht zu ihrer Familie nach England zurückzukehren, sondern den Militärs Widerstand zu leisten. Das kam beim Volk sehr gut an, denn die Menschen erinnerten sich daran, wie ihr Vater den Briten die Stirn geboten hatte. Als Aung San Suu Kyis Mutter starb, gab es einen riesigen Beerdigungszug. Da erkannten die Militärs, wie beliebt die Lady geworden war, verboten ihr die Teilnahme an den Wahlen und stellten sie unter Hausarrest.«

»Das ist ja ungeheuerlich. Wie gingen die Wahlen aus?«

»Ihre Partei, die Nationale Liga für Demokratie, bekam über achtzig Prozent der Stimmen.«

»Das ist enorm. Hat sie eine Regierung gebildet?«

»Keineswegs. Die Generäle ignorierten das Wahlergebnis und hielten an dem Hausarrest fest.«

»Hat denn niemand – die Welt, die Vereinten Nationen – etwas dagegen unternommen?«, fragte Natalie.

»Nein, denn Aung San Suu Kyi erhielt zwar den Friedensnobelpreis, doch die Militärjunta bekam Unterstützung von China. Als Aung San Suu Kyi erfuhr, dass ihr Mann sehr schwer erkrankt war, ließ die Militärregierung sie wissen, dass sie aus Burma ausreisen könne, um ihn zu pflegen. Allerdings war ihr klar, dass man sie dann nie wieder ins Land lassen würde. Und das war wirklich grausam – sie musste sich entscheiden, ob sie ihren Mann noch einmal sehen oder das Richtige für ihr Land tun wollte. Am Ende blieb sie in Burma und konnte nie von ihrem Mann Abschied nehmen.«

Natalie stiegen Tränen in die Augen. »Wie schrecklich! Ich kann mir nicht vorstellen, wie ich da eine Entscheidung treffen könnte. Sie scheint ein ganz außergewöhnlicher Mensch zu sein.«

»O ja, das ist sie«, bestätigte Thi. »Manchmal wird ihr Hausarrest aufgehoben, aber wenn die Militärs dann sehen, wie beliebt sie ist, wird sie wieder festgenommen. Man hindert sie daran, ihre Meinung zu sagen – vor der Welt und vor ihrem Volk –, aber wir wissen alle, welche Opfer sie bringt, damit Burma ein freies Land wird, und dafür lieben wir sie.«

»Was für eine tapfere Frau, und was für eine traurige Geschichte«, sagte Natalie. »Danke, dass Sie sie mir erzählt haben.«

»Das habe ich gern getan. Je mehr Menschen erfahren, in welcher Misere sich Burma und Aung San Suu Kyi befinden, desto größer wird der Druck auf die Militärs, Reformen zuzulassen. Zumindest glaube ich das.«

»Hoffentlich haben Sie recht.«

»He, da bist du ja!«, hörte Natalie Mark rufen. Sie drehte sich um und winkte ihm zu.

»Mummy, dürfen wir ein Eis haben?« Charlotte rannte zu Natalie und starrte auf das Schälchen, das vor ihr stand. »Was ist das?«, fragte sie.

»Das sind frische Feigen aus meinem Garten mit selbstgemachtem Joghurt und regionalem Honig vom Ridge Lake. Möchtest du auch so was?«, fragte Thi.

»Nein danke, lieber ein Eis, bitte.«

»Ich denke, das lässt sich machen.« Thi stand auf.

»Thi, das ist mein Mann Mark, das sind meine Kinder Charlotte und Adam«, stellte Natalie sie einander vor.

»Eine reizende Familie. Ich gebe Ihnen meine Telefonnummer. Es würde mich freuen, Sie wieder hier zu sehen. Neue Besucher sind auf unserem Markt sehr willkommen.«

»Und es ist für eine gute Sache«, fügte Natalie lächelnd hinzu. »Sie haben mir die Augen geöffnet, und ich würde mich gerne noch länger mit Ihnen unterhalten. Die Feigen sind übrigens köstlich.«

»Mich würde der Mango-Käsekuchen locken«, sagte Mark und setzte sich.

»Ich lasse Ihnen einen bringen.« Thi entschuldigte sich.

»Wie erstaunlich, dass man hier draußen eine Burmesin antrifft«, meinte Natalie.

»Hat sie etwas zu dem Kamma-Ding von Onkel Andrew gesagt?«, wollte Mark wissen.

»Nicht viel, nur dass es etwas Besonderes ist. Doch sie hat mir einiges über die derzeitige Lage in Burma berichtet. Wart nur ab, was ich dir alles zu erzählen habe.«

Ein junges Mädchen brachte Eis und Kuchen. Danach kam Thi noch einmal an ihren Tisch und gab Natalie einen Zettel, dazu eine Tüte mit Obst und einen Blumenstrauß.

»Meine Kontaktdaten und ein paar Feigen, und Blumen aus meinem Garten«, sagte Thi. »Besuchen Sie uns doch bald mal wieder, ich würde mich freuen.«

»Was für eine charmante Person«, sagte Natalie zu Mark. »Übrigens, ich habe den Paravent gekauft. Kannst du ihn ins Auto legen? Der Mann von dem Stand meint, ich sollte zu einem Experten gehen, wenn ich das Kammavaca richtig schätzen lassen will.«

»Meine Rede. Und was jetzt?«, fragte Mark und spießte ein Stück Mango-Käsekuchen auf.

»Onkel Andrew hat meine Neugier auf Burma geweckt, und Thi auch«, sagte Natalie.

»Ich meine, was hast du mit dem Kammavaca vor? Vielleicht solltest du es versichern, da es doch offenbar eine Kostbarkeit ist«, meinte Mark.

»Hmm. Mal sehen. Wie wäre es mit einem letzten Mal Ponyreiten, bevor wir heimfahren?«, schlug Natalie fröhlich vor.

»Jaaa!« Charlotte sprang von Marks Schoß herunter, und Adam klatschte in die Händchen.

Mark lächelte Natalie an. »Schön, dass es dir besser geht. Ich zahle die Rechnung, und du gehst mit den Kindern zum Pony?«

Als Natalie ein paar Tage später gerade in der Küche werkelte, hörte sie Charlotte rufen.

»Mummy, Mummy, der Boden ist undicht!«

»Charlotte, was redest du da?« Natalie folgte Charlotte ins große Badezimmer, wo überall das Wasser stand. Anscheinend kam es aus dem Ablauf in der Mitte des Raums.

»Was ist passiert? Hast du hier drin gespielt? Oder Adam?«

»Nein, Mummy, es war schon so.«

»Was ist denn da los? Schätzchen, geh raus, damit ich hier wischen kann. Warum muss so was immer passieren, wenn Mark nicht da ist!« Als sie Charlottes besorgtes Gesicht sah, setzte Natalie lächelnd hinzu: »Ist schon gut, Liebes, wir lassen den Klempner kommen. Der bringt das in Ordnung. Solange kannst du Mummys Bad benutzen.«

Als aber Jodie anrief, schüttete sie der Freundin ihr Herz aus.

»Das Wasser kommt aus dem Abfluss hoch, der ist offenbar total verstopft. Ich kann das Bad überhaupt nicht mehr benutzen, und der Klempner hat erst übermorgen Zeit! Kennst du einen guten Klempner? Wir können wahrscheinlich von Glück sagen, dass wir noch das kleine Bad neben unserem Schlafzimmer haben.«

Als sie am Abend mit Mark telefonierte, war die Sache mit dem Abfluss zu einem echten Problem für sie geworden.

»Klar, wir haben noch das kleine Bad, aber das hat nur eine Dusche, und ohne Wanne ist es echt schwierig, die Kinder richtig sauber zu kriegen. Adam zappelt immer herum, und am Ende bin ich genauso nass wie er.«

»Es tut mir leid, dass ich nicht da bin und dir nicht helfen kann, Schatz. Doch das kriegen wir schon wieder hin. Wahrscheinlich ist nur das Abflussrohr verstopft. Und das Bad wollten wir ja sowieso renovieren lassen.«

»Ja, aber das steht ganz unten auf unserer Liste. Und bis dahin müssen wir es ja auch benutzen können!«

»Bestimmt lässt sich das ohne großen Aufwand reparieren. Gib mir Bescheid, was der Klempner dazu sagt. Hatte Roger denn keine Zeit?«

»Nein, er ist auf irgendeiner Baustelle an der Sunshine Coast. Jodie hat mir ihren Klempner genannt.«

»Jodies Klempner kann das sicher auch. Wie läuft es sonst so?«

»Das Übliche. Ich glaube, Adam hat sich irgendwas eingefangen, aber du weißt ja, wie Kinder sind, am einen Tag sind sie sterbenskrank, am nächsten rennen sie rum, als ob nichts gewesen wäre. Das Auto macht ein komisches Geräusch. Und ich fühle mich immer noch erschöpft und schaffe es nicht zu kochen, deshalb haben die Kinder heute Abend Tiefkühlkost bekommen. Aber abgesehen davon ist alles ganz wunderbar«, meinte sie bissig.

»Ab und zu mal Tiefkühlkost schadet dir und den Kindern nicht«, erwiderte Mark gelassen. »Aber hör mal, Nat, geh heute früh ins Bett. Schlaf dich richtig aus. Morgen fühlst du dich bestimmt besser. Du weißt doch, dass dir Schlafmangel nicht guttut. Du arbeitest zu viel am Haus. Wenigstens am Abend solltest du dir ein bisschen Ruhe gönnen.«

»Aber nur am Abend hab ich Zeit für mich«, meinte Natalie betrübt.

»Ich weiß, und es tut mir leid, dass ich nicht da bin, Liebes. Ich liebe dich. Schlaf gut.«

Mark legte auf, während Natalie noch das Telefon in der Hand hielt. Er hatte recht, sie war wirklich übermüdet.

Nach dem Zähneputzen stand Natalie vor dem Waschbecken im Bad und griff nach der Gesichtscreme im Spiegelschrank, als ihr Blick auf ihre Antibabypille fiel. Sie hatte sie abgesetzt, als Mark mit seiner Arbeit im Bergwerk angefangen hatte. Das schien ihr sinnvoller, wenn er immer einen ganzen Monat weg war. Und sie fühlte sich besser dabei, auch wenn sie in letzter Zeit nicht so ganz auf der Höhe war.

Plötzlich fiel ihr ein, dass sie vergessen hatte, die Wäsche hereinzuholen. Seufzend machte sie kehrt und ging nach draußen. Als ihr die kühle Abendluft entgegenschlug, schoss ihr ein Gedanke durch den Kopf, oder besser gesagt, eine jähe Erkenntnis.

Sie war schwanger. Kein Zweifel. Ihr Zeitgefühl war ihr abhandengekommen, ihre letzte Periode musste seit Wochen überfällig sein. Und deshalb fühlte sie sich auch so komisch. Dass ihr das erst jetzt aufging! Dabei hatten sie doch aufgepasst, aber offenbar nicht gut genug.

Sie war ganz zittrig und wusste nicht recht, ob vor Schreck oder vor Aufregung. Um diese Zeit konnte sie Mark nicht mehr anrufen. Sie kehrte ins Haus zurück, goss sich ein Glas Wasser ein, nahm eine Kopfschmerztablette und ging ins Bett.

Die Hände schützend vor den Bauch gelegt, lag sie im Dunkeln. Morgen würde sie einen Schwangerschaftstest machen, um Gewissheit zu haben, bevor sie mit Mark redete. Freude durchströmte sie, doch es gingen ihr auch so manche Gedanken durch den Kopf. Würden sie mit den wichtigsten Renovierungen rechtzeitig fertig sein? Ein Neugeborenes in einem Haus, in dem noch gebaut wurde, war ein Alptraum. Und Mark würde nicht oft da sein und sie nicht groß unterstützen können. Andererseits waren sie mehr denn je auf das Geld angewiesen. So glücklich sie auch war, der Zeitpunkt war denkbar ungünstig.

»Mark? Mark? Was denkst du? Freust du dich?«, fragte Natalie, nachdem sie ihm am nächsten Abend die Neuigkeit eröffnet hatte.

»Ja, klar freue ich mich. Es ist nur ... na ja ... der Zeitpunkt ist nicht optimal. Wie willst du das alles auf die Reihe kriegen?«

»Du meinst, wie wollen *wir* das alles auf die Reihe kriegen?«, verbesserte sie ihn lachend.

»Ich werde tun, was ich kann, aber ganz im Ernst, ich muss hier draußen weiter malochen. So viel Geld wie hier verdiene ich an der Gold Coast nie. Und jetzt brauchen wir es umso dringender. Die Renovierungsarbeiten und dazu noch ein Baby! Vielleicht finden wir jemanden, der dir im Haushalt hilft. Ich kann diesen Job jetzt nicht aufgeben.«

»Das ist mir schon klar. Ich weiß nicht, was ich sagen soll. Ich möchte einfach nur, dass wir die Renovierung hinter uns haben. So schnell wie möglich. Morgen kommt der Klempner.«

»Ich freue mich auf das Baby, Nat. Was wünschst du dir, Junge oder Mädchen? Hast du es deiner Mum schon gesagt? Vielleicht könnte sie ja herkommen und mithelfen.«

»Höchstens vorübergehend. Sie muss sich um ihr Geschäft kümmern. Wir sollten uns das genau überlegen«, meinte Natalie.

»Vielleicht wäre es gescheiter, wenn wir ein paar von unseren Vorhaben erst mal zurückstellen. Wir könnten eine

Liste machen, welche Renovierungen unumgänglich sind und welche sich auch noch später erledigen lassen. Aber versprich mir, Nat, dass du auf dich aufpasst. Nichts Schweres heben, hörst du? Übernimm dich nicht bei der Hausarbeit. Mach nichts Unüberlegtes. Wir finden schon eine Lösung.«

»Ja. Keine Sorge. Ich bin ja nicht blöd.« Im Geiste ging sie bereits ihre To-do-Liste durch.

»Bis das Baby kommt, bleiben mir hier noch mindestens sieben Monate. Wenn du eine Hilfe für den Haushalt findest, kann ich länger arbeiten, bis wir genug gespart haben, um die unaufschiebbaren Renovierungen machen zu lassen.«

»Ja. Ich finde nur den Gedanken schrecklich, dass du länger als nötig weg bist. Ich werde mir meine Liste zusammenstellen und sie mit deiner vergleichen, und dann sehen wir weiter.«

»Klingt vernünftig. Es wird alles gut, Nat.«

Natalie kauerte neben dem Klempner im Badezimmer. Er hob das Abdeckgitter von dem Abfluss im Fußboden und spähte in das freigelegte Rohr hinein.

»Ich weiß, warum es verstopft ist. Sehen Sie das? Baumwurzeln. Der Abfluss ist voll davon. Kein Wunder, dass das Wasser nicht abfließt.«

»Die sind ja überall!«, rief Natalie aus.

»Allerdings. Wahrscheinlich stammen sie von dem Baum nebenan. Die Leitungen müssen komplett erneuert werden.«

»Na ja, wir wollten das Bad sowieso renovieren.«

»Das ist aber keine Schönheitsreparatur. Das werden aufwendige Kanalarbeiten. Die ganzen alten Tonrohre mit den Wurzeln müssen herausgerissen und durch Kunststoffrohre ersetzt werden. Danach muss der Estrich komplett neu verlegt werden, bevor Sie ihn wieder fliesen und WC und Dusche einbauen können. Das wird nicht billig.«

Erschrocken sah Natalie ihn an. »Aber ich bekomme ein Baby.«

»Meinen Glückwunsch. Aber das ändert nichts daran, dass die Rohre alle ausgetauscht werden müssen und Sie ein ganz neues Bad brauchen. Je schneller Sie es angehen, desto besser. An Ihrer Stelle würde ich mal mit dem Nachbarn reden, ob er diesen Baum nicht fällen will.«

»Ich kenne unsere Nachbarn nicht mal. Wir wohnen noch nicht lange hier, und dank des Baums haben wir sie auch noch nie zu Gesicht bekommen. Ich kann es gar nicht fassen.« Ihr Blick wanderte durch das Badezimmer. »Ich habe mit diesem Bad so viel vor. Ich möchte eine hübsche separate Dusche, Sonnenkollektoren auf dem Dach, ein traumhaftes, richtig großes Badezimmer.« Sie hielt inne. »Wissen Sie, was eine Vichy-Dusche ist? Sie besteht aus einer Reihe von Duschköpfen, unter die man sich legt und die einen mit ihren Strahlen massieren. Das hat mich auf den Gedanken gebracht, dass man doch alle Wasserleitungen aufs Dach verlegen könnte.«

»Wasser fließt nicht nach oben.«

»Was würde denn eine Pumpe dafür kosten? Im Vergleich zu all diesen Sanitärarbeiten unter der Erde?«

»Das lässt sich nicht so ohne weiteres sagen. So oder so müssen Sie eine Menge Geld in die Hand nehmen. Auf jeden Fall sollten Sie mal mit den Nachbarn reden, die haben wahrscheinlich auch Wurzeln in ihren Abwasserrohren.«

»Was würden Sie denn grob schätzen, wie viel da auf uns zukommt?«, fragte Natalie.

»Ich schicke Ihnen ein Angebot, aber was es letztlich kostet, hängt davon ab, wie viel Sie in die Dusche und die sanitären Einrichtungen investieren wollen.«

»Wie viel?«, fragte Mark ungläubig. »Das klingt mir nach Abzocke. Willst du nicht noch ein anderes Angebot einholen?«

»Du hast recht. Ich telefoniere morgen mal ein bisschen

herum. Wir werden noch mehr von unseren Renovierungsplänen auf Eis legen müssen.«

»Das tüfteln wir noch aus. Ich muss den Job hier draußen einfach noch ein bisschen länger machen. Meinst du, du kommst damit klar?«

»Momentan macht mich diese Vorstellung nicht gerade glücklich, Mark. Aber ich denke, es bleibt uns nichts anderes übrig. Beißen wir in den sauren Apfel, lassen wir das Bad und das Kinderzimmer machen. Die Küche muss dann eben noch warten.«

Mark stöhnte. »Die hätte ich wirklich gern bald erledigt«, sagte er. »Ich kann diese Küche nicht ausstehen, sie hat das hässlichste Design, das ich je gesehen habe. Aber wenn du noch länger damit leben kannst, soll mir das auch recht sein.«

»Vielleicht war das Haus doch nicht so ein Schnäppchen, wie wir dachten«, seufzte Natalie.

»Die Lage, Schatz, die Lage! Wenn ich es hier draußen möglichst lang aushalte und wir unser Geld zusammenhalten, kriegen wir das hin.«

»Ja, Mum, es kommt ein bisschen unverhofft«, erzählte Natalie Sarah ein paar Tage darauf.

»Ich freue mich riesig für euch. Noch ein Baby, wie wundervoll! Ich werde tun, was mir möglich ist, um euch unter die Arme zu greifen. Leider kann ich nicht lange fort und dir helfen, wenn das Kleine da ist. Ich muss sechs Tage die Woche im Laden stehen«, erwiderte Sarah.

»Ich weiß, Mum. Mark und ich kommen schon zurecht. Ich habe ein zweites Angebot für das Badezimmer bekommen. Es ist ein bisschen günstiger als das erste, aber billig würde ich es trotzdem nicht nennen. Mark und ich haben alles durchgesprochen. Wenn ich es noch eine Weile länger allein schaffe und wir sparsam leben und einen Teil der Renovierungen verschieben, müsste das meiste zu machen sein. Knapp wird es allerdings schon.«

»Warum gönnst du dir nicht eine Auszeit von all dem Renovierungsstress und kommst mit den Kindern ein paar Tage nach Lismore in unser neues Haus? Wir würden uns beide freuen.«

»Danke, Mum. Wirklich eine gute Idee, bei dir und Steve ein bisschen auszuspannen. Und jetzt, da ihr näher bei uns wohnt, ist die Fahrerei auch für die Kinder nicht so anstrengend. Ich komme bald.«

Lächelnd legte Natalie auf. Wie schön, die Abwasserprobleme und das Chaos im Haus eine Weile hinter sich zu lassen und Großeltern zu haben, die auch mal auf Charlotte und Adam aufpassten, damit sie sich ein bisschen erholen konnte. Die Zeit zwischen Marks freien Tagen zu Hause schien ihr immer länger zu werden. Sie wünschte, ihre Mutter würde noch auf der Farm leben, aber das neue Haus war auch sehr komfortabel, samt einer Veranda und einem Garten, in dem sich Adam austoben konnte. Zwischen Glasvasen und Nippes auf Kaffeetischchen war er nicht gut aufgehoben.

Als ihre Schwangerschaft voranschritt, fühlte sich Natalie ständig erschöpft und müde, und die Vorstellung, ungestört zu lesen und auszuspannen, kam ihr wie ein Luxus vor. Ihr »Kurzurlaub« konnte nicht früh genug beginnen.

4

Es war Sonntag. In der trägen Morgenstunde kurz nach Sonnenaufgang lag Natalie eingekuschelt in Marks Armen im Bett. Beide hatten eine Hand auf ihren leicht gerundeten Bauch gelegt.

»Hast du dir schon Namen überlegt?«, fragte Mark und liebkoste ihr Ohrläppchen.

»Allerdings. Wenn es ein Junge ist, möchte ich ihn Andrew nennen.«

»Wirklich? Nach deinem unbekannten Onkel?«

»Inzwischen kenne ich ihn ja. Und ich glaube, dass er ein guter Mensch war. Er hatte nämlich Prinzipien.«

Mark lächelte. »Na gut. Mir soll's recht sein, wenn ich dafür den Namen für unser Mädchen aussuchen darf.« Er küsste sie zärtlich, dann blickte er auf, weil plötzlich die Schlafzimmertür aufgerissen wurde und Adam mit seinem alten blauen Teddy unterm Arm hereinstürmte.

Mark hob ihn schwungvoll ins Bett. »Hallo, junger Mann. Den blauen Bären liebst du wohl ganz besonders?«

»Du bist immer noch mein Baby, Adam«, sagte Natalie, als sie sein zerzaustes Haar und seine glückliche Miene sah. »Auch wenn du inzwischen allein aus deinem Bettchen klettern kannst.«

»Glaubst du, es ist eine gute Idee, das Seitengitter abzumontieren, noch dazu, wo er jetzt auch seine Zimmertür aufmachen kann?«

»Wenn ich das Gitter dranlasse, versucht er drüberzuklettern und fällt runter. Ich glaube, ich muss ein Türschutzgitter besorgen, dann bleibt er wenigstens in seinem Zimmer. Ich weiß, man soll Mädchen nicht mit Jungs vergleichen, aber im Klettern ist er fit, Charlotte war da vorsichtiger. Aber natürlich hat er mitgekriegt, dass du zu Hause bist, und kann es nicht erwarten, dich zu sehen. Wir haben Glück, dass er uns so lange hat schlafen lassen«, stellte Natalie fest.

»Und was ist mit mir?« Charlotte stand in der Tür und rieb sich die Augen. »Was ist los?«, wollte sie wissen.

»Wir kuscheln nur. Komm auch rein, Engelchen«, rief Mark, während Adam sich unter die Bettdecke drängte.

Natalie lächelte vor sich hin, als sie Frühstück machte. »Kuscheln und Kitzeln und Kichern. Was für ein schöner Start in den Tag. Was unternehmen wir heute?«

»Du hast doch gesagt, du möchtest deine Mutter besuchen. Willst du das heute machen oder hast du schon was anderes geplant?«

»Mum hat uns zum Essen eingeladen, aber ich wollte eigentlich erst hinfahren, wenn du wieder bei der Arbeit bist. Du sollst deine Zeit daheim nicht mit einer Fahrt nach Lismore vertun.«

»Nat, das ist doch kein Problem. Ich würde deine Mutter und Steve gern mal wiedersehen, und ihr neues Haus interessiert mich auch. Ruf Sarah doch einfach an und sag ihr, dass wir kommen.«

Das Haus von Steve und Sarah lag am Ende einer ruhigen Sackgasse. Die Häuser auf beiden Seiten hatten schön angelegte Gärten und wirkten gepflegt, woran man erkannte, dass die Besitzer stolz auf ihr Anwesen waren.

»Eine hübsche Wohngegend«, bemerkte Mark, als er den Wagen in die Einfahrt lenkte.

»Keine Kühe, keine Koppeln, kein weites offenes Land.

Aber elegant. Für Steve ist das eine Umstellung, aber mir ist klar, warum Mum begeistert ist.«

Das Rolltor der Garage fuhr ratternd hoch, und Steve kam ihnen entgegen. Die Garage war vollgestopft mit Werkzeug und Gartengeräten, und zu beiden Seiten von Sarahs Kleinwagen stapelten sich unausgepackte Kartons.

»Bringst du alles unter?«, fragte Mark, als er ausstieg und Steve die Hand schüttelte. »Ich wette, du vermisst deine Schuppen und Scheunen.«

»Ja, allerdings. Ein Glück, dass wir bei unserem Flohmarkt eine Menge Zeug losgeworden sind. Willkommen in unserem neuen Heim.«

Sarah kam heraus, und die Kinder rannten zu ihr. »Na endlich. Ich habe Muffins gebacken, die werden schon kalt. Nur herein mit euch.«

»Warum bist du jetzt hier, Oma?«, fragte Charlotte.

»Das ist mein neues Haus. Komm und schau, wie es drinnen aussieht.«

»Aber wo sind die Kühe?« Charlotte machte ein besorgtes Gesicht.

»Sieh zu, wie du ihr das beibringst, Mum«, sagte Natalie, während Adam die Schätze ansteuerte, die er in der Garage verstreut entdeckt hatte. »Wie hast du dich eingelebt, Steve?«

»Das Melken am frühen Morgen vermisse ich nicht, so viel steht fest. Aber es ist ein anderer Lebensstil. Eine neue Phase in unserem Leben.« Er zuckte die Achseln.

»Du bist zu fit und zu jung für den Ruhestand«, meinte Mark.

»Ja, was treibst du so allein, wenn Mum arbeiten geht?«, fragte Natalie.

»Ich habe neue Hobbys! Hey, junger Mann, Finger weg von meinen Bohrern.« Steve nahm Adam hoch und trug ihn ins Haus, gefolgt von Mark und Natalie.

»Das sieht alles sehr hübsch aus, Mum«, meinte Natalie. »Schön, auch ein paar vertraute Dinge in der neuen Umgebung zu sehen.« Sie schaute sich in diesem seltsam modernen und so viel übersichtlicheren Haus um. Ihr fehlten die großen Wiesen, die Koppeln und die Tiere von Steves Farm.

»Mit diesem Haus gestaltet sich mein Alltag wesentlich einfacher, das kann ich dir sagen. Es ist viel leichter sauber zu halten, ganz zu schweigen davon, dass es nur fünf Minuten Fahrt zum Laden sind! Es ist schon sehr viel weniger stressig, wenn ich weiß, dass ich auch bei Regen heimkomme und nicht auf überschwemmten Straßen stecken bleibe. Aber genug von mir! Wie geht's dir, Natalie? Leidest du unter Morgenübelkeit?«, fragte Sarah.

»Nicht wirklich. Ich werde leicht müde, aber das ist bei mir ja nichts Neues. Wahrscheinlich ist das der Normalzustand für Mütter von Kleinkindern.«

»Du machst zu viel. Mark sollte dich mehr entlasten, wenn er zu Hause ist.«

»Er hat selbst immer einen langen Arbeitstag. Wenn wir mit dem Renovieren bald fertig werden wollen, ist das so die praktischste Lösung. Und jetzt umso mehr. Mit drei kleinen Kindern in einem halbfertigen Haus – das wäre der reinste Alptraum«, meinte Natalie. »Mark hilft mir durchaus, wenn er daheim ist. Er geht mit den Kindern raus, so dass ich im Haus einiges erledigen kann, ohne dass mir klebrige Finger in die Quere kommen. Er ist sehr fürsorglich, Mum.«

Sarah schüttelte den Kopf. »Ihr beiden habt anscheinend alles geklärt. Manchmal denke ich, eure Ehe ist zu schön, um wahr zu sein. Streitet ihr eigentlich nie über irgendwas?«

»Natürlich haben wir Meinungsverschiedenheiten. Aber nicht oft, wir sind ein Team. Wir gehen davon aus, dass das, was jeder von uns tut, für uns alle langfristig am besten ist, auch wenn es manchmal nicht so aussieht. Du und Steve, ihr kommt doch auch gut miteinander aus, oder?«

»Doch, doch. Steve ist so entspannt und gelassen. Natürlich hat er es sich zweimal überlegt, bevor er seine Farm aufgegeben hat.«

»Was fängt er jetzt mit seiner Freizeit an?«

»Mit dem Geld, das nach dem Verkauf der Farm übrig geblieben ist, spekuliert er an der Börse. Er sagt, er lernt dabei eine Menge.«

»Du hast dir aber nicht überlegt, den Laden aufzugeben, Mum?«

»Ganz bestimmt nicht, vor allem da ich ihn doch jetzt viel leichter führen kann. Machst du dir Sorgen, weil ich dir mit dem neuen Baby keine große Hilfe sein kann?«

»Nein, Mum. Ich erwarte nicht, dass du meinetwegen alles stehen und liegen lässt. Wir haben alles so geplant, dass wir es allein schaffen. Und in ein paar Jahren kann Mark seinen Montagejob aufgeben und sich etwas an der Gold Coast suchen. Klar, es wird in nächster Zeit nicht so leicht mit drei Kindern, aber wir kriegen das hin«, meinte Natalie.

»Ich bin froh, dass ihr das alles genau durchdacht habt. Ich freue mich schon so auf das Baby«, meinte Sarah. »Aber du hast dann alle Hände voll zu tun.«

Das Mittagessen wurde am Glastisch auf der Veranda serviert, was sehr hübsch wirkte, aber auch etwas feierlicher als die früheren Mahlzeiten an dem langen Holztisch unter den Bäumen auf der Farm. Charlotte schien sogar ein bisschen eingeschüchtert von dieser Förmlichkeit.

»Was tut sich draußen in der Mine, Mark? Kaufst du Anteile?«, fragte Steve.

Mark schüttelte den Kopf. »Auf keinen Fall. So etwas ist nicht mein Ding.«

»Wirklich nicht?«, sagte Sarah. »Würdest du nicht lieber australische Bergbauaktien besitzen, statt für eine ausländische Firma zu arbeiten, die den Großteil des Profits in die eigene Tasche steckt?«

»Aber Mum, die Bergbaukonzerne haben die Rechte zum Abbau der Bodenschätze gekauft. Findest du nicht, dass sie dann auch ein Anrecht auf die Gewinne haben?«, fragte Natalie.

»Tja«, warf Mark ein, »deine Mutter hat nicht unrecht. Manche Leute argumentieren, dass die Mineralien unter der Erde allen Australiern gehören. Also wäre es gerechter, wenn ein größerer Anteil der Erträge allen Australiern zugutekäme, nicht nur den Aktionären im Ausland.«

»Aber die Bergbaufirmen bezahlen doch Steuern, oder?«, hakte Natalie nach.

»Davor versuchen sie sich möglichst zu drücken, wie die meisten Konzerne. Und der Bergbau wirft einen riesigen Profit ab. Ein Teil davon geht zwar als Förderabgabe an den jeweiligen Bundesstaat, aber die Bundesstaaten, die kaum Bodenschätze besitzen, gehen leer aus. Viele sagen, die anderen Staaten sollten auch beteiligt werden. Und ich meine auch, sie gehören genauso zu diesem Land und sollten deshalb etwas von dem Geldregen abbekommen«, erklärte Mark.

Bevor Natalie antworten konnte, hob Sarah die Hand. »Was mir wirklich Sorgen macht, ist, dass diese Bergbaukonzerne die Umwelt zerstören«, sagte sie. »Wenn die Gewinne aus dem Bergbau ins Ausland gehen und die Umwelt ruiniert ist, was haben wir dann eigentlich davon? Was hat Australien davon?«

»Die Bergbaufirma, für die ich arbeite, bemüht sich immerhin, alles richtig zu machen. Sie behandeln ihre Arbeiter gut, und sie kümmern sich um die Umwelt. Für die Renaturierung geben die eine Menge Geld aus«, sagte Mark.

»Schon, aber wenn sie das Land erst einmal ausgeweidet haben, lässt sich der ursprüngliche Zustand nicht wiederherstellen«, wandte Steve ein.

»Ich habe das Gefühl, dass manche Bergbaukonzerne

glauben, sie müssten sich nicht an die Spielregeln halten. Sie gehören schließlich auch zum australischen Gemeinwesen, oder etwa nicht? Das ärgert mich«, sagte Sarah, während sie die Teller abräumte.

»Beruhig dich, Schatz«, beschwichtigte Steve. »Wenigstens profitiert auch Mark davon, wie so viele andere auch.«

»Wisst ihr, viele Kollegen – Ingenieure, Geologen, hohe Tiere – und ganz normale Leute wie ich sind stolz auf das, was sie tun. Sie glauben, dass sie an einem besseren Australien arbeiten. Andererseits habt ihr beide, du und Steve, auch recht: Wenn die Bodenschätze erst einmal erschöpft sind, sind die Bergbaukonzerne weg. Also sollten sie den Höchstpreis zahlen für das Privileg, sie abbauen zu dürfen.« Mark lehnte sich auf seinem Stuhl zurück. »Solche Diskussionen führen wir in der Arbeit unaufhörlich. Das muss ich nicht auch noch zu Hause haben.« Er stand auf und lächelte Charlotte und Adam an. »Oma hat Eis. Gehen wir rein und helfen ihr beim Servieren?«

Steve schenkte Natalie ein Glas Wasser ein, während Sarah und Mark in der Küche Eis an die Kinder verteilten. »Weißt du was, Nat, das ist nicht mehr dasselbe Land, in dem mein Großvater, mein Vater und ich aufgewachsen sind. Es gefällt mir nicht. Zu viel Gier überall. Windparks, Gasfelder, Bergwerke, wo man hinschaut. Ich war froh zu wissen, dass ich meine Familie mit meiner Hände Arbeit ernähren konnte. Dass es anständige Leute gab, die sich um die Farmen gekümmert haben, die unser Land vorangebracht haben, indem sie zusammengehalten und die Erträge geteilt haben, für unser Land, in guten wie in schlechten Zeiten. Wir haben alle unsere Steuern gezahlt, manche haben sich besser geschlagen als andere, aber keiner war etwas Besseres als der andere. Und ich war so gut wie jeder andere. Und wenn mir nicht passte, wie es lief, hatte ich meinen Stimmzettel und konnte meine Meinung äußern.« Er schüttelte den Kopf. »Jetzt frage ich mich, wem gehört Australien eigentlich? Mir jedenfalls nicht, habe ich das Gefühl.« Er trank sein Bier aus. »Genug gepredigt. Geht's dir gut mit dem neuen Baby, das unterwegs ist?«

Natalie lächelte Steve an und nickte. Er redete wie ein brummiger alter Mann. Vielleicht bereut er ja doch, dass er die Farm verkauft und sein bisheriges sicheres Leben aufgegeben hat, dachte sie. Aber jetzt war es zu spät. Sie hoffte, er würde sich in der Vorstadt bald einleben.

Natalie warf einen letzten Blick über die Schulter, als Jodie Charlotte und Adam in den Garten des Windemere-Kindergartens hinausführte. Adam konnte schwierig sein, wenn sie Anstalten machte zu gehen. Aber mit Charlotte an seiner Seite und den Verlockungen von Sandkasten und Rutsche war er abgelenkt, als seine Mutter zur Tür hinausging.

»Ich bin mit dem Auto unterwegs nach Woolloongabba, Mum. In Brisbane. Ja, ich benutze die Freisprechanlage.«

»Warum fährst du hin? Unternimmst du etwas mit Freundinnen?«

»Ich treffe eine Freundin zum Kaffee. Außerdem brauche ich Armaturen fürs Bad und auch ein, zwei Lampen. Und dann möchte ich mich in ein paar Antiquitätengeschäften umschauen.«

»Wofür brauchst du denn Antiquitäten? Kannst du damit nicht warten, bis ihr mit dem Renovieren fertig seid?«

»Da fahre ich nicht zum Shoppen hin. Ich bin auf der Suche nach einem Laden, der auf asiatische Antiquitäten spezialisiert ist. Ich habe Onkel Andrews Kammavaca dabei.«

»Willst du es schätzen lassen? Das ist eine gute Idee, denke ich, aber mach dir keine allzu großen Hoffnungen«, meinte Sarah.

»Nein, Mum. Je länger ich es ansehe, umso faszinierender

finde ich die kleinen Illustrationen. Du hast recht, wahrscheinlich ist es nicht besonders wertvoll, aber es ist schön, es in der Familie zu haben. Onkel Andrew war anscheinend ein sehr interessanter Mann. Ich möchte mehr über diesen Gegenstand herausfinden, der ihm so viel bedeutet hat.«

»Da hast du recht. So abenteuerlustig wie er war sonst wohl kaum jemand in unserer Familie. Ich muss sagen, die Länder, die er bereist hat, würden mich auch reizen. Vor allem Burma. An seinen Fotos wird deutlich, warum ihn das Land so gefesselt hat. Ich glaube nicht, dass Brighton annähernd so exotisch war. Aber dort sind die meisten unserer Verwandten geblieben. Außer meiner Großmutter natürlich«, erzählte Sarah.

»Ich finde, sie war ganz schön mutig, dass sie England zugunsten der Wildnis von New South Wales aufgegeben hat.«

»Ja, das war sie bestimmt. Und verliebt. Sag mir Bescheid, was du rausfindest. Und reiß dich zusammen. Ich kenne doch deine Vorliebe für Antiquitätenläden! Kauf bloß keine viktorianische Kinderwiege, die einen neuen Anstrich braucht.«

»Eine phantastische Idee!«, lachte Natalie. »Nein, ich werde brav sein. Es gibt nur Armaturen für das neue Bad. Etwas Edles.«

Natalie freute sich, als sie in der Logan Road, nicht weit vom Gabba-Kricketplatz, einen Parkplatz für zwei Stunden fand. Sie blieb vor einem Antiquitätengeschäft stehen – das reinste Wunderland der Verlockungen, vollgestopft mit Ramsch ebenso wie mit geschmackvollen Sammlerstücken. Nicht alles war echt, manche Sachen waren schön gearbeitete Kopien, nicht gerade was ein Sammlerherz entzückt. Doch nach den antiseptischen Sanitärbedarfsgeschäften fand sie das Durcheinander toll. Schließlich riss sie sich los und fand den Laden, den sie suchte – Asiatische Kunst und Antiquitäten.

Im Schaufenster prangte ein langes furchterregendes Samuraischwert auf einem Ständer vor einem schlichten weißen Hintergrund. Die vornehme Zurückhaltung der Dekoration verlieh dem Schwert eine besonders dramatische Wirkung. Natalie trat durch die Tür mit den Goldbuchstaben in einen zauberhaft schönen Raum. Ein Hauch von Räucherwerk und der Geruch alter Dinge lag in der Luft, leise Gamelanmusik erklang, und ihr Blick fiel als Erstes auf einen prachtvollen kambodschanischen Buddhakopf von gigantischen Ausmaßen. Die zarten Seidenkimonos, die Messinggongs, die kunstvoll lackierten Wandschirme mit Goldprägearbeit und die hohen chinesischen Porzellanvasen verströmten eine Aura von Prestige und Kostbarkeit. Mit einem Blick auf die diskret angebrachten Preisschilder registrierte Natalie, dass die Dinge in diesem Laden exorbitant teuer waren. Die meisten waren offenbar museumstauglich.

Die Inhaberin begrüßte Natalie. Zu ihrem eleganten Kostüm trug sie eine weiße Bluse, was ihr in der legeren Atmosphäre von Queensland eine gewisse Seriosität und Würde verlieh.

»Adele Simpson? Wir haben vor ein paar Tagen telefoniert. Es geht um ein Erbstück«, sagte Natalie.

»Ach ja, das Kammavaca. Bitte treten Sie doch näher und setzen Sie sich.« Die Inhaberin wies auf die beiden schwarz lackierten Stühle mit Perlmuttintarsien, die in einer Ecke des Ausstellungsraums standen.

»Sie haben wunderschöne Objekte hier«, bemerkte Natalie. »Stammen sie alle aus Asien?«

»Ja, hauptsächlich aus Südasien, obwohl ich eine Vorliebe für japanisches Imari-Porzellan habe. Jetzt lassen Sie mal sehen, was Sie mitgebracht haben.«

»Ich habe gehört, dass Palmblattmanuskripte ziemlich verbreitet sind, aber dieses ist ein bisschen anders.« Natalie zog die kleine Teakschatulle hervor.

»Hmm, schon möglich«, murmelte Adele.

Schweigend sah sie zu, wie Natalie das Kammavaca behutsam auf dem runden Tisch zwischen ihnen ausbreitete. Sie studierte es genau und bedächtig, geradezu ehrerbietig.

Schließlich sagte sie: »Das ist von hoher Qualität. Und Sie haben recht, der Stoff macht es ungewöhnlich. Offensichtlich stammt er von einer Mönchsrobe. Also haben die Mönche, die diesen Text angefertigt haben, großen Wert aufs Detail gelegt, weil sie auf heiligem Stoff arbeiteten.«

»Können Sie das lesen? Was steht darin?«, fragte Natalie begeistert, weil Adele offenbar so viel wusste.

»Das übersteigt leider meine Fähigkeiten. Aber ich kann Ihnen sagen, was ich vermute. Traditionell enthält ein Kammavaca Auszüge aus dem Vinayapitaka, den buddhistischen Ordensregeln, verfasst in der Sprache Pali. Wie Sie vielleicht wissen, sind solche Manuskripte in Südasien nach wie vor weit verbreitet, aber nur in Burma gibt es Kammavacas, die so kunstvoll und dekorativ gestaltet sind.« Die Frau hielt inne und beugte sich über das Kammavaca. »Die Bilder sind so filigran und reich an Details. Sehen Sie, teilweise sind es Muster, aber wenn man genau hinschaut, sieht man gegenständliche Darstellungen. Dies scheint ein Kloster zu sein. Und da ist ein Fluss.«

»Wirklich? Das ist mir nie aufgefallen.« Natalie nahm das Kunstwerk näher in Augenschein und erkannte nun die klaren Umrisse eines reich verzierten Bauwerks. »Was sind diese Schnörkel? Ist das eine Turmspitze?«

»Wenn die Turmspitzen vergoldet wären, hätte der Künstler mit Blattgold gearbeitet wie bei diesem Buddhabild. Ich denke, es ist eine Laubsägearbeit, und das Fehlen von Gold deutet auf ein aus Holz gebautes Kloster hin. Wahrscheinlich Teak.«

»Wie schön. Sehen Sie, die Bäume, die sich über den Fluss neigen. Glauben Sie, den Ort gibt es wirklich?«

»Schon möglich«, erwiderte Adele. »Es scheint mir naheliegend, dass der Künstler, falls er ein Mönch war, sein eigenes Kloster darstellte. Wissen Sie etwas über die Geschichte dieses Kammavacas?«

Natalie zog eine Fotokopie von Andrew Hancocks Brief aus ihrer Handtasche. »Das ist ein Brief, den mein Urgroßonkel an seine Schwester, meine Urgroßmutter, geschrieben hat.«

Adele las den Brief und gab ihn Natalie mit ernster Miene zurück.

»Das ist hochinteressant.« Sie drehte das Kammavaca um, faltete es vorsichtig zusammen und legte es in die Schatulle zurück. »Wenn es eigens als Geschenk für König Thibaw angefertigt wurde, ist es bedeutsamer und wertvoller als ein gewöhnliches Kammavaca, unabhängig von den schönen Illustrationen. Aber ohne weitere Recherchen möchte ich über seinen Wert nicht spekulieren.«

»Ja. Verstehe. Ich habe nicht vor, es zu verkaufen«, sagte Natalie. »Aber mein Mann meint, wir sollten es aus versicherungstechnischen Gründen schätzen lassen.«

»Ja.« Adele lächelte leise. »Ich frage mich, warum die Prinzessin das Kammavaca nie zurückbekommen hat, obwohl Ihr Verwandter das doch offenbar vorhatte.«

»Die Antwort darauf habe ich herausgefunden. Er wurde ermordet, ehe er das Kammavaca zurückgeben konnte, und es befand sich unter seinen Sachen, die dann an seine Schwester, meine Urgroßmutter, geschickt wurden.«

»Wie faszinierend. Ich kenne einen Händler in London, der Ihnen vielleicht eher helfen kann als ich. Ich kann Sie mit ihm bekannt machen, wenn Sie möchten. Er ist ein Experte für Burma und interessiert sich bestimmt für Ihr Kammavaca, zumal es nach meiner Einschätzung Museumsqualität besitzt. Er könnte Ihnen eine zuverlässige Schätzung geben.«

»Wunderbar. Ich werde ihm Fotos von dem Kammavaca

mailen und seine Meinung einholen«, sagte Natalie. »Nachdem jetzt der erste Schritt getan ist, möchte ich an der Sache dranbleiben.«

»Ich bin sicher, dass er Ihnen behilflich sein kann. Soviel ich weiß, hat er Verbindungen nach Burma, und die spannende Vorgeschichte Ihres Kammavacas interessiert ihn bestimmt. Tut mir leid, dass ich selbst nicht mehr für Sie tun kann.«

»Oh, Sie waren mir eine große Hilfe. Könnten Sie mir sagen, wie ich den Händler erreichen kann?«

»Selbstverständlich. Er heißt Peter Michaelson. Ich schreibe Ihnen seine E-Mail-Adresse auf.«

Mark hakte sich bei Natalie unter, als sie die Arztpraxis verließen.

»Wie geht's dir jetzt, nachdem du die Ultraschallbilder gesehen hast?«

»Seltsame Vorstellung, dass diese komische kleine Erdnuss, die wir im Ultraschall gesehen haben, eines Tages ein richtiger Mensch sein wird. Wenn ich das sehe, fühlt es sich sehr real an«, erwiderte sie. »Ich wünschte, die Kinder würden es begreifen. Charlotte könnte es bald verstehen, aber Adam ist wohl einfach noch zu klein.«

»Es passt mir überhaupt nicht, dauernd von dir und den Kindern getrennt zu sein, gerade jetzt. Wenn es doch eine andere Lösung gäbe!«

»Ist schon klar. Unsere Gespräche drehen sich im Kreis. Wir reden immer nur über die Kinder und das Geld. Weißt du, was die anderen Arbeiter im Bergwerk mit ihrem Geld machen?«, fragte Natalie.

»Eigentlich nicht. Über solche Sachen reden wir selten. Das ist nicht so wie bei dir und deinen Freundinnen in Jodies Kindergarten, die einander alles erzählen«, erwiderte Mark mit einem Lächeln. »Ich glaube nicht, dass sie mit ihrem

Geld irgendwas besonders Originelles anfangen. Wahrscheinlich kaufen sie sich ein Haus, zahlen Hypotheken ab, planen ihren nächsten Urlaub oder ziehen in schicke Gegenden an der Gold Coast. Einer hat sogar vor, ein Haus auf Bali zu kaufen.«

Natalie seufzte und tätschelte ihren runden Bauch. »Was Mum kürzlich gesagt hat, gibt mir zu denken. Mir macht es auch Sorgen, was wir unserer Umwelt antun. Glaubst du wirklich, dass es letzten Endes eine gute Sache ist, wenn wir die Erde ausbeuten, um Mineralien, Eisen, Kohle oder sonst etwas herauszuholen?«

»Hey, damit zahlen wir unser Haus ab«, begann Mark, doch dann hielt er inne. »Du hast recht. Vielleicht sollten wir das alles nicht als selbstverständlich hinnehmen. Ich bin wie alle anderen, mir ist das Hemd näher als der Rock, ich denke zuerst an meine eigene Familie und meinen eigenen Geldbeutel. Aber überleg mal, was in anderen Ländern geschieht. Ich meine, was für ein Leben hätten unsere Kinder, wenn wir in Afghanistan oder Burma leben würden? Klar, unser Land ist nicht perfekt, da ist vieles verbesserungswürdig, aber alles in allem können wir uns glücklich schätzen, hier zu leben.«

»Stimmt. Wäre es nicht grauenhaft, in einem Land wie Nordkorea zu leben? Und Thi hat mir schreckliche Dinge über Burma erzählt. Aber was wissen wir eigentlich genau darüber? In seinen Briefen spricht Onkel Andrew über die Menschen und die schöne Landschaft, aber heute scheint das Leben dort ziemlich hart zu sein. Hier in Australien leben wir ja irgendwie auf einer Insel der Seligen, wir sind doch weitgehend abgeschirmt von all diesen Problemen, findest du nicht?«, sagte Natalie nachdenklich.

»Und das ist auch verdammt gut so«, gab Mark fröhlich zurück. »Komm, trinken wir noch einen Kaffee, bevor wir die Kinder abholen.«

Als sie die sonnige Straße entlang zu einem Café gingen, versuchte Natalie immer noch, ihrem Unbehagen auf den Grund zu gehen. Ihre Nachdenklichkeit, ihr Bedürfnis, zu beschützen und zu bewahren, und ihre Sorge um die Zukunft rührten wohl von ihrer Schwangerschaft her. Einen kleinen Menschen in die Welt zu setzen warf die Frage auf, in welchem Zustand sich die Welt befand, in die er hineingeboren wurde. Und seltsamerweise gab es Natalie auch zu denken, dass Mark das Leben in Burma erwähnt hatte. Sie war so mit ihrem Alltag beschäftigt, machte sich Gedanken, in welcher Farbe sie einen Stuhl streichen sollte – aber auch wenn sich die Kosten für die Renovierung bedrohlich anhäuften, konnten sie sicher sein, dass ihre Kinder niemals hungern würden. Wie sah es für die Mütter in Burma aus? Darüber hatte sie sich nie Gedanken gemacht. Und ihre Freundinnen auch nicht, da war sie sicher. Beim Kaffee im Kindergarten gaben sie sich mitfühlend, wenn tragische Ereignisse über andere Menschen hereinbrachen: Tsunamis, Wirbelstürme, Buschfeuer, Überschwemmungen. Sie halfen beim Spendensammeln und spendeten selbst, aber in der Regel floss das Geld großzügiger, wenn es um Dinge in der nächsten Umgebung ging – ein neuer Fußballplatz, die Ausstattung für die Schule oder das Krankenhaus, Bücher für die Bibliothek, Dinge, die ein greifbarer Bestandteil ihres täglichen Lebens waren.

Die anhaltenden Folgen von Ereignissen in fernen Ländern verschwanden bald wieder aus dem Bewusstsein. Und was man über die Zustände dort erfuhr, vermittelt durch Nachrichten, Zeitungen oder hin und wieder einen Dokumentarfilm, war, so schockierend es sein mochte, mitunter schwer zu verstehen. Hungersnöte, Kriege, politische Unruhen, die Katastrophen infolge des Klimawandels, Tierquälerei, das Artensterben – all das war Teil eines deprimierenden Nachrichten-Zirkus, der momentanes Mitgefühl auslöste oder sogar eine Spende. Doch dann wandten sich Natalie und ihre Freundinnen wieder ihren unmittelbaren persönlichen Belangen zu.

»Eigentlich weiß ich nichts über andere Länder«, sagte sie beim Kaffee zu Mark. »Und ich hab mir auch nie die Mühe gemacht, mehr herauszufinden.«

In den nächsten Tagen hing Natalie neuen, komplizierten Gedanken nach. Als Mark wieder ins Bergwerk zurückgekehrt war, rief sie Thi an.

»Schön, dass du dich meldest, Natalie. Wann kommst du wieder bei uns vorbei?«, sagte Thi.

»Bald, hoffe ich. Charlotte quengelt ständig, weil sie wieder Pony reiten will, und wenn du noch Feigen hast, würde ich gern welche kaufen.«

»Ach, dann komm doch einfach zu uns nach Hause. Du musst nicht bis zum Markttag warten. Du kannst sie zusammen mit den Kindern vom Baum pflücken. Es sind noch jede Menge da.«

»Das ist sehr nett von dir.«

»Hast du etwas über das Kammavaca rausgefunden?«, wollte Thi wissen.

»Ein wenig schon. Ich habe eine Händlerin in Brisbane aufgesucht, und sie hat mich an einen Experten in London verwiesen.«

»Mich würde interessieren, was er dir sagt. Willst du das Kammavaca jetzt doch verkaufen?«

»Nein. Ich bin nur neugierig. Je mehr Fragen offen sind, desto neugieriger werde ich«, erwiderte Natalie lachend.

»Neugierig auf die Geschichte deines kleinen Kammavacas oder auf den Ort, von dem es stammt?«

Natalie überlegte. »Komisch, dass du das sagst. Mir ist aufgegangen, wie wenig ich über Burma weiß. Ich hätte mir nie träumen lassen, dass dieses Land mal so wichtig für mich werden würde. Und dann stoße ich auf die Geschichte meines Uronkels und lerne Leute kennen, die auch etwas mit Burma zu tun haben. Was, glaubst du, hat das zu bedeuten?«

»Darauf könnte ich dir eine echt buddhistische Antwort geben!«, lachte Thi. »Oder einfach sagen, das Leben besteht aus einer Reihe von Zufällen. Es passt nämlich ganz gut, dass du heute anrufst.«

»Warum?«, fragte Natalie verblüfft.

»Ich bereite ein Treffen unserer Gruppe vor, der ›Freunde von Burma‹. Du könntest ja auch dazukommen.«

»Klingt interessant. Was macht ihr da?«

»Wir haben ein Programm auf die Beine gestellt und wollen die australische Öffentlichkeit über die schrecklichen Zustände in Burma informieren. Die meisten Australier haben keine Ahnung, was dort los ist, weil sich Burma von der Außenwelt abschottet. Abgesehen von kleinen Zeitungsnotizen erfährt man hier nicht viel. Unsere Gruppe versucht auch, dem burmesischen Volk zu helfen. Jetzt weißt du, worum es geht, also komm doch mit. Vielleicht kannst du uns helfen.«

»Was könnte ich denn schon tun?«

»Das entscheidest du. Sprich mit unseren Leuten, hör dir ihre Lebensgeschichten an.« Thi war nun ganz in ihrem Element. »Lies das Material, das wir über Burma haben. Du bist schon ein, zwei Schritte weiter als die meisten Australier. Ein Vorfahre von dir hat dort gelebt! Wie viele deiner Freunde wissen zum Beispiel, was ein Kammavaca ist? Und wenn du erst mal mehr weißt, kannst du ihnen von der Not der Burmesen erzählen.«

Natalie lachte. »Du hast recht. Das könnte ich machen.«

»Wir treffen uns an der Küste, das ist von dir aus nicht weit. Komm einfach und lerne alle kennen, hör dir an, was sie zu erzählen haben«, sagte Thi.

Das Treffen fand in einem großen Gebäude statt, das ein Institut für medizinische Kosmetik beherbergte. In der Etage über dem Institut befand sich eine Wohnung, und der Raum, in dem sich die Gruppe traf, ging nach hinten zum Garten und konnte privat gemietet werden. An der Wand hingen Zettel, aus denen hervorging, dass sich hier hauptsächlich Origamikurse, Bridgespieler, Vereine und andere Gruppen aus der Gemeinde trafen. Ein Dutzend Stühle war um einen runden Tisch gruppiert, weitere standen an der Wand, nebenan gab es eine Teeküche. Natalie kam mit Charlotte und Adam herein, die sich schüchtern an ihre Hand klammerten. Als sie aber Thi entdeckten, die eine Platte mit Gebäck trug, hellten sich ihre Mienen auf.

Thi kam auf sie zu, umarmte Natalie und begrüßte die Kinder. »Hallo, ihr beiden. Schön, euch wiederzusehen. Möchtet ihr etwas zu trinken und ein Petit Four oder ein Sandwich? Oder einen Käsestick?«

Nachdem Thi jedem Kind ein Sandwich gegeben hatte, stellte sie Natalie den anderen Anwesenden vor. Natalie gab sich alle Mühe, sich die ungewohnten Namen zu merken.

Zu ihrer Verwunderung waren die »Freunde von Burma« nur ein recht kleiner Kreis. Nach This Ankündigung hatte sie mit einer größeren Gruppe gerechnet. Sofort wurden Tee und Kaffee serviert, und das Treffen verlief sehr entspannt und angenehm. Einige ältere Burmesen entpuppten sich als liebenswürdige Leute. Die Kinder fassten sogleich Vertrauen zu ihnen, vor allem als sie eine Platte mit Leckereien hereinbrachten und sie mit Charlotte und Adam teilten. Andere Kinder waren nicht mit dabei, mit Ausnahme eines Babys auf dem Schoß einer jungen Burmesin.

»Wie schön, dass du deine Kinder mitgebracht hast«, sagte Thi.

»Normalerweise wären sie im Kindergarten, aber da sind alle krank, und ich will nicht, dass sie sich schon wieder was einfangen. Wenn man allein ist, tut man sich schwer mit zwei kranken Kindern«, sagte Natalie. »Noch schlimmer ist es, wenn es einen selber erwischt.«

Sie schaute sich im Raum um und erblickte eine Frau, die regelmäßig mit ihrem Hund an Natalies Haus vorbeikam. Sie ging zu ihr und stellte sich vor.

»Ich bin Vicki Fletcher«, antwortete die Blondine. »Sie wohnen also auch in der Taylor Street? Die Welt ist ein Dorf. Es ist toll, in dieser Gruppe mal ein neues Gesicht zu sehen.«

»Sind Sie schon lange bei den ›Freunden von Burma‹?«

»Schon seit einigen Jahren«, antwortete Vicki. »Das Problem ist, dass die Gruppe nicht wächst. Die Burmesen sind wunderbare Menschen, aber sie können sich nicht gut verkaufen. Dabei würde ich ihnen gern ein bisschen auf die Sprünge helfen. Möchten Sie nicht vielleicht auch mitmachen?«

Ehe Natalie etwas erwidern konnte, begrüßte Vicki eine andere Frau, die gerade hereinkam.

»Wie schön, dich zu sehen, Mi Mi«, rief sie. »Natalie, ich möchte Ihnen Mi Mi Rao vorstellen«, fügte Vicki hinzu.

Natalie lächelte die attraktive Burmesin an, die etwa Anfang vierzig sein mochte. Anders als Thi mit ihren widerspenstigen graumelierten Locken, hatte Mi Mi ihr glattes, tiefschwarzes Haar zu einem strengen Knoten im Nacken aufgesteckt. Natalie schüttelte der Frau die Hand.

»Mi Mi ist Ärztin. Sie arbeitet ehrenamtlich in einem Krankenhaus in Sydney«, sagte Thi, die sich zu ihnen gesellte. »Wir haben dort eine Beratungsstelle für Migranten. Anfangs hat sie die burmesische Gemeinde in Sydney unterstützt, aber als immer mehr Flüchtlinge eintrafen, wurden weitere Freiwillige gebraucht, die den Menschen helfen, sich hier zurechtzufinden. Mit der Gesundheit der Flüchtlinge stand es auch nicht immer zum Besten, also beschloss Mi Mi einzuspringen.«

»Ich fliege alle zwei Wochen für einen Tag hin. Aber das reicht bei weitem nicht«, sagte Mi Mi.

»Bei unserem Treffen heute wollen wir die Planung für unseren Informationstag abschließen«, erklärte Thi. »Ich bin derselben Meinung wie Vicki – wir müssen öffentlich machen, was in Burma passiert. Mi Mi, erzähl Natalie deine Geschichte. Dann versteht sie, was ich meine.«

»Das ist aber eine lange Geschichte, Thi. Ich bin nicht sicher, ob Natalie sie jetzt hören will«, begann die Ärztin.

»Aber deshalb habe ich sie eingeladen!«, erwiderte Thi geradeheraus.

»Es interessiert mich wirklich, Mi Mi. Ich würde gern mehr über Burma erfahren«, sagte Natalie. »Wann sind Sie nach Australien gekommen? Ist Ihre Familie auch hier?«

»Meine Familie? Nein.« Mi Mi senkte den Blick, ihr Gesicht war schmerzverzerrt. »Meine burmesische Familie habe ich schon sehr lange nicht mehr gesehen. Ich kann sie nicht besuchen. Es wäre zu gefährlich, weil ich Aktivistin bin. Die Behörden, die Militärjunta könnten mich inhaftieren, und dieses Risiko kann ich nicht eingehen – dass ich in Burma festgehalten werde und nicht mehr zu meinen Kindern zurückkann.«

»Sie meinen, wie Aung San Suu Kyi?«, fragte Natalie, die sich erinnerte, was Thi ihr erzählt hatte.

»Ja.«

»Wie alt waren Sie, als Sie hierherkamen?«

»Mitte zwanzig. Ich werde Ihnen so knapp wie möglich schildern, wie ich in Ihr Land gekommen bin, wobei es jetzt auch mein Land ist.«

Thi stand auf. »Ich lasse euch beide eine Weile allein. Trinkt noch eine Tasse Kaffee. Wie ich sehe, trommelt Vicki gerade das Komitee zusammen, um über den Infotag zu sprechen. Mach dir keine Sorgen um Charlotte und Adam, Natalie, sie scheinen sich gut zu amüsieren.«

Natalie sah, dass die Kinder bei einer burmesischen Gruppe saßen, und lächelte. »Wer ist dieser Mann?«, fragte sie Thi und machte eine Kopfbewegung in Richtung des Mannes in der Gruppe.

»Das ist Thomas. Er ist ein wunderbarer Mensch, der sehr viel gelitten hat, und er hat auch eine erstaunliche Geschichte zu erzählen«, erwiderte Thi, bevor sie sich zu den anderen Komiteemitgliedern an den Tisch setzte.

»Ich habe das Land kurz nach dem Aufstand von 1988 verlassen. Haben Sie davon gehört?«, begann Mi Mi zu erzählen.

Natalie schüttelte den Kopf.

»Ausgelöst wurde dieser Aufstand durch General Ne Win, den Chef der Junta, die Burma seit dem Militärputsch von 1962 regiert hatte. Unter seiner Herrschaft wurde Burma politisch und wirtschaftlich vom Rest der Welt isoliert. Ne Win ging 1981 in den Ruhestand, regierte das Land aber praktisch immer noch, weil es in Burma nur eine Staatspartei gibt, die er kontrollierte. 1987 traf er eine Entscheidung, die die ohnehin schwache Wirtschaft des Landes noch mehr ruinierte. Er war überaus abergläubisch und hatte gehört, neun sei eine Glückszahl. Deshalb erklärte er alle Münzen und Banknoten, deren Nennwert nicht durch neun teilbar war, für wertlos. Einzig die Fünfundvierzig- und die Neunzigkyatscheine wollte er beibehalten. Weil die meisten Menschen Banknoten mit einem anderen Nennwert besaßen, wurden sie so ihrer Ersparnisse beraubt. Burma ging bankrott. Meine Eltern verloren ihr ganzes Geld, und meine Mutter musste ihren Schmuck verkaufen, um zu überleben.«

Natalie schaute Mi Mi ungläubig an.

»Hab ich das richtig verstanden? General Ne Win hat die Ersparnisse der Leute zerstört und sein Land in den Ruin getrieben, weil er glaubte, neun sei eine Glückszahl? Das ist doch krank.«

»Danach revoltierten die Studenten der Universität von Rangun, und die Unruhen griffen auf das ganze Land über, vor allem nachdem der Student Phone Maw erschossen worden war. Normale Leute, Arbeiter, Hausfrauen, Menschen aus allen Schichten der Bevölkerung, und sogar die Mönche schlossen sich den Protesten an. 1988 wurde der Generalstreik ausgerufen, Tausende gingen auf die Straße, der Ruf nach Reformen wurde laut. Aung San Suu Kyi sprach zu den Massen und forderte die Einführung der Demokratie. Plötzlich schwappte eine Welle der Euphorie durchs ganze Land, man glaubte, die Verhältnisse würden sich ändern.

Obwohl Burma reich an natürlichen Ressourcen ist, waren alle, außer den Mitgliedern der Junta, arm. Wir waren von einem Einparteienregime beherrscht worden, das schlimmer war als die Sowjetunion unter Stalin. Die Menschen litten unter der Unterdrückung und hatten Angst, ihre Meinung zu sagen. Sie glaubten, sie müssten sich mit den Verhältnissen abfinden, und könnten nur hoffen, dass es einmal anders werden würde, dass sie eines Tages frei reden, Versammlungen abhalten und sogar die Regierung kritisieren dürften. Aber die Armee hatte nicht die Absicht, irgendetwas zu verändern. Bei einem Protestmarsch eröffneten die Soldaten das Feuer auf die Demonstranten. Mindestens dreitausend Anhänger der Demokratie wurden getötet.«

»Das ist grauenhaft«, sagte Natalie. »Wie konnte die Armee auf ihr eigenes Volk schießen?«

»Wer sollte sie aufhalten?«, gab Mi Mi zurück. »Ich war dabei. Ärzte, Krankenschwestern, sogar Medizinstudenten wie ich versuchten den Verwundeten zu helfen. Meine Eltern machten sich große Sorgen um mich, aber sie wollten auch Widerstand gegen die Regierung leisten. Zahlreiche Menschen wurden verhaftet.«

Sie wandte den Blick ab, und Natalie fragte leise: »Sind Sie auch verhaftet worden?«

Mi Mi senkte ihre Stimme und sprach so emotionslos, als habe sie diese Geschichte schon viele Male erzählt. »Ich wurde mehrere Monate lang festgehalten, ohne dass Anklage gegen mich erhoben wurde. Es war eine schwierige Zeit, nicht nur für mich, sondern für jeden, der ohne Grund inhaftiert worden war. Die Männer wurden geschlagen und gefoltert. Die Frauen wurden vergewaltigt.« Sie verstummte und sah Natalie an. Da begriff Natalie, dass das auch Mi Mi angetan worden war.

»Was haben Sie gemacht? Was ist dann passiert?«, fragte sie.

»Als ich freikam, sprach ich mit meinen Angehörigen und sagte ihnen, ich müsste Rangun verlassen. Sie machten sich Sorgen um meine Sicherheit und verstanden meine Entscheidung. Mein Vater sagte mir, ich sollte mich von meiner Überzeugung leiten lassen.« Mi Mis Stimme bebte. »Ich ging nach Karen nahe der thailändischen Grenze. Die Studenten organisierten dort Kundgebungen für die Demokratie und Diskussionsforen über Menschenrechte und politische Systeme. Die buddhistischen Mönche aus der Gegend sorgten dafür, dass die Demonstrationen friedlich blieben. Ältere Mönche übernachteten sogar mit uns in unserem Hauptquartier, das zu einer buddhistischen Tempelanlage gehörte.

Obwohl ich noch keine fertig ausgebildete Ärztin war, half ich bei der Behandlung der Kranken und Verwundeten. Das Militär begann seine Macht wieder zu konsolidieren, aber die Mönche schützten uns, bis wir heimlich die Grenze nach Thailand überqueren konnten. Zehntausende flohen, Studenten, junge Leute und Intellektuelle. Sie nahmen verschiedene Routen, aber letztlich schlossen sie sich den Rebellengruppen im Grenzgebiet zu Thailand an und leisteten bewaffneten Widerstand gegen die Junta.

Ich lebte in einem thailändischen Dorf, überquerte aber nachts die Grenze, um verwundete Kämpfer zu versorgen. Dabei traf ich etliche andere Studenten, die ebenfalls aus Rangun kamen. Mehrere von ihnen leben nun hier in Australien. Wir waren eine eingeschworene Rebellenarmee, aber wir kamen direkt von der Hochschule und hatten keine militärische Ausbildung. Waffen hatten wir auch nur wenige, und obwohl Unterstützung von außen kam, hatten wir praktisch keine Ahnung von Kriegsführung.«

»Wie lange sind Sie in der Grenzregion geblieben? Konnten Sie zwischendurch Ihre Eltern besuchen?«, fragte Natalie. Sie warf einen Blick auf ihre Kinder und stellte sich vor, wie schrecklich es wäre, Charlotte und Adam nie wiederzusehen. »Ich kann mir nicht vorstellen, so zu leben.«

»Es war hart, im Dschungel gegen das Militärregime zu kämpfen. Sie vergifteten unsere Trinkwasserbrunnen und unsere Lebensmittel, außerdem überfiel eine Gruppe von Ex-Soldaten und Banditen unser Hauptquartier. Nach Rangun konnten wir unmöglich zurück, dort wären wir verhaftet worden oder hätten unsere Familien in Schwierigkeiten gebracht. Trotzdem nahmen einige von uns das Risiko auf sich und kehrten zurück, aber wir Übrigen ließen uns unter dem Schutz des Flüchtlingskommissariats der Vereinten Nationen als politische Flüchtlinge in anderen Ländern nieder. Ich ging zunächst nach Indien, dann wieder nach Thailand und half unseren Leuten, so gut ich konnte.« Mi Mi hielt inne. »Wir bekamen inoffizielle politische Unterstützung und Spenden von sympathisierenden Menschen. Einige von uns erhielten Ausreisedokumente und Geld. Dank dieser Hilfen konnte ich Thailand verlassen und nach Australien auswandern. Später hörte ich, dass die burmesische Armee in die Grenzregion zog und die Dörfer zerstörte, in denen die Studentenarmee ihre Basis hatte. Dennoch war diese Studentenarmee ein wichtiger Teil der modernen burmesischen

Geschichte, und ich bin sehr stolz, dass ich ihr angehört habe.«

Natalie versuchte, sich in eine solche Lage hineinzuversetzen – aus dem eigenen Land vertrieben, von ihrer Familie abgeschnitten, ohne Aussicht auf eine Zukunft in ihrer eigenen Heimat. Doch ihr Vorstellungsvermögen reichte dafür einfach nicht aus. »Wie sind Sie nach Ihrer Ankunft in Australien zurechtgekommen?«

»Anfangs half mir die burmesische Gemeinde hier im Land. Mein Medizinstudium in Burma wurde nicht anerkannt, und ich hatte es ohnehin nicht abschließen können. Also musste ich noch mal von vorne anfangen, studieren und das Examen ablegen, bis ich als Ärztin praktizieren durfte. In der Zeit lernte ich meinen Mann kennen, dessen Familie aus Indien stammt und der ebenfalls Arzt ist. Wir haben geheiratet und Kinder bekommen, und jetzt arbeite ich Teilzeit in seiner Praxis.« Sie zuckte mit den Schultern. »Seither bin ich nicht mehr in Burma gewesen und habe von meiner Familie niemanden mehr gesehen.«

Natalie starrte sie an. »Das ist schrecklich. Und so traurig. Ich kann mir nicht vorstellen, meine Mutter nicht mehr zu sehen. Wir haben ein sehr enges Verhältnis.«

»Meine Eltern haben mir das Versprechen abgenommen, dass ich meine Zukunft im Blick behalte. Sie glaubten nicht, dass ich eine Chance hätte, wenn ich in Burma bliebe. In den vergangenen Jahren haben wir immerhin Kontakt zueinander gehabt. Wir haben Briefe ausgetauscht, und ich habe ihnen Fotos von ihren Enkeln und meinem Mann geschickt. Ich konnte ihnen auch meine Telefonnummer zukommen lassen. Natürlich würde ihnen gern Geld senden, aber sie werden nach wie vor überwacht.

Die Leute haben Angst davor, dass es eines Tages an ihrer Tür klopft, sie abgeholt werden und auf Nimmerwiedersehen verschwinden, und das kann völlig willkürlich geschehen. Da meine Eltern schon alt sind, wollte ich ihnen keine Probleme bereiten. Sie sind damit zufrieden, dass ich es geschafft habe, das Land zu verlassen, und freuen sich, dass ich ein neues Leben angefangen habe. Aber eines Abends habe ich einen Anruf erhalten. Ich konnte die Person am anderen Ende kaum verstehen, aber dann wurde mir klar, dass es meine Mutter war. Sie wollte mir mitteilen, dass sie stolz auf mich ist und ich die richtige Entscheidung getroffen habe. Und sie hoffte, dass sie es noch erleben würde, wie Burma ein freies Land wird. Jeder unterstützt die Lady, sagte sie, aber die Leute haben immer noch große Angst vor dem Militär und ihrem brutalen Vorgehen gegen alle, die sich für die Freiheit einsetzen.« Mi Mi lächelte leise, aber in ihren Augenwinkeln glitzerten Tränen.

»Das burmesische Volk bittet um Unterstützung in seinem Kampf für die Demokratie, weil es ohne Hilfe so schwer ist, unserem Land die Freiheit zu bringen.«

Tief bewegt blickte Natalie in den sonnigen Garten hinaus, wo Thi und Thomas Charlotte und Adam jetzt auf der Schaukel anschubsten. »Bestimmt haben viele Menschen eine ähnliche Geschichte wie Sie. Aber wenn ich erfahre, was in Burma los ist, fühle ich mich hilflos. Das Land ist so weit weg, was kann ich da schon tun? Es geht ja nicht um eine kurzzeitige Krise, auf die die Öffentlichkeit aufmerksam gemacht werden soll. Diese Unterdrückung ist ein Dauerzustand, und das ist grauenhaft. Da wird einem erst klar, was für ein Glück wir haben, dass wir in Australien leben.«

Mi Mi nickte. »Die Generäle dulden keine Einmischung von außen. Hinter den Kulissen arbeiten Leute daran, über internationalen Druck Veränderungen durchzusetzen, aber es ist sehr, sehr schwierig.« Sie blickte auf ihren Kaffee, der kalt geworden war. »Ich freue mich, dass Sie gekommen sind. Sie können Burma helfen, wenn Sie einfach mit Ihren

Freunden sprechen. Sprechen Sie auch mit den anderen aus unserer Gruppe. Und entschuldigen Sie, dass ich Sie so mit Beschlag belegt habe.«

»Aber nein, das haben Sie doch gar nicht. Ich bin froh, dass Sie mir Ihre Geschichte erzählt haben. Und ich hoffe, wir sehen uns bald wieder«, sagte Natalie aufrichtig.

»Ganz bestimmt. Sie kommen doch zu unserem Informationstag? Wir Burmesen hier wünschen uns einfach nur, dass in unserem Land die Menschen dieselben Chancen bekommen wie in Australien. Alles, was wir tun können, ist, aus dem Herzen zu sprechen und zu hoffen, dass die Menschen es verstehen.« Mi Mi stand auf. »Ich muss noch mit den anderen Komiteemitgliedern reden. Bis bald.«

Natalie sah ihr nach, als sie ihre Tasse in die Teeküche trug.

Da kam Thi herein und wies auf den Garten. »Thomas hat zwei neue Fans.«

»Eigentlich hatte ich nicht erwartet, dass er sich die ganze Zeit um meine Kinder kümmert«, sagte Natalie. »Das ist sehr nett von ihm.«

»Er macht das gern. Offenbar hat er einen Draht zu deinen Kleinen, Natalie. Es wäre wirklich schön, wenn du uns bei unserem Informationstag helfen könntest. Ich schicke dir das Programm per E-Mail.«

»Bitte tu das, Thi, aber jetzt muss ich los und den Kindern Mittagessen kochen. Dieser Vormittag war für mich wirklich sehr bewegend. Mi Mi ist so tapfer. Was für ein Leben sie hinter sich hat! Dabei ist sie doch höchstens zehn Jahre älter als ich.«

»Ja. Sie gehört zu den zahllosen Burmesen, die enorm viel durchgemacht haben. Weißt du, wir sind dankbar und glücklich, dass wir in Australien leben können, aber es ist nicht leicht, so ein privilegiertes Dasein zu führen, wenn man weiß, dass die Angehörigen zu Hause leiden. Deshalb versuchen wir alle, unseren Beitrag zu leisten. Sehen wir uns am Informationstag?«

»Was wird da gemacht?«

»Der Rest der Welt muss von dem mutigen Kampf erfahren, den die Menschen in Burma unbeachtet von der Weltöffentlichkeit gegen ein grausames Regime führen. Zu diesem Zweck wollen wir mit den Leuten sprechen und Broschüren verteilen.«

»Wo treffen wir uns?«

»Der größte Stand ist am Pacific-Fair-Einkaufszentrum, aber wir haben auch anderswo Infostände. Ich schicke dir die Informationen. Danke, dass du gekommen bist. Bis bald.«

Die Kinder hüpften neben Natalie her zum Auto.

»Wann besuchen wir Onkel Thomas wieder?«, fragte Charlotte.

»Bald«, erwiderte Natalie mit einem Lächeln. »Warum magst du ihn so gern?«

»Er ist lustig. Und er hat ein Smiley-Gesicht«, meinte Charlotte.

»Das stimmt, da hast du recht«, sagte Natalie, während sie Adam in seinen Kindersitz hob. Sie überlegte, was Thomas wohl durchgemacht hatte.

Natalie nahm den nassen Lappen von ihrer Stirn, setzte sich stöhnend im Bett auf und stellte die Füße auf den Boden. Sie hatte ein Krachen gehört, gefolgt von einem verzweifelten Heulen Charlottes und einem frustrierten Schrei Adams. Mühsam raffte sie sich auf und wankte ins Wohnzimmer.

»Was ist hier los? Du solltest in deinem Zimmer spielen, Charlotte. Adam, du hast doch eben noch geschlafen. Was ist passiert?« Natalie ließ den Blick über Farbstifte, Malkasten, Papier und verschüttetes Wasser schweifen.

»Er hat mein Bild kaputt gemacht!«, klagte Charlotte

und versuchte, ihr Bild Adams zerstörerischem Zugriff zu entziehen.

»Meeeiiins«, heulte Adam und griff nach dem Pinsel.

»Hört sofort auf«, befahl Natalie. »Mummy ist krank. Ihr habt mir beide versprochen, dass ihr brav seid und leise spielt.«

»Ich war brav, Mummy. Aber dann ist Adam aufgestanden und hat mir mein Bild für Daddy weggenommen!«

Natalie entwand ihrem Sohn Charlottes Bild und schimpfte mit ihm, während Charlotte wieder zu schluchzen anfing. Als der Frieden endlich wiederhergestellt war, schenkte sich Natalie ein Glas Wasser ein und griff zum Telefon.

»Hi, ich bin's. Jodie, ich weiß mir mit den beiden einfach nicht mehr zu helfen«, sagte Natalie. »Sie können nichts dafür. Ihnen ist langweilig, und ich fühle mich sterbenselend. Ich weiß, es ist Samstag und du hast deinen freien Tag, aber könnten sie vielleicht für ein, zwei Stunden zu dir kommen und mit deinen Kindern spielen? Wenn ich nicht ein bisschen Schlaf abkriege, kippe ich um. Ich war die halbe Nacht wach, weil Adam zahnt.«

Zehn Minuten später öffnete Natalie die Tür, und Jodie schwirrte herein.

»Du siehst gar nicht gut aus, Nat. Ziemlich blass. Warst du schon beim Arzt?«

»Nein, Jodie, ich fühle mich nur ein bisschen schwach. Als ich mit den anderen beiden schwanger war, hatte ich das nie. Und ich bin ständig übermüdet. Die Kinder haben jetzt einen unterschiedlichen Rhythmus, so dass ich keine Mittagspause mehr habe, so wie früher, als sie zur gleichen Zeit geschlafen haben. Und Adam ärgert und schikaniert Charlotte unentwegt.«

»Du Schlingel«, sagte Jodie, als Adam sie mit Unschuldsmiene anlächelte. »Kommt, packt eure Sachen, Kinder. Wir gehen alle zusammen ins Aquarium.«

»Juhu!«, rief Charlotte, während Adam skeptisch dreinschaute.

»Schaffst du das denn?«, fragte Natalie.

»Nat, ich komme mit vier Kindern klar. Mum kommt auch mit. In ein paar Stunden sind wir wieder da. Ruh dich aus. Essen können sie mit meinen Kids, mach dir deswegen keinen Kopf. Bis später und entspann dich, ja?«

»Du bist so eine gute Freundin, Jodie«, seufzte Natalie. »Ich hoffe, dass diese Übelkeit bald aufhört.«

»Versprich mir, dass du dich ausruhst. Mach bloß keine Hausarbeit.«

»Glaub mir, ich werde schlafen wie ein Stein«, versprach Natalie, bevor Jodie mit den Kindern hinausging.

Ausgeruht nach dieser Pause rief sie abends, als die Kinder im Bett lagen, Mark an.

»Sie waren total erledigt, Mark, ich konnte sie nicht wach halten, bis du Feierabend hast. Dabei wollten sie dir unbedingt von ihrem Ausflug ins Aquarium erzählen. Jodie ist eben ein richtiger Profi.«

»Geht es dir jetzt besser?«

»Ja. Aber dieses Baby strengt mich mehr an als die anderen Schwangerschaften.«

»Bei deinen anderen Schwangerschaften hattest du nicht zwei kleine Kinder am Hals«, entgegnete Mark pragmatisch.

Natalie verkniff sich die Bemerkung, dass sie damals auch nicht allein hatte klarkommen müssen.

Nachdem sie Mark eine gute Nacht gewünscht hatte, setzte sie sich in das für das Baby bestimmte Zimmer und holte ihr Notizbuch heraus. Sie skizzierte, wo sie die neue Trennwand, das Fenster und den Spielbereich haben wollte. Hinsichtlich der Farbgebung des Kinderzimmers zögerte sie noch – sollte sie damit warten, bis sie das Geschlecht des Babys kannte? Bei den anderen beiden hatten Mark und sie sich überraschen lassen – am wichtigsten war ihnen gewesen, dass ihre Kinder gesund zur Welt kamen. Vielleicht wäre es diesmal nett, es vorher zu wissen, damit sie das Babyzimmer entsprechend gestalten konnte.

Wenn Mark das nächste Mal nach Hause kam, würden sie sich unbedingt zusammensetzen und die weiteren Renovierungsarbeiten planen müssen. Ihr wurde wohlig warm ums Herz, wenn sie an die bevorstehende Ankunft ihres dritten Kindes dachte. Allerdings mussten sie noch vor der Geburt das Babyzimmer fertigkriegen, und die zusätzlichen Kosten für das Badezimmer bereiteten ihr Sorgen.

Natalie würde ihren gemeinsamen Freund Geoff bitten, die Pläne so rasch wie möglich zu zeichnen. Dann wären sie schon mal einen Schritt weiter. Warum abwarten, überlegte sie. Sie wusste ja schon genau, was sie wollte. Anschließend würden sie entscheiden müssen, ob sie die Arbeiten nacheinander ausführen lassen sollten oder auf einmal stemmen konnten.

Als Natalie ins Bett ging, fühlte sie sich ein bisschen besser. Allmählich gewöhnte sie sich daran, dass sie es ganz für sich allein hatte. Manchmal machte sie es sich diagonal gemütlich, hörte Radio, las, schlief ein, wenn das Licht noch an war und das Radio lief – das war ein Luxus, der ihr versagt blieb, wenn Mark zu Hause war.

Am folgenden Abend, als die Kinder schon schliefen, räumte Natalie das Durcheinander auf ihrem Schreibtisch auf, und ihr Blick fiel auf die Kammavaca-Schatulle. Warum wandte sie sich nicht einfach an diesen Experten, Peter Michaelson, den ihr Adele Simpson empfohlen hatte? Sie fand den Zettel, den Adele ihr gegeben hatte, breitete ein dunkles Tuch auf dem Küchentisch aus und klappte das Kammavaca auseinander. Dann machte sie mehrere Fotos und lud sie in ihren Computer hoch. In einer Begleit-E-Mail schilderte sie die Geschichte ihres Großonkels

Andrew und dass sie gern mehr über dieses Kunstwerk erfahren würde, unter anderem auch, wie viel es wert sei. Allerdings betonte sie, dass sie nur interessehalber anfrage, weil sie es nicht verkaufen wolle. Dann schickte sie die E-Mail ab, legte das Kammavaca wieder in seine Schatulle und machte sich fertig fürs Bett.

5

Natalie kuschelte sich in ihren wunderschön restaurierten Ohrensessel, schaute fern und überlegte, dass sie bügeln sollte. Aber da Mark nicht da war, schien es nicht so dringlich zu sein.

Da klingelte das Telefon, und sie war überrascht, Marks liebevolle Stimme zu hören.

»Ich weiß, dass es schon spät ist, und es tut mir leid, dass ich den Kindern nicht mehr gute Nacht sagen konnte, aber wir hatten hier eine Versammlung zur Betriebssicherheit. Dabei habe ich mit Brad gesprochen, er ist neu hier, und wir haben uns ein bisschen angefreundet. Er würde in unserer freien Woche schrecklich gern mit zu mir nach Hause kommen.«

»Oh, Mark, ich glaube nicht, dass wir schon auf Besuch eingerichtet sind«, antwortete Natalie. »Hier herrscht ein einziges Chaos. Vor allem weil das große Badezimmer noch nicht fertig ist. Dein Freund müsste unser kleines im Schlafzimmer mitbenutzen.«

»So schlimm ist das nicht, Schatz. Brad ist an primitive Umstände gewöhnt. Bevor er nach Queensland kam, hat er in Pilbara im Bergbau gearbeitet. Du solltest mal hören, was er darüber erzählt!«

»Es hat ihm nicht gefallen?«

»Lass es dir erzählen. Er hat die Schnauze gründlich voll von dieser Bergarbeiterstadt. Obwohl er dort auch nur auf Montage war. Wir kommen morgen gegen zwei Uhr. Zerbrich dir nicht den Kopf wegen dem Abendessen. Wir können uns was bestellen. Brad ist ziemlich unkompliziert.«

»Dann freue ich mich, ihn kennenzulernen. Du hast ihm aber erzählt, in was für einem Zustand unser Haus ist?«, fragte Natalie.

»Das macht ihm nichts aus. Weißt du, er war noch nie in Surfers Paradise und möchte, dass ich ihm ein bisschen was von der Gold Coast zeige. Er gefällt dir bestimmt, ist ein umgänglicher Typ. Und was hast du so gemacht? Wie geht's dem Baby?«

»Gut, glaube ich. Ich habe diese Woche einen Termin bei der Ärztin, da kannst du gern mitkommen.«

»Noch etwas, worauf ich mich freue. Ist sonst alles in Ordnung?«

»Ja, danke. Aber Himmel, was bin ich erledigt. Deine Kinder halten mich ganz schön auf Trab! Ich muss ins Bett. Und die beiden sind ganz wild darauf, dich endlich wiederzusehen. Brad wird doch bestimmt verstehen, dass sie ganz viel Zeit mit dir verbringen wollen?«, fragte Natalie.

»Natürlich. Außerdem fehlen sie mir auch. Aber an Brad werden sie ihre helle Freude haben, er ist das reinste Energiebündel«, versicherte ihr Mark.

»Schön, dass du dort einen Freund gefunden hast. Ich freue mich darauf, ihn kennenzulernen. Schlaf gut, Liebling.«

Brad, ein Mann mit rotblondem Haar, hellen Augenbrauen und rötlichen Stoppeln im sonnenverbrannten Gesicht, sprühte tatsächlich vor Energie, als er zu Natalie und Mark ins Wohnzimmer stürmte. Charlotte hatte ihm bereits sein Zimmer gezeigt und ihn dann eingeladen, sich ihr Puppenhaus anzusehen.

»Ich habe die Unterbringung des Prinzen und der Feen überprüft«, lachte er. »Mein Zimmer ist prima. Wirklich eine tolle Ecke, wo ihr hier wohnt, so direkt am Wasser. Eine phantastische Lage, und was für eine Aussicht! Ich liebe es, aufs Wasser zu schauen. Ihr könnt euch nicht vorstellen, wie staubig es in Pilbara war. Der rote Sand dort ist so fein wie Puder und wird zu einer klebrigen Masse, wenn es mal regnet. Er färbt sogar die Klamotten ein. Und man kriegt ihn nie wieder aus den Kleidern raus. Schon mal Bilder von der Mine gesehen?«

»Auf den Fotos, die Mark mir gezeigt hat, sind Gärten und etliche hübsche Häuser ...«, begann Natalie, doch Brad fiel ihr ins Wort.

»Ich meine nicht die luxuriöse Oase, wo ich jetzt arbeite und die sich nur Camp nennt! Ich spreche von Pilbara!«

»Ach so, ja. Ich habe Fotos von Pilbara gesehen ... Wurde dort nicht für den Bergbau Felsenkunst der Aborigines verlagert?«

»Ja. Das war allerdings, bevor ich hinkam. Aber wenn du das in einen Felsbrocken gekratzte Bild einer Eidechse entdeckst, während du gerade einen verdammten Riesenbagger fährst, bleibst du nicht stehen und wälzt das Ding beiseite. Da bist du vollauf damit beschäftigt, dich in deiner Schicht so weit wie möglich vorwärtszugraben – da kann man sich nicht von ’ner alten Zeichnung aufhalten lassen.«

Natalie wechselte das Thema. »Hast du dort auch in einem Camp gewohnt?«

»Zuerst ja, direkt am Bergwerk, aber das war ziemlich primitiv, also bin ich mit ein paar Kumpeln in ein Haus in der Stadt gezogen. Doch die Lebenshaltungskosten dort sind der Wahnsinn. Kann sein, dass sich die Einheimischen beklagen, wie sich ihre Stadt verändert, weil so viele Kumpel dort leben oder auf Montage sind, aber sie machen auch ihren Reibach damit. Die Mieten explodieren. Und ein Hamburger kostet das Doppelte von dem, was man in Broome oder

Perth dafür zahlt. Allerdings machen auch eine ganze Menge Läden dicht.«

»Warum denn das, wenn die Kassen so klingeln?«, fragte Natalie.

»Weil viele Leute wegziehen. Man kriegt für sein Haus das Drei- oder Vierfache von dem ursprünglichen Preis. So eine Gelegenheit bietet sich einem nicht oft, da kann man keinem einen Vorwurf daraus machen. Trotzdem beschweren sich viele, dass der Bergbau ihre Gemeinschaft zerstört hat! Man kann es eben nicht jedem recht machen.«

»Warum hast du dich entschlossen, nach Queensland zu gehen?«, fragte Natalie.

»Man hält das Klima in Pilbara nur vorübergehend aus. Und ich war scharf auf Abwechslung. Wollte mir mal anschauen, wie's hier in der Gegend aussieht.« Brad zuckte die Achseln. »Der Verdienst ist genauso gut, und ich würde sagen, die Bedingungen sind besser, zumindest dort draußen, wo Mark und ich arbeiten. Schätze allerdings, ich sollte was mit meinem Geld machen, also denk ich darüber nach, mir eine Wohnung in einem der Hochhäuser hier zuzulegen. Mark wollte mir Verschiedenes zeigen.«

»Morgen. Falls du nichts anderes geplant hast, Nat?«, sagte Mark, der mit zwei kalten Bieren aus der Küche kam.

»Ich hatte an ein Picknick am Strand gedacht, zusammen mit den Kindern. Es gibt dort eine wundervolle Stelle für sie zum Planschen. Und ihr beiden könntet surfen«, erwiderte Natalie schnell.

»Nicht mit mir! Ich bin nicht der Surfer-Typ. Aber keine Sorge, ich check ein paar andere Sachen, während du dich mit den Kindern vergnügst«, sagte Brad fröhlich.

»Ich lass dich am Main Beach raus und zeige dir, wo du uns findest. Dann kannst du später zu uns stoßen«, bot Mark ihm an.

»Ja, das wäre prima. Danke.«

Händchenhaltend beobachteten Natalie und Mark, wie ihre Kinder am Ufer durch die anrollenden Kräuselwellen hüpften. Überall schienen Leute zu sein, die walkten, joggten, ihren Hund mit einem Ball beschäftigten oder im Wasser spielten.

»Für die Kinder ist es hier so nett und ungefährlich. Und man sich fühlt wie auf einer tropischen Insel«, sagte Natalie.

»Außer dass man statt Kokospalmen Apartmenthochhäuser sieht«, grinste Mark.

»Natürlich. Aber es gibt ja viele hübsche Stellen wie diese. Ich finde, wir haben großes Glück, hier wohnen zu können. Ich liebe auch den kleinen Park am Ende unserer Straße, der ans Wasser grenzt. Bei Ebbe lassen die Leute ihre Hunde frei auf dem Sandstreifen laufen. Die Jugendlichen veranstalten Modellbootrennen, und sogar die kleinen Jungs können dort angeln. Und wir haben so viele Plätze entdeckt, wo man toll picknicken kann. Andere Leute zahlen dafür, im Urlaub herzukommen, und wir können es tagtäglich genießen. Nun, ich zumindest. Und irgendwann auch du.«

»Ja. Ich schätze es von Mal zu Mal mehr, wenn ich heimkomme«, sagte Mark. »Besonders nach der öden Landschaft um das Bergwerk herum und dem Dreck und Lärm dort. Kein Wunder, dass sich Brad hier ins Paradies einkaufen will.«

»Es war bestimmt noch paradiesischer, bevor es derart zugebaut wurde«, meinte Natalie. »Früher sind die Leute aus Brisbane mit dem Schiff hergekommen, um hier Urlaub zu machen. Jodie hat mir erzählt, dass noch Sandpisten zum Strand hinunterführten, als ihr Großvater in den dreißiger Jahren herkam. Gezielt mit der Erschließung angefangen hat man erst in den Fünfzigern. In den sechziger Jahren sind dann von überall her die Flitterwöchner gekommen, und der große japanische Boom in den siebziger Jahren hat dem Ganzen noch mal einen Schub gegeben.«

»Als ich zum ersten Mal hier gearbeitet habe, waren die Inseln am Barrier Reef eine Attraktion für Touristen aus aller Welt. Aber Australier kommen im Urlaub immer noch her, und viele entschließen sich dann, auf Dauer hier zu leben. Anfangs waren es die Rentner, jetzt sind es Leute wie wir. Wir können uns glücklich schätzen, dass wir dieses Haus am Kanal haben. Trotz der Mücken«, lachte Mark.

»So schlimm sind sie gar nicht! Hast du noch nie was von Insektenschutzmitteln gehört? Außerdem haben wir Gitterfenster eingesetzt, und wenn du diese tief hängenden Äste zurückschneidest, ist das Problem nur noch halb so groß. Ich liebe unser Haus«, sagte Natalie. »Wenn erst alles renoviert ist, wird es einfach umwerfend aussehen.«

Mark seufzte. »Wobei da noch ein gehöriges Stück Arbeit vor uns liegt. Das Badezimmer hat sich zu einem Riesenprojekt entwickelt und sprengt fast unser Budget. Und natürlich verzögert das Baby das Ganze. Nicht, dass du nicht willkommen wärst, Kleines.« Er tätschelte Natalies runden Bauch.

»Ich habe mit Geoff gesprochen und ihm ein paar meiner Skizzen gegeben«, sagte Natalie.

»Warum denn das? Hättest du nicht warten können, bis ich wieder da bin? Wir müssen das alles sehr genau planen – zusammen«, setzte er hinzu.

»Mark, wir hatten darüber gesprochen. Ich habe dir gesagt, was ich mir vorstelle, und du hast zu allem ja und amen gesagt.«

»Schätze, du hast recht. Außerdem müssen wir tatsächlich mal entscheiden, wie wir es angehen wollen. Schauen wir uns an, was Geoff vorschlägt. Er versteht was von seinem Job und wird uns schon nicht den letzten Cent aus der Tasche ziehen.«

»Genau das hoffe ich auch.«

Mark sah sie amüsiert an. »Okay, Boss. Halt mich auf dem Laufenden. Hi, Brad«, Mark winkte seinem Freund. »Na, gefällt es dir hier? Wir wollen drüben auf dem Ferry Road Market Eis holen. Kommst du mit?«

Als sie mit dem Auto vor ihrem Haus hielten, rief ihnen jemand etwas zu. Natalie schaute sich um und erblickte eine Frau, die ihren Hund ausführte. Sie winkte.

»Wer ist das?«, fragte Mark.

»Eine Nachbarin, die ich kürzlich kennengelernt habe. Vicki Fletcher.«

»Wenn du mit ihr plaudern willst, bring ich die Kinder rein. Adam ist schon fast eingeschlafen. Brad, kannst du mir mit all dem Kram helfen, der ins Haus muss?«

»Ich will den kleinen Hund sehen«, sagte Charlotte, die den schwanzwedelnden Spaniel entdeckt hatte, der an seiner Leine zerrte.

»Hi, Vicki. Wusste ich doch, dass wir uns öfter über den Weg laufen würden, nachdem wir uns kennengelernt haben«, sagte Natalie und lachte.

»Genauso ist es! Ich wollte dir noch einen Zettel in den Briefkasten werfen, wegen dem Informationstag.«

Charlotte ging in die Hocke, um den Hund zu begrüßen, der ihr hingebungsvoll die Hand leckte.

»Das ist Ipoh. Er schleckt dich noch in Grund und Boden, wenn du ihn lässt. Hier, kraul ihn mal hinter den Ohren.« Vicki bückte sich und zeigte Charlotte, wo hinter den Schlappohren sie den Hund liebkosen sollte. »Das mag er.«

»Du meinst, wegen dem Informationstag der Freunde von Burma? Da wolltet ihr mir noch eine E-Mail schicken«, sagte Natalie.

»Ja. Tut mir leid, dass ich dich jetzt so kurzfristig frage, denn es ist schon morgen, aber alles ziemlich informell. Wir wollen demnächst eine große Kundgebung veranstalten, um damit die burmesische Demokratiebewegung zu unterstützen, und deshalb die Leute morgen informieren, was in Burma vor sich geht. Damit sie verstehen, was wir bei der Kundgebung fordern, und uns hoffentlich unterstützen. Wir haben überall in der Stadt Infostände, ich bin im Pacific-Fair-Einkaufszentrum. Könntest du kommen und mit uns Flugblätter verteilen? Das wäre toll, egal um welche Uhrzeit. Wir stehen fast den ganzen Tag dort.«

»Mein Mann ist gerade zu Hause und kümmert sich sicher gern um die Kinder. Bestimmt kann ich euch eine Weile unterstützen«, sagte Natalie.

»Wir sind nicht zu übersehen. Such nach unseren Fahnen und Flaggen. Die habe ich genäht, sie sind also ziemlich groß«, lachte Vicki. »Eigentlich bin ich die Verbindungsfrau zur Presse, aber ich kümmere mich bei unserer Öffentlichkeitsarbeit auch um die Ausstattung. Man muss vielseitig sein.«

»Anscheinend bist du ziemlich aktiv in dem Komitee«, sagte Natalie.

»Ja«, erwiderte Vicki nachdenklich. »Ich hänge mich ganz schön rein, aus Gründen, von denen ich dir gern erzähle, wenn wir mal mehr Zeit haben. Aber jetzt will Ipoh unbedingt weiter, wir sehen uns also morgen. Und danke. Byebye, Charlotte.«

»Können wir auch einen kleinen Hund haben, Mummy?«, fragte Charlotte, als Natalie das Auto abschloss.

»Später einmal, im Moment noch nicht. Aber ich bin sicher, dass wir hin und wieder mit Ipoh Gassi gehen dürfen, Schatz. Er scheint ein sehr netter Hund zu sein.« Mit einem erst teilweise renovierten Haus, zwei kleinen Kindern und dem dritten im Bauch war das wirklich nicht der richtige Zeitpunkt, das Leben noch weiter zu komplizieren, fand Natalie.

Am nächsten Tag war Natalie ein bisschen müde von dem Abend außer Haus. Mark hatte vorgeschlagen, in der Cavill Avenue im Herzen von Surfers Paradise einen Cocktail zu nehmen. Brad hatte sich vom Trubel der Touristenmeile mitreißen lassen, und später bestand er darauf, sie beide zum Essen am Main Beach auszuführen. Es war ein wunderschöner Abend gewesen, und sie hatten draußen unter den Sternen frische Garnelen und Krebsfleisch gegessen, auch wenn Natalie dazu nur Mineralwasser hatte trinken können. Doch sie hatte jede Minute genossen und dankte Brad überschwenglich, als sie nach Hause kamen.

»Aber gerne doch, es war mir ein Vergnügen. Da ihr mich hier beherbergt und herumführt, ist das doch das mindeste, was ich tun konnte.«

»Ich geh demnächst mal abends mit dir ins Jupiter's Casino«, versprach Mark.

»Ja, macht ihr zwei das nur«, sagte Natalie, »aber ohne mich. Ich bin nicht gerade scharf drauf, unser bisschen Geld am Spieltisch zu verlieren.«

»Man kann nie wissen. Vielleicht gewinnen wir ja«, meinte Brad.

Natalie erwiderte nichts darauf, bedachte die beiden Männer jedoch mit einem vernichtenden Blick.

»Ich hoffe, die Freunde von Burma lassen dich nicht zu schwer schuften«, sagte Mark, als er mit ihr zum Auto ging. »Setz dich zwischendurch mal hin.«

»Keine Sorge, ich werde mich nicht überanstrengen. Und ich bleibe auch nur ein Stündchen oder so.«

Als Natalie sich dem Einkaufszentrum näherte, fragte sie sich, ob eine Hungersnot drohte. Menschenmassen schoben sich in Läden, über denen Werbebanner Rabatte und Sonderangebote versprachen. Es schien ein bisschen unpassend, ausgerechnet hier sorglosen Käufern etwas von den Entbehrungen und der Unterdrückung des burmesischen Volkes zu erzählen.

Recht schnell erspähte sie die Freunde von Burma. Sie hatten ihren Stand auf dem zentralen Platz unter freiem Himmel gegenüber der Rolltreppe aufgestellt und ihn mit burmesischen Flaggen, Transparenten und Plakaten mit Aung San Suu Kyi geschmückt. Thi, Mi Mi und Vicki verteilten Flugblätter. Außerdem gab es eine Petition, die man unterzeichnen konnte, und Thi unterhielt sich angeregt mit ein paar Interessierten. Auf einem Banner über der Stellwand las Natalie: »Helfen Sie dem Volk von Burma, die Demokratie zu erringen. Freiheit für Aung San Suu Kyi!«

Thi winkte ihr zu. »Hallo, Natalie! Schön, dass du da bist.«

»Hi, Thi. Bleiben denn viele Leute stehen, um die Petition zu unterschreiben? Oder nehmen sie wenigstens ein Flugblatt?«

»Ja. Wenn sie das wunderschöne Gesicht der Lady sehen, sagen sie: ›Oh, von ihr habe ich schon gehört.‹ Und das gibt uns die Gelegenheit, ihnen ein paar Fakten zu Burma aufzutischen.«

»Reicht das?«, fragte Natalie.

»Es ist nie genug, aber wenn wir bei den Menschen Interesse wecken, schärfen wir ihr Bewusstsein – immer ein guter Schritt. Wenn genügend Leute die australische Regierung auffordern, Druck auf das burmesische Militärregime auszuüben, damit der Hausarrest der Lady aufgehoben wird und all die anderen politischen Gefangenen aus den burmesischen Gefängnissen entlassen werden, wird die Junta zuhören müssen. Irgendwann. Außerdem wollen wir, dass Leute an den burmesischen Botschafter in Canberra schreiben und ihn dazu drängen, seinem Militärregime zu sagen, es müsse unverzüglich die grauenhaften Menschenrechtsverletzungen in Burma unterbinden, die nicht nur Burmesen, sondern auch andere ethnische Gruppen noch immer erleiden. Wusstest du, dass dazu auch die systematische Vergewaltigung von Frauen durch das Militär gehört? Sie setzen Vergewaltigung als Kriegswaffe ein«, sagte Thi kopfschüttelnd.

»Was wir hier tun, Natalie, dringt auch bis nach Burma und gibt dort denen moralische Unterstützung, die still leiden, zu Unrecht inhaftiert sind oder deren Angehörige von einer Junta gefoltert und ermordet wurden, die gegen den Willen des Volkes die Macht nicht aus den Händen gibt. Unser Land befindet sich schon seit 1962 in einer Art Totenstarre. Die Reichtümer des Landes sind immer nur in die Taschen der Generäle gewandert, aber wir haben die Hoffnung niemals aufgegeben.«

Es fiel Natalie nicht leicht, diesen leidenschaftlichen Ausbruch zu verdauen. »Wie erfahren die Menschen in Burma denn, was wir hier alles versuchen?«, fragte sie schließlich.

»Die Australier haben ja keine Ahnung, wie glücklich sie sich schätzen können. In Burma hungern die Menschen, kommen mit sehr wenig aus, haben Angst, ihre Meinung zu sagen, und können sich nicht offen mit ihren Freunden treffen, um zu diskutieren, was sie erreichen wollen. Aber insgeheim, nachts hinter verschlossenen Türen, lauschen die Burmesen ihren kleinen Radios und hören – von der Demokratischen Stimme Burmas aus Norwegen, der BBC und Radio Australia – nicht nur, was außerhalb ihrer Landesgrenzen passiert, sondern auch, was sich in anderen Teilen Burmas abspielt. Tapfere Menschen schmuggeln Nachrichten ins Land. Verschiedene Organisationen, Gruppen und Privatleute helfen den Menschen, die das Land verlassen konnten und jetzt als Flüchtlinge leben.«

Ein Mann hinter Natalie ergriff das Wort. »Mein Vater hat vor mehr als sechzig Jahren in Burma gekämpft. Er hat immer gesagt, dass die Burmesen gute Menschen sind. Ich habe gelesen, was in dem Land jetzt passiert, und Ihre Freundin hat recht – wir haben keine Ahnung, was für ein verdammtes Glück wir haben. Wo kann ich unterschreiben?«

Stumm stand Natalie da und drückte den Passanten Flugblätter in die Hand. Die Neugierigen blieben stehen und wurden freundlich in Diskussionen verwickelt. Auch Natalie hörte zu und nahm die Informationen auf, die ihre Freundinnen bereitwillig gaben. Sie war von dem großen Enthusiasmus der Burmesen beeindruckt, und ebenso von ihrem Schmerz.

Eigentlich hatte sie nur kurz bleiben wollen, um den Rest des Tages mit Mark, Brad und den Kindern zu verbringen, doch nun lauschte sie atemlos, was Thi, Mi Mi und Vicki den normalen Einkaufsbummlern erzählten. Sie vermittelten ihre Botschaft nicht von oben herab, sondern sehr anschaulich und schienen die meisten Menschen anzurühren, die stehen blieben, um ihnen zuzuhören. Dass so viele ein Flugblatt nahmen und die Petition unterschrieben, überraschte Natalie.

Doch plötzlich wurden ihr die Knie weich, vor ihren Augen begann sich alles zu drehen, und sie streckte die Hand nach einem Stuhl hinter sich aus.

»Alles in Ordnung, Natalie?«, fragte Thi besorgt. »Du bist ganz blass. Mi Mi!«, rief sie, als Natalie zu schwanken begann und auf den Stuhl sank.

Als Natalie die Augen wieder öffnete, lag sie, im Nacken einen zusammengerollten Pullover, ausgestreckt auf mehreren Stühlen. Mit ernstem Gesichtsausdruck schaute Mi Mi auf sie herab.

»Was ist passiert?« Natalie schaute sich um. »Bin ich ohnmächtig geworden?«

»Alles in Ordnung, Natalie. Wahrscheinlich ist dein Blutdruck abgesackt. Hier, trink einen Schluck.« Mi Mi reichte ihr eine Wasserflasche. »Ruh dich einfach ein paar Minuten aus, und dann bringen wir dich heim. Bist du mit dem Auto gekommen?«

Verlegen und ein bisschen zittrig nickte Natalie. »Ist Vicki schon fort? Ich hätte mit ihr heimfahren können. Aber ich schaffe es auch so.«

»Vicki hat noch eine andere Verabredung. Aber du darfst dich jetzt nicht ans Steuer setzen. Thomas muss jeden Augenblick hier sein, dann bringe ich dich nach Hause. Wo steht dein Wagen?«

»Danke, aber mach dir keine Umstände. In einer Minute bin ich wieder auf den Beinen. Und ich kann Mark anrufen.«

»Nein, Natalie, lass dich von Mi Mi fahren. Es macht ihr nichts aus«, sagte Thi.

»Mir geht's gut. Es ist mir nur peinlich ...«

»Du bist schwanger, da passiert so etwas schon mal«, meinte Mi Mi und sah erfreut, dass Natalies Wangen allmählich wieder Farbe bekamen.

»Das ist mir noch nie passiert.« Doch als Natalie versuchte aufzustehen, merkte sie, dass ihr immer noch schwindlig war. »Ihr habt recht. Ich bin nicht fahrtüchtig.«

»Kein Problem, ich bring dich heim. Aber schaffst du es bis zu deinem Auto?«, fragte Mi Mi.

Natalie nickte. »Es steht nicht weit weg. Tut mir leid wegen eben, Thi.«

Thomas, der gerade eingetroffen war, tätschelte ihr die Hand. »Du musst auf dich aufpassen. Wir freuen uns sehr, dass du gekommen bist und uns geholfen hast. Mi Mi wird sich um dich kümmern«, sagte er mit sanfter Stimme.

Natalie widersprach nicht. Sie fühlte sich immer noch schwach und stützte sich gern auf Mi Mis Arm, als sie zum Parkplatz gingen.

Zu Hause in ihrem Sessel schaute Natalie auf die Uhr. »Mark und die Kinder sind offenbar unterwegs. Er hat einen Freund zu Besuch, wahrscheinlich sind sie zusammen in den Park gegangen. Möchtest du einen Kaffee oder einen Tee, Mi Mi?«

»Einen Tee, bitte. Du auch? Bleib sitzen, ich kümmere mich darum.« Mi Mi wuselte in die Küche.

Natalie rief ihr hinterher, wo sie den Tee finden würde. »Entschuldige das Chaos. Wir sind am Renovieren.«

Während sie an ihrem Tee nippte, bedankte sich Natalie noch einmal bei Mi Mi. »Das hat mich ganz schön erschreckt. Bei meinen anderen Schwangerschaften hatte ich nie Probleme.«

»Bestimmt kein Grund, sich Sorgen zu machen. Aber erzähl es bei deinem nächsten Termin deiner Ärztin. Soweit ich es mitbekommen habe, ist dein Mann viel unterwegs, da bist du mit zwei kleinen Kindern bestimmt vollauf beschäftigt. Vielleicht brauchst du ab und zu ein bisschen Zeit für dich? Könnte das sein?«

»Du hast recht. Mir bleibt eigentlich kaum Zeit, um mich mal zu entspannen. Ständig bin ich auf Trab, organisiere irgendwas wegen der Renovierung oder schreite selbst zur Tat. Zum Beispiel habe ich den Sessel neu bezogen, auf dem ich sitze«, sagte Natalie stolz.

Mi Mi betrachtete ihn prüfend, er fiel zweifellos aus dem Rahmen. Natalie hatte mit unterschiedlichen Stoffen gearbeitet, so dass sich Blumen, Streifen und winzige geometrische Muster über die Armstützen, das Sitzkissen, die vordere und die hintere Rückenlehne und die Schürze zogen. Zwar unterschied sich die jeweilige Musterung, doch die Farben waren dieselben, und so harmonierten die gelben, pinkfarbenen und grünen Blumen perfekt mit den Streifen und den geometrischen Formen und machten den bequemen, tiefen Sessel beinahe zu einem Kunstwerk.

»Der ist wirklich schön«, sagte Mi Mi. »Das hast du toll hingekriegt.«

»Danke, Mi Mi. Es hat mir auch großen Spaß gemacht. Du hättest ihn sehen sollen, als ich ihn von der Farm meines Stiefvaters gerettet habe! Aber was meinen Stress betrifft, hast du absolut recht. Wenn ich die Kids im Kindergarten ablade, nutze ich die freien Stunden zum Einkaufen, für Termine oder um Rechnungen zu bezahlen. Du kennst das ja. Als ich das letzte Mal einen Tag für mich hatte, war ich in Brisbane bei einer Antiquitätenhändlerin, um ihr mein Kammavaca zu zeigen, und habe Badezimmerarmaturen gekauft.«

»Hin und wieder musst du dir etwas Ruhe gönnen. Gar nicht weit von hier gibt es ein Zentrum, in dem Yoga und Entspannungsübungen speziell für schwangere Frauen angeboten werden. Ich kann es nur wärmstens empfehlen und glaube, dass es dir viel bringen würde, selbst wenn du nur einmal pro Woche für eine Stunde hingehen könntest.«

»Danke, das klingt großartig. Ich habe seit unserem Umzug kein Yoga mehr gemacht. Gib mir die Adresse, und ich verspreche hinzugehen«, sagte Natalie und sah ihre Freundin ernst an. »Mi Mi, die Aktion heute war faszinierend. Ich muss noch sehr viel über Burma lernen, aber mir ist aufgefallen, dass die Leute ausgesprochen mitfühlend reagieren, wenn sie hören, was in deinem Land los ist. Ich meine, wie könnte es auch anders sein? Komisch, Burma scheint uns so weit weg, ein Land, das wir nie mit eigenen Augen sehen werden, von dem wir völlig abgeschnitten sind – und dabei ist es genauso nah wie viele Länder, in die wir Australier reisen, Thailand oder Vietnam zum Beispiel.«

»Ja, die Australier haben wohl das Gefühl, mehr Gemeinsamkeiten mit Ländern wie Großbritannien oder den USA zu haben. Dabei liegt Südostasien quasi um die Ecke. Aber für viele Australier ist Asien wahrscheinlich nur ein Zwischenstopp auf dem Weg woandershin oder gut für einen Billigurlaub in einem schönen Land, wo sie sich verwöhnen lassen können«, meinte Mi Mi.

»Außerdem hat es die burmesische Militärdiktatur den Menschen nicht leichtgemacht, in mein Land zu reisen. Es gibt daher kaum Tourismus dort. Und die Lady hat gesagt, ausländische Besucher würden das Regime der Junta legitimieren, und damit Touristen abgeschreckt. Also kommen nicht viele Leute nach Burma.« Mi Mi hielt kurz inne. »Du hast erwähnt, dass du ein Kammavaca hast? Darf ich es mir ansehen? Wir haben auch eins machen lassen, als mein Bruder ins Kloster ging. Er ist immer noch Mönch, ihm gefällt das fromme Leben. Wie ich dir ja schon erzählt habe, haben die Mönche uns Schutz geboten, als wir vor dem burmesischen Militär geflohen sind. Aber ich habe schon sehr lange nichts mehr von meinem Bruder gehört.«

»Mein Kammavaca liegt auf meinem Schreibtisch dort drüben«, sagte Natalie.

Mi Mi nahm es aus der Schatulle und entfaltete es. Sorgfältig studierte sie Blatt um Blatt. Schließlich sah sie Natalie an und lächelte. »Das ist exquisit. Und sehr ungewöhnlich. Mich überrascht die Qualität der Illustrationen. Burmesische Kunst ist vorwiegend religiös und geistig inspiriert. Beeindruckende Wandgemälde und Fresken kennen wir nicht. Doch diese Miniaturbilder sind sehr realistisch. Ich habe das Gefühl, dass es dieses Kloster tatsächlich irgendwo gibt. Weißt du, woher das Kammavaca stammt?«

»Es gibt dazu eine kleine Geschichte«, antwortete Natalie und erzählte Mi Mi von ihrem Urgroßonkel Andrew, der Prinzessin und dem skrupellosen Kunsthändler.

Mi Mi hörte aufmerksam zu, und als Natalie geendet hatte, betrachtete sie das Kammavaca noch einmal sehr genau. »Was für eine Schande, dass es der königlichen Familie abhandengekommen ist. Und welch ein Glück, dass deine Familie es so sorgsam aufbewahrt hat.« Vorsichtig drehte sie das alte Manuskript um und betrachtete die andere Seite mit der wunderschönen Schrift. »Ich glaube, das sind vorwiegend Gebete.« Sie faltete es wieder zusammen und legte es zurück in die Teakschatulle. »Hast du schon einmal daran gedacht, dich an die königliche Familie zu wenden?«

Natalie hob die Augenbrauen. »Sind denn nicht alle tot, gestorben im indischen Exil?«

»Nein, ganz und gar nicht.« Mi Mi schüttelte den Kopf. »König Thibaw hatte Kinder und Enkel. Die königliche Familie war sogar ziemlich groß, weil König Thibaw mehrere Frauen hatte und ihre Kinder wiederum Kinder bekommen haben, es gibt also reichlich Nachkommen. Ich kenne sogar eine seiner Enkelinnen, eine recht bemerkenswerte Frau.«

Als Mi Mi die Schatulle wieder an ihren Platz stellte, hörte man an der Haustür Lärm. Charlotte und Adam stürmten kreischend herein und hüpften auf Natalies Schoß. Mark und Brad folgten.

»Hallo, Liebling. Wir haben was mit den Kindern unternommen, damit sie sich nicht langweilen. Bei dir alles in Ordnung?«

»Ehrlich gesagt fühle ich mich ein bisschen schwach«, sagte Natalie. »Ich bin sozusagen umgekippt, als ich Flugblätter für die Freunde von Burma verteilt habe. Mark, das ist meine Freundin Mi Mi, von der ich dir erzählt habe. Sie hat mich in unserem Wagen heimgebracht, weil ich nicht selbst fahren konnte. Welch ein Glück, dass sie da war.«

»Sehr nett von dir, vielen Dank.« Mark musterte seine Frau. »Du bist immer noch ein bisschen blass um die Nase, Nat. Hast du denn stundenlang in der Sonne gestanden?«

»Nein, der Infostand war im Einkaufszentrum. Ich weiß auch nicht, was plötzlich mit mir los war. Hoffentlich eine einmalige Sache«, seufzte Natalie.

»Bestimmt«, beruhigte sie Mi Mi.

»Mark, ich habe Mi Mi das Kammavaca gezeigt, und sie hat mir erzählt, dass sie eine Enkelin von König Thibaw kennt. Ist das nicht irre?«, sagte Natalie.

»Im Ernst? Ist der König nicht schon vor vielen Jahren gestorben?«

»Ja«, bestätigte Mi Mi. »1916, daher ist seine Enkelin auch schon ziemlich alt, aber immer noch völlig klar im Kopf. Jetzt fahr ich aber lieber zurück und helfe den anderen beim Zusammenpacken. Ich werde mir ein Taxi rufen.«

»Nein, lass sein, ich fahre dich«, sagte Mark.

»Erhol dich gut, Natalie. Du warst uns eine großartige Hilfe«, meinte Mi Mi.

»Es hat mir Spaß gemacht. Danke, dass du dich um mich gekümmert und mir dieses Studio empfohlen hast.«

Natalie reckte und streckte sich. Es war wunderbar, Mark ein paar Tage zu Hause zu haben. Nach einer Stunde an der Nähmaschine – Vorhänge für das Kinderzimmer – tat ihr der Rücken weh. Also stand sie auf und machte sich ganz lang, dabei tätschelte sie ihren immer größer werdenden Bauch. Nachdem sie sich eine Tasse Tee aufgebrüht hatte, überflog sie ihre E-Mails und freute sich, dass der Antiquitätenhändler aus London geantwortet hatte.

Sehr geehrte Mrs. Cutler,
danke für Ihre Nachfrage. Ihr Kammavaca ist tatsächlich sehr interessant und scheint von außergewöhnlicher Qualität zu sein. Wie Sie vermutlich wissen, werden solche Manuskripte bis heute auf Palmblätter geschrieben. Ohne das Objekt mit eigenen Augen gesehen zu haben, schätze ich seinen Wert im Höchstfall auf achthundert bis tausend Pfund, abhängig von seinem tatsächlichen Zustand. Meine Galerie ist gern bereit, Ihnen ein entsprechendes Angebot zu unterbreiten.
Ich freue mich darauf, von Ihnen zu hören.
Mit freundlichen Grüßen,
P. Michaelson

Gut zu wissen, dachte Natalie, aber tut mir leid, Mr. Michaelson, es steht nicht zum Verkauf. Eigentlich wollte ich ja mehr über das Kammavaca selbst erfahren, doch leider haben Sie nicht viel Licht in die Sache gebracht.

Sie sah zu der Teakschatulle auf dem Schreibtisch hinüber. Tausend Pfund könnten wir schon gut gebrauchen, aber nein, ich behalte dich lieber.

Am Abend zog sie saubere, bequeme Kleidung an und beäugte sich kritisch im Spiegel. »Mark, dieses Riesen-T-Shirt und die Leggins stehen mir nicht besonders. Ich sehe aus wie ein Wal, und an manchen Tagen fühle ich mich auch so.«

Zärtlich sah Mark sie an. »Ich finde, du siehst sehr hübsch aus. Entspann dich und genieß deinen Kurs. Und mach dir wegen der Kinder keine Sorgen. Brad und mir wird schon was für sie einfallen, falls sie aufwachen. Ich hoffe nur, du schaffst es nach dem Kurs, überhaupt wieder aufzustehen.«

»Ansonsten muss ich eben die Nacht dort verbringen! In himmlischer Ruhe, weit weg von diesem Irrenhaus«, lachte Natalie.

Als sie das Yogazentrum betrat, merkte sie sogleich, dass es sich nicht einfach um irgendein Gymnastikstudio handelte, sondern um eine Oase buddhistischer Gelassenheit. Es gab einen Meditationsraum, ein Unterrichts- und ein Massage- und Heilzimmer. Auf dem Empfangstresen, wo sie sich einschrieb, schwammen Blüten in einer Wasserschale. Ein Buch mit Weisheiten Buddhas lag offen aufgeschlagen daneben. »Schwelge nicht in der Vergangenheit, träume nicht von der Zukunft, konzentriere dich auf den gegenwärtigen Augenblick.«

»Ein guter Rat.« Natalie lächelte dem Mädchen hinter dem Tresen zu und bezahlte.

Das Mädchen nickte. »Ja. Lebe im Augenblick. Willkommen, Natalie. Dein Kurs findet oben statt, er fängt in zehn Minuten an.«

Während Natalie langsam die Treppe hinaufging, betrachtete sie die farbenfrohen Drucke von Mandalas und die Wandteppiche mit Szenen aus dem Leben Buddhas. Irgendwo im Gebäude erklang ein Windspiel, und sie hörte auch einen leisen Singsang.

Natalie war begeistert von dem Kurs. Sich ausschließlich darauf zu konzentrieren, was sie mit ihrem Atem und ihrem Körper machte, ohne irgendeinen anderen Gedanken im Kopf zu haben, erfrischte und entspannte sie. Sie war in einer gemischten Gruppe von Männern und Frauen unterschiedlichen Alters, und der Lehrer zeigte ihr schonende Übungen, die für Schwangere geeignet waren.

Danach ging sie in die Küche und goss sich eine Tasse köstlich duftenden Zitronengrastee auf. Ein großer dünner Mann zwischen vierzig und fünfzig lächelte sie an, während er Honig in seine Tasse rührte.

»Du bist neu hier, stimmt's? Obwohl du schon mal Yoga gemacht hast, das sieht man. Bist du gerade erst hierhergezogen?«

»Wir wohnen jedenfalls noch nicht lange an der Gold Coast. Und Yoga habe ich seit der Geburt meines Jüngsten nicht mehr gemacht. Eigentlich hätte ich schon längst wieder anfangen sollen, aber bei mir ist immer die Zeit so knapp. Es fühlt sich toll an, jetzt wieder Übungen zu machen – das ist Entspannung pur«, antwortete Natalie.

»Ja.« Er lächelte. »Yoga ist gut für den Geist und für den Körper. Aber mit Kindern hast du vermutlich wenig Zeit für dich. Wie viele hast du denn?«

»Zwei. Und wenn es erst drei sind, kann ich mir diesen Luxus wohl gar nicht mehr gönnen.«

»Genieße es, solange du kannst«, riet er philosophisch. »Ich bin Moss.« Er streckte ihr die Hand entgegen.

»Natalie.« Sie fragte sich, ob Moss wohl der Vor- oder Nachname dieses Mannes mit Pferdeschwanz, schlabberigen Hosen und locker fallendem T-Shirt war. »Kommst du jede Woche?«, erkundigte sie sich.

»Ich versuche es, aber manchmal muss ich abends unterrichten. Ich bin Lehrer.«

»Oh, ich bin auch Lehrerin. Für die Grundschule. Was unterrichtest du?«

»Ich bin Kunsthistoriker mit Schwerpunkt buddhistische Kunst aus Südostasien, das würze ich im Unterricht mit ein bisschen Religion und Philosophie.«

»Wirklich?«, rief Natalie.

»Es ist nicht so esoterisch, wie es klingt. Vielleicht überrascht es dich, aber in Australien herrscht gerade großes Interesse an Buddhismus. Die Leute wollen mehr darüber wissen.«

»Mich fasziniert diese Religion auch«, erwiderte Natalie.

»Genau genommen ist der Buddhismus keine Religion, eher ein Verhaltenskodex«, erklärte Moss. »Buddha wurde in eine königliche Familie hineingeboren, verließ sie aber und entwickelte eine Philosophie, die den Menschen helfen sollte, ihr Leben zu bewältigen. Er glaubte, weil jeder leidet, müsse man eine höhere Bewusstseinsstufe erlangen, um das Leiden zu beenden. Dies gelinge durch eine Kombination aus Meditation und praktischer Anwendung dieses Verhaltenskodexes.«

»Ein hehres Ziel. Und dadurch verschwindet das Leiden?«, fragte Natalie.

»Letztlich ja. Nach vielen Wiedergeburten und mehreren Stufen der geistigen Entwicklung kann schließlich das Stadium der Erleuchtung erreicht werden. Man nennt es Nirwana.«

»Ach, das heißt Nirwana? Ich dachte immer, es sei so etwas wie Karma.«

»Karma ist wesentlich für den Gedanken der Wiedergeburt, denn jedes Mal, wenn du wiedergeboren wirst, ist das die Folge einer Tat in deinem früheren Leben, ob sie gut war oder böse.«

»Alles rächt sich früher oder später?«

»So in etwa«, bestätigte Moss mit einem Lächeln. »Findest du diese Vorstellungen abstrus?«

»Nein, eigentlich nicht. Sie sind nur anders. Bisher habe ich mich nicht viel für asiatische Vorstellungen interessiert, ebenso wenig wie für asiatische Kunst. Aber interessant, dass du asiatische Kunst unterrichtest, denn erst kürzlich habe ich einen Kunstgegenstand von meinem Urgroßonkel aus Burma geerbt und versuche seither, so viel wie möglich darüber herauszufinden. Und da laufe ich zufällig dir über den Weg, einem wahren Kenner!«

»Wie faszinierend. Ich würde es gern einmal sehen.«

»Hast du eine E-Mail-Adresse? Dann könnte ich dir Fotos schicken«, sagte Natalie.

»Lieber wäre mir, das Original zu sehen. Wie ist dein Urgroßonkel dazu gekommen?«

Natalie freute sich über seinen Eifer. »Hast du noch Zeit für eine zweite Tasse Tee?«

Sie setzten sich in einen kleinen Aufenthaltsraum, und Natalie erzählte Moss die Geschichte von Onkel Andrew, der Prinzessin, dem skrupellosen Händler Ian Ferguson und dem kleinen Kammavaca. »Zwei Antiquitätenhändler, die auf asiatische Kunst spezialisiert sind, haben es sich angesehen. Man hat mir gesagt, dass die Handschrift wahrscheinlich religiöse Texte enthält.«

Moss nickte. »Auszüge aus dem Pali-Kanon. Pali war die Sprache der Buddha-Zeit. Aber dass sie auf Gewebe geschrieben wurden, das sehr wahrscheinlich von der Robe eines hochverehrten Mönchs stammt, gibt ihnen eine spezielle Bedeutung. Und wenn der König, für den das Kammavaca gemacht wurde, es mit ins Exil genommen hat, war auch er von seinem hohen Wert überzeugt«, meinte Moss nachdenklich. »Was hast du damit vor?«

»Nachdem ich nun anfange, diese Geschichte Stück um Stück zusammenzusetzen, will ich es behalten. Schade, dass ich Onkel Andrew nicht gekannt habe. Er muss ein bemerkenswerter Mann gewesen sein«, sagte Natalie.

»Zweifellos. Von diesem Ferguson habe ich allerdings noch nie gehört. Aber wenn du möchtest, könnte ich ein paar Recherchen anstellen. Mal sehen, was ich herausfinde. Mit dieser Provenienz könnte es übrigens gut sein, dass ein Museum es gern als Schenkung hätte«, meinte Moss. »Und manche Sammler würden wahrscheinlich eine Stange Geld dafür zahlen.«

»O nein, ich möchte es nicht verkaufen – auch wenn mir ein Londoner Händler gerade bis zu tausend Pfund dafür geboten hat«, sagte Natalie.

»Hat er?« Moss hob die Augenbraue. »Falls du doch einmal einen Verkauf in Erwägung ziehst, hol bitte eine zweite und dritte Meinung ein.« Er warf einen Blick auf die Uhr. »Ich muss gehen. Aber wenn du mehr darüber erfahren möchtest, wie solche Manuskripte angefertigt wurden, kann ich es dir gern erklären. Manche davon sind sehr alt, viele sind in Klöstern und Höhlen versteckt. Und einige der alten Handschriften wurden als Raritäten nach Europa mitgebracht und liegen irgendwo versteckt in Museen oder halbvergessen bei Leuten zu Hause.«

»Wie recht du hast. Mein Kammavaca lag mehr als achtzig Jahre unbeachtet in einer Ecke und wäre bei einem Umzug fast auf dem Flohmarkt gelandet. Und jetzt habe ich etwas zum Anfassen, das die Vergangenheit buchstäblich zum Leben erweckt. Ich halte das kleine Kammavaca in Ehren und weiß, dass mein Urgroßonkel das auch getan hat«, sagte Natalie. »Gibt es denn irgendwelche guten

Bücher über buddhistische Kunst, die du mir empfehlen kannst?«

»Jede Menge. Gib mir doch deine E-Mail-Adresse, dann schick ich dir eine Titelliste.«

»Gern. Danke, Moss. Ich hoffe, wir sehen uns nächste Woche.«

»Wie war dein Yoga?«, fragte Mark.

»Wunderbar. So entspannend, und die Übungen haben mir sehr gutgetan, das spüre ich. Das Zentrum ist stark buddhistisch beeinflusst und offenbar sehr beliebt. Es waren ziemlich viele Leute da. Und ich habe einen hochinteressanten Dozenten kennengelernt, der buddhistische Kunst unterrichtet.«

»Ist er ein Hippie oder ein Nerd? Du scheinst über die merkwürdigsten Leute zu stolpern.«

»Ich weiß!«, lachte Natalie. »Seit ich schwanger bin, sehe ich nur schwangere Frauen um mich herum. Und jetzt, da ich mich für mein Kammavaca und Burma interessiere, treffe ich auf Schritt und Tritt Leute, die sich mit diesen Themen auskennen. So funktioniert das Universum eben, sagt Moss.«

»Moss? Er heißt Moss? Seine Eltern müssen Blumenkinder gewesen sein. Hat er auch einen Bruder, der Rolling Stone heißt? Oder eine Schwester namens River oder Flower«, alberte Mark. »Da kommt er bestimmt aus einer Hippiekommune in Northern Rivers.«

»Hör auf, Mark. Er ist wirklich nett. Ich hätte gern mehr Lehrer wie ihn gehabt anstatt meinen, die uns mit ihrem eintönigen Geleier eingeschläfert haben.«

»He, Leute.« Mit den Kindern, die sich an seine Beine klammerten, schlenderte Brad ins Wohnzimmer.

»Schau mal«, zirpte Charlotte. »Onkel Brad ist mit uns auf seinen Beinen die ganze Straße hochgegangen. Alle haben geguckt.«

»Das wundert mich nicht«, brummte Mark. »Inzwischen also *Onkel* Brad, Kumpel?«

»Nicht meine Schuld. Deine Kinder sind einfach klasse. Schätze, wir sollten alle zusammen in irgendeinen Freizeitpark fahren, Sea World oder Dreamworld, bevor wir wieder zur Arbeit müssen.«

Natalie lächelte. »Es ist toll, wenn man sich Kinder ausleihen kann, stimmt's? Sie liefern einem die perfekte Ausrede, Sachen anzustellen, die man schon immer machen wollte und sich allein nicht traut.«

»Haargenau. Wie war dein Yoga?«

»Wundervoll, danke. Ich habe Mark gerade von einem Mann erzählt, der in meinem Kurs war und sich mit Kammavacas auskennt.«

»Das Ding, über das du mit dieser burmesischen Ärztin gesprochen hast?«

»Genau. So ein seltsamer Schnickschnack, den Nats Familie geerbt hat.« Mark öffnete die Schatulle, in der das Kammavaca lag, und hob es hoch.

»Sei vorsichtig, es ist alt und empfindlich«, sagte Natalie. »Und auch ziemlich wertvoll. Ich habe von einem englischen Experten ein Angebot über tausend Pfund dafür bekommen.«

»Aber Liebling, warum hast du mir das nicht erzählt? Was für eine schöne Überraschung!«

»Was ist das?«, fragte Brad, als er das Kammavaca vorsichtig von Mark entgegennahm. »Ich meine, cool, aber was macht man damit? Wofür ist es gut?« Er überspielte seine Unwissenheit mit einem Lachen.

»Es ist ein religiöser Gegenstand aus Burma«, antwortete Mark.

»Woooher? Halt, nur ein Scherz, davon habe ich schon gehört«, witzelte Brad. »Wie bist du dazu gekommen?«

»Es hat Nats Urgroßonkel gehört und war einst im Besitz

des Königs. Und jetzt hat man ihr tausend Pfund dafür geboten.«

»Wow, eine Stange Geld. Nimmst du das Angebot an, Nat?«

»Ich möchte es nicht verkaufen, Brad«, sagte Natalie entschieden. »Außerdem hat Moss mir geraten, noch eine zweite und dritte Meinung einzuholen.«

»Aber wie denn? Du hast doch schon diese Expertin in Brisbane gefragt, und die konnte nicht viel dazu sagen.«

»Willkommen im 21. Jahrhundert, Leute«, sagte Brad. »Heutzutage geht man mit so etwas ins Netz, bietet es zum Verkauf an und wartet dann ab, ob sich jemand meldet, der den wahren Wert erkennt und einem ein Angebot macht, das man nicht ausschlagen kann.«

»Das werde ich nicht tun!«, protestierte Natalie.

»Ich finde das eine prima Idee, Brad. Was hast du denn zu verlieren, Nat?«

»Lasst mich das für euch machen. Ich habe schon öfter Sachen im Netz verkauft, ein paar Angelruten zum Beispiel. Es ist ganz leicht. Man lädt einfach ein paar Fotos davon hoch und wartet ab, wer sich meldet«, bot Brad an.

»Na gut«, gab sich Natalie geschlagen. »Aber nur, um eine zweite Meinung zu hören.«

Mark lag ausgestreckt im Sand und döste in der Sonne, während er sich nach dem Schwimmen trocknen ließ. Die Kinder, mit Eimern und Schaufeln bewaffnet, halfen Brad beim Bau einer Sandburg.

Natalie, die ein Buch las, hielt plötzlich inne, presste die Hand auf den Bauch und fasste mit der anderen nach Marks.

»Es tritt! Fühl mal, das Baby! Schnell!«

Schläfrig legte Mark die Hand auf ihren Bauch und grinste. »Wie der Flügelschlag eines Schmetterlings. Nur noch drei Monate, Nat.«

»Für mich fühlt es sich eher nach einem Fußballer an. Ich bin so erleichtert«, sagte Natalie. »Es ist wunderbar, zu spüren, dass sich das Baby kräftig bewegt. Und ich bin so froh, dass du es auch erlebt hast.«

Zufrieden legte Natalie sich wieder hin. Jetzt, da sie Mark ganz für sich hatte und die Kinder beschäftigt waren, wollte sie ihm erklären, was sie sich überlegt hatte. »Liebling, ich weiß, wir wollten mit den großen Renovierungen warten, bis wir genug Geld gespart haben. Aber bis dahin kann das große Badezimmer nicht in diesem Zustand bleiben. Es ist wirklich kompliziert, die Kids im kleinen Bad zu duschen. Und diese Woche hat es auch noch Brad benutzen müssen. Da ist mir klar geworden, dass wir das Badezimmer besser sofort richten lassen. Was meinst du?«

»Du hast wahrscheinlich recht. Bringen wir es lieber hinter uns, bevor das Baby da ist. Ich wollte ja gern dabei sein und helfen, aber wenn du meinst, dass du das problemlos auch allein hinkriegst, nur zu. Wir müssen allerdings vorher genau wissen, was es uns kostet.«

Wieder zu Hause, las Mark Charlotte und Adam Gutenachtgeschichten vor und brachte sie zu Bett. Brad half Natalie beim Aufräumen, bevor er mit den Füßen auf dem Couchtisch und einem Bier in der Hand Fernsehen schaute. Als Mark wiederkam, setzte er sich neben Brad, prostete ihm zu und griff nach der Fernbedienung.

»Da läuft ein Footballspiel. Willst du es sehen?«

»Ich geh lieber ins Bett und überlass euch Jungs das Feld«, sagte Natalie.

»Bist du sicher, dass du die Broncos nicht sehen willst?«, fragte Mark.

»Ja. Aber euch beiden viel Spaß damit. Und viel Glück morgen bei der Wohnungssuche, Brad.«

»Ist gebongt, Natalie, danke. Wie sieht's bei deinem Online-Angebot aus?«

»Keine Ahnung. Ich hab vergessen nachzuschauen.«

»Wirf mal einen Blick drauf, es könnten ein paar Gebote reingekommen sein«, meinte Brad fröhlich.

Natalie setzte sich an den Computer und loggte sich ein. Überrascht stellte sie fest, dass es etliche Gebote für das Kammavaca gab.

Sie scrollte sich durch die ersten durch, doch das nächste weckte ihre Aufmerksamkeit. »Huch, da bietet ein Mann aus Connecticut dreitausend Dollar dafür!«

»Was! Klar, du willst es nicht verkaufen, aber vielleicht überlegst du es dir doch noch mal. Immerhin ist das mehr, als dieser Typ aus England angeboten hat. Glaubst du, der ist seriös?«, rief Mark.

»Nur mit der Ruhe, ihr zwei, nicht gleich das erste Gebot akzeptieren. Seid clever und spielt das Spiel. Das könnte alles Mögliche bedeuten, vielleicht gehört ihm ein Museum oder so«, sagte Brad.

»Schaut es euch an, wenn ihr Lust dazu habt. Ich bin zu müde, um darauf zu warten, ob noch irgendjemand vom anderen Ende der Welt dafür bietet«, sagte Natalie. »Aber eins ist klar, es steht nicht zum Verkauf! Ich will nur wissen, was es wert ist.«

Damit ging Natalie zu Bett und ließ Brad an den Computer, dem Mark über die Schulter schaute.

Die Kinder waren schon beim Frühstück, als Brad am nächsten Morgen aus seinem Zimmer kam.

»Hier riecht es nach Kaffee! Ich brauche morgens meine Dröhnung, damit das Räderwerk in Gang kommt. Guten Morgen«, rief er und holte sich eine Tasse.

»Guten Morgen, Brad. Ich hoffe, du hast gut geschlafen«, sagte Natalie.

»Wie ein Toter. Sonne, Strand und ein paar Bier haben mich plattgemacht.« Er goss sich einen Kaffee ein und griff nach dem Zucker. »Wie hoch sind die Gebote geschnellt? Hast du heute Morgen schon nachgeschaut?«, fragte er.

»Nein, noch nicht. Was habt ihr noch gemacht, nachdem ich zu Bett gegangen bin?«

»Ach, wir haben ein paar Kommentare gepostet. Du weißt schon, mehr Informationen über dein Teil da gegeben. Ein bisschen Interesse geweckt«, grinste Brad.

Natalie rannte zum Computer. »Ihr habt das hoffentlich nicht vermasselt. Was habt ihr darüber erzählt?«

»Nur, dass es dem König von Burma gehört hat, halt was Onkel Andrew geschrieben hat«, antwortete Mark, der gerade aus der Dusche kam.

Verärgert schüttelte Natalie den Kopf. Doch dann sah sie sich die Gebote an, hielt inne, las noch einmal und wandte sich dann an Mark. »Komm mal her und lies das.«

Ihm entfuhr ein leiser Pfiff. »Wow! Fünftausendzweihundert! Als wir gegangen sind, stand es bei dreidrei.«

»Und das ist noch nicht das Ende der Fahnenstange!« Brad lachte.

»Es hat keinen Sinn, damit weiterzumachen«, sagte Natalie und schaltete den Computer aus. »Es ist nicht zu verkaufen.«

»Ach, komm schon, Nat. Was, wenn zehntausend geboten werden! Damit wäre das Badezimmer so gut wie bezahlt«, sagte Mark.

»Sei nicht albern. So hoch schießen die Gebote nicht. Kinder, kommt, wir gehen Hände waschen.« Charlotte und Adam folgten ihr hinaus.

Natalie wollte das Kammavaca auf keinen Fall verkaufen, aber die Gebote überraschten sie wirklich. Für sie hatte es einen Wert, aber jetzt sah es so aus, als ob es auch für andere Leute interessant war. Allerdings hatte niemand außer ihr eine persönliche Verbindung dazu. Eines Tages würde sie ihren Kindern die Geschichte von Onkel Andrew und dem kleinen Kammavaca erzählen. Inzwischen hatte sie die Bilder so oft betrachtet, dass sie ihr völlig vertraut geworden waren. Sie hatte sogar ein Lieblingsbild.

Die Darstellung zeigte einen dunstverhangenen Dschungel und einen winzigen Tempel oben auf einem fernen Berggipfel. Auf einer Lichtung im Vordergrund stand ein kleiner weißer Elefant mit einem juwelenbesetzten Kopfschmuck und einer reich bestickten Decke auf dem Rücken. Die Edelsteine und der Perlenschmuck auf dem winzigen Gemälde mussten mit der Spitze eines einzigen Pinselhaars ausgeführt worden sein. Wann immer sich Natalie dieses Bild ins Gedächtnis rief, hatte sie das Gefühl, selbst bei diesem dunstigen Sonnenaufgang an einem fernen Ort zu stehen.

6

Sie schienen überall zu sein. Natalie begegnete ihnen auf Schritt und Tritt, sie schwärmten umher wie Ameisen. Marks Freund Tony, ein Bauunternehmer, hatte Handwerker hergeholt, um das ganze Haus durchzuchecken und den Renovierungsbedarf zu ermitteln. Als Erstes nahmen sie sich die tragenden Teile und den Dachstuhl vor und polterten auf dem Dachboden herum.

Natalie fühlte sich, als wäre sie Luft für sie. Niemand redete mit ihr außer Tony, der geduldig zuhörte und nickte, um ihr dann zu erklären, was seiner Meinung nach alles gemacht werden musste. Es kam ihr vor, als würden all ihre sorgfältig ausgetüftelten Pläne und Überlegungen völlig über den Haufen geworfen.

Die Handwerker waren weder zu übersehen noch zu überhören. Alle hatten sie ihre Radios dröhnend laut aufgedreht, auch noch, nachdem Natalie darum gebeten hatte, sie wenigstens auszuschalten, solange die Kinder schliefen. In ihren Pausen umlagerten sie den Pool, holten sich ungefragt Natalies Gartenstühle und machten es sich darin bequem, während sie das in Kühlboxen mitgebrachte Essen verzehrten. Einer fragte allerdings, ob er sein Mittagessen in Natalies Mikrowelle aufwärmen dürfe. Währenddessen unterhielten sie sich lautstark über Football und nahmen auch sonst keinerlei Rücksicht auf Natalies Privatsphäre.

Bevor sie das Badezimmer in Angriff nahmen, erklärte ihr Tony, dass der Betonestrich herausgerissen werden müsse, damit sie die Rohre austauschen konnten.

»Wie wird das gemacht?«

»Mit einem Presslufthammer«, antwortete Tony. »Der macht eine Menge Lärm. Und du solltest deine Sachen mit Folie abdecken, sonst staubt alles ein.«

Also klebte Natalie alles mit Folie ab und versuchte, nicht an den Großputz zu denken, der ihr danach bevorstehen würde. Als sie es nicht mehr länger aushielt, flüchtete sie und unternahm einen einsamen Spaziergang, denn Charlotte und Adam waren im Kindergarten.

Kurz vor Ende der Straße traf sie Vicki, die mit Ipoh von der Ufersandbank heraufkam.

»Ich habe gerade Ipoh einen Auslauf gegönnt. Er liebt das seichte Wasser bei Ebbe, da jagt er immer kleine Fischchen. Hast du Zeit für einen Kaffee?«

»Gerne. Ich hab's im Haus nicht länger ausgehalten. Die Handwerker machen mich noch verrückt. Jetzt reißen sie gerade mit einem Presslufthammer den Betonboden im Bad raus«, stöhnte Natalie.

»Ihr habt mit dem Renovieren angefangen?«, fragte Vicki, als sie ihre Gartentür öffnete und den Spaniel von der Leine ließ.

»Nur das Familienbadezimmer, aber wir haben noch Größeres vor. Der Bauunternehmer denkt anscheinend, das ginge jetzt alles ganz flott über die Bühne. Doch wir fürchten, dass unser Budget bei weitem nicht reichen wird, um unser Traumhaus fertigzustellen.«

»Lasst nur das Notwendigste machen«, riet Vicki. »Alles Übrige hat Zeit. Wie geht's deinem Mann? Ich habe gesehen, dass er bei seinem letzten Besuch einen Kumpel dabeihatte.«

»Mark geht's gut. Ja, Brad ist ein Kollege aus dem Bergwerk.«

»Im Bergbau lässt sich eine hübsche Stange Geld verdienen. Komm rein.«

Natalie sah sich in dem Wohnzimmer mit der abgenutzten und von der Sonne ausgeblichenen, aber gemütlichen Einrichtung um. Offenbar war Ipoh der Herr des Hauses. Er machte es sich sofort in einem Sessel bequem, doch an den zerkauten und haarigen kleinen Teppichen und den Kissen auf den Sofas sah man, dass er sich hier überall ausleben durfte. Vicki stellte Tassen, Kaffeekanne und Milch auf den Tresen der offenen Küche und bot Natalie einen Hocker ihr gegenüber an.

»Wo sind deine Kinder?«, fragte Vicki.

»Im Kindergarten. Dort fühlen sie sich sehr wohl, und ich bin froh, dass ich sie hinbringen kann, besonders jetzt, mit all den Handwerkern im Haus. Da muss ich jetzt wohl längere Besuchszeiten für sie buchen. Noch eine Mehrausgabe, fürchte ich.«

»Hast du keine Verwandten in der Nähe, die dir helfen können?«

»Nein. Meine Mutter wohnt in Lismore, sie hat dort eine Boutique und arbeitet sechs Tage die Woche.«

»Ich habe zwar keine Kinder und wollte auch nie welche. Was aber nicht heißt, dass ich nicht die Kinder anderer Leute mag. Aber ohne Kinder ist es zweifellos einfacher, sich scheiden zu lassen.«

»Ja, das ist wohl wahr«, entgegnete Natalie, etwas erstaunt über Vickis Direktheit. »Bist du schon lange geschieden?«

»Seit einigen Jahren. Mein Mann war Betriebsleiter in einer Zinnmine in Malaysia, in der Nähe von Ipoh, bis die Zinnpreise ins Bodenlose fielen. Wir führten ein recht angenehmes Leben. Kostenloses Haus, Bedienstete. Man verkehrte immer mit denselben Leuten, aber so ist das nun mal, wenn man im Ausland arbeitet.«

»Hast du dich scheiden lassen, als ihr dort gelebt habt?«, fragte Natalie. »Wobei das mich natürlich nichts angeht«, fügte sie hastig hinzu.

»Ich habe keine Geheimnisse«, erwiderte Vicki lachend. »Allerdings war ich wohl die Letzte, die es erfahren hat – wahrscheinlich weil ich jung und naiv war. Mein Gatte, der auf dem besten Weg zum Alkoholiker war, hatte eine Affäre mit einer anderen Frau. Sie war ziemlich ehrgeizig und hielt ihn für eine lukrative Partie.«

»Oh«, meinte Natalie. »Und dann bist du nach Australien zurückgekehrt?«

Vicki grinste, während sie Kaffee einschenkte. »Vorher hatte ich noch eine ziemlich heiße Affäre mit einem tollen Typ. Was eigentlich nur als Rache gedacht war, entwickelte sich zu einem höchst vergnüglichen Intermezzo.«

»Du bist aber nicht mit ihm zusammengeblieben?« Natalie war ein bisschen perplex.

»Matt war nicht der Typ für etwas Festes. Er war ein Rucksacktourist aus Kanada und ein bisschen jünger als ich, aber wir hatten auf jeden Fall eine Menge Spaß zusammen. Nach der Trennung von meinem Mann hatte ich beschlossen, noch ein bisschen in Asien herumzureisen, bevor ich nach Hause zurückkehrte. Damit mein Geld länger reichte, verzichtete ich auf allen Komfort. Du weißt schon: öffentliche Busse, langsame Boote, billige Unterkünfte.«

Natalie nickte. Sie wollte nicht unbedarft wirken und zugeben, dass sie noch nie aus Australien herausgekommen war.

»Jedenfalls haben Matt und ich uns in einem schäbigen Hotel in Kuala Lumpur kennengelernt. Es hat gleich zwischen uns gefunkt, und so sind wir gemeinsam weitergezogen. Auf unserer Reise waren wir manchmal mit ziemlich primitiven Verhältnissen konfrontiert, aber ich fühlte mich sicher und genoss es, tun und lassen zu können, was ich wollte. Das Hinterland von Südostasien war touristisch noch kaum erschlossen, also machten wir uns auf, es zu erkunden. Es war alles so anders und so billig und manchmal richtig aufregend. So bin ich auch zum ersten Mal nach Burma gekommen.«

»Toll! Wie war das?«, fragte Natalie.

»Überwältigend. Überall Pagoden und Stupas, Gold, das im Sonnenlicht glänzte, atemberaubend schöne Landschaften. Aber am meisten haben mich die Menschen beeindruckt. Sie waren so arm. Wir dachten ja, wir müssten mit wenig Geld auskommen, aber im Vergleich zu ihnen waren wir Millionäre. Und wie viel Angst überall im Land herrschte! Es war schrecklich. Zwar waren wir ganz legal nach Burma eingereist, aber das Militär behielt uns ständig im Auge. Es gab schon Probleme, wenn wir Einheimische bloß ansprachen. Letztlich beschränkten wir uns auf die allernotwendigsten Fragen, weil wir fürchteten, dass die Leute sonst Ärger mit der Obrigkeit kriegen würden. Andererseits gab es aber auch Burmesen, die ihr Englisch üben wollten und sich mit uns unterhielten, wenn wir mit Bussen oder in diesen altertümlichen Zügen unterwegs waren, wo uns niemand beobachtete. Dann erzählten sie uns von der Unterdrückung durch die Militärjunta und wie sehnlich sie hofften, dass sich die Verhältnisse eines Tages zum Besseren wenden würden. Sie baten uns auch, den Menschen im Ausland zu berichten, was für Zustände in Burma herrschen.«

»Hat das dein politisches Interesse an Burma geweckt?«

»Genau. Ich liebe diese Menschen, und ich weiß, dass ich allein nicht viel erreichen kann. Aber wenn genügend Leute Interesse zeigen und auf Veränderungen hinwirken – wer weiß? Übrigens, weil wir gerade davon reden: Kommst du zum nächsten Treffen?«

»Bei dem die Kundgebung organisiert werden soll?«

»Ja. Langsam drängt die Zeit, und ich glaube, wir müssen mal mit dem organisatorischen Kleinkram vorankommen. Die Inhalte sind klar, aber an diese praktischen Sachen denkt nie jemand. Wir brauchen mehr Leute, die mitmachen. Eine

Kundgebung hat wenig Sinn, wenn keiner hingeht. Wir müssen eine bessere Pressearbeit machen. Es soll eine Veranstaltung für Aung San Suu Kyi werden, anlässlich ihres Geburtstags.«

»Klingt gut. Ich helfe gern mit. Außerdem habe ich dann eine Ausrede, nicht zu Hause sein zu müssen«, meinte Natalie.

Vicki schenkte Kaffee nach. »Du wirst feststellen, dass das Land dich umso mehr anzieht, je mehr du darüber erfährst. Myanmar, wie Burma heute heißt, hat eine unglaublich lange Geschichte, aber sie wird oft auf die Ereignisse in der Kolonialzeit und während des Zweiten Weltkriegs reduziert.«

»Ich muss gestehen, dass ich entsetzt war, als ich erfahren habe, wie die Briten mit Burma umgesprungen sind«, sagte Natalie. »Eigentlich dachte ich immer, sie seien außerordentlich korrekt gewesen. Und dann lese ich, dass sie Burma erobert haben, um es Königin Victoria zum Geschenk zu machen und es ins britisch-indische Empire einzugliedern. Ich habe einiges darüber gelesen«, erklärte Natalie.

»Ja, die britischen Eroberer unterschieden sich von den anderen, etwa den Chinesen oder Siamesen. Die kamen, plünderten und zogen wieder ab. Die Briten hingegen waren nicht nur fremdartig in ihrer Erscheinung, ihrer Kultur und ihren Traditionen. Sie wollten auch dauerhaft bleiben und ihre Lebensweise einem Land aufzwingen, das auf eigene, jahrtausendealte Glaubensanschauungen und Regierungsformen zurückblicken kann.«

Verwundert betrachtete Natalie die Frau, die ihr in bunten Bermuda-Shorts und einem Neckholder-Top gegenübersaß. Mit ihren scharlachrot lackierten Fingernägeln und dem grell gefärbten Haar sah sie eher aus wie jemand, der seine Zeit in klimatisierten Shopping Malls zubrachte. Und doch engagierte sie sich leidenschaftlich für ein anderes Land, in dem sie die Verhältnisse verbessern wollte.

Vicki schmunzelte, als hätte sie Natalies Gedanken erraten. »Ja, ich bin ein totaler Burma-Fan. Ich studiere sogar burmesische Kulturwissenschaften, damit ich die anderen mit der Abfolge der Herrscher von Pagan, Ava und Pegu langweilen kann.«

Natalie lachte. »Du steckst voller Überraschungen. Für mich sind all diese Dinge so weit weg, sogar die aktuellen lokalen Ereignisse. Mein Leben dreht sich zurzeit nur um das Haus, die Kinder ... wenn ich sie abends endlich zu Bett gebracht habe, breche ich immer schier zusammen. Ich telefoniere zwar jeden Tag mit Mark, aber auch seine Welt scheint geschrumpft zu sein. In jeder wachen Minute denkt er nur an die Mine. Und wenn er heimkommt, möchte er ausspannen und mit den Kindern spielen. Was ich ihm nicht verübeln kann, denn er rackert sich richtig ab. Wenn ich uns eine DVD besorge, schläft er mitten im Film ein.«

»Das Leben spielt sich in Phasen ab, Natalie. Du bist in der Phase, in der man die Kinder großzieht. Und offensichtlich kann einen das komplett vereinnahmen.« Vicki trank einen großen Schluck von ihrem Kaffee. »Ich kann mir durchaus vorstellen, dass Ehemann, Familie und Alltag einen ziemlich auf Trab halten. Du darfst aber nicht vergessen, dabei auch mal an dich zu denken. Frag dich gelegentlich, was für ein Mensch du mit sechzehn warst. Was hattest du damals für Träume, für Ziele? Wahrscheinlich ziemlich unrealistische, wie die meisten von uns!«, lachte Vicki. »Aber es ist nützlich, sich daran zu erinnern, dass du einmal jemand warst, der sich vielleicht etwas anderes erträumt hat. Ich hätte es nie für möglich gehalten, wohin es mich in meinem Leben verschlagen würde.«

»Nach Burma, meinst du?«, fragte Natalie. »Willst du mal wieder dorthin?«

»Ja, wenn ich die Gelegenheit dazu habe, oder vielmehr das Geld. Burma ist kein so billiges Reiseland wie viele andere in Asien, weil es keinen Massentourismus gibt. Trotzdem würde ich gern wieder hinfliegen, obwohl Aung San Suu Kyi davon abrät. Das Land ist einfach wunderschön. Und wenn ich mich als Touristin ausgebe, ist es ziemlich ungefährlich, obwohl man natürlich von den Militärs beobachtet wird. Ich bin mir ziemlich sicher, dass sie von Zeit zu Zeit meine Sachen in meinem Hotelzimmer durchsucht haben, weil ich ja irgendwelche geheimen Informationen oder so was eingeschleust haben könnte. Dieses Regime ist paranoid, aber das hält mich nicht davon ab, etwas dagegen zu tun.«

»Die haben deine Sachen durchsucht? Das ist ja ungeheuerlich!«

»Das ist Burma. Damit muss man sich abfinden, wenn man sich selbst ein Bild davon machen will, was in diesem Land passiert.«

»Es kommt mir vor wie eine andere Welt«, meinte Natalie. »Mir wird dadurch klar, wie bequem wir es hier haben und wie selten wir über unseren Tellerrand hinausschauen. Ich möchte gerne mithelfen, wenn ich kann. Ich meine, ich habe mich nie stark genug gefühlt, um meine Stimme zu erheben, gegen etwas aufzustehen – und hatte auch nie das Gefühl, dass ich irgendwas bewegen könnte.«

»Na ja, mir scheint, du fängst gerade damit an. Indem du Anteil nimmst, mehr erfahren willst, zur Kundgebung kommst«, sagte Vicki. »Bring doch ein paar Freundinnen mit. Das wäre ein guter Start.«

»Ja, das mache ich. Obwohl ich mich frage, wer da mitgehen wird. Alle sind ja immer so beschäftigt mit ihren Kindern und ihrem eigenen Alltag«, sagte Natalie und lachte. »Tja, die alte Leier. Aber was du vorhin darüber gesagt hast, was für ein Mensch man mit sechzehn war … das beschäftigt mich. Ich hätte ja gern mal Zeit für mich. Aber wann das jemals sein wird, kann ich mir überhaupt nicht vorstellen, wo doch wieder ein Baby unterwegs ist …« Sie betrachtete die Wölbung unter ihrem T-Shirt.

»Du hast deinen Kopf, Natalie. Lies. Sprich mit Menschen. Das ist auch eine Art zu reisen, weißt du.«

»Ja, gerade erst hat mir jemand aus dem Yogakurs eine Liste mit Lektüreempfehlungen geschickt. Ich werde mir einiges in der Bücherei ausleihen und versuchen, abends zu lesen. Danke für den Kaffee.« Natalie wollte noch mehr sagen, wusste aber nicht so recht, wofür genau sie Vicki danken wollte – außer dass sie etwas in ihr wachgerüttelt hatte.

Natalie griff nach dem Telefon, ehe kleine, mit Knete verklebte Finger ihr zuvorkommen konnten.

»Hallo, Mi Mi. Wie geht's?«

»Sehr gut. Ich dachte, ich rufe mal an, um zu sehen, wie du dich fühlst.«

»Oh, das ist nett von dir. Ich bin wieder fit. Bei meinem Schwächeanfall sind wohl einfach mehrere Sachen zusammengekommen. Ich habe demnächst einen Termin für eine gründliche Untersuchung.«

»Das ist gut. Wie geht's deiner Familie?«

»Mark ist weg, aber wir haben mit der Renovierung des Badezimmers begonnen, und seitdem herrscht das totale Chaos. Ständig muss ich hinter Adam her sein. Er ist fasziniert von den Handwerkern und ihren Werkzeugen und möchte mithelfen, was eine Menge Scherereien macht. Ich flüchte aus dem Haus, wann immer es geht.«

»Wenn das so ist, dann komm doch zu unserem Treffen der Freunde von Burma. Es ist das letzte vor der Kundgebung. Ich hoffe sehr, dass viele Leute hinkommen. Es ist so wichtig.«

»Ich werde kommen und versuchen, bei meinen Freundinnen Werbung dafür zu machen. Inzwischen habe ich mich etwas gründlicher mit der Geschichte von Aung San

Suu Kyi befasst. Doch viele Menschen haben noch nie von ihr gehört.«

»Das wird sich nun ändern. Wir machen diese Kundgebung ja auch, damit die Menschen von der Lady erfahren. Unser Land ist seit Jahren von der Außenwelt abgeschnitten, und wir hoffen, dass sie Burma und sein Volk aus der Dunkelheit herausführen kann.«

»Nun, hoffen wir, dass ihr Hausarrest bald aufgehoben wird«, sagte Natalie, die sich nicht vorstellen konnte, dass eine einzige Frau, eingesperrt in ihrem Haus, überhaupt irgendwelche Veränderungen durchsetzen konnte, geschweige denn Demokratie und Freiheit.

»Wo lebt sie denn?«, fragte sie dann spontan. »Ich versuche mir ein Bild davon zu machen, wie das für sie sein mag.«

»Sie wohnt in ihrem Elternhaus, einem weitläufigen alten Kolonialgebäude, sehr renovierungsbedürftig und mit einem großen, verwilderten Garten. Es liegt in einem Viertel mit vielen stattlichen Anwesen und ehemaligen Villen von Ausländern, Überbleibseln der Kolonialzeit. Man hat dort einen wunderbaren Blick auf den Inya-See. Besucher darf sie nur selten empfangen, und sie hat lediglich ein Dienstmädchen als Haushaltshilfe. Ihre Kommunikation mit der Außenwelt ist sehr eingeschränkt, sie hat keinen Internetzugang, und ihr Telefon wird ständig abgehört. Aber es haben sich Mittel und Wege gefunden, mit ihr in Verbindung zu bleiben und sie über wichtige Ereignisse zu unterrichten. Die Generäle behandeln sie besser als viele ihrer Anhänger. Dass sie unter Hausarrest steht, beweist, dass ihr verstorbener Vater, in dessen Fußstapfen sie tritt, immer noch hohes Ansehen genießt. Den Generälen scheint außerdem klar zu sein, dass sie sich den Zorn der Weltöffentlichkeit zuziehen würden, sollten sie es wagen, ihr etwas anzutun. Andere haben nicht so viel Glück. Wer sich als ihr Unterstützer zu erkennen gibt, wird zu langen Haftstrafen im Insein-Gefängnis verurteilt. Das ist die Hölle. Viele sitzen dort in Einzelhaft«, erklärte Mi Mi.

»Ich kann mir nicht vorstellen, wie das für Aung San Suu Kyi sein mag, über Jahre hinweg so isoliert leben zu müssen und dabei zu wissen, dass ihr Land sie braucht. Sie fühlt sich bestimmt furchtbar ohnmächtig«, überlegte Natalie, während sie sich in die einsame, eingesperrte Lady am See hineinzuversetzen versuchte.

»Sie sagt, ihr Geist sei nicht eingesperrt. Und sie hat ihren Glauben, denn sie ist eine sehr gläubige Buddhistin. Apropos, was ist eigentlich mit deinem Kammavaca? Hast du deswegen noch etwas unternommen?«

»Ja, es gibt ein paar Neuigkeiten. Ich habe einen Händler in London angeschrieben, weil ich mehr darüber wissen wollte, und er hat mir prompt ein Kaufangebot gemacht. Dann hat Marks Freund Brad es ins Netz gestellt, und es sind ganz erstaunliche Angebote dafür eingegangen.«

»Vielleicht solltest du dich mit Aye Aye in Verbindung setzen – das ist die Prinzessin, von der ich dir erzählt habe. Sie hält sich selbst zwar nicht für eine Prinzessin, ist aber königlicher Abstammung. Eventuell weiß sie mehr darüber. Ich habe ihre Adresse, falls du ihr schreiben willst. Eine E-Mail-Adresse hat sie in Burma nicht«, fügte Mi Mi hinzu. »Und die Post ist unzuverlässig. Briefe können ganz schnell ankommen oder drei Wochen brauchen oder auch nie zugestellt werden. Willst du es trotzdem versuchen?«

»Unbedingt!« Natalie war plötzlich ganz aufgeregt. »Du sagst, sie kann gut Englisch? Oder sollte ich meinen Brief lieber ins Burmesische übersetzen lassen?«

»Nein, das ist nicht nötig. Ihr Englisch ist ausgezeichnet. Aye Aye wurde in Indien geboren, wo die Familie im Exil lebte. Aye Ayes Großmutter war sehr ehrgeizig. Mit achtzehn Jahren wurde sie die vierte Ehefrau von König Thibaw und hatte sich fest vorgenommen, ihren Kindern eine gute Bildung zukommen zu lassen. Da Aye Ayes Mutter das genauso sah, schickte sie ihre Tochter auf eine renommierte englische Schule in Kalkutta. Später ist Aye Aye dann nach Burma zurückgekehrt. Ich gebe dir ihre Adresse.«

Am selben Abend schrieb Natalie an die Prinzessin. Einer Eingebung folgend, legte sie noch eine Kopie des Briefes von Onkel Andrew bei.

Am nächsten Wochenende verabredete sich Natalie mit ein paar anderen Müttern aus dem Kindergarten in einem neuen Indoor-Spielplatz, von dem Jodie ihnen erzählt hatte. Von außen sah er wie eine riesige Scheune aus, doch als sie hineingingen, staunte Natalie ebenso wie ihre Kinder, in welch faszinierendem Spielzeugland sie hier gelandet waren.

In der Mitte war ein Miniaturstädtchen mit einer langen Hauptstraße und kleinen Häuschen aufgebaut, in denen die Kinder ihrer Phantasie freien Lauf lassen konnten. In manchen gab es Kostüme zum Verkleiden, in anderen konnten sich die Kleinen mit Spielzeugautos, Lastern und Zubehör vergnügen. Ein Feuerwehrhaus war komplett mit Helmen, Jacken, Eimern und Schläuchen ausgestattet. Davor stand ein großer roter Tret-Feuerwehrwagen samt Auspuffpfeifen und einer Alarmglocke, die besonders gern von den kleinen Jungs geläutet wurde. Die Mädchen wiederum waren von dem Schönheitssalon begeistert, in dem sie einander frisierten und Maniküre spielten. In der Konditorei, der Bäckerei und dem Obst- und Gemüseladen gab es ein reiches Sortiment an Waren aus Plastik, dazu kleine Einkaufswagen. Junge Frauen zeigten den Kindern, was sie mit den Spielsachen alles machen konnten, und ermunterten sie zum gemeinsamen Spielen.

Überall in dem Indoor-Spielplatz saßen Eltern in hübschen Lauben plaudernd an schmiedeeisernen Tischen neben künstlichen Blumenrabatten. Erfreut sah Natalie, dass sich ein halbes Dutzend ihrer Freundinnen an einem der Tische versammelt hatte. Sie begrüßten sie und wollten hören, wie es ihrem heranwachsenden Baby ging. Als sie Natalie fragten, was sie in letzter Zeit so gemacht habe, waren sie jedoch verblüfft von ihrer Antwort: »Ich war ein bisschen eingespannt, weil ich Freunden geholfen habe. Deswegen bin ich übrigens ganz froh, euch zu treffen, denn ich wollte fragen, ob ihr auch mithelfen wollt.«

»Wem, wann, wo?«, erwiderte Jodie. »Natürlich sind wir dabei.«

»Ist jemand in Schwierigkeiten? Oder krank?«, fragte Emma.

»Ihr seid alle so lieb. Nein, das trifft es nicht ganz.« Natalie atmete tief durch. »Es geht darum, einer ganzen Menge Menschen zu helfen und den Geburtstag einer sehr wichtigen Frau zu feiern. Ich werde versuchen, es euch zu erklären, so gut ich kann. Aber am meisten erfahrt ihr, wenn ihr mitgeht.«

»Mitgeht wohin?«, fragte eine andere Mutter, um auf den Punkt zu kommen.

Natalie bemühte sich, ihre Worte sorgsam zu wählen. »Zu einer Kundgebung. Es geht dabei auch um Politik, vor allem aber um Solidarität mit einer Frau, die ihr Haus nicht verlassen darf und getrennt von ihrer Familie leben muss. Durch ihre stille Würde und ihre Hingabe hat sie sich die Zuneigung und den Respekt nicht nur des Volkes in ihrer Heimat, sondern vieler Menschen überall auf der Welt erworben.«

»Geht es um diese Frau in Burma, von der du schon mal erzählt hast?«, fiel Holly ein.

»Aung San Suu Kyi«, bestätigte Jodie leise.

Natalie nickte. »Mit dieser Geburtstagsfeier wollen wir daran erinnern, dass sie ein weiteres Jahr in Hausarrest verbringen musste. Seit 1989 wird der Hausarrest immer wieder mal aufgehoben, dann neu verhängt. Deshalb organisieren die Leute, die ich kennengelernt habe, die Freunde von Burma, diese Kundgebung, um auch bei den Australiern für ihr Anliegen zu werben.«

»Das klingt schrecklich, aber was nützt ihr denn so eine Geburtstagsfeier?«, warf Holly ein. »Wenn wir uns dort versammeln, wird das niemanden in Burma sonderlich beeindrucken. Ich meine, ich helfe ja gern mal jemandem, aber das ist schon eine etwas abgehobene Sache.«

»Ich verstehe, dass euch das weit weg vorkommt. Ich habe ja selbst nichts über Burma gewusst, bis ich den Brief meines Onkels entdeckt habe«, räumte Natalie ein. »Aber jetzt habe ich Leute aus Burma kennengelernt und gehört, was für entsetzliche Dinge ihnen und ihrem Land widerfahren sind. Die Bevölkerung ist völlig verarmt, weil das Land wirtschaftlich isoliert ist und sich das Militärregime alles unter den Nagel reißt.«

»Die Generäle, die Burma regieren, schwelgen im Luxus, während alle anderen in Armut leben«, ergänzte Jodie. Die anderen Frauen starrten sie erstaunt an.

»Jodie hat sich während ihres Studiums mit Burma beschäftigt«, erklärte Natalie.

Eine der Mütter meinte: »Ich glaube, von dieser Frau habe ich noch nie gehört.«

»Ich schon«, meldete sich Peta zu Wort, die Mutter einer Freundin von Charlotte. »Es heißt, sie sei sehr tapfer, und Bilder von ihr habe ich auch gesehen. Sie ist ziemlich hübsch, nicht wahr?«

»Dann erzähl uns doch mehr von dieser Burmesin«, schlug Emma vor.

Also berichteten Natalie und Jodie abwechselnd, wie Aung San Suu Kyi ihr privilegiertes Leben in England hinter sich gelassen hatte, um die Demokratiebewegung in

Burma anzuführen, und wie ihre Partei 1989 zwar die Wahlen gewonnen hatte, aber niemals eine Regierung hatte bilden dürfen.

»Die Militärjunta in Burma fürchtete die Popularität dieser Frau so sehr, dass man sie in ihr Haus einsperrte.«

»Das ist ja furchtbar!«, rief Emma aus.

»Es kam noch schlimmer«, sagte Natalie und erzählte, wie Aung San Suu Kyi zwischen ihrem Land und ihrem todkranken Mann hatte wählen müssen.

Einen Moment herrschte Stille, während die Frauen über diese Geschichte nachsannen.

»Konnte sie mit ihrem Mann telefonieren?«, fragte Holly.

»Ja, das hat man ihr gestattet. Allerdings wurden alle ihre Telefonate abgehört und immer wieder unterbrochen.«

»Vielleicht kennt ihr auch die Fotos, auf denen sie vor ihrem Haus am Zaun steht und zu einer Menschenmenge spricht«, meinte Jodie. »Sie lächelt stets und bleibt immer gelassen. Und trägt immer frische Blumen im Haar. Es gibt unzählige Geschichten über sie. Manche Menschen sind wohl einfach geborene Führernaturen.«

»Im Vergleich zu ihr führen wir ein ziemlich unspektakuläres Leben«, meinte Holly.

»Überlegt mal, was für ein Opfer sie bringen musste. Ich glaube, ich hätte mich für meinen sterbenden Mann entschieden«, sagte Emma. »Wer hat sich denn um ihre Söhne gekümmert?«

»Als ihr Vater starb, waren sie schon erwachsen. Wie auch immer, Aung San Suu Kyi setzte sich weiterhin für ein demokratisches Burma ein. Als sie später ihre eigene Partei gründete, stellte man sie erneut unter Hausarrest, und daran hat sich seither nichts geändert«, erklärte Natalie.

»Sie hat zwar den Nobelpreis gewonnen, aber natürlich durfte sie ihn nicht selbst entgegennehmen. Immerhin ist dadurch die übrige Welt auf ihren Kampf aufmerksam geworden«, fügte Jodie hinzu.

»Wird sich dort je etwas ändern?«, fragte Peta.

»Na ja, wenn man nur die Hände in den Schoß legt, dann nicht«, verkündete Natalie mit einer Entschlossenheit, die sie selbst überraschte. »Über ausländische Regierungen Druck auszuüben ist eine Möglichkeit. Und offensichtlich dringt die Nachricht, dass sich Menschen im Ausland für sie einsetzen, sehr wohl zu ihr und den anderen Burmesen durch. Also, die Kundgebung findet nächsten Samstag im Sir Bruce Small Park statt, mit Zelten, Essen und einer Geburtstagstorte. Es werden auch ein paar Reden gehalten werden, aber nichts allzu Anstrengendes«, sagte Natalie. »Jodie, kannst du kommen?«

»Das werde ich mir bestimmt nicht entgehen lassen.«

»Ich versuche auch zu kommen«, erklärte Emma. »Wenn es im Park ist, kann ich ja die Kinder mitbringen. Scheint mir eine gute Sache zu sein.«

Es war ein strahlender Samstagvormittag mit einer leichten Brise, die die Sonnenhitze erträglich machte. Als Natalie ihren Zwillings-Buggy den gewundenen Weg zwischen den frisch gemähten grünen Rasenflächen entlangschob, stellte sie erleichtert fest, dass auch andere Leute in ihrer Richtung unterwegs waren.

In einer Ecke des Parks hatte man ein großes, mit Wimpeln geschmücktes Festzelt aufgebaut. Drinnen stand ein Podium vor mehreren Reihen Plastikstühlen. Im hinteren Teil des Zelts lagen auf drei Tischen Flugblätter sowie eine Unterschriftenliste für eine Petition an den burmesischen Botschafter aus, außerdem eine riesige Geburtstagskarte zum Unterschreiben, die an den Sicherheitsrat der Vereinten Nationen geschickt werden sollte. Ein riesiges Plakat mit einer ernst blickenden Aung San Suu Kyi, im Haar den typischen Blumenschmuck, hing unter einem Banner mit der Aufschrift: »Für ein demokratisches Burma. Freiheit für Aung San Suu Kyi.«

An Imbissständen gab es burmesische Spezialitäten und Kunsthandwerkserzeugnisse zu kaufen, deren Erlös dem Unterstützerfonds zugutekam. Die Stände waren mit Frauen der burmesischen Community besetzt, die beim Bedienen fröhlich scherzten und viel kicherten. Es herrschte eher die heitere Atmosphäre eines Picknicks als der Ernst einer politischen Kundgebung.

Natalie erspähte Jodie mit ihren Kindern und kurz darauf auch Emma und Holly samt ihren Kleinen. Die Freundinnen begrüßten einander, und schon begannen die Kinder miteinander zu spielen und zu plappern. Als dann aus der Lautsprecheranlage das erste Knacken drang, nahmen die Erwachsenen auf den Plastikstühlen Platz, während sich die Kinder neben ihnen ins Gras setzten.

Thi trat ans Mikrofon, um alle im Namen der Freunde von Burma willkommen zu heißen. Dann erzählte sie von Aung San Suu Kyi – von ihrem Mut, ihrer Entschlossenheit, ihrer Weisheit und ihren Prinzipien, ihrer Güte und ihrem Humor. Sie betonte, wie ungeheuer wichtig es sei, die Menschen in Burma wissen zu lassen, dass sie in ihrem Kampf nicht alleinstanden.

Holly beugte sich zu Natalie vor und flüsterte ihr ins Ohr: »Glaubst du wirklich, Aung San Suu Kyi erfährt, dass wir uns hier anlässlich ihres Geburtstags versammelt haben?«

»Offenbar schon«, erwiderte Natalie. »Allerdings sind wohl nicht alle Menschen in Burma so gut informiert wie sie.«

Mi Mi war die nächste Rednerin und forderte in ihrer leidenschaftlichen Ansprache, dass der UN-Sicherheitsrat eine Untersuchung einleitete, weil das burmesische Unterdrückerregime die Grundrechte der Menschen mit Füßen trat. »Die elementarsten bürgerlichen Rechte, die für uns Australier selbstverständlich sind, werden den Frauen und Männern in Myanmar vorenthalten.« Dann erzählte sie den Zuhörern ihre eigene Geschichte.

Still lauschten die Leute und versuchten sich die Schrecken eines Lebens in Burma zu vergegenwärtigen, während sie selbst gemütlich hier im Park saßen.

»Das ist ja grauenhaft«, flüsterte Jodie Natalie zu.

»Ich weiß«, entgegnete Natalie. »Ich weiß nicht, was ich machen würde, wenn ich wüsste, dass ich meine Mutter nie wiedersehen dürfte.«

Nach Mi Mi trat Thomas ans Mikrofon, lächelte verlegen und war offensichtlich nervös. Stockend begann er von sich zu erzählen.

Wie Mi Mi hatte auch Thomas 1988 an der Studentenrevolte teilgenommen. Als man der Partei der Demokratiebewegung verbot, eine Regierung zu bilden, machte er sich sein Talent als Schriftsteller zunutze, um die Öffentlichkeit innerhalb und außerhalb des Landes über die Zustände in Burma zu informieren. Er war verheiratet und wusste, dass er durch seine freimütigen Äußerungen seine Familie in Gefahr brachte. Also entschloss er sich zur Flucht, konnte die Grenze passieren und fand schließlich Aufnahme in einem thailändischen Flüchtlingslager.

Die Militärs durchsuchten das Haus der Eltern seiner Frau, weil sie ihn dort vermuteten. Darauf kam seine Frau zu dem Schluss, dass sie ihre Eltern nur schützen konnte, wenn sie sie verließ. Sie wollte ihrem Mann folgen, wenngleich sie nur eine vage Ahnung hatte, wo er sich aufhielt. Thomas erläuterte, dass es in Burma ein Netzwerk von Unterstützern – einfache Menschen, Studenten, Dorfbewohner und Mönche – gab, die Menschen auf dem Weg zu den Flüchtlingscamps Unterschlupf boten. Allerdings hatten diese Leute oft selbst kaum etwas zu essen und gingen allein schon durch ihre Beihilfe zu einer Flucht ein großes Risiko ein.

Mit Hilfe dieses Netzwerks gelang es Thomas' Frau nach vielen Wochen, sich zu einem Flüchtlingslager in Thailand durchzuschlagen. Die dortigen Bedingungen waren allerdings katastrophal, es gab wenig Nahrungsmittel und kaum sanitäre Einrichtungen. Sie erkrankte schwer und wäre fast gestorben. Zu ihrem Glück war ein Mediziner von Ärzte ohne Grenzen vor Ort und konnte ihr das Leben retten. Durch den Nachrichtenaustausch zwischen den verschiedenen Flüchtlingslagern erfuhr Thomas, wo seine Frau war, und kurz darauf waren sie wieder vereint. Er schrieb weiterhin über die Zustände in Burma, über die Militärjunta und die Probleme der Flüchtlinge in den Lagern, die jahrelang warten mussten, bis sie von einem Land aufgenommen wurden. Als er sich im Radiosender Free Voice of Burma zu Wort meldete, hatte dies zur Folge, dass sein Vater verhaftet und gefoltert wurde.

»Ich habe die Wahrheit darüber verbreitet, was das Regime meinem Land antut«, erklärte Thomas jetzt mit fester, entschlossener Stimme. »Nach wie vor verletzen die Generäle massiv die Menschenrechte, vor allem in den Regionen der ethnischen Minderheiten, unter anderem durch Vergewaltigungen und Folter, willkürliche Hinrichtungen, wahllosen Einsatz von Landminen und Zwangsarbeit, die Millionen Burmesen verrichten müssen. Das Regime beteiligt sich auch an einer modernen Form des Sklavenhandels. Menschen werden entführt, Kinder gekauft und verkauft und zu Kindersoldaten ausgebildet.« Er hielt inne, während Natalie, Holly und Jodie entsetzte Blicke wechselten.

»Mein Land galt einst als die Reisschüssel Asiens. Wir haben Teakholz, Jade und Rubine exportiert. Jetzt werden unsere üppigen Ressourcen, Gas und Öl, ausgebeutet, damit die Generäle noch reicher werden, während das Volk ständig unter Nahrungsmittelknappheit leidet. Es gibt kaum gut bezahlte Arbeitsplätze, keine Gesundheitsversorgung und nur sehr begrenzte Bildungs- und Aufstiegsmöglichkeiten. So bleiben die Menschen in Armut gefangen, geknechtet von der immer fetter werdenden Militärjunta. Aung San Suu Kyi muss auf freien Fuß gesetzt werden, damit es einen demokratischen Wandel in Burma gibt! Bitte nehmen Sie sich ein Flugblatt. Darin wird erklärt, wie Sie zu diesem Wandel beitragen können. Danke, dass Sie uns heute unterstützen.«

Thomas erntete begeisterten Applaus.

»Ich nehme gern ein Flugblatt mit, aber wie wollen sie jemals die Militärs loswerden?«, sagte Emma zu Natalie.

»Durch Beharrlichkeit und gewaltfreien Widerstand«, antwortete Natalie.

Es folgten einige abschließende Worte von Thi, die allen für ihre Unterstützung dankte. Dann wurde eine große Geburtstagstorte mit funkensprühenden Wunderkerzen nach vorn geschoben. Natalie sah, wie Vicki mit den Presseleuten sprach. Fotografen der Lokalzeitungen schossen Bilder, und ein Kamerateam filmte, wie die Torte angeschnitten wurde und die Menge begeistert »Happy Birthday« schmetterte. Durch den Gesang und die Wunderkerzen wurden die Kinder rasch auf die Torte aufmerksam und wollten etwas davon abhaben.

»Ob das heute Abend in den Nachrichten kommt?«, überlegte Emma.

»Schon möglich«, meinte Natalie. »Meine Freundin Vicki ist für die Pressearbeit zuständig, und ich habe sie vorhin zusammen mit einer Journalistin gesehen, die Thi und Mi Mi interviewt hat. Burma mit all seinen Problemen kann gar nicht genug Öffentlichkeit kriegen. Komm, besorgen wir den Kindern ein Stück Torte. Möchtest du was von dem Essen probieren?«

Natalie und ihre Freundinnen sammelten ihre Sachen zusammen und zählten ihre Kinderschar ab, als Natalie jemanden ihren Namen rufen hörte.

»Natalie! Ich habe mir schon gedacht, dass ich dich hier treffen würde«, sagte Moss und kam auf sie zu.

»Hi, Moss, wie schön, dich zu sehen!«

»Wie fandet ihr die Kundgebung? Hatte ja einen recht ordentlichen Zulauf«, meinte Moss. »Es müssen mehrere Hundert Leute gewesen sein.«

»Ja, es sind doch einige zusammengekommen«, pflichtete Natalie ihm bei.

»Die Ansprachen waren sehr bewegend. Und aufrüttelnd«, sagte Jodie. »Bist du auch bei den Freunden von Burma?«

Moss lächelte. »Ich bin ein Freund Burmas und ein großer Bewunderer von Aung San Suu Kyi. Vor allem finde ich es beeindruckend, wie sie ihre buddhistische Weltanschauung mit einem politischen Anliegen verknüpft.«

»Moss unterrichtet Buddhismus und asiatische Kunst«, erklärte Natalie Jodie.

»Ich dachte, der Buddhismus wäre eher pazifistisch ausgerichtet, irgendwie nicht so politisch. Dabei denke ich immer an die drei Affen – nichts Böses sehen, nichts Böses hören, nichts Böses sagen«, wunderte sich Jodie.

»Der burmesische Buddhismus bedeutet nicht, passiv zu sein, sondern vielmehr, sich in stiller Geduld zu üben und frei von Angst zu sein. Es heißt, das habe Aung San Suu Kyi die Kraft gegeben, all diese schweren Prüfungen durchzustehen. Sie zeigt, dass das spirituelle Streben eines Menschen nicht von seinen politischen Anschauungen und Handlungen getrennt werden kann«, erläuterte Moss.

»Interessant«, meinte Natalie. »Moss, wir haben unseren Kindern ein Stück von der Torte versprochen. Möchtest du auf einen Kaffee mitkommen?«

»Ja, das wäre nett«, sagte Jodie. »Emma, Holly, kommt ihr auch noch mit?«

»Nein, wir müssen heim«, antwortete Holly. »Danke, Nat, das war ein toller Vormittag. Bis bald.«

Gefolgt von Jodie rannten die Kinder voraus zum Imbissstand. Moss nahm Natalies Tasche, während sie den Buggy schob.

»Und du verfolgst immer noch das aktuelle Geschehen in Burma?«, fragte Natalie.

»Ich versuche es. Für mich ist Aung San Suu Kyi in vielerlei Hinsicht eine inspirierende Persönlichkeit. Vor allem weil sie eine Frau ist, die mit gutem Beispiel vorangeht, gerade in einem Land, das von einem traditionell männlichen Mönchstum geprägt ist, ganz zu schweigen von der Militärjunta.«

»Das stimmt«, meinte Natalie nachdenklich.

Sie fanden einen freien Tisch, wo sich die Kinder sofort über ihre Tortenstücke hermachten.

»Darf ich euch beide zu einem Kaffee einladen?«, fragte Moss.

»Das wäre nett, danke«, antwortete Jodie.

Als Moss mit drei Bechern Kaffee zurückkam, fragte er Natalie: »Hast du welche von den Büchern gefunden, die ich dir empfohlen habe?«

»Ja, ein paar, aber ich hatte noch nicht viel Zeit dafür. Doch da Mark jetzt wieder weg ist, werde ich sie mit Vergnügen abends im Bett lesen.«

»Gut, dass du deine Freundinnen heute mitgebracht hast. Sind sie auf demselben Weg wie du?«, fragte Moss.

»Wie meinst du das?«, entgegnete Natalie. »Mir war nicht bewusst, dass ich mich auf irgendeinem Weg befinde. Oder meinst du mein Interesse an asiatischer Kunst?«

»Auch das. Mir gefällt es, wenn jemand seinen Horizont erweitert, sich öffnet, um Neues kennenzulernen. Du hast begonnen, dich für eine Kultur, ein Land und ein Volk zu interessieren, für etwas, worüber sich deine Freundinnen bislang sicher noch nie Gedanken gemacht haben.«

»Na, das trifft aber nicht auf alle zu, stimmt's, Jodie? Du hattest dich doch schon vorher mit Burma beschäftigt.«

»Nur weil es in meinem Kurs an der Uni Thema war. Ich muss zugeben, dass mein Interesse daran durch dich neu geweckt worden ist, Nat.«

»Ich glaube, als ich dieses Kammavaca geerbt habe, hat mich das zum Nachdenken gebracht.«

»Hat sich da noch etwas getan?«, fragte Moss. »Hast du mehr darüber herausgefunden?«

»Ja, ein Freund meines Mannes hat es ins Netz gestellt, woraufhin sich etliche Interessenten gemeldet haben. Nicht, dass ich es verkaufen würde. Mi Mi hat mir die Adresse einer Nachkommin des alten Königs gegeben, und ich habe ihr geschrieben, um zu erfahren, was sie darüber weiß.«

»Das klingt spannend. Falls du Antwort von ihr bekommst, würde ich zu gern wissen, was sie schreibt«, meinte Moss.

Doch die Tage verstrichen, und Natalie hatte keine Zeit, über den Brief an Prinzessin Aye Aye nachzudenken. Sie war völlig in Anspruch genommen von den Dramen, die mit der Badezimmerrenovierung einhergingen. Charlotte und Adam waren quengelig und schwierig, und der beginnende siebte Schwangerschaftsmonat raubte ihr jede Energie.

Als sie eines Tages ihren Briefkasten öffnete und einen blauen Umschlag mit einer exotischen Briefmarke darin entdeckte, zitterten ihre Hände ein wenig vor Aufregung. Sie goss sich ein Glas Orangensaft ein, öffnete den Brief und setzte sich, um die grazile Handschrift zu entziffern.

Sehr geehrte Mrs. Cutler,
vielen Dank für Ihren Brief. Es ist sehr freundlich von Ihnen, dass Sie sich mit mir in Verbindung gesetzt und mir berichtet haben, wie Sie in den Besitz eines so wichtigen Teils unserer Familiengeschichte kamen.

Über dieses spezielle Kammavaca wurde in unserer Familie häufig gesprochen. Es bedeutete meinem Großvater sehr viel. Eine meiner Tanten war an jenem Tag in Mandalay zugegen, als der Abt des Klosters es dem König überreichte. Sie erzählte mir, der Abt habe den jungen Mönch, der dieses wundervolle Objekt gemalt hatte, zur Zeremonie mitgebracht. Von meiner Mutter weiß ich, dass sich der König sein Leben lang nicht von dem Kammavaca trennte und dass es nach seinem Tod seine Halbschwester erbte. Und diese verkaufte es dann diesem Sammler. Es ist gut zu wissen, dass Ihr Urgroßonkel es freundlicherweise für sie zurückgekauft hat, aber überaus betrüblich, dass er ums Leben kam, bevor er sein Vorhaben zu Ende bringen konnte.

Es berührt mich, zu wissen, dass das Kammavaca eine so außergewöhnliche Reise hinter sich hat und nun in sicherer Obhut ist. Ich würde es zu gerne einmal sehen, weil es dem König anscheinend lieb und teuer war. Da ich jedoch weiß, dass dies nicht möglich ist, tröstet mich der Gedanke, dass es bei Ihnen in guten Händen ist. Mir ist klar, dass sich das Rad der Zeit weitergedreht hat und die Geschichte des Kammavacas Ihnen sehr altertümlich anmuten mag. Doch habe ich die Erfahrung gemacht, dass das Schicksal im Leben eines Menschen eine gewichtige Rolle spielen kann. Das Schicksal des königlichen Kammavacas liegt in Ihren Händen. Und irgendetwas sagt mir, dass es einen tieferen Grund dafür gibt.

Mit besten Grüßen

Aye Aye

Die Unterschrift war ein nahezu unleserlicher Schnörkel. Bedächtig faltete Natalie den Brief wieder zusammen und dachte über Aye Ayes Worte nach. Sie fühlte sich innerlich zerrissen und war verwirrt. Zwar wusste sie selbst nicht, was für eine Antwort sie sich erhofft hatte. Aber sie hatte jedenfalls nicht damit gerechnet, dass es ihr so nahegehen würde, zu erfahren, wie sehr die verbannte Königsfamilie dieses kleine Kammavaca geschätzt hatte.

Das ihr praktisch in den Schoß gefallen war.

Sie betrachtete die kleine Teakschatulle, die sie heute morgen abgestaubt hatte. Dann setzte sie sich an den Computer und öffnete die Website, auf der das Kammavaca gelistet war. Sie trug jetzt die Verantwortung für das wertvolle Manuskript, und dieser wollte sie gerecht werden, indem sie die Anzeige löschte.

Doch als sie das neueste Angebot sah, verschlug es ihr den Atem. Es lag bei über neuntausend Dollar. So viel konnte es doch gar nicht wert sein! Warum sollte denn jemand neuntausend Dollar dafür bezahlen? Sicher, ein persönliches Eigentum des letzten Königs von Burma hatte einen gewissen Wert, aber neuntausend Dollar waren einfach absurd. Mit flinken Fingern tippte sie auf die Tastatur. Und »Burmesisches Kunstobjekt, Kammavaca, 19. Jh., mit historischem Hintergrund« verschwand vom Bildschirm.

Als aus dem Badezimmer wieder Presslufthämmern dröhnte, ging Natalie mit den Kindern in den Park am Ende der Straße. Gerne hätte sie bei Vicki vorbeigeschaut, aber die Kinder wollten unbedingt zu den Schaukeln und Rutschen, und sie war ganz froh, dass sie dort etwas von ihrer überschüssigen Energie loswurden.

Nachdem Charlotte und Adam am Abend mit ihrem Dad telefoniert hatten, setzte Natalie die beiden vor den Fernseher, legte ihnen eine Kinder-DVD ein und ging mit dem Telefon in ein anderes Zimmer. Dann erzählte sie Mark vom Brief der Prinzessin.

»Na, so was! Wer hätte gedacht, dass das kleine Ding dem

alten Burmesenkönig so wichtig war? Und wie geht's jetzt weiter?«, fragte er.

»Das Ganze hat mich ins Grübeln gebracht. Verkaufen kommt für mich jetzt überhaupt nicht mehr in Frage, deshalb habe ich es von der Website runtergenommen. Aber weißt du, was das letzte Angebot war? Über neuntausend Dollar!«

»Du machst Witze! Wer würde denn so einen Haufen Geld dafür bezahlen?«, rief Mark aus.

»Das habe ich mich auch gefragt. Man hört ja öfter mal Geschichten von Leuten, die für irgendwelche Sachen Phantasiepreise zahlen, so gesehen ... Doch seit ich Prinzessin Aye Ayes Brief gelesen habe, ist mir das Kammavaca irgendwie noch wichtiger geworden.«

»Auf den Brief bin ich gespannt. Falls du es doch mal verkaufen willst, hast du jetzt sogar zwei Briefe zur Beglaubigung der Echtheit. Willst du dem alten Mädel zurückschreiben?«

»Mark! Nenn sie nicht so! Es handelt sich um eine Dame aus einem früheren burmesischen Königsgeschlecht.«

»Du hast doch gesagt, sie sind aus Burma vertrieben worden, bevor sie geboren wurde. Was ist dann so besonders an ihr? Was hat sie Großartiges vollbracht?«

»Das weiß ich gar nicht, ehrlich gesagt«, räumte Natalie nachdenklich ein. »Mi Mi hat gemeint, sie sei eine beeindruckende Frau, und aus ihrem Brief geht hervor, dass sie sehr gebildet ist. Immerhin weiß ich, dass sie vor einer Weile nach Burma zurückgekehrt ist. Aber von ihrem Leben habe ich im Grunde keine Ahnung.«

»Schreib zurück und frag nach, wenn du mehr von ihr wissen willst«, meinte Mark. »Allerdings glaube ich nicht, dass sie uns noch viel über das Kammavaca verraten kann. Sie hat es ja nie selbst gesehen, und mehr gibt es darüber wahrscheinlich nicht zu erzählen ... Was hast du denn morgen für Pläne für die Rasselbande? Wie sieht das Badezimmer aus?«

»Als ob eine Bombe eingeschlagen hätte. Das totale Chaos! Und der Lärm ist grauenhaft. Mir ist es unbegreiflich, warum man den Raum erst völlig verwüsten muss, bevor man ihn wieder herrichten kann.«

»Ja, ich weiß ganz gut, was für einen Job die Handwerker machen müssen. Zum Glück bin ich nicht zu Hause«, sagte er lachend.

»Na, vielen Dank auch. Morgen habe ich wieder eine gynäkologische Untersuchung, und danach fahren wir zum Little-Kicks-Fußballverein.«

»Super, das klingt toll! Adam findet es bestimmt großartig, einem Ball nachzurennen. Aber steht Charlotte nicht mehr auf Pirouetten und hübsche Kleider?«

»Allerdings. Ich versuche ja schon länger, ihr diese Prinzessinnenklamotten auszureden. Aber weil dort alle anderen weite Shorts und gestreifte Trikots mit ihrem Namen und einer Nummer darauf tragen, ist sie jetzt auch ganz heiß darauf. Ich habe beschlossen, eine Fußballmama zu werden!«, erklärte Natalie und lachte.

»Mit einem großen Fußball auf dem Pulli! Was macht denn unser Kleinster?«, fragte Mark zärtlich. »Wo ich doch weiß, dass du immer erschöpft bist und trotzdem so viel erledigen musst«, fügte er hinzu.

»Ja, ich werde immer schnell müde. Und dieser Erschöpfungszustand wird wohl noch die nächsten Jahre anhalten. Aber es geht schon, Schatz. Ich weiß ja, dass es für dich auch kein Zuckerschlecken ist. Aber denk einfach an das Haus und was wir uns hier aufbauen.«

»Ich liebe dich, Nat.«

»Ich liebe dich auch. Jetzt lege ich besser auf. Der Kinderfilm ist gleich vorbei, und es wird Zeit fürs Bett.«

Am nächsten Tag rief Natalie Mi Mi an, bedankte sich,

dass sie ihr die Adresse von Prinzessin Aye Aye gegeben hatte, und erzählte ihr von deren Brief.

»Es ist unglaublich, dass sie mein Kammavaca kennt. Wenn ich ihr noch mal schreibe, schicke ich ihr ein paar Fotos mit.«

»Sie ist eine tolle Frau«, erwiderte Mi Mi. »Die Burmesinnen sind sehr selbstbewusst. Sie betrachten sich als den Männern ebenbürtig. Sie behalten ihre Namen und entscheiden sich oft auch, unternehmerisch tätig zu sein. Anscheinend waren es die königlichen Frauen, die den Palast wie auch den König im Griff hatten.«

»Woher weißt du das alles?«, fragte Natalie verwundert.

»Es sind schon seit vielen Jahren Anekdoten über die königliche Familie im Umlauf, die für Klatsch und Tratsch sorgen. Und es existieren auch noch Briefe von Leuten, die sie getroffen oder gekannt haben, mit Geschichten über sie. In Rangun gab es einmal einen britischen Buchhändler, der mit einer Einheimischen verheiratet war und begonnen hatte, diese Geschichten und Anekdoten zu sammeln. Aber ich habe keine Ahnung, was aus ihm und seinen Aufzeichnungen geworden ist. Natürlich hat der König stets an dem Glauben festgehalten, dass seine Familie irgendwann wieder an die Macht kommen und die Monarchie wiederhergestellt werden würde.«

Natalie nickte. Diese Geschichten über das alte Königshaus faszinierten sie.

»Wie auch immer, das alles ist lange her. Wenn du mehr darüber wissen willst, solltest du mit Aye Aye in Kontakt bleiben. Sie schreibt gern Briefe. Ihre Lebensgeschichte ist ganz erstaunlich, und sie macht immer noch großartige Sachen. Zwar habe ich sie seit Jahren nicht mehr gesehen, aber sie ist eine ganz bezaubernde Person, wie alle in ihrer Familie. Und sie weiß ihre Fähigkeiten klug einzusetzen.«

»Wie schade, dass ich sie nicht persönlich kennenlernen

kann. Aber ja, ich werde ihr wieder schreiben«, meinte Natalie.

»Ich bin so froh, dass du das Kammavaca nicht verkauft hast.«

»Das hatte ich auch nie wirklich vor.«

»Die Entscheidung liegt bei dir«, erwiderte Mi Mi. »Ich möchte dir auch noch danken, dass du deine Freundinnen zu der Kundgebung mitgebracht hast. Es ist ein langwieriges Unterfangen, die Herzen und Köpfe der Leute für unser Anliegen zu gewinnen, aber mit Hilfe engagierter Menschen werden wir es schaffen.«

Als die Bauarbeiter Feierabend gemacht hatten und Adam und Charlotte am Küchentisch mit Malen beschäftigt waren, wollte Natalie ihrer Mutter ein paar Fotos von den Kindern in ihren neuen Fußballtrikots mailen. Dabei entdeckte sie zu ihrer Verwunderung eine neue Mail von Peter Michaelson, dem Londoner Kunsthändler, in ihrem Posteingang.

> Ich habe die Gebote für Ihr Kammavaca im Internet verfolgt. Wie ich festgestellt habe, ist es nicht mehr gelistet. Heißt das, dass sie ein Angebot angenommen haben? Falls nicht, würde ich das zuletzt bei Ihnen eingegangene Angebot erheblich überbieten. Wenn ich mich recht entsinne, lag es bei etwa neuntausend Australischen Dollar. Ich biete Ihnen vierzehntausend Australische Dollar als definitiv letztes Angebot. Bitte setzen Sie sich umgehend mit mir in Verbindung.

Natalie war fassungslos. Warum stieg er mit so einem hohen Angebot ein? Ein Händler war bestimmt nur dann so großzügig, wenn für ihn noch mehr Profit dabei heraussprang. Sehr seltsam, dachte sie. Aber ich bedaure, Mr. Michaelson, das Kammavaca ist absolut unverkäuflich.

»Hallo, Mum, wir haben ja schon ewig nicht mehr miteinander telefoniert. Hattest du viel zu tun?«, fragte Natalie, als sie ihre Mutter etwas später am Abend anrief.

»Ja, furchtbar viel.« Sarah klang geistesabwesend und nicht so fröhlich wie sonst.

»Na, das ist doch schön, oder? Dann läuft das Geschäft also gut?«

»So lala. Hast du gerade einen Moment Zeit, Nat?«

»Ja, die Kinder schlafen schon. Du hörst dich bedrückt an, was ist los?«

»Ich wollte dich schon anrufen, aber ich hatte so viel um die Ohren. Wie geht es dir? Inzwischen bist du ja im siebten Monat! Ich würde dich liebend gern sehen, aber das ist schwierig. Zurzeit komme ich nicht weg, weil ich Vollzeit im Laden arbeite.«

»Mir geht's gut, Mum, aber warum rackerst du dich denn jeden Tag im Laden ab? Du solltest mindestens einen freien Tag pro Woche haben. Was ist denn mit der Frau, die immer ausgeholfen hat?«

»Ich habe ihr kündigen müssen. Zu Hause liegt gerade einiges im Argen. Ich wollte es dir schon länger sagen, fürchtete aber, dass du dir dann Sorgen machst.«

»Mum! Was ist los? Ist mit dir alles in Ordnung? Bist du krank? Oder Steve?« Jetzt war Natalie richtig beunruhigt.

»Nein, nichts dergleichen. Uns beiden geht es gut. Außer in finanzieller Hinsicht, um offen zu sein. Es gab eine Art Absturz.«

»Was heißt das, Mum? Ich dachte immer, ihr hättet keine Geldsorgen. Ihr habt doch ganz ordentliche Rücklagen.«

»Nicht mehr.«

»Wie meinst du das?«

»Ich habe dir doch erzählt, dass Steve ein bisschen an der Börse mitmischt. Nun, es endete in einem Fiasko.«

»Wieso?«

»Er hat mit Aktien spekuliert, ist aber ausgerechnet dann eingestiegen, als die Kurse am Bröckeln waren, und hat immer wieder versucht, die Verluste durch weitere Investitionen auszugleichen. Das ist wahrscheinlich ein klassischer Fehler, aber jetzt ist der größte Teil unserer Ersparnisse futsch.« In Sarahs Stimme schwangen Ärger und Angst mit.

»O mein Gott. Wie denn das? Steve war doch nie eine Spielernatur.«

»Eben. Er ist ein Milchbauer«, erwiderte Sarah verbittert.

»Wie schlimm steht es um euch, Mum? Wie viel habt ihr noch? Wir greifen euch unter die Arme. Mark verdient gutes Geld.«

»Nat, Liebes, ich will nicht, dass du dir deswegen Sorgen machst. Das Haus ist bezahlt. Wir müssen einfach den Gürtel ein bisschen enger schnallen und eine Zeitlang von dem leben, was der Laden abwirft. Steve sucht sich eine Teilzeitarbeit, beim Landschaftsbau oder so. Er macht sich natürlich schreckliche Vorwürfe. Wir haben unsere gemeinsamen Rücklagen verloren.«

Natalie konnte nicht fassen, was sie da hörte. Ihr lag eine Bemerkung über Steve auf der Zunge, doch sie verkniff sie sich.

»Dann werdet ihr wohl so bald keine Reisen unternehmen?«

»Nein, nicht mal zu euch an die Gold Coast, weil ich Überstunden machen muss. Große Sprünge sind erst mal nicht drin. Ich fühle mich schrecklich dabei, ich wollte nicht, dass du dir Sorgen machst, wo doch das Baby unterwegs ist und so. Eigentlich hatte ich mir so schöne Sachen vorgenommen, und nun weiß ich nicht mal, ob ich dir überhaupt irgendwie helfen kann …«

»Das brauchst du nicht, Mum. Mark und mir und den

Kindern geht es gut. Sorgen mache ich mir eher um dich. Soll ich nächste Woche mal zu euch fahren? Ich habe euch schon lang nicht mehr gesehen, und die Kinder würden sich auch freuen.«

»Ich muss arbeiten, Schätzchen. Steve hat wegen alldem ein furchtbar schlechtes Gewissen. Er dachte, er wüsste, was er tut. Ein Freund von ihm hat auch an der Börse spekuliert und einen Haufen Geld verdient, deshalb meinte Steve, er könnte das auch. Tja, denkste. Ich meine, was hat er sich denn eingebildet? Er hatte keinerlei Erfahrung auf dem Aktienmarkt. Aber wir schaffen das schon. Irgendwie wird sich alles regeln, und mir geht es jetzt schon besser, nachdem ich es dir gesagt habe. Im Grunde heißt es ja bloß, dass ich nicht all die hübschen Sachen für das Baby kaufen kann, wie ich es ursprünglich geplant habe. Und wann ich mal rauffahren und euch helfen kann, steht auch noch völlig in den Sternen.«

»Mum, Mum, das ist in Ordnung, wir kommen schon klar. Außerdem ist das Baby ja erst in zwei Monaten da, bis dahin haben wir hier klar Schiff gemacht. Na ja, zumindest im Badezimmer. Wir haben das alles genau geplant, also zerbrich dir unseretwegen nicht den Kopf, wir kriegen das prima auf die Reihe. Gib lieber auf dich selbst acht. Und auf Steve. Und bitte, Mum, lasst euch von uns helfen.«

»Das kommt überhaupt nicht in Frage, nicht mal im Traum würde es mir einfallen, von euch Geld anzunehmen. Ihr seid eine junge Familie und werdet über kurz oder lang selbst jeden Penny brauchen. Aber jetzt erzähl mal, was ist bei der gynäkologischen Untersuchung herausgekommen? Hast du gefragt, ob es ein Junge oder ein Mädchen ist?«

Die beiden unterhielten sich noch eine Weile, bis Natalie Adam rufen hörte. »Mum, ich muss Schluss machen. Adam ist aufgewacht.«

»Gib auf dich und das Baby acht. Grüße Mark und die

Kinder von mir. Und bitte macht euch unseretwegen keinen Kopf, wir kommen schon zurecht. Ehrlich.«

»Ich hab dich lieb, Mum.«

»Ich dich auch, Schätzchen.«

Die erschütternde Neuigkeit war das Erste, was Natalie zur Sprache brachte, als Mark am nächsten Tag anrief.

»Mum und Steve ... Steve hat all ihre Ersparnisse beim Spekulieren an der Börse verloren!«

»Verdammt! Wie hat er das denn angestellt? Ich dachte, sie wären finanziell abgesichert.«

»Waren sie auch, aber jetzt nicht mehr. Anscheinend hat Steve geglaubt, er könnte ihr finanzielles Polster ein bisschen aufstocken, so wie es seinem Freund gelungen ist, aber dabei hat er alles verzockt. Gott sei Dank gehört ihnen das Haus, und mit dem, was der Laden abwirft, kommen sie über die Runden. Aber der Notgroschen ist weg. Arme Mum. Sie wirkte ziemlich niedergeschlagen.«

»Kein Wunder. Das Haus, das sie gerade erst gekauft haben, wird sie ja wohl kaum gleich wieder verkaufen wollen. Lässt sich die Boutique zu Geld machen?«

»Ich glaube, bei der jetzigen Marktlage würde sie nicht viel dafür bekommen. Und was sollte sie dann mit sich anfangen? Du kennst doch Mum, immer noch das Glamourgirl, und ihr Beruf ist ihr Ein und Alles. Ich habe ihr Geld angeboten, aber davon wollte sie nichts wissen. Das war doch auch in deinem Sinne, oder?«

»Na klar.«

»Und Mark, ich muss dir noch was sagen. Da kam eine E-Mail von diesem Kunsthändler aus London, Peter Michaelson. Er hat sein Angebot beträchtlich erhöht. Auf vierzehntausend Australische Dollar.«

»Was? Wieso denn das? Das ist ein enormer Sprung. Warum überbietet er das letzte Angebot nicht einfach nur, sagen wir, um tausend Dollar? Dieses Ding könnte wertvoller sein, als wir denken, Nat.«

»Schon möglich, aber was macht das für einen Unterschied, wenn wir es sowieso nie verkaufen?«, erwiderte Natalie.

7

Sie waren so vertieft in ihre Arbeit, dass es einen Moment dauerte, bis sie die Stille bemerkten. Natalie ging in die Hocke, die Schaufel in der Hand.

»Der Krach aus dem Badezimmer hat aufgehört. Hoffen wir, dass es das war. Für heute wenigstens.«

»Wann können wir endlich wieder baden, Mummy?«, fragte Charlotte.

»Erst wenn alles in Ordnung ist, mein Schatz. Bis dahin ist noch vieles zu tun. Aber ich bin froh, dass sie nicht mehr mit dem Presslufthammer arbeiten. Na, dann wollen wir mal die restlichen Karotten einpflanzen.«

In den Gemüsegarten hinter dem Haus hatte Natalie anfangs nur ein paar Kräuter gesetzt. Dann wollten die Kinder etwas anbauen, was sie gern aßen, und weil sie Karotten mochten, erlaubte ihnen Natalie, ein kleines Beet dafür anzulegen. Sie zeigte Charlotte, wie man die Erde rund um die Setzlinge andrückt, und konnte Adam gerade noch davon abhalten, sie wieder auszureißen, weil er sehen wollte, wie sie wuchsen.

Natalie richtete sich auf und rieb sich ihren schmerzenden Rücken. »Gehen wir rein und machen uns einen Milchshake.«

Als sie ins Haus trat, klingelte ihr Telefon.

»Hi, Thi. Wie geht's?«

»Natalie, mach den Fernseher an. In Burma passiert etwas. Sie haben es in den Mittagsnachrichten gebracht. Anscheinend demonstrieren die Leute. Es hört sich schrecklich an.«

»Was? Ich schalte ihn gleich ein.«

Sie konnte nur noch das Ende des Berichts verfolgen, in dem von einer Wirtschaftskrise in Burma die Rede war, die durch horrend angestiegene Kraftstoffpreise ausgelöst wurde. Das schien allerdings nicht sonderlich dramatisch zu sein, und als der Nachrichtensprecher zur nächsten Meldung überging, schaltete sie den Fernseher aus.

Als Charlotte und Adam später ihren Mittagsschlaf machten, versuchte Natalie den Staub zu beseitigen, der sich wegen des Umbaus im Bad im ganzen Haus ausbreitete. Allerdings wusste sie, dass das eine Sisyphos-Arbeit war, denn die Arbeiter hatten noch eine Menge zu tun.

Nachdem die Kinder zu Abend gegessen hatten und geduscht worden waren, beschäftigten sie sich mit Puzzles, während sie auf Marks Anruf warteten. Natalie setzte sich aufs Sofa und schaute die Abendnachrichten an. Als sie sah, dass die Hauptmeldung Burma betraf, wechselte sie zu SBS, weil der multikulturelle Sender bestimmt einen ausführlicheren Bericht brachte. Die Bilder sprangen sie geradezu an. Sie fühlte sich regelrecht mitten in diesen Lärm und die Farben auf dem Bildschirm hineinversetzt, so dass es ihr den Atem verschlug.

Hunderte Mönche in roten Roben zogen in dicht gedrängten Reihen durch die Straßen, riefen Parolen in Megafone und schwenkten die Arme. Auf ihren Gesichtern malte sich Zorn. Ihnen stellten sich Soldaten mit Stahlhelmen in den Weg, die große Schilde vor sich hielten und mit ihren Schlagstöcken darauftrommelten. Menschen lehnten sich aus den Fenstern und blickten von den Balkonen und Dächern der alten Holzgebäude auf die Straßen herab.

Die Filmaufnahmen waren unscharf und verwackelt. Natalie sah, wie Burmesen, junge und alte, Männer und Frauen, auf die Straße strömten, sich unterhakten und einen Ring um die Mönche bildeten. Alle schienen zu singen. Offenkundig hatten sie die Absicht, eine lebende Barriere zwischen den hochgeachteten Mönchen und den gesichtslosen grün uniformierten Soldaten am anderen Ende der Straße zu bilden. Einige junge Männer rannten in den freien Raum zwischen beiden Gruppen und warfen Steine in Richtung der unbeteiligt wirkenden Soldaten.

Wer auch immer die Kamera hielt, er steckte mitten im Geschehen, rannte neben der Menge her, versuchte ein paar atemlose Kommentare einzufangen, die in Untertiteln übersetzt wurden: »Es gibt keine Demokratie in Burma«, »Wo sind die Rechte des burmesischen Volkes?«

Das Telefon läutete, doch Natalie reagierte nicht darauf. Bestimmt war es Mark, der mit den Kindern sprechen wollte. Charlotte lief hin und nahm ab, aber Natalie starrte weiterhin gebannt auf die Szenen, die sich in den Straßen von Rangun abspielten. Ganz kurz sah man eine riesige goldene Pagode im Hintergrund – ein atemberaubender Anblick. Dann folgte eine Szene, wie weitere Mönche aus einem alten Bus strömten, um sich der Demonstration anzuschließen, manche mit Fahnen und Megafonen.

Viele der umstehenden Menschen verbeugten sich und falteten ehrerbietig die Hände, als die Mönche zielstrebig an ihnen vorüberschritten. Andere jubelten und klatschten. Ein kleiner Junge sank auf die Knie und berührte mit der Stirn den Boden. Als ihn die vorbeidrängende Menge anrempelte, half ihm jemand auf die Beine.

Jäh krachten Schüsse. Aus den Gewehren der Soldaten stiegen Rauchwolken auf.

»O mein Gott, sie schießen mit scharfer Munition!«, schrie Natalie.

Die Kinder, die sich mit Mark unterhielten, achteten nicht darauf.

Die Menge stob auseinander, floh vor den Schüssen und dem Tränengas. Die Menschen rannten, manche in gekrümmter Haltung, andere schlugen sich auf ihrer panischen Flucht die Hand vor den Mund. Fliehende stürzten, wurden hastig von anderen Demonstranten fortgezogen. Die ganze Zeit über war das Geräusch von Gewehrfeuer im Hintergrund zu hören. Das Kamerabild wackelte wild hin und her, denn der Filmende rannte jetzt ebenfalls.

»Sie schießen auf die Mönche!«, stieß Natalie hervor. Tränen liefen ihr übers Gesicht. Sie konnte nicht fassen, was für grauenhafte Szenen sich vor ihren Augen abspielten. Die angsterfüllten Gesichter von Frauen, Männern und Jugendlichen, die trotzigen Mienen der Mönche, manche mit blutenden Wunden auf dem kahlrasierten Schädel, huschten wie eine Collage über den Bildschirm. Am Ende des wackligen Films sah man, wie Blut über Kopfsteinpflaster auf eine einsame Mönchssandale zuströmte.

Der TV-Moderator fasste die wenigen Informationen zusammen, die über die gerade gezeigten Ereignisse bekannt waren:

»Diese Bilder einer gewaltsam niedergeschlagenen Demonstration konnten aus Burma herausgeschmuggelt werden. Ansonsten wissen wir im Augenblick nur wenig über das, was sich heute in Rangun abgespielt hat. Bekannt ist, dass die Unruhen seit mehreren Wochen im Gang sind, nachdem die Junta plötzlich die Subventionen für Kraftstoffe gestrichen hat. Die Kraftstoffpreise haben sich verdoppelt, und die Nahrungsmittelpreise sind ebenfalls in die Höhe geschnellt, was die Menschen in Burma, die ohnehin am Existenzminimum leben, in große Not stürzt. Zum ersten Mal seit vielen Jahren sind die Unzufriedenen in einem Akt des zivilen Ungehorsams auf die Straße gegangen. Dass die Mönche ihr Gelübde brechen, sich politisch engagieren und Reformen verlangen, ist ein Anzeichen für die enorme Verbitterung, die in diesem unterdrückten und armen Land herrscht.«

Natalie saß reglos da, das Gesicht tränenüberströmt. Der Bericht über Burma hatte nur wenige Minuten gedauert, doch ihr war es wie eine Ewigkeit erschienen. Unfähig, sich zu rühren, verharrte sie im Angesicht dieser quälenden Bilder. Auch als bereits ein anderer Bericht lief, starrte sie immer noch auf den Bildschirm. Sie glaubte immer noch die Schreie der Menschen und das Gewehrfeuer zu hören, als das Militär auf das eigene Volk schoss – sogar auf die Mönche, die spirituellen Anführer ihres Landes.

»Mummy, was ist los?« Charlotte zupfte an ihrem Ärmel. »Daddy will jetzt mit dir reden.«

»Dann gib mir bitte das Telefon, mein Schatz.« Natalie wischte sich die Tränen ab, weil die Kinder nicht mitbekommen sollten, wie aufgelöst sie war. Und weil sie ihnen nicht erklären wollte, was sie gerade gesehen hatte.

»Hey, Nat, alles in Ordnung? Charlotte sagt, dass du weinst.« Mark klang besorgt.

»Ich habe gerade etwas Entsetzliches im Fernsehen gesehen. Vielleicht kannst du dir die Spätnachrichten anschauen. In Rangun war eine Großdemonstration. Die Mönche sind zu Hunderten auf die Straße gegangen, und Tausende Menschen haben sich ihnen angeschlossen und versucht, sie zu schützen. Dann haben die Soldaten auf sie geschossen. Das sind Mönche, Männer des Glaubens, Pazifisten! Kannst du dir das vorstellen?«

»Beruhige dich, Nat. Du bist ja ganz außer dir. Nach dem, was du mir erzählt hast, steckt das Land in großen Schwierigkeiten. Es gibt dort offenbar eine Menge Unruhen.«

»Wie können die Leute denn einfach zusehen, wie hilflose, unbewaffnete Menschen niedergeschossen werden, weil sie ihre Grundrechte einfordern – zum Beispiel auf Nahrung!

Die meisten von ihnen waren Mönche, Mark! Das ist furchtbar.«

»Ich verstehe, dass du durcheinander bist, aber vergiss nicht, Nat, du engagierst dich ja schon für Burma. Allerdings hört sich das wirklich schrecklich an. Die Spätnachrichten sehe ich mir auf alle Fälle an. Und jetzt erzähl mir von Charlottes Ballettaufführung. Sie ist ja ganz aus dem Häuschen.«

Als die Kinder im Bett lagen, machte Natalie Ordnung in der Küche. Doch sie war mit den Gedanken ganz woanders. Draußen sah sie die Lichter auf dem ruhigen Wasser des Kanals glitzern. In den hell erleuchteten Häusern gegenüber liefen Leute hin und her, ein Bildschirm flimmerte; leise Musik ertönte, als es sich Familien zum Feierabend gemütlich machten, in Sicherheit und Geborgenheit.

Da läutete das Telefon. Zu Natalies Überraschung war Vicki dran.

»Hi, Natalie! Ich stehe vor deiner Tür, wollte dich aber nicht aufschrecken oder die Kinder wecken. Hast du die Nachrichten gesehen? Ich bin völlig fertig. Kann ich reinkommen?«

»Klar. Ich bin so froh, dass du hier bist«, sagte Natalie plötzlich erleichtert.

Natalie setzte Wasser auf, während Vicki sich auf einen Küchenstuhl setzte.

»Es ist entsetzlich, einfach grauenhaft.«

»Vicki, ich konnte es nicht fassen, dass unschuldige Menschen so kaltblütig niedergemetzelt werden, und noch dazu die Mönche! Sogar ich habe begriffen, wie sehr das burmesische Volk sie verehrt. Wie konnten die Soldaten das nur tun?«

»Die Generäle haben die reinste Militärmaschinerie aufgebaut. Trotzdem wundert es mich, dass sie gegen Mönche vorgegangen sind.«

»Da muss doch etwas passieren! Jetzt, nachdem die Weltöffentlichkeit gesehen hat, was da vor sich geht«, rief Natalie.

»Das bezweifle ich. Die Generäle kümmert es nicht, was die Welt draußen denkt. Sie schreiben sich ihre eigenen Gesetze. Wenn die Leute auf die Straße gehen und demonstrieren, muss die Lage wirklich dramatisch sein. Sie haben solche Angst vor der Militärjunta, und ihnen ist klar, dass sie ihr Leben und das ihrer Familie aufs Spiel setzen, wenn sie protestieren. So rächt sich nämlich das Regime an seinen Gegnern – es bestraft die Angehörigen«, sagte Vicki. »Ich habe versucht, mit Freunden dort zu sprechen, aber das ganze Land scheint völlig abgeschirmt zu sein. Telefonisch kam ich überhaupt nirgends durch.«

»Glaubst du, die Proteste werden etwas bewirken?«

»Keine Ahnung. Es gibt schon eine Weile Demonstrationen im ganzen Land, weil die Leute eine andere Wirtschaftspolitik wollen. Für uns heißt das wohl, dass wir uns noch mehr anstrengen müssen, um unseren Mitmenschen nahezubringen, welche Not in Burma herrscht. Aber das ist nicht leicht.«

Natalie nickte. »Ich denke an meine Kinder, die sicher und geborgen oben in ihren Betten liegen, und an das kleine Baby, das unterwegs ist. Was für ein Leben wäre es, wenn wir stattdessen darum kämpfen müssten, unsere Familie durchzubringen, Angst haben müssten, dass es mitten in der Nacht an die Tür klopft und dein Mann oder deine Mutter abgeholt werden?« Natalie seufzte. »Wenn ich doch nur mehr tun könnte …«

Sie schenkte ihnen beiden Tee ein. »Vicki, mir kommt gerade eine Idee«, sagte sie. »Vielleicht könnte ich das Kammavaca ja nach Burma zurückschicken. An Prinzessin Aye Aye. Es hat ja ihrer Familie gehört. Onkel Andrew wollte es ihr ja unbedingt zurückgeben. Und ich glaube, König Thibaws Kammavaca ist ein Teil der burmesischen Kultur. Ich denke, ich sollte dafür sorgen, dass es wieder in die Hände seiner rechtmäßigen Besitzer kommt.« Sie warf Vicki einen fragenden Blick zu.

Bedächtig nickte Vicki. »Vielleicht hast du recht. Das würde einigen Menschen sicherlich viel bedeuten. Zwar würde die Prinzessin niemals darum bitten, aber für dich ist es eigentlich ja nur ein exotisches Familienerbstück. Für sie hängt sehr viel mehr damit zusammen. Ihr Großvater hat es hochgeschätzt, und es ist ein Bindeglied zur ruhmreichen Vergangenheit ihrer Familie. Es wäre sehr anständig von dir, wenn du es zurückgibst.«

»Seit ich selbst diese erschütternden Bilder im Fernsehen gesehen habe, möchte ich für die Burmesen etwas Konkreteres tun, als nur zu Kundgebungen zu gehen. Und das wäre eine Möglichkeit.«

»Was wird Mark dazu sagen? Du könntest mit dem Geld, das der Händler in London geboten hat, eine Menge anfangen«, gab Vicki zu bedenken.

»Kann man das Leiden und die Opfer dieser Menschen mit Geld aufwiegen? Es geht nicht nur um Aung San Suu Kyi und ihre Demokratiebewegung, sondern um das ganze burmesische Volk«, rief Natalie. »Das ist mir jetzt klar. Vielleicht ist die Rückgabe des Kammavacas nur ein symbolischer Akt, aber ich will es machen. Sonst fühle ich mich so hilflos. Klar, auch hier in Australien gibt es Menschen, die leiden, aber in Burma sind es alle! Das ganze Land wird geknechtet.«

»Da hast du absolut recht.« Vicki nahm einen Schluck Tee.

»Ich werde noch heute Abend an Prinzessin Aye Aye schreiben.«

»Ich bin so froh, dass ich vorbeigekommen bin«, sagte Vicki. »Ich war am Boden zerstört. Das bin ich zwar immer noch, aber es ist schön zu wissen, dass es nicht nur mir so geht. Danke, Natalie.«

»Nein, ich muss mich bei dir bedanken. Du hast mir geholfen, meine Gedanken zu ordnen. Durch das Kammavaca habe ich mich auf eine Art Reise begeben. Inzwischen weiß ich so viel mehr, nicht nur über Burma, sondern komischerweise auch über mich selbst. Ich sehe, was wirklich wichtig ist im Leben.« Natalie suchte nach Worten, um diese neuen Gedanken auszudrücken, die ihr durch den Kopf gingen.

»Wie willst du Aye Aye das Kammavaca zukommen lassen? Der Post würde ich es nicht anvertrauen«, meinte Vicki.

»Stimmt. Aber fährst du nicht manchmal hin? Wann kommst du denn wieder nach Burma? Könntest du es übergeben?«, fragte Natalie.

»In nächster Zeit habe ich keine Reise geplant. Aber irgendwann werde ich natürlich wieder hinfahren, und dann werde ich dafür sorgen, dass dein wertvolles Geschenk in die Hände der Prinzessin gelangt.«

»Tausend Dank. Das ist also abgemacht«, erwiderte Natalie. Sie stellte ihre Tasse ab, ging zum Schreibtisch und kam mit der kleinen Teakschatulle zurück. »Vermutlich wird meine Geste die politischen Verhältnisse in Burma nicht groß verändern, aber ich habe das Gefühl, dass ich eine Reise zu Ende führe, die vor über achtzig Jahren angefangen hat. Dieses Kammavaca gehört von Rechts wegen nach Burma und nicht auf meinen Schreibtisch.«

Als Vicki gegangen war, schrieb Natalie einen Brief an Prinzessin Aye Aye und versuchte in Worte zu fassen, wie sie zu der Entscheidung gelangt war, das Kammavaca zurückzugeben.

Der Anblick der Mönche, umringt von unbewaffneten Zivilisten, die sie schützen wollen, hat mich tief berührt. Mir ist klar geworden, dass das burmesische Volk nach der Freiheit verlangt, die wir in Australien alle für selbstverständlich halten. Die Unterdrückung und die Armut der Men-

schen haben mir vor Augen geführt, wie wichtig die Grundrechte sind, die den Burmesen verweigert werden. Ich wünschte, ich könnte mehr tun, um zu helfen. Ich arbeite mit Gleichgesinnten zusammen, um die Öffentlichkeit auf die Not in Burma aufmerksam zu machen. Aber das ist nicht genug.

Ich habe sehr viel über meinen Urgroßonkel Andrew Hancock nachgedacht, der entschlossen war, das Kammavaca Ihres Großvaters der Prinzessin Tipi Si zurückzugeben. Leider kam er vorher ums Leben. Jetzt wird mir bewusst, dass meine Familie nur die Hüterin Ihres Kammavacas war, das ursprünglich zu Unrecht den Besitzer gewechselt hatte, und dass seine Bedeutung für Sie weit größer ist als jede Beziehung, die ich dazu habe. Deshalb habe ich mich entschlossen, das Kammavaca zur sicheren Verwahrung an Sie zurückzuschicken. Ich habe eine Freundin, die in unregelmäßigen Abständen nach Burma fährt, und sie hat mir versprochen, dass sie Ihnen das Kammavaca auf ihrer nächsten Reise in Ihr Land übergeben wird. Ich hoffe, diese kleine Geste wird den Kreis schließen, der unsere Vorfahren verbindet, und ein kleines Zeichen setzen, dass das burmesische Volk nicht allein steht.

Als Natalie am folgenden Morgen den Brief eingeworfen hatte, war ihr leichter ums Herz.

Am Abend erzählte sie Mark, was sie getan hatte.

»Ist das dein Ernst? Ich dachte, du hängst so daran. Es ist doch ein Familienerbstück. Bist du dir sicher, dass du noch klar denken kannst und dass es nicht so eine Schwangerschaftslaune ist? Ein Blutstau im Kopf oder so was?«

»Nein. Mir geht es einfach gut mit dieser Entscheidung. Diese Szenen im Fernsehen waren grauenhaft, du hast sie ja gesehen. Sicher ist es nur eine kleine Geste, das Kammavaca zurückzugeben, aber ich habe das Gefühl, dass es das einzig Richtige ist«, beharrte Natalie.

»Es ist nett von dir und sehr großzügig, das ganze Geld zu verschenken. Willst du es dem Händler in London sagen? Wie geht's den Kindern heute? Ist Charlotte immer noch so aufgeregt wegen der Ballettaufführung?«

»›Aufführung‹ klingt ein bisschen hochtrabend. Die Mädels tanzen eine kleine Geschichte über Bambi, das sich im Wald verirrt. Ich glaube, die Kostüme finden sie am spannendsten. Ich mache ganz viele Fotos für dich.«

Die Ballettaufführung vor den Ferien war ein großer Erfolg. Nur Adam fand sie nicht besonders unterhaltsam, und Natalie hatte alle Hände voll damit zu tun, ihn abzulenken, während die anderen Kinder auf der Bühne zeigten, was sie konnten. Auch Jodies Tochter tanzte mit, und Natalie und Jodie saßen während der Vorstellung nebeneinander.

»Sind die Mädels nicht süß? Sie verkleiden sich unheimlich gern. Es ist, als wären sie dafür geboren, auf der Bühne zu stehen«, meinte Jodie. »Wie geht's dir? Du siehst müde aus.«

»Alles im grünen Bereich. Gestern Abend bin ich lange aufgeblieben und hab einen Brief nach Burma geschrieben, weil ich so entsetzt war über die Nachrichten von dort. Und heute früh bin ich über ein Spielzeug von Adam gestolpert und in den Wäschekorb gefallen. Ein Glück, dass es eine weiche Landung war, aber ich hatte gute Lust, einfach in der Wäsche liegen zu bleiben und wieder einzuschlafen. Wenn ich einmal in der Horizontalen bin, fallen mir sofort die Augen zu.«

»Ja, der Bericht über Burma war schockierend. Er hat mich auch aufgeschreckt. Aber weißt du was, Nat, übertreib es nicht, ja?« Jodie legte ihrer Freundin den Arm um die Schultern und drückte sie. »Du musst dich nicht abrackern, damit alles perfekt ist. Also tu einfach nur das Nötigste. Wenn die Kinder schlafen, dann mach ein Nickerchen oder lies eine Illustrierte.«

»Das Haus ist völlig chaotisch, seit die Handwerker da sind, und in Marks Abwesenheit möchte ich immer besonders viel erledigen«, meinte Natalie. »Aber du hast recht. Nach all dem Trubel heute Vormittag fahren wir gleich heim und gönnen uns alle eine Mütze Schlaf.«

Als Natalie abends mit Mark telefonierte, klang auch er müde.

»Stimmt etwas nicht? Du hörst dich ziemlich erschöpft an«, sagte Natalie.

»Nur ein bisschen überarbeitet. Diese Schichtarbeit laugt einen aus. Ich glaube, wir könnten beide einen Urlaub vertragen, aber wer weiß, wann wir uns das leisten können.«

»Wenn das Haus fertig ist, wird das Leben hier wie Urlaub sein!«, versuchte Natalie ihren Mann aufzumuntern.

»Ich tu mein Bestes, Schatz. Das weißt du.«

»Mark, das war nicht als Kritik gemeint«, erwiderte Natalie rasch. »Ich versuche nur, positiv in die Zukunft zu schauen, wenn die ganze Renovierererei endlich mal vorbei ist.«

Daraufhin wechselten sie das Thema, und als sie aufgelegt hatten, entschied Natalie, jetzt nicht mehr die Wäsche zu sortieren, die sich im Korb stapelte, sondern gleich ins Bett zu gehen. Sie las nur zwei Seiten in ihrem Buch, ehe sie einschlief.

Das Zifferblatt der Uhr auf dem Nachttisch leuchtete matt und zeigte 2:40 Uhr an. Natalie drehte sich um, und plötzlich bemerkte sie etwas Warmes, Feuchtes auf dem Laken. Sie stöhnte. Hatte sie ins Bett gepinkelt? Gott sei Dank schlief sie allein. Sie stand auf, doch als sie merkte, dass auch ihr Nachthemd triefnass war, wurde ihr bange. Da stimmte etwas nicht. Hastig machte sie Licht und keuchte, als sie den wässrigen Fleck sah und ihr aufging, was passiert war.

»O nein!« Instinktiv schlang sie die Arme um ihren Bauch, wie um ihr Baby zu schützen, und setzte sich auf die Bettkante. Sie griff nach dem Telefon und rief Mark an. Nach einigen Klingeltönen schaltete sich die Mailbox ein. Sie versuchte es noch mal, aber er ging immer noch nicht ran. Matt sank sie aufs Bett zurück. Was sollte sie nur tun? Schließlich rief sie Jodie an.

»Entschuldige, Jodie, ich bin's. Ich kann Mark nicht erreichen. Ich glaube, ich muss ins Krankenhaus, mein Fruchtwasser ist abgegangen.«

»Oje! Nat, ruf 000, und dann rühr dich nicht mehr vom Fleck. Ich zieh mich an und komm rüber. Mach dir keine Sorgen. Bleib ganz ruhig.«

Natalie atmete tief durch, dann wählte sie die Notrufnummer und nannte ihren Namen und ihre Adresse. Die Telefonistin klang gelassen und sachlich.

»Bleiben Sie ruhig liegen. Haben Sie Wehen?«

Natalie wollte schon sagen, sie hätte keine, als sie plötzlich ein ziependes Zucken im Unterleib spürte.

»Ja«, flüsterte sie. »Jetzt eben.«

»Wie weit ist die Schwangerschaft fortgeschritten?«

»Nicht ganz dreißig Wochen. Es ist zu früh.«

»Wenn wir Ihnen einen Krankenwagen schicken, können Sie die Sanitäter hereinlassen?«

»Ich schließe die Vordertür auf und schalte das Licht ein. Bitte sagen Sie ihnen, sie sollen leise sein. Meine Kinder schlafen.«

»Haben Sie jemanden, der sich um sie kümmert?«

»Ja, eine Freundin ist schon auf dem Weg hierher.«

»Der Krankenwagen ist unterwegs. Bitte telefonieren Sie nicht, damit die Sanitäter Sie erreichen können.«

Vorsichtig erhob sich Natalie und ging ganz langsam zur

Haustür, um aufzuschließen. Als sie ins Bett zurückkehrte, wünschte sie sich sehnlichst, das Baby würde zur Ruhe kommen, doch die anfangs leichten Krämpfe wurden stärker. Natalie legte sanft die Arme um den Bauch, sang und sprach leise mit ihrem Baby.

»Bleib drin, bleib drin. Warte noch ein bisschen, mein Liebling. Es ist zu früh. Zu früh. Du bist noch nicht bereit für die Welt. Bitte, bitte, lieber Gott, mach, dass das Baby noch wartet.«

In diesem Moment klingelte das Telefon neben dem Bett, und Natalie griff danach.

»Natalie, hier ist Sandy Fleming, ich bin Sanitäterin. Wir sind mit dem Krankenwagen unterwegs zu Ihnen. Können Sie mir sagen, wo im Haus Sie sind? Sind die Lampen an? Wie alt sind die anderen Kinder?«

»Sie sind noch klein, drei und vier Jahre. Die Eingangstür habe ich aufgesperrt, und meine Freundin kommt … Bitte beeilen Sie sich, ich habe Wehen, aber es ist noch zu früh.«

»Wir sind in fünf Minuten da. Alles wird gut. Wissen Sie was, auch nach dreißig Wochen sind Babys schon kräftige Kerlchen. Keine Sorge. Bleiben Sie ruhig liegen, wir kommen sofort.«

Die Stimme der jungen Frau klang beruhigend und fachkundig. Ach, dachte Natalie, wenn doch Mark hier wäre! Wie sollte sie das alles schaffen, wenn er ihr nicht zur Seite stand? Wenigstens würden die Kinder bei Jodie gut aufgehoben sein.

Sie wartete, schloss die Augen, umklammerte ihren Bauch und versuchte, langsam und regelmäßig zu atmen und sich ganz darauf zu konzentrieren. Schließlich hörte sie, wie die Tür aufging und Jodie ins Zimmer trat.

»Eine Tasche fürs Krankenhaus hast du wohl noch nicht gepackt, oder? Wo ist deine Wäsche? Morgenmantel? Nachthemden?« Natalies Anweisungen folgend zog sie die Schubladen auf. »Brauchst du noch was?«

»Handyladekabel. Zahnbürste. Keine Ahnung.« Tränen liefen ihr übers Gesicht.

»Macht nichts. Ich bringe dir alles, was du sonst noch brauchst. Vielleicht ist es ja falscher Alarm, und du bist zum Frühstück wieder zu Hause.«

Natalie schüttelte den Kopf. »Ich habe ein ganz schlechtes Gefühl …«

»Der Krankenwagen ist da.« Jodie eilte zur Tür.

Aber die Sanitäter, ein Mann und eine Frau, waren schon im Haus. Sie hatten eine Sauerstoffflasche und eine Trage dabei.

»Hier entlang«, wies Jodie ihnen den Weg.

Die junge Frau lächelte Natalie freundlich an. »Hallo, ich bin Sandy. Das ist John. Und Sie sind Natalie?«

»Ja.« Hastig schilderte Natalie, was passiert war. Während sie sprach, maß Sandy rasch ihren Puls, und John baute die Rolltrage auf.

»Sie sind also in der dreißigsten Woche, Natalie? Hatten Sie Zwischenblutungen, bevor das Wasser abgegangen ist? Krämpfe? Sind Sie in letzter Zeit gestürzt oder haben Sie sich überanstrengt? Wir bringen Sie jetzt ins Krankenhaus, und dann sind Sie im Nu auf der Geburtshilfestation. Drehen Sie sich einfach um, und rutschen Sie auf die Trage herüber. Mit dem Po hierher. Schon geschafft. Legen Sie sich hin. Entspannen Sie sich.«

Wenige Augenblicke später hatten sie die Rolltrage mit der aschfahlen Natalie unter einem Laken zur Haustür hinausgeschoben.

»Es wird alles gut, auch für ihr Baby«, sagte Sandy zu Jodie. »Sie halten hier die Stellung, ja? Fahren wir, John.«

Jodie nickte. Die Sanitäter stiegen ein und fuhren los.

Im Krankenwagen begann Natalie zu hyperventilieren.

Sandy, die neben ihr saß, stülpte ihr eine Sauerstoffmaske über das Gesicht. Da zog Natalie die Beine an. »So starke Wehen?«, fragte Sandy. »Atmen Sie tief ein und aus.«

Natalie schüttelte den Kopf, registrierte aber, dass Sandy John einen besorgten Blick zuwarf. Das Heulen der Sirene nahm sie gar nicht wahr. Sie sah nur die Ampeln und hin und wieder das Aufblitzen einer Neonreklame. Plötzlich packte sie Sandy am Handgelenk.

»Es kommt! Halten Sie den Wagen an. Mein Baby kommt!«

Sandy redete ruhig auf sie ein. »Ist gut, Natalie, ich bin da. Wenn es ein Problem gibt, halten wir an. Aber jetzt sind wir gleich da. Ziehen Sie die Beine an, und halten Sie sich hier am Rand der Trage fest.«

Natalie merkte nicht, wie John aufs Gas trat und rasant die Kurven nahm.

»Sie müssen mir jetzt helfen, Natalie. Atmen Sie durch die Wehen. Noch nicht pressen.«

Natalie schüttelte den Kopf. »Nein, nein. Es soll noch nicht kommen. Es ist zu früh!«, rief sie und umklammerte ihren Bauch.

»Natalie, Ihr Baby kommt jetzt. Man kann es nicht mehr aufhalten. Wir bringen Sie so schnell wie möglich ins Krankenhaus, damit wir uns um Ihr Baby kümmern können. Dort werden Sie schon erwartet. Alles wird gut, okay? Auf drei pressen Sie kräftig, atmen und pressen«, befahl Sandy mit fester Stimme.

Die nächsten Minuten, in denen ihr Baby zur Welt kam, nahm Natalie nur nebelhaft wahr. Mit aller Kraft bäumte sie sich gegen die Haltegurte der Trage auf, dann fing sie an zu weinen.

»Ist es gesund, ist es gesund?«

Trotz des rasanten Tempos hielt Sandy das winzige Baby wie ein Bündel auf dem Schoß. »Natalie, es ist ein kleiner

Junge. Ein bisschen mager, ein bisschen außer Atem. Konntest es wohl nicht abwarten, hm, kleiner Mann?«, plauderte sie ganz unaufgeregt mit dem bläulich angelaufenen Baby, während sie ihm mit zwei Fingern die Brust massierte, es in eine warme Decke hüllte und ihm dann eine kleine Sauerstoffmaske aufs Gesicht legte. »Komm schon, kleiner Kerl, tief einatmen.«

Von heftigen Schluchzern geschüttelt, ließ sich Natalie zurücksinken.

Sandy schien in ein Selbstgespräch versunken. »Eins, zwei, drei, braver Junge. Komm schon, noch einmal.« Mit Hilfe eines kleinen Absauggeräts holte sie ihm den Schleim aus dem Mund.

Natalie sah die Leuchtschrift der Notaufnahme, als sie mit heulender Sirene die Einfahrt zum Krankenhaus hinauffuhren, und wandte sich an Sandy. »Atmet er?«, fragte sie panisch.

Statt einer Antwort hörte Natalie ein ganz leises Wimmern, dann ein Luftholen, während sich das Gesicht des Kleinen rosig färbte.

Sandy legte Natalie das warm eingepackte Kind in den Arm. »Haben Sie schon einen Namen für ihn?«

Natalie schloss die Augen. »Andrew.«

»Nat, den Kindern geht's prächtig, sie frühstücken mit Riesenappetit. Was macht der kleine Kerl? Und wie geht's dir? Hast du schon mit Mark gesprochen?«, wollte Jodie wissen, als sie am Morgen anrief.

»Mark ist unterwegs. Ich bin immer noch wie benebelt. Die haben mir irgendein Medikament gegeben. Das Baby liegt im Brutkasten auf der Frühchenstation. Mein Gott, Jodie, er ist so winzig, so zerbrechlich, kleiner als Charlottes Puppe. Er wiegt noch nicht mal anderthalb Kilo ...« Natalie fing an zu schluchzen.

»Nat, er kommt durch. Was hat Mark gesagt?«

»Er ist fast durchgedreht. Wir erfahren mehr über das Baby, wenn ich mit dem Arzt reden kann. Jetzt soll ich erst mal schlafen. Und den Kindern geht es wirklich gut? Ich weiß gar nicht, wie ich dir danken soll. Was ist denn mit deinen Kindern? Und mit dem Kindergarten?«

»Alles unter Kontrolle. Mum ist bei mir zu Hause. Sie kümmert sich um meine Kids, und ich nehme deine beiden mit in den Kindergarten. Mach dir keine Sorgen unseretwegen, wir kommen zurecht.«

»Meine Mutter sperrt ihren Laden zu, sobald es geht, und kommt her. Sie ist natürlich schrecklich aufgeregt. Ich wollte nicht, dass sie sich Sorgen macht, aber ich musste ihr ja erzählen, was los ist. Sie sagt, deshalb gäbe es Mütter auf der Welt – um sich Sorgen zu machen«, sagte Natalie gerührt.

»Der kleine Andrew schafft das schon, Nat. Ruh dich aus. Und sag Bescheid, wenn du möchtest, dass ich mit den Kindern zu Besuch komme. Charlotte ist super, ganz gefasst, ganz erwachsen. Adam ist ein bisschen durcheinander, aber das legt sich, wenn er im Kindergarten bei seinen Freunden ist.«

»Danke, Jodie. Du bist so eine liebe Freundin. Ich wüsste nicht, was ich ohne dich tun würde. Ich mache mir solche Sorgen«, erwiderte Natalie, erneut den Tränen nahe.

»Schlaf«, sagte Jodie resolut. »Schlaf, solange du noch kannst.«

Als Natalie die Augen aufschlug, sah sie ihre Mutter und Steve, die mit besorgter Miene an ihrem Bett saßen.

»Hallo, Liebes, wie geht's dir?« Sarah gab ihrer Tochter einen Kuss.

»Mir geht's gut. Hast du ihn gesehen?«

»Sie haben uns kurz gucken lassen. Er ist so winzig, aber perfekt. Das wird schon, mein Liebes.«

»Ich bin mir sicher, der Kleine packt es.« Steve gab sich alle Mühe zu lächeln.

»Hi, Steve. Danke für die Blumen.« Natalie hatte die Vase auf dem Tisch am Fußende ihres Betts entdeckt.

»Wir haben mit der Stationsschwester von der Frühchenstation gesprochen. Sie hat uns versichert, dass er dort in den besten Händen ist, Schatz. Für dich ist jetzt am wichtigsten, dass du dich mal richtig ausruhst«, sagte Sarah.

»Ich weiß schon, Mum, aber ich mache mir solche Sorgen um ihn. Das kam ja alles völlig unverhofft.«

»Du hast dich übernommen, weil Mark die ganze Zeit weg ist«, meinte ihre Mutter, aber Steve stupste sie an.

»Nein, Mum, daran liegt es nicht. Es hat nichts damit zu tun, dass Mark weg ist. Der Arzt weiß nicht recht, warum es passiert ist. Gestern bin ich gestürzt, aber das war eigentlich nicht so schlimm.«

»Weißt du schon, wie lange du hierbleiben musst?«, fragte Steve.

»Nicht genau, aber sehr lange wird es wohl nicht sein. Andrew werden sie allerdings noch länger dabehalten. Ich hoffe bloß, dass Mark bald kommt. Ich brauche ihn wirklich.«

Sarah umarmte ihre Tochter. »Ich hab dich lieb, Schatz. Es wird alles gut.«

Eine Stunde später war Mark endlich da. Unrasiert, blass, mit roten Augen stürmte er in ihr Zimmer. Sie streckte ihm die Arme entgegen, er setzte sich zu ihr auf die Bettkante und umarmte sie, und dann weinten sie beide.

»Es tut mir so leid, dass du das ohne mich durchstehen musstest«, sagte er immer wieder. »Wie geht's unserem kleinen Kerl?« Mark versuchte, tapfer und fröhlich zu wirken, aber Natalie sah die Angst in seinen Augen.

»Sie sagen, dass er es schafft, Mark. Aber er ist noch nicht über den Berg. Das Atmen macht ihm zu schaffen. Es tut so weh, ihn da in diesem Brutkasten liegen zu sehen. Ich möchte ihn so gern in den Arm nehmen.« Wieder brach Natalie in Tränen aus.

»Ja, das verstehe ich. Denken wir erst mal nicht weiter als bis zum nächsten Tag, bis zur nächsten Minute. Wie geht's Charlotte und Adam? Meine Güte, Jodie ist große Klasse.«

Natalie nickte. »Ja, sie sagt, heute können sie bei ihr übernachten, und du kannst sie dann morgen abholen.«

»Ich könnte sie herbringen und ihnen Andrew vorstellen.«

»Ich glaube nicht, dass Kinder auf die Frühchenstation dürfen, aber vielleicht dürfen sie ihn durchs Fenster angucken. Ich würde die beiden gern sehen. Aber vielleicht sollten wir ihnen Andrew lieber noch nicht zeigen. Ich meine, was ist, wenn er ...« Sie vergrub ihr Gesicht an seiner Brust. »Das würde ich nicht ertragen ... es ihnen zu erklären ...«

Mark drückte sie stumm an sich. Schließlich brachte er heraus: »Er schafft das, Liebling. Unser kleiner Junge kommt durch. Das weiß ich einfach.«

Natalie putzte sich die Nase. »Sollen wir eine kleine Namenszeremonie für Andrew machen?«, fragte sie leise. »Nur für alle Fälle? Wenn etwas passiert, möchte ich nicht, dass er einfach ... verschwindet. Als wäre er nie da gewesen.«

»Ach, Nat.« Mark sah in ihr tapferes, tränennasses Gesicht. »Denk nicht daran. Denk einfach an die schöne Party, die wir in ein paar Monaten zu seiner Taufe geben. Was nehmen wir denn als zweiten Namen? Hast du schon darüber nachgedacht?«, versuchte Mark sie abzulenken.

»Ich habe mir überlegt, dass wir Steven als zweiten Namen nehmen könnten. Adam ist nach deinem Vater benannt, und Steve hat keine Kinder. Mum würde das gefallen.«

»Gute Idee, da wird er sich riesig freuen.«

»Wie lange hast du frei?«, fragte Natalie zögernd.

»Ich habe meinen ganzen Urlaub genommen, und wenn nötig nehme ich mir danach noch unbezahlten Urlaub. Das geht schon. Wann wirst du nach Hause kommen?«

»Heutzutage behalten sie Mütter nicht mehr lange im Krankenhaus, also werde ich wahrscheinlich bald entlassen und komme dann jeden Tag her, um Milch abzupumpen und bei Andrew zu sein. Ich möchte ihn so gern im Arm halten und selbst stillen. Was ist, wenn wir keine Bindung aufbauen können?«

»Nat, nach allem, was ihr durchgemacht habt, werdet du und Andrew eine besonders enge Bindung haben. Keine Sorge. Wir müssen uns nur auf den Tag vorbereiten, wenn er nach Hause kommt.« Nachdem er kurz überlegt hatte, fügte er hinzu: »Er wird viel Pflege brauchen. Ich frage mich, wie wir das schaffen sollen.« Ein wenig entschlossener verkündete er dann: »Zumindest kann ich mich um Charlotte und Adam kümmern. Und du wirst auch viel daheim sein.«

»Ich würde ihn so gern gleich mit nach Hause nehmen. Es macht mir solche Angst, dass er so schwach und zerbrechlich aussieht«, flüsterte Natalie. Ein Baby in einem Nebenzimmer schrie aus Leibeskräften auf. »Ich hasse es, wenn ich diese gesunden Babys höre. Das klingt natürlich gemein, aber es ist einfach ungerecht«, sagte sie verbittert. »Ich hoffe, diese Mütter wissen wenigstens, wie viel Glück sie haben.«

Mark nahm sie in die Arme und drückte sie an sich.

In den nächsten vierundzwanzig Stunden kam Natalie jedes Zeitgefühl abhanden. Minuten und Stunden verschwammen im grellen Neonlicht der Frühchenstation zwischen Krankenhausroutine und den Zeiten, die sie neben dem Brutkasten bei ihrem Söhnchen verbrachte.

Sie durfte die Hand durch eine kleine Öffnung stecken und ihn mit dem Finger streicheln. Der Anblick der Schläuche rings um ihn und der Kanüle in seiner durchscheinenden

Haut war ihr zuwider. Aus tiefster Seele hoffte sie, er möge ihre Anwesenheit spüren und merken, wie sehr sie ihn liebte, auch wenn sie ihn nicht in den Armen halten konnte.

Schwestern eilten hin und her, überflogen Diagramme und machten Notizen. Vom Flur drang fröhliches Geplauder herein, doch Natalie verharrte auf ihrem Platz, wandte den Blick nicht von ihrem Baby, wünschte sich von ganzem Herzen, dass es kräftiger würde. Hin und wieder trank sie Tee mit viel Milch und aß einen durchweichten Keks. Die Wöchnerinnenstation aber mied sie, wann immer es ging. Gott sei Dank lag ihr Zimmer am Ende des Korridors, aber auf dem Weg dorthin musste sie notgedrungen an den Zimmern vorbei, wo glückliche Mütter eine Bindung zu ihren Kindern aufbauen konnten und gesunde Neugeborene gestillt, gebadet und stolz den Besuchern präsentiert wurden.

Mit gesenktem Blick ging Natalie den Korridor entlang, und in der Abgeschiedenheit ihres Zimmers angekommen, stieß sie die Tür zu und hämmerte mit der Faust gegen die Wand.

»Es ist so ungerecht, so ungerecht«, schluchzte sie.

Ihr war nicht entgangen, dass sich die Ärzte immer noch um Andrew Sorgen machten. Zwar verschlechterte sich sein Zustand nicht, er wurde aber auch nicht besser. Sie beobachtete, wie sein blasser kleiner Körper um jeden Atemzug kämpfte, beugte sich über ihn und flüsterte ihm aufmunternde Worte zu. Von ihm getrennt zu sein, war ihr eine Qual.

Charlottes und Adams Besuch verlief nicht so, wie Natalie gehofft hatte. Keiner von beiden verstand, warum ihre Mutter im Krankenhaus war. Und wo war überhaupt das Baby? Die Stunde, die sie bei Natalie verbrachten, war hektisch und anstrengend und endete mit Tränen, als Mark verkündete, sie müssten jetzt ohne ihre Mutter nach Hause gehen.

Am nächsten Tag ging es Andrew viel schlechter. Behutsam teilte man Natalie mit, Andrew müsse zum Röntgen weggebracht werden, worauf ihre Angst in Panik umschlug.

»Kann ich nicht mitkommen, bitte? Ich will bei meinem Baby bleiben!«

Die Schwestern versuchten sie zu beruhigen und brachten sie in ihr Zimmer. Sie rief Mark an und schluchzte ins Telefon, Andrew gehe es gar nicht gut.

»Ich komme, so schnell ich kann. Vielleicht kann Jodie ja die Kinder nehmen«, sagte er.

Mark saß an Natalies Bett und hielt ihre Hand, während sie auf die Röntgenergebnisse warteten.

»Das Warten ist am schlimmsten«, flüsterte sie. »Bitte bedank dich in meinem Namen bei Jodie. Wie kommt ihr denn zurecht?«

Mark lächelte matt. »Eier haben sie allmählich satt, also wollte ich heute Abend eine Pizza ins Rohr schieben. Mit Gemüse«, fügte er hinzu, weil Natalie darauf achtete, dass die Kinder jeden Tag Obst und Gemüse aßen.

»In der Gefriertruhe ist noch Lasagne. Ich finde, du solltest jetzt heimfahren und die Kinder abholen. Ich möchte, dass sich an ihrem normalen Tagesablauf möglichst wenig ändert«, sagte Natalie. »Ich komme schon zurecht.«

»Bist du sicher?« Mark schaute auf die Uhr. »Ruf mich an, wenn es etwas Neues gibt. Versuch dich ein bisschen zu entspannen. Auch wenn's schwerfällt.« Er küsste sie, und gerade als er die Tür öffnete, kam ihm Dr. Rasheed, der Kinderarzt, entgegen.

»Wie geht es ihm?«, platzte Natalie heraus, noch bevor sie sich begrüßt hatten.

»Er ist wieder in der Frühgeborenenabteilung«, sagte Dr. Rasheed.

»Was hat die Röntgenuntersuchung ergeben?«, fragte Mark, ehe der Arzt weitersprechen konnte.

»Wird er gesund?«, fügte Natalie hinzu.

Dr. Rasheed hob die Hand. »Bitte, lassen Sie mich erklären. Wie Sie wissen, hat Ihr Sohn wegen seiner unreifen Lunge Atemprobleme, aber jetzt ist eine Komplikation hinzugekommen ...«

Mark und Natalie schnappten nach Luft.

»Ein linker Lungenlappen ist kollabiert. Das heißt, er muss beatmet werden. Der Neonatologe wird sich darum kümmern.«

»O nein!«, rief Natalie.

»Er benötigt eine Spezialbehandlung, deshalb verlegen wir ihn in das Mater Children's Hospital nach Brisbane«, erklärte Dr. Rasheed.

»Mein Gott«, sagte Mark.

»Kann ich mitgehen?«, bat Natalie eindringlich.

»Der Rettungswagen steht zur Abfahrt bereit. Sie müssten noch diese Einverständniserklärung unterschreiben. Mrs. Cutler, Sie sind noch postpartal, und Ihr Blutdruck macht uns ein wenig Sorge, Sie sollten also mindestens noch eine Nacht zur Beobachtung hierbleiben. Sobald Ihre Milch einschießt, können Sie abpumpen und ihn füttern.«

»Dann werde ich wohl jeden Tag zum Krankenhaus fahren müssen.«

»Natalie! Wie soll das funktionieren?«, entgegnete Mark.

»Ich kann ja selbst fahren«, erklärte Natalie. »So kann ich morgens und abends bei den Kindern sein. Und du kümmerst dich tagsüber um sie.« Sie wandte sich an den Arzt. »Was machen die dort mit ihm?«, fragte sie.

»Ihr Baby ist im Mater in den allerbesten Händen«, erwiderte der Arzt mit ernster Miene. »Es ist ein langwieriger Prozess, die Lunge aufzublasen und dafür zu sorgen, dass sie richtig arbeitet.«

»Alles, was zählt, ist, dass er es gesund übersteht«, sagte Mark. »Wie lange wird das dauern?«

»Schon einige Wochen, vielleicht auch ein paar Monate. Ich kann Ihnen nichts versprechen, und wir können nur darauf hoffen, dass alles gut geht und es keine weiteren Komplikationen gibt.«

»Verstehe«, sagte Mark und wandte sich stirnrunzelnd ab.

»Aber Andrew schafft es doch?«, fragte Natalie, die in der unergründlichen Miene des Arztes nach Hinweisen darauf suchte, was er ihnen womöglich verschwieg.

»Bei Frühgeborenen sind Risiken nie auszuschließen, Mrs. Cutler. Denken Sie weiter positiv. Das Verfahren ist schon viele Male erfolgreich angewandt worden. Andrew wird von sehr erfahrenen Spezialisten betreut. Wenn Sie mich jetzt entschuldigen, ich muss gleich weiter. Aber seien Sie versichert, dass für Ihren Sohn alles Menschenmögliche getan wird.«

Die Tür schloss sich hinter ihm. Natalie und Mark wechselten einen Blick.

»Mein armer Kleiner.« Natalie stiegen die Tränen in die Augen.

»Wie sollen wir das schaffen, Natalie? Du willst doch nicht im Ernst jeden Tag morgens nach Brisbane fahren und abends wieder zurück? Das ist mehr als eine Stunde Fahrt einfach, und du hast gerade eine Geburt hinter dir. Ich sollte dich fahren, und ich will ihn ja auch sehen, aber Charlotte und Adam … Was sollen wir mit ihnen machen?«

»Mark, ich muss das tun. Er muss meine Milch bekommen. Du bleibst bei Charlotte und Adam«, entschied Natalie resolut. »Etwas anderes bleibt uns nicht übrig. Mum kann nicht rund um die Uhr einspringen, sie muss sich um den Laden kümmern. Für Andrew muss ich sieben Tage die Woche da sein, und woher sollen wir für Charlotte und Adam eine Vollzeitbetreuung rund um die Uhr bekommen?«

»Nat, ich habe auch noch einen Job. Zwar habe ich mir Urlaub genommen, aber unbegrenzt wegbleiben kann ich nicht. Natürlich«, er hob die Hände, »geht die Familie vor, keine Frage.«

»Es ist ja vielleicht nur kurzzeitig, Mark. Ich bete einfach, dass bald der Tag kommt, an dem wir Andrew mit nach Hause nehmen können.«

»Das wird nicht leicht für uns.«

»Ja, aber nichts ist so wichtig wie dieses Baby«, erklärte Natalie.

»Du hast recht.« Mark versuchte, optimistisch zu erscheinen. Für Natalie war allerdings unverkennbar, dass er sich ernsthaft Sorgen machte, wie sie ihren Alltag bewältigen sollten, wenn Andrew wochenlang in Brisbane im Krankenhaus lag.

Natalie hoffte, ihre Probleme würden ihr weniger drängend erscheinen, wenn sie mit Jodie darüber sprach. »Ich will mich jetzt einfach auf das Baby konzentrieren. Manchmal habe ich so seltsame Träume, dass er niemals heimkommen wird, dass wir ihn verlieren.« Natalie kämpfte gegen die Tränen an.

»Ach, Nat, das ist so belastend für dich«, sagte Jodie. »Wie kommt Mark damit zurecht? Wenn er wie mein Mann ist, wird er Hausarbeit und Küche und zwei Kinder nicht so leicht auf die Reihe bringen. Wie wär's, wenn ihr dann tauscht und er ein- oder zweimal die Woche mit deiner Milch rauffährt und du zu Hause bleiben kannst? Nicht, dass das eine Erholung wäre! Ich könnte ja mit den Kindergartenmüttern reden, vielleicht kann eine von ihnen dich wenigstens einmal in der Woche hinbringen. Dann bräuchtest du nicht immer selbst zu fahren. Womöglich kann auch mal jemand deine Milch mitnehmen, so dass du einen Tag mit Mark und den Kindern verbringen kannst. Aber wahrscheinlich möchtest du jeden Tag bei Andrew sein, oder?«

»Ja, das schon, aber diese Ideen klingen toll, Jodie. Mark

sagt, dass auch Vicki ihre Hilfe angeboten hat, genauso wie Mi Mi und Thi. Sie sind so wunderbare Menschen, dabei kennen wir uns erst so kurz. Und du warst ganz super. Ich weiß nicht, was wir ohne dich getan hätten. Aber ich finde es auch schlimm, dass Mark kaum Zeit mit Andrew verbringen kann.«

»Darüber würde ich mir nicht den Kopf zerbrechen«, meinte Jodie sanft. »Die beiden bauen ihre Beziehung später auf, keine Sorge. Am wichtigsten ist jetzt, dass du für Andrew da bist.«

»Da hast du recht. Ich versuche mir einzureden, dass Andrew in einer Art Zwischenwelt lebt, dass er gar nicht mitkriegt, was los ist, als wäre er noch warm und geborgen in meinem Bauch.«

»Das ist ein guter Gedanke«, fand Jodie. »Er holt alles nach, keine Angst.«

Als Natalie am nächsten Tag aus dem Krankenhaus entlassen wurde, fühlte sie sich völlig ausgelaugt. Bei den anderen beiden Kindern war das Heimkommen ein freudiges Ereignis gewesen. Mark hatte die Blumen und Geschenke getragen, und sie hielt ein zauberhaftes Baby im Arm. Aber diesmal gab es nichts zu feiern. Sogar die Blumen von Steve und ihrer Mutter waren schon verwelkt, und Natalies Arme waren leer.

Dennoch waren Charlotte und Adam begeistert, ihre Mutter wieder zu Hause zu haben. Sie erwarteten, dass das Leben nun wie gewohnt weitergehen würde. Charlotte schien es gar nicht zu beunruhigen, dass das Baby noch nicht nach Hause kam. Sie lebte ganz in ihrer mit Prinzessinnen und Ballerinen bevölkerten Welt. Aber als Natalie das Haus verließ, um zum ersten Mal nach Brisbane zu fahren, brach ihre Tochter in Tränen aus.

Natalie wurde klar, dass Charlotte jedes Mal bei ihrem

Aufbruch losheulen würde, wenn sie ihr nicht erklärte, was mit dem neuen Brüderchen los war. »Ich komme am Abend wieder, mein Schatz. Ich fahre nach Brisbane, um deinen neuen kleinen Bruder zu besuchen. Er ist ganz winzig, und er darf erst nach Hause kommen, wenn er größer ist. Daddy kümmert sich solange um euch, und später können wir noch Cupcakes zum Nachtisch machen«, versprach Natalie. Doch Charlotte ließ sich nicht trösten, und als Natalie losfuhr, hatte sie ein schlechtes Gewissen.

Es wurde auch nicht besser, als sie eine verzweifelte SMS von Mark erhielt, Adam wolle keinen Mittagsschlaf machen, weil seine Schmusedecke verschwunden sei.

Ich hab das ganze Haus auf den Kopf gestellt, schrieb Mark.

Natalie schickte eine Liste mit Plätzen, wo er nachschauen sollte, aber sie ahnte seine Frustration, als er antwortete: *Ich hab überall gesucht. Er will nicht schlafen und hört nicht auf, nach seiner Decke zu schreien.*

Nimm ihn einfach in den Arm und warte, bis er sich beruhigt, riet sie. *Der Spezialist ist gerade bei Andrew.*

Ruf mich an, wenn du kannst, antwortete er.

Als Natalie heimkam, hörte sie Adam schreien, noch bevor sie die Tür geöffnet hatte.

»Mummy«, quietschte Charlotte entzückt. Adam schluckte sofort seine Tränen hinunter.

»Wie geht's Andrew?«, fragte Mark.

»Sie sagen, es geht ihm den Umständen entsprechend gut, was immer das heißen mag.« Erschöpft ließ sich Natalie aufs Sofa sinken, und die Kinder kletterten sofort auf ihren Schoß.

»Er packt das, Nat. Du siehst ziemlich geschafft aus, wie wär's mit einer Tasse Tee?«

Natalie nickte. »Hast du Adams Decke gefunden?«

»Nein. Es war ein Alptraum. Kannst du nicht eine besorgen, die genauso aussieht, und irgendwo verstecken? Ich will dieses Drama nicht noch mal erleben«, sagte Mark, während er hastig schmutzige Teller in den Geschirrspüler stellte.

»Ich gehe mal nachsehen.« Natalie stand auf, ging in Charlottes Zimmer und kam wenige Minuten später mit der blauen Decke zurück. Adam riss sie ihr förmlich aus der Hand.

»Wo war sie?«, wollte Mark wissen.

»In Charlottes Kommode.«

»Da hab ich gesucht!«

»Ganz hinten.«

»Wie ist sie da hingekommen?«

»Er stopft da manchmal seine Spielsachen rein.«

Den Rest des Abends waren sie damit beschäftigt, zu Abend zu essen und die Kinder ins Bett zu bringen.

»Heute kommt ein Film, der dir gefallen könnte«, sagte Mark, als sie im Wohnzimmer saßen. Natalie sah blass und müde aus. Eigentlich hätte dies die freudvolle Zeit sein sollen, in der sie mit ihrem kleinen Sohn zu Hause waren, ihn bestaunten, im Arm hielten und überlegten, wem er ähnlich sah. Natalie verschränkte die Arme und schüttelte den Kopf. Sie fühlte sich leer und traurig.

»Du kannst ihn dir ansehen. Oder Football, ist mir egal.«

»Ich hole mir ein Bier«, meinte Mark.

»Ich nehme noch eine Tasse Tee. Bin auf einmal so müde«, sagte Natalie. »Ich glaube, ich gehe gleich schlafen.«

Bevor sie sich hinlegte, checkte sie noch am Computer ihre E-Mails.

Freunde von nah und fern unterstützten sie auf ihrer Facebook-Seite, Mi Mi und Thi hatten liebe E-Mails geschrieben und berichteten, Thomas sei bereit, sich bei Bedarf um den Garten zu kümmern. Es war schön zu wissen, dass sie nicht allein dastand und ihre Freundinnen an sie und den kleinen Andrew dachten.

Am nächsten Tag kam Jodie auf dem Heimweg von der Arbeit vorbei und freute sich, dass sie Natalie zu Hause antraf.

»Wie geht's? Du siehst müde aus. Mark auch.«

»Wir haben nicht gut geschlafen«, erklärte Natalie.

»Kann ich mir vorstellen. Ziemlich viel Stress.«

»Na, wie macht sich Mark als Vollzeit-Daddy?«

»Er kommt ganz gut klar«, lächelte Natalie. »Es ist für uns alle gerade nicht leicht.«

»Ich hab dir ein kleines Geschenk mitgebracht. Die hab ich zufällig gesehen, absolut süß, finde ich.«

Sie reichte Natalie ein in blaues Seidenpapier eingeschlagenes Päckchen mit einer Karte. Natalie las, was Jodie geschrieben hatte. *Hi, Andrew, willkommen! Wir freuen uns darauf, Dich kennenzulernen und mit Dir zu spielen.* Unterschrieben hatten Jodie und ihre Kinder in verschiedenen Farben. Natalie kamen die Tränen, als sie ein paar winzige Schühchen mit Sternen an den Zehen auspackte.

»Ach, Jodie. Die sind goldig. Aber er wird erst noch reinwachsen müssen, obwohl sie so klein sind. Das ist sein erstes Geschenk! Bei meinen Großen war das ganz anders. Es ist fast, als hätten die Leute Angst, mir etwas zu schenken, nur für den Fall ... Klar, es klingt verrückt, und ich kann das auch irgendwie verstehen, aber so hab ich das Gefühl, dass sie ihn gar nicht als Person ansehen, sondern abwarten, was passiert. Du bist so lieb, Jodie. Du weißt ja gar nicht, was mir das bedeutet.« Natalie umarmte ihre Freundin.

»Ich glaube schon«, erwiderte Jodie.

Zwei Tage später, als aus ihren Brüsten Milch lief und sie schmerzhaft spannten, fuhr Natalie wieder ins Krankenhaus und ging auf die Intensivstation, in der Andrew versorgt wurde. Er lag nach wie vor, in eine Baumwolldecke gewickelt, in einem Brutkasten und hing an einem Tropf. Seine

Gesichtsfarbe sah rosig aus, und obwohl er rasselnd atmete, schien es ihn nicht so anzustrengen wie sonst. Er kämpfte auch nicht um jeden Atemzug.

»Wie geht's dir, mein kleiner Liebling?« Sie streckte die Hand durch die Öffnung und liebkoste ihn zärtlich.

Eine Schwester kam auf Natalie zu. »Ich bin Karen und kümmere mich heute um Andrew«, stellte sie sich lächelnd vor. »Möchten Sie ihn kurz halten?«

»Ja, gerne«, flüsterte Natalie.

Behutsam wurde Andrew aus dem Brutkasten genommen und zum ersten Mal in Natalies Arme gelegt. Sie streichelte seine Wange, staunte über sein perfektes kleines Gesicht und seine Händchen, obwohl sie zunächst erschrak, weil er so klein und leicht war. Dann regte er sich, als wollte er sich ankuscheln, schlug die Augen auf und sah sie direkt an. In diesem Moment ergriff Natalie eine überwältigende Liebe zu ihrem Sohn. Von jetzt an würde es nie wieder ein Problem sein, eine Bindung zu ihm aufzubauen.

»Mein tapferer Junge. Was hast du durchgemacht! Aber es wird alles gut.« Sie sah die Schwester an. »Meine Milch läuft. Ich würde ihn so gerne stillen.«

»Er ist noch nicht stark genug, um zu saugen. Aber Sie können Ihre Milch abpumpen, und er bekommt sie über den Tubus. Sobald er etwas kräftiger ist, können Sie es dann ruhig mit dem Stillen versuchen. Mal sehen, wie schnell das klappt. Die Ärzte sind mit seinen Fortschritten jedenfalls recht zufrieden«, sagte Karen.

Als Natalie ihren Sohn im Arm hielt, zählte für sie nichts außer diesem Augenblick.

Die Zeit verging. Mark und Natalie hatten sich inzwischen an die täglichen Fahrten zum Krankenhaus gewöhnt. Mark kümmerte sich tagsüber um Charlotte und Adam. Wie Natalie feststellte, hielt ihr Mann das Haus nicht so sauber wie sie, aber sie beschwerte sich nicht darüber. Am Abend, wenn sie wieder zu Hause war, unternahm Mark hin und wieder eine Fahrt zum Mater Hospital. Danach erzählte er seiner Frau, wie lieb er seinen kleinen Sohn hatte und wie gern er ihn im Arm hielt, und wenn es auch nur ein paar Minuten waren.

Andrew lag schon über zwei Wochen im Mater Hospital, als Natalie eines Vormittags eine Teepause in der Cafeteria einlegte. Sie holte die Post, die sie heute im Briefkasten gefunden hatte, aus ihrer Tasche und sah sie durch. Die Rechnungen legte sie beiseite und öffnete dann gespannt einen blauen Umschlag aus Burma, der in Prinzessin Aye Ayes eleganter Handschrift adressiert war.

Liebe Mrs. Cutler,
ich danke Ihnen für Ihren großzügigen und schönen Brief. Vielen Dank für Ihr Mitgefühl angesichts der tragischen Nachrichten über Tote und Verletzte aus unserem Volk. Es wäre unklug, in diesem Brief mehr zu sagen.
Wie Sie wissen, wurde das Kammavaca meiner Großtante Prinzessin Tipi Si zur sicheren Verwahrung übergeben. Die Familie war schon damals bestürzt, dass sie es umständehalber verkaufen musste, obwohl ich ihr deswegen keine Vorwürfe machen kann. Ich weiß nicht genau, warum König Thibaw gerade an diesem Kammavaca so viel gelegen hat, aber in meiner Familie war man sich seiner Bedeutung stets bewusst. Deshalb freue ich mich sehr über Ihr außerordentlich großzügiges und freundliches Versprechen, den Wunsch Ihres Urgroßonkels zu erfüllen und dafür zu sorgen, dass es unversehrt zu meiner Familie zurückgelangt. Es zeigt mir, dass Sie ein Mensch mit ebenso hohen Grundsätzen sind wie Andrew Hancock.
Mein Land macht eine Zeit durch, die nicht leicht ist, doch wir alle hegen die Hoffnung, dass uns das Leben eines Ta-

ges die Freiheiten schenkt, um die wir zu Füßen des Erhabenen beten.
Ich sende Ihnen meinen innigsten Dank und freue mich auf den Tag, an dem König Thibaws Kammavaca nach Burma zurückkehrt. Vielen Dank für Ihre Güte.
Mit Metta und innigem Dank
Aye Aye, ehemals Prinzessin von Burma

»Ach, Onkel Andrew, ich hoffe so sehr, dass du stolz auf mich bist«, flüsterte Natalie.

Sie faltete den Brief zusammen, und mit dem Gefühl, ruhiger und stärker zu sein als je zuvor seit Andrews Geburt, trank sie ihren Tee aus und kehrte auf die Station zurück, um an der Seite ihres Babys zu wachen.

8

Mark lebte sich allmählich in seinen neuen Alltag ein. Er hatte sich daran gewöhnt, den ganzen Tag zu Hause bei den Kindern zu sein, und kam mit der Situation jetzt besser zurecht. Jeden Morgen nach dem Frühstück gab Natalie ihnen allen einen Abschiedskuss, dann brach sie mit Marks altem Kombi nach Brisbane auf. Wenn sie am frühen Abend zurückkehrte, half sie Mark, die quengelnden Kinder aufzumuntern, Streitigkeiten um Spielzeug zu schlichten und den Balanceakt von Abendbrot, Baden und Zubettbringen hinzubekommen.

Mark kümmerte sich nun auch um die Renovierung der Küche. Nun sah er klarer, was dabei für eine Familie mit kleinen Kindern wirklich wichtig war: Kochutensilien mussten gut erreichbar sein, man brauchte Stauraum für Lebensmittel außerhalb der Reichweite von Kindern, und Kindersicherungen an den Schränken waren unverzichtbar.

Manchmal fuhr er mit Charlotte und Adam zu ihrem geliebten Indoor-Spielplatz, allerdings seltener als früher, weil er jetzt jeden Cent zweimal umdrehte. Natalies Freundinnen hatten ihn dort gemeinschaftlich unter ihre Fittiche genommen und fragten ihn mitunter auch nach seiner Meinung, wenn es um Fragen der Kindererziehung ging. Oft wurde Mark um Hilfe gebeten, wenn ein Kinderwagen streikte oder wenn ein Kind, das auf die Rutsche geklettert war und sich dann nicht zu rutschen traute, heruntergehoben werden musste. Er hörte zu und ergriff auch selbst das Wort, wenn die Frauen über lokale Themen, Sport oder Politik diskutierten. Ihre Kochtipps oder auch ihre Empfehlungen für Bücher oder DVDs für Kinder nahm er dankbar an.

In dieser Gruppe herrschte eine völlig andere Atmosphäre als im Bergwerk, wo sich praktisch alle Gespräche nur um die Arbeit drehten. Oft waren Marks Kollegen nicht einmal in der Mittagspause bereit gewesen, mal ein bisschen länger sitzen zu bleiben und über persönlichere Dinge zu reden. Die unkomplizierte Herzlichkeit von Natalies Freundinnen tat ihm gut.

»Haben die Ärzte gesagt, wie lange es dauert, bis wir Andrew mit nach Hause nehmen können?«, fragte Mark Natalie eines Morgens. »Ich habe in der Personalabteilung Bescheid gesagt, dass ich länger Urlaub brauche.«

»Wahrscheinlich sind es noch ein paar Wochen. Er nimmt nur langsam zu. Gestern habe ich wieder versucht, ihn zu stillen, aber er ist noch nicht kräftig genug, um zu saugen. Deshalb füttern sie ihn weiterhin über die Magensonde. Die Schwestern meinen, so was kann dauern. Aber er hält durch und macht jeden Tag kleine Fortschritte«, erwiderte Natalie. »Klar, es ist hart, aber was sollen wir tun?«

»Ich habe ihn seit mehreren Tagen nicht gesehen. Heute würde ich gern rauffahren und auch mal mit den Ärzten reden«, sagte Mark. »Vicki hat angeboten, bei Bedarf auszuhelfen. Vielleicht kann sie nach dem Kindergarten auf die Kleinen aufpassen, und wir beide fahren zusammen hin? Oder ich nehme deine Milch mit, wenn du lieber einen freien Tag haben willst.«

»Nein, ich komme mit. Ich möchte ihn selbst füttern. Wenn Vicki damit einverstanden ist, die Kids zu hüten, besuchen wir Andrew heute zu zweit.«

Später im Krankenhaus berichteten ihnen die Ärzte, dass es mit Andrew zwar bergauf ging, er aber immer noch Schwierigkeiten mit dem Atmen habe. Als die Mediziner gegangen waren, saßen Natalie und Mark still da, und Andrew lag in Marks Armen. Natalie streichelte zärtlich seinen winzigen Kopf. »Wenn ich Andrew so im Arm halte, habe ich noch viel mehr das Gefühl, einen richtigen kleinen Menschen vor mir zu haben«, sagte Mark, während Andrew zappelte und einen kleinen Schrei von sich gab. »Mir geht das Herz über vor lauter Liebe zu ihm.«

Auf dem Heimweg war Mark schweigsam. Natalie spürte, dass es ihm Sorgen machte, wie langsam Andrew zu Kräften kam. Und es bereitete ihnen beiden Kopfzerbrechen, wie sie den Familienalltag bewältigen konnten, zumal die Ausgaben für den Kindergarten und die Unternehmungen mit den Kindern drückend waren, ganz zu schweigen von den Benzinkosten, die durch die täglichen Fahrten nach Brisbane anfielen. Dass Mark bald wieder arbeiten gehen musste, stand außer Frage, denn ihre Ersparnisse gingen rasch zur Neige.

Eines Vormittags war Mark mit Adam und Charlotte auf dem Spielplatz. Er hatte die Kinder im Blick, als ein kleiner Junge auf der Rutsche sich an Adam vorbeizuzwängen versuchte, was Adam sich nicht gefallen ließ. Im gleichen Moment begann Marks Handy zu klingeln.

»Hallo – lass ihn doch in Ruhe, Adam, du kannst ja dann als Nächster rutschen. Charlotte, halt das Kleid hoch, sonst stolperst du über die Stufen. Entschuldigung, wer ist da? Ach so, ja.« Während er Charlotte in ihrem langen Kleid beobachtete, bereute er es, dass er sich zu Hause nicht durchgesetzt und ihr eingeschärft hatte, etwas Praktischeres zum Spielen anzuziehen. Er vernahm nur mit halbem Ohr, was ihm die Frau von der Personalabteilung der Bergbaufirma sagte.

»Tut mir leid, ich habe die Kinder dabei. Könnten Sie das bitte wiederholen?« Als er ihr zuhörte, wich alle Farbe aus seinem Gesicht. »Das können Sie doch nicht machen! Ich habe eine Familie zu ernähren. Mein Sohn liegt schwerkrank in der Klinik«, protestierte er. Er konnte es nicht fassen, was ihm diese Frau da erzählte. Dann verstummte er und fuhr sich mit der Hand langsam über die Augen. »Ich verstehe. Ja. Das verstehe ich, aber ich finde es absolut unfair.«

»Guck mal, Daddy!«, quietschte Charlotte, als sie die Rutsche hinuntersauste.

Aber Mark fiel es schwer, zu lächeln und Begeisterung zu zeigen, denn er musste einen weiteren Tiefschlag verdauen. Das Management der Bergbaufirma hatte mehrere Stellen gestrichen – und sein Arbeitsplatz war auch betroffen. Er war arbeitslos.

Ein paar Tage lang behielt er die Hiobsbotschaft noch für sich und hoffte inständig, rasch eine neue Arbeit zu finden. Aber da er nicht wusste, wann Andrew aus dem Krankenhaus entlassen wurde, und es auch keine kurzfristigen Stellenangebote gab, musste er es Natalie schließlich sagen.

Als die Kinder schliefen, bat Mark Natalie, sich zu ihm zu setzen. »Nat«, begann er, »wir müssen darüber reden, wie es weitergehen soll. Wie wir das alles auf die Reihe kriegen können.«

»Andrew macht gute Fortschritte. Immerhin wissen wir jetzt, dass er nach Hause kommen wird, wenn auch noch nicht genau, wann«, meinte Natalie.

»Ja, und das ist wunderbar. Aber, Schatz, es wird nicht leicht werden.«

»Ich weiß, für dich ist das nicht einfach. Aber wenn wir Andrew erst mal hierhaben, komme ich mit den dreien schon klar, und du kannst zum Bergwerk zurück. Ich krieg das hin.«

»Natalie, ich habe keine Arbeit mehr«, platzte Mark heraus.

Sie starrte ihn ungläubig an. »Was soll das heißen?«

»Die Bergbaufirma hat mir gekündigt. Sie haben mehrere Stellen gestrichen, und meine ist auch dabei.«

»Das ist gemein! Wie können die das tun, wo wir gerade so viel durchmachen müssen?«

»Tja, Nat, so läuft das wohl in der modernen Arbeitswelt. Für Gefühle ist da kein Platz. Die machen einfach das, was für den Konzern und die Investoren am meisten Profit bringt. Es hat nichts damit zu tun, dass ich so lange Urlaub genommen habe, das war nur Zufall.«

»Was machen wir denn jetzt, Mark? Wie sieht es mit einer Abfindung aus? Bekommst du noch was?«

Er schüttelte den Kopf. »Eher nicht. Ich war nicht lang genug dabei, nicht mal ein Jahr. Und mein Urlaubsgeld ist schon futsch.«

Natalie versuchte diese Neuigkeit zu verdauen. »Na ja, vielleicht hat es auch sein Gutes, wenn du diesen Montagejob nicht mehr hast. Du kannst dich hier vor Ort nach Arbeit umsehen. Da verdienst du zwar nicht so viel, aber es wäre schön, wenn wir dich wieder zu Hause hätten.« Sie klang beinahe erleichtert. »Vor allem, wenn der kleine Andrew dann bei uns ist.«

»Ich habe mich umgehört, Nat. Das Baugewerbe hat hier an der Küste momentan eine ziemliche Flaute. Wie es aussieht, gibt es überhaupt keine freien Stellen.«

»Was ist mit deinen Kumpels? Tony und die anderen?«, fragte sie beunruhigt.

»Die hab ich schon gefragt. Aber die Lage ist angespannt. Meine Kumpels haben alle versprochen, an mich zu denken, wenn sie irgendwas hören«, erwiderte er. »Ich werde mich weiter weg umsehen müssen.«

»Beim Bergbau ist auch nichts frei?«

»Ich bin auf der Suche, aber zurzeit gibt es offenbar nichts. Da hier die Konjunktur einbricht, bewerben sich wahrscheinlich mehr Handwerker auf Jobs im Landesinneren.

Und überhaupt, was habe ich schon zu bieten, wenn ich nicht mal weiß, wann ich bei einer neuen Firma anfangen könnte?«

Natalie schwirrte der Kopf. Sie versuchte, das Problem kreativ anzugehen und ihre aufsteigende Panik in den Griff zu bekommen. »Mark, du bist ein richtig guter Elektriker, du hattest früher doch nie Probleme, Arbeit zu finden.«

»Ja, aber inzwischen hat sich die Lage auf dem Arbeitsmarkt offenbar verschärft, und es könnte eine Weile dauern, bis ich was finde. Auch als Montagearbeiter. Doch was sollen wir bis dahin machen? Unsere Ersparnisse haben wir aufgebraucht, und die Hypothek ist bald wieder fällig.«

»Dann müssen wir eben auf die eiserne Reserve zurückgreifen, die wir für die größeren Renovierungen vorgesehen hatten. Eigentlich war es mir unheimlich wichtig, diese Sachen machen zu lassen, aber das ist jetzt eben nicht drin, basta.«

»Bist du sicher? Ich weiß doch, wie sehr du dir wünschst, das Haus auf Vordermann zu bringen.«

»Aber ohne Einkommen geht es nicht. Also beißen wir in den sauren Apfel, bis du wieder Arbeit hast.«

Natalie war selbst erstaunt, wie leicht ihr diese Entscheidung gefallen war. Allerdings wusste sie sehr wohl, dass ihre Probleme damit nur aufgeschoben waren.

Als Natalie vor This Haus ankam, erblickte sie Thomas, der im Vordergarten Kräuter anpflanzte.

»Natalie! Das ist ja eine Überraschung! This Mann ist zurzeit nicht da, deshalb helfe ich aus. Komm rein. Sie hat mir gar nicht gesagt, dass sie dich erwartet.«

»Sie weiß nichts davon. Es war einfach eine spontane Idee. Ich brauche mal ein bisschen Tapetenwechsel.«

»Ja, ich habe schon gehört, was ihr durchmacht«, meinte Thomas. »Wie geht es eurem kleinen Andrew? Aber machen wir uns erst mal einen Tee. Thi hat Kekse gebacken. Sie wird bald zurück sein.«

»Sie ist wirklich eine sehr vielseitige Köchin. Wie läuft es denn so auf dem Markt?«

»Sehr gut, hat mir Thi versichert«, antwortete Thomas lachend. »Dieses Wetter mit ordentlich viel Regen und Sonne freut das Gärtnerherz. Wie geht es deinem Mann?«

»Gut, aber es war eine Umstellung für ihn, sich um den Haushalt und die Kinder zu kümmern. Ich bin sonst ja jeden Tag im Krankenhaus in Brisbane. Aber heute besucht er Andrew, deshalb habe ich ein paar Stunden für mich, und da hab ich mir diesen kleinen Ausflug gegönnt. Wir hoffen, dass das Baby in ein paar Wochen nach Hause darf.«

»Das freut mich zu hören!«, rief Thi aus, die in die Küche kam und Natalie umarmte. »Du wirkst müde, aber ich freue mich, dich zu sehen.«

»Ja, erschöpft bin ich schon, aber ich dachte mir, die schöne Landschaft und ein Besuch bei dir würden mir guttun. Ich hoffe, du fühlst dich nicht überfallen?«

»Überhaupt nicht! Bring das nächste Mal ruhig die Kinder mit.«

»Das mache ich, da werden sie sich freuen. Thi, es ist ja schon ewig her, seit wir uns gesehen haben. Noch vor der Safran-Revolution.«

»Inzwischen sind schreckliche Dinge passiert. Gestern habe ich mit Mi Mi gesprochen, es sind schreckliche Nachrichten nach draußen gedrungen. Die Mönche wie auch die normalen Leute sind nun völlig rechtlos. Das Militär kann jederzeit jede beliebige Person verhaften und töten. In unserem Land gelten keine Gesetze mehr. Die Mönche und die Menschen, die für das Wohlergehen anderer beten, werden verhaftet.« Thi schüttelte den Kopf. »Die Klöster werden teilweise von Soldaten abgeriegelt, um die Mönche am Demonstrieren zu hindern. Aber sie können auch nicht mehr ihren morgendlichen Rundgang mit ihren Almosenschalen machen und um Essen bitten.«

»In der Zeitung habe ich Fotos von Mönchen gesehen, die mit umgedrehten Schalen durch die Straßen gehen. Was hat das zu bedeuten?«, fragte Natalie.

»Die Mönche verkörpern die moralische und spirituelle Autorität in Burma, auch wenn das Land vom Militär regiert wird. Um ihrer eigenen Glaubwürdigkeit und Legitimität willen hat die Junta den religiösen Status der Mönche stets anerkannt. Indem sie ihre Schalen umdrehen, demonstrieren die Mönche symbolisch, dass sie die Almosen der Soldaten zurückweisen und sie von der Spiritualität ausschließen, die das Wesen der burmesischen Gesellschaft bestimmt«, erläuterte Thi.

»Die Mönche wollten also ihr Anliegen auf ganz friedliche Weise vorbringen?«, schloss Natalie.

»Ja, nur funktioniert das bei der Militärjunta nicht«, stellte Thomas betrübt fest. »Diese Demonstrationen werden noch lange Nachwirkungen haben.«

»In den Nachrichten hieß es, dass die Leute gegen einen dramatischen Anstieg der Treibstoffpreise protestieren«, meinte Natalie.

»Ach, diese idiotischen Generäle! Sie haben keinen Schimmer, wie sie Burmas Wirtschaft führen sollen, und können sich nur selbst bereichern. Wusstest du, dass sie arme Bauern enteignet haben, um auf deren Land eine neue Hauptstadt namens Naypyidaw aus dem Boden zu stampfen? Als ob Burma eine neue, sündteure Hauptstadt irgendwo im hintersten Winkel bräuchte!«, ereiferte sich Thi.

»Vielleicht hat diese Safran-Revolution einen Funken im Herzen der Menschen außerhalb von Burma entfacht«, hoffte Thomas.

»Ich fand es schockierend und bestürzend, was ich da im Fernsehen gesehen habe«, stellte Natalie fest. »Es hat mich so berührt, dass ich etwas für die Menschen tun wollte. Mi Mi hat mir gesagt, dass sie Prinzessin Aye Aye kennt, die Enkelin von König Thibaw. Daraufhin habe ich beschlossen, ihr das Kammavaca zurückzugeben und so Onkel Andrews ursprüngliche Mission zu vollenden.«

Thi stellte ihre Tasse ab und legte ihre Hand auf Natalies. »Das ist eine ganz besondere Geste. Sie wird den Menschen in Burma viel bedeuten, sobald sie davon erfahren.«

Während sie mit Thi und Thomas plauderte, merkte Natalie, wie zum ersten Mal seit vielen Wochen die Spannung von ihr abfiel.

»Können wir etwas für euch tun, wenn ihr das Baby nach Hause holt?«, fragte Thi. »Ich helfe gern, wenn ich kann, und Thomas bestimmt auch.«

Thomas nickte zustimmend.

»Danke, das ist lieb von euch beiden, aber Mark wird da sein. Ein bisschen Angst macht uns nur, dass Andrew bei uns nicht rundum medizinisch betreut wird wie im Krankenhaus.«

»Ihr kriegt das sicherlich prima hin. Aber wenn ihr Hilfe braucht, melde dich«, sagte Thi.

»Danke«, brachte Natalie, den Tränen nahe, heraus. Wie gern hätte sie sich ihren Kummer wegen Marks verzweifelter Arbeitssuche von der Seele geredet! Stattdessen sagte sie nur: »Es ist einfach schön, mal so eine Pause einlegen zu können.«

Als Mark am späteren Nachmittag vom Krankenhaus zurückkehrte, fiel sein Blick auf das frische Gemüse, die übrig gebliebenen Kekse, die Marmelade und die eingelegten Gewürzgurken, die Thi Natalie mitgegeben hatte. »Thi ist ja wirklich sehr großzügig, aber ich hoffe, sie denkt nicht, dass wir auf Almosen angewiesen sind.«

»Sei nicht albern. Thi beschenkt alle Leute. Und dass du arbeitslos geworden bist, hab ich ihr gar nicht erzählt. Du solltest mal wieder zu ihrem Dorfmarkt fahren. Sie würde sich freuen, die Kinder zu sehen, und Charlotte reitet bestimmt gern noch mal Pony«, meinte Natalie unbeschwert. Doch Marks bittere Bemerkung verriet ihr, wie sehr ihm die Sorgen zu schaffen machten.

Später setzte sich Natalie an den Computer, um ihre Mutter über Andrews Fortschritte auf dem Laufenden zu halten. In ihrem Posteingang fand sie eine neue E-Mail von Peter Michaelson, dem Londoner Antiquitätenhändler.

> Ich wollte Sie fragen, ob Sie immer noch im Besitz des Kammavacas sind. Falls Sie es noch nicht veräußert haben, wäre ich an einem Kauf interessiert. Ich habe einen seriösen Sammler bei der Hand, der Ihnen vierzigtausend Australische Dollar für Ihr Artefakt bietet. Können Sie mir bitte Bescheid geben, ob Sie es mir zu diesem Preis überlassen würden?

Wie unter Schock starrte Natalie auf die Nachricht. Dann brach sie in Gelächter aus und rief Mark zu: »Das glaubst du nicht!«

Mark blieb ziemlich gefasst, als Natalie ihm das Angebot vorlas. Dann blickte er sie ernst an und sagte: »Das ist eine Menge Geld, Natalie.«

»Ja, da ist jemand richtig scharf drauf!«

»Was willst du tun?«, fragte Mark ruhig.

»Wie schon gesagt, ich schicke es Prinzessin Aye Aye zurück. Und Michaelson antworte ich, es tut mir leid, aber das Kammavaca geht an seinen rechtmäßigen Eigentümer zurück.«

»Aber Natalie, wir brauchen das Geld!«, platzte Mark heraus. »Dieses Angebot kann unsere Rettung sein.«

»Mark, ich habe Aye Aye bereits geschrieben und versprochen, ihr das Kammavaca zurückzugeben. Und ich stehe zu meinem Wort. Das bin ich Onkel Andrew schuldig. Er wollte tun, was gut und richtig ist, und das will ich auch«, entgegnete sie unbeirrt.

»Das sehe ich ein, und es war eine nette Geste, solange das Ding nur ein Drittel dieses Angebots wert war und ich einen Job hatte! Aber jetzt haben wir das Geld bitter nötig! Unsere Lebensumstände haben sich verändert. Wir müssen dafür sorgen, dass wir weiterhin ein Dach über dem Kopf haben und etwas zu essen auf den Tisch kommt, und wir haben die Verantwortung für drei Kinder!«

»Mark! Ja, wir brauchen Geld, aber wir müssen das Problem auf lange Sicht lösen. Das Kammavaca zu verkaufen wäre eine drastische Maßnahme, die vielleicht gar nicht nötig ist. Klar, wir konnten den Lauf der Dinge nicht vorhersehen, aber du wirst nicht ewig arbeitslos sein. Wir müssen jetzt einfach die Zähne zusammenbeißen und darauf hoffen ...«

»Genau das ist der Punkt, Nat. Ich weiß nicht, wie lange es dauert, bis ich wieder Arbeit finde. Alle versuchen sich irgendwie durchzuschlagen, wir haben eine Konjunkturflaute, die Firmen halten sich mit Einstellungen zurück. Es geht nicht nur darum, dass wir die Renovierungen aufschieben. Wir sind dabei, sämtliche Reserven aufzubrauchen.«

»Das ist mir schon klar. Aber ob wir das Kammavaca haben oder nicht, ändert nichts an unserer Situation. Du warst doch auch damit einverstanden, es der Prinzessin zurückzugeben, als es noch viel weniger wert war.«

»Genau«, stieß Mark zwischen zusammengebissenen Zähnen hervor. »Nun wissen wir, dass es verdammt viel mehr wert ist, und der Verkauf würde uns jetzt, da wir knapp bei Kasse sind, *wirklich* weiterhelfen.«

»Ich werde mein Wort nicht brechen«, wiederholte Natalie trotzig. »Ich habe der Prinzessin versprochen, es zurückzugeben. Es hätte gar nicht erst in fremde Hände gelangen sollen. Es zu behalten wäre falsch, und es zu verkaufen ebenso.«

»Wenn es nach Burma zurückgeht, wer weiß, was dann damit geschieht? Was sollte sie davon abhalten, vierzigtausend dafür zu kassieren?«

»Aye Aye würde es nie verkaufen! Dafür bedeutet es ihr viel zu viel. Geben ist seliger als Nehmen, Mark, es geht um das Karma!«, erwiderte Natalie.

»Nat, setz dich, und lass uns ganz vernünftig darüber reden.« Mark führte sie zum Sofa.

»Sprich nicht mit mir wie mit einem Kind.«

»Das tue ich auch nicht, ich versuche nur, dir klarzumachen, was für einen Sinn das alles hat. Vielleicht ist dir dieses Ding ja wirklich aus einem bestimmten Grund in die Hände gefallen. Nämlich weil wir auf das Geld angewiesen sind, das wir dafür bekommen können. Meinst du nicht, dass Onkel Andrew dir gerne geholfen und gewollt hätte, dass sein Kammavaca einem guten Zweck dient? Dass es seinem Namensvetter hilft?«

Natalie ärgerte sich über Marks ruhigen, vernünftigen Ton. »Das war nicht *sein* Kammavaca. Er hat es nur erworben, um es Prinzessin Tipi Si zurückzugeben. Da stecken hohe Grundsätze dahinter, und meine Prinzipien sind nicht käuflich. Ich habe Menschen sterben sehen, weil sie das tun wollten, was in ihren Augen gut und richtig ist!«

»Ja, den Fernsehbericht habe ich auch gesehen.«

»Das ist *wirklich* passiert. Warum soll ich meine Grundsätze und Überzeugungen über den Haufen werfen, wo ich doch erst vor ein paar Wochen erkannt habe, worauf es wirklich ankommt? Ich werde mein Wort halten. So hätte es auch Onkel Andrew gewollt, das weiß ich. Ich habe die Gelegenheit, seine Mission zu Ende zu bringen. Deshalb habe ich das Kammavaca gefunden. Sonst hätten wir es gleich beim Flohmarkt verscherbeln können.«

»Das haben wir aber nicht. Es ist noch da, und es bietet uns die Möglichkeit, eine Durststrecke zu überstehen«, beharrte Mark.

»Verstehst du denn nicht, Mark? Ich habe der Prinzessin mein Wort gegeben«, erwiderte Natalie ruhig. »Wir haben unser Baby nach Andrew benannt, weil ich meinen Onkel bewundere, auch wegen seiner Grundsätze. Wie können wir unseren Kindern beibringen, sich an Prinzipien zu halten und für das Richtige einzutreten, wenn wir selbst nicht mit gutem Beispiel vorangehen?«

»Der alten Prinzessin war das kostbare Familienstück egal, sie hat es verkauft, *weil sie Geld brauchte!* Genau wie wir, oder?«, hielt Mark dagegen.

»Aber dann hat sie es sofort bereut. Ich will nicht, dass es mir genauso geht. Wenn wir es verkauft haben, ist es unwiderruflich weg. Meinetwegen können wir all meine Wertsachen verkaufen, wenn es denn notwendig ist, aber nicht das Kammavaca.«

Natalie stand auf und ging hinaus. Während sie im halbfertigen Badezimmer stand, unter einer nackten Glühlampe, deren kaltes Licht auf kahle Wände und den ungefliesten Boden fiel, hörte sie, wie die Haustür zugezogen wurde.

Natalie war außer sich – gekränkt und wütend und voller Angst angesichts ihrer finanziellen Lage, die ihr doch ebenso zu schaffen machte wie Mark. Doch angesichts seines völligen Unverständnisses gegenüber ihrer Sichtweise hatte sie das Gefühl, dass sich eine tiefe Kluft zwischen ihnen auftat. Klar, seit Andrews vorzeitiger Geburt waren sie beide an die Grenzen ihrer Belastbarkeit gestoßen. Doch die Unversöhnlichkeit, mit der ihre Standpunkte aufeinandergeprallt waren, warf für Natalie die unangenehme Frage auf, wie gut sie sich eigentlich kannten.

Das war die erste größere Zerreißprobe für ihre Ehe. Natalies Mutter hatte immer gesagt, wenn Ehen in die Brüche gingen, dann meistens wegen des Geldes.

Früher hatten materielle Dinge für sie beide nie eine besondere Rolle gespielt. Manchmal hatten sie sich sogar über die protzigen Geschmacksentgleisungen an der Gold Coast lustig gemacht: Ehefrauen, die zu viel Schmuck und Make-up trugen, in überdimensionierten Häusern wohnten, zu viele Autos und riesige Jachten besaßen, während alternde Männer in weißen Leinenhosen und mit künstlicher Bräune von Partnerinnen begleitet wurden, die entweder zu jung für sie waren oder zu viele Schönheitsoperationen hinter sich hatten.

Natalies und Marks Lebensstil war völlig anders. Nach ihrem Umzug an die Gold Coast hatten sie andere junge Paare kennengelernt, die so wie sie alle Hände voll zu tun hatten, ihre Kinder großzuziehen und über die Runden zu kommen. Sie brachten Opfer für ihr Heim und ihre Familie und führten ein Leben, das nichts mit der touristischen Glamour-Fassade dieses überteuerten Küstenstreifens von Queensland gemein hatte.

Vielleicht hatten sie und Mark ihre Ziele zu hoch gesteckt. Hatten sie sich mit dem Kauf dieses Hauses übernommen?

Während ihr die Ereignisse des Tages noch durch den Kopf schwirrten, ging sie zu Bett und fiel in einen unruhigen Schlaf. Als sie aufwachte, war es zu ihrer Überraschung bereits sieben Uhr. Sie hörte, wie Mark den Kindern das Frühstück machte. Ihre Brüste fühlten sich hart an, sie musste Milch abpumpen.

Mark machte gerade die Küche sauber, als sie hereinkam.

»Danke, dass du das übernimmst. Du bist wirklich ein guter Vater. Ich muss jetzt los. Soll ich noch irgendwas erledigen?«, fragte sie ruhig.

»Nein, das Abendessen ist schon geregelt. Hast du Andrews Frühstück dabei?«

Natalie lächelte. »Ja, wird frisch geliefert.«

»Dann also bis später.«

»Es tut mir leid wegen gestern Abend, Mark. Aber ich habe meine Meinung nicht geändert.«

»Ich komme damit klar, Nat, dass wir uns in so einem wichtigen Punkt nicht einig sind.«

»Geht mir genauso.« Natalie ging hinaus und stieg in den Wagen.

Im Krankenhaus erwartete sie ein ausgesprochen munterer Andrew, und als er sie anstrahlte, hob sich ihre Stimmung.

»Diesmal, glaube ich, lächelst du wirklich, mein kleiner Schatz! Das sind jetzt keine Blähungen.«

Nachdem sie ihn gefüttert hatte und er eingeschlafen war, setzte sie sich mit einer Flasche Wasser draußen vor dem Krankenhaus in die Sonne und rief ihre Mutter im Laden an.

»Wie wunderbar, dass er jetzt noch schneller zunimmt«, freute sich Sarah. »Ehe du dich's versiehst, darf er nach Hause. Wie geht es dann weiter? Fängt Mark gleich wieder zu arbeiten an? Wie lang bekommt er noch Urlaub?«

»Mum, ich muss dir etwas sagen. Die Bergbaufirma hat eine Menge Stellen gestrichen, auch die von Mark. Er ist arbeitslos.«

»Was?«, rief Sarah aus. »Schatz, das ist ja schrecklich! Haben die das mit Andrew denn nicht gewusst? Ungeheuerlich! Kann er bei seiner alten Stelle wieder anfangen? Er kennt doch bestimmt jeden Bauunternehmer an der Gold Coast. Warum hast du mir das nicht schon früher gesagt?«

Natalie zögerte. Ja, warum hatte sie so lange gezögert, es ihrer Mutter zu erzählen, mit der sie doch sonst über jedes Problem sprach? »Ich weiß nicht«, meinte sie nachdenklich. »Vielleicht weil ich Angst habe und dich nicht beunruhigen wollte.«

»Mark findet sicher gleich was Neues.«

»Er sucht schon eine ganze Weile, aber es sieht nicht gut aus.«

»So schlimm kann es doch nicht sein. Ich kann mir nicht vorstellen, dass Mark keinen Job findet. Bestimmt dauert es nicht lang.«

»Hoffen wir's. Wir müssen jetzt eben von unseren Rücklagen für die Renovierung leben.«

»Zum Renovieren habt ihr noch genug Zeit, Natalie, mach dir darüber keine Sorgen.«

»Ja, außer wenn … ach, egal.«

»Außer wenn was?«, hakte Sarah nach, die spürte, dass etwas im Argen lag.

»Mark will, dass ich das Kammavaca verkaufe.«

»Herrje, so viel ist es doch gar nicht wert, oder? Davon könnt ihr sicher nicht lange leben. Wolltest du es denn nicht behalten?«

»Jemand hat mir dafür vierzigtausend Dollar angeboten, und das wäre momentan schon eine große Hilfe. Mark möchte es verkaufen, weil unklar ist, wann er jemals wieder einen Gehaltsscheck kriegt, und ich will es nach Burma zurückschicken. Darüber sind wir uns ein bisschen in die Haare geraten.«

»Ach du meine Güte!«, rief ihre Mutter. »Vierzigtausend! Und wir hätten es fast weggeworfen. Wer kommt denn auf die Idee, so viel zu zahlen?«

»Ein Händler in London. Er sagt, er hätte einen Käufer. Aber, Mum, ich habe mich schon entschieden, es an die Königsfamilie in Burma zurückzuschicken. Das habe ich Prinzessin Aye Aye auch schon zugesichert, und sie hat sich unheimlich darüber gefreut. Da kann ich doch jetzt keinen Rückzieher mehr machen, oder?«, sagte Natalie.

»Natalie, bist du dir da wirklich sicher? Ich denke, niemand würde es dir verübeln, wenn du deine Meinung änderst«, entgegnete Sarah. »Gerade angesichts dieser völlig neuen Situation.«

»Mum, ich habe mein Wort gegeben! Ich habe viel über Burma gelernt und weiß, dass es das einzig Richtige ist. Etwas zu verkaufen, was mir im Grunde gar nicht gehört – das geht nicht. Onkel Andrew wollte es der Königsfamilie zurückgeben, bevor er ums Leben kam. Er hatte nur nicht mehr die Gelegenheit, es bei der rechtmäßigen Eigentümerin abzuliefern!«

»Verstehe«, erwiderte Sarah gefasst. »Deshalb hast du den kleinen Andrew nach ihm benannt.«

»Ja. Aber Mark und ich haben uns wegen des Kammavacas ziemlich gestritten.«

»Das überrascht mich nicht. Natürlich kann ich deine Denkweise nachvollziehen«, meinte Sarah. »Aber sollte dir deine Familie nicht wichtiger sein als irgendwelche Fremden in Burma? Woher willst du wissen, dass diese Frau es nicht verkauft, sobald sie es hat?«

»Das weiß ich nicht, allerdings würde es mich sehr wundern. Aber selbst wenn sie es täte, wäre es ihre Entscheidung.« Natalie blieb unnachgiebig.

Sarah klang skeptisch. »Nat, bist du sicher, dass du nicht unter einer emotionalen Erschöpfung leidest nach allem, was du durchgemacht hast? Hältst du das wirklich für die richtige Entscheidung? So ein Sümmchen wäre für euch beide gerade jetzt ein echter Segen. Und wie wollt ihr denn über die Runden kommen? Ich wünschte, ich könnte euch unter die Arme greifen, aber nach Steves Pleite an der Börse fehlt mir das nötige Geld dazu. Hast du dir überlegt, wieder arbeiten zu gehen?«

»Mum, wie könnte ich denn arbeiten gehen mit einem kranken Frühchen im Krankenhaus? Das wäre völlig unrealistisch. Ich müsste jeden Morgen Milch abpumpen und Mark damit nach Brisbane fahren lassen, mit den anderen

Kindern im Wagen, denn allein lassen könnte er sie ja nicht. Und sogar wenn ich verrückt genug wäre, mir wieder einen Job zu suchen, könnte ich mich überhaupt nicht konzentrieren, sondern würde mich wie eine Rabenmutter fühlen, die ihr Baby im Stich gelassen hat. Das kommt überhaupt nicht in Frage.«

»Bitte reg dich nicht so auf, Nat. Ich überlege nur, was es für Möglichkeiten gibt.«

»Ist schon gut, Mum. Wir schaffen das irgendwie. Wie du sagtest, wird Mark sicherlich bald einen Job finden.«

»Wichtig ist vor allem, dass der kleine Andrew über den Berg ist«, sagte Sarah. »Wann holt ihr ihn nach Hause?«

»Das steht noch nicht genau fest. Es wäre schön, ihn daheim zu haben, aber es wird auch anstrengend werden«, meinte Natalie. »Ich habe ein bisschen Bammel davor. Er ist immer noch so winzig, und dann sind da ja noch die anderen beiden.«

»Ich weiß, aber Mark steht doch sehr unter Druck.«

»Ich auch, Mum! Wir brauchen gerade unsere Ersparnisse auf, so dass wir nicht renovieren können und im Chaos leben. Den Kindergarten können wir uns nicht mehr leisten. Also werden die Kinder rund um die Uhr zu Hause sein, dazu ein schwaches kleines Baby und ein schlecht gelaunter Ehemann, der deprimiert ist und sich als Versager fühlt«, entgegnete Natalie.

»Und doch gäbe es eine Lösung, die dir aber nicht gefällt«, meinte ihre Mutter.

»Mum, das wäre doch nur eine vorübergehende Lösung. Wenn das Geld aufgebraucht ist, was dann? Du hast selbst gesagt, Mark wird bestimmt schnell einen neuen Job finden. So lange müssen wir eben durchhalten. Ich will mein Wort halten, Mum, ich kann nicht anders.« Natalie war den Tränen nahe. Ihre Mutter musste doch verstehen, dass es ihr darauf ankam, das Richtige zu tun.

»Aber wenn es doch länger dauert, bis Mark was Neues hat? Du würdest doch nicht das Haus aufs Spiel setzen?«

»So weit wird es hoffentlich nicht kommen, Mum. Momentan plane ich nur von einem Tag zum nächsten.«

»Warum gönnst du dir am Sonntag nicht mal einen freien Tag, lässt Mark die Tour zum Krankenhaus machen und kommst uns besuchen?«, wechselte Sarah das Thema. »Ich glaube, ein bisschen Abstand würde dir guttun.«

»Ich denke drüber nach«, versprach Natalie.

Der häusliche Alltag dümpelte vor sich hin. Immer wieder kehrte ein unbehagliches Schweigen ein, denn weder Mark noch Natalie brachten Michaelsons Angebot noch mal zur Sprache. Mark hatte zu all seinen Bekannten aus der Branche Kontakt aufgenommen und klagte über sein Pech, dass es ausgerechnet jetzt nirgendwo freie Stellen gab. Ständig telefonierte er Leuten vom lokalen Baugewerbe hinterher und kontaktierte Bauunternehmer, die Elektriker für einzelne Projekte einsetzten. Kaum war Natalie zu Hause angekommen, zog er los, um irgendwo seine Bewerbungsunterlagen abzugeben oder sich mit jemandem zu treffen, der vielleicht von einem Job wusste.

Natalie wusste, dass es ihn immer mehr frustrierte, keine Arbeit zu finden. Es nagte an seinem Selbstwertgefühl, das spürte sie.

Drei Wochen später wurde Andrew aus dem Krankenhaus entlassen.

Ihr winziges Söhnchen in ihrer Obhut zu haben, erfüllte Natalie und Mark mit einer Mischung aus Hochgefühl und Befangenheit. Der kleine Andrew wog kaum mehr als ein Neugeborenes, doch er wuchs und gedieh und brachte jede Woche ein wenig mehr auf die Waage.

Charlotte war entzückt über ihr Brüderchen. Sie zeigte ihm ihre Lieblingsspielsachen und erlaubte ihm, damit zu spielen, wann immer er wolle. »Wenn du höflich fragst«, fügte sie hinzu.

Adam schien anfangs wenig interessiert, doch immer wenn er Andrew schreien hörte, rannte er zu seinen Eltern, um ihnen mitzuteilen, dass sein kleiner Bruder nach ihnen verlangte. Sowohl Mark als auch Natalie waren erstaunt, wie gelassen die Kinder das neue Familienmitglied akzeptierten.

Man hatte Natalie empfohlen, Andrew alle drei Stunden zu stillen. Sie war froh, dass alle paar Tage eine Hebamme vorbeikam, die seine Fortschritte prüfte, ihn wog, den Sauerstoffgehalt seines Blutes maß und Natalies Fragen geduldig beantwortete. Sie empfand es als tröstlich, mit einer verständnisvollen Fachfrau über die Ängste reden zu können, die sie vor allem nachts plagten.

»Ich habe einen so leichten Schlaf, weil ich ständig auf seinen Atem horche«, sagte Natalie. »Ich fühle mich total verantwortlich für ihn. Vorher gab es geschultes Personal, das sich um ihn gekümmert hat, da wäre im Notfall immer Hilfe da gewesen. Jetzt hat er nur mich.«

»Solche Gefühle sind ganz normal. Aber Sie brauchen wirklich auch Ihre Ruhepausen. Vielleicht können Sie tagsüber zwischen zwei Stillzeiten ein Nickerchen machen und Ihren Mann auf das Baby und die anderen Kinder aufpassen lassen.«

»Das könnte gehen, zurzeit ist er ja zu Hause«, überlegte Natalie.

Tagsüber fiel es Natalie schwer, eine Erholungspause einzulegen, weil es eigentlich nie richtig ruhig im Haus war. Aber dann erbot sich Vicki, Charlotte und Adam an ein paar Tagen die Woche nachmittags zu sich zu holen, so dass Natalie schlafen konnte, während Mark sich um Andrew kümmerte. Die Kinder fanden es toll, mit Ipoh zu spielen, und manchmal kamen Thomas oder Thi vorbei. Natalie wusste nicht, ob Vicki sie darum gebeten hatte oder ob ihre burmesischen Freunde von sich aus helfen wollten. Sie war einfach nur dankbar dafür, dass die Kinder gern zu Vicki gingen und sie ihren dringend nötigen Schlaf abbekam.

Der Alltag und die Atmosphäre im Haus änderten sich schlagartig, als eines Tages unerwartet Brad vor der Tür stand.

»Hi, Brad! Das ist ja eine Überraschung! Was verschlägt dich denn hierher?«, fragte Natalie. »Mark ist gerade noch unterwegs. Weiß er, dass du kommst?« Sie war selbst erstaunt, wie sehr sie sich freute, den stets fröhlichen und optimistischen Brad wiederzusehen.

»Nein, aber keine Sorge, ich will mich euch nicht aufdrängen. Kann ich mein Gepäck hierlassen, bis ich ein Auto aufgetrieben habe?«

»Du willst nicht bei uns übernachten? Das ist aber schade. Wohnst du in dem Apartment, das du gekauft hast?«

»Nein, das ist vermietet, ich steige in einem Motel ab. Ihr habt bestimmt alle Hände voll zu tun mit eurem Kleinen. Ich bleibe nur ein paar Tage zum Ausspannen, Schwimmen – Hauptsache, weit weg von Bohrlöchern und Staub.«

»Willst du einen Kaffee?«

»Gern. Ich hol nur schnell meine Sachen.«

Natalie machte Kaffee, dann streckte sie den Kopf aus dem Fenster und rief die Kinder, die im Garten spielten.

»Charlotte, Adam! Wir haben Besuch!«

Die Kinder kreischten vor Freude und stürmten Brad entgegen, als er sich mit zwei großen Taschen durch die Tür zwängte.

»Warum hast du denn so viele Sachen dabei?«, wunderte sich Natalie.

»Ich arbeite nicht mehr im Bergwerk.«

»Haben sie deinen Arbeitsplatz auch wegrationalisiert?«, fragte Natalie.

»Von wegen. Ich bin ihnen zuvorgekommen und habe selbst gekündigt.« Er kitzelte Charlotte, bis sie vor Lachen quietschte, während Adam versuchte, ihm auf den Rücken zu klettern.

»Warum hast du das getan, wenn ich fragen darf?«

»Sie haben sich Mark gegenüber ziemlich mies verhalten, finde ich. Mir war schon klar, dass sie einigen Leuten gekündigt haben, aber das mit Mark war meiner Meinung nach nicht fair. Jeder macht im Leben mal schwere Zeiten durch, und ich denke mir immer, wenn man den Leuten dann hilft, ein bisschen Verständnis zeigt, vor allem als Arbeitgeber, dann kriegt man das zehnfach zurück. Deshalb bin ich gegangen.«

»Ich hoffe, das sagst du auch Mark. Das ist ein echt feiner Zug von dir, Brad, aber kommst du denn klar, wo du doch jetzt eine Hypothek abzuzahlen hast?«

»Darüber zerbreche ich mir nicht den Kopf, es wird sich schon was ergeben. Ich bin ja nicht verheiratet und habe keine Kinder. Für Mark ist das schwieriger.« Brad zuckte mit den Schultern und grinste. »Einen Job hinzuschmeißen ist so gut wie ein Urlaub, finde ich.«

»Das sieht Mark wahrscheinlich anders. Er hat es nämlich nicht geschafft, hier an der Küste Arbeit zu finden. Aber er wird es dir hoch anrechnen, dass du wegen der Art, wie sie im Bergwerk mit ihm umgesprungen sind, gekündigt hast.«

»Nat, mach dir keine Sorgen. Elektriker werden immer gebraucht, aber der Arbeitsmarkt verläuft zyklisch. Es ist nur eine Frage der Zeit.«

Natalie wollte ihm schon fast erzählen, wie schlimm ihre Lage tatsächlich war. Doch dann beschloss sie, Mark die Entscheidung zu überlassen, wie viel er seinem Freund anvertrauen wollte. »Möchtest du mal unseren Familienzuwachs sehen? Andrew ist jetzt bei uns.«

»Na klar!« Brad folgte Natalie ins Schlafzimmer, wo Andrew in einem Stubenwagen neben dem Elternbett schlief.

»Mensch, ist das ein kleines Kerlchen! Wie eine Puppe«, flüsterte Brad in ehrfürchtigem Ton. »Aber ein süßer Fratz.«

Auf Zehenspitzen schlichen sie hinaus. »Wir sind noch immer ein bisschen ängstlich«, meinte Natalie dann. »Natürlich wäre es uns am liebsten, wenn wir all die Krankenhausgeräte und das Personal hier bei uns zu Hause hätten. Wir haben uns so daran gewöhnt, dass er im Brutkasten immer an diese Maschinen angeschlossen war.«

»Wie findest du deinen neuen kleinen Bruder, Charlotte?«, fragte Brad, als sie auf ihn losstürzte.

»Er schläft viel und schreit wie ein Mäuschen.«

»Und was hast du so gemacht? Tanzt du noch viel?«

»Können wir ein Ballett aufführen?«, fragte Charlotte aufgeregt. »Ich tanze die Prinzessin«, verkündete sie und verschwand schon ins Wohnzimmer.

Als sie gerade Beifall klatschten und die Prinzessin sich verbeugte, kam Mark herein und musste zweimal hingucken, als er Brad mit Adam im Arm auf dem Sofa sah.

»Du hast meine Vorstellung verpasst, Daddy!«

»Ich schaue mir den zweiten Akt an, Schätzchen. Schön, dich zu sehen, Kumpel. Was machst du hier? Bist du schon lange da?«

Natalie entschuldigte sich und nahm die Kinder mit nach draußen, damit Brad und Mark sich ungestört unterhalten konnten.

So aufgekratzt war Mark seit Wochen nicht gewesen. Brads Anwesenheit und sein Protest gegen Marks Entlassung munterten sie beide auf. Trotzdem herrschte noch immer eine gewisse Spannung, denn Natalie beharrte darauf, dass sie das Kammavaca nicht verkaufen wolle. Sie ließ sich auch nicht umstimmen, als Mark sagte, er wisse nicht, wie sie die nächste Rate ihrer Hypothek abzahlen sollten. Wenn sie mit der Bank nicht einen neuen Tilgungsplan vereinbaren konnten, würden sie womöglich das Haus verlieren.

Da nun Brad Mark Gesellschaft leistete, entschied sich Natalie, wieder einmal zu ihrem Yogakurs zu gehen, um ihre innere Ruhe wiederzufinden. Sie hatte das Gefühl, es zu brauchen, und sei es nur einmal die Woche, und wenn sie sparsam mit dem Haushaltsgeld umgingen, war es wohl auch finanziell machbar. Mark und Brad versicherten ihr, dass sie ohne weiteres auf die drei Kinder aufpassen konnten. Also fuhr Natalie zu ihrem Kurs, nachdem sie Andrew gestillt hatte.

Bei der Meditation wirkten die ruhigen Anweisungen des Leiters und das gleichmäßige, entspannte Atmen der Teilnehmer sehr beruhigend auf Natalie. Sie war froh, dass sie sich zu dem Kurs aufgerafft hatte, und danach gönnte sie sich noch eine Tasse Chai mit Moss.

»Schön, dich zu sehen. Ich habe gehört, ihr habt einiges durchgemacht mit eurem kleinen Überraschungspaket«, meinte Moss, als er ihr den Honig reichte.

»Du meinst, mit unserem Frühchen? Ja, Andrew kam tatsächlich ziemlich überraschend. Hat uns einen ganz schönen Schreck eingejagt, doch zum Glück geht es ihm jetzt gut. Heutzutage hat man ja ganz wunderbare Möglichkeiten, um Frühchen zu behandeln, er wird alles aufholen.« Natalie lehnte den angebotenen Honig für ihren Tee ab und zerdrückte eine Träne.

Moss legte ihr die Hand auf den Arm. »Für Buddhisten kommt es darauf an, die Dinge zu akzeptieren. Man nimmt an, was einem geschenkt wird, und für dich ist Andrew ein ganz besonderes Geschenk.«

Natalie nickte. »Ja, dessen bin ich mir bewusst. Ich versuche alles anzunehmen, was mir jeder Tag bringt.«

»Ich bin mir sicher, er wird seinen Weg machen, seine Reise beginnt gerade erst«, sagte Moss. »Wie geht es eigentlich dir? Du hattest wohl nicht viel Zeit, dich um dich selbst zu kümmern. Was ist mit deinem Kammavaca? Hast du es noch?«

»Ja, auch wenn es deswegen einige Unstimmigkeiten bei uns zu Hause gegeben hat«, meinte sie. »Wir haben ein völlig verrücktes Angebot von dem Londoner Antiquitätenhändler bekommen. Mark möchte jetzt, dass wir es verkaufen.«

»Ich dachte, das wolltest du nicht?«, sagte Moss.

»Daran hat sich auch nichts geändert. Als es nur ein paar Tausend wert war, hätte es auch keine Rolle gespielt, ob wir es verkaufen oder nicht. Aber bei vierzigtausend Dollar stellt sich die Sache noch mal anders dar, jedenfalls für meinen Mann.«

Moss hob die Augenbrauen. »Warum ist denn der Preis so in die Höhe geschnellt?«

»Ich weiß nicht. Michaelson behauptet, er hätte einen seriösen Käufer an der Hand, der es unbedingt haben will.«

»Das ist eine schöne Stange Geld. Hat er erwähnt, ob es sich um einen Privatmann oder um eine Institution handelt?«

Natalie schüttelte den Kopf. »Keine Ahnung, er hat nur was von einem Sammler geschrieben. Außerdem steht es sowieso nicht zum Verkauf, und behalten werde ich es auch nicht. Ich habe im Fernsehen die Demonstrationen der Mönche bei der Safran-Revolution gesehen, und wie die Soldaten auf sie geschossen haben. Das hat mich so geschockt, dass ich mich jetzt für Burma engagieren möchte – mehr als nur Flugblätter verteilen. Meine Freundin Mi Mi hat mir erzählt, dass sie eine Enkelin von König Thibaw kennt. Ich habe ihr geschrieben und versprochen, ihr das Kammavaca zukommen zu lassen.«

»Das ist eine bewundernswerte Entscheidung. Wahrscheinlich hat sich auch die Empfängerin sehr gefreut, oder?«

»O ja, sehr. Offenbar hat König Thibaw seine Familie gebeten, auf das Kammavaca stets gut achtzugeben. Tja, aber es kommt immer anders, als man denkt.«

»Zweifelst du jetzt an deiner Entscheidung?«

»Nicht im Geringsten«, erwiderte Natalie entschlossen.

»Dann ist das deine Antwort«, stellte Moss fest. »Hat dir dieser Händler etwas über das Kammavaca gesagt?«

»Nein. Eine Händlerin in Brisbane meinte, Michaelson könnte das Manuskript für mich übersetzen lassen, aber ich habe die Sache nicht weiter verfolgt. Angeblich ist es irgendein religiöser Text.«

»Unabhängig davon, was in dem Manuskript steht, interessiert den Händler wahrscheinlich nur das Kunstobjekt an sich. Wie alt es ist und in welchem Zustand und in diesem Fall wohl vor allem, woher es stammt. Um dieses Stück rankt sich auf jeden Fall eine faszinierende Geschichte.«

»Ja, Prinzessin Aye Aye hat bestätigt, dass Tipi Si über den Tisch gezogen wurde.«

»Tja, Ferguson war bekannt für seine dubiosen Geschäftsmethoden.«

Verblüfft sah Natalie ihn an. »Ferguson, der Kunsthändler? Was weißt du über ihn? War er so berühmt?«

»Du hast ihn erwähnt, als du mir deine Geschichte erzählt hast. Da dachte ich mir, ich schaue mal, was ich über ihn herausfinden kann.«

»Ich hatte völlig vergessen, dass ich dir von ihm erzählt habe.«

Moss lächelte. »Das wundert mich nicht, nach allem, was du durchgemacht hast. Na, ich habe jedenfalls ein bisschen recherchiert. Ferguson wird mal als schillernde Persönlichkeit, mal einfach als ein bemerkenswerter Bursche dargestellt. Offenbar verstand er es, sich in Szene zu setzen. Dein Onkel hat eine Reportage über ihn in der *Illustrated London News* geschrieben.«

»Ja, den Artikel habe ich auch entdeckt«, bestätigte Natalie.

»Anscheinend erwarb sich Ferguson ein gewisses Ansehen, indem er öffentlichkeitswirksame Spenden an Museen und Ähnliches machte, auch wenn sich das nicht immer für ihn ausgezahlt hat. Jedenfalls muss er auch selbst ganz ordentlich dabei verdient haben, denn er erwarb einen viktorianischen Steinhaufen im schottischen Hochland.«

»Ein Schloss?«

»Samt Kilts und Dudelsäcken und Wappen. Als leidenschaftlicher Sammler legte er sich auch eine Familiengeschichte mit allem Drum und Dran zu, einschließlich Adelstitel.«

»Da hast du ja gründlich nachgeforscht! Er wirkt allerdings nicht sonderlich sympathisch auf mich. Ich glaube, es war ein kluger Schachzug von Onkel Andrew, diese Abmachung mit ihm zu treffen und das Kammavaca zurückzukaufen.«

»Ja, aber ich habe den Verdacht, dass Ferguson das Geschäft später bereut hat.« Moss straffte die Schultern. »Ich würde dieses Objekt, um das so viele Intrigen gesponnen wurden, zu gern selbst einmal sehen.«

»Ich fände es auch schön, wenn du es dir anschauen würdest. Dann könntest du auch Mark kennenlernen. Möchtest du vielleicht am Samstagnachmittag vorbeikommen?«

»Wunderbar, einverstanden. Hast du vor, das Kammavaca selbst nach Burma zurückzubringen?«

»Ausgeschlossen. Das kann ich mir nicht leisten. Und ich bin ja auch noch nie aus Australien hinausgekommen. Aber eine Freundin von mir fliegt von Zeit zu Zeit nach Burma und hat angeboten, es in meinem Namen zu übergeben.«

»Falls das nicht klappt und du einen anderen Überbringer brauchst, wäre ich gerne dazu bereit«, erklärte Moss. »Denk daran«, fügte er noch hinzu und lächelte Natalie an.

»Das ist wirklich nett von dir, Moss. Danke«, erwiderte Natalie.

»Sag mir noch mal, was ist das für ein Typ aus deinem Yogakurs?«, fragte Mark, als Natalie ihn am Samstag daran erinnerte, dass Moss vorbeikommen würde.

»Moss unterrichtet buddhistische Kunstgeschichte an der Uni. Er ist viel in Asien herumgereist und interessiert sich sehr für Burma. Er ist ein wirklich kluger und ... ja, einfühlsamer Mensch. Er möchte das Kammavaca gern sehen, und da dachte ich, es wäre nett, wenn du ihn kennenlernst.«

»Klingt nicht so, als ob wir viel gemein miteinander hätten«, entgegnete Mark. Trotzdem zog er sich ein frisches T-Shirt an und fragte Natalie, ob er noch irgendetwas besorgen sollte.

»Nein, ist schon in Ordnung. Moss ist recht unkompliziert.«

Als Mark dann die Tür öffnete, begrüßte ihn ein großer, schlanker Mann mit offenem schulterlangen Haar und einer Brille mit runden, getönten Gläsern im Stil von John Lennon. »Hi, ich bin Moss. Freut mich, dich kennenzulernen.«

»Komm rein«, sagte Mark.

Natalie trat aus der Küche. »Hi, Moss. Weil heute so schönes Wetter ist, haben wir gedacht, wir setzen uns raus. Erinnerst du dich noch an meine zwei Großen, Charlotte und Adam?«

»Ja, die waren doch bei der Kundgebung dabei. Ich habe dir ein Buch mitgebracht.« Moss überreichte Natalie ein Päckchen.

»Danke.«

»Kaffee oder Tee?«, fragte Mark.

»Tee wäre schön, wenn ihr sowieso einen macht, ansonsten einfach Wasser«, sagte Moss und setzte sich, während Adam seine Holzeisenbahn herbeischleppte, um sie ihm zu zeigen.

»Natalie hat gesagt, du lehrst an der Uni? Kennst du dich mit diesen Kamma-Dingern aus?«, fragte Mark.

»Nicht besonders. Aber dieses eine würde ich gern sehen, weil es so eine spannende Geschichte hat.«

»Ja. Hat Nat dir erzählt, dass sie ein Angebot über vierzigtausend Dollar bekommen hat?« Mark schüttelte den Kopf. »Ich kann gar nicht glauben, dass es so viel wert sein soll.«

»Na ja, manche Sammler blättern durchaus so viel hin«, erwiderte Moss.

»Das Geld könnten wir momentan gut gebrauchen, aber Nat ist fest entschlossen, es nach Burma zurückzuschicken«, sagte Mark. »Ich wünschte, ich könnte sie umstimmen.«

»Ich kann mir vorstellen, wie es dir dabei geht. Aber so hehre Prinzipien, wie Natalie sie hat, muss man respektieren. Vielleicht hofft sie, dass sich irgendeine andere Lösung findet. Manchmal muss man einfach auf das Universum vertrauen, nicht wahr?«, sagte Moss.

»Ich hol dann mal den Tee«, meinte Mark.

Da kam Natalie mit der Teakschatulle, in der das Kammavaca verwahrt war. Sie sah zu, wie Moss sie vorsichtig öffnete und die Blätter des Manuskripts behutsam auseinanderklappte.

»Wow.« Er breitete das Kammavaca auf dem Tisch aus. »Das ist ja ein Prachtstück. Schau dir nur diese Bilder an.« Er beugte sich darüber. »Habt ihr eine Lupe da?«

»Ja, ich hole sie.«

Mit Hilfe der Lupe nahm Moss jede der Illustrationen näher in Augenschein. »Ich frage mich, ob es Details gibt, die uns vielleicht mehr verraten können.«

»Eine Art Hinweis oder so?«, fragte Mark, der mit dem Tee zurückkam. »Kannst du das lesen?«

»Diese alte Schrift nicht«, bedauerte Moss. »Aber die Bilder sind wunderschön und so wirklichkeitsgetreu. Seht ihr dieses Kloster? Nach der Umgebung und der Darstellung der Mönche zu schließen, muss das ein realer Ort sein, meint ihr nicht? Schaut euch diesen hinreißend geschmückten Elefanten an. Es vermittelt eine wunderbare Atmosphäre.«

»Dann ist es also wirklich vierzigtausend Dollar wert, was meinst du?«, bemerkte Mark leichthin.

Moss richtete sich auf. »Dieses Kammavaca ist für den König angefertigt worden, und er hat es ins Exil mitgenommen. Offenbar hat es ihm sehr viel bedeutet.«

In diesem Moment fiel Charlotte von ihrem Dreirad und heulte los. »Ich gehe schon«, sagte Mark und rannte durch den Garten zu ihr.

»Danke, Natalie, aber jetzt muss ich gehen. Wie ich sehe, habt du und dein Mann alle Hände voll zu tun«, sagte Moss. »Du stehst vor einer schwierigen Entscheidung. Egal wie sie ausfällt, sag mir Bescheid, wenn ich behilflich sein kann. Aber es wäre sicher nicht ratsam, das Kammavaca per Post zu verschicken.«

»Ich werde dein Angebot im Hinterkopf behalten, nur für den Fall, dass bei Vicki etwas dazwischenkommt. Und danke für das Buch.«

»Wiedersehen, Mark«, rief Moss Mark zu, der gerade Charlotte half, sich von ihrem Dreirad zu befreien.

Später kam Brad auf einen Besuch vorbei. Er griff nach dem Buch, das Moss Natalie mitgebracht hatte, und betrachtete den Umschlag. »Scheint ja ziemlich schwere Kost zu sein«, meinte er.

Natalie nahm das Buch an sich. »Mir ist das auch zu hoch. Aber ein Freund hat es mir in guter Absicht vorbeigebracht, und darauf kommt es an«, stellte sie fest.

Am nächsten Vormittag legte Natalie Andrew gerade wieder schlafen, als ihr Telefon klingelte.

»Hallo, Natalie, hier ist Mi Mi. Hättest du vielleicht Lust, auf einen Kaffee vorbeizukommen, damit ich mal deinen Kleinen kennenlernen kann? Wie macht er sich denn jetzt zu Hause?«

»Bestens. Ich muss nur ständig nach ihm schauen und bin immer gleich beunruhigt, wenn er mal ein komisches Geräusch von sich gibt. Aber er trinkt ordentlich und schläft gut und interessiert sich auch allmählich für seine Umgebung. Er schläft wie ein Stein. Wahrscheinlich ist er es vom Krankenhaus her gewöhnt, Lärm und Trubel um sich herum zu haben.«

»Das ist schön. Ich gehe nachher ins Pacific Fair, hast du Zeit?«

»Ja, Mark und sein Kumpel sind mit den beiden Großen im Park. Ich würde gern ein bisschen rauskommen. Sollen wir uns in dem Café im Zwischengeschoss treffen?«

Natalie hatte sich Andrew in einem Tragetuch vor die Brust gebunden und schlenderte nun an den Geschäften des Einkaufszentrums vorbei. Schließlich betrat sie das kleine Café und entdeckte sogleich Mi Mi, die aufstand und winkte.

»Lass mich mal gucken.« Mi Mi zog das Tragetuch ein Stückchen beiseite und streichelte sachte Andrews Kopf. »Er macht sich gut«, meinte sie leise. »Da habt ihr beide ja einiges hinter euch. Aber weißt du, wenn er mal achtzehn ist und ein Footballstar, wird keiner glauben, dass er ein Frühchen war.«

»Hoffen wir, dass du recht behältst, Mi Mi. In der Neu- und Frühgeborenenstation habe ich Schreckliches gesehen. Babys, bei denen klar war, dass sie nicht durchkommen würden, andere so winzig, dass man sich fragte, welche Behinderungen sie später haben würden, falls sie überhaupt überlebten. Ständig bin ich zwischen den extremsten Gefühlen hin- und hergeschwankt. Kurz nach Andrews Geburt haben mich die Schwestern immer wieder in mein Zimmer zurückgeschickt und gesagt, ich sollte schlafen. Ich glaube, es hat sie genervt, dass ich dauernd vor Andrews Brutkasten hockte. Aber wenn ich auf meine Station zurückging und all diese großen, gesunden Babys sah, hat mich das so mitgenommen, dass ich anfing, in meinem Zimmer auf und ab zu laufen. Und danach musste ich jeden Tag nach Brisbane ... bei diesen Fahrten kam es mir vor, als würde ich die normale Welt hinter mir lassen und zu irgendeinem merkwürdigen Planeten fliegen, wo ich dieses andere Leben, dieses andere Kind hatte.«

Natalie hielt inne, blickte zu Andrew hinab und war selbst erschrocken darüber, dass sie plötzlich so hemmungslos ihre Gefühle ausbreitete. Tatsächlich hatte sie nicht einmal Mark anvertraut, was sie in all diesen Wochen empfunden hatte.

Mi Mi blieb gelassen. Sie bestellte Kaffee für sie beide und fragte: »Hast du dir auch Vorwürfe gemacht? Das ist eine ganz normale Reaktion. Auch wenn du nicht in den Wäschekorb gefallen wärst, hätte Andrew vorzeitig kommen können. Du hättest wochenlang flach auf dem Rücken im Bett liegen können, und es wäre womöglich trotzdem schiefgegangen. Was zählt, ist, dass du es durchgestanden hast und Andrew auch. Ihr werdet beide wachsen und euch weiterentwickeln, bis ihr das alles aus einer anderen Perspektive sehen und irgendwann abhaken könnt.«

»Mi Mi, ich wünschte, es wäre so einfach. Andrew geht es zwar gut, aber durch seine Geburt und seinen langen Krankenhausaufenthalt stehen wir jetzt vor Problemen, mit denen wir gar nicht gerechnet haben. Wir stecken ziemlich in der Klemme. Mark ist gekündigt worden.«

»Das ist ja furchtbar! Einfach unmenschlich, wie die mit einer Familie umgehen, die kleine Kinder und ein Frühchen hat. Für diese Leute geht es wohl nur ums Geschäft, aber was das für deine Familie bedeutet, ist ihnen egal. Hat dein Mann schon etwas Neues in Aussicht?«

Natalie schüttelte den Kopf. »Momentan nicht. Ich bin mir sicher, es kommt alles wieder ins Lot, aber bis dahin haben wir den größten Teil unserer Ersparnisse aufgezehrt, und Mark meint, wir müssen womöglich das Haus verkaufen. Und das ist alles meine Schuld ...« Natalie verstummte, wischte eine Träne fort und trank einen Schluck Kaffee. »Entschuldige, dass ich das alles bei dir ablade.«

»Warum soll das deine Schuld sein? Wie kommst du denn darauf?«

»Na ja, ich kann zwar nichts dafür, dass er arbeitslos geworden ist, aber wenn ich das Kammavaca verkaufen würde, dann würde uns das über die Durststrecke hinweghelfen. Ein Londoner Händler hat mir vierzigtausend Dollar dafür angeboten. Aber ich habe Prinzessin Aye Aye versprochen, es ihr zurückzugeben. Sie hat mir bereits geschrieben, wie sehr sie sich darüber freut.« Mit kummervollem Blick sah Natalie ihre Freundin an. »Und Onkel Andrew hätte es auch so gewollt.«

»Natalie, was für ein schreckliches Dilemma! Aber du musst es natürlich verkaufen. Klar, du hast dich zur Rückgabe verpflichtet, aber Aye Aye würde niemals von dir erwarten, dass du dein Heim opferst, um das Kammavaca zurückgeben zu können.«

»Aber ich habe es ihr versprochen. Und sie war so beglückt von der Aussicht, es zurückzubekommen. Dieses Kammavaca ist etwas ganz Besonderes. Ich muss Wort halten«, beharrte Natalie.

Mi Mi ergriff Natalies Hand. »Etwas Besonderes? Ja, aber das kann für jeden Menschen etwas anderes bedeuten. Denk nur mal daran, wie du über diesen kleinen Kunstgegenstand zu unserem Burma-Freundeskreis gestoßen bist. Wie du mehr über unsere Geschichte erfahren wolltest und uns geholfen hast, die Australier auf die Not Burmas aufmerksam zu machen. Das kann alles ein Teil dessen sein, was man Karma nennt. Möglicherweise ist die Reise des Kammavacas noch nicht beendet. Das Geldangebot ist ein Mittel, um dir zu helfen, weil du großmütigerweise angeboten hast, das Kammavaca der Familie von König Thibaw zurückzugeben. Aber niemand, schon gar nicht Aye Aye, würde wollen, dass du wegen dieser Gefälligkeit dein Zuhause aufs Spiel setzt und deine Familie in Schwierigkeiten bringst. Nimm das angebotene Geld. Aus einem Grund, den wir wohl niemals kennen werden, ist das Kammavaca durch deine Hände gegangen. Wenn dich diese Geste so teuer zu stehen käme, würde Aye Aye sie als unangemessen empfinden. Das ist doch sonnenklar, ich bitte dich! Du musst dich um deine Familie kümmern. Ich werde Aye Aye schreiben und ihr alles erklären. Sie wird dir nicht den geringsten Vorwurf machen. Vielmehr wird sie erkennen, dass es auf die Lauterkeit deines Herzens und deiner Absichten ankommt.«

Natalie sah, wie ihre Tränen auf Andrews Wange fielen. Vorsichtig wischte sie sie weg und kramte schniefend nach einem Taschentuch. »Danke, Mi Mi.«

»Bestellen wir uns noch einen Kaffee. Irgendwie hatte ich heute so ein Gefühl, dich sehen zu wollen. Ich bin froh, dass wir uns getroffen haben. Darf ich jetzt bitte mal diesen jungen Mann knuddeln?«

Mark hörte schweigend zu, als Natalie ihm erklärte, dass sie nach dem Gespräch mit Mi Mi den Sachverhalt neu überdacht habe.

»Sie hat mir gesagt, Aye Aye wäre zutiefst erschüttert, wenn sie wüsste, dass ich wegen des Kammavacas mein Heim verlieren oder meine Familie in Not bringen würde. Mein Handeln sei moralisch richtig, aber jetzt sei nicht der richtige Zeitpunkt dafür.« Betrübt fügte Natalie hinzu: »Die Reise des Kammavacas ist offenbar noch nicht zu Ende.«

Mark nickte langsam. »Ich weiß, wie viel es dir bedeutet, zu deinem Wort zu stehen, Nat. Aber Mi Mi hat recht. Wir müssen wirklich auch an unsere Familie denken.«

»Ich wollte nicht egoistisch sein. Es kommt mir falsch vor, nur ans Geld zu denken, um das Haus zu verschönern, und zugleich zu wissen, wie schwer es Familien in Ländern wie Burma haben.«

Mark nahm ihre Hand. »Nat, du bist der edelste Mensch, den ich kenne. Du triffst deine Entscheidungen nicht leichtfertig. Ich bin sehr stolz auf dich. Tatsächlich hat es mich sogar schwer beeindruckt, wie du dich für Burma engagiert hast. Mir wäre es wirklich auch lieber, wenn das Kammavaca zu seinen ursprünglichen Besitzern zurückkehrt. Aber vielleicht hat es gerade jetzt zu uns gefunden, um uns zu helfen. Doch wir haben noch ein paar Wochen, bis die nächste Hypothekenrate fällig ist, und die Rechnungen haben Zeit bis Monatsende. Erst dann wird es kritisch. Einigen wir uns auf einen Kompromiss.«

»Was meinst du damit?«

»Schieben wir es bis zum letztmöglichen Moment auf. Sag Mi Mi, sie soll mit dem Brief an Aye Aye noch abwarten. Wenn ich bis Ende des Monats keinen Job habe und auch nichts in Aussicht, müssen wir das Kammavaca verkaufen. Wenn ich aber Arbeit finde, schicken wir es nach Burma zurück. Was sagst du dazu?«

Natalie starrte ihn an, und Tränen traten ihr in die Augen. »Ich liebe dich, Mark.«

»Mit diesem Karma-Kram kenne ich mich nicht aus«, bekannte er in sanftem Ton, »aber mir ist klar, dass man im Leben manchmal das Richtige tun muss, einfach nur weil es richtig ist, ohne dabei seinen persönlichen Vorteil im Auge zu haben. Ich habe Respekt vor deinen Idealen, und ich liebe dich, Nat. Und du weißt, bei allem, was ich sage oder tue, will ich nur das Beste für dich und unsere Kinder.«

»Ich hoffe, dass unsere Kinder nach dir geraten, Mark. Du bist einfach ein guter Mensch.« Natalie atmete tief durch. »Also gut. Ein Aufschub. Jetzt geht es mir so viel besser. Wenn es verkauft werden muss, dann sind wir uns beide einig, dass es nicht anders geht. Dass wir das gemeinsam entscheiden, ist mir unheimlich wichtig. Danke, Mark.« Sie küsste ihn, schmiegte sich an ihn und fühlte sich wieder eins mit dem Mann, in den sie sich einst verliebt hatte.

Andrews erster großer Ausflug führte ihn nach Lismore zu seinen Großeltern. Er war aufgeweckt und neugierig und schien zu spüren, dass er sich in einer ungewohnten Umgebung befand. Steve trug ihn im Garten umher und sprach leise mit ihm. Unterdessen schubste Mark die Kinder auf der Schaukel an, die Steve an einem Baum aufgehängt hatte.

Lächelnd blickte Natalie aus dem Fenster in den Garten hinaus. »Steve ist wirklich ganz lieb. Vermisst er seine Farm noch?«

»Oh, von Zeit zu Zeit redet er schon noch davon. Er weiß nicht so recht, was er mit sich anfangen soll. Und natürlich hat er ein schlechtes Gewissen wegen all dem Geld, das er verspekuliert hat. Aber wir beißen uns durch. Zumindest läuft die Boutique ganz gut.« Sarah wandte sich ihrer Tochter zu und fragte behutsam: »Wie steht es bei dir und Mark? In Sachen Job? Und Geld?«

»Wir haben eine Abmachung getroffen. Wir warten bis zum letztmöglichen Augenblick, und wenn es dann gar nicht mehr weitergeht, verkaufen wir das Kammavaca.«

»So ist es wohl das Vernünftigste. Ich bin froh, dass ihr beide euch geeinigt habt.«

»Es war unsere gemeinsame Entscheidung. Ich habe ein gutes Gefühl dabei. Als ich angeboten habe, es zurückzugeben, tat ich das aus den aufrichtigsten Motiven heraus. Aber Mi Mi meinte, Aye Aye würde das Kammavaca nicht annehmen, wenn so ein hoher persönlicher Preis damit verbunden ist. Was auch immer geschieht, wir müssen einfach darauf vertrauen, dass es so sein soll«, schloss Natalie.

»Schön, dass du das so philosophisch siehst«, meinte Sarah und versuchte sich ihr leises Erstaunen nicht anmerken zu lassen.

Ein paar Tage später kam Jodie vorbei, um Natalie und das Baby zu sehen. »Ich bleibe nur kurz, denn ich muss meine beiden vom Musikunterricht abholen. Um nicht lang um den heißen Brei herumzureden: Ich weiß, dass euch gerade das Wasser bis zum Hals steht, und möchte klarstellen, dass ihr Charlotte und Adam weiterhin in den Kindergarten bringen könnt, so lange ihr wollt. Ihr seid zurzeit knapp bei Kasse, aber was mich betrifft, braucht ihr keine Gebühren zu zahlen. Du kannst nicht mit deinen drei Kleinen dauernd zu Hause hocken, da drehst du doch durch. Und der Kindergarten fördert ihre Entwicklung. Außerdem sind wir schließlich Freundinnen! Du kannst mir das ja später zurückzahlen, wenn es geht.«

»Jodie, vielen Dank, das ist ein ganz tolles Angebot. Du bist wirklich eine wunderbare Freundin. Aber es ist schon okay. Ehrlich.« Natalie hob die Hand, als Jodie protestieren wollte. »Uns geht es gut, wirklich.« Dann strahlte sie über das ganze Gesicht und sagte: »Mark hat einen Job bekommen.«

»Nat! Das ist ja super! Ich freue mich so für euch!«, rief Jodie und umarmte sie.

»Ja, sein Kumpel Brad ist vor ein paar Stunden vorbeigekommen. Man hat ihm einen neuen Job in Western Australia angeboten, und da hat er auch gleich noch einen für Mark herausgeschlagen. Sie kriegen dort sogar mehr als bei ihrem alten Arbeitgeber. Die Pendelstrecke ist enorm, aber wir werden es überleben.«

»Western Australia! Das ist am anderen Ende des Landes«, wandte Jodie ein, fügte dann aber gleich hinzu: »Na, immerhin ist es ein Job. Wird aber nicht leicht für euch.«

»Das ist mir im Moment völlig egal. Ich freue mich einfach bloß, dass Mark eine Arbeit hat, die auch gut bezahlt ist, so dass wir wieder was zurücklegen können. Aber ich sage dir, dieser Job kam gerade noch rechtzeitig.«

»Ist schon komisch, wie sich manchmal alles fügt«, meinte Jodie. »Wie heißt dieser Spruch? Vertraue auf das Universum?«

»So in der Art«, sagte Natalie und lächelte.

9

Achtzehn Monate später

»Schau nur, wie er rennt!« Mark brach in lautes Gelächter aus, als er beobachtete, wie Andrew auf seinen kleinen Füßen über den Rasen wuselte. Seinen Lieblingsball hatte er unter den Arm geklemmt.

»Er ist so schnell. Und hat so viel Energie. Kaum zu glauben«, rief Natalie.

»Vielleicht ist er ein bisschen klein für sein Alter, aber an Temperament fehlt es ihm nicht. Außerdem sagt die Ärztin, dass er schnell wachsen wird. Er futtert jedenfalls genug«, meinte Mark.

»Wenn du nicht da bist, ernähren wir uns manchmal ziemlich schlicht«, gab Natalie zu.

»Na ja, gebackene Bohnen auf Toast sind nicht mein Ding«, meinte Mark. »Drüben im Westen kriegen wir Unmengen Kraftfutter aufgetischt, ich hab das rote Fleisch schon ein bisschen über. Aber ich will nicht jammern«, setzte er schnell hinzu.

Er arbeitete jetzt seit eineinhalb Jahren zusammen mit Brad in Pilbara. Es war ziemlich lästig, von Brisbane nach Perth zu pendeln, aber wie er Natalie erzählt hatte, schlief er im Flugzeug immer ein, kaum dass er sich angeschnallt hatte.

»Das letzte Stück ist am schlimmsten. Zur Mine verkehrt nur eine kleine Maschine, die sehr unbequem ist«, hatte er erklärt. Zwar waren die Bedingungen im Westen härter, doch dafür verdiente er dreißig Prozent mehr als in Queensland.

Trotz seines höheren Einkommens lebten sie sehr sparsam, und es war ihnen gelungen, wieder so viel auf die hohe Kante zu legen wie zuvor. Außerdem war das Badezimmer inzwischen fertig, was eine große Erleichterung war. Die anderen großen Renovierungsvorhaben hatten sie aufgeschoben, bis sie wieder ein sicheres finanzielles Polster hatten. Nie wieder wollten sie derart unter Druck geraten. Trotzdem hatte Natalie ihre Pläne fertig ausgearbeitet und bereits alle Einrichtungsgegenstände und Accessoires ausgesucht. Sie warteten nur noch auf den Tag X, an dem sie damit loslegen konnten und ihr Traumhaus Wirklichkeit werden würde.

Das Kammavaca lag immer noch in seiner Schatulle auf dem Schreibtisch und wurde nur selten angerührt. Natalie wartete darauf, dass Vicki nach Burma flog und es Prinzessin Aye Aye zurückbrachte. Allerdings stand nicht fest, wann das sein würde, denn Vickis Leben hatte eine unerwartete Wendung genommen. Sie hatte sich in Finn verliebt, einen fröhlichen, gutmütigen Dänen, der zu abgelegenen australischen Orten flog und dort Unternehmen half, ihre Kommunikationsinfrastruktur zu verbessern. Obwohl er fünf Jahre jünger war als Vicki, hatte es heftig zwischen ihnen gefunkt, und Vicki hatte beschlossen, ihn auf seinen Reisen zu begleiten. Zurzeit waren sie im tropischen Port Douglas, und Vicki mailte regelmäßig Fotos von atemberaubenden Sonnenuntergängen und Palmen. Meist zeigten die Bilder auch den stämmigen Finn in engem T-Shirt. So glücklich war Vicki in North Queensland, dass sie sogar ihren Hund Ipoh hatte nachkommen lassen.

Mit drei kleinen Kindern und einem Mann, der immer wieder für drei Wochen nach Westaustralien flog, hatte Natalie alle Hände voll zu tun. Inzwischen ging Charlotte zur Schule, und danach hatte sie Schwimmunterricht oder Musikstunden. Adam besuchte weiterhin gern den Kindergarten, und Natalie hatte vor, bald auch Andrew einen Tag pro Woche hinzuschicken. Während Charlotte in der Schule war, verbrachte Natalie viel Zeit mit den Jungs im Park, wo sie ihre überschüssige Energie austoben konnten.

An den Wochenenden fuhr Natalie gern mit allen Kindern zu Thi auf den Markt, wo Charlotte inzwischen ein größeres Pferd ritt. Die Karotten, die sie in ihrem Garten zogen, waren jetzt für ihren vierbeinigen Freund reserviert.

Hin und wieder sah Natalie auch Thomas auf dem Markt, und manchmal kam Mi Mi dort auf einen Kaffee vorbei. Außerdem traf sich Natalie weiterhin gern mit ihren Freundinnen aus der Kindergarten-Müttergruppe und ging regelmäßig zu den Treffen der Freunde von Burma. Das Einzige, was sie nicht so recht in ihrem vollen Terminkalender unterbrachte, war Yoga. Sie war längst nicht so oft im Zentrum, wie sie es sich gewünscht hätte, und Moss hatte sie schon eine Ewigkeit lang nicht mehr gesehen. Allerdings hatte sie es geschafft, ihm das Buch über den Buddhismus zurückzugeben – ungelesen. Sie hatte sich zwar daran gesetzt, es aber unverständlich gefunden.

»Nat«, hatte Mark sie eines Abends am Telefon gefragt, »ich komme doch am Wochenende heim. Brad plant auch, zurückzukommen, und da habe ich ihn eingeladen, ein paar Tage bei uns zu verbringen. Bist du einverstanden?«

Natalie zögerte. Sie hatte Geburtstag und hätte Mark gern für sich gehabt. Aber er fühlte sich immer so wohl in Brads Gesellschaft, und da Mark seinem Freund den Job in Pilbara verdankte, fühlte sich Natalie Brad gegenüber verpflichtet. »Na ja, warum nicht.«

»Er überlegt, seine Wohnung wieder zu verkaufen. Inzwischen lockt ihn der Gedanke an eine Bleibe in Perth oder sogar auf Bali.«

»Falls er sich dazu entschließt, könnten wir ihn eines Tages vielleicht dort besuchen«, meinte Natalie. »Ein Familienurlaub – das haben wir schon lange nicht mehr gemacht. Mir fehlt Steves und Mums Farm. Übrigens hat mir Mum heute am Telefon erzählt, dass sich eins von Steves Aktienpaketen plötzlich erholt hat. Sie hat ihm zugeredet, sofort zu verkaufen und den Gewinn in einem Hochzinskonto anzulegen. Ist viel sicherer. Und ihr Laden läuft anscheinend weiterhin gut. Sie müssen ziemlich erleichtert sein. So wie wir.«

»Glaubst du, sie machen je diese Australienrundreise, von der sie gesprochen haben?«, fragte Mark.

»Irgendwann ja. Es ist eher Steves Idee als ihre. Na, jedenfalls langweilt er sich nicht mehr so, seit er einem Freund auf dessen Anwesen hilft. Er sagt, so hat er den ganzen Spaß ohne die Last der Verantwortung!«

»Okay, Nat. Mach keine Pläne für Samstagabend, ja? Ich führe dich zu einem Geburtstagsessen aus«, sagte Mark.

»Ach, wie lieb! Ich dachte schon, du hättest es vielleicht vergessen.«

»Wie könnte ich! Denk bitte dran, den Babysitter zu bestellen. Bis bald, wir telefonieren morgen wieder.«

Wie immer strahlte Brad übers ganze Gesicht und sprühte vor guter Laune. Mark freute sich, zu Hause zu sein, und wirkte bei weitem nicht so erschöpft wie sonst, wenn er nach einer langen Schicht zurückkam. Natalies Geburtstag verbrachten sie tagsüber mit den Kindern, dann verschwanden Brad und Mark, um etwas zu erledigen. Natalie vermutete, dass die beiden sich in einem Pub ein Bierchen genehmigten, während sie sich fürs Ausgehen zurechtmachte. Diesen Luxus konnte sie sich gönnen, weil sie die Babysitterin gebeten hatte, schon früher zu kommen. Brooke war ihr von Jodie empfohlen worden und hatte sich als sehr zuverlässig erwiesen.

»Wohin gehen wir?«, fragte sie Mark, als er zurückkam. »Warum sollte ich mich aufdonnern?«

»Unser Startpunkt ist das Casino, dort ist ein Cocktailempfang. Brad hat uns Einladungen besorgt und erwartet uns vor Ort. Ich muss unterwegs nur noch kurz wo reinschauen.«

Natalie rümpfte die Nase. »Ins Casino? Du weißt doch, das ist nicht meine Welt, Mark. Ich will nichts Todschickes, nur einfach einen romantischen Abend zusammen mit meinem Mann, an dem ich in Ruhe essen und reden kann, ohne dass mir die Kinder ständig ins Wort fallen!«

Mark gluckste. »Dazu wird es vielleicht auch kommen. Wart einfach ab, ja?«

Als sie das Haus verließen, ging Natalie noch mal die Anweisungen durch, die sie Brooke gegeben hatte, und hoffte, dass sie nichts vergessen hatte.

»Nat, entspann dich. Du hast einen freien Abend!«, sagte Mark. Er fuhr den belebten, schillernden Strip von Surfers Paradise in Richtung Southport entlang und bog dann in eine Seitenstraße zum Strand ein.

»Warum fahren wir hierher?«

»Ich will noch jemanden für Brad abholen.«

»Ein ganz schöner Umweg, oder? An unserem einzigen freien Abend«, murrte Natalie.

»Ein Freund von ihm wohnt da unten, und ich habe angeboten, ihn zum Casino mitzunehmen.«

»Kann er denn nicht selbst fahren?«, fragte Natalie, die das Gefühl hatte, dass ihnen die Zeit zwischen den Fingern zerrann. »Das ist aber eine reichlich vornehme Gegend hier. Schau dir diese Hochhäuser an.«

»Die Wohnungen in den älteren Häusern sind ziemlich geräumig. Die wären mir lieber als die Wohnsilos, die man heutzutage so hochzieht.«

»Ich warte hier«, sagte Natalie.

»Nein, komm mit hoch und wirf einen Blick rein. Es könnte sich lohnen.«

Sie gingen durch ein marmornes, verspiegeltes Foyer voller tropischer Pflanzen und mit raumgreifender, beschwingter moderner Kunst zu einem teakholzgetäfelten Lift.

In dem getönten Spiegel warf Natalie einen Blick auf sich und Mark und konnte sich ein Lächeln nicht verkneifen. »Ich hab uns gar nicht gleich erkannt, so glamourös schauen wir aus. Fast als würden wir hier wohnen!«

Im zwölften Stock stiegen sie aus und gingen den mit einem dicken Teppich ausgelegten Korridor entlang. An der letzten Wohnung drückte Mark auf den Summer.

»Wetten, dass man von hier oben eine phantastische Aussicht hat?«, flüsterte Natalie.

Mark warf einen Blick auf die Uhr, während sie warteten. Schon nach ein paar Sekunden öffnete ihnen ein junges Mädchen die Tür.

Sie lächelte Mark an. »Kommt rein, wir erwarten euch schon.«

Natalie wollte an der Tür zurückbleiben, doch Mark schob sie vorwärts.

Unversehens standen sie in einem großen Wohnzimmer, von dem es auf einen riesigen Balkon voller Leute hinausging. Dort spielte auch Musik.

»Mark, wir haben hier nichts verloren. Die geben eine Party«, sagte Natalie, die sich schrecklich fehl am Platz fühlte.

Da sah sie, wie Brad auf sie zukam, und ihr blieb der Mund offen stehen.

»Ja, eine Party für dich!«

Mark küsste sie, während die Leute vom Balkon hereinkamen und lachend riefen: »Überraschung!«

Bekannte Gesichter drängten sich um Natalie, die es gar nicht fassen konnte. »Für mich? Und alle sind da. Ich glaub's nicht!«

Mi Mi trat auf sie zu, einen gut aussehenden Inder mit grauen Schläfen an ihrer Seite. »Alles Gute zum Geburtstag!« Sie umarmte Natalie. »Mark, ich glaube, du kennst meinen Mann Nanda noch nicht. Hoffentlich bist du überrascht, Natalie? Mark hat das wochenlang geplant.«

Natalie war noch immer baff. »Ist das deine neue Wohnung? Als du gesagt hast, du würdest dir eine neue zulegen, hatte ich ja keine Ahnung, dass es etwas so Großzügiges sein würde. Und nicht einmal deine Serena habe ich erkannt, als sie uns die Tür geöffnet hat.«

»Das wundert mich nicht«, erwiderte Mi Mi. »Mit all dem Make-up im Gesicht sieht sie richtig erwachsen aus. Unser Sohn Shanti ist auch hier und übt sich als Kellner.«

»Wie lieb, dass ihr euch solche Mühe wegen mir gemacht habt, Mi Mi!« Und an Mark gewandt meinte sie: »Ich bin hin und weg.«

»Du musst dich bei Mark und Brad bedanken. Sie haben schwer geschuftet, um diese Überraschungsparty für dich auf die Beine zu stellen. Wir haben nur die Örtlichkeit zur Verfügung gestellt.«

»Fast alle sind gekommen, außer Vicki«, sagte Mark. »Die turtelt noch mit ihrem halbwüchsigen Liebhaber in Port Douglas herum.«

»Mark! Finn ist nur fünf Jahre jünger, und sie sind bis über beide Ohren verliebt. Ich finde das sehr romantisch«, rügte ihn Natalie. »Aber schade, dass sie nicht hier ist. Oh, dort stehen Thi und ihr Mann. Und Thomas. Und Jodie, Holly … und meine Mutter ist auch da! Und Steve …«

Natalie war von der Party und der Gegenwart so vieler ihrer Freunde überwältigt. Wie hinreißend, dass ihre Mutter und Steve sich für diesen Abend auf den weiten Weg gemacht hatten! Und der Rahmen war für eine Party wie geschaffen. An Mark gelehnt sah sie vom Balkon aus über den Nerang hinüber zu den Lichtern von Surfers Paradise.

Thi trug einen seidenen Longyi und ein Spitzenoberteil, die wilden Locken hatte sie an einer Seite mit einem Schildpattkamm zurückgesteckt und mit einer frischen Blume geschmückt. Ihr Mann, ein hochgewachsener Australier namens Mick, trug einen Longyi mit dunklem Karomuster und dazu ein steifes weißes Hemd mit Mandarinkragen und Posamentenverschlüssen. Er schien schon oft burmesische Kleidung getragen zu haben und sich darin ausgesprochen wohl zu fühlen.

»Ich habe ein paar burmesische Häppchen gemacht, außerdem Fingerfood und natürlich Mohinga-Suppe. Aber deine Geburtstagstorte musste eine typisch australische sein: eine Pavlova!«, rief Thi und präsentierte eine hohe, knusprige Baisertorte mit einer Füllung aus Mangos, Kiwis, Erdbeeren und Schlagsahne, garniert mit Passionsfrüchten.

»Die sieht absolut köstlich aus«, freute sich Natalie und lächelte Mark zu, der wusste, wie gern sie Pavlova aß. Bestimmt hatte er Thi den Tipp gegeben.

Nachdem sich die Gäste an This köstlichen Speisen gütlich getan hatten, scharten sich alle um Natalie und sangen »Happy Birthday«, während sie die Kerzen ausblies und die Pavlova anschnitt. Sie küsste Mark.

»Danke, Liebling, für diesen absolut wundervollen Abend. Wenn ich mir überlege, wie viel Arbeit du dir damit gemacht hast!«

»Er ist noch nicht zu Ende«, antwortete er. »Thi möchte dir noch etwas sagen.« Mark trat beiseite und machte Platz für Thi. Alle spitzten die Ohren.

»Liebe Natalie, wir alle sind sehr glücklich, dass wir deinen Geburtstag mit dir feiern dürfen und so zwei Bereiche deines Lebens zusammentreffen, einerseits deine Familie und alten Freunde und andererseits deine neue Familie: deine burmesischen Freunde.« Thi lächelte. »Wir alle haben erlebt, wie du dich weiterentwickelt hast – als Mutter, als Ehefrau und als Freundin. Meine Gruppe ist sehr dankbar für dein Interesse an unserer Heimat und dein Engagement. Wir wissen deine ehrliche Anteilnahme und deine Unterstützung zu schätzen, die du nicht nur uns hier, sondern auch denen zukommen lässt, die wir zurückgelassen haben. Bis der Tag kommt, an dem Aung San Suu Kyi und andere Kämpfer für die Demokratie endlich freigelassen werden, wirst du mit uns die Arbeit für ein freies Burma fortsetzen, das wissen wir. Dein Interesse wurde von dem Kammavaca geweckt, das du geerbt hast und das du eines Tages seiner rechtmäßigen Besitzerin zurückgeben willst.«

Thi hielt inne, und Natalie blickte in die warmherzigen, freundlichen Gesichter um sich herum. Was für ein Glück sie doch hatte, dass sie diese außergewöhnlichen Menschen zu ihren Freunden zählen durfte!

»Dein Mann hat ein ganz besonderes Geschenk für dich, das mit unserer Metta einhergeht«, fuhr Thi fort, »mit unserem Wohlwollen und unseren guten Wünschen.«

Mark legte Natalie den Arm um die Taille und sah ihr ins Gesicht.

»Natalie, ich liebe dich sehr. Du bist die beste Ehefrau und Mutter auf der Welt. Immer wieder lasse ich dich wochenlang allein, und du managst Haushalt und Familie einfach großartig. Wir haben drei noch sehr kleine Kinder, um die du dich im Prinzip allein kümmerst, und immer bleibst du geduldig und liebevoll. Wir wohnen in einem Haus, in dem noch eine Menge renoviert werden muss, aber du hast dich nie beklagt. Na ja, ein bisschen über das Badezimmer! Und du warst sogar trotz deiner Prinzipien bereit, einzulenken und etwas zu verkaufen, das dir sehr viel bedeutet, um deiner Familie aus einem Engpass zu helfen. Für mich bist du einfach perfekt, und ich kann mein Glück kaum fassen, dich zur Frau zu haben. Und jetzt lies bitte diese Karte.«

Mit einem strahlenden Lächeln überreichte er sie Natalie.

Auf der Karte stand in Marks Schrift: *Alles Gute zum Geburtstag. Wir lieben Dich! Mark, Charlotte, Adam und Andrew.* Und auf der Rückseite: *Dein Geschenk ist eine Reise nach Burma. Mit Hilfe Deiner Freunde wird es Dir gelingen, Dich mit Prinzessin Aye Aye zu treffen und ihr persönlich Du-weißt-schon-was zu übergeben! Wir wünschen eine gute Reise und halten hier die Stellung.*

Natalie blinzelte. »Ich verstehe nicht … was heißt das?«

Mark umarmte sie. »Das, was da steht. Es ist alles geregelt, nur deinen Reisepass musst du noch beantragen, aber der Rest ist organisiert: Flüge, Unterkunft, und um dein Visum kümmert sich das Reisebüro.«

»Aber Mark, ich allein nach Burma?«

»Dir wird nichts passieren. Wir haben dafür gesorgt, dass sich Leute um dich kümmern. Du bist dort in guten Händen, keine Angst«, sagte Thi.

»Ich weiß nicht, was ich sagen soll …«, setzte Natalie an. »Das ist wie ein Traum … Mark, bist du dir wirklich sicher, dass ich fahren soll? Was ist mit den Kindern?«

»Alles geregelt. Über Details können wir noch reden, aber dass du fährst, steht fest.«

Brad hob sein Glas. »Auf Natalie, das Geburtstagskind! Glück und Segen für deine Reise nach Burma!!«

Sarah und Steve umarmten sie.

»Na, überrascht?«, fragte Steve.

»Sprachlos. Ihr wusstet davon?«

»Natürlich. Mark hat uns alle eingeweiht«, nickte Sarah.

»Mum, ich glaube nicht, dass ich die Kinder und Mark allein lassen kann …«

»Hör zu, ich habe mich von Thi und Mi Mi überzeugen lassen. Sogar deine Freundin Vicki hat mich angerufen«, sagte Sarah. »Alle finden, dass es wichtig für dich ist, Aye Aye zu treffen und ihr das Kammavaca zurückzugeben. Du willst schon seit Ewigkeiten dein Versprechen einlösen. Und inzwischen glaube ich auch, dass einem in Burma keine Gefahr droht, wenn man als Tourist unterwegs ist und die Sehenswürdigkeiten besucht. Wie Mark ganz richtig sagte, du ziehst wunderbare Kinder groß und bist eine tolle Ehefrau. Und du hast einen Mann, der dir dieses Geschenk machen will. Vielleicht bekommst du so eine Chance nie wieder.«

Mark drückte Natalie ein Glas Champagner in die Hand. »Keine Sorge. Alles wird wunderbar klappen. Fang einfach an, dich an den Gedanken zu gewöhnen.«

»Na, war das eine Überraschung?«, fragte Brad, der mit einem Glas in der Hand zu ihnen trat. »Mark hatte schon Angst, du würdest seinen Plan spitzkriegen.«

»Machst du Witze? In meinen kühnsten Träumen hätte ich mit so etwas nicht gerechnet!«, lachte Natalie. »Aber können wir uns das denn leisten?«

»So teuer ist es gar nicht. Um die Unterkünfte in Burma haben sich all deine burmesischen Freunde gekümmert. Es sind keine Fünfsternehäuser, doch dafür bekommst du das echte Burma zu sehen«, sagte Mark. Plötzlich schaute er sie beunruhigt an. »Du willst das doch machen, oder?«

»O Mark, ich werde dich und die Kinder vermissen. Aber plötzlich bin ich vor Vorfreude ganz kribbelig«, sagte Natalie. »Doch was ist mit dir?«

»Ich würde liebend gern mitkommen, aber jemand muss hierbleiben und sich um die drei kleinen Racker kümmern. Ich habe noch massenhaft Urlaub, den ich nehmen kann. Und genügend Erfahrung habe ich ja mittlerweile. Außerdem hat Jodie angeboten, mir notfalls beizuspringen. Ganz abgesehen von all diesen lieben Mädels aus Burma. Was für eine Truppe!« Mark schüttelte den Kopf. »Ich hoffe nur, du bist nicht enttäuscht, wenn du in Burma feststellst, dass nicht alle Burmesen so nett sind wie sie.«

»Ich lerne so oder so etwas dazu, oder?« Natalie strahlte, und beide mussten lachen.

»Schön, euch so fröhlich zu sehen«, sagte Sarah. »Natürlich habe ich keine ruhige Minute, bis du wieder da bist.«

»Es gibt keinen Grund zur Sorge«, beruhigte Steve seine Frau. »Natalie wird dort glänzend zurechtkommen.«

Als die ersten Gäste bereits gegangen waren und andere beim Wegräumen der Teller, Platten, Schüsseln und Gläser halfen, lehnten sich Natalie und Mark an die Balkonbrüstung, wo eine leichte Brise Natalies Locken verwirbelte. Unter ihnen spiegelten sich die Lichter der Hochhäuser im Fluss.

»Diesen Geburtstag werde ich nie vergessen. Ich kann es immer noch nicht glauben.« Natalie schaute ihn an. »Warum hast du das getan? Wegen Andrew? Oder dem Kammavaca?«

»Wegen beidem. Ich hatte das Gefühl, dass du es verdienst. Als wir das Haus gekauft haben, schien das Leben so einfach zu sein. Dann war ich plötzlich immer wochenlang fort, und du musstest alles allein stemmen. Dazu das Drama mit dem armen kleinen Andrew und meine Arbeitslosigkeit und unser Streit wegen dem Kammavaca.«

»Aber Mark, nichts davon war deine Schuld. Und wir haben uns die Last geteilt. Dazu ist eine Ehe da.«

»Ich wollte dir eben etwas Besonderes schenken. Lange war ich unsicher, ob es das Richtige für dich ist. Immerhin warst du noch nie im Ausland, da ist Burma auf den ersten Blick eine ganz schöne Herausforderung. Lustig war dann, als ich Brad von meiner Idee erzählte, denn ich dachte, er würde mich für übergeschnappt halten. Aber nein! Er hat gesagt, du seist hart im Nehmen und neugierig und stark, und da du noch nie Gelegenheit hattest, auf die andere Seite des Zauns zu schauen, wäre es mal an der Zeit. Also hab ich meine Bedenken über Bord geworfen.«

»Das hat er gesagt? Nun, ich muss zugeben, dass ich mich langsam an den Gedanken gewöhne, nach Burma zu reisen«, meinte Natalie. »Ich habe das Gefühl, dass eine Menge Leute auf mich aufpassen werden. Morgen früh denke ich vielleicht anders darüber, aber das ist egal. Denn du hast etwas wundervoll Verrücktes getan, und dafür liebe ich dich.«

Im strahlend hellen Morgenlicht schlug Natalie die Augen auf. Hatte sie geträumt? Nein, die Karte stand neben ihrem Bett. Doch noch bevor sie danach greifen konnte, hörte sie Andrew schläfrig jammern, also schlüpfte sie aus dem Bett und nahm ihn auf den Arm, bevor er alle anderen weckte.

Später buk sie Pfannkuchen zum Frühstück, nahm dann ihre Teetasse und rief Vicki an.

»Tut mir leid, dass ich nicht dabei sein konnte. Warst du sehr überrascht?«, fragte ihre Freundin.

»Vicki, ich bin immer noch baff. Und ein bisschen nervös, wenn ich ehrlich bin. Am liebsten wäre es mir, wenn du mich begleiten würdest, schließlich kennst du dich dort aus.«

»Natürlich würde ich gern mitfahren, aber Finn arbeitet im Augenblick an einem Projekt, bei dem ich mitmache. Außerdem habe ich das Gefühl, dass es wichtig für dich ist, diese Reise allein zu machen. Man wird sich um dich kümmern, und weil du nur zu touristisch interessanten Orten fährst, wird dir nichts passieren. Ich habe eine Freundin in Rangun, Consolina Gambrio – alle nennen sie Connie. Sie hat gesagt, dass ihr Mann und sie dich liebend gern bei sich zu Hause aufnehmen. Von ihnen bekommst du jede erdenkliche Hilfe.«

»Das war wirklich nett von dir«, dankte ihr Natalie. »Erzähl mir was über Connie. Ist sie Italienerin?«

»Ja. Sie wird dir gefallen. Denn sie ist nicht nur reizend, sie weiß auch eine Menge über Burma. Inzwischen lebt sie schon seit zehn Jahren dort, ihr Mann, er heißt U Win Thant, ist ein berühmter burmesischer Maler. Sie haben ein Atelier mit angeschlossener Galerie.«

»Was malt er? Wenn ich an burmesische Kunst denke,

fallen mir als Erstes religiöse, buddhistische Darstellungen ein«, sagte Natalie.

»Er ist ein moderner Künstler. In Burma herrscht großes Interesse an moderner Kunst. In der Kolonialzeit haben die Briten westliche Stilrichtungen in Burma bekannt gemacht, und einige einheimische Künstler malen immer noch gern in zeitgenössischer Manier. Dank Connie und Win, die daran großen Anteil haben, nimmt die Gegenwartskunst weiterhin an Bedeutung zu. Wenn du magst, stelle ich dir einen kleinen Ratgeber für Burma zusammen. Leider gibt es dort weder Banken noch die Möglichkeit, mit Kreditkarte zu zahlen, du musst also Bargeld mitnehmen, makellose US-Dollarnoten. Wobei ihre Einfuhr streng begrenzt ist. Hat Mi Mi dir schon gesagt, wie du Aye Aye ausfindig machen kannst?«

»Nein, noch nicht. Wir befassen uns nächste Woche mit den Details. Aber ich habe eine Frage an dich, Vicki: Soll ich Mi Mi anbieten, nach ihrer Familie zu suchen? Ich weiß, welche Sorgen sie sich um ihre Angehörigen macht.«

»Das ist schwer zu beantworten. Bestimmt wäre sie dir dankbar, aber wahrscheinlich will sie nicht, dass du die Mühe auf dich nimmst, dich bis zu ihren Leuten durchzuschlagen. Und sie hat bestimmt auch Angst, ihre Verwandten in Schwierigkeiten zu bringen. Hast du dir eigentlich schon überlegt, wie du das Kammavaca transportieren willst? Ich glaube nicht, dass es in deinem Koffer gut aufgehoben wäre. Besser, du trägst es die ganze Zeit bei dir.«

»Ja, darüber habe ich schon nachgedacht. Glaubst du, dass der Zoll es mir abnehmen könnte? Oder sonst jemand?«

»Ich glaube kaum, dass der Zoll nach einem burmesischen Kunstgegenstand sucht, der *ins* Land geschleust wird. Aber ich rate dir, keinen Schmuck mitzunehmen. Die Behörden registrieren ganz genau, was du bei der Einreise bei dir hast, und sie überprüfen es bei der Ausreise wieder, um sicherzugehen, dass du nichts davon verkauft oder verschenkt hast.

Und es wird sehr heiß und schwül sein. Trotzdem musst du dich züchtig anziehen, das brauche ich dir nicht extra zu sagen. Keine Shorts, keine nackten Arme. Die Burmesen sind ein konservatives Volk.«

»Klar doch!« Die Reise nahm immer mehr Gestalt an. »Ich kann einfach nicht fassen, dass ich wirklich fahre.«

»Rangun wird dir gefallen, und auch in der Umgebung von Mandalay gibt es ein paar sehenswerte Ecken. Allerdings ist die Busfahrt von Rangun aus eine Tortur, und der Zug braucht ewig. Nur gut, dass Mark dir einen Flug gebucht hat, da dauert die Reise gerade mal ein Stündchen. Wenn mir noch was einfällt, sag ich dir Bescheid. Und falls du noch Fragen hast, melde dich einfach.«

Auch wenn Natalie zu Hause Yoga machte, ging sie doch gern in ihren Kurs. Und da Mark daheim war, fand sie, es sei wieder einmal höchste Zeit dafür. Im Zentrum nahm sie die erste Haltung ein und konzentrierte sich mit geschlossenen Augen auf ihren Atem. Bereits jetzt war sie entspannt und freute sich, dass sie gekommen war. Als sie in eine andere Haltung wechselte, bemerkte sie eine Bewegung neben sich. Sie öffnete die Augen. Ganz in der Nähe saß Moss mit geschlossenen Augen, die langen Beine im Lotussitz gekreuzt.

Sie sprachen erst miteinander, als die Stunde vorbei war.

»Schön, dich wiederzusehen. Es ist schon eine ganze Weile her. Hast du Zeit für einen Tee?«, fragte Moss. »Wie steht's bei dir?«

»Einfach toll«, erwiderte Natalie und schenkte sich eine Tasse Zitronengrastee ein. »Ich hatte den schönsten Geburtstag meines Lebens.«

»Freut mich zu hören.« Moss lächelte.

»Mark hat sogar versucht, dich zu erreichen. Er meinte, er hätte hier eine Nachricht für dich hinterlassen, weil er dich zu meiner Überraschungsparty einladen wollte.«

»Wie nett von ihm. Ich habe in Adelaide unterrichtet und war auf Recherchereise, also längere Zeit nicht hier. Und, war es eine echte Überraschung?«

»Mehr als das! Ich konnte es zuerst gar nicht fassen. So viele Freunde und auch meine Eltern waren da. Und du errätst nie, was mir Mark geschenkt hat«, sprudelte es aus Natalie heraus. Dann erzählte sie von ihrer Reise nach Burma.

»Das ist zweifellos ein Überraschungsgeschenk. Wird die Reise aus dem Kammavaca-Verkauf finanziert? Hat dein Ehemann dich schließlich überredet, es zu Geld zu machen?«

»O nein, wir haben es dann doch nicht verkauft. Also nehme ich es mit, um es Prinzessin Aye Aye zurückzugeben. Ist das nicht wundervoll?«

»Was sagt man dazu! Ich hoffe, sie lebt nicht im Irrawaddy-Delta. Seit dem Zyklon Nargis gibt es Reisebeschränkungen für das Gebiet.«

»Ich fahre nach Rangun und nach Mandalay.«

»Wo wohnt deine geheimnisvolle Prinzessin?«

»Irgendwo in der Nähe von Mandalay.«

»Begleitet dich jemand, ein Freund oder eine Freundin?«

»Nein, aber ich wohne anfangs bei der Freundin einer Freundin. Alle sind so wahnsinnig nett! Ich bin zwar ziemlich aufgeregt, aber abgesehen von meinem Treffen mit der Prinzessin bin ich lediglich eine Touristin, die sich Sehenswürdigkeiten ansieht.«

»Du musst ein bisschen traurig sein, dich von dem Kammavaca zu trennen«, sagte Moss.

»Nein, gar nicht. Ich bin glücklich, dass es endlich seine Reise vollendet.«

»Wann fährst du?«

»Schon bald. Mark hat bei der Organisation wirklich an alles gedacht. Und auch hier klappt vermutlich alles wie am Schnürchen. Aber was ist mit dir? Bist du auf Dauer an die Gold Coast zurückgekehrt?«

»Ich plane noch weitere Reisen. Unter anderem nehme ich ein paar Studenten auf eine Studienreise mit, schwerpunktmäßig nach Bodhgaya in Indien. Aber ich freue mich schon darauf, alles über deine Abenteuer zu hören. Die Reise wird dich verändern, Natalie, das spüre ich. In spirituellem Sinn.«

»Da kenne ich mich nicht aus. Aber da ich noch nie in einer anderen Kultur war, wird alles neu und fremd für mich sein.«

Moss nickte bedächtig. »Bestimmt wird deine Wertschätzung für die buddhistische Kunst und Geschichte in Burma noch wachsen. Ich hoffe, dass du Freundschaften schließen kannst, auch wenn es für die Einheimischen schwierig ist, Kontakte zu Ausländern zu knüpfen. Das Militär sieht so etwas nicht gern. Und ich bin gespannt zu erfahren, was mit deinem Kammavaca geschieht. Pass auf dich auf, und gute Reise.«

»Das wünsche ich dir auch, Moss.«

Natalie warf einen kritischen Blick auf die Kleidung, die sie auf dem Bett ausgebreitet hatte, sortierte sie noch einmal neu und packte zum dritten Mal um. An der Tür stand Mark und sah ihr zu.

»Nimm die Hälfte wieder raus. Reise mit leichtem Gepäck! Du weißt nicht, wohin es dich verschlägt, da solltest du deine Sachen selbst tragen können. Mi Mi hat gesagt, ein Paar Wanderschuhe und bequeme Sandalen reichen.«

»Ich fühle mich ganz komisch. Da war ich noch nie im Ausland, und dann ist meine erste Reise gleich so abenteuerlich. Nicht einfach Neuseeland oder die USA. Nein, ich fliege nach Burma. Ach, wenn du doch mitkommen könntest, Mark!«

»Keine Chance. Ich glaube kaum, dass du es in vollen Zügen genießen könntest, wenn ich nicht hier bei den Kindern bliebe. Es ist deine Reise, Natalie, du hast sie begonnen.«

»Nein, das war Onkel Andrew. Ach, ich werde mir solche Sorgen wegen der Kinder machen, und du …«

Mark ging zu ihr und nahm sie in den Arm. »Die Kinder sind bestens aufgehoben. Sie haben mehr Aufpasser als die Kronjuwelen. Vicki hat übrigens gesagt, dass du nicht mit dem Handy zu Hause anrufen kannst, da es in Burma kein internationales Netz gibt. Sobald du uns irgendwo über Festnetz anrufen kannst, gib uns deine Nummer, wir rufen dich dann zurück. Das ist offenbar billiger und einfacher. Von Burma aus bricht die Verbindung häufig ab.«

»Ich lasse die Armbanduhr auf die hiesige Zeit gestellt. Wenn ich dann draufschaue, weiß ich immer ungefähr, was ihr alle macht.«

»Pass auf, dass du da nicht durcheinanderkommst«, meinte Mark und lächelte.

Bevor Natalie losfuhr, kam noch Mi Mi vorbei und drückte ihr ein kleines Päckchen in die Hand.

»Ich habe von Prinzessin Aye Aye gehört. Sie freut sich auf dein Kommen. Und es ist unglaublich lieb von dir, dass du angeboten hast, meine Eltern ausfindig zu machen und aufzusuchen. Bitte mach dir nicht zu viele Umstände deswegen, lass es sein, falls es zu kompliziert ist. Aber falls du sie triffst, wäre ich dir dankbar, wenn du ihnen diese Fotos geben könntest.«

»Natürlich, Mi Mi.«

»Und ich weiß ja, dass du nur eine bestimmte Geldsumme ins Land einführen darfst. Aber falls du noch nicht am Limit bist, was die Deviseneinfuhr angeht, könntest du ihnen das bitte auch noch geben?« Mi Mi drückte Natalie ein Bündel neue Banknoten in die Hand. »Es sind nur zweihundert Dollar, aber ich mache mir Sorgen um ihre Gesundheit und frage mich, ob sie genug zu essen haben, vor allem nach diesem schrecklichen Zyklon. Nargis war die schlimmste Naturkatastrophe, die unser Land je heimgesucht hat. Die Flutwelle hat ganze Dörfer weggespült, das Vieh, die Häuser, die Menschen. Meine Eltern hatten einige Zeit vor dieser Katastrophe überlegt, aus Rangun wegzuziehen. Sie wollten näher bei meinem Bruder in seinem Kloster am Delta sein.«

Natalie erschrak. Sie hatte keine Ahnung gehabt, dass Mi Mis Eltern womöglich nicht mehr in Rangun lebten, weit weg von der Zerstörungsschneise des Zyklons.

Die ganze Welt war entsetzt gewesen, nicht nur wegen der Zerstörungen, die Nargis angerichtet hatte, sondern auch wegen der abscheulichen Reaktion der Generäle. Natalie hatte gelesen, dass fast drei Millionen Burmesen von den Zerstörungen betroffen gewesen waren, und mehr als hunderttausend Menschen waren durch den Zyklon umgekommen. Ursprünglich hatten die Militärs keinerlei Maßnahmen ergriffen, um den Opfern zu helfen, und jegliche internationale Hilfe abgelehnt. Franzosen und US-Amerikaner hatten Versorgungsschiffe geschickt, doch die paranoide Junta hatte sich geweigert, sie anlegen zu lassen, weil sie fürchteten, es sei die Vorhut einer Invasion. Selbst internationalen Organisationen wie dem Roten Kreuz wurde der Zugang zu der betroffenen Region erschwert, denn die Junta machte es den fachkundigen Helfern quasi unmöglich, Visa für die Einreise ins Land zu bekommen. Die Weltgemeinschaft war empört. Erst nach fast zwei Wochen und gehörigem Druck insbesondere seitens der Nachbarstaaten sahen die Generäle ein, dass ein paar Säcke Reis und ein paar Meter Zeltplanen keine adäquate Antwort auf die Katastrophe waren, und ließen internationale Hilfe zu.

»Bestimmt geht es allen gut.« Natalie bemühte sich, optimistisch zu klingen. »Gibt es irgendetwas, das ich dir aus Burma mitbringen kann? Natürlich werde ich Fotos machen.« Insgeheim aber fragte sie sich, wie um alles in der Welt sie Mi Mis betagte Eltern finden sollte, falls sie tatsächlich in die Delta-Region gezogen waren. Es schien ein aussichtsloses Unterfangen zu sein.

»Ein Bild wäre wunderbar. Aber mir würde schon reichen zu wissen, dass es ihnen gut geht.« Mi Mi umarmte Natalie, die von Mitgefühl überwältigt wurde, weil ihre tatkräftige Freundin in diesem Moment so zerbrechlich wirkte.

Dem Abschied von Charlotte und Adam blickte Natalie nicht gerade freudig entgegen. Mark und sie hatten überlegt, ob es wirklich klug war, sie mit zum Flughafen zu nehmen. Doch schließlich entschieden sie sich dafür, damit die Kinder verstanden, dass Natalie in einem Flugzeug wegflog und sich nicht einfach in Luft aufgelöst hatte. Andrew blieb mit einem Babysitter zu Hause.

Adam war kaum zu bremsen vor lauter Begeisterung über die riesigen Flugzeuge. Und erst kurz vor der Sicherheitskontrolle, als Natalie sich hinabbeugte, um Charlotte zum Abschied zu umarmen, begriff das kleine Mädchen die volle Bedeutung dieses Ausflugs. Tränen rannen ihr über die Wangen.

»Geh nicht, Mummy! Nimm mich mit«, schluchzte sie.

»Schatz, ich bleibe nicht lange weg. Daddy wird sich um euch kümmern, so wie ich es immer tue, wenn Daddy zur Arbeit fliegt. Bitte, sei ein großes Mädchen, und pass für mich auf Adam und Daddy auf. Und ganz besonders auf den kleinen Andrew.«

Charlotte straffte die Schultern, schniefte kurz und sagte: »Gut, Mummy.«

Natalie umarmte Mark und Adam. »Ich bring euch allen was Hübsches mit.«

»Flugzeuge, schau mal die Flugzeuge!« Adam zeigte mit dem Finger darauf.

Mark küsste sie. »Ab mit dir. Genieße dein Abenteuer!«

Charlotte umklammerte Marks Hand und winkte zaghaft. »Auf Wiedersehen, Mummy.«

Natalie warf sich die Umhängetasche über die Schulter. Darin war, in einen Seidenschal gewickelt, das sorgfältig verpackte Kammavaca. »Seid lieb zu Daddy. Ich bin bald wieder zurück. Wir telefonieren. Hab euch lieb.« Dabei warf sie Mark einen bangen Blick zu.

»Wir haben dich auch lieb! Genieße es! Und mach dir keine Sorgen!«, rief er ihr hinterher.

Als das Flugzeug seine Reiseflughöhe erreicht hatte, wurden Getränke serviert. Nun war sie unwiderruflich auf dem Weg nach Südostasien. Natalie begann sich zu entspannen, und ein Kitzel der Vorfreude verdrängte die Sorge um die Kinder.

Die Nacht verbrachte sie in Singapur in einem sehr komfortablen Hotel. Natalie rief kurz bei Mark und den Kindern an und hörte erleichtert, dass zu Hause alles seinen gewohnten Gang ging. Die Kinder hatten sich offenbar mit der Abreise ihrer Mutter abgefunden, auch wenn Charlotte ihr ein bisschen weinerlich auf Wiedersehen sagte. Mark nahm seiner Tochter das Telefon aus der Hand und klang fröhlich.

»Alles gut. Wir haben eine Menge vor. Jodie hat mir das Rezept für Knetmasse gegeben. Wirklich, Nat, entspann dich. Kinder haben ein anderes Zeitgefühl. Ich lasse mir schon genug einfallen, damit sie beschäftigt sind.«

»Ja, gut. Ich liebe dich. Und sag den Kindern, dass Mummy sie liebhat, wenn du sie ins Bett bringst.«

Das Flugzeug landete am frühen Morgen in Rangun. Natalie ging über die Landebahn zu dem Terminal, einem niedrigen Zweckbau, wo vier Männer in Uniform am Eingang standen und sie beobachteten. Drinnen war das Terminal leer bis auf ein paar Holzbänke, einen verwaisten Schalter und etliche Beamte der Einreisebehörde hinter ihren Schreibtischen. Eine Frau nahm ihren Reisepass, warf einen Blick auf ihr Foto und blätterte die leeren Seiten durch.

»Was ist Zweck Ihres Besuchs in Myanmar?«, fragte die junge Frau, ohne eine Miene zu verziehen.

Auf diese Frage war Natalie vorbereitet. »Ich wollte schon immer die Tempel von Bagan sehen.«

Die Beamtin starrte ihr kurz ins Gesicht, dann machte sie einen Stempel in Natalies Reisepass und sagte: »Ist sehr schön dort.« Sie winkte dem Nächsten in der Schlange, und Natalie folgte rasch den anderen Passagieren zum Gepäckband.

Hier beobachteten noch mehr junge, gelangweilt aussehende Soldaten, wie die Neuankömmlinge ihr Gepäck vom Band nahmen. Es gab ein paar altmodische, rostige Kofferkulis, und hinter der Glaswand am Ausgang sah Natalie eine Schar eifriger junger Männer, vermutlich Gepäckträger. Sie zog ihren kleinen Koffer hinter sich her und presste die Umhängetasche, die sie jetzt quer über der Brust trug, dicht an sich, während sie hinter den anderen Passagieren zum Zoll ging. Hoffentlich wurde ihr Handgepäck nicht durchsucht, denn sie hatte keine Ahnung, wie sie das Kammavaca erklären sollte. Zum Glück forderte der Zollbeamte sie nur auf zu deklarieren, wie viel Geld sie mit sich führte. Das tat sie, und er zählte sorgfältig nach, schrieb etwas auf, gab ihr das Geld zurück und zeigte zum Ausgang. Mit einem erleichterten Seufzer trat Natalie hinaus auf die Straße.

Draußen herrschte dichtes Gedränge, doch schon stand eine umwerfend attraktive Frau vor ihr, groß, mit dunklen Haaren und einem bunten Seidenhemd über der schwarzen Leinenhose.

»Mingalaba, willkommen. Ich bin Connie. Wie war die Reise? Hier entlang, gib mir deinen Koffer.« Man hörte bei ihr noch Spuren eines norditalienischen Akzents.

»Danke, gut. Geh bitte vor«, sagte Natalie, die froh war, dass Connie ihr den Weg durch die Menge bahnte, auch wenn alle, die da lächelnd ihre Waren und Dienstleistungen anpriesen, freundlich gesinnt schienen.

»Unser Wagen steht da vorn.« Connie zeigte auf einen Mann, der mitten im Gedränge neben einem alten Auto stand. »Das ist Ko Wai Yan mit seinem Taxi. Keine Angst, es fährt gut. Und es fällt unterwegs auch keine Tür raus«, sagte Connie, als sie Natalies zweifelnden Blick sah. Der zerbeulte Wagen mit dem Schriftzug »Sunny Super Saloon« sah reichlich mitgenommen aus. Und das Modell wurde mit Sicherheit längst nicht mehr gebaut.

»Danke, dass du mich abholst«, sagte Natalie und ließ sich auf dem durchgesessenen Rücksitz nieder, dessen Polsterung anscheinend überhaupt nicht gefedert war.

»Kein Problem. Wir haben eine Vereinbarung mit Ko Wai Yan. Immer wenn wir einen Fahrer brauchen, rufen wir ihn. Falls du irgendwohin gefahren werden willst, steht er zur Verfügung.« Sie lächelte Natalie an. »So, jetzt bist du also hier.«

»Ich kann es nicht glauben«, sagte Natalie. »Puh, ist das heiß!«

»Ich mach die Klimaanlage an«, sagte Connie und beugte sich vor, um das klappernde Fenster herunterzukurbeln. Natalie lachte. Die hereinströmende Luft war schwülwarm.

Sie hatten den unbefestigten Parkplatz am Flughafen hinter sich gelassen und fuhren jetzt eine belebte Straße entlang, auf der sich Menschen, Fahrräder, Autos und Fahrradrikschas drängten. Männer und Frauen trugen Longyis, manche Frauen hatten Blumen im Haar, andere einen Bambushut auf dem Kopf. Babys wurden von ihren Müttern in Tragetüchern transportiert, Kleinkinder saßen vor ihren Eltern auf dem Fahrrad. Die Straße war beidseitig von Ständen und Imbissbuden gesäumt. Eigentlich hatte Natalie gedacht, sie wüsste, was sie hier erwartete, doch nun kam sie sich vor wie auf einem fremden Planeten.

»Wir machen eine kleine Stadtrundfahrt, damit du einen ersten Eindruck bekommst. Danach fahren wir zu unserem Atelier, wo wir auch wohnen«, kündigte Connie an. »Wenn du Lust hast, können wir gleich anschließend Mittag essen und hinterher den Markt besuchen.«

»Ich bin zu allem bereit«, rief Natalie freudig erregt. »Wie reizend von dir, dich so um mich zu kümmern. Da fühle ich mich nicht so fremd. Aber ich will dich nicht von irgendwas abhalten.«

»Nein, das tust du nicht. Wir zeigen unseren kleinen Teil von Rangun liebend gern her, und Win, mein Mann, freut sich ungemein, einen Gast zu haben, der zum ersten Mal in Burma ist.«

Der »Sunny Super Saloon« holperte durch die Stadt, und Connie machte Natalie auf verschiedene Sehenswürdigkeiten aufmerksam. Die Kolonialgebäude an den breiten Prachtstraßen faszinierten und schockierten Natalie gleichermaßen. Einst mussten sie stattlich gewesen sein, doch jetzt waren sie baufällig, von den Abgasen der Stadt geschwärzt und mit Flechten bewachsen. Viele hatten kaputte Fenster, und die Büsche und Bäume in den verwahrlosten Gärten hinter den schmiedeeisernen Zäunen waren verwildert und ungepflegt.

»Das müssen einmal die reinsten Paläste gewesen sein. Warum werden sie nicht mehr genutzt?«, fragte Natalie.

»Weil die Regierung beschlossen hat, die Hauptstadt von Rangun – Yangon, wie es jetzt heißt – in das dreihundert Kilometer entfernte Naypyidaw zu verlegen. Die Regierung, das Militär und der öffentliche Dienst sind dorthin umgezogen, nur die ausländischen Botschaften verweigern einen Standortwechsel.«

»Stimmt, eine Freundin in Australien hat mir davon erzählt. Es klingt verrückt. Und leisten kann es sich das Land bestimmt auch nicht. Oh, können wir mal anhalten? Diesen

Straßenzug möchte ich zu gern fotografieren«, sagte Natalie angesichts einiger prunkvoller Bauten, die leider sehr vernachlässigt wirkten.

»Das ist keine gute Idee. Manchmal reagiert das Militär ziemlich empfindlich, wenn Leute Fotos machen«, sagte Connie. »Versuch es aus dem Wagen heraus. Hier in diesem Gebäude fand das Attentat auf Aung San Suu Kyis Vater und sein Kabinett statt.«

Sie fuhren weiter, und Natalie sah einen wunderschönen See, der von großen Anwesen und englischen Bäumen umgeben war. Alles wirkte sehr britisch auf sie. Ein Stück weiter die Straße hinunter wies Connie auf den efeuüberwucherten Eingang der Universität.

»Es ist eine gute Hochschule, aber sie hat zu kämpfen.«

»Was ist dort hinten? Warum ist die Straße gesperrt?«, fragte Natalie.

»Das ist der Abschnitt der University Avenue, wo Aung San Suu Kyi unter Hausarrest lebt. Niemand darf dorthin.«

»Oh, verstehe.« Natalie konnte es kaum fassen, dass sie dem Wohnsitz der Anführerin der Demokratiebewegung so nah gekommen war. Sie fühlte sich privilegiert, war aber auch traurig darüber, dass ihr der Zugang zu ihr verwehrt war.

Bei der mäandernden Fahrt durch die Stadt erhaschte Natalie immer wieder einen Blick auf die Schatten des alten Rangun, das mit dem modernen, toughen Yangon in Widerstreit lag.

Da tauchte über dem Getümmel auf der Straße plötzlich eine goldfunkelnde Kuppel auf. Natalie schnappte nach Luft. »Die ist ja riesig!«

»O ja. Das ist der Shwedagon, eine der wichtigsten Pagoden von ganz Südostasien. Wir werden mit dir hinfahren, damit du sie in Ruhe besichtigen kannst. Die Sule-Pagode ist auch sehr schön«, sagte Connie und beugte sich zum Fahrer vor, um ihm eine Anweisung zu geben.

Natalie versuchte alles in sich aufzunehmen. Die alten Busse mit den schwarzen Abgaswolken, die Shop Houses mit den Wohnungen über den Läden, die hölzernen Pferdekarren. Das Gewühl von Menschen und Fahrzeugen, und in der nächsten Minute – kaum dass das alte Taxi durch einen belaubten Torbogen gefahren war – eine stille Straße, zwar ohne Trottoir, aber ansonsten von europäisch anmutender Eleganz.

Sie kamen in ein wohlhabenderes Viertel. Die Architektur der großen Häuser war Natalie zwar nicht vertraut, gefiel ihr aber sehr.

»Das ist Golden Valley, hier wohnen wir«, erklärte Connie, während das Auto eine unbefestigte Seitenstraße mit tiefen Fahrrillen entlangruckelte. »Die australische Botschaft ist gar nicht weit weg.«

Hunde und Kinder, die auf der Straße spielten, machten Platz, als sich das Taxi näherte, die Fahrt vor einem hohen Eisenzaun verlangsamte und durch ein offenes Tor fuhr. Ein Schild hieß sie im Peacock Studio willkommen.

Das zweistöckige Haus war von einem größeren Garten umgeben als die Nachbarvillen, unterschied sich aber sonst kaum von ihnen. Nach allem, was Natalie sehen konnte, war es aus Stein und hatte große Fenster mit Läden. Die schmale Veranda mit Säulen entlang der Längsseite wirkte auf Natalie wie die asiatische Version einer Plantagenbesitzervilla aus den amerikanischen Südstaaten.

Der Fahrer fuhr hinters Haus und hielt neben einem alten Wagen. Im Hof gab es zwei kleine Gebäude, und unter den großen Bäumen waren etliche Fahrräder abgestellt. Auf einer Leine hing Wäsche, vor einem kleinen Atelier häuften sich leere Farbeimer und Bretterstapel. Unter dem Vordach einer Hütte standen zwei alte Stühle, davor schwelte eine Feuerstelle. Natalie sah, dass es außerdem noch einen Essplatz unter freiem Himmel neben der Küche gab.

Connie führte sie hinein, und Ko Wai Yan trug ihr den Koffer nach. Überrascht bemerkte Natalie, dass sie in einen riesigen Raum getreten war, mit alten, sich langsam drehenden Ventilatoren an der hohen Decke. In einer Ecke gab es eine eiserne Wendeltreppe, am anderen Ende des Raums führte eine breite, glänzende Holztreppe in ein oberes Stockwerk, von dem aus man die Galerie an der Vorderseite überblicken konnte. Von dem großen Raum gingen zahlreiche Schlafzimmer ab. Auf der Rückseite des Hauses befand sich im Obergeschoss ein langgestrecktes Wohn- und ein kleines Arbeitszimmer, beide mit Blick auf den Garten.

Das Innendekor des Hauses bestand aus farbenfrohen italienischen Stoffen und Seidenkissen, alten chinesischen Wandschirmen, Buddhastatuen und burmesischen Lackarbeiten, während an den Wänden Dutzende sehr moderne Gemälde in leuchtenden Farben hingen. Dieser Zusammenprall von Kulturen, Kunst und Gewerbe war eine bunte, aber behagliche Mischung.

»Wie schön. Das ist das Letzte, was ich in Rangun erwartet hätte – ich meine, in Yangon«, verbesserte sich Natalie. »Ich sage auch immer noch Burma wie meine burmesischen Freunde und nicht Myanmar.«

»Viele Leute sagen noch Burma. Myanmar ist Schriftsprache. ›Bama‹ heißt das Land im Volksmund, woraus die Briten Burma machten«, erklärte Connie. »Natalie, bitte betrachte dies als dein Zuhause, solange du hier bist. Win freut sich darauf, dich zum Mittagessen in sein Lieblingsrestaurant auszuführen. Komm, ich stelle ihn dir vor. Inzwischen müsste er mit dem Unterricht fertig sein.«

»Wen unterrichtet er?«, erkundigte sich Natalie, als sie Connie zur Vorderseite des Hauses folgte.

»Den künstlerischen Nachwuchs Burmas. Es gefällt ihm, die jungen Maler zu fördern. Wenn er sie für gut genug hält, organisieren wir eine Ausstellung ihrer Arbeiten und hoffen, dass sie ein paar Bilder an den Mann bringen.«

»Kaufen viele Leute hier Kunst? Oder nur Ausländer?«, fragte Natalie.

»Es gibt keinen Auslandsmarkt, der der Rede wert wäre, und nur wenige Touristen haben genug Geld bei sich. Manchmal schicken wir Kataloge nach Bangkok und Indien. Und ein paar Diplomaten und andere Ausländer, die hier leben, begeistern sich für unsere Kunst. Tatsächlich betrachtet sich auch einer der Junta-Generäle als Sammler. Das Problem ist, dass er alles immer zu einem sehr günstigen Preis haben will. Deshalb verstecken wir die guten Sachen, wenn wir wissen, dass er kommt. Denn die wollen wir auf keinen Fall so billig hergeben. Win, hier ist Natalie!«

Connies Mann trat aus der Galerie, um sie zu begrüßen. Noch mit dem Pinsel in der Hand machte er die Mingalaba-Geste. Sein Hemd über dem Longyi war voller Farbkleckse. »Willkommen, willkommen, wie war die Reise?« Der Burmese war groß und attraktiv, sein vornehmer Akzent klang leicht britisch.

»Sehr gut. – Oh! Wow!« Natalie verschlug es die Sprache angesichts der Arbeiten mit den wilden Farben, Mustern und abstrakten Formen, die an den Wänden der Galerie hingen. In einem anderen Teil des Raums standen Künstler vor Staffeleien und arbeiteten.

»Ein Augenschmaus, nicht wahr?«, sagte Win. »Den man nicht auf Anhieb verdauen kann. Und da ich gerade von Essen spreche, Connie, hast du unseren Gast schon gefragt, ob sie gern in The Garden gehen würde?«

Connie lachte. »Win mag Burmese sein, aber sein Magen ist international. Kennst du die burmesische Küche, Natalie? Oder steht dir der Sinn nach etwas Vertrauterem? Wir haben auch einige ziemlich gute Restaurants mit europäischer Speisekarte.«

»Was ich bisher an burmesischem Essen probiert habe, fand ich total lecker.«

»Gut. Dann führen wir dich zu einem kleinen Lunch aus.«

Natalie strahlte das attraktive und so gastfreundliche Paar an. »Darf ich mich noch ein paar Minuten in der Galerie umschauen?«

Connie und Win überließen Natalie sich selbst, die schweigend in der Galerie umherging und die ausgestellten Arbeiten betrachtete. Schüchtern lächelten ihr die Künstler zu, nickten höflich und widmeten sich weiter den entstehenden Werken. Natalie war hingerissen von der Dynamik und Kreativität der Bilder. Vor einigen Gemälden, die an eine Wand gelehnt waren, blieb sie stehen. Insbesondere eins hatte es ihr angetan: eine sepia- und dunkelbraun strukturierte Fläche, die in ihrer Massivität ein Meer – vielleicht auch ein Menschenmeer – sein konnte. Der pinkfarbene Strich im Hintergrund stellte wahrscheinlich eine Gestalt dar.

Eine Künstlerin trat zu Natalie.

»Dir gefällt das Bild?«

»Ja. Ich versuche es zu verstehen. Hast du es gemalt?«

»O nein, es stammt von einem berühmten Künstler. Eine traurige Geschichte.«

»Ich würde sie gern hören, wenn du sie mir erzählen magst.«

»Ja, gern«, sagte die Frau mit weicher Stimme. »Der Künstler stammt aus dem Irrawaddy-Delta, wo seine Familie schwer vom Zyklon Nargis getroffen wurde. Also hat er dieses Bild von dem Zyklon gemalt und dafür einen Preis bekommen. Mit dem Geld wollte er seinen Leuten helfen, doch als er das Dorf erreichte, waren alle ertrunken. Aber dann sah er diesen einen kleinen Jungen, der nach seinen Eltern suchte. Er trug ein pinkfarbenes T-Shirt. Und so hat der Künstler nach seiner Rückkehr diesen pinkfarbenen Strich dazugemalt – er steht für Hoffnung und Zukunft«, erklärte sie.

»Wunderschön«, sagte Natalie. »Zeigst du mir deine Arbeiten?«

Die junge Frau führte Natalie zu ihren dramatischen Gemälden, Darstellungen von Buddhafiguren, deren dicke Farb- und Blattgoldschichten ein bisschen abgegriffen wirkten, so viele Finger hatten sie offenbar berührt.

»Zuerst forme ich Figuren aus Lehm, dann male ich sie auf Leinwand«, erklärte die Künstlerin. »In anderen Phasen male ich im Stil des alten Myanmar. Was man so in den Pagoden und Stupas an den Wänden sieht.«

»Ich kenne noch nichts davon. Heute ist mein erster Tag in Burma«, sagte Natalie.

»Oh, ich hoffe, dir gefällt mein Land.«

»Ich glaube, ich werde es ins Herz schließen«, sagte Natalie und erwiderte das Lächeln der jungen Künstlerin.

Bei ihrem Lunch bestand Win darauf, ganz viele verschiedene Speisen zu bestellen, damit Natalie die unterschiedlichen Aromen von Rangun zu kosten bekam.

»Connie steht mehr auf die Küche aus der Bergregion der Shan. Aber du musst unbedingt das hier probieren«, sagte er, als die Schälchen und Platten mit appetitlichen Suppen, Currys, Reis, Nudeln und Salaten aufgetragen wurden.

Sie saßen im Vorgarten eines weitläufigen, mit großen Bäumen von der Straße abgeschirmten burmesischen Hauses im Kolonialstil. Laternen hingen an den Ästen, und Natalie stellte sich vor, dass es am Abend ein romantisches Plätzchen sein musste. Als sie drinnen auf Toilette ging, sah sie, dass das Haus in mehrere Gasträume aufgeteilt worden war.

»Das ist hinreißend, Win. Danke, Connie. Mir fehlen die Worte. Damit hätte ich nun gar nicht gerechnet!«

»Rangun mag nicht mehr Regierungssitz sein, aber insbesondere für Touristen und die gut Betuchten ist es eine grandiose Stadt. Allerdings gibt es nach diesem Zyklon noch immer entsetzlich viel Not und Elend im Land«, sagte Connie.

»Ja, das habe ich gehört. Bevor ich nach Mandalay fahre, möchte ich daher auch versuchen, die Familie einer guten Freundin aufzuspüren. Sie war Aktivistin und traut sich aus Angst vor Vergeltungsmaßnahmen nicht zurück nach Burma, um selbst nach ihnen zu suchen.«

»Immer wieder dieselbe Geschichte«, nickte Connie. »Hast du irgendwelche Anhaltspunkte?«

»Ihre letzte bekannte Adresse war in Rangun, aber sie hatten vor, ins Delta zu ziehen. Seit dem Zyklon hat meine Freundin nichts mehr von ihnen gehört.«

»Win, kennen wir jemanden, der Natalie helfen könnte?«

»Ja, ich denke schon. Was ist mit Khin Myo Thein? Er hat bei der Lebensmittelverteilung in Kunchangon geholfen. Auch wenn wir in Rangun schwer getroffen wurden, so schlimm wie die Dörfer weiter südlich hat es uns nicht erwischt«, erwiderte ihr Mann.

»Es war ganz erstaunlich, was die Burmesen, ob arm oder reich, für die Opfer gespendet haben«, sagte Connie.

»Wir werden ein paar Erkundigungen für dich einziehen«, versprach Win.

»Aber das ist nicht der einzige Anlass für deinen Besuch hier«, hakte Connie nach.

»Nein. Abgesehen davon, dass ich Burma sehen wollte, gibt es noch einen Grund. Hat Vicki dich nicht eingeweiht?«

»Nein, sie war sehr diskret. Wir wissen nur, dass du etwas nach Mandalay bringen willst. Aber wir helfen dir gern«, sagte Connie.

Kurz schilderte Natalie die Geschichte, die sich um ihr Kammavaca rankte. »Es ist also eine ziemlich emotionsgeladene Reise für mich«, endete sie. »Ich möchte so gern, dass sich der Kreis schließt. Dazu muss ich an einen Ort reisen, der Maymyo heißt. Ist das weit von Mandalay weg?«

»Es heißt jetzt Pyin Oo Lwin und ist etwa eine Stunde von der Stadt entfernt«, antwortete Win.

»Natalie, wir möchten nicht, dass du allein reist«, sagte Connie. »Deshalb haben wir einen Freund kontaktiert.«

»Das ist sehr lieb von euch. Aber obwohl ich noch nicht einmal vierundzwanzig Stunden da bin, habe ich doch schon gemerkt, dass es hier nicht so angsteinflößend ist wie befürchtet. Ich komme bestimmt gut allein klar und möchte auch niemandem zur Last fallen.«

Connie senkte die Stimme. »Natalie, du brauchst einen Begleiter, der die Landessprache spricht und aufpasst, dass du nicht versehentlich etwas tust, was dich in Schwierigkeiten bringen kann. Du bist eine Touristin, da ist es ganz normal, dass du einen Guide engagierst. Für jemanden, der zum ersten Mal hier ist, kann Myanmar ein schwieriges Pflaster sein.«

»Normalerweise sind die Burmesen respektvoll und freundlich. Doch die ungebildeten Soldaten und die Leute, die für die Regierung arbeiten, könnten dir Ärger machen«, fügte Win leise hinzu. »Die Regierung hat überall ihre Aufpasser. Und es ist durchaus heikel, wenn du mit jemandem aus der alten Königsfamilie Kontakt aufnimmst.«

»Es ist ein alter Freund von uns«, sagte Connie. »Er gibt spezielle Kurse für Lehrer und schult sogar die Reiseleiter. Bei ihm bist du in guten Händen.«

»Einen eigenen Guide zu haben wäre natürlich wundervoll«, sagte Natalie.

»Ja, es wäre zu schade, wenn du auf U Phyu Myint und seine Kenntnisse verzichten würdest. Er wird dir die Augen für die vielen Reichtümer Myanmars öffnen und dafür sorgen, dass dir nichts passiert.«

»Ich hoffe, du bekommst meinetwegen keinen Ärger, Win«, meinte Natalie besorgt.

»Nein, nein. Wir haben viel mit Ausländern zu tun, und da

ich mit Connie verheiratet bin, wundert es niemanden, wenn ich einen Gast aus dem Ausland beherberge. Für andere Leute ist das allerdings nicht so einfach.«

»Jetzt macht ihr mir Angst«, sagte Natalie mit einem verzagten Lächeln.

»Unsinn, du tust ja nichts Verbotenes. Es ist eben nur kein freies Land wie deins, deshalb ist es klug, immer ein bisschen vorsichtig zu sein. Aber dir wird nichts passieren«, beruhigte sie Connie.

Win ließ Connie und Natalie am großen Markt aussteigen. Beeindruckt betrachtete Natalie den noch aus der Kolonialzeit stammenden Eingang und die vielen gepflasterten Gassen voller Geschäfte und Stände unter dem riesigen Dach.

»Hier könnte ich eine ganze Woche verbringen!«, rief Natalie angesichts der riesigen Auswahl von Schmuck, Kunsthandwerk, Stoffen, Haushaltswaren und Lebensmitteln.

»Er ist eine bedeutende Touristenattraktion, aber auch immer noch der zentrale Markt der Stadt. Ursprünglich hieß er Scott's Market, nach dem britischen Verwaltungsbeamten, der ihn in den 1920er Jahren hat bauen lassen. Man erinnert sich aber hauptsächlich an ihn, weil er den Fußball nach Burma brachte«, lachte Connie. »Dann wurde der Name in Bogyoke Aung San Market geändert, nach General Aung San. Bogyoke heißt General. Vielleicht findest du hier etwas für deine Kinder.«

Die Zeit auf dem Markt verging rasend schnell. Natalie war fasziniert von diesem asiatischen Basar, der mit den Geschäften bei ihr daheim wenig Ähnlichkeit hatte, schon weil es viel lauter zuging und überall reges Treiben herrschte. Lebensmittel häuften sich in Körben oder waren auf Brettern oder Matten ausgebreitet. Frauen saßen mit ihren Kindern beisammen und plauderten. Als sie vorbeiging, starrten sie

Natalie mit freundlicher Neugier an. Natalie lächelte zurück und fragte Connie, was für eine gelbe Paste sich die Frauen ins Gesicht geschmiert hatten.

»Das ist Thanaka. Es wird aus köstlich riechender Baumrinde hergestellt. Damit bleibt die Haut weich, und es wirkt als Sonnen- und Moskitoschutz. Man kann Thanaka in kleinen runden Abschnitten kaufen, es wird dann in einem Mörser zerstoßen oder auf einem Kyauk Pyin zerrieben. Aber man bekommt es auch schon fertig zu kaufen.«

Eine Frau hielt Natalie eine Probe der Paste hin. »Es riecht herrlich. Ich könnte welches kaufen und nach Hause mitnehmen.«

Für ihre Kinder entdeckte sie wenig, weder an Spielzeug noch an Kleidung. Allerdings wusste sie, dass Charlotte und Adam hellauf begeistert von den billigen, mit Cartoons verzierten Plastiksandalen sein würden, die zudem quietschten und blinkten, wenn man darin ging.

»Den Kauf wirst du vielleicht noch bereuen«, lachte Connie. »Was hältst du davon, wenn wir uns zu Hause ein bisschen ausruhen und abends zur Shwedagon-Pagode fahren? Das ist etwas ganz Besonderes.«

»Klingt wunderbar«, sagte Natalie.

Bei Sonnenuntergang schlossen sie sich dem Strom der Menschen an, der in Richtung der berühmtesten Sehenswürdigkeit des Landes drängte – einheimische Familien, Mönche, Geschäftsleute und Alte, ebenso wie ein paar weitere Ausländer. Gläubige beteten, baten um die Erfüllung einer Bitte, dankten oder meditierten einfach nur in dem friedlichen Ambiente. Es wurde erwartet, dass jeder burmesische Buddhist mindestens einmal im Leben im Shwedagon gebetet hatte.

Als sie näher kamen, stand die Sonne schon tief. Ihre

Strahlen ließen die goldene Kuppel erglühen, und der juwelenbesetzte Hti, der die Pagode krönte, wirkte wie ein blinkendes Leuchtfeuer über der Stadt.

Connie erklärte Natalie, dass es vier verschiedene Eingänge gab, in jeder Himmelsrichtung einen, doch der Südeingang sei der beliebteste. Natalie sah, dass sich vor ihr ein riesiger Komplex aus Stupas, Pavillons, Statuen, Tempeln und Schreinen erstreckte. Die Stufen, die von der Straße hinaufführten, flankiert von zwei Statuen der mythischen Wächterlöwen, waren über Jahrhunderte hinweg von den Scharen der Gläubigen ausgetreten worden.

Sie traten in den kühlen Schatten eines überdachten Gangs, wo von fliegenden Händlern und an Ständen Kerzen, Blumen, Blattgoldpäckchen, Essen, Bücher und Broschüren, Papierschirmchen, religiöse Gegenstände und Souvenirs feilgeboten wurden. Lächelnde Kinder hielten wohlduftende Blumenketten hoch, in rosafarbene Kutten gekleidete Nonnen mit rasiertem Schädel baten diskret um Almosen. Hin und wieder sah man eine Frau ruhig dasitzen und ihr Baby stillen, während größere Kinder in der Nähe spielten und die Bitten um eine milde Gabe ignorierten. Und manche Pilger rasteten einfach nur.

Win erklärte Natalie, dass alle Besucher die Schuhe ausziehen mussten. Der Marmor unter ihren Füßen fühlte sich kühl an, als sie in den großen Haupthof der Pagode traten. Natalie verschlug es den Atem. Die Farbenpracht, die kunstvollen, detailreichen Schnitzereien, die Mosaiksäulen, die Schreine und himmelhoch aufragenden goldenen Kuppeln waren ehrfurchtgebietend. Auch war sie verblüfft über den Glanz der juwelenbesetzten goldweißen Gebäude und Statuen. Die Menschen schritten andächtig umher, knieten oder saßen, opferten oder gossen Wasser über die farbenprächtigen Statuen und Schreine. Trotzdem war es überall bemerkenswert sauber und ruhig – ein weitläufiges, friedliches Areal, das von einem Wirrwarr aus Schreinen, Gebäuden und Pavillons umgeben war.

Und überall gab es Lichtquellen: Scheinwerfer, Kerzen und Neonlichter, die in den Schreinen in bunten Mustern leuchteten, manche blinkten sogar wie Heiligenscheine über den Köpfen der Buddhastatuen. Zudem war alles frisch gestrichen, wenn auch ziemlich grell.

»Ich leide an Reizüberflutung«, sagte Natalie, »und habe so viele Fragen, dass ich gar nicht weiß, wo ich anfangen soll. Zum Beispiel die Schreine dort drüben? Was sind das für Pfosten? Warum beten die Leute dort und gießen Wasser darüber?«

»Man nennt sie Tierkreispfosten«, erwiderte Win. »Ein Buddhist in Myanmar muss wissen, an welchem Wochentag er geboren ist. Dann weiß er, zu welchem Schrein er zur Andacht gehen muss, um die Regeln zu befolgen. Bevor sie hierherkommen, befragen eine Menge Leute zuerst einen Astrologen, der ihnen sagt, wie viele Kerzen sie entzünden oder wie viele Papierschirmchen sie ihrem Opfer und ihren Gebeten beigeben müssen. Es gibt acht dieser Schreine, für jeden Wochentag einen, nur der Mittwoch ist zweigeteilt. Es gibt einen Schrein für die Zeit bis zum Mittag und einen für die zwölf Stunden danach. An jedem Schrein stiften die Gläubigen Blumen und Gebetsfahnen und manchmal Speisen, dann gießen sie Wasser über den Kopf des Buddhas oder ihr Geburtstagstier und beten oder erbitten etwas. Siehst du den Schutzengel am Sockel von diesem Pfosten? Darunter steht das Geburtstagstier.«

»Ich bin an einem Mittwochvormittag geboren. Welches Tier habe ich dann?«, fragte Natalie.

»Den Elefanten«, antwortete Connie. »Und zwar den mit Stoßzähnen. Der ohne Stoßzähne ist für die am Mittwochnachmittag Geborenen.«

»Ich mag Elefanten«, sagte Natalie, der das Kammavaca-Bild des weißen Elefanten einfiel.

»Und dein Planet ist der Merkur«, ergänzte Win.

Natalie sah sich um. »Es ist einfach atemberaubend. Trotz all dem vielen Gold wirkt es nicht wie eine Kirche, sondern ganz heimelig. Und jeder, der es auf seine Weise nutzt, geht achtsam damit um. Das schafft eine sehr friedliche Atmosphäre. Mir gefällt, wie Menschen aller Altersgruppen und sogar die Kinder sich scheinbar ungezwungen verhalten, auch wenn jeder genau weiß, was er tut. Der Besuch scheint einfach zum Alltag zu gehören. Wie alt ist diese Pagode?«

»Man nimmt an, dass schon vor etwa zweitausendsechshundert Jahren ein Stupa an dieser Stelle stand. Zumindest besagt das der Mythos, einen tatsächlichen Nachweis gibt es erst für ein sehr viel jüngeres Gebäude. Ihre heutige Größe und Gestalt hat die Pagode im späten 18. Jahrhundert erhalten«, antwortete Win. »Es heißt, dass zwei burmesische Händler, sie waren Brüder, vor langer Zeit nach Indien gereist sind und dem Buddha Geschenke überbracht haben. Im Gegenzug hat sich Buddha ein paar Haare ausgerissen und sie den Brüdern geschenkt, die daraufhin seine ersten burmesischen Anhänger wurden. Die Haare wurden als Reliquien verehrt, und angeblich hat man den Shwedagon erbaut, um sie aufzubewahren. Es folgten dann viele Jahre, in denen ständig gespendet, vergoldet, Neues gebaut und renoviert wurde.«

»Ich glaube nicht, dass die Geschichte oder das genaue Alter der Pagode für die Gläubigen eine Rolle spielen. Für sie ist es einfach eine Tatsache, dass man zu Lebzeiten Buddhas seine Haare hier als Reliquien in einem Schrein verwahrte«, ergänzte Connie. »Diese kleine Begebenheit aus dem Leben Buddhas hat die Phantasie der Burmesen sicherlich enorm gefesselt.«

»Die Details der Geschichte liegen ein bisschen im Dunkeln, aber für die Menschen reicht die Heiligkeit des Shwedagon aus, um hier Ehrfurcht zu zeigen«, erklärte Win. »Sogar die Generäle kommen hierher, um zu demonstrieren, was für gute Buddhisten sie sind.«

Win deutete zu einer Familie, die an einem Schrein betete, ihre Blumen- und Essensgaben lagen vor ihnen. »So arm diese Leute sind, sie versuchen dennoch, zu spenden, was auch immer sie erübrigen können. Sogar Gold, damit sie im nächsten Leben reich werden.«

Obwohl niemand in ihrer Nähe war, senkte Connie die Stimme. »Es heißt, dass General Ne Win einen großen Diamanten hat mitgehen lassen, und einige der Generäle sollen Juwelen und andere Wertgegenstände gestohlen haben, als der Shwedagon in den 1970er Jahren renoviert wurde.«

»Wie schockierend!«, rief Natalie aus. »Wer kümmert sich um die Pagoden und die Tempel? Die Mönche?«

»Jede Pagode und jeder Tempel wird vom Militär kontrolliert. Die Generäle hängen sogar Fotos von sich in die Pagoden und missbrauchen die Volksreligion, um ihre Herrschaft zu stützen.« Win schüttelte den Kopf. »Deshalb war die Safran-Revolution so wichtig. Sie hat den Generälen gezeigt, dass die Mönche ihre Handlungen nicht immer billigen.«

»Gibt es in den anderen Tempeln und Pagoden auch wertvolle Reliquien?«, fragte Natalie.

»Überall in Burma werden Tausende von Stätten wegen ihrer Buddhareliquien verehrt, egal ob sie echt oder ob es Kopien sind«, nickte Win. »Alle werden in Ehren gehalten.«

»U Phyu Myint kann dir auf eurer Reise alles darüber erzählen«, versprach Connie.

»Es fällt mir schwer, mir seinen Namen zu merken.«

»U ist eine respektvolle Anrede, wie Mister«, erklärte

Connie. »Burmesen haben keine offiziellen Familiennamen. Aber wenn du willst, kannst du ihn einfach Mr. P. nennen.«

Als sie um eine Ecke bogen, sahen sie eine ganze Allee von Schreinen vor sich.

»Unglaublich! Ist es in Ordnung, wenn ich ein paar Fotos mache? Das kann ich Mark nicht mit Worten beschreiben«, rief Natalie.

Connie nickte. »Jetzt ist es hier sowieso am schönsten. Es gibt eine Stelle, von der aus man manchmal sehen kann, wie die Strahlen der untergehenden Sonne auf den riesigen Diamanten des Hti treffen, ganz oben an der Spitze der Kuppel. Er hat sechsundsiebzig Karat, außerdem ist der Hti rundum mit Rubinen, Smaragden und Diamanten besetzt. An die sind die Generäle nicht rangekommen«, setzte sie sehr leise hinzu.

Als sie sich zum Gehen wandten, ertönte hinter ihnen der wunderbar tiefe Klang einer riesigen Glocke, die ein Gläubiger angeschlagen hatte.

»Das ist die Große Glocke, die ein burmesischer König dem Tempel vor etwa dreihundert Jahren gestiftet hat. Man sagt, es werde einem als Verdienst angerechnet, wenn man die Glocke schlägt. Die Briten haben versucht, sie fortzuschaffen, doch dabei ist sie in den Fluss gefallen«, erzählte Win. »Schließlich hat ein Mönch ausgetüftelt, wie man sie wieder heben könnte. Er hat sie mit Tauwerk verschnürt, und Tausende Burmesen haben sie mit der Flut nach oben gezogen und dann ans Ufer und zurück zum Shwedagon. Dabei haben sie Blumen darübergestreut, gesungen und getanzt.«

»Schau, über der Kuppel geht gerade der Mond auf. Das ist ein günstiges Zeichen«, sagte Connie und lächelte Natalie zu. »Lass uns noch ein bisschen herumlaufen. Allerdings braucht man mehr als einen Tag, um den ganzen Shwedagon zu sehen. Ich hoffe also, du kommst wieder.«

An diesem Abend telefonierte Natalie mit Mark und versuchte ihm ihre Eindrücke zu schildern.

»Mark, ich kann nicht fassen, wie unglaublich erstaunlich faszinierend es hier ist! Und Win und Connie sind so reizend und großzügig. Ich möchte diese Stadt unbedingt noch näher erkunden. Du kannst dir nicht vorstellen, was für spektakuläre alte Kolonialbauten hier stehen, alle verlassen und baufällig! Was man daraus machen könnte …«

»Nicht so schnell … Ist denn dein Du-weißt-schon in Sicherheit?«

»Ja, ja, immer in meiner Reichweite. Ach, ich bin wirklich überwältigt, es gibt hier so viel zu sehen. Und bei euch ist ganz bestimmt alles in Ordnung? Grüß Mum von mir, ja?«

»Nat, wir lieben dich, und alles ist gut …«

Plötzlich war die Leitung tot, und Natalie legte zögernd auf.

Sie erzählte Connie, was passiert war. Die zuckte nur die Achseln und schlug ihr vor, es in ein paar Minuten noch einmal zu probieren. »Tut mir leid, Telefonverbindungen in Burma sind ziemlich instabil.«

»Macht nichts. Daheim ist alles in Ordnung. Vor allem wollte ich ihnen sagen, dass ich gut angekommen bin und alles so aufregend ist und ihr beiden mich rundum verwöhnt.«

»Es ist uns ein Vergnügen. Nach dem üppigen Mittagessen habe ich für heute Abend übrigens nur eine Suppe geplant, eine einfache Mohinga. Du musst todmüde sein, am besten gehen wir früh zu Bett. Der morgige Tag wird es zweifellos auch in sich haben.«

Als Natalie im Bett lag, wirbelten ihr Bilder durch den Kopf wie aus einem Technicolor-Film. Eigentlich wollte sie den morgigen Tag planen, war aber schon fest eingeschlafen, bevor sie sich überlegen konnte, was sie in dieser hinreißenden Stadt als Nächstes tun und besichtigen wollte.

10

Natalie und Connie saßen hinter dem Haus in der Morgensonne und schlürften Connies italienischen Kaffee. Über einem Kissen war ein schöner Schal drapiert. Natalie fand die Erdfarben und das weiche Material faszinierend. »Woraus ist dieser tolle Schal?«, fragte sie.

»Du wirst es nicht glauben – aus Lotusblumen! Fühl mal. Im Winter hält er warm und im Sommer kühl.«

Behutsam ließ Natalie die Hand über den strukturierten Stoff gleiten.

»Die Fasern stammen aus dem Innern der Lotusstengel. Sie sind so fein wie Spinnweben. Man braucht eine ganze Menge davon, um einen Faden zu spinnen. Gewoben wird er von den Leuten, die am Inle-See leben«, erklärte Connie. »Da ist es sehr schön, ein Besuch lohnt sich.«

»Ich würde den Webern gern einmal bei der Arbeit zusehen. Das Material ist wunderbar. Sind die Schals sehr teuer?«, fragte Natalie.

»Allerdings. Es dauert lange, sie herzustellen, und da die Touristen meist wenig Geld dabeihaben, ist es nicht leicht, Käufer zu finden.«

Connie versicherte Natalie, dass Wins alter Freund Mr. P. vertrauenswürdig und zuverlässig war. »Er hofft, dass eines Tages die Welt nach Burma kommen wird, um seine Kultur zu würdigen«, sagte Connie. »Mr. P. arbeitet auch mit Archäologenteams zusammen und hilft ihnen, wichtige Stätten zu erhalten.«

Sie hatten gerade ihren Kaffee ausgetrunken, als U Phyu

Myint kam. Natalie schätzte ihn um die fünfzig. Er war schlank, hatte freundliche braune Augen, ein schüchternes Lächeln und benahm sich sehr höflich. Seine Kleidung bestand aus einem Longyi und einem gestärkten kurzärmeligen Hemd, unterm Arm trug er eine kleine Ledermappe. Connie begrüßte ihn herzlich und stellte ihn Natalie vor, die erleichtert hörte, dass Mr. P. sehr gut Englisch sprach.

»Ich lasse euch beide allein, damit ihr euch kennenlernen könnt«, sagte Connie.

»Gefällt Ihnen die moderne Kunst, für die sich mein Freund Win engagiert, Natalie?«, fragte er, nachdem er ihr die Hand geschüttelt hatte.

»Einige Bilder in der Galerie sind phantastisch. Hochinteressant.«

Mr. P. nickte. »Ja, aber für mich sind sie wie eine Fremdsprache. Ich wurde in traditioneller buddhistischer Kunst ausgebildet und habe den Großteil meines Lebens in der Welt der Tempel und Wandgemälde verbracht. Ich hoffe, ich kann Ihnen einige dieser Dinge zeigen.«

Natalie erwiderte Mr. P.s Lächeln. »Das hoffe ich auch. Ich habe von den wunderbaren Tempeln und der burmesischen Kunst gehört und weiß, dass man sie ein Leben lang studieren muss, um sie zu begreifen. Aber wenn Sie mir helfen könnten, ein Grundverständnis dafür zu bekommen, würde ich mich sehr freuen. Ich empfinde es als großes Privileg, dass Sie bereit sind, sich um mich zu kümmern.«

»Wir wünschen uns, dass Menschen, die wie Sie echtes Interesse an unserer Kultur haben, hierherkommen und sie selbst besichtigen«, erwiderte Mr. P.

»Ich möchte auf jeden Fall so viel wie möglich sehen, aber ich muss hier auch etwas erledigen.«

»Vielleicht können wir uns in der Teestube unten an der Straße weiter unterhalten? Waren Sie schon einmal in einem burmesischen Tea Shop? Das ist eine ganz besondere Erfahrung.«

Nicht weit von Connies und Wins Haus entfernt bogen Natalie und Mr. P. in die Hauptstraße ein, an der mehrere Läden und ein Tea Shop lagen. Natalie sah, dass die Leute draußen auf winzigen, knallbunten Plastikhockern saßen. Mr. P. geleitete sie hinein, und sie nahmen an einem kleinen Holztisch Platz.

»Ich denke, das ist bequemer für Sie«, bemerkte er.

Der Raum war nicht überfüllt, aber stickig, die Luft geschwängert vom Dampf der Teemaschinen und dem Aroma des Tees. Ein kleiner Junge brachte ihnen zwei Schalen und hielt eine große Teekanne bereit.

»Er möchte wissen, ob Sie grünen oder schwarzen Tee wünschen«, erklärte Mr. P., während der Junge wartete.

»Schwarzen, bitte, mit Milch, so wie dieser.« Natalie deutete auf die Gläser mit cremigem Tee, der am Nebentisch getrunken wurde.

»Ich bestelle uns Laphet dazu, einen traditionellen Snack. Das nennt man Tea Shop Sitting«, sagte Mr. P., während Natalie sich umschaute. »Jeder kommt gern her und redet, nun ja, über alles, über Fußball und Politik. Aber es lungern oft Spione in Tea Shops herum, deshalb wäre es nicht klug, sich hier kritisch zu äußern.«

»Verstehe«, sagte Natalie. An einem anderen Tisch saßen zwei Frauen, und sie sah, dass eine ältere Frau im hinteren Bereich der kleinen Teestube Speisen zubereitete. »Kennen Sie Connie und Win schon lange?«

»Inzwischen seit vielen Jahren. Win ist ein hervorragender Künstler. Er hat im Ausland studiert, und wahrscheinlich würden er und Connie in Italien ein angenehmeres Leben führen. Doch er hilft burmesischen Künstlern und eröffnet ihnen Möglichkeiten, die sie sonst nicht hätten. Er und Connie sind gute Menschen. Aber Sie haben erwähnt, Sie hätten etwas zu erledigen. Können Sie mir sagen, wo Sie gerne hinmöchten?«

»Ich will die Familie einer Freundin ausfindig machen und außerdem einen Ort namens Pyin Oo Lwin besuchen, weil ich dort mit jemandem verabredet bin.«

»Pyin Oo Lwin ist sehr interessant, eine alte britische Hill Station, eine Sommerresidenz aus der Kolonialzeit. Wo treffen Sie sich?«

»Wo genau, weiß ich nicht. Wir haben uns geschrieben, deshalb habe ich die Adresse der Frau.« In gedämpftem Ton fügte Natalie hinzu: »Sie ist eine Nachfahrin von König Thibaw, seine Enkelin. Glauben Sie, das Militär lässt sie überwachen?«

»Nein, eher nicht«, meinte Mr. P. »Es gibt keine königliche Familie mehr, und da die Dame schon betagt sein dürfte, stellt sie keine Gefahr mehr dar.« Mr. P. verstummte, als der Junge den Tee servierte. Anschließend fuhr er fort: »Bitte, probieren Sie das Laphet. Es besteht aus eingelegten Teeblättern, Nüssen, Ingwer, Bohnen, Knoblauch, Gewürzen und ein wenig Salz. Sehr schmackhaft.«

Natalie löffelte sich ein wenig von der Mischung auf die Handfläche, nahm etwas davon mit den Fingern und kostete. »Ungewöhnlicher Geschmack, scharf. Meinem Mann würde das zu seinem Bier schmecken!«

»Ja, zu Bier passt es ausgezeichnet«, stimmte Mr. P. zu. »Die eingelegten Teeblätter können Sie auf dem Markt kaufen. Vielleicht bringen Sie ihm welche mit.«

»Der australische Zoll lässt die Einfuhr von Lebensmitteln nicht zu«, erwiderte Natalie. »Aber ich werde Mark – das ist mein Mann – davon erzählen.«

»Können Sie mir den Namen der Person sagen, die Sie in Pyin Oo Lwin besuchen möchten?«, fragte Mr. P.

»Ich habe mit Prinzessin Aye Aye korrespondiert. Jetzt, da ich hier bin, würde ich sie sehr gern kennenlernen.«

»Von ihr habe ich schon gehört. Ich glaube, sie ist eine beeindruckende Persönlichkeit!«, sagte er mit einem Lächeln. »Also freue ich mich darauf, Sie zu ihr zu begleiten. Wie finden Sie den Tee?«

»Er ist süß! Besteht zur Hälfte aus Kondensmilch, aber das passt irgendwie zu dem rauchigen Aroma.« Sie nahm noch einen Schluck. »Connie hat mir erzählt, dass Sie auch bei der Restaurierung von archäologisch interessanten Stätten mitarbeiten.«

»Ja. In meinem Land gibt es viele Orte, die allmählich verfallen, und wir brauchen Fachleute, um sie zu erhalten. Dass Restaurierungsarbeiten teilweise vom Militär durchgeführt wurden, beunruhigt mich. Das ist keine Arbeit für Soldaten. Was sie leisten, taugt nicht viel und führt oft zu noch größeren Schäden, doch sie glauben, dass das ihrem Ansehen nützt. Außerdem nutzen sie die Gelegenheit, um Kunstschätze zu stehlen.«

»Ja, davon hat mir Connie erzählt, als wir in der Shwedagon-Pagode waren.«

Mr. P. senkte die Stimme. »Wir haben so viel von unserer Kultur durch Invasoren verloren, durch Plünderer und die Briten«, flüsterte er. »Und nun vergreift sich sogar unsere eigene Regierung daran. Nie hat jemand das Erbe dieses Landes schlechter behandelt als das derzeitige Regime. Natürlich waren nicht alle Briten so unsensibel. Ich glaube, ein Angehöriger von Ihnen war hier?«, fügte er diplomatisch hinzu.

»Ja. Mein Urgroßonkel war vor und nach dem Ersten Weltkrieg in Burma. Es hat ihm nicht gefallen, dass die Briten sich einfach genommen haben, was sie wollten.«

»Dann war er zweifellos ein guter Mensch«, stellte Mr. P. leise fest. »Jetzt kommen wir zu der Sache mit der Familie Ihrer Freundin. Was können Sie mir dazu sagen?«

Natalie erklärte, dass Mi Mis Eltern kurz vor dem Zyklon

geplant hatten, in die Delta-Region zu ziehen. Danach hätte sie nichts mehr von ihnen gehört.

»Es könnte schwierig werden, sie zu finden. Bei dieser entsetzlichen Katastrophe wurden zahlreiche Familien getrennt. Viele Menschen starben oder wurden obdachlos. Manche gelten immer noch als vermisst. Eine sehr traurige Sache. Wenn Sie mir ihre letzte bekannte Adresse geben, lasse ich Nachforschungen anstellen. Ich werde einen meiner Studenten bitten, sich darum zu kümmern.«

»Ich möchte Ihnen keine Umstände machen«, sagte Natalie.

»Wir können nur unser Bestes tun. Jetzt sollten wir über sehenswerte Orte sprechen, die für Sie interessant sein könnten, angefangen mit Bagan.«

Nach dem Tee begleitete Mr. P. Natalie zu Connies Haus zurück.

»Ich komme morgen vorbei und sage Ihnen, ob ich etwas über die Eltern Ihrer Freundin herausgefunden habe«, versprach er, als er ihr zum Abschied die Hand schüttelte.

Als Natalie eintrat, rief Connie ihr zu: »Du kommst genau zur rechten Zeit. Ich bringe ein paar Bilder zu einem der Hotels. Einige Hotels stellen sie aus, und manchmal werden sie dann von Touristen gekauft. Möchtest du mitkommen?«

Ko Wai Yan wartete mit seinem Taxi auf sie. Als sie einstiegen, sagte ihm Connie, sie müsse rasch noch etwas einkaufen.

»Ein paar Malutensilien«, erklärte sie. »Du kannst dich solange umschauen, wenn du möchtest. Es dauert nicht lange.«

Das Einkaufszentrum war recht schlicht, es gab einen kleinen Lebensmittelmarkt, Geschäfte für Kleidung, Schmuck, Haushaltswaren und Elektrogeräte. Alles nicht sehr teuer, der Großteil des Angebots schien aus China zu stammen. Natalie stöberte ein bisschen, dann entschied sie sich für einen robusten Einkaufskorb aus Plastik, wie ihre Großmutter vor Jahren einen gehabt hatte.

»Der ist aus Recyclingkunststoff«, sagte Connie, als sie wieder zu ihr stieß. »Das Plastik wird nach Thailand geschickt und kommt verarbeitet wieder zurück. Ziemlich steif. Wenn du etwas transportieren willst, bist du mit einer Mönchstasche besser dran. Die sind aus weichem Stoff, und du kannst sie über der Schulter oder quer über dem Körper tragen. Außerdem passt da eine ganze Menge rein«, sagte Connie. »Und es gibt noch etwas, das du kaufen solltest, ein kleines billiges Radio. Dann kannst du unterwegs Auslandsnachrichten hören.«

»Eine gute Idee! So eins nehme ich mit.« Natalie hatte bereits festgestellt, dass sämtliche Fernsehsendungen auf Burmesisch ausgestrahlt wurden und Auslandssender nur sehr begrenzt verfügbar waren.

Sie lieferten die meisten Gemälde in einem der moderneren Hotels von Rangun ab. Eines aber war für die britische Botschaft reserviert. »Das ist rasch erledigt«, meinte Connie. »Nur zwei Häuser weiter, an der australischen Botschaft vorbei, liegt das Strand Hotel. Ein hübsches altes Gebäude, schau es dir mal an. Dort könntest du uns beiden auch einen Kaffee bestellen, wenn du magst.«

»Super Idee.«

Während Connie in die Botschaft eilte, ging Natalie zu dem eleganten weißen Gebäude, dessen prächtiger Säulenvorbau einen Blick aufs Meer bot. Der traditionell burmesisch gekleidete Portier lächelte sie freundlich an und öffnete ihr die Tür zur Lobby. Als sie eintrat, sah sie förmlich Onkel Andrew vor sich, wie er unter den behäbig kreisenden Deckenventilatoren auf einem Rattansessel saß. Eine imposante, ausladende Treppe führte in ein großzügiges Halbgeschoss. Der Speisesaal und die Bar waren geschlossen, aber ein großes Restaurant mit hoher Decke zur Linken wirkte einladend, also trat sie ein und setzte sich.

Die gestärkten Leinenservietten und das schwere Silberbesteck vermittelten Natalie den Eindruck, als habe sich das Haus seit der Kolonialzeit kaum verändert. Eine hübsche Kellnerin, bekleidet mit Longyi und einem passenden Top, reichte ihr eine Speisekarte, auf der hauptsächlich europäische Gerichte standen, aber Natalie bestellte nur Kaffee für sich und Connie. Während sie wartete, schaute sie durch die hohen Fenster des Hotels nach draußen. Sie sah Passanten und hörte das gedämpfte Rauschen und Poltern der Autos, Räder, Fahrradrikschas, Lastwagen und Busse, die sich die Strand Road entlangdrängten. Der Raum jedoch war eine Oase der Stille, und als ein Burmese eintrat und mit seiner englischen Zeitung Platz nahm, war in dem vornehmen Saal sogar das Rascheln der Seiten zu hören.

»Für heute habe ich alles erledigt«, sagte Connie, als sie sich zu Natalie an den Tisch setzte. »Ist der Kaffee schon bestellt? Hervorragend. Also sag, wie findest du Mr. P.? Er wirkt manchmal ziemlich steif, ist aber sehr freundlich und weiß unheimlich viel.«

»Er ist wirklich nett. Er will einen seiner Studenten bitten, sich mal an der letzten Wohnadresse von Mi Mis Eltern umzuhören.«

»Wenn sie wirklich ins Delta gezogen sind, wird es wohl kaum möglich sein, sie zu finden. Aber jedenfalls hast du es versucht, und mehr kannst du nicht tun«, meinte Connie.

»Connie, wie kann ich am besten Mr. P.s Auslagen ersetzen?«, fragte Natalie.

Connie schüttelte nur den Kopf. »Natalie, mach dir da keine Gedanken. Solange du bei uns wohnst, bist du unser Gast.« Als Natalie protestieren wollte, setzte sie hinzu: »Das ist eine Art Ausgleich. Vicki ist seit Jahren eng mit uns befreundet, und wir freuen uns, dass wir einer Freundin von ihr einen Gefallen tun können. Wir machen das gern.«

»Danke«, sagte Natalie nur.

Als Mr. P. am folgenden Tag ins Peacock Studio kam, brachte er Neuigkeiten über Mi Mis Eltern mit.

»Mein Student hat einen Nachbarn von ihnen aufgespürt«, berichtete er Natalie, Connie und Win. »Er sagt, sie wollten ins Delta ziehen, aber ihr Sohn, der dort unten Mönch ist, hat es ihnen ausgeredet. Also sind sie, noch bevor der Zyklon weite Teile des Südens von Burma verheert hat, in ein Dorf bei Sagaing gezogen, von Mandalay aus gesehen auf der anderen Flussseite. Sie leben dort bei Angehörigen.«

»Das ist ja großartig«, rief Connie. »Weit weg vom Zyklon, also dürfte ihnen nichts passiert sein.«

»Ich frage mich, warum sie aus Rangun weggegangen sind«, überlegte Natalie.

»Vielleicht werden sie uns das erzählen, wenn wir sie finden. Der Ort ist gut zu erreichen, so nah bei Mandalay«, meinte Mr. P. »Wir fahren zuerst nach Bagan und verbringen dort ein paar Tage, dann geht es weiter nach Mandalay. Sagaing ist nicht einmal eine Stunde von Mandalay entfernt, allerdings in der entgegengesetzten Richtung von Pyin Oo Lwin.«

»Sehr günstig«, sagte Connie.

»Nehmen wir den Zug, oder fliegen wir nach Bagan?«, wollte Natalie wissen.

»Fliegen ist sehr viel besser. Inlandsflüge funktionieren recht gut, aber die Eisenbahn ist überhaupt nicht zuverlässig. Die Fahrt dauert mindestens sechzehn Stunden, manchmal länger. Ich lasse dein Flugticket nach Mandalay umbuchen. Mr. P. und ich organisieren deine Unterbringung. Überlass das mir«, erbot sich Win.

»Und was ist mit Ihrer Unterbringung, Mr. P.?«, fragte Natalie.

Mr. P. lächelte. »Um mich müssen Sie sich keine Sorgen machen, ich kenne die billigsten und besten Pensionen.«

»Ich weiß gar nicht, wie ich euch allen danken soll«, sagte Natalie.

»Außerhalb von Burma gibt es eine Menge guter Menschen, die uns helfen, und das ist die einzige Weise, wie wir uns revanchieren können«, meinte Win.

Natalie hörte, dass im Nebenraum das Telefon klingelte.

Connie ging ran, kam wieder herein und lächelte. »Das ist für dich, Natalie.«

Natalie strahlte und eilte ans Telefon. Nachdem sie mit den Kindern gesprochen hatte, erzählte sie ihrem Mann aufgeregt von ihren Plänen.

»Ich kann gar nicht fassen, dass ich nach Bagan fahre!«

»Klingt phantastisch. Jedenfalls solange du sicher bist, dass sie wissen, was sie tun. Pass auf dich auf, Nat. Von hier aus kann ich dir nicht helfen, wenn du in Schwierigkeiten kommst.«

»Das wird nicht passieren. Mark, obwohl es hier so unglaublich toll ist, vermisse ich dich und die Kinder schrecklich.«

»Schatz, es geht ihnen gut. Siehst du, sie haben mir sogar ohne Murren den Telefonhörer gegeben. Jetzt spielen sie schon wieder.«

»Schön. Ich liebe dich.«

»Ich liebe dich auch.«

Natalie kehrte zu den anderen zurück. »Ich glaube, ich sollte etwas von hier mitbringen, was Mark die burmesische Kultur erklärt. Natürlich kann ich Fotos machen, aber was ihr mir erzählt, kann ich mir nicht alles merken. Gibt es einen Buchladen, wo ich einen schönen Bildband kaufen könnte?«

»Eher nicht«, sagte Win. »Die Burmesen lieben und achten Bücher, aber es gibt kaum große Verlage in Myanmar. Und wegen der strengen Zensur werden nur wenige Bücher importiert, deshalb sind sie sehr teuer. Aber belesen und gebildet zu sein ist der große Traum vieler Familien. Deshalb handelt man eifrig mit antiquarischen Büchern, Zeitungen und Zeitschriften.«

»In Rangun gibt es eine berühmte Straße, wo eine Menge Bücher und Zeitschriften angeboten werden«, ergänzte Connie.

»Möchten Sie, dass ich Sie hinführe?«, erbot sich Mr. P. »Vielleicht finden Sie etwas Geeignetes, und man kann dort sehr schön stöbern.«

»Ja, gerne. Ist es weit?«

»Nur ein paar Querstraßen vom Strand Hotel entfernt. Wir können gleich hingehen, wenn Sie möchten.«

»Vielleicht findest du einen seltenen Schatz. Bitte darum, alles sehen zu dürfen, denn manche Buchhändler haben besondere Dinge nicht in der Auslage. Viel Spaß!«, sagte Connie.

Als sie in einer Fahrradrikscha durch die Straßen fuhren, genoss Natalie die angenehme Geschwindigkeit und die warme Brise im Gesicht, während der drahtige Fahrer energisch in die Pedale trat.

»Ich zeige Ihnen einen ganz bestimmten Laden. Der Inhaber, ein Freund von mir, arbeitet manchmal als Reiseführer für mich. Das Geschäft wurde schon von seinem Urgroßvater gegründet, und er hat Bücher aller Art. Auch eine Menge gut gefüllter Kisten im Obergeschoss. Ich bin sicher, er findet das Richtige für Sie«, meinte Mr. P.

Der Fahrer radelte in gleichmäßigem Tempo am Ufer entlang, und Natalie freute sich, dass sie erkannte, wo sie waren. Inzwischen war ihr dieser Teil der Stadt schon recht vertraut. Plötzlich ging ihr auf, dass sie den Verkehrslärm nicht besonders schlimm fand.

»Zu Hause erzählen alle, der Verkehr in Asien wäre unglaublich laut«, sagte sie zu Mr. P. »Aber hier hupt niemand, und anscheinend gibt es auch keine Motorroller.«

»Beides wurde vor einigen Jahren verboten. Der oberste General fühlte sich beleidigt, als jemand seinen Wagen auf einem Roller überholte und mit dem Finger auf ihn deutete wie mit einem Gewehr. Deshalb wurden Roller verboten«, erklärte Mr. P.

»Was ist aus dem General geworden?«

»Nach den Studentenunruhen von 1988 ist er zurückgetreten, aber hinter den Kulissen übte er noch eine ganze Weile Einfluss aus. Vor ungefähr sechs Jahren wurde er dann unter Hausarrest gestellt, weil er einen Putsch plante.« Nach einer Pause fügte Mr. P. hinzu: »Er stand immer noch unter Hausarrest, als er starb, doch die Junta gab seinen Tod nicht bekannt. Es wurde der Mantel des Schweigens darüber gebreitet.«

»Der General muss verhasst gewesen sein.«

»Ja, aber es gibt andere, die genauso schlimm sind. Beim Militär werden viele Intrigen gesponnen. Die meisten dort wollen einfach nur mehr Macht für sich und Vorteile für ihre Freunde und Verwandten«, stellte Mr. P. fest.

Sie kamen an zahlreichen heruntergekommenen Kolonialbauten und am Strand Hotel vorbei, dann bogen sie in eine schmale Straße ein, die von hohen Gebäuden flankiert wurde. Blaue Plastikplanen dienten als schattenspendende Markisen für Stapel von alten Büchern. Zeitschriften mit Eselsohren hingen an den Wänden oder waren auf dem Boden ausgebreitet.

Am Eingang der Straße bat Mr. P. den Fahrer anzuhalten. »Der Laden ist auf halber Höhe. Wenn wir zu Fuß gehen, können Sie sich auf dem Weg die Stände ansehen«, schlug er vor.

Natalie betrachtete die ausgestellten Druckerzeugnisse und beobachtete die Käufer. Es gab eine Menge Schulbücher, dem Anschein nach uralt. Rund die Hälfte war auf Englisch abgefasst, der Rest auf Burmesisch. Manche Händler boten ihr Waren an, aber Natalie schüttelte den Kopf.

Sie folgten der schmalen Straße und kamen an einem Imbissstand vorbei, an dem Teigbällchen frittiert, dann abgetupft und mit Zucker bestreut wurden. Natalie hätte gern eines probiert, aber Mr. P. ging zielstrebig weiter. Vor dem Eingang eines schmalen Gebäudes blieb er stehen. Das Metallgitter an der Tür war aufgeklappt und mit Halterungen für Postkarten, Zeitschriften und Plakate bestückt, die draußen vor dem Geschäft angeboten wurden.

Mr. P. rief den Inhaber.

Kaum hatte Natalie den Laden betreten, war sie schon bezaubert von dem unverkennbaren Duft alter Bücher. Ehrwürdige Ledereinbände verströmten in der feuchten Luft mehr als nur einen Hauch von Moder. Trotz des offenkundigen Durcheinanders vermutete sie, dass der Buchhändler jeden Titel in seinem Laden kannte und wusste, wo er stand.

Der Inhaber war älter als Mr. P. und offenkundig ebenfalls Burmese, doch Natalie sah, dass sein ergrauendes Bärtchen einmal rotbraun gewesen war. Er und Mr. P. begrüßten sich herzlich.

»Natalie, das ist U Zyaw Hin Watt. Ihm gehört der Laden. Sein Urgroßvater hat dieses Geschäft schon vor dem Ersten Weltkrieg eröffnet.«

»Watt ist eigentlich ein schottischer Name«, erklärte U Watt. »Mein Urgroßvater war Schotte, aber mit einer Burmesin verheiratet. Bitte, sprechen Sie mich mit U Watt an. Suchen Sie etwas Spezielles? Möchten Sie eine Tasse Tee?«

»Ich glaube nicht, dass ich in meinem Leben schon einmal so viele antiquarische Bücher gesehen habe. Ich suche ein Geschenk.«

»Vielleicht Bücher über Bagan und Mandalay?«, schlug Mr. P. vor.

»Was machen Sie beruflich, Natalie?«

»Ich bin Lehrerin, aber im Moment bleibe ich bei den Kindern zu Hause. Seit ich herausgefunden habe, dass mein

Urgroßonkel in den 1920er Jahren hier war, interessiere ich mich für Burma. Ich folge sozusagen seinen Spuren«, erklärte Natalie. »Er hat Berichte über seine Reisen in Burma geschrieben und war ein großartiger Fotograf.«

»Das war bestimmt eine interessante Zeit. Mein Urgroßvater hat Geschichten über Menschen gesammelt, die zwischen den Weltkriegen hier lebten, sowohl über Briten als auch über Burmesen. Doch sie wurden nie veröffentlicht. Ich habe sie irgendwo hinten im Laden.«

»Sie haben mir einmal erzählt, dass Ihre Familie Mitglieder des alten Königshauses kannte«, sagte Mr. P. zu dem Buchhändler. Natalie horchte auf.

»Ja. Als die Halbschwester des Königs, Prinzessin Tipi Si, in Rangun lebte, gehörte sie zum Kundenkreis meines Urgroßvaters. Sie schickte oft ihren Shan-Diener her, um die Bücher abzuholen, die sie bestellt hatte. Wie mein Urgroßvater berichtet, herrschte große Bestürzung, als Tipi Si gezwungen war, all ihre Wertgegenstände zu verkaufen«, sagte U Watt.

Natalie überlegte kurz, beschloss dann aber, Onkel Andrews Kontakt zu der Prinzessin nicht zu erwähnen. »Was ist aus Prinzessin Tipi Si geworden?«, fragte sie stattdessen.

»Hochbetagt wurde sie in einem Nonnenkloster gepflegt«, antwortete U Watt. »Ich glaube, sie ist in Mandalay begraben.«

»Ich habe die Nonnen in den pinkfarbenen Roben mit ihren Almosenschalen gesehen«, sagte Natalie. »Sind sie genauso wichtig wie die Mönche?«

U Watt und Mr. P. tauschten ein Lächeln. »Vor langer Zeit, heißt es, herrschte Gleichheit zwischen buddhistischen Mönchen und Nonnen. Als aber die Mongolen vor siebenhundert Jahren Pagan angriffen, das heute Bagan heißt, gab es politische Unruhen, und die Folge war, dass Nonnen nicht mehr ordiniert wurden. Im 19. Jahrhundert wurde unter König Mindon die Wertschätzung für die Nonnen neu belebt, vor allem in der Region Sagaing, doch ihr Einfluss blieb begrenzt. Und deshalb sind die Nonnen gemäß dem Sangha immer noch nicht den Mönchen gleichgestellt«, erwiderte Mr. P.

»Der Sangha ist die Gemeinschaft der Mönche, die alle Entscheidungen bezüglich der Klöster treffen«, erklärte U Watt. »Aber inzwischen gibt es sehr aktive ältere Nonnen, die buddhistische Versammlungen besuchen und daran arbeiten, ihre Befugnisse und die Gleichstellung wiederzuerlangen.«

»Nach Sagaing fahren wir doch?«, fragte Natalie, an Mr. P. gewandt.

Er nickte. »Natalie versucht, die Eltern einer Freundin in Australien zu finden«, erklärte er U Watt.

»Da wünsche ich Ihnen viel Glück. Wohin fahren Sie noch?«, erkundigte sich U Watt.

»Zuerst geht es nach Bagan, dann weiter nach Mandalay. Natalie möchte auch jemanden in Pyin Oo Lwin treffen«, erwiderte Mr. P.

»Eine schöne Stadt. Es gibt so viele sehenswerte Orte in unserem Land. Für Touristen ist es zwar nicht leicht hinzugelangen, aber die Mühe lohnt sich.«

»Ja, es gibt eine Menge zu sehen. Ich freue mich so, hier zu sein.«

»Bitte, nehmen Sie das mit.« U Watt stand auf und holte ein Buch aus einem Regal. Auf dem Umschlag waren drei Bilder zu sehen. »Die Shwedagon-Pagode erkennen Sie wahrscheinlich, daneben sehen Sie den Mahamuni-Tempel und den Goldenen Fels. Das sind die drei berühmtesten heiligen Stätten Burmas.«

»Wie freundlich von Ihnen, aber bitte lassen Sie mich dafür bezahlen«, sagte Natalie. Mr. P. verstand, worum es Natalie ging, und nannte den Preis des Buches. Sie gab U Watt das Geld und dankte ihm.

Connie servierte das späte Mittagessen im schattigen Garten hinter dem Haus. Sie rief Win, der mit seinen Schülern im luftigen Atelier war, wo munter geplaudert wurde.

»Ah, Frittata und Salat. Heute gibt's Essen im westlichen Stil«, sagte Win, während er sich setzte und sich aus einem großen blauen Glaskrug Limettensaft einschenkte.

»Du wirst es garantiert in Chilisauce ertränken«, bemerkte Connie. »Gib mir bitte deinen Teller, Natalie.«

Connie legte ein Stück Frittata auf den schweren blauen Glasteller. »Die Teller sind toll«, sagte Natalie. »Hat einer eurer Künstler sie gemacht?«

»Schön wär's! Nein, die Kunsthandwerkerin, die diese Glassachen macht, arbeitet in einer Spezialmanufaktur. Da May Lin sich demnächst zur Ruhe setzen will, sammle ich ihre Stücke, wann immer ich ihrer habhaft werden kann«, erklärte Connie.

»Du solltest Natalie in die Glasmanufaktur mitnehmen«, schlug Win vor.

»Wir könnten heute Nachmittag einen Besuch einschieben, wenn du dich fit genug fühlst«, meinte Connie zu Natalie. »Oder willst du dich lieber ausruhen?«

»Ich möchte mir nichts entgehen lassen, solange ich hier bin. Aber mach dir wegen mir bitte keine Umstände«, sagte Natalie.

Win zwinkerte ihr zu. »Glaub mir, da musst du hin, und Connie macht es Spaß, dich zu begleiten.«

»Ist nicht weit von hier. Mitten in Rangun«, sagte Connie.

Natalie konnte sich nicht vorstellen, wie eine burmesische Glasbläserei mitten in der Stadt aussehen sollte. Nach dem Essen fuhr Ko Wai Yan sie langsam durch eine alte Allee, vorbei an Geschäften und großen Wohnhäusern.

»Er sucht nach der richtigen Abzweigung. Die ist leicht zu übersehen«, sagte Connie, als sie neben einer hohen Steinmauer abbogen. Der Wagen holperte über eine mit Unkraut überwucherte Nebenstraße bis zu einem Eisentor, das offen stand. Ein unbefestigter Weg führte über eine Wiese, die wie eine vernachlässigte Koppel aussah. Große Bambusstauden und hohe Bäume versperrten dem Taxi den Weg, und Ko Wai Yan hielt an.

»Von hier aus geht's zu Fuß weiter, also brauchst du das hier.« Connie reichte Natalie ein Moskitoschutzmittel. »Wir müssen unter diesen Bäumen durch, und da halten sich riesige Moskitoschwärme auf.«

Sie hatte nicht übertrieben. Ganze Moskitowolken summten unter den Ästen, als sie dem feuchten Pfad durch einen kleinen Dschungel folgten. Natalie sah Orchideen, die in Glasgefäßen in den Zweigen hingen, an anderen klimperten Glockenspiele aus Glas. Connie machte sie auf große, mit verrottetem Laub bedeckte Haufen aufmerksam. Sie bückte sich, schob das Laub beiseite, und zum Vorschein kamen bunte Glasobjekte, die sich über einen Meter hoch stapelten.

»Ist das Ausschussware? Kaputt sind die Sachen aber nicht«, stellte Natalie fest, während sie stöberte und kleine Vasen, Gläser, Teller, Schalen und Ziergegenstände entdeckte.

»Das ist ihr Lagerbestand.« Connie schmunzelte. »May Lin nimmt jetzt nur noch Sonderbestellungen an, Objekte für Hotels oder Leute, die bereit sind, ihre Preise zu bezahlen. Wenn sie etwas anderes für den Verkauf braucht, holt sie es von hier.«

»Aber kann sie die Sachen alle verkaufen?«, rief Natalie. »Es sind so viele und so schöne Stücke!«

»Im Lauf der Zeit schon. Komm und schau, wo sie arbeitet.«

Als sie weitergingen, hatte Natalie das Gefühl, als sei sie

wie Alice in den Kaninchenbau gefallen. Sie sah eine Art Carport, der ganz und gar aus Glas gefertigt war. Sogar die Dachziegel bestanden aus dicken, grünen Glasquadraten. Die Pfosten, die das Dach trugen, waren mit allerhand Scherben verziert, die ein buntes Mosaik bildeten. In diesem kleinen Glaspalast, in dem das Gras wucherte, stand ein Auto.

»Das ist ein Austin, Baujahr 1935«, erklärte Connie. »May Lins Vater hat den Wagen geliebt. Schade, dass er hier verrottet.«

Im Hof standen Schuppen aus Lehmziegeln und modrigem Bambus, rostende Brennöfen und verwitterte Holzstapel. Natalie sah alte Blasschläuche, Formen und Lehmmodelle – alles Utensilien, die man für die Glasbläserei benötigt. Doch sie sahen aus, als hätte sie seit Jahrzehnten keiner mehr angerührt.

Als sie weitergingen, wich der Wildwuchs einem Garten, der von einem großen, an den Seiten offenen Gebäude umgeben war. Hier befanden sich Tische und wunderschöne geschnitzte und lackierte chinesische Möbel. Die hohen Regale und Glasvitrinen wären eine Zierde für jeden vornehmen Haushalt gewesen, aber die edlen Antiquitäten standen auf einem gestampften Lehmboden, und auf jeder ebenen Fläche drängten sich Glasobjekte. An einer Seite dampfte ein rußgeschwärzter Kessel über einer offenen gemauerten Feuerstelle, daneben stand auf einem wackligen Beistelltisch Teegeschirr. Hie und da hingen Kronleuchter, deren Glaselemente in der sanften Brise schwankend das Licht reflektierten.

An einem Tisch wickelte eine junge Frau Gläser in Zeitungspapier, während eine andere Eintragungen in ein Wirtschaftsbuch machte. Zwischen den Bäumen entdeckte Natalie zwei magere Hunde, die vor einer schlanken, vielleicht sechzigjährigen Frau hertrabten. Sie lächelte und winkte ihnen zu.

»Natalie, das ist May Lin. Ihr Vater hat die Rangun Glasmanufaktur gegründet, und sie und ihr Bruder haben sie weitergeführt«, stellte Connie sie vor.

May Lin, die ein wohlklingendes Englisch sprach, erbot sich, Natalie durch die Werkstätten zu führen. Sie erklärte, dass sie das Glas aus einem Spezialsand anfertigten, der von einem Berg unweit der chinesischen Grenze stammte; auch die Farben und Glasuren stellten sie selbst her.

Natalie kam aus dem Staunen nicht heraus. In der Wildnis hinter einer der Werkstätten hatte jemand einen Garten aus Glas angelegt. Zwischen den Bäumen im Unterholz standen psychedelisch anmutende Pilze, Tiere und Blumen, die der surrealen Bilderwelt eines Dalí entsprungen schienen. Es gab auch ein richtiges Lebkuchenhaus aus Buntglas, groß genug, dass ein Kind darin spielen konnte.

»Das ist ja ein Wunderland für Kinder!«, rief sie. Charlotte hätte es hier gefallen. Rasch machte sie ein Foto.

Während May Lin vor ihnen herging, flüsterte Connie Natalie zu: »Weder May Lin noch ihr Bruder sind verheiratet, es gibt also keine Kinder, die den Betrieb weiterführen könnten.«

»Wie traurig. Was wird dann daraus? Und was machen sie?«

»Wenn sie sich zur Ruhe setzen, haben sie einen schönen Lebensabend vor sich. Wie alle anderen warten sie auf den Tag, an dem die Lady freigelassen wird, ihre politische Führungsrolle übernimmt und es in Rangun zu Veränderungen kommt. May Lin und ihr Bruder sehen dem Tag entgegen, an dem Investoren auftauchen und überall Hotels, Banken und Bürobauten hochziehen. Diese kuriose Fabrik steht auf einem Gelände von sechzehntausend Quadratmetern, quasi abgeschieden inmitten der Stadt. Das wird mal eine Stange Geld wert sein.«

Natalie sah sich um. Wie traurig, dass dieser skurrile

Familienbetrieb einem modernen Betongebäude weichen würde, nur weil es niemanden gab, der die Tradition fortsetzte. »Ich würde gern etwas kaufen.«

Sie entschied sich für drei kleine Glasobjekte: einen blauen Hasen für Adam, eine winzige grüne Langhalsvase für Charlotte und für Andrew einen roten Elefanten.

Im Peacock Studio gab ihr Win Noppenfolie für ihre gläsernen Andenken. »Du solltest sie hierlassen, bis du wieder nach Hause fährst, damit sie unterwegs nicht zerbrechen. Ich wusste, dass dir die Glasmanufaktur gefallen würde«, sagte er. »Sie ist exzentrisch und bezaubernd, wie so vieles in Burma.«

»Und hier ein Souvenir für dich.« Connie überreichte ihr den Schal aus Lotusseide.

»Das kann ich unmöglich annehmen«, protestierte Natalie.

»In den Bergen wirst du ihn brauchen, denn da droben ist es oft kühl. Und wenn du ihn zu Hause trägst, denk an uns.«

»Danke«, sagte Natalie.

Als sie am nächsten Tag nach Bagan aufbrachen, staunte Natalie, wie gut Mr. P. alles organisiert hatte. Er hatte ein Taxi bestellt, das sie beide zum Flughafen brachte, und ihr geraten, ein Buch mitzunehmen, um das Warten auf den Abflug zu überbrücken. Auch kümmerte er sich um ihre Unterlagen, die Tickets, die Reisedokumente und den Pass. Sobald sie am Flughafen von Rangun ankamen, gab er ihr Gepäck auf, reservierte ihre Plätze im Flugzeug und besorgte eine Flasche Wasser und feuchte Tücher, mit denen sich Natalie Gesicht und Hände abwischen konnte. Dann saß er neben ihr, ohne ihre Lektüre zu unterbrechen, bis ihr Flug aufgerufen wurde. Im Flugzeug setzte er sich mehrere Reihen hinter sie. Mr. P. hatte für Natalie einen Fensterplatz gebucht, doch es war leider bewölkt.

Ihr Begleiter hatte vorgeschlagen, dass er alles, was sie täglich brauchten – Essen, Fahrgeld und sonstige Kosten –, in der Landeswährung bezahlte und alle paar Tage ausrechnete, was sie in US-Dollar ausgegeben hatten, damit Natalie ihren Anteil begleichen konnte. Einen offiziellen Devisenumtausch gab es nicht, nur einen Schwarzmarkt in größeren Städten. Doch Mr. P.s System war für Natalie sehr viel unkomplizierter.

»Bagan ist normalerweise ziemlich trocken«, sagte Mr. P. nach der Landung zu Natalie, »aber momentan gibt es noch sehr viele Pfützen. Sie werden sich die Schuhe schmutzig machen.«

»Die kann ich waschen. Wie schade, dass ich auf dem Flug kaum etwas gesehen habe außer ein paar Reisfeldern und Dörfern, als kurz die Wolkendecke aufgerissen ist.«

»Dann wird Bagan eine umso größere Überraschung für Sie sein!«, meinte er lächelnd. »Außer Hotels gibt es hier keine modernen Gebäude. Menschen kommen aus der ganzen Welt hierher, um die Wunderwerke dieses Ortes zu sehen.«

Vom Flugzeug gingen sie über die nasse Piste zu einem hellen modernen Terminal mit kunstvoll golden bemaltem Dach. Drinnen warteten geduldig Mönche und Familien mit aufgeregten Kindern auf ihren Abflug. Nachdem Mr. P. ihr Gepäck geholt hatte, gingen sie zum Ausgang und sahen sich nach ihrem Fahrer um.

Zum ersten Mal wirkte Mr. P. verstimmt, sogar verärgert. Er bat Natalie, einen Moment bei dem Gepäck zu warten, während er zu einem Mann ging, der ein Schild mit Natalies Namen in die Höhe hielt.

Als er wiederkam, sagte er zu Natalie: »Diesen Fahrer kenne ich nicht. Dem Mann, mit dem ich sonst fahre, ist etwas zugestoßen. Auch recht. Steigen wir ein.« Er schulterte seinen Rucksack, griff nach Natalies Rollkoffer und beförderte ihn zu dem alten Wagen, wo der Fahrer den Kofferraum aufhielt. Als Mr. P. das Gepäck hineinhievte, streckte der Fahrer die Hand nach Natalies Umhängetasche aus, um sie ebenfalls zu verstauen, doch sie schüttelte den Kopf und nahm auf dem Rücksitz Platz.

Die Straße war mit glitschigem orangefarbenen Schlamm bedeckt, doch Natalie blickte wie gebannt aus dem Fenster, während sie an leuchtend grünen Akazien und roter Erde vorbeifuhren. Plötzlich tauchten zu beiden Seiten der Straße Kuppeln aus bemoostem Stein und uralte aus Ziegeln erbaute Stupas auf.

»Man nennt diese Art Bu-Stupa«, erklärte Mr. P. »Bu heißt Kürbis, und dieser Stupa hat tatsächlich eine Kürbisform.«

Natalie nickte. Sie betrachtete ein altes Gebäude, umgeben von Stufenterrassen. In der Ferne sah sie riesige Tempelkomplexe mit Turmspitzen, die an Märchenschlösser erinnerten; näher an der Straße befanden sich schlichte, gut erhaltene Stupas mit nur einem Raum.

Sie fuhren weiter, vorbei an Ziegen, die, gefolgt von ihrem Hirten, munter in die Höhe sprangen, um Laub von den Bäumen am Straßenrand zu zupfen. Hin und wieder sah man einen Mann auf einem Fahrrad oder eine Familie in einem blumengeschmückten Pferdewagen. Während der Fahrt durch mehrere kleine Dörfer berichtete Mr. P., die Leute hätten inmitten der Stupas und Baudenkmäler gelebt, aber da inzwischen mit der UNESCO über die Anerkennung der Region als Weltkulturerbestätte verhandelt werde, habe man sie in neue Dörfer umgesiedelt.

»Wir werden also im neuen Bagan übernachten und einige der schönsten Tempel im alten Bagan besichtigen. Hier stehen Tausende, aber uns bleibt nur Zeit für einige wenige«, sagte Mr. P.

Natalie fand die Landschaft erstaunlich, ein bisschen, wie sie sich das australische Outback mit seinen riesigen, über die Ebene verstreuten Termitenhügeln vorstellte, nur dass diese Hügel hier Tempel waren. »Wie lange existiert das schon so?«, fragte sie.

»Der Legende nach begann der Tempelbau in Bagan im zweiten Jahrhundert. Zur Hauptstadt Burmas wurde es im 11. Jahrhundert, und damals wurden über zehntausend Monumente, Stupas für Reliquien, Tempel und Klöster, errichtet. Einige bestehen schlicht aus Lehm, andere wurden sehr kunstvoll mit Schnitzereien und Bildwerken verziert«, erklärte Mr. P.

»Einfach verblüffend.«

»Jeder Besucher sollte den Ananda-Tempel besichtigen, aber ich habe festgestellt, dass Menschen aus unterschiedlichen Gründen verschiedene Monumente gefallen. Vielleicht wegen der Bildwerke oder der Architektur, vielleicht aufgrund ihrer religiösen Bedeutung. Möglicherweise auch wegen der Schnitzereien, der Buddhastatuen oder dem Ausblick, der sich von dort bietet. Es ist also für jeden etwas dabei.«

»Ich bin so froh, dass Sie mich hierhergebracht haben.« Natalie schüttelte staunend den Kopf.

Mr. P. hatte für Natalie ein Hotel im alten Stil ausgesucht, das nur wenige Stockwerke hatte und in einem schönen Garten am Ufer des Irrawaddy lag.

»Ich steige in einer Pension in der Stadt ab«, sagte Mr. P. »In einer Stunde bin ich wieder da, und wir können unsere Rundfahrt durch Bagan beginnen.«

Der Fahrer, darauf bedacht, einen guten Eindruck zu machen, wollte Natalies Koffer ins Hotel tragen, wurde aber vom Hotelpersonal verscheucht. Mr. P. hatte Natalie erklärt, in Burma gebe es kein Trinkgeld, aber anscheinend war der Brauch in den Touristenhotels nicht unbekannt, und der Fahrer hatte sich wohl auch eines verdienen wollen.

In ihrem Zimmer standen zwei harte Einzelbetten, es gab einen Schrank, eine zierliche Kommode und ein kleines Badezimmer (nur nicht das Wasser trinken, rief sich Natalie in Erinnerung). Sorgfältig verstaute sie ihre wenigen Habseligkeiten und schickte sich dann an, das Hotel zu erkunden. Sie ging durch den Speisesaal auf die Veranda, die einen Blick auf den Irrawaddy bot. Tief im Wasser liegende Frachtkähne transportierten Teakstämme.

Im Hotel wohnten noch mehrere andere Touristen, die meisten waren Europäer mittleren Alters. Natalie beobachtete den Verkehr auf dem Fluss, bis Mr. P. eintraf, diesmal in einem kleinen, fröhlich bemalten Pferdewagen, den ein lächelnder Kutscher lenkte.

»Ich dachte, das könnte Ihnen gefallen. Mit der Kutsche können wir die Straße verlassen und Plätze aufsuchen, wo nur wenige Touristen hinkommen«, erklärte Mr. P.

»Wunderbar«, sagte Natalie, als ihr der Kutscher in den Wagen half. Seine Zähne waren vom Betelnusskauen rötlich verfärbt, das Haar hatte er mit einem stechend riechenden Öl zurückgekämmt. Bekleidet war er mit einem Longyi und einem staubigen Hemd. Die Sohle seiner Zehensandalen war aus einem Gummireifen zurechtgeschnitten.

Er stellte sich als Kyaw Kyaw vor.

»Jetzt reisen wir im alten Stil in das Bagan von einst«, verkündete Mr. P.

Das Pferd trabte munter über die unbefestigte Straße, vom Segeltuchdach der Kutsche baumelte fröhlich ein kleiner Plastikbuddha. Natalie winkte den lächelnden Kindern zu, während sie durch Dörfer und vorbei an überschwemmten Reisfeldern fuhren, wo sich Wasserbüffel suhlten. Frauen, die barfuß vom Dorfbrunnen kamen, balancierten Blechkannen auf dem Kopf und trugen zugleich mit anmutiger Gelassenheit Wasserkessel auf der Hüfte. In der Stille wanderten Mönche bedächtig mit ihren Almosenschalen zurück in ihre Klöster. Von Holzfeuern stieg blauer Rauch auf, und der Duft der Snacks, die in Imbissbuden am Wegesrand über Holzkohle brutzelten, war verlockend.

Wo Natalie auch hinsah, sie hatte das Gefühl, der Wandel der Zeit hätte diesen Ort unberührt gelassen. Sie machte eine Aufnahme von der flechtenbewachsenen, verfallenen Ziegelmauer eines Stupas, dessen Fundament überwuchert war, abgesehen von einer schmalen Spur, die grasende Ziegen hinterlassen hatten. In der Ferne sah man die Kuppeln Tausender uralter Steintempel, geprägt von jener ausschweifenden Ekstase der Baukunst, der die zahllosen Bauwerke ausgehend von den Gestaden des mäandernden Irrawaddy bis weit in die Ebene hinein zu verdanken waren.

»Von oben muss das unglaublich aussehen«, sagte Natalie. »Wie eine untergegangene Welt. Wo sind sie denn alle hin?«

»Bagans Niedergang setzte ein, als im 13. Jahrhundert das Geld ausging, aber es blieb eine heilige Stadt. Zwar hielten Fledermäuse und Eulen, Ziegen und Kühe Einzug, aber sie waren wohl weniger schädlich als die Erdbeben und die neueren unbeholfenen Restaurierungsmaßnahmen. Hier sind wir im 12. Jahrhundert«, verkündete Mr. P., als das kleine Pferd den Weg entlang auf die verschwenderische Pracht des Ananda-Tempels zutrabte.

Zurück im Hotel, hielt Natalie die Erlebnisse des Tages in ihrem kleinen Notizbuch fest und nahm sich die Zeit, ihre Eindrücke genau zu schildern.

Ich fühlte mich in die Vergangenheit zurückversetzt, so wenig hat sich hier verändert. Das Dorfleben ist so schlicht wie eh und je, und die Menschen fühlen sich offenbar diesen uralten Baudenkmälern verbunden. Doch es drängt sich mir die Frage nach den Urhebern dieser prachtvollen religiösen Bauwerke auf. Waren es normale Leute, die in einfachen Häusern lebten und sich mühsam durchschlugen so wie heute auch, oder gab es reiche Geldgeber, die Verdienst erwerben wollten?

In manchen Tempeln gibt es Stände in den überdachten Verbindungsgängen und Innenhöfen. Teilweise arbeiten draußen Künstler an ihren Sandgemälden und kopieren die Darstellungen auf den alten Mauerbildern und Wandmalereien in den Tempeln. Sie verwenden eine einheimische Technik und malen mit leuchtender Acrylfarbe auf einer dünn mit Sand beschichteten Leinwand. Zum Trocknen flattern ihre Bilder über dem Gras wie bemaltes Laub.

In den Tempeln herrscht heitere Gelassenheit. Frauen beten und bringen Opfer dar, während die Männer die gelassenen Antlitze riesiger Buddhastatuen vergolden. (Mr. P. erklärte mir, dass Frauen nicht auf die höheren Gerüste dürfen!) Manche Figuren sind mit so viel Blattgold bedeckt, dass die Details nicht mehr zu erkennen sind und sie aussehen wie riesige Goldklumpen.

Man geht durch enge, verliesartige Gänge, wo man durch steinerne Bögen ab und zu einen Blick auf die sonnige Welt draußen erhascht. Überall herrscht Dämmerlicht. Aber es ist höchst beruhigend. In den Gängen, die sich in die Tiefe winden, zeigte mir Mr. P. mit einer Taschenlampe die Konturen und verblichenen Farben von Wandmalereien und den Jatakas, illustrierten Legenden aus der buddhistischen Überlieferung. Jede Oberfläche ist eine gemeißelte Reliefarbeit. Man könnte eine Stunde lang einen nur kleinen Bereich betrachten und dennoch winzige Details übersehen. Aber stellenweise gibt es auch Narben, wo die Deutschen Wandmalereien entfernt haben, die sich jetzt in Hamburg befinden.

Ich bin einen schmalen, finsteren Turm hochgestiegen, in dem die Stufen so abgenutzt waren, dass sie in der Mitte Einbuchtungen hatten. Der Ausblick von dort oben ist unbeschreiblich, all diese Gebäude, klein und groß, ver-

streut über eine Ebene von zweihundert Quadratkilometern, ohne Plan und doch wie ein riesiges Puzzle. Und neben dieser staunenswerten Szenerie wälzt sich gemächlich der gewaltige Irrawaddy durchs Land. Abgeschiedene Klöster und alte Pagoden entdeckt man auch an den hohen Steilwänden am jenseitigen Flussufer. Ein atemberaubender Anblick, wie sie, scheinbar alterslos, im Sonnenlicht funkeln. Abgesehen von einem Radfahrer oder, noch seltener, einem Auto gibt es keine Anzeichen des modernen Lebens.

In einigen dunklen, stillen, uralten Gewölben lassen Gläubige den Singsang ihrer Gebete erklingen, während in anderen großen Tempeln offenbar nur Fledermäuse, Vögel und andere kleine Tiere dem Buddha huldigen. Obwohl der Zahn der Zeit deutlich sichtbar ist, kann man immer noch das Werk der längst verblichenen Künstler erkennen, die Kerbe, die ein Werkzeug hinterließ, die Vollkommenheit einer Verzierung, die vor achthundert Jahren gemalt wurde. Man wünschte, die Architekten und Künstler, die diese Gebäude geschaffen haben, könnten wiederkehren und sehen, dass ihre so abgeschiedenen Meisterwerke weiterleben.

Herbeifliegende Tauben durchbrachen die Stille. Plaudern mochte ich nicht. Wenn ich eine Frage stellte, wurde sie leise beantwortet, aber meist spazierten Mr. P. und ich schweigend dahin. Gelegentlich wies er mich auf etwas hin, was ich vielleicht übersehen hätte. Wir sahen halbvergrabene Buddhastatuen. Es gibt so viele Details zu entdecken, angefangen bei den anmutigen Szenen aus dem Leben Buddhas bis hin zu den gewaltigen Stufendächern der Tempel, die in den Himmel ragen. Manchmal gelingt es mir, die alte Stadt mit ihren Palästen und Pagoden inmitten dieser Ruinen vor meinem inneren Auge zu sehen, dann wieder verschwimmt das Bild.

Bahnt man sich seinen Weg zwischen den Mauern, wo Flechten, Gras und Kakteen wachsen und Erde an den Schuhsohlen kleben bleibt, glaubt man das Echo ferner Prozessionen zu hören. Man kann sich leicht ausmalen, wie Könige, Königinnen, Leibeigene, fromme Mönche und Dörfler einst diese einzigartige Landschaft bevölkerten.

Auf dem Rückweg ging die Sonne unter, und die Leute kehrten von der Arbeit nach Hause zurück. In einem Kloster wurden die Gongs angeschlagen. Jungs spielten lärmend auf einer Wiese Fußball, neben der seit Jahrhunderten ein kleiner Stupa steht. Mir platzt schier der Kopf. Alles ist so gewaltig und berührend, man kann es kaum in sich aufnehmen.

Meine letzte Erinnerung an den heutigen Tag ist eine ganz andere. Auf dem Heimweg sang Kyaw Kyaw »Who wants to live forever?« von Queen – auf Burmesisch!

Später am Abend ging Natalie in die Lobby hinunter, um Mark eine kurze E-Mail zu schicken.

Sie drückte auf Senden und nickte dem Portier zu. Er sei fast sicher, erklärte er, dass die E-Mail durchkommen würde. »Heute ist ein guter Tag«, sagte er. Natalie fragte nicht, warum das so sei, weil schon ein anderer Tourist darauf wartete, ihren Platz vor dem alten Computer einzunehmen.

Im Hotelrestaurant bestellte Natalie ein einheimisches Bier und ging nach draußen, um den Anblick der funkelnden Lichter auf dem Fluss zu genießen. Ihr entging nicht, dass auch die anderen Gäste, die von der Besichtigung Bagans zurückkamen, die Flut der Eindrücke kaum bewältigen konnten. Sie nickten und lächelten ihr höflich zu, doch niemand schien in Plauderstimmung zu sein. Der Tag war einfach zu großartig gewesen, um Belanglosigkeiten auszutauschen, dachte Natalie.

Sie beschloss, auf ihrem Zimmer noch ein wenig zu lesen, und öffnete die Kommodenschublade, um ihr Buch herauszuholen. Sofort sah sie, dass ihre Kleider nicht mehr so ordentlich zusammengelegt waren, wie sie sie hineingeschichtet hatte. So hatte sie nicht ausgepackt. Hastig blickte sie sich um und bemerkte, dass auch ihr kleiner Koffer nicht mehr an derselben Stelle stand. Offensichtlich hatte jemand ihr Zimmer durchsucht. Anscheinend fehlte nichts, aber sie war verstört. Es war unheimlich.

Natalie überlegte, ob sie sich ein anderes Zimmer geben lassen sollte. Hätte sie doch nur Mr. P. fragen können, was sie tun sollte! Aber heute Abend würde sie allein im Hotel essen. Plötzlich sah der schwach beleuchtete Garten nicht mehr so romantisch aus, wie sie zuerst gedacht hatte, sondern wirkte düster und bedrohlich. Also nahm sie die Taschenlampe, die das Hotel wegen der häufigen Stromausfälle vorsorglich neben ihrem Bett deponiert hatte, und steckte sie in die Tasche.

Als sie hastig dem Gartenweg folgte, der von ihrem Zimmer zur Lobby führte, klopfte sie auf ihre Umhängetasche und ertastete ganz unten wie immer das Kammavaca. Sie war entsetzt, dass jemand in ihrem Zimmer gewesen war. Vielleicht passierte das ja allen Ausländern. Jeder erzählte ja, dass es Leute gab, die einen ständig überwachten. Sie würde mit Mr. P. darüber sprechen, wenn sie ihn am Morgen sah.

Auf dem Weg zur Rezeption hörte sie, wie sich Touristen in einfachem Englisch mit den Angestellten unterhielten und nach einheimischen Restaurants fragten. Als sie mitbekam, dass es nur wenige Gehminuten entfernt mehrere kleine Speiselokale gab, beschloss Natalie, nicht allein im Hotel zu essen. Also erkundigte sie sich bei dem Mädchen an der Rezeption, ob sie ihr etwas empfehlen könne. Lächelnd nickte die Angestellte. »Alles gute Lokale. Ganz einfach, gutes Essen.«

Als sich die ausländischen Touristen auf den Weg machten, folgte ihnen Natalie.

Die holperige Straße vor dem Hotel war schlecht beleuchtet; wenige fahle Laternen hingen an Masten mit einem Gewirr von durchhängenden Kabeln. Es war noch nicht spät, und auf der Straße drängten sich die Menschen. Am Straßenrand gab es Kohlepfannen und kleine Feuer, deren Schein fröhliche burmesische Gesichter erhellte. Ganze Familien aßen an diesen Garküchen, die Düfte waren verlockend.

Vor einem Lokal blieben die Touristen aus dem Hotel stehen, fragten, was gekocht wurde, und machten ein Foto. Fahrräder ohne Licht glitten an Natalie vorbei. Bei einem Blick in die Häuser sah sie, dass die Räume von einer einzigen funzligen Glühbirne beleuchtet wurden. In den Schreinen brannten Kerzen, und vor einem kleinen Tempel war um einen sitzenden Buddha eine weihnachtliche Lichterkette drapiert.

Schließlich erreichte die kleine Gruppe ein großes Lokal, wo Discomusik dröhnte. Ein wuchtiger alter Fernseher zeigte Musikclips mit burmesischen Sängern, die amerikanische Hits der vergangenen Jahrzehnte coverten. Offenbar war die laute Musik für Burmesen eine Attraktion, aber Natalie gefiel sie nicht. Erleichtert sah sie, dass sich die Touristen, hinter denen sie herschlenderte, für ein kleineres Restaurant entschieden, das zwar in fluoreszierendem Pink aufgedonnert war, aber auf lärmende Musik verzichtete. Natalie zögerte, doch als die anderen Platz nahmen, schob sie die bunten Plastikstreifen vor dem Eingang beiseite und trat ein.

Das Lokal wurde von einer Frau und ihrer Tochter geführt, die zwölf Jahre alt sein mochte. Das Mädchen lächelte Natalie schüchtern an. »Nur ich«, sagte diese und hielt einen Finger in die Höhe. »Eine Person, bitte.«

Das Mädchen sah seine Mutter an, die gerade Plastikspeisekarten mit bunten Bildern der Gerichte an die anderen Neuankömmlinge verteilte.

Einer der Touristen schaute auf und winkte Natalie zu. »Oh, hallo! Möchten Sie sich zu uns setzen?«

»Ja, bitte«, bekräftigte seine Frau.

»Danke, gern. Ich bin Natalie.« Sie schüttelte den anderen die Hände und setzte sich.

»Sie sind Australierin?«, fragte der Mann, der sich als Claudio vorstellte.

»Ja. Sie haben es erraten.«

»Was glauben Sie, wo wir herkommen? Das ist Paulo, seine Frau Mariana und meine Frau Erika.«

»Vielleicht Südamerika, aber ich bin nicht sicher«, riet Natalie.

»Brasilien«, präzisierte Claudio.

Die Brasilianer waren alle freundlich, aber Claudio sprach am besten Englisch. Sie bestellten ihr Abendessen anhand der Bilder auf der Speisekarte, dazu Bier und Limonade, und dann sprachen sie über Bagan. Alle stimmten überein, dass Bagan ein außergewöhnlicher Ort und für einen Kurzbesuch viel zu groß sei. Sie erzählten, was sie in Myanmar bereits gesehen hatten und wo sie noch hinwollten. Natalie erklärte, sie kenne bisher nur Rangun, wolle aber noch nach Mandalay und weiter nach Pyin Oo Lwin fahren.

»Finden Sie es gefährlich, in Myanmar herumzureisen?«, fragte sie.

»Nein. Natürlich spürt man überall die Präsenz der Militärs, auch wenn man sie nicht sieht«, meinte Claudio. »Aber da wir Touristen sind, glaube ich nicht, dass es Probleme geben wird. Und Sie? Machen Sie Urlaub?«

»Ja. Meinen Mann und die Kinder habe ich zu Hause gelassen«, sagte Natalie.

»Sie reisen also allein durchs Land? Das ist mutig. Vermissen Sie Ihren Mann und die Kleinen nicht?«

Plötzlich wurde Natalie klar, wie sehr ihr ihre Familie fehlte. Vor allem Mark. Sie hatte einen wunderbaren Tag gehabt, aber heute Abend saß sie mit zwei Ehepaaren an einem Tisch, die ihre Erlebnisse miteinander teilen konnten, und sie fühlte sich ziemlich allein. Doch das Gefühl verflog wieder, und sie lachte mit den anderen, während zahlreiche appetitliche Speisen aufgetischt wurden.

Beeindruckt hörte Natalie, dass Claudio und Paulo Ärzte waren, die häufig in Ländern der Dritten Welt arbeiteten. »Wir waren im Norden Thailands, in den Flüchtlingslagern. Aber nach unserem Einsatz haben uns unsere Frauen abgeholt, und jetzt bereisen wir gemeinsam Burma. Wir wollen auch noch nach Sri Lanka.«

Nach dem Essen griff Natalie nach ihrer Geldbörse, aber Claudio meinte: »Bitte, seien Sie unser Gast. Das Essen kostet nicht viel, und Ihre Gesellschaft war sehr nett.«

»Vielen Dank. Es war köstlich. Ich muss versuchen, mir zu merken, was hier alles gekocht wird.«

Gemeinsam gingen sie zurück zum Hotel.

»Ich bin sicher, wir sehen uns wieder, Natalie«, sagte Claudio zum Abschied. »So ist das hier. Wenn man die sehenswerten Orte besucht, läuft man immer denselben Leuten über den Weg. Schlafen Sie gut.«

Claudio umarmte sie und küsste sie auf beide Wangen, ebenso die anderen – ein krasser Gegensatz zu den Burmesen, die niemanden außer Verwandten und engen Freunden berührten.

Der Abend mit den Brasilianern war nett gewesen, und als Natalie durch den Hotelgarten zu ihrem Zimmer zurückging, fühlte sie sich schon wie eine erfahrene Reisende. Gut, dass ein Licht über ihrer Tür brannte, das ihr half, sich zu orientieren. Das Zimmer sah noch so aus, wie sie es verlassen hatte. Sie rief sich Claudios Worte in Erinnerung, dass Touristen hier im Land sicher seien, und beschloss, sich keine

Sorgen mehr zu machen. Aber morgen würde sie auf jeden Fall mit Mr. P. sprechen.

Sie legte sich ins Bett. Über ihr drehte sich der Deckenventilator, und die altersschwache Klimaanlage im Nebenraum schepperte. Natalie schaltete das Radio ein und fand den BBC World Service.

Irgendwann musste sie eingeschlafen sein. Das Radio lief noch, aber die Klimaanlage nebenan war verstummt. Sie hörte leise Stimmen, vielleicht das Personal, das letzte Handgriffe erledigte. Dann fiel ihr ein, dass ihre Umhängetasche immer noch an der Innenseite der Tür hing – die wollte sie doch lieber näher bei sich haben. Also knipste sie den Schalter der Nachttischlampe an, doch es blieb dunkel, offenbar ein Stromausfall. Daher nahm sie die kleine Taschenlampe und stand auf, doch als sie an der Tür war, drehte sich der Knauf. Wie erstarrt stand sie da, dann vergewisserte sie sich hastig, dass die Sicherheitskette vorgelegt war. Wollte jemand in ihr Zimmer eindringen? Sie überprüfte, ob auch das Fenster geschlossen war. Ja, ihr Zimmer war sicher. Die Umhängetasche steckte sie aber doch lieber unter ihr Kopfkissen. Eine Weile lauschte sie noch, ehe sie wieder einschlummerte.

Als sie am nächsten Morgen in die Lobby kam, um auszuchecken, wartete Mr. P. schon auf sie.

»Hatten Sie gestern einen angenehmen Abend?«

»Ja, ich bin mit zwei brasilianischen Ehepaaren in ein burmesisches Lokal gegangen. Denn ich wollte nicht allein im Hotel bleiben.« Mit gedämpfter Stimme fuhr sie fort: »Mir war es hier nicht ganz geheuer. Als wir gestern unterwegs waren, hat anscheinend jemand mein Zimmer durchsucht. Meine Kleider in der Schublade waren durcheinander.«

Er nickte mitfühlend. »Leider passiert so etwas häufig. Sehen Sie den Mann dort drüben in der Ecke?«

Natalie drehte sich um und entdeckte einen dicklichen Burmesen in Longyi und Hemd, der üblichen Tracht der Einheimischen.

»Militär. Wahrscheinlich werden wir ihm oder ähnlichen Leuten auch in Mandalay begegnen. Aber keine Sorge. Die interessieren sich nicht für Sie, es sei denn, Sie haben einen Haufen Geld, Waffen, Drogen oder gestohlene Artefakte dabei«, erklärte Mr. P. leise.

»Artefakte?«, fragte Natalie besorgt.

»Mit illegalen burmesischen Kunstgegenständen wird immer noch schwunghafter Handel betrieben. Obwohl die Regierung behauptet, sie hätte hart durchgegriffen.«

Natalie wurde heiß und kalt. Wusste das Militär etwa von ihrem Kammavaca? Nein, das war Unsinn. Und sie versuchte ja keineswegs, es außer Landes zu schmuggeln, ganz im Gegenteil. Allerdings fragte sie sich, was Mr. P. sagen würde, wenn sie ihm erzählte, dass gestern nicht nur ihr Zimmer durchsucht worden war, sondern nachts auch jemand versucht hatte, bei ihr einzubrechen. Wahrscheinlich war es doch sicherer, wenn sie Mr. P. verriet, warum sie die ehemalige königliche Prinzessin Aye Aye besuchen wollte.

11

Natalie gefiel es, frühmorgens zusammen mit Mr. P. zur nächsten Etappe ihrer Reise aufzubrechen. Sie freute sich auf die Abenteuer, die vor ihr lagen. Nach diesen Erlebnissen würde ihr das Leben zu Hause reichlich langweilig erscheinen! Sie machten sich auf den Weg nach Mandalay, immer noch mit demselben Fahrer, der sie am Flughafen abgeholt hatte und ihr als Soe Soe vorgestellt worden war.

Mitten im Nirgendwo, an der Kreuzung zweier großer Überlandstraßen, fand ein improvisierter Markt statt, und sie verlangsamten die Fahrt. In beiden Fahrtrichtungen hatten Dutzende von Leuten neben der Straße frisch gepflückte Blumen zu großen Haufen aufgetürmt: Rosen, Nelken, Margeriten, Chrysanthemen, Orchideen und tropische Blüten, die Natalie nicht identifizieren konnte. Käufer hievten riesige Sträuße davon auf Fahrräder, Karren und in Lieferwagen, um sie zu ihren Ständen in den benachbarten Orten zu bringen. Mr. P. hatte ihr erzählt, dass die Menschen Blumen für zu Hause kauften. Denn in jedem buddhistischen Haushalt gab es einen Schrein mit frischen Schnittblumen.

»Sie alle sind schon seit Tagesanbruch hier. Es ist ein günstiger Standort, auf halber Strecke zwischen den Gärtnereien und den Käufern«, erklärte Mr. P.

Kurz darauf schlug er vor, bei einem berühmten großen Kloster haltzumachen. Als sie eintrafen, stellten sich gerade mehrere Hundert Mönche geduldig in einer Schlange für ihre tägliche Hauptmahlzeit an. Schöpfkellen voll Reis und Gemüse wurden aus riesigen Kübeln im Hof in die Schalen der Mönche gekippt. Dann gingen die Mönche in den großen Speisesaal, wo sie sich mit untergeschlagenen Beinen an die niedrigen Tische setzten. Die ältesten saßen schweigend am Fenster, die übrigen waren je nach Alter auf die anderen Tische verteilt. Am weitesten von den strengen Blicken der ältesten Mönche entfernt kicherten und plapperten die Novizen. Auch Einheimische waren im Speisesaal willkommen. Sie beteten, den Blick auf die Buddhastatue gerichtet, während sie darauf warteten, dass die Mönche zu essen begannen. Erst dann griffen auch sie zu.

Natalie fand das alles zwar interessant, fühlte sich aber wie ein Eindringling und war daher froh, als Mr. P. sie leise hinausführte und ihr die Klosteranlage zeigte. Dort kam Natalie ein wenig zur Ruhe. Die Geschehnisse in Bagan hatten sie doch ziemlich aufgewühlt. Offenbar spürte Mr. P., dass sie immer noch verstört war, und schlug daher vor, sich ein paar Minuten im Garten in die Sonne zu setzen und etwas von dem Obst zu essen, das er am Morgen gekauft hatte.

Natalie schälte eine Banane. »Ich glaube, gestern Nacht hat jemand versucht, in mein Zimmer einzubrechen«, sagte sie und biss in ihre Banane. Dann erzählte sie ihm, was passiert war.

»Manchmal sind die Behörden übereifrig, aber es kann auch eine ganz harmlose Erklärung dafür geben«, meinte Mr. P. ruhig. »Vielleicht hat sich jemand im Dunkeln einfach nur im Zimmer geirrt.«

»Das würde ich gerne glauben. Aber ich habe hin und wieder das Gefühl, beobachtet zu werden.«

»Das ist in diesem Land nichts Besonderes.«

»Ich weiß, und Sie haben wahrscheinlich recht, aber ich mache mir Sorgen. Denn ich will Aye Aye etwas bringen und möchte nicht, dass es mir abhandenkommt. Eigentlich würde ich es Ihnen gern zeigen.« Sie öffnete ihre Umhängetasche.

»Das müssen Sie nicht. Es geht mich nichts an«, erwiderte Mr. P.

»Aber ich glaube, es wird Sie interessieren. Es hat einst König Thibaw gehört.« Sie wickelte die Schatulle aus dem Seidenschal, öffnete sie und nahm das Kammavaca heraus. Mr. P. wischte sich die Hände an seinem Taschentuch ab und entfaltete es vorsichtig. Dann betrachtete er eingehend beide Seiten.

»Sehr schön. Und ungewöhnlich. Ich bin sicher, sie wird hocherfreut darüber sein.« Als er sah, dass der Fahrer sich näherte, legte er das Kammavaca rasch zurück in die Schatulle.

Natalie verstaute sie wieder in ihrer Schultertasche. »Sie sagten, Sie hätten gehört, die Prinzessin sei eine beeindruckende Persönlichkeit. Was wissen Sie noch über sie?«

»Ich bin ihr nie persönlich begegnet, aber sie hat Außergewöhnliches getan und ist in Myanmar ziemlich bekannt.« Er nickte Soe Soe zu. »Der Fahrer ist da, wollen wir weiter nach Mandalay? Und dann schauen wir mal, was wir über die Familie Ihrer Freundin in Erfahrung bringen können.«

Am späten Nachmittag trafen sie in Mandalay ein und fuhren an quaderförmigen neuen Wohnblocks, Bürogebäuden und Hotels vorbei.

»So schön wie Rangun ist es nicht«, bemerkte Natalie.

»Nein. Und auch nicht besonders alt. Es war die letzte Hauptstadt des burmesischen Königreichs, und auch das nur für kurze Zeit.«

»Gibt es den Königspalast noch?«, fragte Natalie. »Den würde ich gern sehen.«

»Er wurde im Zweiten Weltkrieg bombardiert, hinterher war nicht mehr viel davon übrig. Mandalay wurde jahrelang vernachlässigt und ist ziemlich verwahrlost. Dann hat auch noch ein Brand Teile der Innenstadt zerstört. Doch kaum war die Straße nach China repariert, begann Mandalay aufzublühen, und in den 1990er Jahren hat man den Palast wieder aufgebaut. Traurige Ironie ist, dass das Militär gleichzeitig den pittoresken Kengtung-Palast abgerissen hat, ein sehr wichtiges Zeugnis der Geschichte der Shan. An seiner Stelle haben sie ein hässliches Militärhotel aus Beton gebaut. Das werden ihnen die Shan nie verzeihen.«

»Grässlich«, sagte Natalie. »Soviel ich sehe, ist Mandalay jetzt ein florierendes Handelszentrum?«

»Chinesisches Geld. Von hier ist es nicht weit zur chinesischen Grenze. Vor etwa fünfzehn Jahren hat die Regierung von Myanmar Firmen die Erlaubnis gegeben, nichtdeklarierte Gewinne einfach durch Zahlung einer Sondersteuer abzugelten. Und jeder war glücklich. Die Regierung bekam Geld, das ihr sonst entgangen wäre, und die Firmen konnten ihre illegalen Einnahmen behalten. Viele von ihnen haben ihr Vermögen hier in Mandalay investiert, daher all die neuen Gebäude.«

Ein großer alter Lkw, beladen mit riesigen Bambuskörben und Holzsteigen, rumpelte an ihnen vorbei.

»Der Laster bringt Obst und Gemüse nach China, und die Chinesen schicken Industrieprodukte zurück.« Mr. P. senkte die Stimme. »Das Wachstum dieser Stadt basiert auf einer Menge illegaler Geschäfte, mit Heroin, Rubinen und Jade.«

»Da ist der neu aufgebaute Palast!«, rief Natalie, als sie an den festungsähnlichen hohen Mauern vorbeifuhren, die sich im ruhigen Wasser des breiten Wassergrabens spiegelten. »So hat es wohl ausgesehen, als König Thibaw hier mit seinen Königinnen und Konkubinen lebte«, vermutete sie und musterte die weitläufige, von Grünflächen umgebene Palastanlage.

»Und dort ist der Mandalay-Hügel«, sagte Mr. P. »Wir

können hinaufsteigen, um den Sonnenuntergang zu betrachten. Allerdings sind es etliche Stufen. Doch auf dem Weg nach oben sieht man viele Pagoden und Klöster.«

»Was machen Leute, die nicht so viele Stufen steigen können?«, fragte Natalie.

»Es gibt einen Lift«, sagte Mr. P.

»Gut.«

»Er ist kaputt«, fügte Mr. P. hinzu.

»Oh, verstehe. Wir gehen also zu Fuß.«

»Ja.«

Beide mussten lachen.

»Aber unterwegs gibt es genug Plätze zum Rasten. Und es gilt als verdienstvoll, bis zum Gipfel zu pilgern«, sagte Mr. P.

»Na, dann nichts wie los!«

»Sie sollten zuerst Ihr Hotel aufsuchen. Es ist ein modernes Haus. Ich gehe zu meinen Freunden, bei denen ich übernachte, und hole Sie in einer halben Stunde ab. Einverstanden? Und morgen früh versuche ich herauszufinden, was aus den Eltern Ihrer Freundin geworden ist.«

Abgesehen von den weißen steinernen Elefanten, die den Eingang bewachten, der Vielzahl rot-goldener burmesischer Puppen und der traditionellen Lackmöbel erschien Natalie das Hotel so nüchtern und modern, dass es auch an der Gold Coast hätte stehen können. Die Hotelbar war nach Rudyard Kipling benannt.

Sie stellte ihre Tasche in dem sauberen, aber unpersönlichen Hotelzimmer ab. Doch als sie die Vorhänge zurückzog, blickte sie auf den Mandalay-Hügel, der mit goldenen Pagoden und Klöstern aus roten Ziegeln übersät war. Auf seiner Kuppe befand sich die weitläufige Su Taung Pyai-Pagode, wo laut Mr. P. Wünsche erfüllt wurden. Am Fuß des Hügels verliefen die Mauern der ehemaligen Königsstadt. Dies war ein Ort, an dem sich das alte Burma und das moderne Myanmar begegneten.

Natalie und Mr. P. ließen sich Zeit. Gemächlich stiegen sie den breiten, überdachten Treppenweg hinauf, wo es von Wahrsagern, Handlesern und Tätowierern wimmelte. Dank der vielen Pilger und Touristen war es der belebteste Ort, den Natalie in Myanmar bisher gesehen hatte. Mr. P. erzählte ihr, dass der Mandalay-Hügel nicht nur eine Stätte der Meditation war, sondern auch ein beliebter Treffpunkt für Liebespaare. An den vielen Ständen wurden neben Speisen und Getränken auch Devotionalien feilgeboten. Steinerne Sitzgelegenheiten luden zur Rast ein, doch da die Stufen niedrig und breit waren, kam Natalie nicht aus der Puste. Als sie schließlich die oberste Terrasse erreicht hatten, bot sich ihnen ein atemberaubender Rundblick über die Stadt.

Natalie konnte den Palast und den Wassergraben ausmachen, und auch all die vielen Tempel und Pagoden. Mr. P. wies auf eine, die von Hunderten weißen Miniaturpagoden umgeben war.

»Dort befindet sich der in Stein gemeißelte Pali-Kanon, man kennt ihn als das größte Buch der Welt. Und das«, er deutete auf das schimmernde Band in der Ferne, »ist der mächtige Irrawaddy-Fluss. Dort drüben, hinter der Hügelkette, liegt Sagaing.«

»Mandalay ist so ein staubiger, ausgedörrter Ort.«

»Es wurde alles abgeholzt, um die Ziegel für den Pagodenbau zu brennen.«

Sie beobachteten, wie die rotgoldene Sonne im Westen hinter den Hügeln versank. Dann wanderten sie über die Terrassen wieder langsam nach unten. Händler boten ihnen Speisen oder Blumenketten aus duftenden weißen Blüten an, Bettler baten um Almosen.

Als Natalie ihre Wasserflasche aus der Tasche nahm und einen Schluck von der lauwarmen Flüssigkeit trank, merkte sie, wie jemand an ihrer Tasche zerrte. Ihr schriller Schrei erschreckte sowohl den zudringlichen Jungen als auch Mr. P., der ihn davon abhalten wollte, pfeilschnell in der Menge zu verschwinden. Natalie umklammerte ihre Tasche und fühlte an ihrem Boden erleichtert das feste Gehäuse der Kammavaca-Schatulle.

»Wer war das?«, keuchte Natalie. »Ein Taschendieb?«

»Ein schlimmer Finger. Sie scheren sich die Köpfe kahl, kaufen sich rote Roben und tun so, als seien sie Novizen. Dann betteln sie Touristen an, die es nicht besser wissen«, sagte Mr. P. bedrückt.

»Er hat aber nicht gebettelt … Er wollte meine Tasche. Na, macht nichts, er hat sie ja nicht gekriegt«, meinte Natalie und bemühte sich, unbeschwert zu klingen, obwohl ihr die Knie zitterten. »Wie geht's jetzt weiter? Wann besichtigen wir den Palast?«, fragte sie.

»Am besten am frühen Morgen, bevor wir abreisen«, antwortete Mr. P. »Aber wenn Sie Lust haben, könnten wir jetzt den Wassergraben entlangspazieren.«

Um diese Uhrzeit ist der Wassergraben offensichtlich außerordentlich beliebt, dachte Natalie, als sie sich den Massen anschlossen, die auf der breiten Durchgangsstraße neben dem Graben entlangschlenderten.

»Ich freue mich schon auf den Palast. Auch wenn er nur eine Kopie ist, kann ich mir dann doch vorstellen, wie es war, als König Thibaw das Kammavaca überreicht bekam«, sagte Natalie. Ob Onkel Andrew wohl den echten Palast gesehen hatte?

In einem Café legten sie eine Pause ein, und Mr. P. bestellte das hiesige Bier und dazu Salzgebäck, eine Palata – frittiertes Fladenbrot mit Zucker oder Bohnen, ein paar chinesische Dumplings sowie pikante Samosas. Sie aßen schweigend und und beobachteten den vorüberflutenden Verkehr und die Menschen auf ihrem Heimweg. Als ihre Gläser leer waren, rief Mr. P. den Fahrer, der auf sie gewartet hatte.

Mr. P. setzte Natalie in der Hotellobby ab. Sie warf einen

Blick auf ihre Uhr und stellte fest, dass die Kinder vermutlich schon schliefen. Deshalb beschloss sie, erst morgen früh zu Hause anzurufen.

Da nur noch wenige Leute unterwegs waren, ging sie in die Kipling Bar, um vor dem Abendessen einen Aperitif zu nehmen. Danach wollte sie früh zu Bett.

In der Bar war niemand, also setzte sie sich stattdessen in die kleinere Lounge, wo ihr ein junger Kellner flink die Karte brachte und sie nach ihren Wünschen fragte. Natalie bestellte und lehnte sich in dem Sessel zurück. Sie konnte es immer noch nicht fassen, dass sie tatsächlich in Mandalay war. Während sie sich an die Zeilen des berühmten Gedichts von Rudyard Kipling zu erinnern versuchte, kam der Kellner mit ihrem Drink.

»Gefällt Ihnen Mandalay?«, fragte er sie höflich.

»Das weiß ich noch nicht. Bisher war ich nur auf dem Mandalay-Hügel und bin den Burggraben entlangspaziert. Morgen sehe ich mir noch den Palast an, aber dann fahre ich auch schon weiter nach Sagaing.«

»Oh, hier gibt es so viel mehr zu sehen als in Sagaing! Sie müssen unbedingt die U Bein-Brücke besichtigen, die längste Teakholzbrücke der Welt. Ein tolles Fotomotiv«, empfahl ihr der Kellner.

»Überall in Myanmar gibt es schöne Motive«, erwiderte Natalie, nahm sich ein paar pikant gewürzte Erdnüsse und trank einen Schluck. In dem Gefühl, eine weltgewandte Reisende zu sein, drehte sie ihren Sessel, um zu sehen, wer sonst noch so in der Lounge saß. Außer einem europäischen Paar entdeckte sie nur einen Mann, der eine englische Zeitung las.

Als er die Zeitung sinken ließ, stellte Natalie fest, dass er Burmese war. Er schaute kurz zu ihr herüber und hob dann wieder die Zeitung vors Gesicht.

Natalie erstarrte. Sie hatte das Gefühl, als hätte sie ihn schon einmal gesehen. Wirklich? Oder erinnerte er sie nur an jemanden, den sie getroffen hatte? Warum kam er ihr bekannt vor?

Da fiel es ihr ein. Plötzlich war sie ganz sicher, dass es derselbe Mann war, den sie im Strand Hotel gesehen hatte, an dem Vormittag, als sie dort mit Connie Kaffee getrunken hatte. Sie stellte ihr Glas wieder hin. Sah sie Gespenster? Bestimmt war es nur ein Zufall.

Jetzt kamen weitere Leute in die Bar, doch Natalie trank hastig aus.

»Darf es noch etwas sein, Madam?«, fragte der Kellner.

Natalie schüttelte den Kopf. »Nein danke.«

Er nahm ihr Glas und legte dann eine Visitenkarte auf den Tisch. »Ich kann Ihnen dieses Geschäft in Mandalay empfehlen. Hervorragende Qualität.«

Auf der schwarz-goldenen Karte stand: »Der goldene Buddha. Stammeskunst & seltene Antiquitäten«.

»Ich will zwar nichts kaufen, aber danke«, sagte sie, steckte die Karte in ihre Tasche und eilte hinaus. Obwohl sie das Gefühl hatte, dass sich der Kellner jetzt dem Mann mit der Zeitung zuwandte, schaute sie nicht über die Schulter zurück.

Als sie durchs Foyer ging, fragte sie ein lächelndes Mädchen in seidenem Longyi, ob sie im Speisesaal zu Abend essen wolle. Natalie schüttelte nur den Kopf und drückte auf den Knopf für den Lift.

Im Zimmer öffnete sie den noch unausgepackten Koffer. Alles schien unberührt. Sie nahm ihre Sachen für den nächsten Tag heraus und setzte sich auf die Bettkante.

Was ging hier vor? Wie gern hätte sie mit Mark gesprochen, doch was hätte er tun können, außer sich Sorgen zu machen? Da fiel ihr ein, dass sie Connie anrufen konnte. Sie nahm ihr Notizbuch zur Hand, fand Connies Nummer und bat die Hoteltelefonistin, sie zu verbinden.

Connies freundliche Stimme nahm Natalie etwas von ihrer Anspannung. Natalie erzählte ihr, was sie gesehen hatte und wie umwerfend Bagan gewesen war.

»Morgen fahren wir nach Sagaing und versuchen, Mi Mis Eltern ausfindig zu machen. Dann geht's weiter nach Pyin Oo Lwin zu Aye Aye. Und ich muss zugeben, dass ich froh bin, wenn wir das hinter uns haben.«

»Natalie, ist irgendwas? Du klingst ein bisschen seltsam. Du verstehst dich doch gut mit Mr. P., oder?«

»Natürlich, Connie. Ich bin nur etwas nervös«, gestand Natalie. »Es sind da ein paar Sachen passiert. Ich fühle mich beobachtet, verfolgt. Mr. P. sagt, das geschieht hier alle Tage, aber es ist irgendwie unheimlich.«

Connie schwieg einen Moment und meinte dann zögernd: »Du bist wirklich nicht in Gefahr. Ganz bestimmt wird dich niemand verhaften. Aber vielleicht hat die Tatsache, dass du ein Mitglied der alten Königsfamilie besuchen willst, Interesse geweckt.«

»Woher sollte jemand davon wissen?«

»Gespräche werden zufällig mitgehört. Leute reden. Eine hübsche junge Frau, die allein reist, fällt auf. Gestern hat jemand in der Galerie Win gefragt, ob du deine Freunde schon besucht hast.«

»Wer hat das gefragt?« Natalie war überrascht.

»Win hat keine Ahnung. Die Menschen hier lieben Klatsch und Tratsch.«

»Mir gefällt der Gedanke nicht, dass ich auf Schritt und Tritt beobachtet werde. Und ich glaube einfach, mit diesem Kammavaca hat es mehr auf sich, als ich ahne. Seitdem ich es habe, wollen Leute es mir abkaufen. Ja, es hat eine bemerkenswerte Provenienz, aber vielleicht gibt es ja noch andere Gründe, warum es so viel Interesse weckt.«

»Möglicherweise kann dir die alte Prinzessin etwas darüber erzählen.«

»Vielleicht. Jedenfalls ist mir wohler, wenn ich es ihr übergeben habe. Darauf aufzupassen ist schon ganz schön anstrengend!«

»Natalie, du weißt, dass man hier überall beobachtet wird. Es ist schwer, das jemandem zu erklären, der nicht in Myanmar lebt, aber ich glaube nicht, dass du einen besonderen Grund zur Sorge hast.«

»Danke, Connie. Nachdem ich mit dir geredet habe, geht es mir schon besser.«

»Freut mich, dass ich dich beruhigen konnte. Und alles Gute für morgen. Ich hoffe, dass du die Eltern deiner Freundin ohne größere Schwierigkeiten findest. Natalie, du erwirbst dir hier in Burma reichlich Verdienst mit all deinen guten Taten!«

»Das nächste Leben bereitet mir zurzeit nicht viel Kopfzerbrechen. Das jetzige ist wundervoll genug, danke!«

»Pass auf dich auf, Natalie. Du kannst mich jederzeit anrufen.«

Nach einem ruhigen, tiefen Schlaf in der Anonymität ihres Hotelzimmers und einem englischen Frühstück fühlte sich Natalie deutlich wohler. Sie rief Mark an und sprach kurz mit Charlotte, Adam und Andrew. Mark versicherte ihr, dass an der Heimatfront alles bestens stand, sie es aber trotzdem kaum erwarten konnten, Natalie wiederzuhaben.

»Aber genieß deine Reise, Nat.«

Nach dem Anruf ging sie hinunter und traf am Fuß der Hoteltreppe Mr. P. und Soe Soe.

»Frühmorgens ist die ideale Zeit, um den Palast zu besichtigen, die meisten Touristen kommen erst später. Wir schauen uns nur die Glanzpunkte an, dann können wir gegen Mittag nach Sagaing aufbrechen. Ich glaube, ich weiß, wo sich die Eltern Ihrer Freundin aufhalten oder zumindest der Verwandte, bei dem sie in Sagaing untergekommen sind«, verkündete Mr. P.

»Das ist ja wunderbar!«, rief Natalie aus. »War es schwierig?«

»Das würde ich gerne behaupten, aber tatsächlich war es kinderleicht. Ich bin mit dem Namen des Verwandten, den mir mein Student in Yangon genannt hat, zur Post gegangen, und man konnte mir bestätigen, dass er in Sagaing lebt. Wenn die Eltern Ihrer Freundin noch bei ihm wohnen, können Sie sie persönlich treffen.«

Der Fahrer brachte sie so nah wie möglich zum Palast, wo sie ausstiegen, den Wassergraben überquerten und die Anlage betraten. Mr. P. erklärte ihr, Astrologen hätten König Mindon geraten, das Zentrum seines Königreiches hierherzuverlegen, weil dieser Ort vom Glück begünstigt sei. Also ließ er den königlichen Palast in Amarapura abreißen und mit Hilfe von Elefanten am Fuß des Mandalay-Hügels neu errichten. Dreißig Jahre später zogen die Briten ein, ohne dass ein einziger Schuss gefallen wäre.

»Da der Palast in den 1990er Jahren neu aufgebaut wurde, sieht er ziemlich makellos aus«, sagte Mr. P. »Es ist eine sehr gute Kopie, aber es fehlt der Charakter, das Herz, denn hier hat nie jemand gelebt. Und sie haben die Gebäude auch nicht mit geschnitztem Teakholz nachgebaut, sondern moderne Materialien benutzt. Nur ein sehr kleiner Teil wurde original rekonstruiert.«

Durchs Osttor konnte Natalie drei Türme sehen. Mr. P. schlug vor, den Wachturm mit der außenliegenden Wendeltreppe hinaufzusteigen, weil man von dort eine gute Aussicht auf die Palastanlage, die Stadt und den Fluss hatte.

»Als hier noch der ursprüngliche Palast stand, muss es wie eine eigene Stadt gewesen sein«, überlegte Natalie.

»Das war tatsächlich der Fall.«

Während sie die Wendeltreppe hochstiegen, sagte Mr. P.: »Ganz offensichtlich ließ der König den Turm erbauen, damit seine Wachen sehen konnten, ob sich jemand zu seinen Konkubinen schleichen wollte!«

Sie blickten auf die gepflegten grünen Rasenrechtecke

zwischen den niedrigen Gebäuden mit den roten Dächern hinab. Natalie hatte das Gefühl, dass noch etwas fehlte, das Areal wirkte irgendwie unfertig. Doch trotz der leeren Räume und Pavillons konnte sie sich die Pracht vorstellen, die König Mindons Originalpalast entfaltet hatte, und wie lebendig es später hier zugegangen war, als König Thibaw, seine Familie und sein Hofstaat hier residiert hatten.

»Was ist das für ein Gebäude mit der hohen Turmspitze?«, fragte Natalie. »Ich kann sieben Stufen zählen.«

»Das ist die Große Audienzhalle, einst das Zentrum der Macht. Darin steht der Löwenthron, er war der wichtigste der acht Thronsessel des Königs. Je mehr Stufen ein Dach hat, desto bedeutender das Gebäude.«

Bis auf die Wachs- oder Holzfiguren, die König und Königin darstellten, waren die Pavillons leer. Langsam umrundete Natalie die Gebäude und versuchte sich mit den Schnitzereien, den Säulen mit Glas- und Goldmosaiken anzufreunden, doch sie musste ständig daran denken, dass fast alles bloß Imitate waren. Sie stellte sich die kunstvollen Möbel und kostbaren Teppiche des originalen Palastes vor, die juwelenbesetzten Spucknäpfe, den Lilienthron der Königin, den Glaspalast und Regierungsgebäude wie Schatzkammer und Königliche Münze, umgeben von perfekt gepflegten Höfen mit Springbrunnen und weiß-goldenen Baldachinen. Die ganze verschwenderische Pracht einer längst vergangenen Epoche.

Natalie und Mr. P. ließen die Palastkopie hinter sich und überquerten die Brücke. Soe Soe erwartete sie schon. Sie fuhren durch das Straßennetz, das die Stadt mit mathematischer Präzision geradlinig durchzog.

»Die Stadt ist nach Berufen und Geschäftszweigen unterteilt, stimmt's?«, fragte Natalie. »Was es den Kunden einfach macht, die jeweiligen Angebote zu vergleichen.«

Sie kamen an einer Reihe von Läden vorbei, die Rubine

und andere Edelsteine feilboten, dann in eine Straße mit bronzenen und steinernen Buddhastatuen. Nach einer Abzweigung fuhren sie an mehreren Antiquitätengeschäften vorbei. Da fiel Natalie die Visitenkarte ein, die man ihr im Hotel gegeben hatte, und sie reichte sie Mr. P.

»Kennen Sie diesen Laden?«

Mr. P. las die Anschrift laut vor, und Soe Soe erläuterte etwas auf Burmesisch.

»Der Fahrer sagt, es ist ein bekanntes Geschäft. Aber es ist nicht empfehlenswert.«

»Zu teuer?«, fragte Natalie. »Kein Wunder, dass sie in einem Touristenhotel Werbung machen.«

»Das Geschäft hat einen zweifelhaften Ruf. Sie verkaufen Fälschungen an arglose Kunden, aber auch gute Sachen als Imitate.«

»Warum denn das?«

»Es handelt sich um gestohlene Kunstgegenstände, die aus Tempeln und Klöstern stammen. Wenn man sie als Kopien deklariert, kann man sie leichter außer Landes bringen«, antwortete Mr. P. »In Burma arbeiten eine Menge Händler für westliche Sammler, die Riesensummen für so etwas bezahlen.«

»Eine Schande! Das heißt, dass Burma weiterhin viel von seinem historischen Erbe einbüßt. Da freut mich mein Entschluss umso mehr.«

Mr. P. zeigte aus dem Fenster. »Dort drüben ist die Straße der Marmorbildhauer. Wollen Sie sich das näher anschauen?«

»Klingt interessant, aber inzwischen habe ich es eilig, nach Sagaing zu kommen«, antwortete Natalie.

Soe Soe verlangsamte die Fahrt, damit Natalie aus dem Auto heraus fotografieren konnte. Die Bildhauer arbeiteten vor ihren Geschäften, sie meißelten, schliffen und polierten die massiven weißen Statuen, bis sie seidenmatt schimmerten.

Als sie in eine andere Straße einbogen, kamen sie an einem luxuriösen Herrenhaus vorbei. Hinter dem hohen schmiedeeisernen Zaun sah Natalie zu ihrem Erstaunen eine ganze Reihe von offenen Garagen mit teuren Nobelkarossen.

»Wow, wer wohnt denn hier?«, fragte sie.

Der Fahrer und Mr. P. wechselten einen Blick.

»Sehr reicher Mann«, antwortete Soe Soe.

Natalie war ein bisschen überrascht zu hören, dass Soe Soe Englisch sprach. Aber da er in der Tourismusbranche arbeitete, gehörte das wohl zwingend dazu.

»Ja, das schätze ich auch angesichts dieser Autos. Was macht er?«, wollte sie wissen.

»Er ist Geschäftsmann. Dabei hilft es, Freunde und Verwandte in einflussreichen Positionen zu haben. Dann gibt es bei Verträgen und Geschäften keine Hindernisse seitens der Behörden. Dieser Mann hat ganz offenkundig die richtigen Freunde. Bestimmt hat er im Gegensatz zu normalen Leuten keinerlei Probleme, wichtige Zeremonien oder Bittgebete in Pagoden zu finanzieren«, antwortete Mr. P.

»Shinbyu und Ohrlochstechen. Sehr wichtig«, ergänzte Soe Soe.

»Was ist das?«, fragte Natalie.

»Alle burmesischen Familien lassen ihre Söhne vor ihrem zwanzigsten Lebensjahr Novizen werden. Das nennt man Shinbyu und ist eine wichtige Zeremonie, für die die Familien oft lange sparen müssen. Und bevor die Mädchen volljährig werden, müssen ihre Ohren bei einem sehr ausgeklügelten Ritual durchstochen werden. Auch dafür müssen die Familien sparen.«

Sie verließen die Stadt und passierten goldene Pagoden und einfache Dörfer. Hier hat sich in den letzten hundert Jahren oder länger wahrscheinlich kaum etwas verändert, dachte Natalie. Irgendwann döste sie ein, und als sie wieder aufwachte, überquerten sie bereits eine lange Brücke hoch über dem Irrawaddy.

Mr. P. drehte sich zu ihr um und lächelte. »Wir sind schon

fast in Sagaing. Auch hier gibt es einen Hügel wie in Mandalay und einen Treppenweg zur Kuppe, wo man eine großartige Aussicht hat.«

»Wie schön!«, rief Natalie, als sie sah, dass die saftig grünen Hügel, die sich neben dem gewundenen Flusslauf erhoben, mit Hunderten weiß schimmernder Klöster und goldenen Pagodendächern übersät waren.

»Hier ist ein wichtiges spirituelles Zentrum. Weiter oben in den Hügeln befinden sich Höhlen, wohin einst heilige Männer zum Meditieren gegangen sind. In manchen findet man noch Reste von Fresken und Wandmalereien«, erläuterte Mr. P. »Aber als Erstes sollten wir uns auf dem Marktplatz erkundigen, wo das Haus des Verwandten Ihrer Freundin liegt.«

»Ich frage mich, warum sie aus Rangun weggezogen sind«, überlegte Natalie. »Vielleicht sind sie ja sehr fromm.«

Sie blieben auf halber Höhe der Hauptstraße stehen, und Soe Soe stieg aus, um nach dem Weg zu fragen. Währenddessen kaufte Mr. P. Obst und Blumen.

»Vielleicht möchten Sie ihnen damit ein kleines Geschenk machen?«

»Natürlich, danke, eine gute Idee. Wie aufmerksam von Ihnen.«

Instinktiv blickte Natalie sich um, weil sie sich fragte, ob sie beobachtet wurde. Aber hier herrschte eine ungemein schläfrige Stimmung, vielleicht weil es ein so religiöser Ort war. Selbst die Blätter der Tamarindenbäume schienen nicht wegen der Hitze, sondern aus Pietät schlaff herunterzuhängen. Von den Hügeln wehten leise Gebetsfetzen herüber, eine Klosterglocke schlug an.

Mit erfreuter Miene kam Soe Soe zurück. Offensichtlich hatte ihm jemand den Weg zu Mi Mis Verwandtem erklärt.

Der Wagen wand sich eine kurze Strecke den Hügel empor, dann parkte Soe Soe vor ein paar schlichten, weiß gestrichenen Holzhäusern mit Bambusläden, die die Hitze draußen halten sollten. Wäsche flatterte in den Höfen, Hunde sonnten sich. Alles wirkte friedlich, beinahe verlassen.

Mr. P. ging vor und verschwand hinter der Kochstelle im Hof von einem der Häuser. Kurz darauf kehrte er mit einem älteren Mann zurück.

»Dieser Mann ist der Onkel Ihrer Freundin. Er wird jetzt die Eltern Ihrer Freundin holen.«

Der ältere Mann eilte davon und kam wenige Minuten später mit einem alten burmesischen Paar zurück.

»Das sind Daw Thet Wai und U Tun Oo«, sagte Mr. P. »Sie möchten, dass Sie zu ihnen hereinkommen. Da ist man ungestört.«

Natalie zog die Schuhe aus und betrat das bescheidene Haus. Zwar gab es nur wenige Möbel, aber das Ehepaar forderte sie auf, sich zu ihnen auf die Kissen vor einem niedrigen Tisch mit einer Schale Betelnüsse und einer Lackschatulle zu setzen.

Mr. P. ließ sich neben Natalie nieder, um zu dolmetschen. Die alten Leute blickten mit leuchtenden Augen auf Natalie, während sie ihr für das Obst und die Blumen dankten.

Natalie griff in ihre Tasche, zog das Kuvert mit den Fotos von Mi Mi und ihrer Familie heraus und reichte sie Mi Mis Mutter. Daw Thet Wai legte sie nebeneinander auf den Tisch.

Ihre geliebte Tochter, deren attraktiver Ehemann und die beiden glücklichen Kinder lachten sie an. Leise begann die alte Frau zu jedem einzelnen Bild zu sprechen und fuhr dabei sanft mit dem Finger darüber, als liebkose sie das abgebildete Gesicht.

»Sie sagt ihnen, wie sehr sie sie liebt und dass sie überglücklich ist, sie zu sehen«, flüsterte Mr. P. Natalie zu. »Und dass sie so schön sind, wie sie es sich erträumt hatte. Sie sagt, sie hätte sie nun in ihr Herz aufgenommen, so dass sie jeden

Tag mit ihnen sprechen kann. Sie werden bei ihr sein und alles mit ihr teilen.«

Natalie schossen Tränen in die Augen.

Sorgfältig legte Mi Mis Mutter die Fotos zusammen und lächelte Natalie zufrieden an.

Tun Oo, Mi Mis Vater, öffnete die Lackschatulle und nahm zwei verblichene Fotografien heraus. Er schob sie über den Tisch zu Natalie. Sogleich erkannte sie in dem lachenden jungen Mädchen Mi Mi. Das zweite Foto zeigte Mi Mi und einen jungen Mönch mit geschorenem Kopf. Das musste Mi Mis Bruder sein.

»Wir sind sehr stolz auf unsere Tochter«, übersetzte Mr. P. die Worte von Tun Oo. »Sie hat studiert, um Ärztin zu werden, und ihrem Bruder und den anderen geholfen. Wir sind glücklich zu wissen, dass sie in Australien ein gutes Leben hat.«

»Mr. P., könnten Sie ihnen bitte sagen, dass Mi Mi ihnen nach dem Zyklon Nargis mehrmals geschrieben hat und sehr beunruhigt war, weil sie daraufhin nichts von ihnen hörte. Sie hat befürchtet, dass sie in die Delta-Region gezogen seien, und sich sehr um ihr Wohlergehen gesorgt.«

Tun Oo antwortete und Mr. P. übersetzte.

»Ich verstehe. Aber in Myanmar kommen Briefe oft nicht an ihrem Bestimmungsort an. Wir sind nicht ins Delta gezogen. Ich war Lehrer, doch als ich in den Ruhestand gehen musste, verlor ich mein Haus. Denn das war, wie mein Arbeitsplatz, Regierungseigentum. Wir konnten es uns also nicht leisten, weiterhin in Rangun zu leben. Die Mieten dort sind zu hoch, und wir hatten kaum Ersparnisse. Daher überlegten wir, nach Süden in die Nähe unseres Sohnes zu ziehen, aber da er ein Mönch ist, konnte er uns nicht helfen. Glücklicherweise war mein Bruder Sung Oo bereit, sein Haus mit uns zu teilen. Seine Frau ist vor einigen Jahren gestorben, und er glaubte, dass ihm unsere Gesellschaft guttun würde, auch wollte er uns gerne helfen. Und so sind wir hierhergekommen.«

Natalie sah sich in dem schlichten Haus um und merkte, wie arm diese Leute waren. Obwohl Tun Oo als ehemaliger Lehrer ein gebildeter Mann war, führten sie jetzt ein kümmerliches Leben als Selbstversorger, denn es gab keine staatlichen Beihilfen für ältere Menschen. Man erwartete, dass sich die Kinder um ihre betagten Angehörigen kümmerten. Aber Tun Oos und Thet Wais Kinder waren nicht in der Lage dazu. Natalie begriff, dass sie Mi Mi ihre Armut verschwiegen hatten. Sie mussten gewusst haben, dass es ihrer Tochter in Australien gut ging, waren aber offenbar zu stolz gewesen, ihr reinen Wein über ihre Lage einzuschenken.

»Bitte sagen Sie ihnen, dass Mi Mi ihren Kindern ständig von ihren Großeltern erzählt.« Natalie holte den Umschlag aus der Tasche, den Mi Mi ihr mitgegeben hatte, griff rasch in ihre eigene Geldbörse und steckte noch weitere dreihundert Dollar in Mi Mis Umschlag. Was soll ich teure Geschenke für daheim kaufen, dachte sie. Mi Mis Eltern zu helfen ist das beste Geschenk, das ich machen kann.

Als sie ihnen das Geld überreichte und Tun Oo und Thet Wai sahen, wie viel es war, überzogen Hunderte von Lachfältchen ihre Gesichter, so sehr freuten sie sich.

»Sie danken Ihnen für die freundliche Gabe«, übersetzte Mr. P. ihre demütigen Gesten und überschwenglichen Worte. »Das Geld wird ihnen einige Zeit sehr helfen. Sie möchten ihrer Tochter für ihre Güte danken.«

Während Natalie den Dank mit einem Nicken entgegennahm, ging ihr durch den Kopf, wie unzureichend dieses bisschen Geld doch war. Aber wenigstens hatte sie herausgefunden, wie es wirklich um die beiden stand, und konnte es Mi Mi erzählen.

Nun ergriff Mi Mis Vater erneut das Wort. »Vielleicht

können unsere Enkelkinder uns eines Tages besuchen, aber es ist noch nicht die Zeit dafür gekommen. Wir müssen warten, wie auch die Lady warten muss.«

»Sie zeigen sehr viel Geduld. Wie leben Sie hier? Was tun Sie?«, fragte Natalie.

»Wir sind einfache Leute«, antwortete Thet Wai. »Wir bauen unser Essen an und tauschen, wenn wir etwas brauchen. Und wir unterstützen Schwester Tin Tin Pe, die hier in einem Kloster Äbtissin ist. Es gibt viele Nonnenkloster in Sagaing, aber Daw Tin Tin Pe ist besonders willensstark.«

Mr. P. stellte Tun Oo einige Fragen und wandte sich dann sichtlich beeindruckt an Natalie. »Es sind wirklich herzensgute Menschen. Sie helfen dieser Nonne bei ihrem Werk, indem sie ihr an Geld und Essen geben, was sie erübrigen können. Schwester Tin Tin Pe kämpft für Reformen, sie versucht die Gleichheit von Nonnen und Mönchen wiederherzustellen.«

»Geht es darum, was Sie und U Watt mir in dem Buchladen erklärt haben?«

»Ja, genau. Die meisten Nonnen in Burma wollen wieder voll ordinierte religiöse Führerinnen sein, und Mi Mis Eltern unterstützen eine der in dieser Frage aktivsten Nonnen.«

»Mi Mi wird sehr stolz sein und sich über dieses Engagement ihrer Eltern freuen«, sagte Natalie.

Als Mr. P. dies übersetzte, strahlte das Paar.

»Sie fragen, wie lange Sie in Sagaing bleiben werden«, dolmetschte Mr. P. »Denn Sie würden Ihnen gern die Stadt zeigen. Vielleicht möchten Sie ja lieber im Kloster ihrer Freundin übernachten, als heute noch nach Mandalay zurückzukehren? Es wäre sicherlich ein Erlebnis.«

»Ich würde sehr gern noch etwas Zeit mit ihnen verbringen«, erwiderte Natalie. »Aber sie bekommen doch hoffentlich keine Probleme, wenn man sie mit einer Ausländerin sieht? Doch wenn es den Nonnen nicht zu große Umstände macht, würde ich liebend gern bei ihnen im Kloster übernachten.«

»Reisende verbringen die Nacht in Sagaing oft in Klöstern. Es sind Orte der Meditation und des Rückzugs.«

»Toll! Hier herrscht eine so besondere Atmosphäre. Aber wo werden Sie schlafen, Mr. P.?«

»In einem Kloster in der Nähe. Da kann auch unser Fahrer übernachten.«

Gemeinsam spazierten sie die baumbestandenen schmalen Sträßchen entlang, die sich an Thet Wais und Tun Oos Haus vorbei den Hügel emporwanden.

In Sagaing gab es eine Vielzahl großer und berühmter Pagoden zu sehen, aber was Natalie am glücklichsten machte, war die Besichtigung der Lieblingsorte von Mi Mis Angehörigen.

In einer ruhigen, kühlen Pagode knieten Mr. P. und Mi Mis Eltern im stillen Gebet, während Natalie durch einen Gang wanderte und die Schnitzereien und verblichenen Fresken mit Szenen aus Buddhas Leben bewunderte. Vor einer Buddhastatue in einer Nische, auf deren kalte Steinhaut so viel Blattgold gedrückt worden war, dass sie leuchtete, knieten betend Mutter und Kind. Es waren eine junge Frau und ein kleines Mädchen, das vielleicht so alt wie Adam war. Zusammen hoben sie Girlanden aus kleinen weißen Blumen hoch und hielten sie vor die stumme Figur im Schrein. Es war eine andächtige, schlichte Geste, und wieder einmal dachte Natalie über die unkomplizierte Frömmigkeit dieser sanftmütigen buddhistischen Gläubigen nach. Blind für die vorbeigehenden Fremden erfüllten die Menschen still ihre religiösen Pflichten.

Danach beobachtete Natalie in einem kleinen Dorf Silberschmiede bei der Arbeit. Sie schlugen und hämmerten das Metall mit dem traditionellen Werkzeug aus, das sie seit langer Zeit benutzten. Natalie kaufte eine kleine silberne Vase, die sie Mi Mi mitbringen wollte, und verstaute sie sorgfältig in ihrer Umhängetasche.

In einem Tea Shop machten sie Pause. Die Frau und ihre Töchter, die ihn betrieben, strickten auch Handtaschen für die Touristen. Mr. P. erklärte, dass eine Menge Besucher am Ende der Regenzeit nach Sagaing kämen, um hier an der Zeremonie der Robenschenkung teilzunehmen. Ansonsten sei Sagaing meist ein beschaulicher Ort der stillen Andacht.

Der Blick vom Gipfel bei Sonnenuntergang war atemberaubend. Dennoch war Natalie froh, als sie schließlich zu dem Nonnenkloster geführt wurde, wo sie die Nacht verbringen sollte. Die Besichtigungstour hatte sie erschöpft. Sie hatte das Gefühl, viele Kilometer weit gelaufen zu sein, und das Durchhaltevermögen von Mi Mis betagteren Verwandten nötigte ihr Respekt ab.

Bei dem Kloster handelte es sich um ein schlichtes, neues Gebäude aus Ziegeln und Mörtel, dem eine mit traditionellen Holzschnitzereien verzierte Dachlinie eine anmutige Note gab.

Natalie wurde Schwester Tin Tin Pe vorgestellt, die zu ihrer Freude gut Englisch sprach. Die Äbtissin war eine beeindruckende Frau mit freimütigem Blick und ruhiger, fester Stimme und strahlte eine bemerkenswerte Autorität aus.

»Die Nonnen werden sich um alles kümmern, was Sie brauchen. Um vier Uhr morgens ist Meditation, um sechs Uhr gibt es Frühstück.«

»Danke«, erwiderte Natalie. »Ich finde Sagaing ungemein interessant. Meine Freunde haben mir erzählt, dass Sie versuchen, den Status buddhistischer Nonnen in Myanmar zu verbessern?«

»Ja, das ist meine Lebensaufgabe, meine Berufung.«

»Dann muss Ihnen der Ort hier sehr viel bedeuten«, sagte Natalie höflich.

»Dieses Kloster ist meine Schaltzentrale, Sie können es auch mein Hauptquartier nennen.« Schwester Tin Tin Pe lächelte kurz. »Aber ich muss auch reisen und Vorträge halten, um Spenden zu sammeln.«

»Vermutlich brauchen Sie Geld für Ihre Arbeit wie auch für den Unterhalt des Klosters?«

»Alle buddhistischen Institutionen sind auf finanzielle Hilfe angewiesen, aber für Nonnenklöster gilt das in besonderem Maße. Die meisten leiden unter einem Mangel an Spendengeldern, so dass Nonnen oft gezwungen sind, am Rand des Existenzminimums zu leben.«

»In einem so frommen Land wie Myanmar überrascht mich das«, meinte Natalie.

»Es hat viel mit dem niedrigen Status der Nonnen zu tun. Da sie scheinbar so wenig religiöse Macht haben, unterstützen die Menschen natürlich lieber Mönche, die mehr Einfluss zu haben scheinen.«

»Aber warum werden Frauen dann Nonnen? Und was tun sie?«

»Jede Frau kann Nonne werden. Manchmal treten Frauen nur für kurze Zeit in ein Kloster ein, doch die meisten bleiben. Es handelt sich um Witwen oder um Frauen, die nie geheiratet haben, das ist unterschiedlich. Die Nonnen sehen sich als Hüterinnen buddhistischer Tugenden mit der Aufgabe, den Buddhismus zu verbreiten. Sie lernen die buddhistischen Rituale und kennen die Zeremonien bis ins kleinste Detail, so dass sie die Arbeit der Mönche ergänzen. Nonnen sorgen dafür, dass alles planmäßig abläuft.«

»Sie spielen also eine wichtige Rolle im spirituellen Leben dieses Landes?«

»Allerdings. Aber ihre Rolle wird leider nicht ausreichend gewürdigt. Erst letzte Woche, ich war wieder einmal unterwegs, halfen Nonnen von hier bei der rituellen Durchführung einer Bestattung. Sie rezitierten Sutras und gingen dann mit der Familie zu Fuß zum Grab, während die Mönche mit einem Auto hinfuhren. Dennoch wurden die Mönche sehr großzügig für ihren Anteil an der Zeremonie bedacht, und die Nonnen bekamen nur sehr wenig.«

»Das ist ungerecht«, sagte Natalie und dachte: Wahrscheinlich wäre es anders gelaufen, wenn Schwester Tin Tin Pe selbst an der Zeremonie teilgenommen hätte.

»Sind alle Nonnenklöster so gebaut wie dieses?« Natalie konnte kaum glauben, dass sie wirklich Gelegenheit hatte, an einem solchen Ort zu nächtigen.

»Nein, sie können auch ganz anders aussehen. Manche bestehen aus einer Ansammlung von kleinen Häusern, in denen jeweils nur eine Handvoll Nonnen fast unabhängig von den anderen lebt. Gewöhnlich werden diese Häuser von den Familien der Nonnen gestiftet. Andere Klöster ähneln diesem. Hier leben vierundfünfzig Nonnen, und es wird wie ein großes Haus geführt. Dann gibt es Nonnen, die in Mönchsklöstern die Küche führen oder für die Finanzen zuständig sind. Nonnen sind oft glänzende Verwalterinnen.«

»Ich kann jetzt verstehen, warum Sie Spenden brauchen, um das Kloster hier zu unterhalten.«

»Ja, aber ich sammle auch für andere Zwecke. So bauen wir etwa in Nepal ein Asyl für gefährdete Mädchen. Denn arme, ungebildete Mädchen vom Land werden dort oft von ihren Familien verkauft oder sogar gekidnappt und zur Prostitution gezwungen. HIV-Infektionen und Abtreibungen ruinieren ihr Leben noch mehr. Wir tun für diese armen Mädchen, was wir können. Doch so wichtig diese Sozialarbeit sein mag, mein Hauptaugenmerk gilt dem Ziel, Nonnen und Frauen im Allgemeinen religiöse Gleichwertigkeit zu verschaffen. Im Augenblick können Frauen bestenfalls hoffen, in einem anderen Leben als Mann wiedergeboren zu werden oder sich Verdienst zu erwerben, indem die Söhne Novizen werden.«

»Und wie wollen Sie diese Veränderungen durchsetzen? Ich kann mir nicht vorstellen, dass die Männer freiwillig ihre Privilegien aufgeben, damit buddhistische Nonnen voll ordiniert werden können.«

Schwester Tin Tin Pe schmunzelte. »Da haben Sie recht. Nonnen werden als unterwürfige Handlangerinnen betrachtet, aber das kann man ändern. Manchmal muss man die Gunst der Stunde nutzen und die Vergangenheit beschwören. Bis dahin arbeiten wir weiterhin daran, den buddhistischen Lebensstil im burmesischen Volk zu verankern.« Sie zuckte die Achseln. »Ich hoffe, Sie haben es bequem hier. Es bedeutet Thet Wai und Tun Oo sehr viel, dass Sie ihnen Nachricht von ihrer Tochter überbracht haben. Das war sehr freundlich von Ihnen.«

»Ich möchte meine Freundin einfach wissen lassen, dass ihre Eltern wohlauf sind«, erwiderte Natalie. Erstaunlich, dass es in Burma so starke Frauen wie Aung San Suu Kyi und Schwester Tin Tin Pe gibt, dachte sie.

Zwei junge Nonnen mit rasiertem Schädel in hellrosafarbenen Roben führten Natalie in ein kleines, spartanisch eingerichtetes Zimmer, wo sie schlafen sollte. Anschließend zeigten sie ihr das nur mit dem Nötigsten ausgestattete Bad. Sie waren sichtlich neugierig, aber schüchtern. Später, nach den Abendgebeten, wurde Natalie in den Gemeinschaftsspeisesaal gebracht, wo sie aber für sich allein essen musste, denn die Nonnen nahmen mittags ihre letzte Mahlzeit zu sich. Man servierte ihr ein schlichtes, aber nahrhaftes Gericht, das aus fünf einzelnen Speisen bestand. Sie konnte ein Gemüse-Curry identifizieren und ein Kräuteromelett, hatte aber keine Ahnung, was die anderen Speisen waren. Doch alles schmeckte köstlich. Nach dem Essen trug sie ihren Teller zur Spüle und wusch ihn ab. Bevor sie den Speisesaal verließ, verbeugte sie sich noch vor der Buddhastatue, dann ging sie in der milden Abendluft durch den Garten in ihr vorhangloses Zimmer mit dem harten Bett, wo sie tief und fest schlief.

Als Natalie erwachte, dämmerte bereits der Morgen. Sie hörte einen leisen Singsang und stellte fest, dass sie sowohl die Meditation als auch das Morgengebet verpasst hatte. Eilends huschte sie ins Bad, wusch sich kurz mit erfrischend kaltem Wasser und zog sich an. Als sie in ihr Zimmer zurückging, saßen dort die beiden jungen Nonnen auf ihrem Bett und hielten ihr eine Schale mit warmem Essen hin. Sie machten Natalie ein Zeichen, dass sie hier essen sollte, also tunkte sie ihren Löffel in die würzigen Fadennudeln mit den getrockneten Garnelen. Lächelnd sahen die Nonnen ihr zu, bis sie aufgegessen hatte, nahmen dann die Schale und schlüpften leise hinaus.

Natalie hängte sich ihre Tasche um und ging in den Klosterhof, wo Schwester Tin Tin Pe sich mit Mr. P. unterhielt.

»Haben Sie gut geschlafen?«, erkundigte er sich.

»Hervorragend. Wahrscheinlich hat mich das viele Laufen gestern ordentlich müde gemacht.«

»Jeder sagt, dass er in einem religiösen Haus gut schläft. Vielleicht liegt es an der friedlichen Atmosphäre oder den vielen Segenssprüchen«, lächelte er.

Natalie wandte sich an Schwester Tin Tin Pe. »Ich hoffe, Sie kommen gut mit Ihrer Arbeit voran«, sagte sie, zog ihre Geldbörse aus der Tasche und reichte der Nonne ein paar US-Dollar. »Danke für Ihre Gastfreundschaft und dass Sie all meine Fragen beantwortet haben.«

»Mingalaba. Mögen der Rest Ihrer Reise und der Pfad, dem Sie folgen, gesegnet sein.«

Mr. P. nahm Natalies Tasche. »Wir müssen uns noch von Ihren Freunden verabschieden. Und dann fahren wir nach Pyin Oo Lwin.«

Natalie prägte sich das Bild von Mi Mis Eltern ein, wie sie in ihren Longyis mit formellen Oberteilen nebeneinanderstanden, lächelten und winkten, als sich das Auto entfernte. Hoffentlich freute sich Mi Mi über die vielen Fotos, die sie von ihnen gemacht hatte. Vielleicht konnte Mi Mi ja eines Tages selbst kommen und ihre Eltern besuchen. Aber bis dahin musste sich noch vieles ändern.

Sie hatte mit Mr. P. den Platz getauscht und saß jetzt mit gezückter Kamera auf dem Vordersitz. Denn wenn sie sah, worauf sie zufuhren, konnte sie weit bessere Fotos machen.

Mr. P. hatte gelacht und gesagt, dass die Leute jetzt sie für die Führerin und ihn für den Touristen halten würden. Ihr Verhältnis zueinander war inzwischen so locker geworden, dass sie miteinander scherzen konnten.

»Ja, genau«, erwiderte Natalie. »Ich hoffe, Sie sind ein pflegeleichter Tourist.«

Auf der Fahrt zurück nach Mandalay in Richtung Pyin Oo Lwin fiel Natalie eine Abzweigung auf. »Wohin führt diese Straße?«, fragte sie.

»Der Ort heißt Mogok«, antwortete Mr. P.

Soe Soe neben ihr schüttelte den Kopf. »Nicht gut. Kann nicht hin.«

»In Mogok liegen die Rubinminen des Landes«, erklärte Mr. P. »Die Straße dorthin ist schlecht. Zudem kontrolliert das Militär die meisten Minen und lässt keine Besucher auf das Gelände.«

»Sehr berühmt für schöne Rubine und Saphire«, ergänzte Soe Soe. »Aber schlecht für Leute.«

»Man weiß, dass die Junta dort nicht nur Erwachsene, sondern auch Kinder wie Sklaven schuften lässt«, sagte Mr. P. leise. »Wenn sich die Rubine an schwer zugänglichen Orten befinden, schicken sie Kinder in die Spalten hinunter, um manuell zu schürfen. Und wenn mal ein armer Dorfbewohner einen Rubin findet und sich damit die

Flucht über die Grenze und ein neues Leben erkaufen will, wird er, falls man ihn schnappt, in ein Arbeitslager gesteckt. Das Geld aus dem Verkauf der Edelsteine fließt ausschließlich in die Taschen der Militärs. Die einfachen Leute kriegen nichts davon ab.«

Jetzt wand sich die Straße nach Pyin Oo Lwin hinauf, und Mr. P. zeigte ihr unterwegs einen Teakbaumwald. Weiter oben kamen sie an einem kleinen Dorf aus strohgedeckten Bambushütten vorbei, wo der Rauch der Holzfeuer sich träge himmelwärts kräuselte. In mit Bambus eingezäunten Gehegen sah Natalie Schweine und Ziegen. Dann wurde die Straße ebener, zu einer Seite erstreckten sich Reisfelder.

Nach einer Kurve sahen sie einen beladenen Ochsenkarren mit Holzrädern am Straßenrand, daneben stand ein Mann und untersuchte eins der Räder. Er rief ihnen etwas zu.

Doch Soe Soe bremste nicht ab, bis Natalie sagte: »Ich glaube, er braucht Hilfe. Vielleicht ist das Rad gebrochen.«

Leise sprach Mr. P. mit Soe Soe, der am Straßenrand hielt und langsam ein Stück zurückfuhr.

»Ich schau mal, was los ist«, sagte Mr. P. zu Natalie, stieg aus dem Auto und ging zu dem Karren.

Natalie nahm ihre Kamera zur Hand. »Das muss ich fotografieren. Der Karren sieht aus, als ob er mindestens hundert Jahre alt wäre!«

»Miss, bitte warten«, sagte Soe Soe.

Doch Natalie stieg aus und fing an, Fotos von dem Ochsengespann zu machen.

Mr. P. rief ihr zu, sich wieder ins Auto zu setzen, doch noch bevor sie das tun konnte, tauchten hinter dem Karren zwei schmuddelige Soldaten auf, die sich offensichtlich dort versteckt hatten. Einer war mit einem Gewehr bewaffnet.

Angsterfüllt schlüpfte Natalie zurück in den Wagen und ließ ihre Kamera in die Tasche fallen.

Mr. P. begann hastig auf die Soldaten einzureden, und

dann kamen die drei auf sie zu. Einer der Soldaten klopfte auf den Deckel des Kofferraums. Soe Soe entriegelte ihn.

Natalie streckte den Kopf aus dem Fenster und rief entschiedener, als sie sich fühlte: »Mr. P., was geht da vor? Wer sind diese Männer? Warum werden wir aufgehalten?«

»Es sind Soldaten. Sie wollen wissen, wohin wir fahren. Angeblich sind sie auf Schmugglerjagd«, antwortete Mr. P. »Bitte bleiben Sie ruhig.«

»Wonach genau suchen sie?« Natalie stieg aus.

»Ich weiß nicht, ob sie Englisch verstehen, Natalie.«

Sie verstand den Hinweis und schwieg.

Die Männer nahmen Mr. P.s Rucksack und Natalies Koffer aus dem Kofferraum und machten sich daran, ihren Inhalt zu durchwühlen.

»Unglaublich«, zischte Natalie leise. Der Anblick ihrer Kleidung, ihrer Unterwäsche und einer Sandale am Straßenrand war schmerzhaft wie eine Wunde. »Ich kann nicht fassen, was da geschieht.« Doch als einer der Soldaten sich vor dem Wagen aufbaute, packte sie Panik. »Und nun?«

»Sie wollen Ihre Papiere sehen.« Mr. P. ging zu ihr und legte beruhigend die Hand auf ihren Arm.

Soe Soe war stoisch hinter dem Lenkrad sitzen geblieben und starrte stur geradeaus. Der Soldat öffnete die Beifahrertür und griff nach Natalies Umhängetasche. Dann bellte er Soe Soe einen Befehl zu, der sich daraufhin langsam vom Fahrersitz erhob. Einer der Soldaten kippte den Tascheninhalt auf den Boden, der andere bückte sich und ergriff Natalies Brieftasche. Instinktiv wollte Natalie einen Satz nach vorn machen, doch Mr. P. verstärkte den Griff um ihren Arm. Der Soldat studierte ihren Pass und warf ihn dann zu Boden. Dann steckte er die restlichen US-Dollar ein, die Natalie noch in der Brieftasche hatte.

Doch als er auch ihren Fotoapparat und ihr Radio an sich nehmen wollte, schrie sie: »Nein, nicht die Kamera!«

Überrascht sah der Soldat sie an, richtete dann den Sucher auf sie und tat so, als ob er ein Foto von ihr machen würde. Lächelnd schob er sich den Apparat in die Tasche, während der andere Soldat eindringlich auf ihn einzureden begann.

Natalie sah hinunter auf ihr Kosmetiktäschchen, die Wasserflasche, die Erfrischungstücher, ein Buch, ihr Notizbuch und die kleine Silbervase, die verstreut neben der Straße lagen. Und da traf sie fast der Schlag: Das Kammavaca war nicht dabei. Sie warf einen Blick auf Mr. P., der sie immer noch am Arm festhielt.

Soe Soe zündete sich eine Zigarette an und lehnte sich an den Wagen, um geduldig abzuwarten, bis die Quälerei ein Ende hatte.

Nun redete einer der Soldaten in ausgesprochen aggressivem Ton auf Mr. P. ein, der aber nur die Achseln zuckte und dann die Arme hob. Offensichtlich brachte er zum Ausdruck, dass er nicht begriff, warum die Soldaten ausgerechnet bei ihm irgendetwas von Wert vermuteten.

Schließlich hob einer der Soldaten noch die Silbervase auf und steckte sie in die Tasche, dann gingen sie die Straße entlang zurück.

Ein Auto kam um die Kurve, sie stiegen ein, und der Wagen brauste davon. Im Vorbeifahren machte einer der Soldaten noch ein Foto von Natalie.

Sie brach in Tränen aus. »Die Fotos für Mi Mi … O nein«, schluchzte sie. »Wir müssen noch einmal zurück. Ohne Bilder kann ich ihr nicht unter die Augen treten.«

Dann fing Natalie an, ihre Sachen vom Straßenrand aufzusammeln und wieder in ihre Umhängetasche zu legen. Mr. P. und Soe Soe klaubten die hinter dem Wagen verstreuten Kleidungsstücke auf.

»Mr. P., wo ist das Kammavaca?« Hektisch suchte Natalie den Boden des Fahrzeugs ab, doch es war nicht da.

Sobald Mr. P. und Soe Soe das Gepäck wieder in den Kofferraum gelegt hatten, setzte sich Mr. P. wie vorher auf den Rücksitz und Natalie nahm neben Soe Soe Platz. Doch bevor der Fahrer den Wagen anließ, lächelte er Natalie verschmitzt an und zog einen kleinen Gegenstand aus der Hemdtasche, in der er seine Zigaretten aufbewahrte. Es dauerte einen Moment, bis Natalie begriff, worum es sich handelte.

»Mr. P., schauen Sie nur! Die Speicherkarte aus meiner Kamera! Soe Soe, Sie haben meine Fotos gerettet! Vielen, vielen Dank!«, japste sie.

Mr. P. lächelte. »Clever. Gut und schnell reagiert.«

Dann fasste Soe Soe unter das Armaturenbrett, wo normalerweise ein Radio eingebaut war, und zog das in Natalies Schal eingewickelte Kammavaca heraus.

Natalie war sprachlos, doch schließlich fragte sie Mr. P.: »Woher wusste er, dass es versteckt werden musste?«

Mr. P. stellte dem Fahrer dieselbe Frage auf Burmesisch, und Soe Soe antwortete. »Er sagt, er hat uns darüber sprechen hören, was für ein Geschenk Sie der alten Prinzessin machen wollen«, erklärte Mr. P.

»Ich kann mich nicht erinnern, im Auto auch nur eine einzige Bemerkung über das Kammavaca gemacht zu haben. Na ja, vielleicht doch, bevor ich wusste, dass Soe Soe Englisch versteht. Ach, ich weiß nicht. Ehrlich, ich kriege hier noch den Verfolgungswahn. Danke, Soe Soe, vielen, vielen Dank, dass Sie meine Fotos und das Kammavaca der Prinzessin gerettet haben. Ich werde heilfroh sein, wenn ich der Prinzessin endlich das Kammavaca übergeben kann.«

»Aber ist es nicht auch gut, dass ich Ihr restliches Geld an einem sicheren Ort verwahrt habe?« Mr. P. hob sein Hemd ein Stück hoch und zeigte ihr einen altmodischen Geldgürtel.

»Sie beide sind wundervolle Schutzengel«, sagte Natalie voller Dankbarkeit.

»Versuchen Sie diese unschöne Begebenheit zu vergessen«, bat Mr. P. »Das waren keine echten Soldaten, nur zwei – wie sagt man? – Cowboys. Böse Männer, auf schnelle Beute aus. Manchmal passiert so etwas, damit müssen wir rechnen. Wenn Sie möchten, Natalie, können Sie für den Rest Ihres Aufenthalts meine Kamera benutzen.«

Natalie lehnte sich zurück und schloss die Augen. Die letzte halbe Stunde erschien ihr wie ein böser Traum. Da hatte sie sich eben noch gefreut, Mi Mis Eltern gefunden zu haben, war nach ihrer Nacht im Nonnenkloster heiter und gelassen gewesen, und im nächsten Augenblick fand sie sich mitten in einem Alptraum wieder. Doch glücklicherweise war sie mit einem blauen Auge davongekommen und konnte nun eine weitere aufregende Geschichte erzählen, wenn sie wieder zu Hause war.

Die Landschaft veränderte sich. Gewaltige dunkle Tannen und mächtige Eichen warfen ihre Schatten auf bunte Blumen, die sich durch dichten grünen Rasen gekämpft hatten. Ein Stand am Straßenrand bot Erdbeeren feil.

Dann erreichten sie die Siedlung. Mitten in Burma erblickte Natalie kunstvoll gestaltete Tore, hinter denen geschwungene Auffahrten zu herrschaftlichen britischen Anwesen mit Schornsteinaufsätzen, Türmchen und Pseudofachwerkbalken im Tudorstil führten. Doch als Soe Soe langsamer fuhr, damit Natalie mehr erkennen konnte, sah sie, dass die Gärten verwildert, die Eingangstore rostig und die stattlichen Häuser baufällig waren. Als eine Pferdekutsche mit rot-weißen Zierleisten und Ledersitzen sie schneidig überholte, war Natalie überzeugt, als Nächstes Dandys in Gehröcken und Damen in Krinolinen zu Gesicht zu bekommen. Inzwischen war es recht kühl geworden, und sie war froh, dass die Diebe ihren Lotusschal übersehen hatten.

»Können wir uns eins dieser Häuser von innen ansehen?«, fragte sie.

»Ich kenne eins, das Sie interessieren dürfte«, erwiderte Mr. P.

Sie bogen an einer Stelle ab, wo sich ein Büffel am Straßenrand in einem überwucherten Entwässerungsgraben suhlte und Gras durch die schmiedeeisernen Spiralen und Wirbel eines Zauns wucherte. An einem Torpfosten befand sich ein Schild mit abblätternder Farbe: »Candacraig 1904«.

Die Räder knirschten auf dem holprigen Kiesweg, und Natalie sah, dass sich jemand Mühe gegeben hatte, den französischen Garten vor dem Gebäude mit dem stillgelegten Brunnen und der überwachsenen Laube in Schuss zu kriegen. Doch das ehemalige Grandhotel wirkte geradezu verwahrlost. Natalie stieg aus und betrachtete das Gebäude. Es wirkte so englisch, dass sie angesichts seines Verfalls von Traurigkeit überwältigt wurde.

»Das muss in seiner Blütezeit ein großartiges Hotel gewesen sein. Wie romantisch! Und auch heute noch könnte es einiges hermachen. Ich würde es liebend gern renovieren!«

Sie betrat das Hotel durch den Haupteingang. Weder Speisesaal noch Gesellschaftsraum waren möbliert. Auf dem Boden saß ein kleines Mädchen und spielte mit einem Kätzchen. Eine großzügige Teakholztreppe, die ins nächste Stockwerk führte, teilte sich auf halber Höhe.

Natalies Schritte hallten wider, während sie durch die Räume schlenderte und das wunderschön gedrechselte Holz bewunderte. Allerdings waren Wandflächen in weiten Teilen von Schimmel befallen, und hellere Stellen zeigten, wo früher Gemälde gehangen hatten. Jetzt starrte nur noch ein einsamer Stierkopf, der schon einmal bessere Tage gesehen hatte, düster auf seine öde Umgebung.

Sämtliche Zimmertüren standen offen, und sie sahen, dass auch in den anderen Räumen kein einziges Möbelstück mehr vorhanden war. Vom Balkon aus blickte Natalie auf die

Überreste eines Tennisplatzes, eines Swimmingpools und eines Kricketfeldes. Was früher ein Wintergarten gewesen sein mochte, bestand jetzt vor allem aus kaputten Glasscheiben; drinnen nisteten kleine Vögel.

Doch trotz des Verfalls hing noch eine Ahnung vergangener Zeiten in der Luft. Im Geist hörte Natalie Gelächter, das vom Swimmingpool nach oben drang, ebenso wie das Klacken der Tennisbälle und das Klirren von Teetassen inmitten einer Brise aus Rosen- und Hyazinthenduft.

»Das Haus ist berühmt, weil der Reiseschriftsteller Paul Theroux hier gewohnt und es in seinem Buch *Abenteuer Eisenbahn* erwähnt hat«, sagte Mr. P. »Er kam vor gar nicht langer Zeit noch einmal hierher, um die Familie zu besuchen, die das Hotel viele Jahre lang führte. Heute ist es Eigentum der Regierung. Vielleicht wird es ja eines Tages wiedereröffnet.«

»Hoffentlich kommt Paul Theroux nicht so bald wieder. Der Anblick würde ihn bestimmt traurig stimmen«, meinte Natalie.

Danach fuhren sie weiter in die Stadt, die mit einem altmodischen Glockenturm und einer hübschen Reihe von Geschäften und Lokalen aufwartete. Mr. P. wies sie auf ein großes Gelände mit wunderschönen Gärten hin, in denen herrliche Blumenrabatten gediehen.

»Was für eine Überraschung!«, rief Natalie aus. »Hier sieht es total europäisch aus, gar nicht wie in Burma.«

»Ja«, gluckste Mr. P. »Weit und breit kein Mönch und keine Pagode in Sicht.«

Im Zentrum von Pyin Oo Lwin stauten sich beladene Lkws, Tankfahrzeuge und Kombiwagen.

»Sie wollen alle auf die neue Straße nach China«, erklärte Mr. P.

Vom Zentrum aus fuhren sie auf eine dunkle Hügelkette zu, die im Westen im Dunst versank. Durch tief hängende

Kiefernäste erhaschte Natalie einen Blick auf eine Ansammlung von Gebäuden, die sie nicht einordnen konnte.

»Was ist das, Mr. P.? Es sieht aus wie eine schicke Wohnanlage oder eine geschlossene Siedlung für Reiche. Gibt es so etwas in Burma?«

Mr. P. bat Soe Soe, zu dem Gebäudekomplex abzubiegen. Zwar stand ein Wachhäuschen am Eingang, doch das Areal wirkte verlassen.

»Was sind das für Häuser? Sie sehen aus, als ob sie noch gar nicht fertig sind. Wie ungewöhnlich! Es muss Millionen gekostet haben, sie hochzuziehen.« Natalie beäugte die modernen Fassaden. »Wie kann man so etwas einfach halbfertig stehen lassen?«

»Ich habe davon gehört.« Mr. P. legte den Kopf in den Nacken, um die Bauten genauer in Augenschein zu nehmen. »Die Siedlung heißt Yatanarpon Cyber City und umfasst etwa viertausend Hektar. Zwei chinesische Unternehmen haben vor ein paar Jahren mit dem Bau begonnen, um hier eine Universität für Informatik und Kommunikationstechnik zu errichten. Aber offenbar wird das Vorhaben nicht weiter verfolgt.«

»Es ist niemand hier. Warum fahren wir nicht hinein und sehen uns um?«, fragte Natalie.

»Ich glaube, für einen Tag hatten wir schon genug Ärger. Lassen Sie uns lieber zum Hotel fahren und uns frisch machen. Dann versuchen wir, Prinzessin Aye Aye zu erreichen.«

Das Hotel hatte den passenden Namen The Welcome, und Natalie sah hocherfreut, dass auf dem gestutzten Rasen massive alte Eukalyptusbäume standen. Über den Portikus des Hauptgebäudes rankte sich eine Glyzinie, die lavendelfarbenen Blütenblätter eines Jakarandabaums verschmolzen mit dem Grün des Rasens. Ein lächelnder Mann kam heraus, um ihnen zu helfen.

Natalie betrat die Lobby, die zwar makellos sauber war, aber aussah, als wäre sie seit Jahrzehnten nicht renoviert worden. Die schweren Holzsessel hatten Schonbezüge, auf Beistelltischen neben altmodischen Standaschenbechern lagen Spitzendeckchen, und über dem offenen Kamin war auf ein Spruchband »Welcome« gemalt. An der kleinen Rezeption warteten lächelnd zwei Frauen.

Hinter der Lobby befand sich ein verglaster Speisesaal, wo auf den Tischen kleine Glaskrüge mit Essig, Soßenfläschchen mit Häkelüberzügen, Zuckerschalen aus Kristall und mit Silberdeckeln versehene Salz- und Pfefferstreuer standen. Alles von dezenter Vornehmheit.

Natalie folgte dem Hoteldiener die auf Hochglanz polierte Holztreppe hinauf in den ersten Stock. Der Korridor war mit einem abgewetzten Teppich ausgelegt und mit dunklem Holz getäfelt. Die Einrichtung ihres altmodischen Zimmers stammte offenbar aus den dreißiger Jahren. Als Natalie die ältlichen Netzgardinen zurückzog, sah sie unter sich einen Garten und die Überreste eines Tennisplatzes mit zerfetztem Netz, rissigem Boden und durchhängendem Maschendrahtzaun.

Das kleine Badezimmer war ebenfalls alt, doch aus der massiven Messingarmatur plätscherte heißes Wasser. Sie wusch sich das Gesicht, zog sich um und legte frischen Lippenstift auf. Aus einem Impuls heraus nahm sie eine frische Rose aus der Vase auf der Kommode und schob sie sich ins Haar, bevor sie mit ihrer Umhängetasche wieder nach unten ging.

Bei ihrem Anblick lächelte Mr. P. »Ich habe die Telefonnummer der Prinzessin herausgefunden. Wir können von der Rezeption aus bei ihr anrufen. Das ist ihr bestimmt lieber, als wenn wir unangemeldet auf ihrer Schwelle stehen.«

»Ich bin etwas nervös. Irgendwie kann ich nicht glauben, dass ich endlich hier bin.«

Das Mädchen an der Rezeption wählte die Nummer und reichte Natalie dann den Telefonhörer aus Bakelit.

»Hallo, hallo, Prinzessin Aye Aye? Hier spricht Natalie Cutler.« Mit glänzenden Augen lauschte Natalie der Stimme am anderen Ende der Leitung. Sie war an ihrem Ziel angekommen.

12

In dem Gebiet, durch das sie fuhren, standen verstreut große Bungalows, in denen reiche Briten ihre Ferien verbracht hatten, als sie noch über Burma herrschten. Prinzessin Aye Aye hatte Natalie und Mr. P. zum Cream Tea eingeladen und ihnen eine exakte Wegbeschreibung gegeben. Das Empire Hotel lag ein ganzes Stück abseits der Hauptstraße, als wollte es keine Werbung für sich machen. Beinahe wären sie daran vorbeigefahren, denn der Eingang lag zwischen hohen Bäumen versteckt.

Über die Auffahrt gelangte man zu einem Seiteneingang. Die Front des Gebäudes bot einen Blick über ein Tal und auf ferne Berge. Allerdings waren die Fensterläden geschlossen, als wäre das Hotel während der Nebensaison außer Betrieb.

Als sie in die Lobby traten, bemerkte Natalie, dass einer der Haupträume mit Möbeln vollgestellt war, die unter Abdeckungen dahindämmerten. Aber am Empfang stand eine Vase mit frischen Blumen auf der Theke, und als sie die Messingglocke läuteten, erschien ein Mann. Er bat sie höflich, Platz zu nehmen, während er Prinzessin Aye Aye telefonisch von der Ankunft ihrer Gäste verständigte. Dann führte er sie durch einen Korridor und eine Doppeltür, in deren Glasscheiben hübsche Art-déco-Vögel und -Blumen und die Worte »Private Dining Room« eingefügt waren.

Der Raum war klein. In seiner Mitte stand ein runder Tisch, der mit einer prächtigen Damastdecke, Silber und Porzellan gedeckt war. Sobald sie saßen, legte ihnen der Bedienstete mit schwungvoller Geste gestärkte Servietten auf den Schoß. In Natalies Tasse waren die Worte »The Empire Hotel, Burma« geprägt.

»Wie im guten alten England«, bemerkte Mr. P.

»Dennoch versuchen wir, über die aktuellen Ereignisse auf dem Laufenden zu bleiben. Und Sie müssen Mrs. Cutler sein.« Eine Frau, die nur Aye Aye sein konnte, trat lächelnd auf sie zu und reichte ihnen die Hand.

Sie trug einen hellgrünen Longyi aus feiner Wolle und eine bestickte Seidenbluse. Um den Hals hatte sie einen Schal aus einem zarten Gewebe drapiert. Das hoch aufgesteckte Haar wurde von einer filigranen Haarspange gehalten. Ihre Haut war von einem hellen Olivton und erstaunlich faltenlos. Die dunkelbraunen Augen schienen sie beide zugleich ins Visier zu nehmen, und ihr Urteil fiel offenbar vorteilhaft aus.

»Ich freue mich so, dass Sie kommen konnten. Und was für ein wunderbarer Anlass.« Ihre Stimme klang warm und melodisch.

Natalie und Mr. P. erhoben sich. »Bitte, nennen Sie mich Natalie. Das ist mein Freund U Phyu Myint.«

Mr. P. begrüßte sie mit der Mingalaba-Geste und murmelte, es sei ihm eine Ehre und eine Freude, Prinzessin Aye Aye kennenzulernen.

»Ich bin einfach Aye Aye. Sie trinken Tee mit mir? Der traditionelle Cream Tea ist hier eine Spezialität. Sagen Sie, Natalie, wie schmeckt Ihnen unser einheimisches Essen?«

»Ich mag es sehr gern, obwohl manche Gerichte sehr scharf sind. Aber sie schmecken köstlich.«

Eine silberne Teekanne, ein Sahnekännchen und eine Zuckerdose wurden auf den Tisch gestellt, dazu warme Scones und offenbar selbstgemachte Erdbeermarmelade. Während sie sich das köstliche Gebäck schmecken ließen, erkundigte sich Aye Aye nach Natalies Freundin Mi Mi. »Ich habe sie vor Jahren kennengelernt, als sie in einem Flüchtlingslager in Thailand arbeitete«, erklärte sie.

»Es geht ihr sehr gut, und sie hofft, dass sie eines Tages wieder Myanmar besuchen kann«, erwiderte Natalie.

»Ja«, meinte Aye Aye. »Eines Tages vielleicht. Und wo waren Sie schon überall in meinem Land?«

Natalie erzählte und berichtete besonders begeistert von Bagan.

»Leben Sie ständig in Myanmar, oder reisen Sie auch manchmal?«, fragte sie dann ihre Gastgeberin.

»Oh, ich habe lange Zeit in Thailand gelebt. Die Geschichten über das Interesse meiner königlichen Vorfahren an weißen Elefanten haben mich schon immer in ihren Bann gezogen. Mein Großvater und mein Urgroßvater besaßen weiße Elefanten, als sie in Mandalay lebten, und auch ich bin fasziniert von diesen Tieren.«

»Sie meinen, die gibt es wirklich?«, rief Natalie.

Aye Aye lehnte sich zurück und lächelte. »O ja. Haben Sie schon einmal einen gesehen?«, fragte sie Mr. P., der den Kopf schüttelte.

»Ich dachte, das seien Fabelwesen«, erwiderte Natalie.

»Nein, sie existieren tatsächlich. Allerdings sind sie nicht reinweiß, eher hellrosa. Es sind Albinos. Da sie so selten sind, werden sie verehrt, und die Menschen glauben, dass sie große Macht und magische Kräfte besitzen. Auch werden sie mit günstigen Vorzeichen in Verbindung gebracht.«

»Natalie, Aye Ayes Liebe zu Elefanten ist legendär, und sie hat sich jahrelang für ihren Schutz eingesetzt«, erklärte Mr. P.

Aye Aye lächelte. »Ich habe viele Jahre in Thailand verbracht und dort ein Schutzgebiet für Elefanten gegründet. Es wurde unter anderem zur Heimstatt für mehrere weiße Elefanten. Jetzt arbeite ich für den Schutz der Elefanten in Myanmar. Ihnen drohen viele Gefahren. Wilderer jagen sie, und ihr Lebensraum wird zerstört. Mein Großvater schmückte seine Elefanten mit Diademen und juwelenbesetzten Zierdecken und ließ sie sogar aus einem goldenen Trog trinken, aber sie waren auf dem Gelände des Palastes angekettet. Wenn man einmal Elefanten in der freien Wildbahn erlebt hat, wo sie nach Lust und Laune zum Fluss gehen und baden können, erträgt man es nicht mehr, mitanzusehen, wie sie in Gefangenschaft misshandelt werden. Man schließt sie einfach ins Herz. Bei meinem Einsatz für die Elefanten in Thailand habe ich auch meinen Mann kennengelernt.«

»Hat er sich ebenfalls für Elefanten engagiert?«, erkundigte sich Natalie.

»Er war ein Botaniker aus England, der erkannte, dass wir in rasantem Tempo Pflanzen und Tiere aus dem tropischen Regenwald verlieren. Seltene Pflanzen verschwinden zuweilen, bevor sie überhaupt dokumentiert werden. Ich versuche seine Arbeit hier in Myanmar fortzusetzen. Wir wollen Naturschutzgebiete einrichten, um die natürlichen Ressourcen zu bewahren. Aber das erweist sich als schwierig, weil sich die Regierung unberechenbar verhält. Die Militärs verkennen oft den Wert seltener Pflanzen und Tiere, verglichen mit dem Geld, das andere Ressourcen wie Erdöl, Erdgas, Bodenschätze oder Holz einbringen.«

»Arbeiten Sie immer noch? Suchen Sie weiterhin nach unbekannten Pflanzen?«, fragte Natalie.

»Ja. Mich unterstützt ein kleines Team von der Universität und Gastwissenschaftler von internationalen Institutionen wie dem Smithsonian, die mit uns kooperieren. Mein Traum ist ein richtiger botanischer Garten wie Kew Gardens für alle in Myanmar heimischen Arten. Einer der Gründe, warum ich so gerne in Pyin Oo Lwin bin, ist das Klima. Hier gibt es wunderbare von den Briten angelegte Gärten, aus denen die Lokalregierung ein Vorzeigeprojekt für die burmesische Biodiversität gemacht hat. Hier können sich die Burmesen an der Vielfalt der Flora in ihrem Land erfreuen.«

Natalie musterte die elegant gekleidete Frau, die Ende siebzig sein mochte, aber nach wie vor mit großer Begeisterung tätig war. »Das ist eine wunderbare Aufgabe, Aye Aye.«

Aye Aye nickte, erfreut über das Kompliment.

Nach dem Tee erhob sich Mr. P. »Wie ich weiß, haben Sie beide eine Menge zu bereden. Ich werde zu Fuß in die Stadt zurückgehen – das ist nicht weit, und die Luft wird mir guttun. Aber Soe Soe wird natürlich auf Sie warten, Natalie. Es war mir eine Ehre, Sie kennenzulernen«, sagte er an Aye Aye gewandt.

Leise verließ Mr. P. den Raum, und der Bedienstete trat ein, um das Teegeschirr abzuräumen.

Natalie schüttelte den Kopf. »Nie hätte ich mir träumen lassen, dass wir uns einmal zu Tee und Scones treffen.«

»Wir könnten jetzt hinaus auf die Terrasse gehen. Es ist angenehm draußen, und der Blick ist wunderbar«, schlug Aye Aye vor.

Am anderen Ende des Raums führte eine Tür in den großen Speisesaal. Er hatte eine stuckverzierte Gewölbedecke, eine aufwendige Bar, die an ein englisches Pub erinnerte, und eine Tanzfläche.

»Was ist denn das?«, fragte Natalie. Was sie da im Halbdunkel wahrnahm, sah wie eine von griechischen Säulen umstandene Glasfläche aus. Als sie näher traten, rief Natalie: »Ein Swimmingpool! Mitten im Speisesaal? Das sieht phantastisch aus.«

»Stimmt. Und schauen Sie nach oben. Wie raffiniert sich das Dach öffnet!«

Sie gingen um den Art-déco-Pool herum und hinaus auf die steingeflieste Terrasse. Aye Aye setzte sich anmutig in einen niedrigen Sessel, zog eine lange, schlanke Cheroot heraus und zündete sie an.

Natalie warf einen Blick auf ihre Umhängetasche. »Ich

finde, ich sollte Ihnen das im Rahmen einer kleinen Zeremonie überreichen.«

Aye Aye nickte. »Ja, wir Burmesen lieben Zeremonien.«

Natalie ließ den Riemen der Tasche von der Schulter gleiten und drückte sie mit einem Mal fest an die Brust. Durch den Stoff spürte sie die Dinge, die sie bei sich hatte: ihre Geldbörse, das Notizbuch, ein kleines Kosmetiktäschchen, die Kamera, die Mr. P. ihr geliehen hatte, und ganz unten, sicher verwahrt, das Kammavaca in der kantigen Schatulle.

»Es herauszuholen macht mich ein bisschen nervös. Ich hatte solche Angst, dass ich es verliere oder dass es mir gestohlen wird. Es war mir so lange Zeit sehr nah. Und eine riesige Verantwortung. Ich kann kaum glauben, dass jetzt der große Moment gekommen ist.« Natalie griff behutsam in ihre Tasche und zog die in ihren Seidenschal gewickelte Schatulle heraus. Kopfschüttelnd betrachtete sie sie. »Aye Aye, wissen Sie, dass dieses kleine Ding in der Scheune meiner Mutter mitten im Gerümpel lag? Es hätte leicht im Müll landen können.«

Aye Aye blickte Natalie, die die Schatulle in beiden Händen hielt, unverwandt ins Gesicht.

Langsam sprach Natalie weiter. »Aber schon als ich es zum ersten Mal genau anschaute, hatte ich das Gefühl, an einen anderen Ort versetzt zu sein, als befände ich mich auf dem Gelände des schönen alten Klosters mit dem weißen Elefanten. Dieser Ort war mir völlig fremd und unbekannt, aber ich fühlte mich stark dorthin gezogen. Das muss Ihnen merkwürdig erscheinen. Und dann erfuhr ich von der Verbindung des Kammavacas mit meinem Onkel und seiner Beziehung zu Ihrer Familie. Ich wusste, dass ich das Kammavaca zurückgeben und zu Ende bringen musste, was er angefangen hatte. Natürlich habe ich mir nicht einmal in meinen kühnsten Träumen ausgemalt, dass ich selbst es sein würde, die diese Reise zu Ende bringt. Dass ich hier bin ...« Sie verstummte, denn plötzlich fehlten ihr die Worte.

Aye Aye nickte. »Das Kammavaca hätte auch auf anderem Wege zu mir gelangen können, aber es ist gut und richtig, dass es aus Ihren Händen in meine übergeht. Ich hatte gehofft, dass Sie Ihr Versprechen persönlich erfüllen können, aber ich hätte Ihnen keinen Vorwurf gemacht, wenn Sie es sich anders überlegt hätten. Als ich erfuhr, dass Sie unterwegs sind, habe ich gebetet, dass Ihnen auf dieser Reise nichts zustößt. Und jetzt sind Sie hier.« Nun waren Aye Ayes Erregung und Freude nicht mehr zu übersehen.

Natalie reichte ihr das Kammavaca, und ihre Hände berührten sich, als sie für einen Moment beide die kleine Schatulle hielten. Dann ließ Natalie los und lehnte sich auf ihrem Sessel zurück, um Aye Ayes Gesicht zu beobachten, während sie die Schatulle aus dem Seidenschal wickelte. Zunächst legte Aye Aye einfach nur ihre Hände auf das glänzende Holz. Natalie versuchte sich vorzustellen, was Aye Aye durch den Kopf ging. Sie verstand, warum die Prinzessin bewusst zögerte, bevor sie die Schatulle öffnete.

»Ich denke an die Menschen, die dieses kleine Kunstwerk in Händen hielten und bewunderten, bevor es zu mir gelangte. Wer sie wohl waren? Menschen, die schon längst nicht mehr leben. Nun aber hat sich der Kreis geschlossen«, sagte Aye Aye. Behutsam öffnete sie den Schiebedeckel, holte das Kammavaca heraus und entrollte es. Natalie hatte keine Ahnung, wie viel Zeit verstrich, während sie zusah, wie Aye Aye sorgfältig den behandelten Stoff und die feine Bindung musterte und all die Illustrationen auf sich wirken ließ. Sie drehte das Manuskript mehrmals hin und her und betrachtete die alte Schrift.

»Ich kann es nicht lesen. Und wahrscheinlich war das so beabsichtigt. Aber die Illustrationen sind sehr schön. Ein Werk der Liebe. Ich bin sicher, dass jede eine Bedeutung hat.« Sie setzte ihre Brille auf und betrachtete die kleinen Bilder, die Natalie in- und auswendig kannte.

»Der weiße Elefant gefällt mir besonders gut«, sagte Natalie.

»Ein Symbol für Frieden, Wohlstand und Glück. Sie haben recht. Er ist wunderschön.« Aye Aye wandte sich wieder den einzelnen Abschnitten des Kammavacas zu. »Es hat einen fast weiblichen Liebreiz, finden Sie nicht?« Langsam faltete sie das Kammavaca wieder zusammen, legte es auf den Tisch und sah Natalie an. »Danke«, sagte sie leise.

Natalie stiegen die Tränen in die Augen, und sie schluckte. »Als ich das Kammavaca fand, hätte ich mir nie träumen lassen, dass es mich auf eine so merkwürdige Reise führen würde. Ich weiß, dass Ihr Großvater das Kammavaca für sehr bedeutsam hielt, also ist es gut, dass es in seine Familie zurückgekehrt ist.«

»Dieses Kammavaca ist tatsächlich zur Legende geworden. König Thibaw hatte es immer bei sich. Manche führen das darauf zurück, dass es das letzte Geschenk war, das er vor seiner Absetzung erhielt, aber ich glaube eher einem anderen Gerücht, das ich von einigen meiner Verwandten gehört habe. Es heißt, die Mönche, die Thibaw das Kammavaca überreichten, hätten darin eine Botschaft versteckt.«

Natalie starrte die Prinzessin an. »Was für eine Botschaft?«, fragte sie.

»Die Mönche besaßen Wissen, das sie weitergaben, doch die Botschaften waren so verfasst, dass sie von Gelehrten entziffert werden mussten. Manchmal handelte es sich um Prophezeiungen oder besondere Anweisungen, und manchmal ging es um handfestere Dinge, etwa darum, wo bestimmte Reliquien versteckt lagen oder wo man Schätze und Reichtümer finden konnte. Diese Geheimbotschaften sind sehr unterschiedlich.«

»Das ist ja unglaublich. Ich habe mir überlegt, das Kammavaca entziffern zu lassen, aber alle meinten, es seien höchstwahrscheinlich religiöse Texte«, sagte Natalie.

»Das kann durchaus zutreffen. Aber in meiner Familie vermuteten viele, dass in diesem Kammavaca nicht nur religiöse Texte enthalten sind. Thibaw hat das Kammavaca seiner Schwester Tipi Si hinterlassen, weil sie eine starke Frau war. Offenbar hielt er es für die Aufgabe der Frauen in meiner Familie, es zu schützen und sicher zu verwahren.«

»Warum hat er es dann nicht Königin Supayalat hinterlassen? Sie war doch auch stark.«

»Für sein Empfinden vielleicht sogar zu stark. Denn sie war auch eine sehr herrschsüchtige Frau, die viele Feinde hatte. Tipi Si war weitaus beliebter, also beschloss er, das Kammavaca ihr zu vermachen. Was für ein Jammer, dass sie gezwungen war, es zu verkaufen! Ich glaube, sie hat es den Rest ihres Lebens bereut«, sagte Aye Aye.

»Können Sie denn herausfinden, ob das Kammavaca eine wichtige Botschaft enthält?«, fragte Natalie.

Aye Aye blickte auf die Berglandschaft, die das alte Hotel umgab. »Es gibt nur eine Möglichkeit, das zu klären: Man muss das Kammavaca in das alte Kloster bringen. Ich bin ebenso neugierig wie Sie!«

»Wo ist das Kloster?«

»Es liegt nicht weit von Mandalay am Ufer des Irrawaddy. Ich habe es auf den Bildern des Kammavacas sofort erkannt. Zum ersten Mal bin ich als Kind auf einem Dampfer flussaufwärts dorthin gefahren, und seither war ich auf meinen Reisen durch Myanmar mehrmals dort.« Sie verstummte kurz, dann sah sie Natalie an. »Ich glaube, es ist nur angemessen, wenn Sie mich begleiten.«

»Es wäre sicher auch Onkel Andrews Wunsch, dass ich dahin zurückkehre, wo alles begann«, erwiderte Natalie ohne Zögern.

Abends war Natalie mit Mr. P. zum Dinner verabredet. Zu ihrer Überraschung erschien er in Jeans und einem makellosen T-Shirt in ihrem Hotel.

»In Pyin Oo Lwin gibt es mehrere schöne Restaurants. Haben Sie eine Vorliebe?«, fragte er.

»Das überlasse ich Ihnen.«

»Dann nehmen wir traditionelle Shan-Nudeln, Gemüse und in Reisweinessig Eingelegtes, Suppe und Reis. Anschließend frische einheimische Erdbeeren«, entschied Mr. P.

Soe Soe fuhr die beiden in die Stadt und setzte sie vor dem Restaurant ab, das Mr. P. ausgesucht hatte. Dort erzählte ihm Natalie, dass Aye Aye das auf dem Kammavaca abgebildete Kloster wiedererkannt hatte.

»Sie will es dorthin bringen und übersetzen lassen. Ihrer Meinung nach könnte sich in den heiligen Texten etwas Wichtiges verbergen. Und sie möchte, dass ich sie begleite. Kann Soe Soe uns fahren?«

»Natürlich. Ich werde hier warten, es sei denn, Sie wünschen, dass ich mitkomme«, sagte Mr. P., nachdem sie den einheimischen Damson-Wein bestellt hatten.

»Auf keinen Fall würde ich ohne Sie fahren! Und sind Sie nicht auch neugierig?«, rief Natalie mit einem ungläubigen Lächeln.

Er lächelte gleichfalls. »Ich würde tatsächlich gerne etwas über das Schicksal des kleinen Kunstgegenstands erfahren, den Sie mit sich geführt und beschützt haben. Es war mir eine Ehre, daran beteiligt zu sein.«

»All das hätte ich ohne Ihre Hilfe gar nicht tun können – und zudem war es auch noch eine wunderbare Reise«, bekannte Natalie, der die Tränen kamen, als ihr klar wurde, dass sich die gemeinsame Zeit dem Ende zuneigte. Mit seiner Warmherzigkeit und Seelenruhe war Mr. P. für sie ein Fels in der Brandung gewesen. Natalie hatte das Gefühl, dass durch die gemeinsamen Erlebnisse ein Zusammengehörigkeitsgefühl entstanden war. »Sie haben mir wirklich die Augen für das Wesentliche in Myanmar geöffnet, und Sie sollen wissen, wie hoch ich Ihre Geduld und Ihr Wissen schätze. Und Ihre Freundschaft.«

Er nickte bescheiden. »Als Win und Connie mich baten, Sie auf Ihrer Reise zu begleiten, dachte ich zuerst, Sie seien einfach eine Freundin und Touristin. Dann hörte ich, dass Sie die Angehörigen Ihrer Freundin suchen wollen, und da war mir klar, dass Sie ein guter Mensch sind. Als ich aber von diesem Kammavaca erfuhr und dass Sie es – nach so vielen Jahren – zurückgeben möchten und allein dafür diese Reise auf sich nehmen, nun ja, das ist … sehr verdienstvoll«, schloss er.

»Sie meinen, ich war sehr naiv?«, fragte Natalie.

»Aber Sie wollten etwas lernen. Sie waren interessiert, und die Orte und Dinge, die wir unterwegs sahen, haben Ihnen gefallen. Sie sind respektvoll und möchten erfahren, wie wir Burmesen denken und handeln. Um das Volk von Myanmar zu verstehen, muss man unsere Geschichte kennen und wissen, was die Menschen hier durchleiden, während sie auf einen politischen Wandel warten. Nicht alle Besucher sind wie Sie«, ergänzte er. »Sie sind uns allen eine Freundin geworden.«

Natalie nickte. »Es ist seltsam, aber ich fühle mich diesem Land tief verbunden. Alle, die ich kennengelernt habe, waren so liebenswürdig, von wenigen Ausnahmen einmal abgesehen. Und ist Aye Aye nicht erstaunlich?« Natalies Augen leuchteten.

»Ja. Prinzessin Aye Aye ist eine Inspiration für uns alle. In unserem Land gibt es wunderbare Frauen. Eines Tages werden die Menschen in Ihrem Land vielleicht auch Sie bewundern.« Mr. P. hob sein Weinglas, um auf ihr Wohl zu trinken.

»Ach, ich weiß nicht«, entgegnete Natalie, fühlte sich aber dennoch geschmeichelt.

Sie stießen miteinander an.

Soe Soe wirkte fahrig, als wisse er nicht recht, wie man am besten zu dem alten Kloster gelangte. Sie hatten das Gefühl, schon seit Stunden unterwegs zu sein.

Aye Aye und Natalie saßen im Fond des Wagens, der über eine sandige Straße holperte. Fedrige Bambusstauden wiegten sich in der sanften Brise. An der Seite sahen sie die kupferfarben schimmernden Fluten des Irrawaddy. Schließlich wurde der Untergrund so weich, dass Soe Soe kaum weiterfahren konnte. Mr. P. sprach mit ihm, und er hielt an.

»Wir befinden uns auf einer Nebenstrecke«, sagte Mr. P. zu den Frauen auf der Rückbank. »Wenn wir zu Fuß gehen, sind wir schneller, aber Soe Soe könnte auch den langen Weg zur Anlegestelle am Fluss nehmen, wenn Ihnen das lieber ist.«

»Ich gehe gern zu Fuß«, erwiderte Aye Aye.

Mr. P. öffnete ihr den Wagenschlag.

Auf dem Sträßchen waren sie nicht allein unterwegs. Als der Wagen im Rückwärtsgang anfuhr, hörten sie das Läuten von Kuhglocken und das Krähen eines Hahns. Ein von einem Ochsen gezogener Holzkarren mit einem riesigen tropfenden Kasten holperte ihnen entgegen, gelenkt von einem kleinen Jungen.

»Er liefert Wasser ins Dorf«, erklärte Mr. P.

Der Junge, der sich vor den Fremden wichtigmachen wollte, schlug den Ochsen mit einem Bambusstecken, und das Tier begann, schwerfällig zu traben.

Bald gelangten sie in ein kleines Dorf, wo schiefe Zäune kleine schilfgedeckte Häuser umgaben. Ein alter Mann beugte sich unter der Last eines Bambusstabs, an dem zu beiden Seiten Eimer hingen. Eine Frau worfelte Reis, indem sie die Körner in einem flachen Korb hochwarf, so dass der Wind die leichtere Spreu davontrug. Jedes der Anwesen hatte Hühner, eine Ziege oder ein Schwein im Hof. Eine junge

Frau kochte mit dem Wok über dem offenen Feuer. Wäsche war zum Trocknen aufgehängt, Kinder spielten im Sand.

Die Fremden, die durch das Dorf spazierten, ernteten neugierige Blicke. Natalie faszinierte dieses Panorama des Landlebens, an dem sich offenbar seit Jahrzehnten nichts geändert hatte. Sie lächelte eine junge Mutter an, die mit zwei kleinen Kindern im Schatten saß.

Mr. P. rief der Frau etwas zu, die daraufhin das Kleinkind auf ihre Hüfte hob, das andere Kind bei der Hand nahm und an den Zaun trat.

»Wie alt sind ihre Kinder?«, erkundigte sich Natalie.

Mr. P. und Aye Aye wechselten ein paar Worte mit dem Mädchen, das kaum zwanzig war.

»Sie sind zwei und vier Jahre alt«, erklärte Mr. P., der seinen Rucksack von den Schultern nahm und in einer Seitentasche kramte.

»Meine Kinder sind etwa genauso alt«, sagte Natalie, von Sehnsucht nach Charlotte, Adam und Andrew überwältigt.

Mr. P. holte ein Päckchen mit Süßigkeiten heraus und verteilte sie an die Kinder.

»Die Mutter sagt, sie sei zweiundzwanzig. Sie findet Sie sehr schön«, sagte Aye Aye zu Natalie. »Sie wird noch mehr Kinder bekommen. Wahrscheinlich hat sie wenig Bildung genossen, hoffentlich wird das bei ihren Kleinen einmal anders sein. Aber da es hier draußen kein fließendes Wasser, ja nicht einmal einen Brunnen gibt, ist eine richtige Schule ein ferner Wunschtraum. Doch gerade in solchen Dörfern müssen die Veränderungen in unserem Land ansetzen, wenn es einen Fortschritt geben soll.«

»Sie hat so ein liebes Gesicht«, bemerkte Natalie.

Das kleinere Kind, das sich mit Mr. P.s zähen Süßigkeiten die Backen vollgestopft hatte, streckte die Hände nach Natalie aus. Natalie beugte sich über den niedrigen Zaun, und die Mutter reichte ihr lächelnd den pausbäckigen Jungen, der nur eine Baumwollhose trug. Natalie schloss die Augen, schnupperte an seinem Haar und spürte die weiche Babyhaut.

»Möchten Sie, dass ich ein Foto mache?«, fragte Mr. P.

Natalie nickte. »Ja, bitte. Von uns allen.«

Danach nahmen sie winkend Abschied, ließen das Dorf hinter sich und gelangten auf den Pfad zum Kloster. »Glauben Sie, die junge Mutter weiß, wer Sie sind? Kennt sie Ihre Familie?«, fragte Natalie Aye Aye.

Die Prinzessin schüttelte den Kopf. »Nein. Das war das alte Burma. Ich bin jetzt nicht mehr wichtig. Aber sie weiß bestimmt, wer die Lady ist.«

Natalie fiel auf, dass Aye Aye während ihrer Wanderung ständig um sich blickte und gelegentlich sogar zu den Bäumen hinaufschaute. Plötzlich blieb sie stehen und deutete auf ein Dickicht. Natalie sah, was sie entdeckt hatte: leuchtendes Weiß im üppigen Grün.

»Kommen Sie, schauen Sie … Weißer Ingwer.« Sie folgten Aye Aye, und Natalie sah, dass sie die Schmetterlingslilien meinte, die ihr so häufig auf Märkten, als Opfergaben in Pagoden oder in Vasen aufgefallen waren. Die Kaskade zarter orchideenartiger weißer Blüten enthielt unzählige goldene Staubgefäße.

»Das war die Lieblingsblume meines Mannes.« Aye Aye zeigte Natalie die juwelenbesetzte Nadel, die sie im Haar trug.

»Es ist die gleiche Pflanze«, bemerkte Natalie, als sie die Trauben hängender Blüten aus weißen und goldenen Edelsteinen betrachtete.

Aye Aye pflückte einige Blüten und steckte sie Natalie ins Haar. »Sie wachsen oft in der Nähe von Klöstern«, sagte sie.

Bald war der Turm des Klosters zu sehen, und der Pfad weitete sich zu einer Lichtung. Beim Anblick des Klosters verschlug es Natalie den Atem. Es erstrahlte nicht in goldener Pracht wie die Shwedagon-Pagode und besaß auch nicht die elegante Symmetrie des uralten Ananda-Tempels, dennoch war dies für Natalie einer der schönsten Orte in Burma. Überdies hatte sie das kleine Kammavaca so oft betrachtet, dass es ihr nicht schwerfiel, das auf den Bildern dargestellte Kloster wiederzuerkennen.

Die kunstvollen, verwitterten Teakholzschnitzereien strahlten eine sanfte Wärme aus. Die moosbedeckten Schindeln auf dem Dach und die Säulen mit ihrem verblichenen Dekor aus Gold und Zinnoberrot kündeten von einem ehrwürdigen Alter. Hier hatte sich seit vielen Jahren das Leben der Mönche gemäße der Lehren Buddhas in schlichten Ritualen vollzogen, und daran würde sich auch in Zukunft nichts ändern.

Steinstufen, flankiert von steinernen Elefanten, führten ins Hauptgebäude.

»Sie gleichen denen im Kammavaca«, sagte Natalie.

»Jeder der vier Eingänge zum Kloster wird von ihnen bewacht«, erklärte Aye Aye. »Als kleines Mädchen habe ich sie geliebt.«

Sie blieben stehen, um die Gebäude von außen zu bewundern. Ein Novize tauchte mit einem Besen auf, der doppelt so lang war wie er, und begann, den weißen Sand vor der Treppe zu kehren und zu glätten. Mr. P. ging auf ihn zu und fragte, ob der Abt zu sprechen sei.

»Er sagt, der Abt schläft immer nach dem Essen«, erklärte Mr. P. »Aber wir können mit ihm reden, sobald er wach ist.«

Sie gingen um das Kloster herum und betrachteten staunend die Schnitzereien: mythische Gestalten, Elefanten und seltsame vogelartige Kreaturen, auf deren Rücken die Klostergebäude standen. Mehrere schläfrige Hunde lagen unter den Häusern im Schatten.

»Menschenleer«, stellte Natalie fest.

»Dieses Kloster ist nicht sehr bekannt«, erwiderte Mr. P.

»Es war von jeher ein Ort der Stille«, erklärte Aye Aye. »Wir haben hier stets in einem der Gästehäuser übernachtet.«

Sie gelangten zur Rückseite des Klosters, wo eine Dörflerin kleine Pfannkuchen in heißem Öl über Holzfeuer briet. Daneben dampfte über der Glut ein Eisentopf mit burmesischem Tee.

»Natalie, ich glaube, das ist ein Lieblingsgericht von Ihnen«, sagte Mr. P.

»Ich liebe diese Pfannkuchen mit ein bisschen eingelegtem Gemüse und vielleicht getrockneten Krabben«, meinte Natalie.

Mr. P. kniete sich hin, Natalie und Aye Aye nahmen auf niedrigen Hockern Platz, und es wurde Tee herumgereicht.

Als Natalie gerade ihren dritten Pfannkuchen verzehrte, trat ein junger Mönch aus dem Kloster und verkündete, der Abt sei jetzt bereit, sie zu empfangen.

Die vielbenutzten Holzdielen glänzten seidig. Natalie lauschte mit den anderen, während der Abt und die älteren Mönche ihre Gebete sangen. Ihr Blick fiel auf die Holzsäulen, die massiv wie Baumstämme ins Halbdunkel ragten. Der moschusartige Weihrauch, das Flackern der Kerzen und der Blumenduft zu Füßen des Buddhaschreins wirkten beruhigend. Aye Aye hatte dem Abt das Kammavaca überreicht, und es lag vor ihm auf dem Boden, während er ins Gebet vertieft war.

Natalie spürte, wie sich Frieden in ihr ausbreitete. Was immer jetzt folgen würde, es hatte nichts mit ihr zu tun. Ihre Rolle in dieser seltsamen Geschichte war zu Ende. Sie fühlte sich geborgen, als befände sie sich in vertrauter Umgebung.

Als der Abt das Gebet beendet hatte, seine Robe raffte und sich erhob, winkte er seinen drei Gästen, ihm zu folgen. Durch einen mit Holzschnitzereien verzierten Korridor gelangten sie in einen kleinen Raum, in dem zwei uralte Truhen und eine Vitrine mit Palmblattmanuskripten standen. An den Wänden sah Natalie mehrere Rollbilder und Gemälde, die sehr alt schienen. Eine dicke, rote Matratze und Kissen waren rund um eine gewebte Bodenmatte gruppiert, die offenbar als Tisch diente.

Der Abt breitete das Kammavaca vor sich aus, sprach mit Aye Aye und wies dabei erst auf die Illustrationen, dann auf die Schrift. Schließlich rief er einen jungen Mönch und gab ihm einen Auftrag. Der junge Mann kam mit einem sperrigen Paket wieder, das in einen alten, muffigen Teppich gewickelt war. Als der Abt es auswickelte, verschlug es Natalie den Atem. Sauber gefaltet lag darin eine rostrote Stoffbahn. Natalie vermutete, dass es sich um das Material handelte, aus dem die Seiten des Kammavacas geschnitten waren.

Nach einem intensiven Gespräch mit dem Abt verbeugte sich Aye Aye. Sie beobachteten, wie der junge Mönch den rostroten Stoff wieder verpackte. Der Abt erhob sich und verließ mit dem Kammavaca den Raum.

Aye Aye wandte sich an Natalie. »Er sagt, es wird eine Weile dauern, die Bedeutung der Zeichen zu entschlüsseln. Er wird uns morgen früh wieder empfangen.«

»Wir bleiben also hier?«

»Ja. Die Männer schlafen im Gästehaus, wir können im Kloster übernachten. Die Dorffrauen oder die jungen Mönche bringen uns etwas zu essen.«

Zwei Frauen aus dem Dorf brachten ihnen das Abendessen, das Natalie und Aye Aye neben dem Kochfeuer verzehrten.

»Es ist angenehm, die Nacht im Kloster zu verbringen«, versicherte Aye Aye. »Die Dorffrauen werden Ihnen zwei Longyis leihen, einen zum Baden und einen zum Schlafen.«

»Danke«, sagte Natalie. »Da mache ich mir gar keine

Sorgen. Vorgestern habe ich in einem Nonnenkloster übernachtet.«

Die Sonne war schon untergegangen, aber goldenes und zinngraues Licht spielte noch auf der Wasseroberfläche, als Aye Aye Natalie zum Waschen hinunter ans Flussufer führte. Natalie folgte Aye Ayes Beispiel und verknotete den Longyi wie einen Sarong über ihrem Busen, ehe sie in den Fluss stieg. Aye Aye reichte ihr eine Cremeseife, die nach Thanaka roch, und Natalie wusch sich das Gesicht und tauchte in dem erfrischenden Wasser unter. Danach legte sie den trockenen Longyi an und kehrte in ihr kleines Zimmer im Kloster zurück, wo sie den nassen Longyi zum Trocknen an ein Fensterbrett hängte. Als der Himmel dunkel wurde und die ersten Sterne funkelten, legte sie sich in dem mit Binsenmatten ausgelegten Raum auf die dünne Matratze. Ihre Nackenrolle erwies sich als erstaunlich bequem, und ihr Lotusschal wärmte angenehm. Ein Blick auf die Uhr zeigte, dass es noch nicht einmal acht war.

»Ich hoffe, der Abt kann Ihnen sagen, was in dem Kammavaca steht«, flüsterte sie Aye Aye zu, die nur wenige Schritte entfernt lag.

»Glauben Sie, sie beobachten uns?«, fragte Aye Aye. »Neugierig, aber froh, dass wir hier sind?«

»Wen meinen Sie?«

»Tipi Si, der König, Ihr Onkel?«, sagte Aye Aye leise.

Natalie drehte sich auf die Seite und blickte durch das hohe offene Fenster in den Nachthimmel hinauf, der von den alten, mit Schnitzereien verzierten Fensterläden eingerahmt wurde. »In diesem Land, wo Geister, das Leben nach dem Tod, die vergangenen Leben, das nächste Leben und der Volksglauben den Menschen so viel bedeuten, halte ich das durchaus für möglich.«

»Ich hoffe, Sie haben es bequem genug ohne richtiges Bett«, sagte Aye Aye.

»Obwohl es noch gar nicht spät ist, bin ich schon müde. Und bestimmt sind wir morgen wieder früh auf den Beinen. Gute Nacht, Aye Aye.«

»Ich danke Ihnen nochmals, Natalie. Ohne Sie wären wir nicht hier.«

Lächelnd drehte sich Natalie noch einmal um. Die Schmetterlingslilien, die sie unweit des Klosters gepflückt hatten, lagen neben ihr auf dem Boden und schimmerten weiß im Mondlicht. Sie sahen immer noch frisch aus, und ihr zarter Ingwerduft begleitete Natalie in den Schlaf.

Die Morgendämmerung war kühl. Wabernd hob sich Nebel vom Fluss und löste sich in den Bäumen am Ufer auf. Natalie hörte das leise Knarren der Teakholzdielen unter den nackten Füßen der Mönche, die sich auf die tägliche Meditation vorbereiteten. In der Ferne wurde ein Motor gestartet.

Aye Aye war schon aufgestanden und lächelte Natalie an, die gerade die Augen aufschlug. »Sie haben gut geschlafen«, sagte sie.

»Das stimmt. Erstaunlich gut. Hier ist es so ruhig und friedlich.«

»Wenn Sie nicht noch einmal zum Fluss hinunterwollen, gibt es draußen auch Wasser aus dem Brunnen, das sie benutzen können. In einem Bereich, der von den Mönchen abgetrennt ist.«

»Ich glaube, das genügt mir«, sagte Natalie.

Rasch wusch sie sich das Gesicht mit dem kühlen Wasser und zog sich an. Dann begleitete sie Aye Aye in die Küche, wo sich Mr. P. und Soe Soe zu ihnen gesellten.

»Ich frage mich, ob der Abt wohl bis spät in die Nacht über dem Kammavaca gesessen hat«, meinte Natalie, während ihnen zwei junge Frauen aus dem Dorf das Frühstück brachten.

»Die Mönche werden bald zu ihrer Almosenrunde aufbrechen«, bemerkte Mr. P., als sie ihre Nudeln aßen.

»Es ist noch nicht einmal sechs Uhr«, stellte Natalie fest. »Geht der Abt auch mit?«

»Nein, dafür ist er zu alt. Die jüngeren Mönche versorgen ihn mit«, erwiderte Mr. P.

Sie beobachteten, wie die Mönche im Gänsemarsch das Kloster verließen und den Weg zum Dorf einschlugen.

»In der Nähe gibt es eine kleine Stadt mit ein paar Geschäften. Soe Soe sagt, dass es ein Stück weiter eine Tankstelle gibt, also werden sie auch dorthin gehen«, erklärte Mr. P. »Möchten Sie einen Spaziergang zum Fluss machen, während wir auf den Abt warten? Um diese Tageszeit ist es dort sehr schön.«

Auf dem Weg zum Fluss sah Natalie das Gästehaus, in dem Mr. P. und Soe Soe die Nacht verbracht hatten. Es war ein schlichtes Gebäude: zwei Räume und auf einer Seite eine kleine Bambusveranda. Dahinter stieg die dünne Rauchsäule eines Kochfeuers auf, und ein Pfad wand sich zum Ufer des Flusses. Als sie bei dem Häuschen angelangt waren, trat ein Mann aus einem der Räume und faltete grüßend die Hände unter dem Kinn.

»Moss«, rief Natalie.

Mr. P. und Aye Aye sahen Natalie irritiert an.

»Sie kennen diese Person?«, flüsterte Mr. P., als Moss, bekleidet mit Hemd und Longyi, die Haare zu einem Pferdeschwanz zusammengebunden, langsam auf sie zukam.

»Ja, das ist ein Freund aus meinem Yogakurs zu Hause. Was machst du hier, Moss?«

»Das ist eine lange Geschichte, Nat.« Er verbeugte sich vor Aye Aye. »Sie müssen Prinzessin Aye Aye sein.« Dann wandte er sich Mr. P. zu. »Soweit ich weiß, haben Sie Natalie auf ihrer Reise durch Burma geführt und behütet.«

Mr. P., unfehlbar höflich in jeder Lebenslage, verneigte sich leicht. »Wir sind wohlbehalten angekommen, auch wenn sich uns zuweilen kleine Hindernisse in den Weg stellten.«

»Ich freue mich, dass es geklappt hat. Du hast nun also das Kammavaca an Aye Aye übergeben, Nat?«

»Ja, das hat sie, aber ich weiß nicht, was Sie das angeht. Ich glaube, Sie schulden uns eine Erklärung«, erwiderte Aye Aye barsch.

»Selbstverständlich. Ich erzähle sehr gern, warum ich hier bin.«

»Ich höre«, sagte Natalie, immer noch völlig verblüfft.

»Wollen wir uns dazu auf die Veranda setzen?«

Sie zogen ihre Schuhe aus und ließen sich im Halbkreis auf der Bambusmatte nieder, die den Boden der Veranda bedeckte.

»Weißt du, Moss, mir scheint, dass hier etwas Merkwürdiges vor sich geht«, sagte Natalie zornig. »Ich bin ziemlich sicher, dass ich verfolgt wurde, und außerdem meine ich, dass mindestens zwei Mal, vielleicht auch öfter, der gezielte Versuch unternommen wurde, das Kammavaca zu stehlen. Und jetzt tauchst du hier auf. Was geht da vor?«

Aye Aye sah sie beunruhigt an. »Ich hoffe, Sie waren auf Ihrer Reise zu mir nicht in Gefahr«, sagte sie.

Moss wandte sich an Natalie. »Du hast recht. Da war etwas im Gange, aber glücklicherweise konnte ich dafür sorgen, dass jemand auf dich aufpasst.«

»Wirklich? Wer denn?«, fragte Natalie.

Moss deutete auf Soe Soe, der geduldig in einiger Entfernung im Schatten eines Baumes wartete und zu ihnen herübersah.

»Als du mir erzählt hast, dass du nach Myanmar fährst, dachte ich, wie ja auch deine anderen Freunde in Australien, dass es für eine alleinreisende Frau in einem Land mit unsicheren Rechtsverhältnissen schwierig werden könnte. Jetzt tut es mir leid, dass ich nicht mit dir gesprochen habe. Aber ich wollte dir keine Angst machen oder dir die Reise ausreden. Doch ich dachte, es wäre eine gute Idee, wenn ein zuverlässiger Mensch alles diskret im Auge behält. Deshalb habe ich mich an den Inhaber eines Busunternehmens in Rangun gewandt. Er ist ein Freund von mir und hat Nachforschungen darüber angestellt, was du vorhast.«

»War das der Mann, der in Wins und Connies Galerie nach mir gefragt hat?«, wollte Natalie wissen.

»Wahrscheinlich. Sobald er wusste, wo du hinfährst, hat er seinen zuverlässigsten Fahrer geschickt.«

»Das ist also der Grund, warum mein Fahrer ausgewechselt wurde«, bemerkte Mr. P.

»Ja«, erwiderte Moss. »Soe Soe kam schnell dahinter, dass du etwas Wichtiges bei dir hast, und er hat dich sehr aufmerksam bewacht, damit dir nichts zustößt.«

»Du hast dafür gesorgt, dass Soe Soe auf mich aufpasst?« Natalie versuchte diese Informationen zu verdauen. Sie war hin- und hergerissen. Einerseits hatte Moss seine Grenzen überschritten. Aber andererseits war es gut, dass er es getan hatte.

»Soe Soe sollte sich einfach im Hintergrund halten, aber als die Dinge außer Kontrolle gerieten, handelte er. Er hat mir berichtet, dass dein Zimmer durchsucht wurde und dass er in Bagan jemanden daran gehindert hat, nachts in dein Zimmer einzudringen.«

»Jemand hat versucht hereinzukommen? Das habe ich vermutet«, sagte Natalie. »Und Soe Soe hat es verhindert – gut gemacht!«

»Außerdem hat er mir erzählt, dass ihr auf der Straße nach Pyin Oo Lwin aufgehalten wurdet.«

»Ach, deshalb hat er so schnell reagiert und das Kammavaca versteckt«, rief Natalie.

»Ich bin mir ziemlich sicher, dass diese Soldaten angeheuert wurden, um euch aufzulauern. Aber sie nahmen, was sie für wertvoll hielten, ohne zu begreifen, was sie eigentlich beschaffen sollten.«

»Wer hat sie dafür bezahlt, uns zu überfallen?«, fragte Natalie.

»Der Mann, der meiner Meinung nach hinter der ganzen Sache steckt«, erwiderte Moss.

»Wer ist es? Wer wollte Natalie davon abhalten, mir das Kammavaca zu bringen? Wer ist so versessen darauf?«, fragte Aye Aye.

»Ich glaube, es handelt sich um Michaelson«, erwiderte Moss ruhig. »Ganz sicher bin ich mir nicht, aber es ist ganz gewiss sein Stil.«

»Wer ist Michaelson?«, fragte Aye Aye.

Rasch erklärte ihr Natalie, dass dieser Londoner Händler versucht hatte, ihr das Kammavaca abzukaufen.

»Tja, da kommt er zu spät«, stellte die Prinzessin fest. »Und ich werde es gewiss niemandem verkaufen. Woher wissen Sie über diesen Michaelson Bescheid, Moss?«

»Ich hatte schon mit ihm zu tun. Da ich buddhistische Religion und buddhistische Kunst unterrichte, bin ich häufig in Asien. Vor einigen Jahren kam Michaelson auf mich zu und bat mich, ihm bei der illegalen Beschaffung bestimmter indischer Kunstwerke zu helfen.«

Als er Natalies entsetztes Gesicht sah, hob er beschwichtigend die Hand.

»Ich habe abgelehnt, doch mir wurde klar, dass Michaelson zwar ein angesehener Kunsthändler sein mag, aber teilweise skrupellose Methoden anwendet. Beweisen konnte ich allerdings nichts. Michaelson macht den Leuten weis, er rette wichtige Objekte, womöglich alles, was von bestimmten Kulturen erhalten geblieben ist, und bringe sie außer Gefahr, bevor sie für immer verschwinden. Und da ihm viele Glauben schenken, kommt er illegal an manche Artefakte heran.«

»Aber Moss, das erklärt doch nicht, warum er sich derart für das Kammavaca interessiert hat.«

»Inzwischen weiß ich, dass es ihm nicht nur um seinen Wert als Artefakt ging. Vermutlich gab es da einen ganz anderen Beweggrund.«

»Nämlich?«, hakte Natalie nach. Ihr kam das alles immer unwirklicher vor.

»Erinnerst du dich, wie ich dir von meinen Nachforschungen über den Antiquitätenhändler Ferguson erzählt habe?«

Natalie erklärte Mr. P., der dem Bericht mit wachsendem Staunen lauschte, wer Ferguson gewesen war.

»In hohem Alter war er regelrecht berüchtigt«, fuhr Moss fort. »Nach Großbritannien zurückgekehrt, erzählte er jedem, der es hören wollte, von dem ›Objekt, das verlorengegangen ist‹. Unlängst habe ich dann entdeckt, dass es einen eindeutigen Hinweis auf das Kammavaca gibt.«

»Wirklich?«, rief Natalie. »Erzähl weiter.«

»Ferguson hat eine Menge Aufzeichnungen hinterlassen, darunter auch eine unvollendete Beschreibung seines Lebens. Offensichtlich kam er einige Zeit nachdem er deinem Onkel Andrew das Kammavaca verkauft hatte, zufällig in dieses Kloster. Ein älterer Mönch erzählte ihm von einem Kammavaca, das er als Geschenk für König Thibaw illustriert hatte.«

»Er lernte den Mönch kennen, der diese schönen Bilder gemalt hat?«, sagte Natalie verblüfft.

»Ja. Der Abt wollte, dass der König erfuhr, woher das Kammavaca stammte. Statt es also mit Motiven aus Legenden und der religiösen Überlieferung zu schmücken, wählte der Künstler im Mönchsgewand Sujets aus der Umgebung, darunter das Kloster und den Fluss. Ferguson war jedoch förmlich elektrisiert, als er von dem Künstler erfuhr, dass verschiedene Mönche unterschiedliche Teile des Kammavacas zur Abschrift erhalten hatten. Keiner von ihnen hatte den ganzen Inhalt des Kammavacas gekannt. Der Künstler meinte, der Abt hätte ein Geheimnis darin versteckt.«

»Warum denn das?«, fragte Natalie.

»In der Hoffnung, der König werde es entschlüsseln lassen, falls es notwendig wurde. Ferguson war überzeugt, dass dieses letzte Geschenk, das König Thibaw erhalten hatte, dem Kundigen verriet, wo sich etwas Wertvolles befand, zum Beispiel ein Schatz. Als er jedoch nach Andrew fahndete, um es zurückzukaufen, war dieser bereits getötet worden, und das Kammavaca befand sich in Australien.«

»Aber die Legende von der geheimen Botschaft hat überlebt?«, sagte Natalie.

»In der Welt der Sammler und Händler durchaus. Michaelson muss sich gedacht haben, dass es sich bei deinem Kammavaca um dasselbe handelt, das Ferguson erwähnt hat.«

»Ja, ich habe eine Menge guter Angebote dafür bekommen, aber Michaelson hat die anderen stets überboten«, sagte Natalie.

»Glauben Sie, das Kammavaca enthält tatsächlich eine geheime Botschaft, wo ein Schatz zu finden ist?«, fragte Mr. P.

»Ferguson dachte, es ginge um Gold oder Juwelen, aber ich bin zu einem anderen Schluss gekommen«, erwiderte Moss.

Mr. P. nickte. »Im buddhistischen Denken könnte der Schatz das Nirwana sein.«

»Ja, vielleicht. In meiner Familie wurde überliefert, dieses Kammavaca enthalte ein wichtiges Geheimnis, doch ich habe keine Ahnung, was es sein könnte«, warf Aye Aye ein.

»Aber, Moss, warum hast du mir denn nichts von Michaelsons üblen Plänen erzählt?«, wollte Natalie wissen.

»Erst als ich von deinen Problemen in Myanmar hörte, kam mir der Gedanke, dass Michaelson dahinterstecken könnte. Nur eins ist mir nicht klar: Woher wusste der Mann, dass du hier bist?«, fragte Moss.

Natalie überlegte kurz. »Mark hat es ihm gesagt. Michaelson hat eine E-Mail geschickt, in der er noch mehr Geld anbot, und Mark hat ihm geantwortet, es sei zu spät, ich sei bereits in Burma, um Prinzessin Aye Aye das Kammavaca zurückzugeben.«

»Und dann hat er beschlossen, etwas zu unternehmen. Michaelson muss geglaubt haben, in Myanmar, wo er viele Kontakte hat, wäre es ein Leichtes, dir das Kammavaca zu stehlen. Glücklicherweise haben Soe Soe und Mr. P. dich und das Kammavaca gut beschützt.«

»Aber, Moss, warum bist du jetzt selbst hierhergekommen?«, fragte Natalie.

»Von meinem Freund in Rangun, mit dem Soe Soe Kontakt hielt, erfuhr ich, dass ihr zum Kloster fahrt, um das Kammavaca übersetzen zu lassen. Und da wollte ich einfach wissen, was darin steht. Ich hoffe, du hast nichts dagegen«, erwiderte Moss.

»Ich nicht, aber das muss Aye Aye entscheiden. Jetzt gehört das Kammavaca ihr«, sagte Natalie.

Aye Aye richtete sich auf. »Euch allen, auch Ihnen, Moss, ist es zu verdanken, dass sich das Kammavaca meines Großvaters nun in meinen Händen befindet. Da ist es doch nur recht und billig, wenn ihr erfahrt, was darin steht. Jetzt müssen wir allerdings erst einmal warten und hoffen, dass der Abt die alte Pali-Handschrift entziffern kann.«

Auf dem Rückweg zum Kloster ging Natalie neben Moss. »Wie bist du so rasch hierhergekommen?«, fragte sie.

»Mit dem Schnellboot aus Mandalay. Als Soe Soe meinem Freund Bescheid sagte, dass ihr hierherwollt, bin ich sofort aufgebrochen. Ich war in Indien, in der Nähe von Kalkutta, von dort ist es ohnehin nicht weit. Ich habe nur etwas mehr als einen Tag für die Reise gebraucht. Hoffentlich war der Schreck für dich nicht allzu groß.«

»Ich muss zugeben, als ich dich aus diesem Häuschen

kommen sah, sind mir tausend Vermutungen durch den Kopf geschossen.«

»Natalie, ich empfand es als moralische Verpflichtung, dafür zu sorgen, dass auf deiner Mission nichts schiefgeht. Ich bewundere, was du getan hast.«

»Danke. Das war eine ganz außerordentliche Reise. Einfach wunderbar.«

Schließlich erschien der Abt, der nachdenklich gemessenen Schritts den Platz zwischen Küche und Kloster überquerte. Als er die kleine Gruppe sah, nickte er und winkte, um dann langsam die Stufen zu seinem Zimmer hinaufzusteigen.

»Er möchte, dass wir ihm folgen«, sagte Moss.

Schweigend betraten sie den Raum, in dem sie gestern erstmals mit dem Abt zusammengetroffen waren. Mit einer Geste forderte der Abt seine Gäste auf, sich die Kissen zu nehmen, die an den Wänden gestapelt waren, und sie setzten sich. In einer fließenden Bewegung ließ auch er sich auf einem der Kissen nieder, nahm die Lotusposition ein und legte das Kammavaca vor sich auf die Bodenmatte. Mr. P. hatte seinen Platz ein wenig hinter Natalie und Moss eingenommen. Mit geneigtem Kopf saß Aye Aye dem Abt direkt gegenüber.

Der Abt ergriff das Wort und holte weit aus. Mr. P. übersetzte für Natalie: »Er schildert, wie das Kammavaca hier eigens für König Thibaw angefertigt wurde und dass verschiedene Mönche an den einzelnen Abschnitten gearbeitet haben, so dass keiner der Mönche den ganzen Text kannte außer dem Abt selbst. Der junge Mönch, der es illustrierte, wurde später sehr berühmt. Als das Kammavaca dem König überreicht wurde, ahnte niemand, dass er bald ins Exil getrieben werden sollte, außer …«

Mr. P. lauschte der monotonen Stimme des Abts, ehe er fortfuhr: »Außer dem alten Abt dieses Klosters. Da er eine

Zeit des Wandels kommen sah, wollte er dem König für die Zeit der Not Trost spenden.«

»Was bedeutet das?«, flüsterte Natalie.

Mr. P. hob die Hand, denn er konzentrierte sich auf die Worte des Abts, der weitersprach. Indessen warf Aye Aye Mr. P. und Natalie einen raschen Blick zu, den Natalie nicht deuten konnte.

Der Abt nahm das Kammavaca, schlug es auf und las einen Abschnitt laut vor. Dann blickte er Aye Aye an, die seine Worte in ihrer vollen Bedeutung zu erfassen versuchte.

Mit erstaunter Miene wandte sich Mr. P. an Moss und Natalie. Er sprach langsam und wählte seine Worte mit Bedacht. »Offenbar enthält dieses Kammavaca die Prophezeiung, dass die Zukunft dieses Landes in der Stärkung der Frauen von Burma liegt. Dazu gehört auch, dass die Befugnisse der Nonnen wiederhergestellt werden. Der König und seine Nachkommen wurden mit dem heiligen Wissen betraut, dass es die Frauen sein werden, die dieses Land wieder zur Größe führen.«

Mr. P. beugte sich zu Aye Aye. »Haben Sie das auch so verstanden? Natürlich kann man diese Botschaft unterschiedlich deuten. Der Abt zur Zeit des Kammavacas hat wohl die britische Besatzung kommen sehen und geglaubt, dass eine Frau die Unabhängigkeit Burmas wiederherstellen könnte. Aber jetzt kann sich die Prophezeiung natürlich auf den Sturz der Militärjunta beziehen.«

Aye Aye nickte. »Das ist eine Botschaft voller Sprengkraft. Natürlich waren die burmesischen Frauen von jeher stark, aber dass es gilt, die Befugnisse der Nonnen wiederherzustellen – eine erstaunliche Prophezeiung. Und dass es eine Frau sein wird, die Burma aus der Dunkelheit führt ... da fällt mir natürlich Aung San Suu Kyi ein.«

»Aber sie steht immer noch unter Hausarrest«, gab Natalie zu bedenken.

Mr. P. und Aye Aye tauschten ein kurzes Lächeln.

»Ihr Einfluss, ihre Selbstlosigkeit, ihre Aufopferung für ihr Land und ihr Volk gibt uns allen Kraft. Wenn Aung San Suu Kyi fähig ist, sich mit den Umständen abzufinden, abzuwarten und sich ihren starken Glauben zu bewahren, dann können wir das auch«, erklärte Aye Aye.

»Es gibt also keine Hinweise auf einen verborgenen Schatz?«, fragte Natalie. »Nun, Schwester Tin Tin Pe wird sich über die angesprochene Gleichstellung der Nonnen freuen.«

»Da haben Sie recht. Allerdings bin ich mir nicht sicher, ob die Mönche das auch so sehen. Es wird Meinungsverschiedenheiten geben«, erwiderte Aye Aye. »Und Sie irren – es ist ein echter Schatz. Was könnte wertvoller sein? Hier haben wir ein Manifest, ein Dokument aus unserer eigenen Vergangenheit, das uns den Weg nach vorn weist und Hoffnung gibt. Wenn die Zeit gekommen ist, wird es eine nicht zu unterschätzende Waffe sein.«

»Was sagt der Abt dazu?« Natalie blickte zu dem alten Mönch, dessen Miene undurchdringlich wirkte.

Aye Aye fragte ihn und übersetzte seine Antwort. »Er sagt, wir alle teilen Tugenden der Reinheit, der Moral, der Konzentration und der Weisheit, wenn wir den Lehren Buddhas folgen.«

Plötzlich hob der Mönch den Finger und sprach mit großem Nachdruck weiter.

Aye Aye wiederholte seine Worte. »Es gab eine Prophezeiung, dass die Sasana fünftausend Jahre bestehen und dass es nach zweitausendfünfhundert Jahren ein Wiederaufblühen geben wird.« Mit leuchtendem Gesicht wandte sie sich zu Natalie. »Und das ist im 21. Jahrhundert, also jetzt!«

»Das wird vielen Menschen Hoffnung machen«, sagte Mr. P. »Es stärkt der Lady den Rücken. Wenn diese Botschaft bekannt wird, stehen wir an einem Wendepunkt unserer Geschichte.«

Der Abt nahm das Kammavaca, legte es in die Schatulle zurück und verbeugte sich, die Hände unter dem Kinn gefaltet, vor Aye Aye.

Sie erwiderte seine Geste. »Die Mönche werden wissen, wann der rechte Zeitpunkt gekommen ist, um davon zu berichten. Vorerst wird das Kammavaca an einem sicheren Ort verwahrt.«

Natalie, der die Bedeutung dieses Augenblicks aufging, hielt den Atem an. »Es ist dann außer Gefahr?«, flüsterte sie.

»Sie werden es gut behüten«, entgegnete Aye Aye resolut. »Dieses Schicksal war dem Kammavaca von jeher bestimmt: Seine Botschaft soll verkündet werden, sobald es nötig ist.«

Stumm gingen sie die Treppe vom Kloster hinab zum Fluss.

Moss, der sich bisher noch nicht geäußert hatte, schüttelte immer wieder den Kopf. »Ich kann es nicht fassen. Hier zu sein, das mitzuerleben! Kann es ein Geheimnis bleiben?«, fragte er Mr. P.

»Sicher werden Gerüchte die Runde machen. Aber das ist gut so, weil die Leute dann wissen, dass es Hoffnung für die Zukunft gibt.«

Aye Aye schritt entschlossen und auch ziemlich stolz voran. »Heute mag die Demokratie in Myanmar noch wie ein Traum erscheinen, aber sie wird kommen.«

»Michaelson hätte gewiss nicht mit allen Mitteln versucht, das Kammavaca an sich zu bringen, wenn er geahnt hätte, was darin steht«, sagte Natalie zu Moss.

»Nein«, erwiderte er. »Bestimmt dachte er, dass es Informationen enthält, die sich zu Geld machen lassen.«

An der Anlegestelle dankte Natalie Moss für seine Hilfe und sah zu, wie das Boot durch das funkelnde Wasser davonstob. Dann blickte sie zum Himmel empor, spürte die

Hitze der Sonne nach dem kühlen Halbdunkel des Klosters und schloss die Augen. Sie vernahm das Flattern eines großen Wasservogels, der über dem Fluss seine Bahn zog, das trockene Rascheln der Bambusblätter über ihrem Kopf und die Wellen des Flusses, die ans Ufer schwappten. Die Geräusche besänftigten ihre wild bewegten Gedanken.

Hatte sie das alles nur geträumt? Hatte sie tatsächlich ein kleines Kunstwerk gerettet, das eine Prophezeiung enthielt, eine Botschaft der Hoffnung und einen Traum für die Menschen hier in diesem entlegenen goldenen Land? Sie hatte mehr getan, als sich ihren kleinen Traum zu erfüllen und Onkel Andrews Reise zu Ende zu bringen. Mit einem ungewissen Auftrag war sie in ein fremdes Land gekommen. Aber jetzt fühlte sie sich eins mit diesem Ort. In der Überzeugung, das Richtige zu tun, hatte sie ihre Wohlfühlzone weit hinter sich gelassen. Und sie war belohnt worden.

Die volle Tragweite der Bedeutung des Kammavacas war immer noch schwer zu begreifen. Aber ihre Reise hatte sich unermesslich gelohnt. Die Freunde, die Schönheit des Landes, das Wissen, das sie gewonnen hatte, die Ahnung dessen, was bevorstehen mochte – all das war wunderbar. Sie hatte sich Herausforderungen gestellt und viele neue Erfahrungen gesammelt, sie hatte an Weisheit und Mitgefühl gewonnen und wusste jetzt, dass ihrem Horizont keine Grenzen gesetzt waren.

Sie war bereit für die Heimreise.

Epilog

November 2010

Auf Natalies Handy und Computer schwirrten die Nachrichten nur so herein.

Das Festnetztelefon läutete, noch ehe sie an ihrem Schreibtisch war.

»Sie ist frei! Ich glaube nicht, dass das Fernsehen schon darüber berichtet. Schau mal, ob du was im Radio hörst.« Vicki schrie beinahe ins Telefon.

»Wie wunderbar!«, jubelte Natalie. »Ich muss sofort Thi und Mi Mi anrufen!«

Als Mark von der Arbeit nach Hause kam, hüpften die Kinder herum wie Frösche, angesteckt von der Freude ihrer Mutter über die Befreiung von Aung San Suu Kyi von ihrem Hausarrest.

Natalie stürmte auf Mark zu und umarmte ihn.

»Die Lady ist frei. Ist das nicht toll! Das ist der Anfang!«, rief sie fröhlich.

»Ja. Ein Anfang.«

»Klar, aber es ist das erste Zeichen der Hoffnung, dass sich in Myanmar etwas ändert. Vor ihrem Haus haben sich Menschenmassen versammelt.«

Mark schaute in Natalies leuchtende Augen. »Das ist großartig. Ich nehme an, dass du dich mit deinen burmesischen Freunden zum Feiern triffst?«

»Wir haben uns schon verabredet. Oh, Mark, glaubst du, dass sich die Prophezeiung nun erfüllt?«

In ihrem neuen Wintergarten blickte Natalie aus dem Fenster auf den Kanal hinaus. Ihr gefiel es, wie das Licht auf dem schillernden Wasser tanzte und sich in den Glasobjekten auf dem Fensterbrett in Regenbogenfarben brach. Ihr Blick verweilte auf Andrews kleinem roten Elefanten aus May Lins Glasfabrik in Rangun.

Sie war begeistert von ihrem renovierten Heim und überglücklich, dass Mark jetzt Vollzeit an der Gold Coast arbeitete. Die Kinder wuchsen heran, es fehlte ihnen an nichts. Sie führten ein gutes Leben.

Aber ein Teil von ihr schwelgte nicht im sonnigen Dasein der paradiesischen Küste von Queensland. Manchmal, mitten im Stau oder im Lärm eines Einkaufszentrums, rief sich Natalie die Stille und Weite der Ebenen von Bagan in Erinnerung, wo die uralten Tempel in der Morgensonne aus dem Nebel auftauchten. Hin und wieder zogen auch andere Bilder des schönen Burma, des modernen Myanmar und seiner besonderen Bevölkerung an ihrem inneren Auge vorbei, und sie musste lächeln.

Vielleicht würde sie nie dorthin zurückkehren. Aber sie würde dieses Land beobachten, sie würde sich erinnern. Und hoffen.

Dank

Für meine wunderbaren Enkelkinder in der Hoffnung, dass sie eines Tages das Goldene Land besuchen und ein friedliches, demokratisches Myanmar bereisen werden.

Für meine großartige Schwiegertochter Mimi und meinen Sohn Nicolas Morrissey. Danke, Nick, für deine Hilfe und deine Kenntnisse und die wunderbare Zeit, die wir gemeinsam in Myanmar verbracht haben.

Für meinen liebevollen Partner Boris Janjic, der stets die Stellung hält und mein Leben schön und vergnüglich gestaltet! Ich danke dir, Darling.

Für meine fürsorgliche Tochter Dr. Gabrielle Morrissey Hansen, eine großartige Mutter, engagierte Lehrerin und Wissenschaftlerin und wunderbare Ehefrau des lieben Barrie. Danke für deine Unterstützung und deine Anregungen, ich bin stolz auf dich.

Mein besonderer Dank gilt meiner lieben Freundin und Parlamentsabgeordneten Janelle Saffin sowie meiner tollen Lektorin und Freundin Liz Adams, die Klarheit in meine verschwommenen Ideen bringt und täglich mit mir am Text arbeitet.

Und für meine Freunde: den australischen Botschafter in Myanmar, Bronte Moules (und Jantima); U Win Htein und Chit Suu, Eugene Quah und Wai Wai Kyaw, U Myo Thant, Gill Pattison, Ko Nay Dun Mya; die ehrenwerten Mönche Sayadaw Agga Nya und Sayadaw Vijja Nanda (Wiza); U Nay Oke; Thomas Soe und die burmesische Gemeinde in Sydney; den weitgereisten Greg Wisbey; Don M. Stadtner;

Robert L. Brown, Professor für Kunstgeschichte an der University of California, Los Angeles, und Kurator für süd- und südostasiatische Kunst am Los Angeles County Museum of Art.

Für meine Familie bei Pan Macmillan: Ross Gibb, Kate Nash, Samantha Sainsbury, Danielle Walker, Jane Hayes, Hayley Crandell. Mein ganz besonderer Dank gilt Rowena Lennox, die mit größter Aufmerksamkeit Korrektur gelesen hat.